# Glu

AU DIABLE VAUVERT

# Irvine WELSH

# Glu

Roman traduit de l'anglais par LAURA DERAJINSKI

## Du même auteur

TRAINSPOTTING, roman, *Éditions Points*
ECSTASY, nouvelles, *Éditions Points*
UNE ORDURE, roman, *Éditions Points*
RECETTES INTIMES DE GRANDS CHEFS, roman, *Au diable vauvert*
PORNO, roman, *Au diable vauvert, Éditions Points*

Traduit avec le concours du Centre national du livre

Titre original : GLUE
ISBN : 978-2-84626-181-4

Au diable vauvert
www.audiable.com
La Laune BP 72 30600 Vauvert

Catalogue sur demande
contact@audiable.com

*Ce livre est dédié à Shearer, Scrap, George, Jimmy, Deano, Mickey, Tam, Simon, Miles, Scott et Crawf, solidaires quand tout ne collait pas forcément*

Glu : [gly] n. f. – mot angl. « colle » ©
Gelée impure obtenue par la cuisson
de matières animales, souvent utilisée
comme substance adhésive.

Dictionnaire *Chambers 20th Century*

# Partie 1

# Années 70 :
# l'homme de la maison

# Fenêtres sur les seventies

Le soleil se levait derrière les barres d'immeubles bétonnées d'en face, éblouissant brutalement leurs visages. Surpris par cet éclat sournois, Davie Galloway laissa presque tomber la table qu'il portait avec peine. Il faisait déjà très chaud dans le nouvel appartement et Davie se sentait comme une plante exotique inconnue qui se fane sous une serre surchauffée. Ces fenêtres, elles sont immenses, elles aspirent le soleil, pensat-il en posant la table pour observer la cité en contrebas.

Davie se sentait pareil à un souverain nouvellement couronné qui contemple son empire. Pour sûr, les nouveaux bâtiments étaient impressionnants : ils étincelaient de mille feux quand les rayons se reflétaient sur les petits éclats brillants incrustés dans le revêtement. Lumière, propreté, air et chaleur, c'était de ça qu'on avait besoin. Il se remémora les taudis froids et sombres de Gorgie, couverts de suie et de crasse au fil des générations, à l'époque où la ville méritait pleinement son surnom de « Vieille Chlingante ». Dehors, les rues maussades et étroites regorgeaient de gens fatigués qui traînaient le pas dans le froid mordant de l'hiver. Et une odeur fétide de houblon s'échappait des brasseries, s'insinuait dès qu'on ouvrait les fenêtres et donnait la gerbe si on avait trop picolé au pub la veille. Tout cela avait disparu, et ce n'était pas trop tôt. Bienvenue dans la vraie vie !

Pour Davie Galloway, les grandes fenêtres symbolisaient le succès total de ces nouveaux bâtiments posttaudis. Il pivota vers sa femme qui cirait les plinthes. Pourquoi fallait-il qu'elle cire les plinthes d'un appartement neuf? Mais Susan était agenouillée, vêtue d'une salopette, et son épais chignon noir tressautait, témoin de son activité frénétique.

— C'est ça le top, dans ces apparts, Susan, lança Davie. Les grandes fenêtres. Qui laissent entrer le soleil, ajouta-t-il avant de jeter un œil émerveillé à la petite boîte fixée au mur au-dessus de sa tête. Chauffage central pour l'hiver et tout. Ça, y a pas mieux : un bouton et c'est bon.

Susan se leva lentement, attentive à la crampe qui s'était installée dans sa jambe. En sueur, elle frappa le sol de son pied engourdi et paralysé pour rétablir la circulation. Des perles humides apparaissaient sur son front.

— Il fait trop chaud, se plaignit-elle.

Davie secoua vivement la tête.

— Nan, faut en profiter tant qu'on peut. On est en Écosse, je te rappelle, ça va pas durer.

Il inspira et souleva la table pour reprendre sa lutte féroce en direction de la cuisine. Cette saloperie était difficile à manier : une belle pièce en formica toute neuve dont le poids semblait se déplacer constamment et qui se cassait immanquablement la gueule. Autant se bastonner avec un putain de crocodile, pensa-t-il. Et effectivement, la bête referma les mâchoires sur ses doigts, l'obligeant à les porter à sa bouche tandis que la table tombait sur le sol avec fracas.

— Pu… Purée!

Il ne jurait jamais devant une femme. Au pub, on pouvait se permettre certains trucs, mais pas devant une femme. Sur la pointe des pieds, il s'approcha du berceau installé dans un coin de la pièce. Le bébé dormait encore à poings fermés.

— Je t'avais dit que je te filerais un coup de main avec ce machin, Davie. Si ça continue comme ça, t'auras plus de doigts et on n'aura plus de table.

Elle secoua la tête et porta son attention sur le lit du bébé.

— Ça m'étonne que tu l'aies pas réveillée.

Conscient de sa gêne, Davie lui dit :

— Tu l'aimes pas vraiment, la table, hein ?

Susan Galloway secoua à nouveau la tête. Son regard survola la table de la cuisine et se posa sur le canapé neuf, la table basse neuve, les tapis neufs, tous arrivés comme par magie la veille, alors qu'elle était au travail à la brasserie.

— C'est quoi, le problème ? demanda Davie en agitant sa main endolorie. Il sentait son regard pesant, manifestement soupçonneux. De si grands yeux.

— Où t'as pêché ces trucs, Davie ?

Il ne supportait pas qu'elle lui pose ces questions. Ça gâchait tout, ça les montait l'un contre l'autre. C'était pour eux qu'il faisait tout cela ; pour Susan, pour le bébé, pour le petit gars.

— Pose pas de questions, j'te raconterai pas de conneries.

Il sourit sans pour autant réussir à la regarder droit dans les yeux, aussi frustré de cette répartie qu'elle devait l'être. Au lieu de ça, il se pencha au-dessus du berceau et embrassa sa fille sur la joue.

En se relevant, il se demanda à voix haute :

— Il est où, Andrew ?

Il jeta un bref coup d'œil vers Susan.

Elle se détourna amèrement. Il se cachait à nouveau, il se cachait derrière les gamins.

Avec la prudence furtive d'un soldat qui évite les snipers, Davie se dirigea vers le couloir.

— Andrew !

Son fils descendit les escaliers en trombe, figure maigre et pleine de vie, ses cheveux bruns pareils à ceux de Susan mais coupés en brosse ; il suivit Davie jusqu'au salon.

— Le voilà ! lança-t-il gaiement à l'attention de Susan.

Remarquant qu'elle l'ignorait délibérément, il se tourna vers le garçon :

— Tu te plais toujours dans ta nouvelle chambre ?

Andrew leva les yeux vers lui, puis vers Susan.

— J'ai trouvé un livre que j'avais jamais vu avant, leur annonça-t-il.

— C'est bien, fit Susan en s'approchant pour enlever un fil sur le t-shirt à rayures de l'enfant.

Observant son père, Andrew demanda :

— Quand c'est que je pourrai avoir un vélo, Papa ?

— Bientôt, mon gars, fit Davie dans un sourire.

— T'avais dit que j'en aurais un quand j'irais à l'école.

Son ton était sincère et ses grands yeux noirs fixaient ceux de son père avec un reproche plus modéré que dans le regard de Susan.

— C'est vrai, mon pote, concéda Davie. Et ça va plus tarder.

Un vélo ? Où est-ce qu'on allait trouver l'argent pour acheter un satané vélo ? pensait Susan Galloway en frissonnant tandis que le soleil d'été, flamboyant et étouffant, brillait sans relâche à travers les fenêtres immenses.

# Terry Lawson

## Premier jour d'école

Les petits Lawson, Terry et Yvonne, étaient installés devant un jus de fruits et un paquet de chips à une table en bois du Dell Inn, sur la terrasse clôturée et bétonnée qu'on appelait le *beer garden*. Le regard plongé de l'autre côté de la barrière, vers le bas de la pente raide et herbue, ils contemplaient les canards sur la rivière Water of Leith. En quelques secondes, l'émerveillement se transforma en ennui ; regarder les canards, ça allait un moment, mais Terry avait d'autres choses à l'esprit. Il était allé à l'école pour la première fois et ça ne lui avait pas plu. Yvonne irait l'an prochain. Il lui dit que c'était pas génial et qu'il avait eu peur, mais maintenant, il était avec Maman, et Papa était là aussi, alors tout allait bien.

Leurs parents discutaient et il savait sa mère en colère.

— Alors, l'entendit-il lui demander, qu'est-ce que tu as à me dire ?

Terry leva les yeux vers son père qui lui répondit par un clin d'œil et un sourire avant de se tourner vers leur mère pour répliquer froidement :

— Pas devant les gosses.

— Fais pas comme si tu te préoccupais d'eux tout à coup, railla Alice Lawson, sa voix s'élevant régulièrement, implacable comme le moteur d'un avion en plein décollage. T'es plutôt rapide pour leur tourner le dos! Essaie pas de me faire croire le contraire!

Henry Lawson pivota pour repérer un potentiel témoin auditif. Croisa un regard curieux, lui renvoya une expression glaciale jusqu'à ce qu'il se détourne. Deux débris, un couple. Vieux connards envahissants. Il siffla entre ses dents, un chuchotement crispé :

— Je te l'ai déjà dit, je m'en occuperai. Je te l'ai déjà dit, putain. Mes putains de mômes, ajouta-t-il d'un ton sec, les muscles de son cou saillant.

Il savait qu'Alice cherchait toujours à voir le bien chez autrui. Il s'imaginait pouvoir afficher un air volontairement outré, instiller dans sa voix une innocence blessée pour lui prouver qu'elle dépassait les limites en insinuant qu'il (et malgré tous ses défauts, il était le premier à les reconnaître) aurait pu laisser ses propres enfants sans assistance ; cela mettait même en branle certaines émotions qui avaient joué une part cruciale dans le déclin de leur relation. En effet, c'était ce genre d'allégations qui l'avaient pratiquement jeté dans les bras de Paula McKay, une célibataire de la paroisse de Leith.

La belle Paula, une jeune femme de grande vertu, avait souvent été le sujet des attaques amères d'Alice. Paula n'avait-elle pas l'entière et unique responsabilité de son père George, propriétaire de la taverne du Port Sunshine à Leith, atteint d'un terrible cancer ? Il n'en avait plus pour longtemps et Paula aurait besoin de toute l'aide nécessaire pour surmonter cette épreuve. Henry serait solide comme un roc.

Et son nom avait aussi été continuellement souillé, mais Henry était prêt à accepter le fait que les gens puissent dire des choses qu'ils ne pensaient pas, dans ces instants chargés d'émotions. Ne ressentait-il pas lui aussi la douleur du déclin de leur couple ? N'était-ce pas plus dur pour lui, d'être obligé de quitter ses enfants ? Il laissa son regard glisser vers eux, la gorge serrée et les yeux embués. Il espérait qu'Alice avait capté ce geste et que ce serait suffisant.

Ce fut apparemment le cas. Il entendit quelques gargouillis, comme ceux de la rivière en contrebas lui semblat-il, et il fut ému au point de passer son bras autour de ses épaules tremblantes.

— Reste, je t'en prie, Henry fit-elle dans un frisson, appuyant sa tête contre sa poitrine, ses narines emplies de l'odeur d'Old Spice encore présent sur son menton aussi rêche qu'une râpe à fromage.

La barbe d'Henry ne repoussait pas vers 17 heures mais plutôt vers midi, ce qui l'obligeait à se raser deux fois par jour.

— Là, là. T'en fais pas. On a les enfants. Tes enfants. Mes enfants.

Il sourit et tendit la main pour ébouriffer la tignasse frisée de Terry non sans penser qu'Alice pourrait l'emmener chez le coiffeur un peu plus souvent. On aurait dit Shirley Temple. Ça risquait de pousser le gamin à grandir de traviole.

— T'as même pas demandé comment ça s'était passé pour lui à l'école.

Alice se redressa, mue par l'amertume tandis qu'elle se concentrait sur l'instant présent.

— Tu m'en as pas laissé le temps, répliqua Henry avec une impatience hargneuse.

Paula l'attendait. Attendait ses baisers, son bras réconfortant qui gisait à présent sur l'épaule d'Alice. Alice, larmoyante, boursouflée, épuisée. Quel contraste avec le jeune corps de Paula : musclé, mince, vierge des marques de grossesse. Il n'y avait vraiment pas photo.

Forçant ses pensées au-delà de son odeur, de ses propos, de son bras puissant, pour se concentrer sur ce qui se passait, laissant la douleur pulser sans relâche dans sa poitrine, Alice parvint à lâcher :

— Il a pleuré et pleuré et pleuré encore. À s'en faire tomber les yeux.

Henry enragea. Terry était le plus âgé de sa classe après avoir raté une année des suites d'une méningite. Il aurait dû être le *dernier* à pleurer. C'était de la faute d'Alice, elle le gâtait trop, elle le traitait comme un bébé à cause de sa maladie. Mais plus rien ne clochait chez ce gamin. Henry s'apprêta à mentionner la coiffure de Terry qui lui donnait l'air d'une fille ; à quelle autre réaction pouvait-elle s'attendre? Mais Alice ne le quittait pas des yeux, son regard bouillant d'accusation. Henry se détourna. Elle fixa la courbe de sa mâchoire, ses poils drus, puis se surprit à contempler Terry.

Le gamin avait été si malade, à peine dix-huit mois plus tôt. Il avait survécu de justesse. Et Henry leur tournait le dos, à tous, pour aller la retrouver, cette sale petite pute volage.

Une prise de conscience sauvage lui martela la poitrine, et elle ne fit rien pour s'en protéger, n'essaya pas de se recroqueviller, de se pelotonner.

BANG

L'allure droite et fière, Alice sentait ce bras flasque peser sur son épaule. La prochaine pulsation déchirante de nausée ne serait pas aussi atroce que celle-ci

BANG

Quand est-ce que tout irait mieux, quand est-ce que cette terreur s'évanouirait, quand est-ce qu'elle, qu'ils, pourraient être ailleurs

BANG

Il les quittait pour elle.

Puis il lâcha l'ancre de son bras et Alice coula dans le néant. Dans son champ de vision périphérique, elle le voyait qui lançait Yvonne dans les airs, puis attirait ses enfants à lui et les serrait, leur murmurant des instructions importantes mais encourageantes, comme un entraîneur de foot qui motive ses joueurs à la mi-temps.

— Votre papa a un nouveau travail, alors il sera souvent en déplacement. Vous voyez comme ça attriste Maman?

Henry ne vit pas Alice se redresser avec raideur, puis

s'avachir à ces mots, défaite, comme s'il lui avait collé un coup de pied à l'estomac.

— Ça veut dire que vous deux, vous allez devoir l'aider. Terry, je veux plus entendre que tu pleures à l'école. C'est pour les petites filles débiles, ajouta-t-il en serrant son poing et en le pressant contre le menton de son fils.

Henry plongea sa main dans la poche de son pantalon et en tira deux pièces de deux shillings. Il en plaqua une dans la paume d'Yvonne en observant la neutralité de son expression tandis que les yeux de Terry s'agrandissaient d'impatience.

— Oublie pas ce que je t'ai dit, fit Henry dans un sourire avant de lui offrir le même cadeau.

— Tu viendras quand même nous voir de temps en temps, Papa ? demanda Terry, le regard rivé sur la pièce argentée.

— Bien sûr, mon garçon ! On ira au foot. On ira voir jouer les Hearts !

L'humeur de Terry s'améliora. Il adressa un sourire à son père puis baissa les yeux vers les deux shillings.

Le comportement d'Alice est si étrange, remarqua Henry en s'assurant que sa cravate était droite, avant d'effectuer une sortie planifiée. Elle était assise là, toute ratatinée. Bon, il avait déclamé son truc, l'avait rassurée au mieux. Il reviendrait pour jeter un œil aux gamins, les sortir, un milk-shake au Milk Bar. Ils aimaient ça. Ou des frites au Brattisanni's. Mais discuter encore avec Alice ne l'avancerait en rien. Ça ne ferait que provoquer davantage son hostilité, et ce serait mauvais pour les gosses. Le mieux était de s'éclipser en silence.

Henry se glissa entre les tables. Il adressa un autre regard mauvais aux vieux. Ils lui rendirent son œillade avec mépris. Il s'avança jusqu'à eux. Henry se tapota le nez et, l'air enjoué mais glacial, leur lança :

— Gardez ça en dehors des histoires des autres, ou vous finirez par vous le faire péter, c'est clair ?

Le couple resta sans voix face à tant d'audace. Il soutint leur regard quelques secondes, leur adressa un sourire radieux puis se dirigea vers la porte de derrière sans se retourner vers Alice et les enfants.

Mieux valait ne pas faire de scène.

— Y manque pas d'air çui-là, cria Davie Girvan en se levant, faisant mine de suivre Henry avant d'être retenu par sa femme, Nessie.

— Reste assis, Davie. T'occupe pas de ces bêtises. C'est que des horreurs.

Davie se réinstalla à contrecœur. Il ne craignait pas cet homme mais ne voulait pas faire un scandale devant Nessie.

À l'intérieur du pub et en chemin vers la porte principale, Henry échangea quelques hochements de tête et « comment va ? » Le vieux Doyle est là avec un de ses gamins, Duke, pensa-t-il, et un autre taré. Quel clan de gangsters : le vieux, aussi chauve, gras et dérangé qu'un Bouddha psychotique ; Doyle et sa tignasse clairsemée mais coiffée style Teddy-boy, ses dents noircies et ses doigts parés d'énormes bagues. À son passage, il adressa à Henry un long hochement de tête prédateur. Ouais, considéra-t-il, le meilleur endroit pour ceux-là, c'est bien ici : perdu pour le centre-ville, mais gagné pour la banlieue. Le respect que leur témoignaient les autres buveurs pesait lourd dans l'atmosphère, et l'argent qui passait de main en main lors de leurs parties de dominos représentait bien plus qu'aucun d'entre eux n'aurait gagné en un mois de salaire à l'usine ou sur les chantiers de construction. C'était un pub qu'Henry avait fréquenté quand ils avaient emménagé ici. Pas le plus proche, mais son préféré. On pouvait y boire une bonne pinte de Tartan Special. Mais ce serait sa dernière visite avant un bon bout de temps. En se dirigeant vers la sortie, il se rendit compte qu'il ne s'était jamais vraiment plu dans ce coin. Coincé au milieu de nulle part, non, il ne reviendrait pas.

À la terrasse, Nessie Girvan se remémorait les images de la famine au Biafra diffusées à la télé la veille au soir. Ces petites âmes, ça vous brisait le cœur. Et cette ordure, il y en avait tout un tas comme lui. Elle ne comprenait pas pourquoi certaines personnes avaient des enfants.

— Quelle sale bête, fit-elle à son Davie.

Il regrettait de ne pas avoir été plus réactif, de ne pas avoir suivi ce bâtard dans le pub. L'homme avait une dégaine de filou, il faut l'avouer : le teint olive, un regard dur et sournois. Davie s'était attaqué à bien plus rude, mais c'était il y a longtemps.

— Si notre Phil ou notre Alfie avait été là, il aurait pas joué au con comme ça. Quand je vois des ordures comme lui, j'aimerais bien être plus jeune. Juste cinq minutes, c'est le temps qu'il faudrait pour… bon Dieu…

Davie Girvan s'arrêta net, n'en croyant pas ses yeux. Les enfants s'étaient faufilés par une brèche du grillage et dévalaient la colline vers les berges de la rivière. Elle était peu profonde à cet endroit, mais la pente se faisait plus raide jusqu'à des trous d'eau dangereux.

— MADAME ! hurla-t-il à la femme sur sa chaise, le doigt pointé vers la clôture. FAITES DONC GAFFE À VOS GOSSES, ENFIN !

Ses gosses

BANG

Dans une panique absolue, Alice observa l'espace vide à ses côtés, aperçut le trou dans le grillage et s'y précipita. Elle les vit debout, à mi-chemin entre elle et l'eau sur la pente raide.

— Yvonne ! Viens ici, supplia-t-elle avec tout l'aplomb qu'elle put rassembler.

Yvonne leva les yeux vers elle et gloussa.

— Nan !

BANG

Terry tenait un bâton. Il fouettait l'herbe haute sur la rive et couchait de longues touffes sur le sol. Alice l'implora :

— Vous ratez tout un tas de bonbons et de jus de fruits. Et de la glace aussi !

Un éclair de reconnaissance illumina le regard des enfants. Ils escaladèrent la berge pour franchir à nouveau la clôture.

Alice aurait voulu les battre, elle aurait voulu leur mettre une trempe

elle aurait voulu lui mettre une trempe

Alice Lawson explosa en un lourd sanglot et serra ses enfants en une étreinte ferme, s'accrochant à leurs vêtements et à leurs cheveux.

— L'est où la glace, Maman? demanda Terry.

— On va l'acheter, mon fils, on va l'acheter.

Davie et Nessie Girvan regardèrent la femme abattue s'éloigner en chancelant, agrippant la main de ses enfants, aussi vifs et pleins de vie qu'elle semblait brisée.

# Carl Ewart

## À l'usine

Les particules de métal limé dansaient dans l'air, épaisses comme des moutons de poussière. Duncan Ewart les sentait dans ses poumons et dans ses narines. Mais on s'y habituait, à cette odeur ; vous ne la remarquiez qu'une fois en compétition avec une autre. À présent, elle luttait avec le parfum bien plus agréable de génoise et de crème anglaise qui s'échappait de la cantine pour envahir l'atelier. Chaque battement de porte rappelait à Duncan que l'heure du déjeuner et le week-end approchaient.

Il maniait sa machine avec dextérité, trichait un peu en inclinant la pièce pour avoir un meilleur angle d'attaque sur le métal qu'il manipulait. C'est pervers, pensa-t-il, et en tant que représentant syndical, il aurait hurlé sur le premier ouvrier qui aurait tenté de faire des économies et se serait permis de balancer les règles de sécurité aux orties. Risquer de perdre ses doigts pour un bonus, tout ça pour le compte de riches actionnaires du Surrey ou d'on ne sait où? Merde, il était taré. Mais c'était ce boulot, le simple fait de trimer. C'était ton univers, tu y vivais presque non-stop de 9 heures à 17 h 30. Alors tu t'efforçais de le rendre meilleur, de n'importe quelle façon.

Une silhouette floue se dessina à la périphérie de son champ de vision et Tony Radden passa près de lui, sans gants ni lunettes de sécurité. Duncan jeta un œil à sa nouvelle montre space-age. 12 h 47. Putain, mais comment ça ? Presque une heure moins dix. Presque l'heure du déjeuner. Duncan pensa de nouveau au dilemme qui le préoccupait, dilemme qu'il rencontrait souvent les vendredis matin.

Le nouveau single d'Elvis, *The Wonder of You*, sortait aujourd'hui. Ils l'avaient passé en boucle sur Radio One cette semaine. Ouais, le King était bel et bien de retour. *In the Ghetto* et *Suspicious Minds* étaient meilleures mais elles n'avaient atteint que la deuxième place du hit-parade. Ce nouveau titre était commercial, une ballade entraînante, et Duncan le voyait déjà en haut du classement. Il imaginait les gens entonnant le refrain d'une voix ivre, dansant un slow dessus. Si on pouvait pousser les gens à chanter et à danser, c'était gagné. La pause-déjeuner durait pile soixante minutes, et le bus n°1 pour Leith et le disquaire Ards mettait un quart d'heure aller, même chose pour le retour. Ce qui laissait assez de temps pour acheter le disque, et prendre un sandwich et une tasse de thé au Canasta. C'était un choix simple : acheter le vinyle ou prendre son temps pour déguster une tourte et une pinte au Speirs's Bar, le pub le plus proche de l'usine. Les parfums de la cantine annonçaient la fin de semaine, un délicieux repas se préparait. Ils faisaient toujours un effort le vendredi parce qu'on était plus tenté d'aller au pub à l'heure du déjeuner et que, du coup, productivité et digestion en ce dernier après-midi de la semaine ne faisaient pas forcément bon ménage.

Duncan éteignit sa machine. Elvis Aaron Presley. Le King. Pas de doute. Ça serait donc le disque. Il regarda à nouveau sa montre et décida de sortir en bleu de travail, pointant à la hâte et sprintant pour attraper le bus devant le portail de l'usine. Il avait négocié avec la direction pour qu'on installe des casiers, afin que les ouvriers puissent circuler en « civil » et ne mettre leurs bleus qu'une fois arrivés au travail. En pratique peu d'entre eux s'embêtaient avec ça, lui non plus, sauf s'ils allaient directement en ville le vendredi après le boulot. Il s'installa à l'étage, au fond du bus et, retrouvant sa respiration, alluma une Regal en se disant que s'il trouvait un exemplaire de *The Wonder of You*, il le ferait passer au Tartan Club pour Maria. Le ronronnement du moteur semblait faire écho à son propre contentement tandis qu'il se détendait, dans la chaude odeur de renfermé que dégageait la cabine.

Ouais, le week-end s'annonçait bien. Killie jouait à Dunfermline le lendemain, et Tommy McLean était à nouveau sur pied. Le Petit Homme allait placer de beaux centres, ceux qu'adoraient Eddie Morrison et le nouveau, Mathie. Mathie et l'autre jeune, McSherry qu'ils l'appelaient, avaient l'air de joueurs prometteurs ; Duncan avait toujours aimé voir les matchs de Dunfermline et les considérait comme une sorte de version orientale de Kilmarnock : les deux équipes de petites villes minières avaient atteint la gloire au cours des dix années passées et avaient affronté les meilleures formations européennes.

— Ces satanés bus, ils valent vraiment que dalle, lui cria un vieux, une Capstan aux lèvres, le crâne surmonté d'un bonnet, interrompant le cours de ses pensées. Vingt-cinq minutes, que j'ai attendu. Z'auraient jamais dû supprimer le tram.

— Ouais, c'est sûr, sourit Duncan, se laissant gagner par l'impatience à l'idée du week-end à venir.

— Z'auraient jamais dû supprimer le tram, répéta le vieux, comme pour lui-même.

Depuis son exil à Édimbourg, Duncan partageait ses samedis après-midi entre les stades d'Easter Road et de Tynecastle. Il avait toujours préféré le second, pas pour des questions pratiques mais parce qu'il faisait ressurgir en lui les souvenirs de ce grand jour de 1964 quand, lors du dernier match de la saison, les Hearts n'avaient qu'à faire match nul contre Killie à domicile pour remporter le championnat. Ils pouvaient même se permettre de perdre 1-0. Kilmarnock devait gagner par deux buts avant de hisser pour la première fois de leur histoire le drapeau de la victoire. Hors de l'Ayrshire, personne ne leur donnait une chance, mais lorsque Bobby Ferguson avait fait ce magnifique arrêt face à Alan Gordon, Duncan avait su que leur jour de chance était arrivé. Et quand, après leur triomphe, il avait passé trois jours entiers à boire, Maria ne s'était pas plainte.

Ils venaient de se fiancer, son attitude était naze, mais elle l'avait bien pris. Et c'était son côté merveilleux, elle comprenait, savait ce que ça signifiait pour lui sans qu'il ait à ouvrir la bouche, savait aussi qu'il ne prenait pas de libertés à la légère.

*The Wonder of You.* Duncan pensa à Maria, comme il avait été envoûté par sa magie, comme l'avoir rencontrée avait été une bénédiction. Comme il lui passerait la chanson ce soir, à elle et au petit gars. Il descendit à Junction Street et se dit que la musique avait toujours été le pivot de son existence, qu'il était toujours envahi d'une excitation enfantine lorsqu'il s'agissait d'acheter un disque. C'était Noël chaque semaine. Cette sensation d'impatience : ne pas savoir s'ils l'auraient en stock, s'il serait déjà épuisé, peu importe. Il lui faudrait peut-être aller au Bandparts samedi matin pour en réserver un exemplaire. En chemin vers Ards, sa gorge devenait sèche et son cœur lui martelait la poitrine. Il ouvrit la porte, entra et s'approcha de la caisse. Derrière le comptoir, le visage de Big Liz, badigeonné d'une épaisse couche de maquillage sous un casque rigide de cheveux laqués, s'épanouit en le reconnaissant. Elle brandit un exemplaire de *The Wonder of You.*

— Je me suis dit que tu le chercherais, Duncan, fit-elle avant d'ajouter dans un murmure : Je l'ai mis de côté pour toi.

— Wow, super Liz, t'es un vrai génie, sourit-il en se séparant joyeusement de son billet de dix livres.

— Tu me dois un verre, répliqua-t-elle, les sourcils arqués pour ponctuer son numéro de séduction.

Duncan afficha un sourire forcé et détaché.

— S'il atteint la première place du classement, répondit-il en essayant de ne pas paraître déconcerté.

On se faisait plus souvent draguer une fois marié, paraît-il, et c'est bien vrai, considéra-t-il. Ou peut-être qu'on le remarquait plus.

Liz émit un rire bien trop enthousiaste qui poussa encore plus vite Duncan vers la sortie. En passant la porte, il l'entendit ajouter :

— J'oublierai pas !

Duncan se sentit mal à l'aise quelques minutes encore. Il pensait à Liz, mais même là, dans la rue devant la boutique, il n'arrivait plus à se remémorer son visage. Il ne voyait que Maria.

Enfin, il avait eu son disque. C'était un bon présage. Killie allait sûrement gagner, bien qu'avec les coupures de courant on ne savait jamais jusqu'à quand les matchs allaient se jouer, vu que la nuit tombait de plus en plus tôt. C'était le prix à payer pour s'être débarrassé de ce bâtard de Heath et des Tories. C'était génial de savoir que ces branleurs ne pourraient plus se foutre éternellement de la gueule des travailleurs.

Ses parents avaient fait des sacrifices, déterminés à ce qu'il ne descende pas au fond du puits comme son père. Ils avaient insisté pour qu'il devienne apprenti et qu'il se dégotte un boulot sûr. On l'avait envoyé vivre chez une tante à Glasgow, où il avait passé son temps dans un atelier d'usinage à Kinning Park.

Glasgow était immense, prétentieuse, vibrante et violente, pour lui qui avait toujours été habitué à une vie de petite ville, mais il était facile à vivre et apprécié à l'usine. Son meilleur ami au boulot s'appelait Matt Muir, originaire de Govan, un supporter fanatique des Rangers qui avait pris sa carte au Parti. Tous les ouvriers de l'usine étaient fans des Rangers et, en bon socialiste, il avait honte d'avoir obtenu son poste d'apprenti, comme ses collègues, grâce aux contacts francs-maçons de sa famille. Son père ne voyait aucune contradiction entre la franc-maçonnerie et le socialisme, et nombre des habitués de la tribune ouvrière du stade d'Ibrox étaient politiquement actifs, et même dans certains cas, comme pour Matt, avaient pris leur carte au Parti.

— Les premiers bâtards qui dégusteront, ça sera ces connards du Vatican, expliquait-il avec enthousiasme. On alignera tous ces enculés contre un mur.

Matt le tenait informé des choses indispensables, comment s'habiller, dans quelles boîtes aller, il lui montrait les gars aux rasoirs, et surtout, les filles qui sortaient avec eux, et qu'il ne fallait donc pas inviter à danser. Et puis il y avait eu cette virée à Édimbourg, un soir avec des potes ; ils étaient allés en discothèque à Tollcross, où il avait aperçu la fille en robe bleue. Lorsqu'il la regardait, il avait l'impression qu'on lui arrachait de force chacune de ses respirations.

Même si Édimbourg était soi-disant plus tranquille que Glasgow, et même si Matt lui affirmait que les couteaux et les rasoirs étaient rarement dégainés, il y avait eu une bagarre. Un gars robuste en avait frappé un autre et ne comptait pas s'arrêter là. Duncan et Matt étaient intervenus et avaient réussi à calmer le jeu. Par bonheur, l'un des bénéficiaires de leur intervention faisait partie du groupe de potes de la fille qui avait hypnotisé Duncan toute la soirée mais qu'il n'avait pas osé inviter à danser. Il observait Maria, ses pommettes, sa manie de baisser les yeux qui lui donnait un air dédaigneux, impression qui s'effaçait dès qu'on lui parlait.

Encore mieux, le gars avec qui ils avaient sympathisé s'appelait Lenny et c'était le frère de Maria.

Maria était catholique, bien que son père ait une amertume inexpliquée envers les prêtres et qu'il n'aille plus à l'église. Sa femme et ses enfants avaient fini par suivre son exemple. Duncan s'inquiétait néanmoins des réactions de sa propre famille à l'annonce de son mariage, et il fit le déplacement jusque dans l'Ayrshire pour en discuter.

Le père de Duncan était un homme calme et réfléchi. On prenait souvent sa timidité pour de la rudesse, impression renforcée par sa grande taille (presque un mètre quatre-vingt-dix) dont avait hérité Duncan, en plus de sa chevelure blond clair. Son père écouta sa déclaration en silence, lui adressant de temps à autre un hochement de tête encourageant. Lorsqu'il parla enfin, il avait l'intonation d'un homme qui se sent grossièrement incompris.

— Je déteste pas les cathos, mon garçon. J'ai rien contre la religion de personne. C'est ces porcs du Vatican, ceux qui rabaissent les autres, qui les maintiennent dans l'ignorance pour s'en mettre plein les poches, c'est ce genre d'ordures que je déteste.

Rassuré, Duncan décida de dissimuler au père de Maria ses relations franc-maçonnes, car il semblait détester cet ordre autant qu'il haïssait les prêtres. Ils s'unirent en un mariage civil aux Victoria's Buildings d'Édimbourg, et organisèrent une réception à l'étage d'un pub de Cowgate. Duncan appréhendait un discours orange, voire rouge, de Matt Muir, et il avait donc demandé à Ronnie Lambie, son meilleur ami d'enfance, de s'y coller. Malheureusement, Ronnie était plutôt ivre et avait prononcé un discours anti-Édimbourg qui avait vexé beaucoup de convives et, l'alcool coulant à flots, avait provoqué un violent échange de coups de poing. Duncan et Maria avaient pris cela comme le signal du départ et s'étaient rendus à la chambre louée pour l'occasion dans une maison d'hôtes de Portobello.

De retour à l'usine et à sa machine, Duncan fredonnait *The Wonder of You*, la mélodie tournant en boucle dans son esprit tandis que le métal cédait à la lame aiguisée du tour. Puis la lumière des grandes fenêtres s'assombrit. Quelqu'un se tenait à ses côtés. Il éteignit la machine et leva la tête.

Duncan ne connaissait pas vraiment cet homme. Il l'avait aperçu à la cantine, dans le bus aussi, visiblement un non-fumeur puisqu'il s'asseyait toujours à l'étage du bas. Duncan avait dans l'idée qu'ils habitaient dans la même cité, l'homme descendait un arrêt avant le sien. Mesurant environ un mètre cinquante, le gars avait de courts cheveux bruns et des yeux vifs. Duncan avait pu remarquer son attitude enjouée et pétillante, en décalage avec son apparence physique : d'une beauté suffisamment conventionnelle pour s'accompagner de narcissisme. Mais à présent, l'homme se tenait devant lui dans un état d'agitation extrême. Énervé et anxieux, il lâcha :

— Ewart, Ewart Duncan? Z'êtes le représentant?

Ils remarquèrent tous les deux la rime cocasse et échangèrent un sourire.

— Duncan le représentant syndiquant. Quel vent? continua-t-il à blaguer. Il connaissait cette routine par cœur.

Mais l'homme ne riait plus. Il lança, hors d'haleine :

— Chuis Wullie Birrell. Ma femme… Sandra… Elle est en train d'accoucher… Abercrombie… y veut pas me laisser aller à l'hosto… le congé maladie… la commande de Crofton qui doit partir… y dit que si je quitte mon poste aujourd'hui, je le quitte pour toujours…

En deux battements, l'indignation se logea dans la poitrine de Duncan, comme le chatouillement d'un début de bronchite. Il grinça des dents puis parla avec une autorité tranquille.

— Va à l'hôpital immédiatement, Wullie. Y a qu'un seul gars qui perdra son boulot pour de bon, et c'est Abercrombie. Je peux t'assurer qu'il va te présenter des excuses bien plates!

— Faut que je pointe ou pas? demanda Wullie Birrell, un tressaillement de ses paupières contractant son visage en un tic nerveux.

— T'inquiète pas pour ça, Wullie, vas-y. Prends un taxi et demande une facture, je m'arrangerai pour que le syndicat la rembourse.

Wullie Birrell lui adressa un hochement de tête reconnaissant et se précipita vers la sortie. Il était déjà dehors quand Duncan posa ses outils et décrocha le téléphone de la cantine pour appeler le délégué syndical, puis le secrétaire de la filiale, les bruits de casseroles et de couverts résonnant à ses oreilles. Il irait ensuite voir le directeur de l'usine, M. Catter, pour déposer une plainte officielle.

Catter écouta les griefs de Duncan avec calme, non sans une certaine montée d'inquiétude. Il fallait vraiment faire partir la commande Crofton, c'était essentiel. Et Ewart, eh bien, il pouvait pousser tous les ouvriers de l'usine à quitter leur poste en soutien à ce dénommé Birrell. Mais à quoi pouvait bien penser ce clown d'Abercrombie ? Évidemment, Catter lui avait demandé de faire en sorte que cette loi soit respectée par tous les moyens, et oui, il avait utilisé ces termes exacts, mais le crétin avait visiblement perdu la tête, perdu la boule.

Catter détaillait le grand homme au visage avenant qui lui faisait face. Il en avait vu des gars aux dents longues chez les syndicalistes. Ils le détestaient, haïssaient l'entreprise et tout ce qu'elle représentait. Ewart n'était pas comme eux. Ses yeux brillaient d'un éclat chaleureux, d'une droiture calme et, si on les observait attentivement, dégageaient plus d'humour et de malice que de colère.

— Il semble y avoir eu un malentendu, Monsieur Ewart, fit Catter lentement avant de lui offrir un sourire qu'il espérait contagieux. J'expliquerai votre point de vue à M. Abercrombie.

— Bien. Je vous en suis reconnaissant.

Pour sa part, Duncan appréciait Catter qui lui avait toujours semblé être un homme juste et honnête. Lorsqu'il imposait les étranges dictats venus d'en haut, on voyait qu'il ne le faisait pas de gaieté de cœur. Et ça ne devait pas être marrant d'essayer de garder le contrôle d'imbéciles comme Abercrombie.

Abercrombie. Quel taré.

En chemin vers sa machine, Duncan Ewart ne put résister et passa la tête dans ce placard éloigné de l'atelier qu'Abercrombie appelait son bureau.

— Merci, Tam !

Abercrombie leva les yeux de sa paperasse tachée de graisse et étalée sur son plan de travail.

— Pourquoi ?

Il s'efforça de feindre la surprise mais ne put s'empêcher de rougir. Il était harassé, sous pression, et il n'avait pas été net face à Birrell. Et voilà qu'il venait de mettre la balle dans le camp d'Ewart, ce connard de bolchevique.

Duncan lui adressa un sourire grave.

— Pour avoir essayé de maintenir Wullie Birrell à son poste un vendredi après-midi, quand tous les gars n'ont qu'une envie, c'est de lâcher leurs outils. Quel numéro de management. J'ai rectifié le tir, je viens de lui dire de partir, ajouta-t-il d'un ton suffisant.

Une boule de haine explosa dans la poitrine d'Abercrombie et se propagea jusqu'aux extrémités de ses mains et de ses pieds. Ses joues s'empourprèrent encore et il se mit à trembler. Il ne pouvait pas s'en empêcher. Ce bâtard d'Ewart : mais pour qui est-ce qu'il se prenait, ce con ?

— C'est moi qui dirige l'atelier ! Tâche de pas l'oublier, putain !

L'éclat de colère d'Abercrombie fit naître un sourire sur le visage de Duncan.

— Désolé, Tam, mais la cavalerie est déjà en route.

L'expression d'Abercrombie se décomposa à cet instant, non pas aux paroles de Duncan, mais à la vue de Catter, regard de pierre, qui venait d'apparaître derrière le représentant, comme si son entrée avait été orchestrée. Pire encore, il arriva dans le cagibi en compagnie du délégué, Bobby Affleck. C'était un homme râblé au cou de taureau qui dégageait une férocité intimidante dans ses moments d'irritation légère. Sauf que là, Abercrombie en était conscient, le délégué bouillait d'une rage incandescente.

Duncan adressa un sourire à Abercrombie, un clin d'œil à Affleck puis quitta la pièce en fermant la porte derrière lui.

La paroi de fin contreplaqué s'avéra n'être qu'une piètre barrière pour contenir la furie d'Affleck.

Comme par miracle, toutes les perceuses, toutes les machines de l'atelier s'éteignirent l'une après l'autre, remplacées par des rires sonores qui se répandirent comme une traînée de couleur sur les murs ternes et bétonnés de l'usine.

# Billy Birrell

## Deux pestes royales

Perché sur le buffet, le fils de Duncan Ewart, Carl, dansait sur une chanson de Count Basie. Elvis avait tourné en boucle ce week-end et Duncan avait un verre dans le nez, à peine de retour de Fife, où Killie et Dunfermline avaient fait match nul. Son fils et lui avaient temporairement la même taille, et le garçon imitait ses mouvements de danse. Maria entra dans le salon et se joignit à eux. Elle souleva le joyeux gamin et le fit tournoyer en chantant :

— Le véritable sang royal c'est rare, moi j'ai deux pestes royales, j'ai Carl, j'ai Duncan...

L'enfant avait la blondeur des Ewart. Duncan se demandait si, une fois inscrit à l'école, Carl se retrouverait affublé du même surnom qu'on lui donnait à l'usine, le «Gamin Galak». Duncan espérait, tandis que Maria reposait le garçon sur le sol, qu'aucun d'entre eux n'aurait besoin de porter de lunettes. Il sentit le bras de Maria glisser sur ses hanches, il fit volte-face, et ils échangèrent un câlin et un long baiser. Carl ne savait pas trop quoi faire et, se sentant mis à l'écart, il s'accrocha à leurs jambes.

La sonnette retentit et Maria alla répondre, donnant à Duncan l'occasion de mettre un disque d'Elvis, *In the Ghetto*.

Maria se trouva face à un homme à la mâchoire carrée, visiblement surpris. Elle ne l'avait jamais vu, il serrait dans sa main une bouteille de whisky et un dessin qui semblait être l'œuvre d'un enfant. Il était plutôt ivre et joyeux, bien qu'un peu gêné.

— Euh, j'm'excuse, Madame, euh, Ewart, euh, votre homme est là ?

— Oui... Attendez une seconde.

Elle appela Duncan qui fit entrer Wullie et le présenta à Maria comme un ami du travail.

Wullie Birrell se sentit honoré par la familiarité de Duncan, mais un peu embarrassé tout de même.

— Monsieur Ewart, euh, Johnny Dawson m'a donné votre adresse... Je passe juste pour vous remercier, pour l'autre jour, toussota Wullie. J'ai entendu dire qu'on s'était bien foutu d'Abercrombie.

Duncan sourit, mais en réalité, il avait éprouvé une certaine culpabilité devant l'humiliation d'Abercrombie. Ce gars avait besoin qu'on le remette à sa place, et oui, Duncan avait eu envie de se marrer. Et puis, il avait lu la douleur sur le visage d'Abercrombie alors qu'il traversait le parking à l'heure de la fermeture. Tam Abercrombie était généralement le dernier à quitter les lieux, mais ce jour-là, il avait été bien pressé de passer la porte. Un truc qu'il avait appris de son père, c'était d'essayer de ne pas juger les gens trop vite, même un ennemi. On ne sait jamais contre quelles merdes ils sont en train de lutter, chaque jour de leur vie. Abercrombie dégageait quelque chose, quelque chose de brisé, et par un poids bien plus lourd que l'incident de la journée.

Mais qu'il aille se faire foutre, la femme de Wullie Birrell était en train d'accoucher. Pour qui il se prenait, Abercrombie, pour lui interdire d'aller retrouver son épouse ?

— Pas plus qu'il le méritait, Wullie, répondit Duncan avec un sourire mauvais. Et appelle-moi Duncan, nom d'un chien. Ouais, cette lopette était pas franchement ravie, mais ne prononçons plus son nom chez moi. Comment va ta femme? Des nouvelles?

Il détailla Wullie de la tête aux pieds, et connaissait déjà la réponse.

— Un petit garçon. Trois kilos et demi. C'est notre deuxième gars. Il est sorti en hurlant et en moulinant des guiboles, et il s'est pas arrêté depuis. Pas comme notre premier. Lui, il est calme. Il doit avoir le même âge que çui-ci, ajouta-t-il avant d'adresser un sourire à Carl qui observait cet inconnu, veillant à rester à distance raisonnable de sa mère. Vous en avez d'autres?

Duncan éclata de rire et Maria leva les yeux au ciel.

— Celui-là nous suffit largement, répondit Duncan en baissant la voix. On avait préparé les valises avant qu'il arrive, on voulait s'acheter deux billets pour l'Amérique, louer une voiture et faire une virée. Voir New York, la Nouvelle-Orléans, Memphis, Nashville, Las Vegas, la totale. Et puis, on a eu notre petit accident, là, fit-il en caressant les cheveux blond platine de Carl.

— Arrête de l'appeler comme ça, Duncan, il va grandir en pensant qu'on voulait pas de lui, chuchota Maria.

Duncan regarda son fils.

— Nan, on échangerait pas notre petit Lièvre de Mars, pour rien au monde, hein mon pote?

— Va mettre Elvis, Papa.

Duncan se délecta de cette requête.

— Bonne idée, mon fils, mais je vais d'abord aller chercher quelques bières et des verres, pour arroser la venue du bébé. Ça te va, de la bière d'export, Wullie?

— Ouais, très bien, Duncan, et oublie pas des verres à shot pour le whisky.

— Ça me va, répliqua Duncan en lançant un clin d'œil à Maria avant de partir à la cuisine, Carl à ses trousses.

D'un air d'excuse, Wullie tendit à Maria le dessin qu'il avait apporté. C'était l'œuvre d'un enfant, une famille tout en ronds et en bâtons. Maria la tint à la lumière et déchiffra le texte qui l'accompagnait.

C'était une histoire

> Un nouveau bébé par William Birrell cinq ans école primaire de saughton raconté à Wendy hines onze ans et écrit par Bobby Sharp huit ans.
>
> Je m'apel William mais tout le monde m'apel Billy mon papa ces Billy aussi et on va avoir un nouvo bébé. J'aime le foot et les Hibs d'Edinbour ces la meilleur équipe papa va m'emmener les voir mais pas le nouveau bébé pasqu'il est encore dans son berso maman a fait un feu et elle s'apel Sandra Birrell et elle est grosse a cause du bébé.
>
> J'abite dans un grand apartement avec des fenaitres et j'ai une copine elle s'appel Sally et elle a set ans elle est en classe avec les plus grans mon voisin messieu colins est vieu

— C'est super.

— Ils sont géniaux, à cette école. Ils s'arrangent pour mélanger les catégories d'âges, les plus grands aident les instits à s'occuper des petits, expliqua Wullie.

— C'est bien, parce que le nôtre va y rentrer à la fin de l'été. Votre aîné, ça doit être un gamin intelligent.

La fierté et l'alcool s'associèrent pour donner à son visage une saine rougeur.

— Il l'avait préparé pour mon retour de l'hôpital. Ouais, je pense que Billy va être le cerveau, et notre nouveau, Robert qu'on l'a appelé, ça sera le bagarreur. Ouais, il est sorti en hurlant et en moulinant des pieds, il a bien déchiré ma femme… fit Wullie, puis il rougit face à Maria. Euh, pardon, je voulais dire…

Maria rit de bon cœur et fit un geste de la main tandis que Duncan revenait avec les verres sur un plateau Youngers qu'il avait piqué au Tartan Club, un soir de beuverie.

Billy Birrell était entré à l'école l'année précédente. Wullie était fier de son fils, même s'il était obligé de le surveiller en permanence lorsqu'il manipulait des allumettes. L'enfant semblait obsédé par le feu, en allumait dans le jardin, dans les poubelles, partout où il en avait l'occasion, et un soir, il avait failli réduire la maison à un tas de cendres.

— C'est bien qu'il aime le feu, Wullie, avança Duncan sous l'effet de l'alcool ingurgité en plus de ses verres précédents. Apollon, le dieu du feu, c'est aussi le dieu de la lumière.

— Tant mieux, parce que, de la lumière, on en aurait eu si les rideaux s'étaient embrasés…

— C'est une impulsion révolutionnaire, Wullie, parfois on a besoin de tout détruire, de tout brûler jusqu'au sol pour mieux reconstruire, rigola Duncan en se reservant un verre de whisky.

— N'importe quoi, fit Maria d'un ton méprisant sans quitter des yeux le liquide versé par Duncan et y ajoutant de la limonade pour diluer l'alcool.

Duncan passa un autre verre à Wullie.

— Je veux simplement dire… le soleil, c'est du feu, mais c'est aussi la lumière, la guérison.

Maria ne comptait pas gober cette histoire.

— Wullie aurait eu bien besoin d'une guérison, s'il s'était réveillé avec des brûlures au troisième degré.

Wullie culpabilisait d'avoir dénigré son fils malgré lui, devant des inconnus.

— C'est un bon garçon, enfin, j'essaie juste de lui apprendre la différence entre le bien et le mal… marmonnat-il, l'alcool et la fatigue s'insinuant en lui peu à peu.

— C'est un monde difficile, aujourd'hui, pas comme celui dans lequel on a grandi, fit Duncan. On sait plus vraiment quoi leur apprendre. Enfin je veux dire, y a les trucs élémentaires, genre, soutiens tes amis, ne franchis jamais un piquet de grève…

— Ne frappe jamais une fille, acquiesça Wullie.

— Absolument, répliqua Duncan d'un ton sec tandis que Maria lui lançait un regard essaie-un-peu-pour-voir-mon-pote. Ne balance jamais personne aux flics…

— … ni ami ni ennemi, compléta Wullie.

— Voilà ce que je vais faire, moi, remplacer les dix commandements par les miens. Ils seront plus utiles aux enfants que ces histoires de Spock ou je sais pas quoi. Achète un disque chaque semaine, ça serait un de mes commandements… Impossible de passer une semaine entière sans attendre avec impatience une nouvelle chanson…

— Si tu veux donner des règles de vie à tes gosses, pourquoi ne pas essayer «tu ne rempliras pas les poches des brasseurs et des bookmakers», fit Maria dans un rire.

— Y a des trucs plus compliqués que d'autres, dit Duncan à Wullie, qui hocha la tête avec sagesse.

Ils passèrent presque toute la nuit à boire et à évoquer leur passé, avant le développement urbain de la banlieue et la construction des nouveaux immeubles. Pour eux, ces bâtiments étaient la plus belle chose qui soit arrivée à la classe ouvrière. Maria venait de Tollcross, Wullie et sa femme de Leith, en passant par les préfabriqués de West Granton. On leur avait proposé un logement à Muirhouse mais ils s'étaient installés ici pour être plus proches de la mère de Sandra, qui était souffrante et vivait à Chesser.

— On habite dans la partie ancienne de la cité, expliqua Wullie d'un ton d'excuses. C'est pas aussi chic qu'ici.

Duncan essaya de refouler son sentiment de supériorité, mais c'était une sorte de consensus dans le coin : les nouveaux appartements étaient les meilleurs. Les Ewart, comme nombre de familles dans le quartier, profitaient de ces habitations lumineuses. Les voisins faisaient tous l'éloge du chauffage au sol, qui permettait de maintenir l'appartement à température grâce à un seul bouton. Le père de Maria était récemment décédé de tuberculose dans son immeuble humide de Tollcross : tout ça n'était plus que de l'histoire ancienne. Duncan adorait le carrelage chaud sous les tapis. On glissait les pieds sous la carpette devant la cheminée, c'était un véritable luxe.

Puis l'hiver arriva, et avec lui les premières factures, et tous les systèmes de chauffage central de la cité s'éteignirent ; avec une synchronisation si parfaite qu'on les aurait dit manipulés par une seule et même personne.

# Andrew Galloway

## L'homme de la maison

C'est arrivé pendant un de mes moments préférés, quand chuis à genoux par terre, que j'ai mis ma BD de *Beano* sur un des grands fauteuils pour que personne y vienne m'embêter, que j'ai posé un biscuit au chocolat et un verre de lait sur le petit tabouret, et que mon Papa est assis dans l'autre fauteuil à lire le journal, et que ma Maman prépare le dîner, et ma Maman, c'est la meilleure cuisinière du monde pasqu'elle fait les frites comme personne, et mon Papa, c'est le meilleur papa du monde pasqu'il pourrait mettre une raclée à n'importe qui, et un jour, il a failli mettre une raclée à Paul McCartney pasque ma Maman, elle l'aime beaucoup et qu'ils allaient se marier, ma Maman et Paul McCartney, mais c'est Papa qui l'a épousée le premier et s'il l'avait pas fait, j'aurais fait partie des Beatles.

Sheena est dans son berceau... elle fait du boucan, son visage est tout rouge. Ouin ouin ouin, c'est tout ce qu'elle fait, elle chiale tout le temps, comme vache qui pisse dit mon Papa, pas comme moi pasque chuis un grand garçon, je vais à l'école, moi, maintenant !

J'ai fait la guerre, aussi.

Terry, il a chialé à l'école, le premier jour. Moi je chiale jamais mais Terry, lui, si, Te-e-rryy-y-le-chia-a-leu-eur… il était assis sur l'estrade, là où Mamoisel Munro elle a son bureau et il chialait, il chialait.

Mamoisel Munro, elle l'a pris sur ses genoux et Terry, il avait bien du bol. J'me marierai avec Mamoisel Munro pasqu'elle sent vachement bon et qu'elle est sympa et j'ai mis mon bras autour des épaules de Terry pasque c'est mon copain et j'lui ai dit d'essayer d'être un grand et Terry, il avait peur que sa Maman vienne pas le chercher, mais moi, je savais que la mienne viendrait pasqu'elle m'avait dit qu'on irait manger une glace au Mr. Whippy's.

Ma tante Ma-ryyyy, avait un ca-a-nariii…

Paul McCartney se prend une raclée ! Y se prend une raclée par moi et par mon Papa. Pan ! Blam !

Mamoisel Munro a dit, tout va bien, Terry, tu vois bien qu'Andrew est là à côté de toi. Moi, je montrais que j'étais un grand.

caché dans sa culotte…

J'lui éclate la tête. Si j'étais vraiment en colère, je pourrais éclater tous les Beatles.

Mon Papa, y m'appelle Denis la Malice pasque je veux un chien comme le sien, mais ma Maman, elle dit non, pas avant que Sheena grandisse pasque y a des chiens qui mangent les bébés. C'est sûrement pour ça qu'ils puent de l'haleine, pasqu'ils bouffent des bébés qui chlinguent le pipi et le vomi. Les chiens, y devraient manger des légumes et des frites et des bons zamburgers, pas ceux qu'on achète pas cher.

qui voulait paaas descendre avant le mois de juin…

J'ai mangé mon biscuit, pasque c'est un des bons, ceux aux céréales avec une bonne couche de chocolat bien épaisse. Ceux qui coûtent pas cher, y sont jamais aussi bons. Ça a frappé à la porte. C'est mon Papa qui est allé voir. Et puis quand il est revenu, y avait deux autres monsieurs avec lui, et c'était des policiers. Y en avait un qui avait l'air méchant, mais l'autre était sympa pasqu'il m'a souri et m'a tapoté la tête. Mon Papa a dit qu'il devait partir, qu'il devait aller aider les policiers, mais qu'il reviendrait vite.

Paul McCartney et ma Maman, ils peuvent plus faire un bébé, pasque maintenant, y a Sheena et elle dort dans son berceau.

Elle s'est assise sur la cuisinière, et elle s'est cramée le cul…

Ma Maman, elle pleure, mais mon Papa, il dit que ça va aller. Il me dit à moi : Faut que j'aille aider les policiers. Tu prends soin de ta Maman et tu lui obéis. Oublie pas, t'es l'homme de la maison, maintenant.

et c'était la mort de sa petite culotte…

Quand il est parti, ma Maman me prend sur ses genoux et elle me serre, serre et je l'entends pleurer, mais moi, je chiale pas, pasque chuis un grand garçon et je pleure jamais! Au début, je suis un peu triste pasqu'il y a ma BD, et qu'après l'école, normalement, c'est la meilleure partie de la journée, juste avant le dîner, mais je chiale pas, pasque je sais que mon Papa, y reviendra bientôt, quand il aura fini d'aider les policiers à mettre les méchants en prison et qu'il les aidera à mettre une raclée à tous les méchants et je l'aiderai moi aussi, pasque je pourrais aussi mettre une raclée à Paul McCartney si il essayait d'être le copain de ma Maman, et même si mon Papa, il est loin pendant longtemps, ça me gêne pas pasque ça veut dire que je vais être l'homme de la maison.

Partie 2

# Années 80 :
# le dernier repas (de poisson)

# Fenêtres sur les eighties

L'immeuble tout entier semblait siffler et trembler sous les attaques des rafales glaciales qui le laissaient pleurant, grinçant et suintant comme un homard plongé dans une marmite d'eau bouillante. Les énormes bourrasques de cette sale tempête frigorifique s'écrasaient sans relâche contre sa fenêtre, passaient par les fissures des montants, sous les rebords, par les conduits d'aération, dans les espaces entre les lattes du plancher.

Soudain, un coup de vent narquois emporta un tourbillon de cannettes cliquetantes et de déchets dans son sillage, et offrit un léger répit à Sandra. Les fibres de son corps et de son âme commençaient à peine à se relaxer quand un groupe de poivrots se matérialisa dans la rue, errant dans un néant silencieux, emplissant l'air de hurlements et de chants. Le vent et la pluie avaient cessé, et ils pouvaient enfin rentrer chez eux. Mais ces pourvoyeurs de tristesse semblaient toujours s'arrêter devant sa porte, en particulier l'un d'entre eux qui, à force, lui avait sans le savoir appris le refrain et toutes les strophes de *Hearts Glorious Hearts* en quelques mois.

Avant, ça ne la dérangeait pas, tout ce bruit. Et voilà qu'elle, Sandra Birrell, mère, épouse, occupante de cet appartement, était la seule à ne pouvoir dormir la nuit. Les garçons dormaient comme des loirs ; elle allait parfois les regarder, s'émerveiller de leur air paisible, de les voir grandir si vite.

Billy partirait bientôt, elle le savait. Il n'avait que seize ans, mais il allait avoir son propre logement d'ici quelques années. Il ressemblait tellement à son mari dans sa jeunesse, bien qu'il ait hérité de sa blondeur à elle. Billy était rude et secret, il vivait sa vie et se gardait bien de lui révéler quoi que ce soit. Elle savait que des filles lui tournaient autour, mais elle supportait difficilement son impassibilité, sauf lorsqu'elle se délectait de sa gentillesse spontanée, pas seulement envers elle, mais envers ses proches et ses voisins. On pouvait l'apercevoir tondre le gazon dans le jardin de l'hospice des anciens combattants puis, d'un mouvement sec de sa tête à la chevelure coupée en brosse, refuser catégoriquement tout paiement en retour. Et puis il y avait son Robert : un petit poulain longiligne qui grandissait si vite. Un rêveur, sans ce sens déterminé du devoir qui habitait Billy, mais tout aussi réticent que lui à partager ses secrets. Lorsqu'il serait parti, qu'adviendrait-il d'elle et de son mari Wullie, assoupi à ses côtés ? Que serait-elle ? Est-ce qu'après eux ressemblerait à avant eux ? Redeviendrait-elle Sandra Lockhart ?

Ça semblait complètement fou, mais qu'était devenue Sandra Lockhart ? La jolie blonde douée à l'école, inscrite à Leith Academy quand le reste de sa famille, les Lockhart de Tennent Street, n'avait été qu'à D.K., David Kilpatrick's, ou « Débiles Kongénitaux », surnom cruel donné par les habitants du quartier. Sandra était la benjamine du clan, la seule enfant issue de cette bande de dégénérés excommuniés qui semblait avoir un avenir. Vive, pétillante et trop gâtée, elle semblait avoir la grosse tête, observant de haut les habitants de la banlieue et de la zone portuaire, d'où sa famille était originaire. Tout le monde, sauf un homme, et il était allongé près d'elle.

Les poivrots étaient partis, leurs voix s'évanouirent dans la nuit pour annoncer le retour en force des vents cinglants.

Une nouvelle rafale et la fenêtre gémit comme le wobble-board de Rolf Harris[1], lui laissant un instant miroiter le drame éventuel d'une explosion soudaine, seul évènement qui pourrait réveiller son mari assoupi et le pousser à agir, à faire quelque chose. N'importe quoi. Juste pour lui prouver qu'ils étaient ensemble dans cette histoire.

Sandra le regarda, plongé dans un sommeil aussi profond que celui des garçons dans la pièce voisine. Il était un peu plus en chair, et ses cheveux s'étaient un peu clairsemés, mais il ne s'était pas laissé aller comme certains hommes et il lui rappelait toujours Rock Hudson dans *Écrit sur du vent*, le premier bon film qu'elle avait vu dans son enfance. Elle essaya d'imaginer son apparence à *elle*, et elle passa la main sur ses bourrelets et sa cellulite, suscitant à la fois réconfort et répulsion. Elle doutait de ressembler à Dorothy Malone, à présent. C'est comme ça qu'on l'avait appelée : « La blonde hollywoodienne. »

Marilyn Monroe, Doris Day, Vera Ellen : elle faisait penser à elles, une coiffure après l'autre, mais jamais autant qu'à Dorothy Malone dans *Écrit sur du vent*. Quelle blague. À l'époque, elle n'avait bien sûr jamais eu vent du surnom qu'on lui donnait au Cappy Concert ou ailleurs. Sinon, elle aurait été ingérable, Sandra devait bien se l'avouer. C'est Wullie qui lui avait dit, quand ils avaient commencé à sortir ensemble, qu'il avait séduit la fille que tous les gars appelaient « La blonde hollywoodienne. »

Avec une violence subite, les gouttes s'abattirent sur la vitre comme une pluie de cailloux, si fort qu'elle crut sentir son cœur se briser en deux, une moitié s'élevant vers sa bouche, l'autre s'abaissant vers son estomac. Avant, pensa-t-elle, ça ne m'aurait rien fait : le vent, l'averse, les poivrots dans la rue. Si seulement Wullie pouvait se réveiller, la

---

1. Musicien australien qui utilise le wòbbleboard, un instrument artisanal fait d'une planche d'un matériau flexible, qui, une fois agitée à deux mains, crée un son particulier. (*Toutes les notes sont du traducteur.*)

prendre dans ses bras, la serrer, lui faire l'amour comme avant, parfois tout au long de la nuit. Si seulement elle pouvait combler la distance qui les séparait, le secouer, le réveiller, lui demander de l'embrasser. Mais ce n'était pas à ce genre de phrase qu'ils s'attendaient.

Comment ces quelques centimètres entre eux avaient-ils pu se transformer en un tel fossé ?

Allongée sur le dos à détailler le plafond insipide, la panique la transperça en vagues successives et une fissure étourdissante déchira son esprit. Elle put presque sentir son équilibre mental s'engouffrer dans cet abysse, la laissant seule, coquille zombifiée. Et elle s'apprêtait à y succomber, confortablement, pour être comme son mari Wullie, qui pouvait dormir, dormir, dormir d'une traite jusqu'au matin malgré le boucan.

# Terry Lawson

## Des litres de jus

Stevie Bannerman peut vraiment jouer aux cons. Ça le gêne pas de passer la journée entière le cul bien calé dans la camionnette pendant qu'on fait le tour des pubs, des boîtes de nuit, du porte-à-porte dans la cité, et que je sors par tous les temps pour soulever des putains de caisses à l'arrière du véhicule. Je vais pas me plaindre, quand même : y a plein de nanas qui passent, et être là, à les mater à l'air frais, c'est le sel de la vie. Y a pas de doute.

Ils voulaient que je reste, ils me disaient que je pouvais avoir la moyenne si j'y mettais un peu du mien. Mais pourquoi croupir à l'école quand t'as déjà niqué à peu près toutes les nanas inscrites ? Une putain de perte de temps. Faudra que je le dise à mon pote, le Gamin Galak.

J'ai la gaule, ce matin. C'est toujours pareil, quand je suis allé au Classic la veille au soir pour voir des films porno. Je voulais passer chez Lucy après mais son vieux ne m'a pas laissé rester pour la nuit. On est censés être fiancés et tout. On aura tout le temps pour ça après le mariage, qu'il dit ce con. Ouais, comme si lui et la mère de Lucy baisaient toute la journée.

Mais bien sûr.

On est de retour à la cité et Stevie a garé la camionnette pas loin du terrain vague. Deux vieilles peaux s'approchent de moi. Leurs bouches édentées me font penser à ma paire de bottes rangées dans mon armoire, celles qui ont les coutures déchirées. Je m'en suis acheté une nouvelle paire avec ma première paye hebdomadaire mais j'arrive pas à bazarder les anciennes.

— Deux bouteilles de jus d'orange, mon garçon, me fait une des bonnes femmes.

J'en sors deux du cageot supérieur, des Hendry's, je prends le billet et leur rends la monnaie. Désolé, m'dame, je sais très bien quel genre de jus t'as besoin d'ingurgiter, et c'est pas de celui qu'on trouve en bouteille.

Et c'est pas moi qui vais t'en filer, m'dame!

Elles passent leur chemin et c'est là que j'en aperçois une à qui je la collerais bien. Je reconnais ce petit visage lumineux juste à côté de moi, c'est celui de Maggie Orr. Elle est avec une copine, bien baisable, que j'ai déjà vue dans le coin mais que je connais pas. Enfin, pas encore.

— Un jus d'orange et un coca, fait Maggie.

Un an de moins que moi, dans la classe inférieure à l'école. Maigre comme un clou. Quand j'étais responsable de table à la cantine, je la gavais pendant le déjeuner. Mon pote Carl, le Gamin Galak, il est à fond branché sur elle. Je croyais qu'il avait réussi son coup parce qu'il traînait avec elle et Topsy, et leur bande débile, les gars du bus des Hearts. J'ai entendu dire qu'il s'était tapé l'air con devant elle, samedi dernier. C'est peut-être pour ça qu'il a tellement envie d'aller voir le match des Hibs avec nous, ce week-end. Trop prévisible, ce con.

— Il paraît que t'es fan de jus, je lui lance.

Elle dit rien, capte pas vraiment la blague mais rougit quand même un peu. Sa copine, elle, elle pige le truc mais fait comme si elle clignait les yeux à cause du soleil et porte sa main à son visage. Des longs cheveux bruns, des yeux noirs, des lèvres charnues et rouges. Ouais…

Belle paire de nichons.

— Vous devriez être à l'école, vous deux. Attendez que je raconte ça à Blackie.

Maggie fronce les sourcils en entendant le nom de ce connard. Pas étonnant.

— Ouais, Blackie et moi, on est restés en contact, v'savez. On est potes, maintenant qu'on a intégré le monde du travail, tous les deux. Il me demande toujours de le prévenir quand un de ses élèves se tient pas comme y faut. Je vais tenir ma langue, mais juste parce que c'est vous, et ça risque de vous coûter cher.

Sa copine se marre mais la pauvre Maggie me regarde en se demandant à moitié si je suis sérieux.

— Je suis malade. Je suis juste sortie pour acheter un jus d'orange, elle me répond, comme si j'allais la dénoncer pour absentéisme à ce putain de pion.

— Ouais, c'est ça, je fais en jetant un œil à son amie, qui a vraiment une belle paire de nichons. Et genre, toi aussi t'es malade.

— Nan, elle a laissé tomber, elle allait en cours à Auggie, explique Maggie avant que l'autre puisse en placer une.

Elle est toute nerveuse et gênée, et elle regarde autour d'elle pour vérifier que personne l'a repérée dans la rue. Sa copine est bien plus détendue. J'adore ses grands yeux et ses longs cheveux sombres.

— T'as un boulot, poupée ? je lui demande.

Elle parle pour la première fois.

— Ouais, chez le boulanger. Mais c'est mon jour de congé.

Chez le boulanger, hein ? Eh ben, je lui malaxerais bien les miches, moi. Aucun danger. Ça nan, elle est pas timide, putain, elle me fait juste mariner.

— Très intéressant. Alors, vous êtes toutes seules ?

— Ouais, mon oncle Alec est sorti, et mon père et ma mère sont partis à Blackpool, me dit Maggie.

Blackpool. Putain, c'est génial, là-bas, le Golden Mile et tous les pubs. Et c'est un putain de baisodrome. Moi et une nana de Huddersfield, et aussi celle de Lincoln. Celle de Huddersfield, Philippa, c'était la meilleure. On a tellement niqué qu'on a pété le putain de lit. Cet enculé voulait qu'on lui rembourse, un vieux plumard déjà à moitié foutu. Je lui avais répondu d'aller se faire foutre, à ce branleur. Malky Carson voulait lui latter les couilles. Le petit déj était naze et tout : ils m'avaient servi une saucisse aussi minus que le vermicelle du petit Gally.

Mais Pleasure Beach, qu'est-ce que c'était bien. Je m'étais précipité sur les montagnes russes. C'était le troisième truc que je chevauchais ce jour-là ! Mais quel putain de froid, avec le vent marin. Et ces épaves de Orr sont partis dans le Sud et ont laissé la pauvre Maggie toute seule.

— Ils t'ont pas emmenée avec eux ?

— Nan.

— Ah, ils savaient qu'ils auraient dû te garder à l'œil tout le temps. J'en ai entendu de belles à ton sujet !

— N'importe quoi, elle rigole, et sa copine aussi.

Je me tourne vers la brune.

— Alors c'est elle qui s'occupe de toi, hein, Maggie ?

— Ouais.

Je fais un clin d'œil à son amie et je me retourne vers Maggie.

— Bon, ben je passerai chez toi dans l'après-midi, après le boulot. Pour rendre visite à la malade, quoi. Lui apporter mes remèdes spéciaux.

Maggie se contente de hausser les épaules.

— C'est toi qui vois, hein.

— Ouais, un examen en profondeur. Et je demanderai un second avis. Docteur, je fais en me montrant du doigt ; puis en pointant mon index sur la brune : Infirmière ; puis sur Maggie : Patiente.

La brune se chauffe, elle sautille sur place et ses nichons font du trampoline sous son t-shirt violet.

— Wouahou, Maggie ! T'entends ça ! Docteur et infirmière ! Ton jeu préféré !

Maggie me jette un regard glacial, bras croisés, puis elle tire sur sa clope en écartant la mèche brune qui lui cache les yeux.

— Ouais, c'est ça gamin, continue de rêver.

Elles s'éloignent avec mépris, mais je vois bien, à la façon dont elles se retournent en ricanant, que ces connes sont contentes comme tout. Je vais me les faire toutes les deux, ça, c'est garanti.

— Ouais, rêver, je sais faire, rêver de deux jolies nanas, je fais en riant, et puis je crie : À plus tard, juste pour une clope et une tasse de thé, hein.

— C'est ça, oui, me répond Maggie, mais elle finit par rigoler.

— À plus tard, les filles !

J'agite la main et les regarde partir. Cette Maggie, là, si les cons du Biafra voyaient une photo d'elle à leurs infos, ils feraient une collecte pour lui envoyer quelques sacs de riz ici. Joli cul, sa copine : on dirait deux bébés qui gigotent dans une taie d'oreiller, sous son pantalon blanc.

Un putain de canon.

Stevie est vraiment un connard. Peut même pas passer devant un bookmaker. Il reste assis là, à éplucher les résultats des courses. C'est un petit nerveux, avec une grosse moustache de rital. Un de ces mecs super sérieux et chiants au boulot, et qui se lâche pas tant qu'il est pas sorti du taf et entré dans un pub. Moi, je marche pas avec ce genre de connerie : comme s'il fallait faire la gueule 24 h/24 pour conduire une putain de camionnette. Je veux passer mon permis et m'acheter une caisse, juste pour baiser. Les nanas, elles vont toujours avec le mec à la voiture, enfin, pas que j'aie besoin de ça pour sauter qui que ce soit, ce qui est pas le cas de certains, suivez mon regard. Une camionnette, ça peut toujours être utile.

Quand c'est l'heure, Stevie veut aller boire une pinte au Busy Bee.

— Nan, j'ai d'autres trucs à faire, je lui réponds.

— Comme tu veux.

Et il commence à déblatérer sur nos tournées qui font pas assez de thunes. Qui en a quelque chose à foutre? Moi, ça me fait assez de fric, et en plus, on peut mater les filles. C'est plus important que l'argent, ça, avoir l'occasion de draguer des nanas différentes, et trouver qui est partante et qu'il l'est pas. Vous voulez niquer, vous leur balancez une phrase toute faite, ou vous demandez à un môme de faire passer un message.

Le truc principal pour moi, c'est les chattes. J'ai passé une bague au doigt de Lucy, simplement pour qu'elle se calme. Elle arrête pas de répéter que, vendre des jus de fruits, c'est pas assez bien pour elle. Je sais très bien d'où ça vient : son vieux est un enculé de snob. Il était conducteur de bus et voilà, il croit qu'il fait partie de la putain de classe moyenne. Un jour, ce con s'est ramené et m'a dit :

— Vendre des jus de fruits, quelle sorte de perspective est-ce que ça peut bien ouvrir sur l'avenir?

Je suis resté assis sans répondre, mais je me disais, t'as tout faux, mon pote, y a une putain de bonne perspective, depuis une camionnette, et c'est de là que je l'ai repérée, ta petite fille. C'est fou ce qu'il y a, comme perspective! Le sel de la vie!

Cette Maggie, je me la garde en perspective, et je me rends direct chez elle quand j'ai fini. Elle habite dans le même immeuble que les Birrell, à l'étage supérieur, j'ai soutiré l'adresse à Billy. Des putains de poivrots, ses vieux. Je renifle mes aisselles pour vérifier que je pue pas, après avoir porté toutes ces caisses. Je frappe à la porte.

Elle vient m'ouvrir et elle reste plantée là, bras croisés, et me regarde l'air de dire, qu'est-ce tu veux.

Je sais très bien ce que je veux.

— Je peux entrer prendre une tasse de thé? Un peu de réconfort pour un homme de labeur?

— D'accord, elle fait en regardant par-dessus mon épaule, mais juste une tasse, et tu restes seulement cinq minutes.

On entre dans le salon, elle et sa copine sont seules à l'appart.

— Tu connais Gail, Terry? Maggie me demande pendant que j'allume une clope.

Son visage prend une expression, genre, «Je suis sûre de t'avoir déjà vu quelque part.»

— J'ai pas eu l'honneur, je réponds en lui adressant un signe de la tête et un clin d'œil. Enfin, pas encore.

Maggie ricane et Gail soutient mon regard pendant un moment. Les nanas aiment les mecs qui ont de l'humour, et vous voyez, moi, j'ai un sens de l'humour à la Monty Python. À l'école, quand Carl, Gally et moi, on commençait à déconner, personne ne pigeait rien. Ils pensaient qu'on était tarés, et j'imagine que c'était le cas. Le truc que Carl capte pas, et c'est pour ça qu'il arrive pas à tirer son coup, c'est que, ouais, il faut un bon sens de l'humour mais il faut aussi la jouer mature devant les filles, pas faire les petits débiles tout le temps. Regardez les Monty Python : ils sont peut-être tarés, mais ils sont pas comme ça en permanence. Ils sont tous allés à Cambridge ou je sais pas où, et on entre pas là-bas sans avoir un minimum de cervelle. C'est à parier qu'ils se sont pas mis à faire leur ministère des marches débiles et toutes ces conneries pendant les exams. Nan. Le truc, c'est que je suis mature et tout. Je me souviens de ma prof de dessin, Mlle Ormond, qui m'avait dit : «Tu es l'élève le plus immature à qui j'aie jamais enseigné.» Moi, je lui avais juste répondu, je suis mature, Mademoiselle, ça fait des années que je nique des nanas, et j'en ai baisé plus que n'importe qui dans cette école. La grosse vache m'avait envoyé direct dans le bureau de Blackie pour tâter de sa canne.

Elles ont mis la télé, et y a les merdes de l'après-midi qui passent, une rediffusion de *The Saint*. C'est l'autre con, celui qu'on dirait le petit frère du vrai Saint. Je m'installe dans le canapé, Gail s'assied dans un fauteuil et Maggie se pose sur l'accoudoir du fauteuil en face. Je mate le bout de cuisse sous la jupe à carreaux de Maggie, et je repense à cette pub pour American Express : « Ça me va très bien. »

— Alors, racontez-moi vos aventures, les filles, je leur fais en tirant une longue bouffée de mon Embie Regal. Quoi de neuf ? Et surtout, vous sortez avec quelqu'un ? Je veux entendre tous les ragots scandaleux.

— Elle sortait avec Alan Leighton, fait Maggie en montrant Gail du doigt.

— Mais plus maintenant, je le déteste.

— Je le connais pas vraiment, je réponds dans un sourire en me disant que Leighton est un pote de Larry Wylie, alors elle va s'en prendre doublement plus dans le cul pour avoir traîné avec cette bande de nazes.

— C'est un branleur, ajoute Gail d'un air que je serais débile de ne pas interpréter comme : je nique plus avec lui, mais j'ai bien besoin d'une bite, alors ramène-toi mon grand.

Voici Terence Henry Lawson dans le rôle du sauveur de minettes en manque de baise.

Le sel de la vie.

C'est marrant, avec cette dénommée Gail. J'essaie encore de la resituer. Je crois qu'elle est de la famille Bank. Et je suis sûr qu'elle est copine avec la sœur de Doyle. Et je suis certain qu'elle portait des lunettes, avant, des binocles à monture dorée qui lui donnaient l'air encore plus sexy et chaudasse, si c'est possible. Peut-être que je confonds avec une de ses copines. Mais bon, elle se laissera faire, pas de souci, c'est facile à voir. Je me tourne vers Maggie qui semble un peu laissée pour compte.

— Je suis surpris que t'aies personne, Maggie, je lui lance en la regardant rougir à nouveau. Enfin je veux dire, je me plains pas, c'est une bonne nouvelle pour moi. Tu sais, tu m'as toujours beaucoup plu !

Gail rejette sa tête en arrière et rigole. Et puis elle lève les yeux au plafond et fait : Whou-hou !

La petite Maggie, par contre, joint les mains et baisse les yeux, tout intimidée, et d'une voix basse, elle me dit :

— Mais tu sors avec Lucy Wilson.

Putain, on dirait qu'elle est à l'église ou je sais pas quoi. Elle trompe personne, avec son petit jeu. Elle est protestante, donc ça veut dire qu'elle va jamais à l'église.

— Nan, c'est du passé, tout ça. Alors, si je te demandais de sortir avec moi, tu dirais oui ?

Elle est écarlate. Elle se tourne vers Gail, rigole, pas vraiment sûre si je me fous de sa gueule ou pas.

— Terry t'a posé une question, Maggie ! fait Gail d'une voix forte.

— Je sais pas, elle répond, irritée mais un peu évasive aussi.

Le truc, c'est qu'il y a sortir et sortir. Parfois, on dit qu'on « sort » avec quelqu'un, juste pour dire qu'on baise avec elle. Mais d'autres fois, c'est un peu comme « se ranger ». C'est trop débile, putain, comme si on était dérangé avant. Nan, Lucy, c'est le genre de nana avec qui on sort, toujours bien sapée, vierge avant que je lui mette la main dessus. Y a des filles comme elle, celles avec qui on sort, et y a celles comme Maggie ou cette Gail, celles qu'on se contente de niquer.

— Ben si tu sais pas, on le saura pas pour toi, pas vrai, Terry ? fait Gail en me lançant un petit clin d'œil.

C'est une putain de chaudasse, pas de doute. Je m'intéresse plus franchement à Maggie ; après tout, on va toujours vers les partantes, et même si elles y passeront toutes les deux, cette petite Gail, c'est de la bombe. Ça se voit tout de suite.

Le truc, c'est qu'on est chez Maggie, on veut pas risquer de se faire jeter dehors.

— Peut-être que je pourrais te convaincre, je lui dis. Tu veux pas venir t'asseoir sur mes genoux ?

Elle me jette un regard dubitatif.

— Allez, viens là. Viens, j'ajoute avec un geste de la tête.

Gail la regarde et insiste :

— Y va pas te mordre, Maggie.

Je l'aime bien, cette fille, pleine de malice. Exactement mon type. Enfin, vous me direz, elles sont *toutes* mon type.

— Soyez-en pas si sûres. Allez, Maggie, je répète avec un peu d'impatience.

Une fille timide, ça va bien cinq secondes mais ça devient vite chiant et on a envie qu'elle se dessape et mette un peu d'action. Personne n'aime les allumeuses, au final. Elle s'approche, je l'attire sur mes genoux et je berce son petit corps mince, de bas en haut. Je dépose un léger baiser sur ses lèvres.

— Alors, c'était pas si horrible. Ça faisait un bout de temps que j'avais envie de faire ça, je te le garantis.

Enfin, envie de faire ça à n'importe quelles lèvres. Soulever des caisses de bouteilles toute la journée au lieu de lever des nanas tout court. Ça plaît bien à Maggie, elle pose sa main sur ma nuque, passe ses doigts dans mes cheveux, derrière la tête. Je regarde la vieille cheminée carrelée, un truc au gaz comme on en voit dans les appartements miteux des cités. Pas les trucs modernes et électriques comme on a, nous, les snobs, dans les apparts neufs.

— J'aime bien ta coiffure, elle fait.

Je souris, ce petit sourire timide que je m'entraîne à faire devant le miroir chaque jour, et je l'embrasse encore, un baiser plus lent, plus long.

Gail laisse échapper un soupir sonore et se lève. On s'écarte l'un de l'autre.

— Vu que vous la jouez tourtereaux, je monte écouter une cassette, déclare Gail d'un ton méprisant, mais elle fait semblant, elle sait bien qu'elle va se la prendre, c'est évident, et si c'est pas immédiatement après Maggie, ce sera plus tard.

Vous savez, je connais toutes les boulangeries dans l'ouest d'Édimbourg. C'est l'avantage de bosser pour un vendeur de jus de fruits ambulant.

Maggie proteste à moitié tandis que Gail s'en va.

— Allez, va mettre de l'eau dans la bouilloire!

Mais Gail a déjà le dos tourné, vu que je regarde disparaître son petit cul dans son pantalon blanc, et tout ce qui me vient à l'esprit, c'est de mettre ma main dessus plus tard.

Mais commençons par le commencement. C'est un des rares trucs que j'ai appris à l'école, en primaire. Ces dictons à la con qu'ils nous apprenaient. Un tiens vaut mieux que deux tu l'auras. Enfin, dans ma version, ça donne Deux prends ça valent mieux qu'un non merci.

— Je vais aller mettre la bouilloire en marche, je lui dis. Mais pas avant que tu m'embrasses encore.

— Casse-toi.

— Un tout petit bisou, je murmure.

Un tout petit bisou, bien sûr. Après lui avoir roulé des pelles pendant dix minutes, j'ai réussi à lui retirer son cardigan hideux, puis son t-shirt, et son soutif, et ses nichons remuent dans les paumes de mes mains, et elle les regarde comme si elle les avait jamais vus de sa vie.

Whou-hou, espèce de petite conne! Putain, je vais tirer mon coup facile!

Je la couche sur le canapé et la doigti-doigte un moment, glissant ma main sous sa minijupe et dans sa culotte, écoutant avec plaisir ses gémissements tandis qu'elle se met à bouger contre mes petits doigts raides. Et du coup, je repense à ce groupe, les Stiff Little Fingers, et je me demande si le sale porc qui a eu l'idée de ce nom pensait à une nana qu'il aurait doigtée. Tiens, ma chérie, goutte-moi de ce morceau-là! Le sel de la vie!

Le moment d'agir est venu, je baisse sa culotte par-dessus ses genoux, ses chevilles, et je l'attire contre moi. Elle tremble quand je laisse glisser mon caleçon sur mes cuisses et que je dégaine ma bite. Je maintiens son cul d'une main, malaxe ses seins de l'autre, et elle s'agrippe à mes épaules. Pas la peine de jouer les vierges effrayées, elle s'est déjà fait troncher, et à ce que j'en sais, par toute la bande de Topsy. Mais elle a jamais dû se prendre un pieu comme celui-là, je peux le garantir. Elle est minuscule, encore plus que Lucy, alors je commence à la baiser doucement jusqu'à ce qu'elle s'agite pour accélérer, et je passe la vitesse supérieure et la lui mets comme il faut.

— Ouais, ouais, t'aimes ça, hein? Hein?

Mais elle dit rien et elle finit par laisser échapper un petit cri quand elle jouit. Je me mets à lâcher des petits couinements ridicules, comme une pauvre tafiole mais bon, c'est dans le feu de l'action et tout.

Elle ferait bien de raconter à personne que j'ai piaillé comme ça. Y a beaucoup de mecs qui s'imaginent que les nanas parlent pas de ça entre elles, qu'elles causent fringues et chiffons, mais c'est des conneries. Elles sont exactement comme nous. Et même pires, putain, faut bien le dire.

Je la serre un moment dans mes bras, parce que dans dix minutes, je serai à nouveau d'attaque, mais on dirait qu'elle est en transe. Pas la peine de perdre mon temps.

— Je vais pisser un coup, je lui dis.

Je me lève, enfile mon calebute, mon jean et mon t-shirt, et elle, les yeux dans le vague, tire ses vêtements contre elle.

Je monte à l'étage, franchissant deux à deux les marches couvertes d'un tapis bleu usé jusqu'à la trame. Dans la cuvette des chiottes flotte une merde qu'on a oublié d'évacuer. Je me sens tout bizarre à l'idée de pisser dessus, des fois que l'étron s'élève jusqu'à mon tuyau à pisse, alors je fais dans le lavabo et me rince la queue. Quand j'ai fini, je repère une araignée dans la baignoire, alors je lui en mets plein la gueule, j'ouvre les deux robinets et la noie avant de me diriger vers la pièce voisine.

Sur le lit, Gail est allongée sur le ventre. Elle porte un casque relié au tourne-disque au milieu de la pièce par un câble qui rampe le long de son dos et de ses jolies fesses, ce qui fait qu'elle ne m'entend pas entrer dans la chambre. Son cul est superbe dans son pantalon blanc, on peut voir l'élastique de sa culotte s'étirer contre sa chair et disparaître vers l'antre de sa fente et de son trouduc. Elle bouquine, le livre posé sur l'oreiller, et ses longs cheveux bruns l'effleurent. Elle a un super corps, c'est clair, plus pulpeux que celui de Maggie, bien plus féminin.

Un poster de Gary Glitter est punaisé au-dessus d'elle. Ce con est génial. J'adore quand il chante : *I'm the man that put the bang in gangs*. C'est le meilleur, putain. Enfin, je veux dire, j'aime bien les Jam et les Pistols, mais lui et Slade, c'est les seuls gars de l'époque que j'écoute encore.

Je profite du spectacle quelques instants et adresse un clin d'œil à Gary. Je vais lui montrer, à ce con, comment se faire un gang bang. Me revoilà raide comme une putain de trique. Je m'approche, baisse le volume et la regarde se retourner en retirant les écouteurs. Elle a pas l'air surprise de me voir. Mais moi, si, je suis surpris, parce qu'elle porte des lunettes à monture dorée. Ça devrait en faire débander plus d'un, mais ça me donne encore plus la gaule.

— Salut Quatzyeux.

— Je les porte juste pour lire, elle me fait en les enlevant.

— Ouais, ben je les trouve sexy comme tout.

J'avance vers le lit, et je me dis que si je l'attrape et qu'elle se débat comme une folle, je pourrais me contenter de reculer et faire comme si je déconnais. Mais pas d'inquiétude, j'ai la langue dans sa bouche, et je ne rencontre aucune résistance, alors je sors ma queue, et elle y pose la main, trop facile, putain.

— Pas ici… pas maintenant… elle fait, mais elle est pas pressée de me lâcher la bite.

— N'importe quoi, allez, Maggie connaît le deal.

Elle me dévisage une seconde mais je me dessape et elle n'est pas bien loin derrière. On se glisse sous les draps. J'ai la pêche, et c'est génial que ma queue soit encore raide, même après avoir craché une sacrée purée dans Maggie. Les gars comme Carl ou Petit Gally, ils se retrouvent déjà aux urgences du Royal après une branlette, sans parler de sauter une meuf. Mais moi, ça me gêne pas, je pourrais niquer toute la journée.

Je suis impressionné devant l'attitude de Gail : elle y va pas par quatre chemins, sa culotte et son soutif jartent en un clin d'œil. La plupart des nanas gardent leur slip, comme pour s'assurer qu'on allait pas oublier les préliminaires, mais y a que les gros nazes pour se précipiter entre les jambes d'une femme quand y a tellement d'autres trucs marrants à faire avant.

Ce bon vieux Gary Glitter m'observe introduire ma langue entre les jambes de Gail. Elle essaie de repousser ma tête, mais ça devient bientôt une caresse sur mon crâne, et puis elle m'agrippe les cheveux quand je me mets à la lécher, et elle finit par se détendre et elle se laisse aller. J'ai passé mes mains sous ses fesses, je les attrape comme il faut, et je glisse mon doigt en elle pour lui taquiner un peu la chatte. Je tente de me retourner, parce que ses belles lèvres charnues sont parfaites pour me sucer le gland, mais les couvertures tombent. Le truc, c'est de la garder sur le feu mais de m'arranger pour qu'elle prenne ma queue dans sa bouche. Elle est partante, elle continue d'ailleurs à y agiter sa main.

— C'est génial, Terry, c'est de la folie, on est tarés...

— Le sel de la vie, je grogne en réponse. Je veux mettre ma langue dans tous tes trous, l'un après l'autre.

C'était la réplique d'un mec dans un film de boules que m'avait prêté Donny Ness. J'essaie toujours de me souvenir des meilleures phrases, et des meilleures positions.

Je la chevauche en soixante-neuf, elle a pris ma bite dans sa bouche et la suce fort, et putain, cette nana sait y faire. J'écarte ses petites lèvres et y passe ma langue, comme sur un timbre postal, et je lui doigte la chatte, puis son trou du cul qui dégage un parfum de terre humide, et je m'affaire à nouveau sur son clito qui semble aussi gros et raide qu'une mini-queue, et elle retire ma bite de sa bouche, et je me dis qu'elle est en train de reprendre sa respiration mais nan, elle jouit en spasmes saccadés et puissants, mon doigt toujours appuyé sur sa perle d'amour comme collé sur le bouton d'une bonne station radio.

Elle aspire une bouffée d'air tandis que ses sursauts s'amenuisent, mais j'en ai pas fini avec elle, je la retourne, la redresse et son visage affiche une expression de choc intense ;

je reste sur le lit et pousse sa tête vers ma queue, qu'elle avale direct, et ses grands yeux sont fixés sur moi, débordants de gratitude parce qu'elle sait très bien qu'on en est qu'à l'apéro et qu'elle va s'en prendre une belle, dans une seconde ou deux. Je lui agrippe les cheveux, enroule ses boucles sombres autour de mes doigts, et je l'attire vers moi, puis l'éloigne, j'ajuste sa vitesse et ses mouvements pour qu'elle s'y prenne comme il faut, et ouais, elle sait très bien ce qu'elle fait, sa tête prend tout à coup le bon rythme et j'ai même plus besoin de bouger les hanches ou que dalle. Elle s'étouffe un peu et recule, ce qui est plutôt bien parce que j'étais en train de me demander s'il fallait lâcher la purée dans sa bouche ou garder le tout pour plus tard, pour sa chatte, histoire de m'assurer que la petite pute reste bien chaude et partante. Mais je me dis, nan, je vais lui jouer super style. Je monte sur elle et la lui mets, et elle fait :

— Oh, Terry, on devrait pas, pas maintenant…

J'ai déjà entendu ce refrain.

— Tu veux que j'arrête, alors, hein ?

Pas besoin d'être ce cerveau de Bamber Gascoigne dans son jeu télé, là, *University Challenge*, pour connaître la réponse. Tout ce que je reçois en réponse, c'est un autre «Oh Terry», et je prends ça comme une invit pour continuer.

Me voilà donc en pleine besogne, et je commence à prendre le tempo, et Gail détourne le regard, se crispe un instant puis laisse échapper un rire grave, tire ma tête à elle, et elle a une expression étrange peinte sur le visage. Je lève les yeux pour voir Maggie sur le seuil de la porte.

Elle croise les bras devant sa poitrine. Comme si elle venait de se prendre une balle. Elle reste là quelques instants, muette, mais sa bouche se tord.

— Faut que vous partiez, mon oncle Alec est arrivé, elle finit par murmurer, l'air coincé et inquiet.

Gail se détourne à nouveau et fait face au mur :

— Oh putain, c'est carrément insupportable.

Elle agrippe les draps et se met à les griffer comme si elle était devenue un putain de chat.

Je suis toujours raide comme pas permis, et personne n'ira nulle part tant que j'aurai pas lâché ma purée.

— Ferme-là, je fais à Maggie sans quitter Gail des yeux et sans cesser de pomper. Redescends voir ton oncle Alec... on sera...

J'entends claquer la porte et Gail se remet à la tâche, et au bout de quelques coups de reins, elle fait des petits cris ; j'aurais voulu qu'elle vienne sur moi, et peut-être la lui coller dans son autre trou pour finir, mais ça devra attendre, tout ça à cause de cette pauvre conne de Maggie, mais je m'en fous, ça me laissera un truc à envisager avec impatience, pour plus tard. Elle crie et elle gémit, et je respire bruyamment, et elle jouit avec une puissance nucléaire et moi aussi, et heureusement que Maggie s'est vexée et s'est barrée, parce qu'on explose et Gail s'éclate comme une bouteille de lait laissée trop longtemps sous le soleil du Sahara.

— Oh Terry... t'es un sacré bestiau...

Put-aaiiiin...

Je halète, et puis je la serre dans mes bras et laisse couler en elle jusqu'à la dernière goutte. Je reprends ma respiration, et je pense à elle, une catho qui bosse chez Auggie's, et j'espère franchement qu'elle va se retrouver en cloque. Je lui file un bisou baveux sur ses lèvres charnues, je prends appui sur mon coude et la regarde droit dans les yeux.

— C'est une putain d'alchimie entre nous deux, poupée. L'oublie jamais. Tu vois ce que je veux dire ?

Elle acquiesce.

Ça, c'est une super réplique. Elle est tirée d'un film que j'ai vu au Classic sur Nicolson Street. *Percy's Progress*, je crois. Celui où un Blanc se fait greffer une bite de Noir.

Je me retire et me rhabille.

Puis Maggie revient :

— Faut que vous partiez, elle couine presque en se tripotant une mèche de cheveux, les yeux rouges.

Gail cherche sa culotte, mais j'ai mis la main dessus le premier et je l'ai glissée dans ma poche, discrétos. Petit souvenir. Comme j'avais fait avec Philippa de Huddersfield, celle que j'avais niquée dans la chambre d'hôte. Un souvenir de Blackpool. Pourquoi pas ? Chacun son truc. Vaut mieux chevaucher une nana qu'un canasson, vaut mieux lécher une chatte qu'un morceau de caillou. Enfin, en tout cas, c'est mon avis.

Mais cette Maggie est super chiante.

— Allez, Maggie, c'est quoi le problème ? Ton oncle va pas venir nous embêter ici. T'es quand même pas jalouse de Gail, hein ?

— Va chier, elle crache. Contente-toi de te casser d'ici, mon vieux !

Je hoche la tête en laçant mes bottes. Je supporte pas l'immaturité chez une fille, surtout quand il s'agit de cul. Si tu veux baiser, eh ben baise. Si t'as pas envie, laisse tomber, c'est tout.

— Joue pas les malignes, Maggie, moi et Gail, on faisait que s'amuser un peu, j'avertis la pauvre cruche.

Tout le monde a le droit de profiter de la vie. C'est quoi, le problème, putain ? J'aurais dû lui sortir la réplique d'*Emmanuelle*, je crois que c'était dans ce film, quand le mec fait : sois pas si coincée et refoulée, bébé.

— Ça n'allait pas plus loin que ça, Maggie, ajoute Gail, toujours à la recherche de sa culotte. Commence pas à le prendre mal. Tu sors même pas avec Terry.

Maggie serre les dents en dévisageant Gail, puis se tourne vers moi :

— Alors, ça veut dire que tu sors avec elle, maintenant ?

Vous battez pas, les filles, vous battez pas, y en aura pour tout monde ! Garanti ! Sois pas si refoulée et coincée, bébé !

Je regarde Gail et lui lance un clin d'œil.

— Nan... Sois pas conne, Maggie. Comme je te le disais, on faisait que s'amuser. Hein, Gail ? Faut bien se marrer un peu. Allez, viens là et fais-moi un câlin, je dis à Maggie en tapotant le lit. Toi, moi et Gail. Ton oncle Alec va pas venir nous embêter.

Elle ne bouge pas d'un pouce, me fixe d'un œil glacial. Je me souviens quand Carl Ewart et moi, on était responsables de table à la cantine de l'école, qu'on servait la bouffe aux autres. Parce qu'elle lui plaisait, le Gamin Galak s'assurait qu'elle avait toujours une bonne portion, et même du rab. C'est sûrement grâce à nous que cette sale petite garce est restée en vie, et voilà comment elle me remercie.

Je parie que notre petit Ewart aurait bien voulu lui servir la dose que je lui ai foutue! Garanti!

— Terry, t'aurais pas vu ma culotte? Je la retrouve pas, putain.

— Nan, c'est pas ma taille.

Mais elle sera sous mon oreiller ce soir! Renifle-renifle, snifi-snif!

— T'as qu'à essayer de pas l'enlever tout le temps, peut-être que ça t'évitera de la paumer si souvent, siffle Maggie.

— Ouais, ben y a pas que moi qui l'ai retirée, ma culotte. C'est pas parce que t'es chez toi que tu peux jouer aux connes avec moi, chérie!

Les yeux de Maggie s'embuent à nouveau. Tout le monde voit bien que Gail lui éclaterait la gueule en une seconde. Mais c'est un joli spectacle. J'enfile mon calebute, je m'approche de Maggie et passe mes bras autour de ses épaules. Elle essaie de me repousser mais elle y met pas vraiment du sien, si vous voyez ce que je veux dire.

— On déconnait, c'est tout. Alors maintenant, on s'assied et on se détend, je lui fais.

— Je peux pas me détendre! Comment tu veux que je me détende? Ma mère et mon père sont partis à Blackpool et mon oncle Alec est ici! Il est toujours bourré comme un coing, et il a déjà foutu le feu chez lui! Il faut que je le surveille en permanence… c'est pas juste, elle explique en chialant à gros sanglots.

J'essaie de la réconforter tandis que Gail se glisse dans son pantalon sans culotte. Elle essaiera peut-être d'en piquer une à Maggie plus tard, parce qu'on va voir sa grosse touffe noire à travers le fin coton blanc. Enfin, je crois pas qu'elle habite très loin.

— On s'en fout, de ton oncle Alec, Maggie.

Gail hoche la tête. Tout ce qui l'intéresse, elle, c'est sa culotte. Comme ça, on est deux!

Maggie a un peu peur de son oncle Alec. Elle veut pas redescendre et se retrouver face à lui, même pour nous préparer une tasse de thé.

— Tu le connais pas, Gail, il est toujours ivre.

Peut-être que c'est une excuse, peut-être qu'elle sait qu'une fois cette porte franchie, moi, je resauterai direct sur Gail.

— D'accord, je vais descendre, lui dire bonjour, nous faire du thé et remonter les tasses ici. Avec des petits gâteaux, je fais en imitant la voix de ce mec de Glasgow, dans la pub pour la British Rail.

Ce pauvre con, il pense que c'est compliqué de se trouver des petits gâteaux dans un train. Enfin, peut-être que c'est compliqué, à Glasgow, ça serait plus comme de l'or en miettes pour ces putains de clodos dégueu. Ouaip, les expressions de Glasgow, imbattables, enfin, c'est ce qu'ils répètent en boucle dès qu'ils trouvent un mec assez débile pour écouter.

Je descends et j'espère que le gars n'est pas un de ces psychopathes de l'Ouest. Le truc, c'est que c'est agréable d'être agréable, et je me suis rendu compte que les gens sont gentils avec toi si t'es gentil avec eux.

## Oncle Alec

Cette maison, c'est vraiment une putain d'horreur, faut bien le dire. Ma mère n'a jamais eu beaucoup de fric mais même quand elle s'est retrouvée toute seule, avant de se maquer avec ce connard d'Allemand, la maison était entretenue comme un palace, comparé à celle-ci. La chambre de Maggie est l'endroit le plus propre, comme si la pièce appartenait à un autre bâtiment.

C'est marrant, quand j'arrive au rez-de-chaussée, je reconnais le gars dans le salon. Alec Connolly. Un vrai voleur, celui-là.

Le dénommé Alec me mate avec cet air, que ma mère qualifierait de vraie gueule de soûlard, rougeaud et le cou parsemé de taches brunes. Mais bon, je préférerais avoir quelqu'un comme lui à la maison, plutôt que ce con d'Allemand. Il est tout le temps fourré chez nous, il boit jamais et il me grogne dessus quand je rentre la tête en vrac. Plus tôt on aura notre appart, Lucy et moi, mieux ça sera.

— Ouais, ouais, fait Alec, l'air dans le coaltar.

Je lui balance un clin d'œil.

— Salut, mon pote. Comment va ? J'étais à l'étage avec Maggie et sa copine, on écoutait des disques.

— Alors c'est comme ça qu'on dit, de nos jours ? il me fait d'un ton rigolard.

Il est cool, ce gars : il en a rien à branler. Je suis sûr que l'état de cette pièce a empiré depuis mon dernier passage. Mes semelles collent au lino craquelé et au tapis puant planté en plein milieu.

Alec est installé dans le fauteuil niqué et, de ses doigts tremblants, il essaie de se rouler une clope. Il a posé une pile de cannettes sur la table basse devant lui, une bouteille de whisky à moitié vide et un cendrier en verre. Il porte un costume bleu usé jusqu'à la trame et une cravate, presque de la même couleur que ses yeux qui se détachent sur son visage écarlate. Je hausse les épaules.

— T'es Alec, c'est ça ? Moi, c'est Terry.

— Je te connais, je t'ai vu dans ta camionnette. T'es le môme de Henry Lawson ?

Oh-oh. Il connaît mon vieux.

— Ouais. Tu le connais ?

— J'en ai entendu parler, mais il est un peu plus vieux que moi, alors… Il boit souvent à Leith, tu vois. Comment il va?

Qu'est-ce qu'on en a à foutre, de ce connard?

— Pas mal, enfin… j'en sais rien. Ça a l'air d'aller. On s'entend pas super bien, j'explique à Alec mais je crois qu'il a pigé le truc dès qu'il a prononcé le nom de ce vieux bâtard.

Il grogne un truc, on dirait qu'il se racle la gorge.

— Ouais, il finit par dire. La famille. C'est de là que viennent tous nos problèmes. Mais bon, qu'est-ce qu'on peut y faire? Dis-moi?

Il tend les mains, sa roulée coincée entre les doigts.

Rien à ajouter. Alors je me contente d'acquiescer :

— Je prépare une tasse de thé pour ta nièce et sa copine. Ça te tente?

— J'emmerde le thé, il fait en allumant sa clope et en me montrant la pile de cannettes sur la table. Prends donc une bière. Vas-y. Sers-toi.

— Plus tard, Alec, je viendrai en boire une petite avec toi, et on taillera le bout de gras, mais je veux pas être impoli avec ma compagnie, à l'étage.

Alec hausse les épaules et détourne le regard, l'air de dire, ça en fera plus pour moi. Y a un truc chez ce vieux con, je l'aime bien, et je viendrai discuter avec lui plus tard. Ouais, le caresser dans le sens du poil pour qu'il me laisse venir voir Maggie et Gail. Et tout le monde au Busy raconte qu'il a pas mal roulé sa bosse dans le coin. C'est le genre de con utile qu'il faut avoir dans son carnet d'adresses : des contacts et tout.

Je vais à la cuisine, où je manque de me péter la nuque en trébuchant sur un morceau de lino décollé. Je mets la bouilloire en marche. C'est pas une électrique, il faut la mettre sur la gazinière. Au bout d'un moment, je remonte à la chambre avec une théière, et ces sales petites garces m'y attendent. Maggie est assise devant un boîtier de cassette et écrit les titres de chansons qu'elle vient d'enregistrer. Elle en fait tout un plat : c'est une excuse pour ne pas parler à Gail.

— Voilà le thé, je leur annonce, puis quand Maggie me regarde, j'ajoute : Je vois pas pourquoi tu t'inquiètes, Maggie, Alec est cool.

— Ouais, mais tu le connais pas aussi bien que moi.

Gail court toujours après sa culotte.

— Ça commence vraiment à me prendre la tête.

Elle en aura pas besoin si elle traîne avec moi, putain, c'est moi qui vous le garantis.


## Sally et Sid James

Je me réveille en sueur et je me rends compte que je suis seul au pieu. Je me redresse pour les voir allongées toutes les deux par terre, endormies. Et tout me revient : pendant la nuit, je me suis collé entre les deux en pensant à une partie à trois, comme dans les films. J'ai tenté de les doigter en même temps mais elles sont devenues bizarres. Et elles me laissaient plus les approcher, après ça, devenues trop timides, l'une envers l'autre. Alors va falloir que je continue à les travailler séparément dans un premier temps ; après ça, elles seront partantes pour un coup à trois. Garanti.

Ouais, j'ai essayé toute la nuit mais rien à faire, alors après avoir lutté pour me foutre hors du lit – et ça, ça risquait pas d'arriver – elles ont laissé tomber et sont allées pioncer sur la moquette. Du coup, je me suis payé une petite branlette et me suis endormi tranquillement. C'était un peu frustrant, comme situation, mais ça m'a pas gêné d'avoir une bonne nuit de sommeil, parce que, aujourd'hui, y a un match de foot, et ce soir, on va en boîte. Le sel de la vie.

J'ai du mal à me lever ce matin, encore la gaule avec ces deux-là, allongées par terre. Je me branle encore un coup au-dessus d'elles, j'en fais tomber sur la moquette et un peu sur la chemise de Gail. Et puis je me glisse au rez-de-chaussée, où Alec est toujours assis dans le fauteuil et regarde l'émission pour mômes, là, *Tiswas*.

La présentatrice a une putain de paire de nichons.

— Cette Sally James, quelle putain de bombe, pas vrai ? je lui fais.

— Sally James, il répète en bavant.

Ça pourrait aussi bien être ce gros naze d'acteur, Sid James, pour ce que ça lui changerait à ce con. La bouteille de whisky est vide, et j'imagine que c'est pareil pour les cannettes.

— Tu veux un thé ? il me demande.

— Eh ben, Alec, je me demandais si ta proposition tenait toujours, pour un petit verre.

— Va falloir aller au pub, alors, il me répond avec un geste de la main en direction du tas de cannettes vides amassées sur la table basse.

— Ça me va.

On descend la rue vers le Wheatsheaf. C'est une super journée et j'ai hâte d'aller au match de foot. On a pas mal parlé de réunir une bande, aujourd'hui, avec Doyle et compagnie. La plupart des gars de la cité sont pour les Hearts, c'est par rapport au quartier, mais y a quand même pas mal de Hibs éparpillés dans le coin. Si on arrivait à mobiliser tous les Hibs, ça ferait une bonne petite équipe parce qu'il y aurait des gars comme Doyle, Gentleman, Birrell et moi, vu qu'on est Hibs. Enfin, on en parle souvent mais ça ne va jamais plus loin. Quoi qu'il arrive, par contre, on risque de se marrer, comme d'habitude. C'est le truc, avec Doyle : un vrai taré, mais quand on part en virée avec lui, on revient toujours avec une histoire à raconter. Comme la fois où on était allés piquer des rouleaux de fil de cuivre, c'était trop marrant. Même si cet enculé nous a toujours pas donné notre part du deal. Je me tourne vers Alec tandis qu'on traverse le parc et que le pub est en vue.

— Alors, tu t'assures que Maggie ne fait pas de bêtises pendant que ses parents sont à Blackpool ?

— Ouais, mais visiblement, je fais pas bien mon boulot, pas vrai ? il fait avec un rire sarcastique.

— Je suis un gentleman, Alec. On est restés assis à discuter toute la nuit. Quand je les ai quittées, elles dormaient. Maggie est une fille bien, elle est pas comme ça.

— Ouais, c'est ça, il fait, l'air de pas y croire un instant.

— Nan, je suis sérieux. Je crois que sa copine est peut-être un peu plus délurée, mais pas la petite Maggie.

Vaut mieux pas le laisser croire que je me fous de sa gueule. Je vois bien qu'il remue ça dans sa tête parce qu'il dit pas un mot pendant qu'on entre dans le pub. Je commande deux pintes et ça lui redonne le sourire. C'est évident qu'Alec est un artiste de la picole, et un premier cru.

— Alors, tu vas y rester combien de temps, chez eux?

Son regard se perd dans le vague.

— Chais pas. Mon appart a pris feu. Dans la barre d'immeubles de Colonies, à Dalry. Des mauvais branchements électriques. Tout est parti en fumée : ma femme est à l'hosto et tout. Ces connards du gaz, c'est eux qu'il faut accuser... Je vais prendre un avocat et les traîner en justice, il ajoute d'un ton irrité.

— T'as bien raison, Alec, t'as forcément droit à des indemnisations, avec un truc comme ça. C'est la moindre des choses, mon pote, putain.

— Ouais, il fait avec un sourire lugubre. Quand j'aurai réussi à remplir la déclaration de sinistre... je les lâcherai plus.

# Billy Birrell

## Le sexe remplace le foot

J'entends le tintement des bouteilles dans les caisses, alors je vais écarter le rideau de la fenêtre. C'est la camionnette de Terry et je l'entends qui baratine. Au moment où je m'apprête à gueuler par la fenêtre ou à descendre pour taper la discute, je vois qu'il est en train de parler avec Maggie Orr et une autre fille. C'est terrible : du coup, j'ai pas envie d'aller le déranger. Pas que j'en ai après Maggie, elle est sympa, mais j'ai participé à un concours d'insultes avec son père la semaine dernière.

Quand ce branleur revient du pub avec sa femme, tous les deux bourrés comme des coings, il faut toujours qu'ils s'engueulent dans la rue. Ça empêche ma mère de dormir. Mon vieux n'y fait rien, alors l'autre soir, c'est moi qui suis allé à la porte pour leur dire deux mots. Le mec commence à se la jouer, me traite de petit crétin. Je lui réponds que je vais lui montrer ce qu'il sait faire, le petit crétin, s'il sortait de chez lui. Il allait se laisser convaincre et tout, mais sa femme s'est interposée et l'a tiré en arrière. Quand j'ai aperçu Maggie derrière eux, j'ai laissé tomber parce qu'elle avait l'air gênée et je voulais pas lui coller la honte. C'est pas juste, elle y est pour rien, elle.

Terry les drague, elle et sa copine. Je sais que ça lui plaît pas que je l'aie fait avec Yvonne. C'est pas grave s'il nique tout ce qui bouge, alors qu'il est censé être fiancé et tout, mais si sa sœur fait pareil, il tire la gueule. Mais bon, c'est Terry Lawson tout craché : terrible.

Yvonne est sympa, c'est une fille bien, même si c'est la sœur de Terry. Terry et moi, on est potes, mais faut bien le dire, ça serait pas une bonne idée de sortir avec une nana qui agirait comme lui. Si ça existe. Enfin, pas que je sorte avec Yvonne. Comme j'ai déjà essayé de lui faire comprendre.

Mais il faut que j'arrête de déconner avec elle. Ça fait trois fois, dont une seule avec capote. Terrible. J'imagine mal foutre Yvonne en cloque et me retrouver coincé avec Terry comme beau-frère. Grave terrible.

Nan, vaut mieux pas se laisser mettre le grappin dessus. Surtout par une fille qui habite à quelques rues de chez moi. Peut-être par une Espagnole, une Californienne ou une Brésilienne. À la limite par une fille de Leith ou autre part, mais pas du quartier.

La première fois, c'était tout en haut de notre cage d'escalier : sacré flippe. Pas moyen qu'elle tombe enceinte, vu que tout mon foutre a coulé par terre. Mais on sait jamais, tu peux être encore en elle quand tu lâches tout. La fois suivante, c'était à Colinton Dell, encore contre un mur dans le tunnel, et la troisième fois, c'était dans sa chambre quand on a séché les cours un après-midi. Ce coup-ci, j'avais mis une capote. On avait tout notre temps et une boîte entière de préservatifs mais on l'a fait qu'une fois parce que j'ai entendu dire que ça te bousille les jambes avant un entraînement.

C'est génial d'avoir la maison rien que pour moi. J'adore les vendredis après-midi, quand je rentre et que je me retrouve seul, tranquille. Rab est encore à l'école, mon père et ma mère ne sont pas rentrés du boulot. Ça me laisse pas mal de temps pour réfléchir.

Maggie et sa copine s'en vont, et la camionnette de Terry pétarade dans le lointain. Des petites 6<sup>e</sup> marchent sur le trottoir. Elles sont maigrichonnes, sauf une qui ressemble plus à une 4e, elle a des nichons et tout. Je les observe et j'ai un peu pitié de cette fille. Elle est comme ses copines, je le vois dans ses yeux : une gosse comme les autres. Mais parce qu'elle a déjà des formes, ils vont tous l'aborder, les sales cons comme Terry, lui faire, pfiou viens donc baiser un coup, la peloter et tout. Je trouve ça terrible. Si j'avais une frangine et qu'un connard essayait ça avec elle, je lui éclaterais la gueule.

Peut-être que Terry me voit comme ça, avec Yvonne, parce qu'elle est seulement en 5e.

La vache ! La voilà qui arrive au coin de la rue. Elle s'est fait une queue-de-cheval et a mis sa jupe, celle qui arrive quelques centimètres au-dessus des genoux.

Elle traverse pas sur le trottoir d'en face, ça veut dire qu'elle vient me voir. Elle doit savoir que je suis à la maison, ou alors elle tente juste le coup. Terrible.

Je pourrais me la faire, maintenant. Dans mon lit, tirer un coup dans mon propre lit.

J'entends ses pas résonner dans l'escalier. Je pense à ses jambes ; quand on monte les marches, j'aime bien rester en arrière, faire semblant de renouer mes lacets pour pouvoir l'observer.

Ça sonne à la porte.

J'ai un match demain matin. Je veux pas me retrouver avec les jambes en coton. On m'a dit qu'un sélectionneur de Dundee United serait là.

Ça sonne à nouveau.

La boîte aux lettres s'ouvre et je l'entends qui s'accroupit derrière la porte, à la recherche d'un signe de vie dans le couloir de l'appartement.

Ça serait bien de niquer un coup ici, profiter de l'après-midi. Mais je veux pas qu'elle s'imagine qu'on sort ensemble.

Ouais, j'ai foot demain matin.

Je l'ignore, je la regarde sortir dans la rue et s'éloigner.

## Aux chiottes l'arbitre

J'avance sur une transversale de Kenny, j'essaie de contrôler le ballon sans l'arrêter net. Il s'échappe un peu plus loin et un joueur de Fet se rue dessus. On se percute, je me relève immédiatement mais lui, il reste à terre. L'arbitre siffle un coup franc.

Quel connard.

— T'as mis les crampons en avant, mon garçon, et ça, tu le fais jamais sur mon terrain. Compris?

Je m'éloigne. C'était cinquante-cinquante, cette faute. C'est terrible.

— Compris?

Je suis sur le point de lui dire que c'était cinquante-cinquante mais nan, je vais même pas lui adresser la parole, à ce naze. Ces branleurs se croient géniaux mais c'est juste des mecs sans amis qui adorent donner des ordres à des ados. Vous voyez le genre. Faut juste les ignorer, ne pas leur parler. Ils détestent ça. Comme ce gland de Blackie à l'école. Ce con a dépassé les bornes, hier, vu ce qu'il nous a fait, à moi, Carl et Gally. S'il s'était fait choper par McDonald ou Forbes, c'est lui qui aurait été dans la merde, pas nous. S'ils se comportaient comme ça avec un gars de leur âge, ils savent très bien qu'ils se feraient éclater la tête sur-le-champ, du coup ils s'en prennent à des jeunes comme nous, ça les fait se sentir grands et forts.

Vous voyez le genre.

Enfin bref, le sifflet retentit à nouveau, et c'est la fin du match, on les a explosés et on a six points d'avance, maintenant, vu que Salvy ne joue pas avant le milieu de semaine prochaine. De retour au vestiaire, je me rhabille en vitesse parce que, aujourd'hui, c'est Hibs-Rangers, et va y avoir une super ambiance. On part au combat, sauf si quelqu'un se dégonfle.

Quand je sors de là, j'aperçois mon frère Rab et ses potes, ils traînent encore près du terrain. Le grand Alex, il est sacrément balèze pour un gamin de primaire. Setterington. Je crois que c'est le cousin de Martin Gentleman ou un truc dans le genre, donc le gène «gros con» doit être héréditaire. Ils sont encore à cet âge où tu te crois malin, mais où t'es encore qu'un môme. Je suis bien content de quitter le collège avant que Rab commence, l'année prochaine. Avoir son petit frère dans la même école. C'est trop la honte devant les potes et les filles. Pas question, putain.

— Comment va? je lui fais.

Le petit branleur porte un vieux blouson à moi. Enfin, je crois lui avoir donné la permission de le prendre. Il est encore bien trop large pour lui, il pendouille de partout.

— Tu vas au match cet aprèm?

— Chais pas, je lui réponds en tripotant l'étiquette du blouson ; c'est de la bonne qualité, je devais être bourré quand je lui ai donné. Tu restes planté là pour faire peur aux corbeaux?

Ses potes se marrent. Ces petits cons, terrible.

— Très marrant, il fait en montrant du doigt la poche de ma veste. Comment ça se fait que t'as ton écharpe des Hibs, alors?

— Ben... on était pas sûrs d'y aller. Je l'ai prise au cas où. Écoute, il faut que j'aille retrouver Terry, Carl et Gally direct en ville. Tu rapportes mon sac à la maison?

Rab cligne des yeux, ébloui par le soleil.

— Carl, c'est un supporter des Hearts. Pourquoi il va au match des Hibs?

Monsieur Question, celui-là. C'est sans arrêt, «Et pourquoi ceci?» et «Comment ça se fait que?»

— Y jouent pas ici, tiens. Les Hearts jouent à Montrose ou je sais pas où, un de ces matchs de petite ligue minable, et Carl peut pas se payer le déplacement. Alors il vient avec nous.

— Nous aussi, on y va, pas vrai Rab? fait Alex Setterington avant de se tourner vers moi pour ajouter : Vous allez vous fritter avec des gars de Glasgow?

Je dévisage cette face de petit dur à taches de rousseur. Ce petit sans-gêne reste là, le sourire cloué aux lèvres. Je regarde

Rab, puis ce dénommé Setterington. Par-dessus son épaule, j'aperçois Mackie qui descend la rue, avec Keith Syme et Doogie Wilson qui lui collent au cul. Tout ça parce qu'il en a marqué deux aujourd'hui, et parce qu'il est sur la liste des Hibs. Moi, je lui lécherai jamais le cul.

— Qui t'a dit qu'on allait se fritter?

— Chais pas, quelqu'un, fait Setterington sans arrêter de sourire.

Ouais, un vrai petit bâtard, celui-ci.

— Faut pas croire tout ce qu'on te dit.

— Vous vous retrouvez où? demande Rab.

— T'occupe, je lui réponds en lui collant mon sac dans les bras. Contente-toi de rapporter ça à la maison. Tu vas voir le match avec Papa?

Rab piétine sur place et reste muet quelques instants, puis :

— Peut-être, pas sûr.

Il va sûrement pas y aller avec mon père, ni avec personne d'ailleurs, c'est certain. Ce qui est certain aussi, c'est que mes parents ne savent pas qu'il va au stade. Ils le laissent pas aller aux matchs contre le Rangers, le Celtic ou contre les Hearts, ni aucun match important de la Coupe. Je me souviens qu'ils faisaient pareil avec moi : c'était terrible. Je veux pas lui coller la honte devant ses potes, et je vais pas aller le balancer aux parents non plus, mais il va falloir que je lui dise deux mots, à ce petit con.

Il a l'air de m'en vouloir, parce qu'il est obligé de passer à la maison pour déposer mon sac. Il fait demi-tour et s'en va.

Quand j'arrive à l'arrêt de bus, je vois deux gars de Fet, et ils me matent.

— Salut, je fais.

— Salut, répond l'un des deux.

L'autre me fait un signe de tête. Ils font bien de pas jouer les malins avec moi.

Ça vaut mieux pour eux.

# Fil de cuivre

Les gars de Fet montent dans le bus. Fet, c'est une équipe bizarre, ils devraient déchirer mais ils sont pas bons. Terrible. Une bonne femme me dit que j'ai raté le numéro 25. Mais j'ai tout mon temps. Je me mets à penser à cette putain de journée, à Doyle et à sa bande. Terry ferait mieux de reparler à Doyle de la thune qu'il nous doit encore pour le fil de cuivre. Ça fait déjà deux semaines. On a tous pris des risques, de gros risques, en allant piquer ces rouleaux. Si ce branleur garde notre fric, il va nous entendre. Lui et Gentleman. Peu importe qui ils sont.

Mais cette soirée à l'usine, c'était génial, totalement irréel.

C'est marrant, c'est Carl qui avait lancé l'idée d'aller cambrioler la tréfilerie, et c'est lui qu'on a laissé sur le carreau, au final. Il serait dégoûté, s'il apprenait ça. Mais c'est sa faute : faut jamais rien dire devant Terry, pas si tu veux que ça reste un secret. La vie m'aura au moins appris ça. Évidemment, Terry en a parlé à Doyle et il m'a demandé de participer.

— Toi et moi, Billy. Carl et Gally sont nos potes, mais pour des gars comme Dozo Doyle et Gent, ils sont que des gamins. Ils voudront pas d'eux.

Enfin, je voyais très bien que c'était surtout l'avis personnel de Terry. Je me suis dit, OK, allons-y, mais j'étais un peu triste de laisser Carl en rade. Il était dans le coin avec son employeur, ce vieux con d'épicier. Ils étaient passés chez le grossiste de Granton pour récupérer des trucs pour la boutique. Et c'est là que Carl les a vus, devant l'usine dans une benne, visibles depuis Shore Road, des énormes rouleaux de fil de cuivre empilés.

Bon, Terry en a touché deux mots à Dozo Doyle, tout ça parce que son vieux est soi-disant un magouilleur ou un gangster ou je sais pas quoi. Le Duc, qu'ils l'appellent, ce con. Je sais pas Duc de quoi, genre de Broomhouse ou un truc minable comme ça. Y a des gars qui aiment bien rêver. Enfin bref, United Wire avait licencié pas mal de mecs, du coup y avait vraiment qu'un service minimum à l'usine. On a appris qu'un des vigiles était ce bon vieux Jim Pender, qui boit au Busy. Évidemment, Terry se met à le baratiner, il fait ami-ami avec ce vieux croulant. Il raconte à Doyle que Pender est aussi malléable qu'une pièce de quarante-huit pence et qu'il serait dans le coup si on volait les rouleaux. Bon, c'était dégueu-lasse, parce que le pauvre vieux n'a pas franchement eu le choix quand Terry l'a présenté à Dozo, Martin Gentleman et à Bri, le cousin de Dozo. Le gars se chiait dessus, face à ces petits durs, ou dans le cas de Gentleman, à ces gros durs. Terrible, mais bon, qu'est-ce qu'on peut y faire?

C'est là que les Doyle ont vraiment pris les commandes : Terry et moi, on s'est contentés de suivre le mouvement. Le truc, c'est qu'on a rien à foutre de nos soirées, ici, alors un peu d'action est toujours la bienvenue.

C'est donc Doyle, le grand maître criminel de la cité, idole et mentor de Terry, qui a préparé le plan.

Il n'y avait qu'un seul passage pour entrer dans l'usine, et un seul pour en sortir. On ne pouvait pas rouler sur Silverknowes et Cramond, parce que la route s'arrêtait au niveau de la Granton Gas Works. Le braquage devait se faire en empruntant la route côtière. Doyle savait que les flics patrouillaient toujours cette zone industrielle pour traquer les rôdeurs.

Il avait suggéré qu'on laisse une camionnette dans la zone de chargement pendant la journée. Elle resterait là et Pender, depuis son bureau, s'assurerait que personne n'y touche. On attendrait la semaine suivante, quand Pender échangerait ses patrouilles de jour pour des rondes de nuit et qu'il se taperait les seize heures de boulot d'affilée qu'impli-quait ce changement. Comme ça, il serait là tout du long et pourrait surveiller nos arrières.

Par contre, gros problème : Pender nous avait dit que Securicor lâchaient des chiens de garde chaque nuit sur le périmètre de l'usine. Ils ne pouvaient pas entrer dans son bureau, celui qui donnait sur l'aire de chargement, mais nous, on allait se retrouver nez à nez avec eux, si on suivait le plan de Doyle. S'ils donnaient l'alarme, Pender serait obligé d'appeler les flics. Enfin, c'est pas ce qu'on craignait le plus : ces bêtes sont dressées pour te sauter dessus direct.

Ça semblait pas gêner Doyle. Quand l'un d'entre nous abordait le sujet, il rabattait ses cheveux noirs en arrière et les laissait retomber en mèches successives.

— On va s'en occuper, de ces merdes. La majorité des chiens de garde, c'est que de la gueule. Ils aboient plus souvent qu'ils mordent. D'où le dicton.

Terry n'était pas convaincu.

— Je la sens pas, cette histoire de chiens…

— Laisse-nous nous occuper de ces putains de clebs, avait répondu Doyle dans un sourire en décochant un regard à Marty Gentleman.

Le gros con lui avait rendu son œillade et j'avais eu pitié pour les bergers allemands. J'ai peur de personne, mais je préférerais me fritter avec deux Doyle qu'avec Gentleman. Il est immense : monstrueux, anormal. Quinze ans, lui ? Impossible. On a une règle d'or, dans la cité : si tu t'attaques à Doyle, tu t'attaques aussi à Gentleman. Et ce putain de branleur de Dozo Doyle le sait mieux que personne.

Brian Doyle, le cousin, était allé voir Pender pendant la journée en compagnie de Gentleman, histoire d'aller garer la camionnette blanche. Le vieux leur avait fait faire le tour du proprio, leur avait montré où les chiens patrouillaient et où on empilait les énormes rouleaux de cuivre.

On s'était retrouvés au Busy. Brian Doyle avait l'air d'un gars sympa. Plus âgé que nous tous, il semblait quand même flipper un peu devant son cousin. Il nous avait avertis que les rouleaux étaient super lourds et qu'on aurait du bol de pouvoir en embarquer deux dans la camionnette.

Pender, accroché à son inhalateur de Ventoline, était un vieux mal en point et en surpoids. Il avait l'air terriblement nerveux, surtout à cause des chiens. Il ne sortait jamais de son bureau et ne s'était jamais trouvé en leur présence. Il garait sa voiture devant la porte et accédait directement à son bureau. Mais il les entendait, dehors. Parfois, l'un d'eux sautait contre sa fenêtre pendant qu'il regardait la télé, et le pauvre con se chiait dessus.

— Des bêtes superbes, il avait dit à Gentleman. Mais des satanés fils de putes.

Un autre gars nous avait rejoints, un dénommé McMurray que tout le monde appelait Polmont parce qu'il avait été à l'école là-bas. Il était un peu bizarre. Il était venu à notre école un jour et s'en était pris à un de mes potes, Arthur Breslin. Le petit Arthur était un gars cool, vraiment inoffensif. J'avais chopé le Polmont et lui avais foutu les boules. Ça s'était passé des années plus tôt, mais c'est le genre de truc qui te suit longtemps.

Moi, Dozo Doyle, Terry et ce connard de Polmont, on était allés à Granton dans la soirée pour repérer les lieux et préparer notre coup. On avait traîné au Jubilee, le fish and chips du quartier. On s'était installés sous l'arrêt de bus pour manger nos frites en observant l'usine et les alentours.

J'aimais pas le panneau planté au milieu de la pelouse. On y voyait les contours noirs d'une tête de berger allemand accompagnés des mots :

— Ce grillage est super haut, avait dit Terry. Et les bâtiments en face, là. Y aura forcément une conne de commère pour nous repérer. Vu tous les retraités insomniaques qu'il y a là-dedans.

— Ouais, je sais, c'est pour ça qu'on va pas l'escalader, on va passer à travers, avait répliqué Doyle en mordant dans son poisson pané, les yeux rivés sur deux gars qui entraient dans le fish and chips.

Terry et moi, on avait tendu l'oreille.

— J'ai des pinces à métaux, un truc de professionnel, elles couperont ça comme du beurre, il avait déclaré en passant la main sur la grille. Des machins énormes qui coupent même les cadenas. Faut y aller avec les deux bras, il avait ajouté avec un geste de démonstration.

Je me méfiais de ce branleur, mais on allait bien se marrer. Enfin un truc à faire qui soit pas trop chiant.

— Ouais, on coupera juste à cet endroit, avait continué Doyle en désignant une section du grillage ; et puis en frappant l'arrêt de bus en alu gris : Ce gros machin nous empêchera d'être repérés depuis les maisons en face, ou des voitures. Après, on s'occupe des clebs, on entre dans le bureau et on ligote Pender. Y aura peut-être même un petit bonus, une caisse à fric. Le vieux débris dit que non, je sais, mais j'y crois pas une seconde. Après ça, on charge les rouleaux dans la camionnette. On coupe le cadenas du portail à l'arrière de l'usine, et on ressort par la porte de devant. Les autres vigiles verront un véhicule sortir mais penseront que c'est l'un d'entre eux qui termine son service : ça sera jamais aussi louche qu'une camionnette qui *entre* dans l'usine. Ça va être super fastoche.

— Mais on va pas tous rentrer dans la camionnette, avait dit Terry.

Doyle l'avait maté comme s'il était un peu débile. Je me souviens, je m'étais dit que Terry aurait jamais laissé un autre que Doyle le regarder comme ça.

— Marty sait conduire, et Brian aussi, il avait répondu dans un accès d'impatience, comme s'il s'adressait à un môme. On va prendre une deuxième caisse, une plus petite, et on la garera là-bas, il avait fait avec un geste de la tête en direction de quelques voitures rangées près du trottoir. Et puis on se retrouve tous à la plage, à Gullane.

J'avais jeté un regard vers Terry et attendu qu'il ouvre la bouche.

— Pourquoi à Gullane?

— Parce que, pauvre con. Il va falloir qu'on brûle les protections en plastique autour des rouleaux avant de pouvoir les refourguer, avait expliqué Doyle, les pupilles dilatées. Une plage déserte, on peut pas rêver mieux.

Terry avait hoché la tête, sa lèvre inférieure tordue en une moue boudeuse. Il était impressionné, c'était clair. Terry s'est toujours pris pour un grand voleur, mais les Doyle, eux, ils ont ça dans le sang. Ils font ça depuis des générations.

Tout s'était passé selon notre plan. Sauf avec Doyle, qui était allé plus loin que prévu. Ce putain de taré est vraiment pire que terrible.

Le soir fatidique arrivé, je vais chez Terry. On boit une cannette de bière dans sa chambre en écoutant le premier album des Clash. *Police and Thieves*, c'est parfait. Sa mère semble se douter de quelque chose. À 11 heures, on sort. *Police and Thieves, oh yeah-eh-eh…*

On retrouve Dozo et Brian Doyle au fish and chips de Cross, et puis on part à la rencontre de Gentleman et de Polmont à Longstone. Il a pas grand-chose à raconter, Polmont. D'habitude, ça me plaît assez, j'aime pas les gens qui causent tout le temps. Qu'est-ce qu'on dit à propos des langues pendues, déjà? Y a qu'à regarder les hommes politiques à la télé, ça, ils parlent sans problème. Ils ont toujours parlé, et parleront toujours. Mais ils ont l'air moins doués pour agir. En tout cas, pour agir en notre faveur, à nous autres.

On s'entasse à l'arrière de la camionnette et on roule vers Granton. Y a pas un chat, à part un groupe de mecs postés devant le fish and chips, fermé depuis plusieurs heures. Ils ont déjà bien bu, c'est des gars du quartier, des gars comme nous qui traînent dans les rues de leur cité, qui se font chier et qui retardent le moment de rentrer chez eux. Doyle leur lance des regards haineux.

— Ces connards… J'y vais dans une minute pour leur dire de se casser.

Il se passe la main dans les cheveux. Quand il les plaque en arrière comme ça, on voit son implantation en forme de V, comme celle de Dracula.

— Ils ont l'air cool, fait Brian.

— On va se les faire, ouais, crache Doyle.

— Je suis venu ici pour voler, pas pour éclater la tête de quelques débiles. Déclenche une baston ici, et t'auras tout le monde sur le dos, les flics, les vieux dans les maisons d'en face, tout le monde, putain.

Doyle s'apprête à dire un truc quand Terry intervient :

— On dirait qu'ils s'éloignent.

Effectivement, les gars s'en vont, à part deux cons qui s'attardent.

— Cassez-vous, cassez-vous, cassez-vous, siffle Doyle. Bon, il ajoute quand les gars ont échangé leur centième poignée de main, ces connards sont morts.

Il ouvre la portière. Brian lui attrape l'épaule.

— Attends, pauvre con. On est là pour faire notre putain de boulot.

Dozo Doyle le fixe, les yeux durs, la mâchoire serrée.

— Tu me cherches, Brian ? il demande d'un ton grave.

— Mais nan… j'essayais juste de…

— Putain, me cherche pas, il fait tout doucement avant de lâcher à travers ses dents : qu'aucun con me cherche, pigé ?

Brian ne répond pas.

— J'ai dit, pigé ?

— Je te cherchais pas. Je dis juste qu'on est ici pour faire notre boulot, c'est tout.

— OK, fait Dozo dans un sourire, puis il se tourne vers moi comme s'il me parlait depuis le début de la conversation. Tant que personne me cherche, il fait en chantonnant.

— Ces connards sont partis, fait Terry. Allez, on y va maintenant. J'adore être à l'arrière d'une camionnette avec un groupe de nanas, mais pas avec une bande de branleurs comme vous. Ce gros con, là, il ajoute en me montrant du doigt, il vient de lâcher une caisse. Espèce de sale bâtard, Birrell !

— Va te faire foutre. T'as le nez trop près de la bouche, vieux.

Il a un putain de culot, lui. C'est Terry tout craché : terrible.

On ouvre les portières et on sort avec les outils. Doyle porte un très long gant et une sorte de long tube rembourré qu'il passe autour de son bras. C'est un morceau de cône de la sécurité routière. Il embarque aussi un vieux blouson qui pue la viande pourrie. Même si la rue est déserte, on doit avoir l'air vraiment suspects, six mecs qui sortent d'une camionnette en pleine nuit sur Granton Road. Trop terrible : on est des putains d'amateurs, sérieusement.

Le positif, dans l'histoire, c'est que le grillage est très vite coupé, il claque d'un coup sec sous la pince énorme. À l'arrêt de bus, Polmont et Brian guettent la rue, à l'affût d'une voiture ou d'un passant. Martin Gentleman passe en premier, suivi de Terry, Doyle et moi. Je fais signe à Brian et Polmont de nous emboîter le pas.

Ils viennent à peine de passer que j'entends un aboiement, et je vois le chien arriver en courant, sorti de nulle part, et il fonce droit sur nous ! On dirait qu'il se rend compte qu'on est en bande, et il pile net à quelques mètres de là, comme bloqué par un écran protecteur autour de nous. Terry a fait un bond en arrière et s'est écarté. Polmont a retraversé la grille. Mais Doyle s'est accroupi, le gros tube autour du bras. À trois mètres de lui, le chien s'est arqué, museau pointé vers le bas, oreilles baissées, et il a grogné. Doyle lui a lancé un grognement en retour et a agité vers lui son bras capitonné en agitant son vieux blouson comme un torero. Il ressemblait au poster que ma tante Lily m'avait rapporté d'Espagne, celui qui est accroché au mur de ma chambre, celui que je voudrais enlever mais ma vieille râle parce que c'était un cadeau :

```
            PLAZA DE TORRES
              EL CORDOBES
             BILLY BIRRELL
```

— Allez, pauvre con… allez… tu te crois malin, hein…

Et puis, c'est le choc : un autre clebs, bien plus gros, déboule et saute par-dessus le premier qui gronde toujours, pour se jeter sur Doyle. Il lève son bras et le chien y plante ses crocs. Je cours vers l'autre qui recule, se contracte, s'abaisse à nouveau et recommence à grogner, les narines palpitantes. Doyle se débat avec le gros chien, mais Gentleman s'approche et se positionne au-dessus du dos de l'animal, puis se laisse tomber de tout son poids sur lui. Il couine et s'affaisse lentement sous la masse.

Terry est à mes côtés et on ne perd pas le clebs des yeux.

— Je le sens mal, Billy.

— Nan, ce con flippe.

J'avance, et le chien recule. Gentleman est toujours sur le dos de l'autre et le cloue au sol ; il agrippe sa mâchoire à deux mains tandis que Doyle dégage son bras.

Terry, moi et Brian, qui tient une batte de baseball, on est toujours face au chien.

— Surveille sa mâchoire, à ce con, me fait Brian. C'est rien que des dents et une mâchoire, ce bestiau. Ils peuvent pas balancer de coups de poing ou de pied, ils peuvent que mordre. Allez, enculé…

Polmont est revenu et il passe la cisaille à Doyle. Toujours sur le dos du clebs, Gentleman lui maintient la gueule fermée dans ses grosses mains et lui tire la tête en arrière pour la coller contre son torse. Doyle pose la cisaille sur la patte avant du chien et on entend un bruit horrible, suivi d'un couinement étouffé. Il fait pareil sur l'autre patte, et un étrange hurlement lui fait écho. Gentleman le lâche, l'animal essaie de se mettre debout mais on dirait qu'il danse sur des charbons ardents : il boitille, geint et trébuche. Mais il continue de grogner et, en s'aidant de son arrière-train, cherche à atteindre Doyle.

— Pauvre con, fait Doyle avant de lui balancer un coup de pied dans la tête.

Il lui botte les côtes et le grognement se transforme en gémissement ; on voit bien qu'il abandonne la lutte. Gentleman lui enroule du gros scotch marron, celui qu'on utilise pour les déménagements, autour du museau et des pattes arrière.

Doyle vient vers nous et jette son blouson sur le deuxième chien qui se précipite dessus. Avant qu'il ne lâche prise, on se rue sur lui pour le plaquer au sol, et je maintiens sa tête contre l'herbe tendre de la pelouse. Terry tremble comme une feuille tandis qu'on maintient l'animal, lui, Brian et moi. Polmont lui colle un coup de pied dans le flanc, le clebs se débat et je manque lâcher prise.

— Putain, mais le cogne pas, tiens-le! je lui gueule, à ce branleur, et il s'accroupit pour nous aider.

Il se relève et lui colle un nouveau coup de pied dans le bide. La bête émet un gémissement sonore, et une bulle éclate dans sa narine.

— Crever, c'est tout ce qu'ils méritent.

Gentleman vient le maintenir et lui scotcher la mâchoire, puis les pattes avant, et enfin les pattes arrière.

— On en a pas fini avec vous, sales bâtards, fait Dozo dans un sourire.

On traverse la pelouse dans l'obscurité et on laisse les chiens derrière nous, désormais sans défense. Tandis qu'on s'éloigne du grillage, l'herbe est de plus en plus humide et boueuse.

— Meeerde, je fais en sentant la flotte me rentrer dans les baskets.

— Chuuut, murmure Terry. On y est presque.

Il fait nuit noire et je suis rassuré d'apercevoir la lumière du bureau en bas de la colline. La pente se raidit fortement pour aller rouler jusqu'au parking plus bas, près de la route côtière. Tout à coup, j'entends un cri. Je me crispe mais c'est Polmont qui s'est cassé la gueule. Gentleman remet ce naze sur pied d'un mouvement silencieux.

Au bout d'un moment, on patauge complètement dans la gadoue et quand on arrive à l'aire de chargement asphaltée, j'ai les pieds détrempés. Mais je me sens toujours aussi motivé, comme si on faisait partie d'un James Bond ou d'un film de guerre où le commando s'introduit dans le QG ennemi.

On arrive à la porte du bureau mais Pender refuse de laisser entrer Doyle.

— Ouvre cette putain de porte, vieux con, il gueule par la fenêtre.

— Je peux pas faire ça, si je vous laisse entrer, ils vont se douter que j'étais de mèche.

Gentleman recule un peu puis se rue sur la porte et y colle deux coups de pied.

— Ouais, vaut mieux faire croire qu'on a braqué le truc de l'extérieur.

— Z'avez pas besoin d'entrer dans le bureau ! crie Pender qui se chie dessus. Z'avez tout ce que vous voulez dehors !

Mais Gentleman est déjà à l'intérieur et regarde autour de lui comme Lurch dans *La Famille Addams*. Polmont fait tomber un tas de papier du bureau et essaie d'arracher la prise du téléphone, comme ils font dans les films, mais le truc ne bouge pas, ni la première fois, ni la seconde. Gentleman secoue la tête, lui arrache l'appareil des mains et fait tout péter.

Terry fourrage dans les tiroirs. Le vieux Pender, ça lui plaît pas vraiment.

— Arrête, Terry… Je vais avoir des emmerdes !

— Bon, ben maintenant, il faut qu'on te ligote et tout, fait Doyle. Pour qu'ils te soupçonnent pas.

Le vieux voit bien qu'il déconne pas et se tape presque une crise de panique.

— C'est pas possible… j'ai pas le cœur solide, il bêle et je remarque que ça suscite un sourire narquois sur le visage de Polmont.

Je prends la parole en sa faveur, parce qu'il est terrifié.

— Laisse-le tranquille.

Doyle se retourne lentement. Gent aussi. Terry arrête de farfouiller et me pose la main sur l'épaule :

— Personne va faire de mal au vieux Jim, Billy, on fait ça pour lui éviter des ennuis. S'ils le trouvent comme ça, ils se diront jamais qu'il était dans le coup. Pas vrai, Jim, on t'attachera que quand on sera prêts à partir, et les gars de Securicor te trouveront pas longtemps après quand ils viendront récupérer leurs clebs.

— Mais la porte est pétée… les chiens vont venir me bouffer…

On se marre.

— Nan, fait Doyle, y a plus de chiens.

Terry dévisage Pender.

— Alors y a pas du tout d'argent ici, Jim ?

— Nan, pas ici. C'est que des papiers administratifs. Comme je vous l'ai déjà dit, y a presque plus d'employés…

Terry et Doyle ont l'air d'accepter l'explication. Terry repère mes baskets, la traînée de boue que j'ai laissée dans le bureau et sur l'aire de chargement.

— Je t'avais pas dit deux mots à propos des chaussures, Birrell, des chaussures adéquates pour notre boulot ? Tu jouerais jamais au foot en charentaises, pas vrai mon gars ? il me fait d'une voix de prof comme celle qu'ils utilisent toujours, lui et Carl.

Ça fait rigoler Doyle, et aussi ce branleur de Polmont. Tous les autres portent des bottes, je suis le seul en baskets et je me sens un peu con, c'est terrible. Ça me rend pas franchement joyeux de voir que Terry se la pète pour impressionner Doyle. Si ce con continue, il va se faire exploser les dents.

Mais on est entrés. On a réussi, y a que ça qui compte.

Gentleman et Brian vont charger les rouleaux et arrivent à en faire entrer deux dans la camionnette. On coupe quelques morceaux supplémentaires de fil sur un troisième rouleau qu'on embarque aussi. Puis Gent va couper le cadenas du portail d'un coup de cisailles, qui sont couvertes du sang du chien. On ouvre les portes. Avant de partir, on fait rentrer le vieux Jim.

Le pauvre vieux est sous le choc tandis qu'on l'attache à sa chaise avec le gros scotch. On voit bien qu'il ne s'attendait pas à tout ça, quand Terry et Doyle lui payaient à boire au Busy. C'est vraiment terrible pour le pauvre gars. Il radote sur les hommes qui travaillaient ici avant : combien ils étaient, d'où ils venaient et tout.

— Ouais, ben tout ça, ça a disparu, Pender, lui fait Doyle. Comme ton fil de cuivre ! Pas vrai, les gars ?

On acquiesce, et Terry et Polmont se marrent comme des fous.

Polmont attrape sa batte de baseball et la fait tournoyer, genre kung-fu, et avance lentement vers le vieux Jim.

— On va rendre tout ça encore plus réaliste, Pender, comme si t'avais joué les putains de héros et que t'avais essayé de te défendre...

J'attrape le bras de ce branleur, et Gentleman fait un pas en avant, faut bien lui reconnaître ça.

— Tu veux que je te la colle sur *ta* tête, cette batte ?

— Je déconnais.

Mais bien sûr, putain. Au moindre signe d'encouragement de notre part, le vieux Pender se retrouvait avec la tête fracassée. Dozo me mate comme s'il s'apprêtait à dire un truc, puis il mate Polmont comme pour l'inciter à se défendre. Il le regarde vraiment comme s'il lui collait la honte, ce branleur.

— Jim, fait Dozo à Pender, quand les cons de la Securicor arrivent et qu'ils demandent où sont passés leurs clebs, tu leur dis juste qu'ils se sont échappés.

— Mais… mais… comment est-ce qu'ils pourraient s'échapper ?

— Par le trou qu'on a fait dans ce putain de grillage, pauvre trouduc.

— Mais ils sont encore ligotés là-bas, fait Brian dans un geste de la main vers la route.

— Ouais, pour l'instant, réplique Dozo Doyle en lui lançant un clin d'œil.

J'ai vite compris ce qu'il voulait dire, en chemin vers la voiture. Terry, Brian et Polmont sont partis directement par le portail dans la camionnette, pour prendre la route côtière. C'est le plus risqué, à mon avis, mais Gentleman, Doyle et moi, on s'est tapé le plus chiant, on a dû retraverser la pelouse dans le noir et la boue. Les chiens n'avaient pas bougé, se débattant encore, et le vicieux avait perdu beaucoup de sang. On entendait leurs gémissements à travers le scotch.

Doyle se penche vers le berger allemand intact et le caresse d'une main rassurante.

— Là, là mon gars. Quel cinéma tu nous fais, hein. Gouzi-gouzi…

Et puis Gentleman s'approche et ils empoignent chacun un côté du clebs, l'un les pattes avant, l'autre les pattes arrière, et ils passent à travers le grillage. Gent a garé la Ford blanche près d'ici, et il laisse tomber son côté du chien pour aller ouvrir le coffre. Ils jettent l'animal à l'arrière du véhicule et il couine de douleur à l'atterrissage.

Je les attends à côté du second clebs, qu'ils embarquent aussi : Gent l'attrape par le collier pour épargner ses pattes blessées, et Doyle lui chope l'arrière-train. Et il va rejoindre l'autre dans la camionnette.

Ça me branche pas trop, cette histoire merdique. Ils n'ont pas dit ce qu'ils comptaient faire des chiens.

— Putain, mais qu'est-ce qui se passe, là ? je demande. C'est terrible, putain. À quoi vous jouez ?

— Des otages, mon pote, me répond Doyle avec un clin d'œil.

Il éclate de rire et regarde Gent, qui se marre aussi. Gentleman a l'air bizarre quand il rigole, on dirait un tueur psychotique. Doyle continue :

— Ces cons, ils en savent trop. Ils pourraient tout cafter et nous balancer. Tout ce qu'il leur faudrait, aux autres, c'est un putain de Docteur Dolittle qui cause aux bestiaux, et on plonge tous. Allez Birrell, va t'asseoir devant avec Marty, je vais tenir compagnie à mes potes à l'arrière.

Je grimpe sur le siège passager, et j'entends Gentleman qui me dit :

— J'ai jamais aimé les bergers allemands, c'est pas le genre de chien auquel on peut s'attacher. Si je me prenais un clebs, ça serait un border collie.

Je réponds rien parce que Doyle reprend la parole.

— On dit pas bergers allemands, on dit choucroutes, hein mon gars ?

Il radote pendant un moment avant d'ajouter d'un ton railleur :

— Trop trouillards, ces cons, un putain de rottweiler ou un pitbull se seraient jamais fait avoir aussi facilement.

Il marche au speed, il nous en fait passer sur la banquette avant. Je trempe juste le bout de mon doigt parce que j'ai cours demain matin, mais les grosses paluches humides de Gentleman font place nette sur la feuille d'alu.

On descend vers Gullane, je me sens encore super content, mais je suis obligé de me farcir les conneries de Doyle qui cause avec les chiens à l'arrière.

— Tu sais ce qu'ils disent, dans ces putains de tribus africaines, il me fait, les yeux exorbités et la mâchoire raide. Ils disent que quand tu tues un ennemi, tu hérites de sa force. C'est un truc de chasseur. Ça veut dire qu'on va récupérer la force de ces putains de clebs. On va se les faire, ces cons !

Gentleman ne dit rien, il reste assis là à conduire. La chanson *Police and Thieves* me trotte toujours dans la tête. C'est comme si Doyle s'attendait pas à ce que Gent parle, alors il s'adresse à moi, ce qui me plaît pas tant que ça.

— T'es cool, Birrell, tu causes pas beaucoup, comme Marty. Ouais, tu causes pas mais t'en penses pas moins. Toi, on peut pas t'entuber. Lawson, par contre, c'est une autre histoire. Je sais que c'est ton pote, et je dis pas que je l'apprécie pas, hein, mais c'est un entubeur. C'est qui, le petit gars qui traîne avec toi, le con qui a poignardé un type dans la main à l'école ?

— Gally.

Et j'appellerais pas ça poignarder, personnellement. C'est juste qu'il s'est un peu enflammé avec un gars qui l'emmerdait. L'histoire a été un peu embellie.

— Gally, ouais, c'est ça. Il a l'air d'un mec bien. Sympa. Je l'ai vu à un match de foot, une fois. Dans quelques semaines, y a Hibs contre Rangers à Easter Road. On devrait tous y aller, monter une bande avec les gars de la cité et tous les autres cons qui seraient partants. Je connais des gars de Leith. Ça serait génial, on rassemblerait quelques mecs balèzes et on irait se fritter avec Glasgow.

— Ouais, ça serait bien, je fais, et je le pense vraiment.

Il faut bien un peu de divertissement dans la vie. Sinon, on se fait chier.

Gentleman conduit en silence et me passe un chewing-gum. Dozo commence à raconter des blagues.

— Comment ça s'appelle, à Glasgow, un mec qui se balade armé dans un champ de blé ? il me demande, avant de faire un signe de tête en direction de Gent. Lui dit rien, Marty.

— Chais pas.

— Un céréale killer, fait Doyle en explosant de rire et en soulevant la tête d'un des clebs pour le regarder droit dans les yeux : Un céréale killer, mon gars ! C'est bon, ça, putain, pas vrai mon pote ? C'est une pu-utain de be-elle bla-ague…

Je suis soulagé quand on arrive à Gullane et qu'on retrouve les autres. Ils déchargent les rouleaux, Terry et Polmont les font rouler sur la plage en contrebas.

Ça les choque de nous voir tirer les clebs du coffre et de les traîner, gémissants, sur le parking. L'un d'eux, je crois que c'est le courageux avec les pattes cassées, a pissé et chié dans la camionnette. Doyle est furax.

— T'es mort, sale porc, il râle en se penchant sur lui ; et puis il change subitement d'intonation et gueule, dans une imitation de Barbara Woodhouse, la bonne femme qui dresse les chiens à la télé : Prêêêêt pour ta baaaalaaaade ?

Une fois les rouleaux en position, Doyle les asperge de paraffine et y met le feu. Les supports en bois s'embrasent, le plastique fond doucement et une immense flamme étincelante s'élève du cuivre. Une vague de vapeurs toxiques emplit l'air et tout le monde se déplace dos au vent, sauf Polmont, que ça ne semble pas déranger. Le feu devient vert et c'est un spectacle grandiose, on pourrait rester devant toute la nuit. Comme à l'école, quand on te dit que la partie bleue de la flamme d'un bec Bunsen est froide. Ça donne envie de traverser le vert, ressentir la magie. J'essaie d'oublier ma fatigue, puissante malgré le speed et l'excitation, d'oublier que j'ai cours demain matin et que je vais me faire engueuler par ma vieille quand je rentrerai en douce à la maison.

Doyle va jusqu'à la camionnette et en revient avec plusieurs mètres de corde à linge. Il en passe un bout dans le collier d'un chien, puis de l'autre, et jette l'autre bout autour d'une branche d'arbre. Polmont et Gentleman lui donnent un coup de main pour les hisser là-haut. Les clebs se débattent, luttent pour respirer, et Polmont balance sa batte contre l'un d'eux. Terry secoue la tête mais un sourire lui déchire le visage. Doyle s'avance avec le bidon de paraffine. Je me sens nauséeux mais excité, parce que je me suis toujours demandé ce que ça ferait de voir un truc brûler vif. Les chiens fouettent l'air de leurs pattes tandis que Doyle les asperge de paraffine. Il en chope un par la tête et coupe le scotch d'un coup de cutter ; le sang coule sous la lame qui lui lacère la gencive.

— Allez, qu'on t'entende hurler, pauvre con, il fait en rigolant avant de faire pareil à l'autre.

Les chiens gémissent et étouffent. Brian, qui est resté silencieux depuis le début, fait un pas en avant :

— Ça suffit, maintenant, je te préviens.

Dozo s'approche de son cousin, étend les bras, mains en l'air et paumes en avant comme s'il allait discuter et plaider sa cause. Et puis il vient écraser son front contre le nez de Brian. On entend un craquement, et un flot de sang gicle. Un coup propre et parfait. Brian se tient le visage entre les mains. On peut lire la peur et le choc dans ses yeux, à travers ses doigts. On sait très bien qu'il ne ripostera pas.

— T'en as eu assez, Bri ? T'en as eu assez ?

Il marche autour de son cousin, part vers le parking, puis revient vers Brian. Terry détourne le regard et observe la mer, comme s'il ne voulait pas être témoin. Je jette un œil vers Gentleman.

— Ça va ? il me demande, l'air de rien.

— Ouais, nickel.

— Est-ce que ça te dérange, Birrell ? fait Doyle dans un sourire en regardant les clebs.

L'un des deux a abandonné la lutte. Ses yeux sont ouverts et il respire encore, mais il pendouille, accroché par le collier, ligoté et dégoulinant de paraffine, trop faible pour se débattre. L'autre, celui avec les pattes cassées, continue à gigoter. Une de ses pattes est vraiment abîmée, toute déformée. C'est plus raisonnable de les tuer, maintenant. Personne n'en voudrait, il faudrait les faire piquer de toute façon.

Je hausse les épaules. Impossible d'arrêter Doyle, il s'est décidé pour de bon. Si un con essayait de s'interposer, il connaîtrait sûrement le même sort que les clebs.

— Terry ? demande Dozo.

— J'appellerai pas la SPA si tu le fais pas non plus, il répond avec un sourire, passant la main dans ses cheveux frisés.

Mais putain, c'est vraiment trop terrible. Brian est assis dans le sable, la main sur le nez. Doyle se tourne vers lui et le montre du doigt.

— Oublie pas comment ça se fait que t'es ici, avec nous. C'est nous qui t'avons donné le tuyau ! L'oublie pas. T'amuse pas à dire aux autres ce qu'ils doivent faire ou pas faire. Crois pas que tu puisses te pointer avec nous et jouer les chefs !

Doyle met le feu à un chien, puis à l'autre. Ils hurlent et se débattent sous les flammes qui les lèchent. Au bout d'un moment, j'en peux plus, je me détourne contre le vent, et j'observe la plage déserte. J'entends un bruit mat. La corde a dû recevoir une bonne dose de paraffine, elle aussi, elle craque et un des clebs tombe et essaie de se relever et de courir vers la mer. C'est celui aux pattes cassées, alors il va pas bien loin.

L'autre laisse échapper un long hurlement et s'immobilise, et quand sa corde se casse à son tour, il tombe et ne bouge plus.

— On peut pas faire un bon barbecue sur une plage sans hot-dogs, hein ? fait Terry dans un sourire, mais il n'a pas l'air très à l'aise.

Lui, Polmont et Doyle éclatent de rire, un truc complètement hystérique. Moi et Gentleman, on dit rien. Brian non plus.

Sur le chemin du retour, Terry et moi on se met d'accord pour ne jamais reparler de cette soirée, à personne. Je ne vais pas à l'école le lendemain. Quand ma mère me demande où j'étais, je lui réponds que j'étais chez Terry. Elle lève les yeux au ciel. J'ai demandé à Rab de dire que j'étais rentré plus tôt. Pour ça, il est cool, notre Rab.

J'ai repensé aux chiens. Une vraie honte. C'est des tueurs, d'accord. On les dresse pour ne pas faire de quartier. Mais on peut pas faire ça à des clebs. Les tuer, OK, c'est légitime, mais ce qu'a fait Doyle, ça prouve qu'il est pas net dans sa tête. Ce Doyle, hein. Depuis, j'ai plus trop envie de traîner avec lui, j'aurais pas dû parler de se réunir pour aller au foot. Le truc, c'est que je l'ai jamais apprécié, ce bâtard. Ni ce branleur de Polmont. Gentleman, lui, je sais pas trop. Il m'a rien fait en particulier, mais lui et Doyle, ils sont comme cul et chemise.

Mais je rêve, là, et mon bus arrive. Je vais pas me fritter avec un gars comme Doyle pour quelques fils de cuivre pas remboursés, mais il va m'entendre quand même.

Je grimpe dans le bus et monte à l'étage. Après tout, la journée ne s'annonce pas mal. On a une super vue sur le château depuis l'étage du bus, tandis qu'on descend Princes Street. Le trafic est terrible, aujourd'hui. Je comprends pourquoi les gens de Glasgow sont vexés quand ils viennent à Édimbourg, parce que, eux, ils n'ont rien de comparable à notre château, à nos parcs, à nos boutiques. On dit qu'y a des taudis à Édimbourg, et c'est vrai, mais la ville de Glasgow *tout entière* est un taudis, la voilà, la différence. C'est pour ça que c'est des fous furieux. Des tarés comme Doyle, on les repère à dix kilomètres, ici, mais ils se démarqueraient pas du tout à Glasgow.

Ronnie Allison, du club de boxe, monte dans le bus. Je me suis détourné mais il m'a vu et s'approche pour s'installer sur la banquette à côté de moi. Il remarque l'écharpe des Hibs dans ma poche.

— Tiens, tiens.

— Salut Ronnie.

Il fait un geste de la tête en direction de mon écharpe.

— Tu ferais mieux de venir passer l'après-midi au club, plutôt que dans les gradins. Je vais justement à la salle.

— Ouais, tu dis ça parce que t'es un supporter des Hearts, je lui réponds en rigolant à moitié.

Ronnie fait non de la tête.

— Nan, écoute-moi, Billy. Je sais que tu fais du foot, que t'aimes bien assister aux matchs aussi. Mais ton vrai talent, c'est un talent de combattant. L'oublie jamais.

Peut-être.

— Ouais, t'as un sacré talent de boxeur, mon garçon. Le gâche pas.

Je veux jouer au foot, moi. Pour les Hibs. Je veux entrer

sur le terrain d'Easter Road en portant leurs couleurs. Alan Mackie sera jamais sélectionné. Ils verront sous le vernis. Il est bien trop délicat, bien trop faux.

— Je descends ici, Ronnie, je fais en me levant et en le forçant à me laisser passer.

Il me regarde comme un des acteurs de la série télé *Crossroads*, quand ils reviennent toujours à la fin de l'épisode pour une dernière réplique, quand on croit que c'est terminé.

— Oublie pas ce que je t'ai dit.

— À plus tard, Ronnie.

Je fais volte-face et descends les escaliers pour sortir.

C'était pas vraiment mon arrêt, j'aurais pu descendre au suivant, mais ça fait du bien d'être un peu seul. Avec toutes ces voitures sur Princes Street, en plus, j'irai plus vite à pied et j'arriverai au Wimpy avant le bus.

# Andrew Galloway

## Retard

En fait, c'est un peu la faute de Caroline Urquhart si on est en retard. Hier à l'appel, elle portait une jupe marron, celle avec les petits boutons sur le côté et ses collants avec des trous sur l'intérieur et l'extérieur des jambes. Je pensais à elle quand ma mère est venue me réveiller et m'apporter du thé et des toasts.

— Dépêche-toi, Andrew, les garçons seront là d'une minute à l'autre, elle a fait comme à son habitude.

Je laisse refroidir mon thé, parce que je me demande si les trous de ses collants font le tour complet de ses jambes, et s'il y en a donc un au niveau de sa chatte ; si elle porte pas de culotte, tout ce que j'ai à faire, c'est lui soulever la jupe et glisser ma queue, et la niquer sur la table en cours de littérature pendant que les autres regardent le tableau, sans rien voir ni rien entendre, un peu comme dans un film ou dans un rêve, et je sors ma chaussette de sous mon matelas et je la place sur ma bite raidie, et Caroline s'est maquillée, elle a mis du rouge à lèvres, et son visage est sévère et bêcheur, comme quand on se baladait dans Colinton Dell à vélo et qu'on l'avait aperçue main dans la main avec un vieux d'au moins trente ans, le sale vieux chanceux, mais nan, maintenant elle est avec moi, et elle a très envie et…

… aagghhh…

… fiou… fiou… fiou…

… et la chaussette est à nouveau pleine.

Il me faut une bonne minute pour reprendre mes esprits. J'ai pas encore enlevé la nouvelle boucle d'oreille que je portais hier soir. Je l'avais encore au club de ping-pong. Mais ce vendredi, j'oublie pas de l'enlever parce que Miss Drew t'envoie dans le bureau de ce connard de Blackie si elle te chope. Je sors mon chinos (ce con a interdit les Levi's et tout), mes bottes, mon polo bleu Fred Perry et mon sweat jaune et noir à fermeture éclair.

J'engloutis ma tasse de thé et me passe vite fait un coup d'eau sur le visage. J'entends déjà ces cons à la porte, en bas : Billy et Carl. Et ma mère qui râle encore, alors je m'éclabousse en vitesse : la tronche, les aisselles, les couilles et le cul, et j'enfile mes fringues en mâchonnant un toast.

— Allez, mon garçon ! elle crie.

Je vérifie dans le tiroir de ma table de nuit : histoire de m'assurer que le couteau y est toujours. Je me souviens de l'avoir attrapé et de l'avoir balancé à la tronche du mec des Jam, sur le poster punaisé au mur. J'ai un peu regretté mon geste, parce que c'est un beau poster et que le gars est quand même cool. Ces cons des Jam, ils portent des super fringues. Tapettes d'Anglais.

Je peux pas m'empêcher de ressortir ma lame pour l'admirer. Aujourd'hui, je suis tenté de l'embarquer à l'école, mais j'ai pas envie d'avoir des ennuis. Je la remets dans le tiroir. Maman hurle à nouveau. Je dévale les escaliers et trébuche presque sur notre clebs allongé en plein milieu, immobile.

— Casse-toi de mon chemin, Cropley ! je rugis, et il sursaute, et nous, on sort dans la rue et on se met en route.

Billy est de super mauvais poil ce matin, pas content du tout, mais il ne dit rien. On traverse la voie rapide.

— Tu peux pas faire un effort ? me fait Carl mais ça le gêne pas vraiment d'être en retard, il essaie juste de faire enrager Billy.

— Tu vas voir, si Blackie est de permanence pour les retards... fait Billy en se mordant la lèvre.

— Blackie est jamais de permanence le vendredi, putain ! Il y était déjà hier quand il a chopé Davie Leslie, je lui réponds.

C'est un matin pourri, même si on est déjà en été, et on a l'impression qu'il va pleuvoir comme vache qui pisse. Mais il fait pas froid et je transpire comme un porc, vu la vitesse à laquelle on marche.

On entend un coup de klaxon quand on traverse la voie d'insertion. On tourne la tête et on aperçoit une camionnette de jus de fruits, et Terry sur le siège passager, qui passe sa tête et sa tignasse frisée par la fenêtre.

— Dépêchez-vous, les enfants, vous allez être en retard à l'école ! il gueule d'une voix aiguë et snobinarde.

On lui fait un doigt. Terry nous rend la pareille.

— T'as intérêt à être là demain, pour le foot, crie Billy.

On pense à demain, et on se sent mieux, on rigole tout le reste du chemin jusqu'à l'école. Demain, c'est samedi ! Trop bien, putain !

Mais Blackie est de permanence quand on arrive enfin. On se cache derrière la haie qui entoure l'école et on jette un œil. Ce con est bien là : debout sur les marches de l'entrée, mains derrière le dos. Billy peut pas se retenir, il pousse Carl dans son champ de vision. Carl fait un bond en arrière mais ce connard nous a repérés et il gueule :

— Vous, là-bas ! Je vous ai vu ! Venez ici ! Carl Ewart ! Venez ici !

Carl jette un regard dans notre direction et s'avance vers Blackie, la démarche apeurée et furtive comme notre chien quand il s'est échappé et qu'il est resté dehors super longtemps à chasser les chiennes en chaleur. Je sais bien ce qu'il ressent, le pauvre con, et j'espère qu'il a plus de succès que moi sur ce plan !

— Vous n'êtes pas seul ! J'en ai vu d'autres ! Sortez de là ou vous allez avoir de gros ennuis !

Billy et moi, on se fait un signe de la tête et on hausse les épaules. On peut pas faire grand-chose à part sortir de notre planque, passer le portail, traverser la cour goudronnée jusqu'à l'entrée du bâtiment où se tient ce sale con qui ressemble à Hitler. Ce minuscule bâtard avec sa moustache et ses binocles. Putain, heureusement que j'ai pensé à enlever ma boucle d'oreille.

— Je ne tolère pas les retards, fait Blackie en matant Carl. Monsieur Ewart. J'aurais dû m'en douter.

Il me dévisage un instant, comme s'il essayait de me resituer. Et puis il s'adresse à Billy :

— Vous, c'est Birrell, c'est ça ?

— Ouais.

— Ouais ? Ouais ? il couine en remontant ses lunettes sur son nez ; on dirait qu'il vient de se faire pincer les couilles. Oua oua, c'est ce que font les chiens, petit crétin ! Ici, on s'exprime dans une langue correcte, on parle comme la Reine Mère. Alors, comment on parle, ici ?

— Comme la Reine Mère, répond Billy.

— C'est bien le cas ?

— Oui.

— Oui qui ?

— Oui, Monsieur.

— Je préfère ça. Bien, dans mon bureau, vous trois, fait Blackie, et on entre derrière lui dans le hall de l'école et on longe le couloir.

Quand on arrive devant la porte de son bureau, ce con s'arrête et me chope par l'épaule. Il regarde Billy et fait :

— Birrell. Birrell, Birrell, Birrell, Birrell, Birrell. L'athlète, c'est bien ça ?

— Oua… oui, Monsieur.

— Le football. La boxe, oui. Le football et la boxe, n'est-ce pas, Monsieur Birrell ?

Il empoigne toujours mon épaule, ses doigts s'enfoncent dans ma chair.

— Oui, Monsieur.

Blackie observe Birrell, les yeux emplis d'une véritable tristesse. Il me lâche l'épaule.

— Décevant, vraiment. Vous, entre tous, devriez exposer vos qualités de leader, Birrell, fait Blackie en nous jetant un regard comme si on était que des merdes, et il revient vers Billy qui mate droit devant lui. Un leader. Le sport, Birrell. Le sport et le temps sont deux concepts indivisibles. Combien de temps dure un match de football ?

— Quatre-vingt-dix minutes… Monsieur.

— Et un round de boxe ?

— Trois minutes, Monsieur.

— Exact, et l'école elle aussi fonctionne sur un concept temporel précis. À quelle heure commence l'appel ?

— À 8 h 50, Monsieur.

— À 8 h 50, Monsieur Birrell, il répète en se tournant vers Carl. À 8 h 50, Monsieur Ewart.

Puis il pose son regard sur moi :

— Comment vous appelez-vous, mon garçon ?

— Andrew Galloway, M'sieur.

La leçon qu'il nous donne, ce con, c'est vraiment trop la honte parce qu'on est encore dans le couloir et y a des gars d'autres classes qui passent à côté de nous, y a des filles aussi, et ils se marrent tous.

— Épelez donc « Monsieur », s'il vous plaît, Monsieur Galloway.

— Euh…

— Faux ! « E » n'est pas la première lettre. Épelez « Monsieur ».

— M-O-N-S-I-E-U-R.

— Exact, m-EUUH-sieur, et non pas M'sieur. Andrew Galloway… il me fait en matant sa montre. Eh bien,

Monsieur Galloway, l'appel, d'après ce que me disent vos camarades, débute à 8 h 50. Pas à 8 h 51. Et certainement pas à 9 h 06, il ajoute avant de me coller sa montre sous le nez et de la tapoter.

Pendant un moment, il me semble que ce connard va nous laisser partir sans nous faire tâter de la canne, parce qu'il parade comme s'il venait d'énoncer une grande vérité. L'un d'entre nous devrait dire « Désolé, Monsieur » ou une connerie comme ça, il attend visiblement qu'on dise un truc. Mais nan, on dira rien de tel, pas pour ce branleur. Alors il nous fait entrer. La canne est posée sur son bureau, c'est la première chose que j'aperçois. J'ai l'estomac retourné.

Blackie claque dans ses mains et les frotte l'une contre l'autre. Sa veste de costume bleue est tachée de craie. On se met en file indienne. Je pose mes paumes contre le radiateur derrière moi, je les réchauffe en prévision de ce qui m'attend. Blackie, il sait cogner avec sa canne. Il fait partie du top trois, derrière Bruce, le prof de techno, et peut-être Masterton, le connard de prof de sciences, même si Carl déclare souvent qu'il a eu plus mal avec Blackie qu'avec Masterton.

— Notre société est fondée sur le concept de responsabilité. Et l'une des pierres angulaires de la responsabilité, c'est la ponctualité. Les gens en retard n'arriveront jamais à rien dans la vie. En sport, Birrell, et dans n'importe quel autre domaine. Une école qui tolère les retards est, par définition, une école qui a échoué. C'est une école qui a échoué car elle n'a pas réussi à préparer ses élèves à la vie professionnelle qui les attend.

Carl s'apprête à dire quelque chose. Il se défend toujours, ce con : faut bien lui reconnaître ça. Je le vois, il hésite, il se prépare. Blackie le remarque, et il tend le cou, les yeux exorbités.

— Vous avez quelque chose à ajouter, Ewart ? Parlez donc, mon garçon !

— Arrêtez, Monsieur. On sait bien qu'il n'y a plus de boulot. Comme à l'usine où travaille mon père, à Ferranti, ils viennent de licencier un tas de mecs.

Blackie dévisage Carl avec dégoût. La gueule qu'il a, ce binoclard : on voit bien qu'il nous considère comme des moins que rien. Ça me pousse à parler.

— United Wire a viré plein d'ouvriers aussi. Et Burton's Biscuit, pareil, sur le carreau.

— Taisez-vous! Vous parlerez lorsqu'on s'adressera à vous, Galloway! Espèce d'insolents, il ajoute en nous matant de bas en haut, comme des soldats au rapport. Il y a tout le travail que l'on veut, lorsqu'on est prêt à se retrousser les manches. Il y en a toujours eu, et il y en aura toujours. Les fainéants et les tire-au-flanc, par contre, trouveront toujours une excuse pour se vautrer dans l'indolence et la paresse.

C'est marrant, mais quand il prononce les mots indolence et paresse, je pense tout de suite à Terry, et c'est le seul d'entre nous qui a un travail, même si c'est comme vendeur de jus de fruits. J'essaie de ne pas croiser les regards de Billy et de Carl, parce que j'ai l'impression que Carl commence à rigoler. Je le devine. Et je sens que ça monte en moi aussi. Je garde la tête baissée.

— Que se serait-il passé, demande Blackie en faisant les cent pas, la tête tournée vers la fenêtre avant d'aller récupérer sa canne et de fendre l'air avec, si Jésus était arrivé en retard à la Sainte Cène?

— Il aurait plus rien eu à becter, crache Carl du coin de la bouche.

Blackie s'arrête net.

— QUOO-OOI!! Qui... qui a dit çaaaa?.... Bande de... de... de... petits insectes rampants!

Ses yeux lui sortent des orbites comme dans les dessins animés, quand les personnages voient un fantôme, comme dans *Casper*. Il nous court après autour de son bureau en faisant tournoyer sa canne. On se croirait à la fin du générique de Benny Hill, et on se marre comme des fous ; on se chie dessus un peu aussi, mais morts de rire quand même ; et puis il finit par choper Carl et se met à le rouer de coups, et Carl se protège le visage, mais Blackie a pété un plomb. Billy s'interpose et lui attrape le poignet.

— Lâchez-moi, Birrell ! Ôtez vos sales pattes, espèce de crétin !

— Vous êtes pas censé le frapper comme ça, réplique Billy sans se démonter.

Blackie le dévisage, puis baisse le bras et Billy le lâche.

— Tendez votre main, Birrell.

Billy le fixe un moment. Blackie gueule :

— Exécution !

Billy tend ses doigts. Blackie lui colle trois coups, pas très fort. Billy ne tique même pas. Je reçois la même chose, mais pas Carl, qui se frotte la jambe à travers son Sta-prest bleu clair, là où la canne de Blackie s'est abattue.

— Très bien, mes garçons. Vous avez accepté votre châtiment comme des hommes, il fait, tout nerveux.

Ce con sait très bien qu'il a dépassé les bornes. Il fait un geste de la tête en direction de la porte. On sort et on l'entend qui dit :

— Comme Jésus lui-même l'a accepté.

Et on se tire de là vite fait pour aller se présenter à l'appel avant de repartir dans notre fou rire. Arrivé là-haut, la première chose que je vois, c'est Caroline Urquhart qui sort dans le couloir. Elle ne porte pas sa jupe marron, mais une noire, longue et moulante. Je la regarde s'éloigner avec Amy Connor.

— Canons, fait Birrell.

Mlle Drew nous regarde et met une croix devant nos noms dans le cahier de présence. Je lui fais merci, les deux pouces en l'air, et on va en cours.

## Vie sportive

La première fournée est sortie de la gare de Waverley. On était installé au Wimpy en face, sans couleurs apparentes, à part Billy qui avait laissé pendouiller son écharpe de sa poche et faisait tout un cinéma pour se la passer autour du cou. Carl, c'est un Jambo[1], donc il s'en foutait, mais moi et Terry, on a pas mis les nôtres.

— Enlève cette écharpe, Billy, ou ces connards vont rappliquer, je lui ai dit.

— Va chier, pauvre trouillard de branleur. J'ai pas peur de ces nazes de Glasgow.

Birrell fout tout en l'air. C'était pas ce qu'on avait prévu de faire. Je jette un œil à Terry.

— On avait pas dit ça, Billy, lui fait Terry. Ces connards sont venus en nombre. Quand tu te les prends à part, un par un, ils se chient tous dessus. Mais là, ils vont jamais se laisser faire.

— Voilà comment faut faire, a dit Carl. Comme les mecs de West Ham que mon cousin Davie et ses potes ont rencontrés après Wembley. Ils racontent que, quand ils vont, genre, à Newcastle ou Manchester, ils affichent jamais leurs couleurs. C'est ce qu'il faut qu'on fasse, nous : on se mêle à tous ces Huns[2], on repère une grande gueule, et on se l'éclate.

Glu
Andrew Galloway

1. Supporter des Hearts, une des deux grandes équipes d'Édimbourg, grande rivale du Hibernian FC, ou les Hibs.
2. Supporter du Rangers FC de Glasgow, à majorité protestante et soutenant politiquement la couronne anglaise (péj.).
Édimbourg et Glasgow comptent chacune deux équipes évoluant en Ligue 1 :
Glasgow : le Rangers FC (supporters à prédominance protestante) et le Celtic FC (supporters à prédominance catholique).
Édimbourg : Heart of Midlothian FC (supporters à prédominance protestante, surnommés *Jambos*) et le Hibernian FC (supporters à prédominance catholique, surnommés *Hibs*).

— Y a que les lâches qui portent pas leurs couleurs, a déclaré Birrell. Faut les porter avec fierté, pour le meilleur et pour le pire.

Terry secoue la tête, allume puis éteint son briquet compulsivement. Son haleine pue l'alcool. Il a dit qu'il avait niqué Maggie, ça en a flanqué une à Carl qui essayait de se la faire.

— Écoute, Billy, qui c'est qui a décrété ça ? Ces connards de Glasgow, avec leurs conneries à l'irlandaise, avec leur putain d'orange et de vert ? Ça leur irait bien de dire ça, ils sont bien plus nombreux que nous. C'est facile de se la jouer quand t'as quinze mille branleurs en écharpe derrière toi. Garanti. Mais combien d'entre eux seraient prêts à se fritter d'homme à homme ? Réponds donc à ça, si tu peux, tiens.

Pour une fois dans sa vie, Terry dit un truc sensé. Je vois bien que Billy l'écoute attentivement. Il se frotte le menton.

— OK, Terry, mais c'est pas seulement une tradition irlandaise, c'est aussi un truc écossais, ça vient de la bataille de Culloden, là où les Anglais nous ont pas laissés porter les couleurs de nos clans. C'est ce que disait ton vieux, Carl, tu te souviens ?

Carl acquiesce et caresse le logo du sac plastique qu'il a apporté. Son vieux nous raconte toujours des trucs historiques et tout, quand on est chez lui. Mais c'est pas le genre d'histoire qu'on t'apprend à l'école, avec tous ces rois et reines d'Angleterre et toutes ces merdes dont personne n'a rien à foutre.

— Ouais, mais qui c'est qui entretient la flamme ? je lui demande. Terry a raison, Billy. C'est mettre la balle direct dans leur camp. Ces cons de Celtes et d'Orange, ils sont toujours sapés comme des débiles, avec leurs badges, leurs drapeaux, leurs écharpes. On dirait des putains de gamines en pleine parade pour l'élection de Miss Leith. Ils se la pètent parce qu'ils savent qu'au moindre souci toute leur bande sautera dans la baston pour les aider. Il faut juste attendre de voir qui veut venir avec nous, et là, on se ramènera en bande et on se les fera d'homme à homme, pas question de se cacher derrière les potes. Et le plus fort dans cette affaire, c'est qu'ils sauront même pas qu'on est des Hibs !

Billy me regarde et se marre.

— Nous, on arrive à repérer un connard de Glasgow à deux kilomètres à la ronde, même sans ses couleurs. Eux, ça sera tout pareil, ils nous capteront aussi.

— Je vois pas comment tu peux voir les poux dans les cheveux d'un mec à cette distance, fait Terry en riant, et on se joint à lui. Enfin, à mon avis, la nana du film d'hier soir, je suis sûr qu'elle avait des poux dans la chatte.

— N'importe quoi.

— Si, je te jure, Gally, t'aurais dû voir ça. Putain de merde. Et la taille de son gourdin, au mec qui la sautait...

Terry va au Classic sur Nicolson Street tous les jeudis soir, pour mater des pornos. J'ai essayé d'y aller une fois, mais on m'a refoulé parce que j'avais l'air trop jeune.

— Qu'est-ce qu'ils projetaient ? je lui demande.

— Le premier film s'appelait *Raide et vicieux,* et le deuxième, c'était *Moments chauds.* Mais on est restés pour la dernière séance, *Soldat bleu.* Putain de tuerie, ce film.

— Moi, j'ai entendu dire que c'était de la merde, fait Billy.

— Nan, Birrell, faut que tu voies ça. Le passage où ils décapitent la nana et où sa tête roule juste devant l'écran, putain, j'ai cru qu'elle allait m'atterrir sur les genoux.

— Ça t'aurait interrompu dans ta branlette, toi qui pratiques souvent dans la rangée du fond, a lancé Carl dans un éclat de rire.

Mais Terry lui fait fermer sa gueule instantanément en chantonnant un truc de Rod Steward :

— *Oh Maggie I couldn't have tried anymo-ho-hore...* Puis il pointe son index sur Carl : *She made a first-class fool outah you*[1]...

On se fout de Carl, maintenant, et il observe par la fenêtre les Huns qui marchent sur le trottoir.

— Y en a un paquet, de soldats en bleu dehors, il fait pour changer de sujet.

Terry l'ignore et me dit en rigolant :

— Faut toujours que je lui raconte les films du Classic, à ce petit con. Et ça risque pas de changer avant un bout de temps, parce que c'est pas demain la veille qu'il aura l'air suffisamment adulte pour y entrer.

Billy se fout de ma gueule, et Carl aussi, mais je me rends compte qu'il n'a jamais essayé d'y entrer, lui, au Classic.

— Allez vous faire foutre, Monsieur Lawson, je réponds à Terry. Moi, on me laisse entrer au Ritz.

— Ouais, super, Monsieur Galloway. Et qu'est-ce qui se passera ensuite, vous allez vous raser ? Et après ? Des poils à la bite ?

— Ma bite se porte très bien, merci Monsieur Lawson.

— Ouais, n'empêche que t'as pas encore trouvé un trou pour l'y coller, il fait et tout le monde se marre.

Manque pas de culot, lui. C'est notre délire à nous, de s'adresser à l'autre comme l'aurait fait un de nos profs. Mais du coup, ça m'a fait penser au Ritz, le moment idéal pour changer de sujet.

— Ça vous dit d'aller au Ritz cette semaine ? Ils passent *Zombies*. Une double séance avec *Grand strip-tease anglais*.

— Eh, va voir en France si on y est, fait Terry dans un rire avant de jeter un œil vers la fenêtre. À quoi ça nous servirait, dis ? On peut éclater tous les zombies qu'on veut sur place, il fait en montrant les Huns qui passent sur le trottoir. Et ce soir, y aura toutes les nanas qu'on veut au Clouds, et

_____

1. Oh Maggie je n'aurais pas pu essayer davantage... elle t'a pris pour un con de première classe...

on l'aura, notre grand strip-tease anglais. On s'en fout, des films, si on peut tout avoir pour de vrai!

Ça m'a fait cogiter, jusqu'à ce que le chant *No Surrender* s'élève dans la rue et que mes boyaux se tordent. Je sais pas trop si ça me branche, tout ça!

— Et Dozo et sa bande, ils sont où ces cons? Regardez ça!

Un grand gars aux cheveux longs et au maillot à col en V se balade, enroulé dans un drapeau de l'Ulster. Ce con, c'est un putain de vieillard.

— Je me fritte pas avec un putain de quadragénaire, moi, je leur dis.

Putain, j'ai que quinze ans.

— Fritte la première personne qui fait chier, petit gars, répond Billy.

— Comment vous vous en êtes sortis ce matin? je lui demande en essayant à nouveau de changer de sujet.

Je déteste qu'on m'appelle petit gars.

— Quatre à un.

— Pour qui?

— À ton avis? On jouait contre Fet-Lor. Ils sont trop nuls. J'en ai marqué un. Alan Mackie en a mis deux, il ajoute en baissant la voix.

Billy est fait pour le foot. Il a joué pour Hutchie Vale et il est capitaine de notre équipe à l'école. Je crois qu'il est un peu jaloux d'Alan Mackie, parce qu'il a déjà signé un truc avec les Hibs, y a de ça des années, mais personne n'a jamais offert de contrat à Billy.

— C'est Doogie Wilson qui a rapporté tes affaires chez toi?

— Nan, j'ai tout refilé à mon frangin pour venir ici directement, je voulais rien louper, il fait en m'indiquant la table voisine d'un geste de la tête, puis à Terry et Carl qui le matent.

Deux nanas y sont installées. L'une d'elles est pas mal, des grandes dents et des longs cheveux bruns. Longiligne. Elle porte un sweat à capuche Wrangler rouge. L'autre est plus petite, avec des cheveux courts noirs. Elle porte une veste imitation cuir et fume une clope. Terry les dévisage. Elles lui rendent son regard et elles pouffent.

— Hé, vous plaisez bien à mon pote, là, il gueule à la première en montrant Carl.

Carl reste cool, il ne rougit pas. Moi, j'aurais rougi.

— Lâche-moi, les fauchés m'intéressent pas, elle répond.

Terry se passe la main dans sa chevelure frisée. Elle est touffue et bouclée, encore plus que d'habitude, je suis sûr que ce con se fait faire des permanentes discrétos. Mais il a une bonne dégaine, avec son haut Adidas bleu foncé et son Wrangler marron.

On me file un coup de coude dans les côtes.

— Te chie pas dessus, Gally, me fait Birrell d'une voix grave.

Quel culot, lui aussi.

— Va te faire foutre, Birrell. C'est toi qui te chies dessus…

— Comment ça, je me…

— Tu te chies dessus parce que tu veux pas marcher dans notre combine. On va se trouver quelques grandes gueules et la leur éclater. On était même censés porter des écharpes de Huns, genre, pour se déguiser, tu te souviens ? On s'était tous mis d'accord.

Billy secoue la tête.

— Je mettrai jamais une écharpe de Hun.

— Hors de question, fait Terry.

Carl attend de pouvoir en placer une.

— Moi, ça me gêne pas, comme plan. Je voulais pas porter une écharpe de Hun non plus, alors j'ai apporté ça pour me camoufler, il fait en sortant de son sac plastique un drapeau de l'Ulster, celui avec la main rouge.

Terry me regarde, puis se tourne vers Billy qui s'est levé d'un bond et lui a arraché le drapeau des mains avant de sortir son briquet. On a entendu deux cliquetis et Carl a récupéré son bien après une lutte acharnée.

— T'es trop con, Billy, a fait Carl, le visage aussi écarlate que la main sur le drapeau.

— Ressors jamais un drapeau hun devant moi.

Carl replie le tissu, hors de portée de Birrell, mais ne le range pas.

— C'est pas un drapeau des Rangers, putain, c'est un truc protestant. T'es même pas catho, Birrell, alors pourquoi tu t'énerves comme ça pour un simple drapeau protestant?

— Parce que t'es un sale con avec tes cheveux blond platine, parce que t'es un branleur de fan des Hearts, et parce que tu vas t'en manger une dans la gueule, voilà pourquoi.

L'ambiance est un peu fraîche, ici, et Billy est de sale humeur. Terry détourne son regard des filles et le dévisage.

— Calmos, Birrell, pauvre con, on peut bastonner tous les Huns qu'on veut, alors commençons pas à nous fritter entre nous.

— La copine des Hearts, là, y devrait pas être là. Je parie que Topsy et tous tes potes du bus, ceux qui sont pas allés voir le match des Hearts à l'extérieur, y seront tous dans le camp des Huns, aujourd'hui.

— Moi, je suis avec vous, non? réplique Carl.

À ce moment, je repère une bande de Huns, de notre âge ou peut-être un peu plus vieux, qui entre dans le Wimpy. On se tait. Ils nous voient, et ils se taisent aussi et tout. Je vois bien qu'ils matent le drapeau de l'Ulster de Carl et l'écharpe de Birrell, et qu'ils essaient d'y comprendre quelque chose. Birrell les quitte pas des yeux. Terry s'en fout, il continue à mater les filles.

— Vous avez un copain? il leur crie.

La fille aux cheveux longs et aux grandes dents le dévisage.

— Peut-être bien. En quoi ça te concerne?

J'essaie d'avoir un meilleur aperçu de ses nichons mais on les distingue mal sous son sweat.

— Nan, c'est juste qu'il me semblait t'avoir vue avec un gars au Annabel's, un soir.

— Je vais jamais au Annabel's, elle lui répond, mais elle a l'air super flattée et contente, et ça y est, ce con a gagné.

— Ah, ben c'était quelqu'un qui te ressemblait...

Terry se lève et va s'installer à côté d'elles, dans leur box. Ce con, l'est pas timide.

Deux Huns chantent *The Sash*, cette putain de ballade irlandaise. Ces connards doivent avoir les boules, parce que j'ai vu à la télé l'autre jour que le pape va venir en Écosse. Enfin, pas que ça m'intéresse. Ce qui m'intéresse par contre, ça serait que ces branleurs de Weedgies[1] commencent à se la jouer un peu trop. Mais Birrell est content, parce qu'ils ne font pas attention à lui.

— Ces connards... on se les fait, ces connards, il chuchote.

On mate un mec avec une crête de Mohican et une plaque de boutons sur le côté du visage, et un gros blondinet.

Je touche le couteau dans ma poche. Une fois, j'ai planté un mec à l'école, même si c'était pas franchement très profond. Glen Henderson. C'était un peu abusé, le gars m'avait pas tant cherché que ça. Je me souviens qu'il m'avait tordu le bras en 6e, quand il était avec ses potes qu'il connaissait depuis le primaire, mais en fait, c'était surtout moi qui me la pétais un peu trop. Je voulais pas que ça se passe comme ça. Ça l'a touché à la main, je lui ai planté la main. Je me suis chié dessus pendant des jours, après ça, des fois que ça soit rapporté aux flics, aux profs, ou à ma mère à la maison. Le dénommé Glen, là, il a rien dit. Dans un sens, c'était génial, parce que, après, Dozo Doyle et Martin Gentleman, et les gars de leur bande, ont commencé à m'adresser la parole. Mais quand même, je me suis chié dessus un moment. Ici, par contre, ça sera différent. Pas de retour de bâton, juste des cons de Glasgow qu'on reverra jamais. J'aime pas l'idée de me trimballer avec une lame, pas vraiment, mais tout le monde sait bien que ces branleurs de faux culs portent des couteaux. Enfin, la moitié de ces putains de chasseurs de gloire sont même pas de Glasgow, ils viennent de bleds comme Perth ou Dumfries, et ils parlent avec un

---

1. Habitant de Glasgow (péj.).

faux accent weedgie. Ils veulent se faire passer pour des vrais durs, des gars de la grande ville. Ils veulent qu'on pense qu'ils sont tous comme des mecs des unités spéciales ou je sais pas quoi. Mon cul, putain. Nan, j'aime pas porter un couteau sur moi, mais ça fait du bien de savoir qu'on peut compter dessus. Histoire de foutre les boules à ces cons.

— T'enlève ton écharpe et je suis partant, je les suis avec toi, je fais à Birrell.

Il m'ignore et attrape une assiette en papier qu'il enflamme avec son briquet ; il la tient prudemment, la laisse se consumer. Une employée du Wimpy qui range la salle l'a repéré, mais ça n'a pas l'air de la gêner.

Billy commence à se la jouer, là. Il est considéré comme le troisième plus balèze de l'école, derrière Dozo et Gent, depuis qu'il a éclaté Topsy en 5$^e$. Et je pense qu'en duel, il exploserait Dozo, vu qu'il fait de la boxe et tout, mais on peut jamais faire de duel avec un gars comme Dozo. Carl, ça l'a fait chier quand Birrell et Topsy se sont mis sur la gueule au parc, parce qu'il est pote avec les deux.

— Billy, allez quoi, tu vas nous faire virer, gémit Carl avant de se tourner vers moi. Lui et son feu…

Billy regarde l'assiette se consumer, la tourne pour ne pas se cramer la main, puis il la laisse tomber dans son verre.

— Brûlez, bâtards d'Orange, il dit à voix basse.

Une vieille binoclarde aux cheveux argentés sous son chapeau, engoncée dans un manteau jaune, nous mate. Elle nous quitte pas des yeux. La pauvre vieille a l'air un peu débile. Ça doit être merdique d'être vieux. Moi, je vieillirai jamais.

Pas moyen.

C'est là que Dozo Doyle et sa bande entrent : Marty Gentleman, Joe Begbie, Ally Jamieson et ce taré aux cheveux noirs gominés et aux sourcils broussailleux. Ce connard s'est fait virer d'Auggie avant d'arriver chez nous. Il est resté à l'école à peine quelques semaines avant de se faire renvoyer à nouveau. Il a un an de plus de nous et était dans le niveau supérieur. Ils l'ont foutu à Polmont pendant quelque temps. Jamieson et Begbie viennent de Leith, mais ils connaissent Dozo et Gent, ils traînent ensemble en ville.

Ils s'approchent de nous. C'est génial, parce que les Huns s'arrêtent de chanter, tous sauf un. Ils s'écartent un peu les uns des autres, et ils font mine d'être occupés, genre, ils commandent leurs hamburgers.

Les gars de Dozo remarquent l'effet qu'ils ont sur les fans des Rangers, et du coup ils se la pètent grave, ils avancent d'un pas fier et chaque pas fait comprendre aux autres qu'ils peuvent rien faire. Dozo lance :

— Billy, Gally… c'est quoi, ça ?

Il regarde le drapeau de Carl qui se chie dessus. J'interviens :

— Euh… on l'a piqué à un con de Hun à la gare. Pour se camoufler, comme t'avais dit. On porte pas nos couleurs. Enlève ça Billy, j'ai fait à Birrell en lui collant un coup de coude, et ce con obéit d'un air pas très content.

Je soutiens toujours Carl, parce que c'est avec lui que j'ai commencé à aller voir les matchs de foot, y a des années de ça. Son vieux nous emmenait voir les Hibs une semaine sur deux, et l'autre, on allait voir jouer les Hearts. C'est là que j'ai choisi les Hibs et que Carl a pris les Hearts. C'était marrant parce que M. Ewart était originaire de l'Ayrshire et il supportait l'équipe de Kilmarnock. Il nous collait la honte, à Carl et moi, parce qu'il portait une écharpe de Killie quand ils venaient jouer ici, au stade d'Easter Road ou de Tynecastle.

Mon père, lui, s'est jamais intéressé au foot. Il prétendait supporter les Hibs, mais il n'allait jamais voir les matchs. C'est seulement parce qu'un jour il a gagné au jeu Trouver le ballon dans l'*Evening News*, quand ils avaient mis une photo prise à Easter Road plutôt qu'à Tynie, celle où il avait dessiné la croix au bon endroit. Je me souviens, tout le monde disait qu'on allait s'acheter une grande maison, mais ma mère s'est payé une nouvelle machine à laver, moi j'ai acheté Cropley. Mon père disait souvent :

— Au moins, j'aurai eu quelque chose en retour. J'apporte mon soutien moral à l'équipe qui m'apporte son soutien financier.

Mais en fait, il soutenait personne.

M. et Mme Ewart se sont toujours occupés de moi quand mon père était absent. Les Birrell aussi, et mon oncle Donald aussi, il m'emmenait en voyage et tout, à Kinghorn, à Peebles, à North Berwick, à Ullapool, à Blackpool et tout. Mais les Ewart m'ont aidé plus que tout le monde, et ils en faisaient pas tout un plat, j'avais jamais l'impression qu'ils faisaient ça pour rendre service.

Alors j'assure les arrières de Carl, pour être quitte. Et il faut les assurer, ses arrières à ce con, parce qu'il en fait souvent qu'à sa tête et les gens le prennent mal. C'est pas qu'il joue les petits malins, c'est juste qu'il rampe pas devant les gros durs. Il faut toujours qu'il soit différent, ce con.

Bref, ça a l'air de convenir à Dozo, à mon grand soulagement! C'est sûrement mieux pour Carl, parce que ce connard est le caïd de la cité.

— Et Juice, il est où? il demande.

C'est comme ça qu'on surnomme Terry, parce qu'il vend des jus de fruits. Je fais un signe de tête en direction du box voisin.

— Il est là-bas. Il leur dit la bonne aventure. J'ai toujours pensé que ce con était un putain de manouche!

Dozo se marre, et ça me plaît bien parce que, avec Gentleman, c'est quand même les plus balèzes de l'école, et je lui ai jamais vraiment parlé. Et voilà que je fais ami-ami avec les gros bras, peut-être autant que Terry et Billy, voire plus.

— Comment va, Terry? fait Dozo.

Terry est tellement concentré sur les nanas qu'il l'a pas vu entrer, ou il fait *comme si* il l'avait pas vu.

— Do-zo! Gent! Ally! Comment va la bande? On va s'éclater quelques Huns aujourd'hui, pas vrai? il fait à voix haute et les Huns qui se l'étaient pétée commencent à sortir discrètement.

Terry, ça lui plaît de se dire qu'il était le quatrième plus balèze, quand il allait encore à l'école. Mon cul.

Dozo Doyle rigole, comme s'ils connaissaient la chanson, tous les deux, et puis il sourit aux deux filles.

— C'est ta copine, Terry ?

— J'y travaille, mon pote, j'y travaille… il fait avant de se tourner vers la nana pour ajouter : Alors, tu sors avec moi ou pas ?

— Peut-être bien.

Elle devient écarlate. Elle essaie de faire comme si c'était pas le cas, mais c'est le cas.

Ce connard est rapide, parce qu'il est déjà en train de lui rouler une pelle, et quelques mecs applaudissent.

Mais Dozo a pas l'air content. Il a un plan et tient pas à ce qu'une minette se mette en travers de son chemin.

— On ferait mieux d'y aller.

On se lève, et même ce porc de Terry lâche la fille. Ce con est super malin, putain. Je l'entends dire :

— Sous l'horloge de Frasers à 20 heures.

— C'est ça, dans tes rêves, répond la fille.

— Alors on se verra peut-être au Clouds.

— Peut-être, ouais.

Mais ce qui est sûr, c'est que ce sale con la niquera ce soir, y a rien de plus sûr.

Parfois, j'aimerais bien être comme Terry, toujours savoir ce qu'il faut dire, savoir ce qu'il faut faire. Des fois, je m'inquiète d'avoir l'air si jeune, je me dis que ça éloigne un peu Terry et Billy, peut-être même Carl. Mais du coup, je me sens encore plus déterminé à leur montrer, à eux et à des gars comme Dozo ou Gentleman, que moi, je resterai pas à l'écart de la baston, quand on se retrouvera face à ces connards de Glasgow.

On sort du Wimpy, on ressent tous ce sentiment de force, d'être en bande. Il y a toujours un connard aux bastons du foot pour se la jouer en groupe, mais qui se chie dessus quand il s'agit d'un face-à-face. Et on peut pas trop s'en encombrer, de ces mecs-là. Ça fait du bien d'être avec ces cons, parce qu'ils font partie des plus balèzes de l'école et de la cité. On sait très bien qu'ils se défileront pas, même face aux plus malins de ces enculés des Gorbals ou de je sais pas quelle autre banlieue pourrie de Glasgow, cette bande de voleurs et de marchands de couteaux. Ils se défileront pas, même face à des vrais hommes, genre, des gars de vingt et un ans ou plus. Je suis bien content d'avoir enlevé ma boucle d'oreille. Il suffit qu'un con te chope par l'oreille et t'es niqué.

C'est parti !

Mon putain de cœur fait boum-boum-boum, mais j'essaie de pas le montrer.

Je vois Doyle glisser un truc à Billy discrètement, et je crois que c'est des billets de banque. Il lui dit un truc à propos de matos embarqué et de fourgonnette, c'est peut-être de la thune des fois qu'on se fasse arrêter ! Ça s'appelle prévoir, putain. Des vrais gangsters, qu'on est tous, les Doyle et nous autres !

Carl, ça le rend super bizarre, on voit qu'il veut savoir ce qui se trame. Mais il sait bien qu'il vaut mieux rien demander devant Doyle.

On descend Rose Street. On avance en petits groupes de trois ou quatre. Je marche avec Dozo, Terry et Martin Gentleman. Moi, je l'appelle Marty parce que seuls ses vrais potes l'appellent Gent. Je jette un œil dans un pub et remarque qu'ils ont une borne d'arcade avec le jeu Asteroids.

— Alors, tu t'es fait jeter, hein Terry ? je lui demande pour le faire chier.

— N'importe quoi, toi. Elle avait franchement envie d'un pompage en règle, celle avec les grandes dents. Si elle vient au Clouds ce soir, elle tâtera de mes doigts, je te dis ça juste en passant, il me répond et on se marre tous.

— Cette nana, Caroline Urquhart, c'est une putain de bombe. Elle avait sa chemise défaite de quelques boutons et on voyait un peu ses nichons. Hier, en littérature.

Je regarde dans le pub suivant, et ils ont le jeu Space Invaders, un truc génial. Mais on me laisserait jamais boire, là-dedans. Quelques vieux en écharpe des Hibs sortent de là en secouant la tête de dégoût. Plusieurs Huns chantent, accoudés au comptoir, et l'un d'entre eux, un grand gars maigre aux cheveux longs, une trentaine d'années, sort sur le trottoir et gueule après les vieux qui ne se retournent pas :

— Bande de sales vieux bâtards de Fenian[1] !

Je regarde mes potes pour voir s'ils s'en mêlent, mais nan, on traque des cons de notre âge.

— Caroline Urquhart... c'est une putain de coincée du cul, celle-là, me fait Terry.

— Tu la niquerais si t'en avais l'occasion.

— Nan, pas question, réplique Terry et il a l'air de vraiment penser ce qu'il dit.

— Moi, je me la taperais tout de suite, fait Marty Gentleman. Mais d'abord, je baiserais l'autre, Amy Connor.

Gentleman pourrait sûrement tirer son coup avec Amy Connor, parce qu'il a l'air plus âgé que nous tous, et que c'est un gros dur. Mais pas avec Caroline Urquhart, elle est plus snob, enfin, je dirais pas snob, mais plus classe. Mais ça me fait réfléchir, je me demande qui est la plus baisable des deux. Dozo est énervé. Il fait un signe de tête en direction de deux connards qui chantent encore cette ballade, *The Sash*. On presse le pas et on se glisse juste derrière eux. Ils sont cinq, engoncés dans des drapeaux de l'Union Jack. L'un d'entre eux a inscrit ARDROSSAN, FIDÈLE[2] en lettres

---

1. Terme qui désigne historiquement les nationalistes irlandais qui répondent à la présence britannique par la violence. Par extension, *Fenian* est utilisé de façon péjorative pour désigner les catholiques d'origine irlandaise (le Hibernian FC, basé à Édimbourg, est fondé en 1875 par un groupe d'immigrants catholiques).

2. En 1296, lors de la guerre d'indépendance de l'Écosse, le château d'Ardrossan est aux mains des Anglais. William Wallace y extermine les soldats de l'armée d'occupation. Ardrossan symbolise le combat anglais contre la « barbarie » des troupes écossaises.

blanches. Il porte des Docs 8 trous. Dozo lui colle un coup de pied derrière le talon, sa jambe s'empêtre contre l'autre et le type s'affale sur les pavés. Gent le frappe à terre et hurle dans un accent de Glasgow :

— On est le Brickton Derry ! Y a que nous qui entonnons *The Sash* !

Ça marche comme sur des roulettes ! Ils reculent et l'un d'eux traverse même la rue. Le reste de ces cons ne bronche pas. Les autres groupes de Huns ont l'air troublés et ne bougent pas d'un pouce. Si on avait porté nos couleurs, on se serait fait massacrer. Ils étriperaient le moindre truc vert, mais là, ils pensent que c'est juste Hun contre Hun, une guerre civile. Enfin, ils veulent pas trop en savoir plus ! Notre plan marche, comme on avait prévu ! Isoler ces enculés, créer une situation d'égalité en lançant un combat personnel, nous contre eux, et pas une simple histoire de foot, de Hibs contre Rangers.

On s'enflamme un peu à la station de bus. Comme si tous les connards de notre âge allaient s'en manger plein la gueule. Joe Begbie éclate un con qui n'était même pas Hun, qui n'allait même pas voir le match de foot, juste un punk avec une crête.

— Vive les skinheads ! il gueule au mec qui reste là, sous le choc, une main sur son nez ensanglanté.

Je suis d'accord avec lui, j'aime pas les punks. Enfin, ça allait un moment, histoire de rigoler, de choquer les gens, genre, en 6e à l'école, mais en fait, c'est que des bourges qui veulent s'habiller comme des clodos. Voilà à quoi ils jouent. Les punks traînent au parc qui longe Princes Street et se frittent avec les Mods le samedi. Si on en trouve après le match, on les loupera pas.

Et tout à coup, je flippe et mon cœur saute dans ma poitrine. Je repère un mec qui nous regarde, et qui mate le punk en sang. Il est accompagné d'une petite fille qui nous fixe aussi. C'est mon oncle Alan avec ma cousine Lisa. Je me souviens d'avoir entendu ma mère dire qu'il emmenait

Lisa en ville pour lui acheter son cadeau d'anniversaire. Je m'éloigne et me cache derrière un bus. Je crois pas qu'il m'ait vu.

— C'était pas ton oncle là-bas, Gally? me taquine Terry. Allez, va lui dire bonjour!

— Va chier.

Mais je suis bien content quand on sort de la station.

Y a une sacrée marée humaine quand on descend Leith Street, avec tous les groupes de Huns qui convergent sur Calton Road en sortant par l'arrière de la gare et se mêlent aux autres groupes qui traînent déjà dans les pubs de Rose Street. Quelques Hibs les interpellent de l'autre côté de la rue. On s'est incrustés dans la masse des supporters des Rangers mais il y a trop de flics pour qu'on déclenche quoi que ce soit maintenant, et ça sera comme ça jusqu'au stade, et du coup, on continue jusqu'à Leith Walk tandis que ces connards tournent sur London Road et se dirigent vers la tribune des supporters adverses. Il reste un bon bout de temps avant le coup d'envoi, et on voit bien que les tribunes vont afficher complet.

On longe le Walk jusqu'à Pilrig, où on retrouve quelques Hibs, des gars de notre âge. C'est le frangin de Begbie, Frank je crois qu'il s'appelle, et des potes à lui. Y a Tommy, que j'avais rencontré il y a des années de ça, il est cool comme mec. Il y a aussi ce dénommé Renton, et un autre con maigrichon et débraillé que je connais pas.

Carl remarque l'écharpe que porte Renton.

— Je croyais que t'étais pour les putains de Hearts, toi.

— N'importe quoi, répond le gars.

— Ton frère, lui, c'est un fan des Hearts. Je l'ai vu au stade de Tynie.

Le dénommé Renton se contente d'acquiescer. Joe Begbie fait :

— C'est pas parce que son putain de frère est un loser que ça fait de Renton un fan des Hearts, pas vrai, Mark? L'a le droit de supporter l'équipe qu'il veut.

Renton hausse les épaules et Carl ferme sa gueule. Enfin, bref, on s'en fout parce que Dozo fait passer ses instructions :

— Enlevez vos putains d'écharpes, foutez-les dans vos manteaux et venez avec nous. On va dans la tribune des Huns pour déclencher une baston. Après, on se les chopera à l'extérieur et tout, il fait dans un sourire, puis il se frotte le visage d'un doigt pour se dessiner une cicatrice imaginaire et exécute une petite danse. Se les faire, mec, on va se les faire. On va se faire ces enculés.

Le frangin de Begbie et Tommy obéissent, puis c'est au tour de Renton et de l'autre gars, Murphy je crois qu'il s'appelle. Mais il cache déjà un truc dans son manteau.

— Qu'est-ce qu'il planque, ce con ? demande Carl.

Il commence un peu trop à se la jouer, parce qu'il traîne avec Dozo et Gent, les durs de la cité. Il s'y croit déjà. Il devrait pas oublier qu'il est fan des Hearts à la base, et qu'il est pote avec ce con de Topsy, et qu'il est avec nous parce qu'on le couvre.

Le débraillé sort un truc de son blouson : un sac de petits pois surgelés et un autre de poisson pané.

— Je les ai chourés au magasin…

— Balance-les, Spud, putain, lui fait Tommy.

Frank Begbie lui arrache le paquet de petits pois, le lance en l'air et shoote dedans. Le truc se déchire et tout le monde se marre devant les pois éparpillés par terre.

— Buuut ! hurle Franco.

Spud fait un bond en arrière :

— Je garde, genre, le poisson pané.

Frank Begbie le dévisage, comme si ce connard était son pote mais qu'il venait de lui coller la honte.

— Putains de pauvres. C'est le seul truc qu'ils auront à dîner, ces cons. Un putain de morceau de poisson acun, ces putains de manouches. Je vous présente la famille Murphy, putain ! il fait à Tommy et Renton en rigolant.

Joe Begbie est cool, mais son petit frère se prend un peu

trop pour un caïd depuis qu'il a éclaté Sutherland. Tout le monde en a entendu parler. C'est ce qu'on appelle une victoire surprise.

— Laisse-le tranquille, fait Joe. Au moins, lui, il s'est pointé. Pas comme ces autres connards qui avaient promis d'être là et qui viennent pas. Nelly, Larry et toute la bande. Ils sont où, ces cons ? Et ils se retrouvent où avant le match, ceux de Leith ? il demande à son frère.

— Peasbo disait qu'ils se retrouvaient au Middleton's.

Les mecs de Leith, les vrais durs, ils traîneraient jamais avec des mômes comme nous. Ils auraient déjà leur programme pour la journée et ils nous en parleraient certainement pas. C'est juste qu'on se la joue, on balance des noms connus et tout.

— On a pas besoin de connards qui seraient pas motivés, fait Dozo. Tous ceux qui sont ici sont partants, il ajoute en regardant autour de lui avec un air de défi.

— Faut pas être trop nombreux non plus, les flics pourraient nous repérer et tout faire foirer, fait Jamieson.

— Rien que quelques mecs partants, répète Dozo à voix basse en nous dévisageant, le sourire aux lèvres.

Ce con me fait flipper, parfois.

On se regarde tous. Moi, je me sens pas franchement partant, je peux vous le dire. J'aimerais bien qu'on dise juste, on a eu un bon résultat en ville tout à l'heure, alors arrêtons là tant qu'on est en tête, et allons voir le match. Après tout, George Best joue ce soir, enfin, sauf si ce con reste coincé dans un pub. Ça fait chier d'aller se fritter avec un troupeau de Glasgow à moitié bourré, et avec des mecs tellement vieux qu'ils pourraient être nos pères.

Dozo, Joe Begbie et le gros Marty Gentleman ont tout planifié. Et pour dire vrai, je préfère encore m'infiltrer dans une bande de Huns et me faire décalquer la face, plutôt que de me chier dessus et d'avoir à affronter ces tarés devant l'école lundi matin. On va donc chez Doogie Spencer avec quelques bouteilles. Ça fait chier de poireauter une heure dans les tribunes en attendant le coup d'envoi. Ça peut se faire, quand on essaie de défendre ou d'envahir une aile du stade, mais les flics ont instauré une bonne ségrégation, maintenant. On passe chez le Pakos pour acheter de la bière et du vin bon marché. Personne n'a l'âge légal pour ça, mais Terry et Gent ont l'air d'avoir vingt-cinq ans, alors aucun problème pour se faire servir. Moi, ça me va comme ça, parce que, de toute façon, jamais on me vendrait à boire dans un pub. On veut pas être trop bourrés, mais moi, j'ai besoin d'un bon coup de courage liquide.

Doogie Spencer est pas trop ravi de nous voir. Il est bien plus vieux que nous, il a presque trente ans. Il traîne avec Dozo, Gent, Polmont et les gars de Leith, mais ils le prennent tous pour un branleur, c'est évident, et ils se servent de lui parce qu'il a un appart à lui. Ça le branche pas de voir rappliquer toute la bande, mais il se déride vite en remarquant que Carl, Billy et moi, on écoute ses histoires de bastons avec les Hearts, à la fin des années 60 et début des années 70, tandis que Dozo et sa bande le matent comme s'il était le dernier des cons. On voit bien que ça le démange, Carl, d'annoncer qu'il est Jambo et qu'il traîne avec un autre groupe que le nôtre, de temps en temps. Les Hearts sont peut-être les boss en ce moment, mais avec des mecs comme nous, les jeunes qui supportent les Hibs, ça risque de changer bientôt.

Je vais pisser et quand j'arrive dans le couloir, le dénommé Polmont est là, tout seul. Il se détourne, on dirait qu'il a un problème. Genre, qu'il était en train de pleurer ou je sais pas quoi.

— Ça va, mon pote?

Il ne répond pas, alors j'entre dans les toilettes.

On sait bien que la plupart des histoires de Spencer sont des conneries, mais couplées avec le vin et la bière qu'on s'est enfilés, on arrive au stade complètement enflammés. On circule dans la foule des Hibs, mais quand on atteint Albion Road, on tourne vers la tribune arrière, on traverse les barrières et on passe devant les flics à cheval.

— Vous êtes venus supporter les Rangers ? nous demande un gros flic.

— Évidemment, mon gars, répond Dozo avec un accent de Glasgow.

On parcourt les cinquante mètres de no man's land jusqu'au cordon suivant où on se mêle à la foule des Huns pour entrer dans la tribune Dunbar. Carl a sorti son drapeau de l'Ulster et se l'est mis sur les épaules. On se fait remarquer, parce qu'on se balade là, sans couleur ni rien, alors que les Huns sont déguisés comme pour aller au carnaval : drapeaux, écharpes, badges, chapeaux et casquettes, t-shirts, mais au pire, ils se disent qu'on est juste une bande de Hearts qui viennent se rallier à leur cause.

Dozo a réussi à faire entrer une petite bouteille de vodka. Il la fait tourner pendant qu'on fait la queue. Elle arrive jusqu'à moi et j'en bois une gorgée. Ça me laisse une sensation froide, désagréable et méthylique dans la bouche et quand le liquide atteint mon estomac, c'est tout juste si je gerbe pas mon burger du Wimpy. Ça craint, la vodka. Je passe la bouteille à Tommy et je mate les gens autour de moi, je tente d'évaluer les âges, la force physique, s'ils font partie d'une bande et tout ça.

Certains ont l'air vraiment crades, avec leurs vêtements pourris et tout. Des pulls nazes et d'autres merdes de ce genre, que personne ne porte plus depuis l'époque punk. Pas de Fred Perry, presque pas d'Adidas, que dalle. Le truc flippant, c'est qu'ils ont tous l'air super vieux. C'est marrant, on dit toujours que les mecs de Glasgow se mettent sur leur trente et un quand ils sortent, genre quand ils vont en ville le soir et tout. En tout cas, c'est visiblement pas le cas pendant la journée, ces connards ressemblent à rien. J'imagine qu'ils nous matent parce qu'on est vachement mieux habillés qu'eux, on porte tous des débardeurs, des baskets et des Levi's. On a beau venir de nos cités et de nos barres, on est quand même un cran au-dessus de ces cons. La moitié d'entre eux connaît pas les avantages du savon et de l'eau, c'est certain. J'imagine que c'est pas marrant, c'est même nul, de vivre dans des taudis comme les leurs, sans la télé ni l'eau chaude et tout, mais c'est pas notre putain de faute, et c'est pas une raison pour venir se défouler chez nous.

Quand on passe les portes, Dozo entonne « on est le Brickton Derry, on encule le pape et la Vierge Marie » et tous ces cons de Huns se joignent à lui. On se marre de voir avec quelle facilité on peut les faire démarrer, c'est comme remonter un putain de joujou mécanique. Certains d'entre eux avaient pas l'air de nous faire confiance, mais ça les soulage de nous voir les accompagner sur cette chanson protestante, tandis qu'on passe le tourniquet pour pénétrer dans Dunbar et monter sur les gradins. On a perdu Renton-le-frangin-du-fan-des-Hearts, et ce con de Spud, ils ont dû s'esquiver et se casser dans la tribune des Hibs, ces sales trouillards. Je me souviens pas les avoir vus franchir la barrière avec nous. Pas que ça me dérange. Ce con de Murphy, il est aussi crade que les mecs de Glasgow. Une putain de honte, ce gars, faut bien le dire. Du coup, il y a Birrell, moi, Carl, Terry, Dozo, Marty Gentleman, Ally, Joe Begbie, son frangin, Tommy et ce gars bizarre qui dit jamais rien, ce connard de Polmont. McMurray, je crois que c'est son vrai nom. Il a un an de plus que moi, mais il a l'air jeune, lui aussi. J'arrive pas à le cerner, lui. Il est tout le temps en train de mater Dozo, et c'est le seul mec à qui il adresse la parole. On s'installe à droite des buts, à peu près au milieu de la tribune. La bouteille de vodka circule toujours et je colle ma langue dans le goulot pour faire semblant de boire. Je manque encore gerber, rien qu'à sentir cette putain d'odeur méthylique. Je la passe à Gent.

On est encerclés par les Huns. Mon cœur fait boum, boum, boum. Je sens le couteau au fond de ma poche. On voudrait que tout pète maintenant, tellement cette putain de tension est insupportable. Ça fait bizarre de voir le terrain depuis ce côté des tribunes. Les fans des Hibs brandissent leurs écharpes et entonnent un chant, mais c'est merdique parce qu'ils le font par petits groupes au lieu de s'unir. On distingue les bandes de Leith, Niddrie, Drylaw, Porty, Tollcross, Lochend et d'autres encore, et ils agissent indépendamment. Certains groupes vont bientôt se mettre sur la gueule ; certains n'arriveront jamais à se battre ensemble, même contre les Rangers. Ces cons se frittent à mort tous les week-ends, et parfois même en semaine, et ça depuis la nuit des temps, alors c'est pas en l'espace de deux heures un samedi après-midi qu'ils vont mettre leur conflit entre parenthèses, même face à des branleurs de Glasgow. Contre les Hearts, peut-être. Ils se mettent à chanter *His Name is Georgie Best*. Une clameur retentit quand les Hibs entrent sur le terrain et on échange quelques regards. Best va jouer ! Les applaudissements sont noyés sous les huées de notre tribune, qui se transforment en cris de joie quand les Rangers apparaissent sur la pelouse. *Derry's Walls* s'élève des gradins. C'est bizarre de regarder la foule des Hibs et de nous voir à travers les yeux de l'adversaire.

Le match commence et après quelques chants, l'ambiance se calme. On se détend un peu. On repère les cons qu'on veut décalquer, et y a notamment un mec de notre âge, un rouquin super pâle, une putain de grande gueule. Il arrête pas de beugler des trucs à propos de bâtards Fenians et de connards de l'IRA. On se demande parfois sur quelle planète ils habitent, ces branleurs.

— Je me réserve ce connard, fait Dozo.

Gentleman acquiesce.

Vers le milieu de la première mi-temps, Dozo nous fait signe et on va tous aux chiottes. Deux Huns y pissent, et Gentleman colle un coup de poing au premier. C'est une droite tellement soudaine, tellement féroce sur le coin de sa tête que je me sens nauséeux moi-même pendant quelques secondes. La vodka me fait comme un trou dans l'estomac. Le gars est à terre dans sa propre pisse et on lui balance des coups de pied. Je vise sa jambe et je me retiens, j'ai pas envie de lui faire trop de mal. On a fait passer notre message. Polmont, par contre, s'enflamme un peu trop, et Birrell le tire en arrière. Dozo envoie son pied dans les couilles du deuxième mec.

— On est de l'UDA[1], nous, il lui gueule en pleine face ; et puis avec l'intonation de Johnny Rotten, il fait : Ou alors les autres, là, l'IRA ?! Ouais, c'est plutôt ça, ouais.

On est tous pliés en deux. Le pauvre con aussi, mais de douleur, il se tient les boules et lève les yeux vers nous en tremblant. Carl lui adresse un clin d'œil mais ce con de Polmont s'avance vers lui et lui balance une baffe du revers de la main dans la mâchoire. On sort de ces chiottes pourries et on retourne se fondre dans la masse.

À l'instant même où on retourne à notre place, les Hibs marquent un but et la tribune d'en face explose. C'est trop génial, putain, et on a envie de faire ouuuiiii… mais on dit rien, on reste cool et on attend notre heure. Dozo rigole doucement. Et puis c'est parti : deux Huns s'engueulent et l'un d'eux commence à fritter l'autre. Le pote du deuxième s'incruste dans la baston et ça devient dingue !

C'est notre chance. Gentleman s'avance et en colle une magnifique dans la tronche du pâlot de rouquin. Son nez est salement éclaté et il chancelle dans la foule en aspergeant les autres de son sang. Ses potes le soutiennent, et ils sont tous carrément sous le choc et tout. L'un d'eux fait :

— Allez, les mecs, on est entre protestants, quoi.

Juice Terry se précipite pour exploser ce bâtard, et Birrell colle des coups de poing à tout ce qui bouge. Un gros enculé, au moins quarante ans, grimpe en haut des gradins et s'en prend à Birrell, mais ce con tient bon, il pare ses coups et ils boxent au milieu de la foule qui s'écarte à leur passage. Je cours jusqu'au mec, lui balance mon pied dans

---

1. Ulster Defence Association : milice protestante chargée entre autres de protéger les populations d'Irlande du Nord contre les attaques de l'IRA.

la jambe en visant ses couilles, et Gentleman se ramène avec la bouteille de vodka qu'il lui écrase sur la tête. Elle ne se brise pas, mais le con sent le coup passer et il titube.

On est déchaînés ; Doyle s'en donne à cœur joie et fonce dans un groupe de mecs. À quelques mètres de moi, le frangin de Begbie file un coup de coude pervers dans la tronche d'un supporter. Ce taré me crie un truc et fait semblant de se lacérer le visage avec son doigt. J'entends des voix à l'accent de Glasgow dire «N'importe quoi» et «putains de bourrins» et je suis terrifié mais c'est génial quand on pense à toutes ces fois où ils nous ont coursés et tabassés. Je monte et je descends dans les tribunes comme un putain de yo-yo, emporté par les mouvements de la foule, j'essaie de lancer mon poing, de charger l'ennemi sans perdre l'équilibre. T'es encerclé de corps en mouvement, et la seconde d'après, tu te retrouves dans un îlot d'espace vide qui s'ouvre de nulle part. Je baffe un con en pleine mâchoire, et il a les bras bloqués contre ses flancs à cause de la foule qui le pousse en avant, droit vers la barrière de protection. Les Huns sont débordés, aucun d'entre eux n'a envie de s'en mêler, mais tandis qu'ils restent là, la bouche ouverte, ils barrent le passage à tous les gros bâtards balèzes qui voudraient nous atteindre. Carl se prend un mollard en pleine gueule, et ça le rend fou, il court vers un mec et l'éclate. C'est marrant, mais aucun de ses potes ne lui vient en aide, ils restent immobiles et regardent leur copain se prendre une branlée. Je vois ce qui se précipite vers nous et, pour être honnête, je suis super content quand les flics arrivent sur les lieux en premier. Une bouteille vole à quelques centimètres de mon visage et atteint un Hun juste derrière moi. Une autre s'écrase contre la barrière de protection à côté de Tommy et nous asperge tous de verre brisé. On dirait que les Huns viennent enfin de comprendre ce qu'on mijotait et qu'on va se faire littéralement piétiner sous le nombre. Heureusement que ces putains de flics arrivent pour former une haie. J'aurais jamais pensé être content de les voir rappliquer un jour !

C'est un putain de chaos, tout le monde se montre du doigt, et les flics ont chopé Gentleman, Juice Terry et Frank Begbie. Ils sont traînés dans les escaliers des tribunes, et des connards leur crachent dessus et essaient de leur coller des coups de pied au passage. Le frangin de Begbie grogne et essaie de se dégager pour les atteindre, la manche de sa veste Harrington déchirée. Gentleman gueule «IRA!» et Terry se contente de rigoler et d'envoyer des baisers aux Huns. Des cannettes et des bouteilles s'envolent, et des bastons se déclenchent partout dans les gradins. Une bouteille atterrit à quelques centimètres de George Best sur le terrain. Il la ramasse et fait semblant de boire. La foule des Hibs applaudit, et ça fait même marrer quelques Rangers. On parle toujours des joueurs qui provoquent la foule, mais il faut dire que là, Best vient d'empêcher une énorme émeute, rien que par ce geste. Avant ça, l'ambiance était complètement empoisonnée. Billy, Carl et moi, on s'éloigne et les autres partent de leur côté. Joe est avec Dozo et le Polmont. Polmont a rien branlé, il a pas balancé un seul coup de poing, il est juste resté comme un con à jeter des coups d'œil nerveux pendant que tous les autres se jetaient dans la baston. J'étais surpris de voir Terry s'y mettre avec tant d'ardeur, parce que ç'avait pas franchement l'air de l'intéresser, avant le match. Mais c'est Terry tout craché, ça, il ferait n'importe quoi pour se marrer un coup.

On se faufile dans la foule vers un coin sous le panneau de score, d'où on peut apercevoir Marty Gentleman, Juice Terry et Frank Begbie se faire escorter le long de la piste de course autour du terrain. Une clameur s'élève, parce que Terry a réussi à sortir son écharpe et l'agite, et la foule des Hibs éclate de joie. Le flic le regarde d'un air con et pense même pas à la cacher. Un autre flic se ramène et la lui arrache des mains. Le petit Begbie marche d'un pas de gangster, comme cet acteur, James Cagney, quand il est mené à la chaise électrique et qu'il a l'air de s'en foutre, et le visage de Marty Gentleman est dur et fermé. Terry, lui, il sourit comme ce con de présentateur télé, Bob Monkhouse dans son émission débile, *The Golden Shot.*

Un vieux à côté de nous dit que c'est tous des sauvages, et je fais avec un accent de Glasgow :

— Ouais, t'as trop raison Jimmy.

On regarde le reste du match dans un silence satisfait. George Best valse entre quelques joueurs des Rangers au milieu du terrain. C'est pas un Hibs contre Rangers, c'est un Best contre Rangers. Ils peuvent pas lui prendre le ballon. Best change de direction, arrive en trombe devant la cage des Huns et envoie la balle au fond des filets ! Je reste là à m'arracher la peau autour des ongles jusqu'au sang. Ça prend une éternité, mais le coup de sifflet retentit enfin. On a gagné !

On a battu ces connards !

Carl arrête pas de cracher par terre, et il tousse comme s'il essayait de se faire gerber. C'était marrant de le voir foncer sur ce mec, parce qu'il avait dit qu'il s'en foutait, de notre plan, qu'il venait juste pour profiter de l'ambiance du match.

On sort du stade et on avance au milieu des Huns dégueu jusqu'à la gare. On a du mal à se regarder. Je me chie dessus, des fois qu'un des mecs qu'on aurait lattés nous repère et j'ai envie de m'éloigner vite fait de cette masse de rouge, blanc et bleu. Ils sont super énervés, ils traitent Best de traître, disent que c'est un protestant de l'Ulster mais qu'il se vend à des équipes Fenian, d'abord à Man United, et maintenant aux Hibs. Comment ils peuvent dire que Manchester United est une équipe Fenian, sérieusement ? Putains de dégénérés.

Les flics redirigent les spectateurs vers Abbeyhill mais on vire sur London Road, direction Leith Walk. C'est un putain de soulagement d'être sorti de cette foule de supporters en bleu, mais on se retrouve bientôt en plein champ de bataille. Ça pète de tous les côtés en haut du Walk, des connards se frittent partout en petits groupes.

Des Hibs attaquent deux bus de Huns qui ont été assez cons pour venir se garer dans le terrain vague près du théâtre de Playhouse. Quelques Huns sortent des bus, prêts à se bastonner, et dévalent la colline pour être arrêtés à mi-course par des jets de pierres et de briques. C'est dément, un mec se balade le crâne ouvert sous un poster de Max Bygraves qui annonce son spectacle au Playhouse pendant le festival. Les flics pètent un plomb, ils se jettent dans le tas et on décide de s'arrêter là pour la journée ; on retourne à l'appart de Spencer pour retrouver le reste du groupe. Mon corps tout entier pulse tandis qu'on longe le Walk. Je flippe qu'un mec vienne nous emmerder maintenant, parce que j'aurais pas l'énergie de tenir tête à qui que ce soit, on dirait qu'on m'a arraché le cœur. Le seul truc que je sens, c'est l'acidité qui me crame les boyaux, et la peur qui s'accroche à ma colonne vertébrale. Heureusement qu'on arrive bientôt dans Leith, territoire des Hibs, mais on peut toujours y rencontrer des connards d'un autre quartier de la ville.

Carl tousse encore et il arrête pas de mollarder.

— Qu'est-ce qui t'arrive ? je lui demande.

— Ce sale bâtard de Glasgow m'a craché dessus, et j'ai senti son mollard me couler dans la bouche et dans la gorge. Un gros truc gluant et tout.

On se marre mais il a pas l'air de plaisanter.

— Putain, mais c'est dangereux, Gally, tu peux te choper une hépatite comme ça ! C'est ce qu'il lui est arrivé, à Joe Strummer. Il s'est retrouvé à l'hosto et tout. Il a failli en crever !

Carl est sur les nerfs mais j'arrive pas à me retenir de rigoler. On finit par arriver chez Spencer sans encombre. Tout le monde est enflammé. Ce con de Polmont, c'est le seul à rien dire. Terry et quelques autres mecs vont dans un pub, celui avec le Space Invaders. J'essaie de m'y glisser discrétos mais le gars derrière le bar me capte et se met à gueuler :

— Je te l'ai déjà dit, petit con, casse-toi! Tu vas me faire perdre ma putain de licence!

Ça fait marrer Terry, mais Billy m'accompagne sur le trottoir. Je lui file quelques billets et il achète une bouteille de cidre.

On redescend vers le centre de Leith et on attend que le *Pink News* soit disponible dans les kiosques. Billy et moi, on partage le cidre mais on veut pas être trop bourrés pour la soirée. On traîne près d'un pub, la moitié d'entre nous à l'intérieur, l'autre moitié à l'extérieur. On commande des frites et ça m'aide à stabiliser mes boyaux. Il y a pas mal de gars bourrés dans le coin, qui chantent des trucs pro-Hibs et *His Name is George Best*. Au bout d'un moment, Carl va chez le marchand de journaux et rapporte une copie du *Pink News*, et c'est génial parce qu'on parle de nous dans l'article sur le match :

ce tir raté aura déclenché une sérieuse perturbation dans la tribune du camp adverse. Apparemment, un groupe de supporters des Hibs se serait immiscé dans la mauvaise section des gradins. La police est intervenue rapidement pour arrêter les fauteurs de trouble.

Puis dans les dernières nouvelles, ils annonçaient huit arrestations pendant le match, et quarante-deux à la sortie du stade.

— On aurait pu faire mieux, dit Dozo.

Mais on est trop fiers. Je file même un peu de mon cidre à ce clodo de Carl.

## Au Clouds

On prend le bus pour rentrer chez nous et, assis à la place de maître sur la banquette du fond, on mate tous les mecs qui montent. On est à cran, vu qu'on retourne dans notre quartier. Quand on descend, Birrell coupe par l'Avenue pour rentrer à son appart dans les vieux bâtiments, mais Carl et moi, on est obligés de passer devant chez Terry. Sa mère a dû guetter notre arrivée parce qu'elle sort sur le perron et nous interpelle.

On va à sa rencontre dans l'allée, elle descend vers nous, bras croisés sur la poitrine. La petite sœur de Terry sort et reste devant la porte. Elle porte ce super jogging bleu ciel, celui auquel j'ai tant pensé en me branlant. Je niquerais bien Yvonne, si elle ressemblait pas tant à Terry. Ça n'a jamais dérangé Birrell, par contre.

— Yvonne, rentre à la maison, sa mère lui fait, et elle obéit. Alors, qu'est-ce qui s'est passé?

Carl et moi, on échange un regard. Avant d'avoir pu en placer une, elle reprend :

— J'ai eu un coup de fil de la police. Ils m'ont appelée chez Mme Jeavon, la voisine. Ils l'accusent de trouble de l'ordre public et de coups et blessures. Ils disent qu'il était pas dans la bonne tribune. Qu'est-ce qui s'est passé?

— C'est pas ça, Madame Laws… euh, Madame Ulrich, je réponds. J'oublie toujours qu'elle s'appelle Mme Ulrich, maintenant, vu qu'elle s'est remariée avec un Allemand.

— C'était pas la faute de Terry, ni des autres gars du groupe. C'est vrai, fait Carl. On est arrivés en retard au stade et on est entrés par là pour ne pas louper le coup d'envoi. On a enlevé nos écharpes et on a jamais applaudi les Hibs, pas vrai Andrew?

Ça doit être la première fois qu'il m'appelle «Andrew». Et c'est même pas son équipe, il est censé supporter les Hearts. Mais il veut juste aider, alors j'enchaîne.

— Nan, mais les autres, ils ont entendu notre accent et ils ont cherché la merde. Ils nous ont craché dessus et tout. Y en a même un qui a frappé Terry, alors il a répondu. Et ils s'y sont tous mis. Les autres, ils voulaient juste donner un coup de main à Terry.

Mme Ulrich laisse sa clope se consumer, puis l'écrase sous sa chaussure à talon qui s'enfonce dans l'allée. Elle en allume une autre. Je vois bien que Carl hésite à lui en demander une, mais je pense pas que ça soit franchement le bon moment.

— Il croit que c'est pas grave parce qu'il bosse. Mais qu'est-ce qu'il me donne, en retour ? Qui c'est qui va devoir aller payer les amendes ? Moi ! C'est toujours moi ! Et je vais le trouver où, l'argent pour payer ces satanés frais d'avocat ? C'est pas bien… vraiment pas bien… elle fait en hochant la tête et en nous matant comme si elle attendait une réponse. C'est vraiment pas bien, elle répète en tirant sur sa clope. Ça devait résoudre tout ça, d'aller au club de boxe avec Billy, ça devait mettre un terme à tout ça, toutes ces bêtises. C'était censé lui inculquer un peu de discipline, c'est ce qu'ils m'avaient dit. Discipline, nom de Dieu ! elle fait avec un rire méchant sans nous quitter des yeux. Je parie que Billy, lui, il s'est pas fait arrêter ? Pas vrai ?

— Nan, répond Carl.

— Nan, pas lui, elle fait d'un ton amer.

C'est vrai que c'est plutôt marrant que Terry soit allé se tabasser aux entraînements de boxe avec Billy, mais qu'il ait été le seul à se faire arrêter à la baston. On dirait bien que ça lui prend la tête, à sa mère. Yvonne ressort derrière elle. Elle suçote et tripote une mèche de cheveux.

— Billy s'est pas fait serrer, hein Carl ?

— Nan, on vient de le quitter, il rentrait chez lui.

Mme Ulrich fait volte-face.

— Je te l'ai déjà demandé, Yvonne, rentre à la maison !

— Je peux rester là si je veux.

— Demander des nouvelles de ce satané Billy Birrell quand ton propre frère est en prison, nom de Dieu !

M. Ulrich apparaît sur le perron.

— Rentre donc, Alice, ça ne résoudra rien. Ça ne sert à rien. On ne pourra rien en tirer. Yvonne. Rentre. Allez !

Yvonne s'exécute, puis la mère de Terry frissonne, lui emboîte le pas et claque la porte. Carl et moi, on se mate et nos lèvres s'étirent comme pas permis.

Quand j'arrive à la maison, ma mère a préparé le repas. Un fish and chips, génial. J'attrape les deux entames du pain, les tartine d'une bonne couche de beurre et je colle presque tout le poisson entre les deux tranches, le tout arrosé de sauce brune. Ma mère râle toujours quand je vais pêcher l'entame au fond du paquet de pain de mie, mais c'est ce qu'il faut pour faire un bon plat. Les tranches normales se détrempent trop vite avec le beurre fondu, et tout part en miettes. Sheena a déjà mangé, elle est installée dans le canapé devant la télé avec sa copine Tessa.

— Y a pas eu de problème pendant le match? me demande ma mère en me versant une tasse de thé.

Je m'apprête à répondre le truc habituel, «rien vu de spécial». Je dis toujours ça, qu'il y ait eu une émeute générale ou que dalle. Et puis je me souviens que Terry va peut-être passer à la télé et dans les journaux! Alors je lui explique que j'ai perdu Terry de vue, qu'il s'est retrouvé sans faire exprès dans la mauvaise section des gradins et qu'il s'est fait arrêter.

— Tu ferais bien de garder tes distances, c'est un fouteur de merde, comme son père. Des bons à rien, tous autant qu'ils sont. J'ai eu Alan au téléphone. Il se promenait avec la petite Lisa, et y avait un tas de hooligans qui couraient dans les rues…

Oh putain…

Elle sent mon haleine.

— T'as bu?

— Rien que du cidre…

Putain… ce con d'Alan…

Elle me regarde et hoche la tête, et puis elle débarrasse les assiettes.

— Ouais, Alan me racontait que c'est un tas de bourrins au foot, de nos jours, et qu'il ne veut plus y aller. Il interdit à Raymond d'y aller aussi.

Heureusement qu'il m'a pas vu ! J'ai cru qu'elle disait ça juste pour me faire réagir et me piéger.

Je les emmerde, Alan, Raymond et cette pleurnicharde de Lisa, espèces de bâtards snobinards.

Cette connasse de Thatcher passe à la télé, celle que les Anglais ont élue. Je peux pas la supporter, avec sa putain de voix à la con. Putain, mais qui peut bien voter pour une tête de nœud comme elle ? On peut pas voter pour quelqu'un qui parle comme ça. Mais bon, M. Ewart dit que les mineurs s'en débarrasseront vite fait bien fait. Je prends mes aises sur le canapé pour regarder la télé. C'est bientôt *Starsky et Hutch*, et j'ai plus vraiment envie de sortir, c'est à ce moment que la sonnette retentit, et c'est Billy et Carl. Ils veulent que je les accompagne au Clouds. Je commençais tout juste à profiter de *Starsky et Hutch*, et j'ai même pas eu le temps de me changer. Sheena et Tessa deviennent super bizarres parce qu'elles ont un faible pour Billy, du coup j'ai qu'une envie, c'est de sortir d'ici avant qu'elles me collent la honte. Je monte dans ma chambre et me change en vitesse, sans oublier ma putain de boucle d'oreille. J'ai un bouton sur le menton mais j'ai pas encore eu l'occasion de m'en occuper. Ça craint d'avoir un bouton, mais c'est encore pire si tu vas au Clouds avec. On passe la porte et ce con de Carl joue avec ma boucle d'oreille :

— Salut, marin d'eau douce !

Dans le bus, je m'aperçois que j'ai toujours mon couteau. Je voulais pas l'emporter. Tant pis, y aura aucun problème ce soir. Heureusement que je l'ai pas sorti au foot. J'étais tellement occupé à mouliner des poings et des pieds que j'y ai même pas pensé.

On arrive au Clouds. Enfin, ce qui s'appelait le Clouds avant. Maintenant, ça s'appelle le Cavendish, mais tout le monde parle encore du Clouds. C'est marrant, ça me tapait sur les nerfs quand mon père et mon oncle Donald parlaient d'endroits, genre, des pubs et tout, en donnant leurs anciens noms. Et voilà que je fais pareil. Enfin, peu importe son nom, c'est super, on y est traités en héros dans la file d'attente. Il y a bien une bande de Clerie, mais ces connards mouftent pas. Carl et moi, on a bu une autre bouteille de cidre et on est un peu bourrés quand on arrive. Mais vaut mieux avoir tous tes esprits quand t'essaies d'entrer, parce que les videurs te laissent pas passer si t'es explosé, et j'ai peur qu'ils repèrent ma lame, mais on entre sans problème. À l'intérieur, y a beaucoup de monde, y a déjà Dozo et ses mecs, et on reparle de nos exploits. Puis Terry et Gentleman entrent à leur tour, et Dozo et Polmont applaudissent, et d'autres mecs aussi. On leur demande comment ça s'est passé chez les flics, l'un après l'autre. Des putains de héros. Génial.

Mais Terry en a rien à foutre, faut bien le dire. C'est comme s'il avait eu son moment foot, et que maintenant, c'était son moment nanas.

— Lucy est pas là ? lui demande Carl.

— Nan, elle fait la gueule parce que je me suis fait serrer. Et puis, de toute façon, j'ai pas envie qu'elle vienne ici. Le samedi soir, c'est ma soirée, je préfère la voir en semaine et le dimanche.

Ce connard mène une sacrée vie. Terry peut entrer comme il veut au Annabel's et au Pipers, ce sale veinard. Il va même au Bandwagon, parfois. Et tout ce qu'il cherche, c'est des nanas, comme d'hab. Je le repère une première fois en train de danser avec Viv McKenzie, et puis ils s'embrassent dans un coin. Après, il danse avec une des filles du Wimpy, et ça a l'air gagné pour lui, mais c'est pas la grande aux dents blanches, c'est la petite à la veste en cuir. Ça gêne pas Viv, elle est partie avec le pote de Tommy, le mec de Leith qui s'appelle Simon Williamson.

Billy, Carl et moi, on va au sous-sol pour trouver le dénommé Nicky qui vend des blues, et on lui en achète un chacun. Ça commence à faire effet quand on joue au Galaxie avec Billy, une borne d'arcade plutôt cool, pas aussi marrante que Space Invaders ou même Asteroids, mais ils ont rien d'autre. Bientôt, on tripe total, on laisse tomber le Galaxie pour chasser de la minette. Et les nanas, évidemment, elles sont toutes à l'étage, du coup, nous aussi. Je me perds dans la danse.

On est au bord de la piste et on mate les nanas qui se trémoussent sous la boule à facettes, pas très loin d'une pile de sacs à main. La fumée sort et les stroboscopes se déchaînent. Billy m'a dit qu'un jour, ce débraillé de Leith, le Spud Murphy, là, il s'est fait choper à piquer des sacs en se croyant dissimulé par la fumée. Mais je m'en fous complètement, des sacs à main, parce qu'il y a des nanas super canons, pas de doute. Tous ces jolis culs serrés dans des jupes moulantes comme de la cellophane. Ça te fait battre le pouls encore plus vite, surtout quand t'as pris du speed. Une des filles qui est entrée avec le groupe de Clerie me regarde, mais ça me tente pas de me foutre dans la merde. Des gars de la bande de Clerie nous ont repérés et tout. Ces connards, ça leur plaît pas de voir toute l'attention qu'on récolte. Tout ça parce qu'ils ont jamais eu les couilles de monter un plan comme le nôtre. Enculés et jaloux. Ces branleurs pourraient jamais accoucher d'une telle idée et n'auraient pas le cran de la mettre en pratique. En plus, la moitié d'entre eux supporte les Hearts. J'aperçois Renton qui passe près de nous. Je lui adresse un signe de tête.

— Super match aujourd'hui, pas vrai? ce con me fait.

— On s'en fout, du putain de match, z'étiez où, toi et ton pote?

Carl se marre et Billy lui jette un regard intense.

Si le mec est déstabilisé, il le montre pas, faut bien le dire.

— Les flics ont vu mon écharpe, elle dépassait en bas de mon blouson, ils m'ont forcé à faire demi-tour. C'était pas plus mal, d'ailleurs, parce que j'avais rien remarqué, mais les Huns m'auraient pas loupé. Spud m'a suivi par solidarité.

Billy rigole et le dévisage comme s'il croyait pas un mot de son histoire, mais il lui accorde quand même le bénéfice du doute. Pour moi, c'est de la merde en boîte, son truc, et je vois bien sur le visage de Carl qu'il pense pareil. Mais bon, ça me gêne pas. C'est à Frank Begbie de lui faire une réflexion, à Renton, parce que c'est lui qui l'a amené au stade.

— À bientôt, il fait en s'éloignant.

— C'est ça, je réponds.

Renton fait volte-face et Carl lui fait un doigt.

Je discute avec Billy et Carl quand je la vois arriver. C'est *elle*. Elle est tellement belle, putain, je peux pas la regarder. Caroline Urquhart. Elle passe devant nous avec d'autres nanas. Je savais pas qu'elle venait ici, je pensais qu'elle fréquentait des endroits pour vieux, genre le Annabel's et tout. Je me détourne et m'efforce d'être cool. Je suis un peu défoncé mais dans le bon sens du terme, le blues me donne de l'énergie. Carl est lancé et déblatère ses conneries habituelles :

— Écoutez-moi… Billy, Gally, hé. Est-ce qu'on peut se choper une MST en pelotant les seins d'une fille ? Genre, juste en touchant.

J'éclate de rire, Billy aussi.

— T'es taré, Ewart.

— Nan, mais je me disais juste…

— T'as jamais baisé, pas vrai ? Billy l'accuse.

Carl devient tout blanc mais garde son calme.

— Mais si, bien sûr que si, c'est juste que j'ai lu quelque part qu'un mec pouvait se choper une MST en pelotant les nichons d'une fille.

C'est marrant, la plupart des mecs rougissent quand on leur colle la honte. D'autres, comme Carl, blanchissent.

— N'importe quoi, toi. Le mec l'aurait jamais niqué, la nana ? fait Billy d'un ton méprisant.

— Nan, il lui aurait juste touché les seins.

— C'est des conneries. Va chier, espèce de taré ! T'entends ça, Gally ? me fait Billy en secouant la tête.

Carl aime bien jouer les collectionneurs de minettes mais je suis sûr qu'il a jamais baisé de sa vie. Il est sorti avec pas mal de filles, il est même resté assez longtemps avec Alison Lewis, mais je pense pas qu'il en ait tiré grand-chose. Nan, il a jamais niqué. Moi non plus, vous me direz, mais ça devrait changer bientôt. J'ai peloté, doigté, sucé, on m'a même branlé, du coup j'ai super envie de faire la totale. Mon ex, Karen Moore, elle voulait pas aller jusqu'au bout. Alors merde, je l'ai larguée. Ça va un moment, les allumeuses. Mais elle était sympa, et ma mère l'aimait bien, d'ailleurs, elle était pas contente le jour où je lui ai appris que j'avais rompu. J'avais eu envie de lui dire, eh ben vas-y, toi, sors avec elle. T'auras sûrement plus de chance de niquer !

Bref, ce soir, je suis motivé. Ils passent la chanson d'Odyssey, *Use it Up and Wear it Out*, et je regarde Caroline Urquhart et sa copine sur la piste de danse. Elle porte une super robe rouge et des collants noirs. Sa copine est pas mal non plus, elle a une belle paire de nichons. Putain, mais c'est Amy Connor ! Elle a pas la même tête, avec son maquillage, ses cheveux relevés et son t-shirt vert. Elle a l'air plus âgée. Billy les a repérées aussi.

— Canons. Ça te dit de t'approcher ? il me fait.

Je me sens bizarre. Nerveux. Je me frotte le menton, là où j'ai senti le bouton. On dirait qu'il est devenu aussi gros que ma tête ! Un bouton sous les stroboscopes, juste devant Caroline Urquhart ! Si je passe pour un con, que je me fasse jeter, il faudra que je la croise tous les jours à l'école, après.

— Je veux pas d'une nana de l'école, c'est trop merdique, je dis, peut-être un peu trop vite.

Billy laisse filer, mais Terry, lui, m'aurait pourri toute la soirée. Enfin, c'est pas bien grave, il est avec ses nouveaux potes maintenant, ses super potes tellement intelligents.

— Menteur.

— Nan, mais c'est vrai Billy, y a plein de nanas ici, regarde, je lui fais en montrant deux filles qui dansent toutes seules ; l'une d'elles, canon, a de longs cheveux blonds, et l'autre, la brune, a un joli cul.

— Mignonnes, acquiesce Billy.

On s'approche et on danse devant elles. Je fais un signe de tête à la blonde, elle me répond. J'aimerais bien lui sourire mais mes potes me traiteraient de tafiole. On a explosé ces putains de Huns au foot, alors c'est pas possible de faire son balèze tout en jouant les tafioles devant les nanas. Un mec comme Terry, il s'en tire parce que c'est dans sa personnalité. Ils passent la chanson de Blondie, *Atomic*, j'en profite pour draguer la fille.

— Hé, c'est toi qui chantes, là, Blondie, t'es blonde aussi, je fais en lui touchant les cheveux.

Elle m'adresse un petit sourire, j'ai l'impression d'être le pire des branleurs. Ce connard de Terry, s'il avait dit la même chose, elle aurait fait whouu... whouu... et toutes ces conneries.

— Je suis allé au foot, aujourd'hui. À Easter Road. On a niqué ces putains de Huns, je lui hurle à l'oreille.

Elle sent trop bon.

— J'aime pas le foot.

— T'es pas pour les Hearts, au moins ?

— J'aime pas le foot. Mon père, il est pour Motherwell.

— Motherwell, c'est de la pure *merde*.

Peut-être que j'aurais pas dû être méchant, mais c'est vraiment de la merde et il faut bien que quelqu'un lui dise.

On s'éloigne de la piste.

— À plus tard, je fais.

— Ouais, c'est ça, elle répond, et elle va s'asseoir avec ses copines.

Billy s'approche.

— C'est dans la poche ?

— Un peu, ouais. Elle en peut déjà plus d'attendre.

Il a pas branché l'autre. Il me retient, mais *Start*! des Jam commence, la chanson qui a détrôné de la première place *Ashes to Ashes* de Bowie. Je l'aime bien et quand on entonne le refrain, on a l'impression de chanter pour les Huns... *« if*

*I never see you… it will be a start !»… Doo doo doo doo…*
Trop bien.

Ces amphèt…

… avant même d'avoir dit ouf, c'est le dernier slow, et le DJ explique aux mecs que c'est leur dernière chance, mais on a pas franchement besoin d'encouragement. Je me jette sur la blonde. C'est un vieux tube, Olivia Newton-John, qui chante *Hopelessly Devoted To You*, dans *Grease*. On se fait un câlin mais ça me fait bander et je sens qu'elle recule. Je dois ressembler à mon chien Cropley.

Quand la musique s'arrête, on s'écarte et elle sourit. Elle me prend par la main et me regarde, et moi, je bloque sans trop savoir quoi dire.

— Euh, on se revoit dans une minute, dehors, elle fait et elle descend de la piste de danse.

J'aperçois Billy qui discute avec Renton et Matty, un autre mec de Leith. Je vois pas Carl. La blonde est retournée près de ses copines.

Ils ont rallumé les lumières et éteint la musique, et ils nous foutent dehors. On essaie de mater les mecs. Visiblement, Carl s'est barré avec une grosse rouquine, Billy me dit qu'il les a vus partir discrètement. Ça devait être un putain de laideron pour qu'il joue les cachottiers comme ça. J'essaie de la jouer cool mais je la cherche des yeux. Pas Caroline Urquhart. La petite blonde.

Je l'aperçois dans le hall d'entrée. La petite blonde. Sa copine vient vers moi, fait un signe de la tête dans sa direction et m'annonce :

— Tu lui plais.

Je la regarde, son visage sérieux, dur et arrogant, et j'aimerais bien la voir sourire un peu, comme elle l'a fait sur la piste de danse, au lieu de me regarder comme si elle allait me provoquer en duel, mais j'arrive pas à sourire non plus, parce qu'il y a trop de gars autour qui se foutraient de ma gueule. Alors je fais un signe de tête vers la porte, on sort et on contourne le bâtiment jusqu'à la ruelle derrière le Clouds, et je l'embrasse, et j'essaie de lui toucher les seins mais elle repousse ma main, et si elle veut même pas me laisser la peloter, elle ne m'est d'aucune utilité, putain…

… Faut vraiment que je tire un coup…

… j'en ai marre d'être puceau…

— Fais pas ta gouine.

— Je suis pas gouine, OK, mec ?

— Alors c'est quoi, ton putain de problème ?

Elle s'écarte et retourne vers ses copines. Je m'apprête à dire un truc, mais elle se retourne et me lance :

— Casse-toi, pigé ?

Sa copine a l'air d'une putain de grande gueule, la brune au visage sévère. Le genre à avoir des frangins psychopathes, c'est évident. Elle me mate et fait :

— Barre-toi, gamin. Pigé ? Barre-toi, putain !

C'est exactement à ce moment que Caroline Urquhart sort de la boîte avec sa copine Amy, accompagnée de Terry et de Simon Williamson, celui de Leith. On dirait bien qu'il est pote avec Renton, Tommy, Matty et avec le frangin de Begbie. Terry se marre et il passe son bras autour de Caroline, et elle me regarde comme si j'étais… putain, comme si j'étais que dalle…

Soudain, j'entends un hurlement et tout le monde tourne la tête vers une baston qui a éclaté plus loin, ce qui me donne l'occasion de leur tourner le dos. Je m'avance vers le combat mais Billy m'attrape le bras.

— Laisse tomber, Gally, c'est Dozo Doyle et un mec de Clerie. C'est pas nos affaires.

— Va te faire foutre !

Je le pousse, sors mon putain de couteau et continue à avancer. Et puis je me dis, mais putain, qu'est-ce que je fous, là ? Je reste immobile. Dozo explose un gars de Clerie, et ses potes repèrent ma lame et s'enfuient. Le couteau a résolu l'affaire ! Polmont est là aussi, il fait rien. Le mec de Clerie est à terre et Dozo lui file des coups de pied. Polmont me fait un signe de tête, me prend le couteau des mains, je le laisse faire, il se baisse devant le mec et lui lacère le visage. Mon cœur fait un énorme boum, je vois la peau de son visage s'entrouvrir, rien pendant quelques secondes, puis le sang qui coule à flots. Doyle baisse le regard vers lui.

— Retourne te branler à Clerie !

Le mec se tient le visage entre les mains, et il marmonne des trucs débiles qui veulent rien dire, et je l'observe. Ça devait être un duel, d'homme à homme… Dozo et le mec…

Je suis comme enraciné, Polmont me rend le couteau. Je le prends, je sais pas pourquoi. Parce qu'il m'appartient, j'imagine. Polmont me dévisage, me fait une grimace, et Dozo hoche la tête. Ils se marrent et s'éloignent.

Deux mecs s'approchent, me regardent, regardent le gars, le sang. Et ils disparaissent. L'un d'eux dit quelque chose mais j'entends plus rien. Le mec se tient toujours le visage, il lève les yeux vers moi, voit le couteau dans ma main. Il me regarde avec dégoût, comme si j'étais un putain d'animal.

Je tourne les talons et traverse le parking en courant jusqu'à la rue principale. Je cours une éternité et ne m'arrête que pour reprendre ma respiration. Je jette le couteau dans une benne à ordures. Il me faut un bon moment pour comprendre où je suis. Je suis parti dans la mauvaise direction. Je reviens sur mes pas mais par un autre chemin, et je rentre chez moi en évitant les grands axes de circulation.

La pluie se met à tomber. Les faisceaux des lampadaires se reflètent sur l'asphalte bleu-noir et me filent la nausée ; je remonte la fermeture éclair de mon Harrington et boutonne mon col. J'ai l'estomac qui me brûle à chaque pas. Quand j'aperçois une voiture de police ou que j'entends une sirène, j'ai l'impression qu'elle est pour moi. Mon cœur me remonte dans la bouche et mon sang se glace. La ville mute : les boutiques se changent en maisons de bourges, puis en immeubles, puis rien du tout pendant un siècle, et enfin la voie rapide et les lumières de la cité.

## Le chant du soldat (vierge)

On traîne près des boutiques de Stenhouse Cross dimanche matin. Les dimanches, c'est toujours merdique et ça empire à mesure que la journée avance. Y a rien à faire, à part parler du week-end et sentir la peur et la déprime s'emparer de toi peu à peu, et puis c'est lundi matin. J'avais demandé à mon oncle Donald qui bosse à l'usine Rentokil :

— Est-ce que ça s'améliore une fois que t'as quitté l'école et que tu commences à bosser ?

Il avait secoué la tête et éclaté de rire, l'air de dire : mais ouais, t'as raison.

Enfin, on est seulement dimanche matin et les exploits de samedi sont encore tout frais. Surtout pour ce con de Terry qui fait :

— J'ai encore le gland tout endolori, à cause de la petite écolière d'hier soir. Un puuuutain de bon coup, il fait en bougeant les hanches lentement, paumes en avant.

Il aura rien pu en tirer, pas de Caroline Urquhart.

Il dit vraiment que des conneries, celui-là.

— Et t'en as fait quoi, du « je la toucherai jamais » et toutes ces conneries que tu nous sortais ? je lui demande.

— Ben, je me suis dit, maintenant que j'ai un boulot, ça peut pas me faire de mal de niquer une petite écolière de temps en temps.

Billy a l'air super impressionné par ce sale menteur, et on voit bien que Terry boit du petit-lait. Birrell s'est démerdé comme un chef au match de foot, et c'était lui la star des gradins, enfin, lui et Gent, même si c'est Terry qui s'est fait arrêter. Et lui, au moins, il fait pas de lèche à Doyle, comme Terry. Je pense que Billy aime bien Caroline Urquhart et Amy Connor. Tous les mecs les aiment, même s'ils disent le contraire.

— Elle sortait pas avec un mec plus âgé ? il demande.

— Nan, ce con l'a larguée. Il sort avec une autre fille, maintenant. Alors, j'ai voulu prêter l'oreille à son chagrin…

prêter oreille, et main-forte aussi, il fait dans un rire et en balançant à nouveau ses hanches. Je devrais le remercier, ce vieux con, parce qu'il lui a appris à danser. Je me disais qu'elle la jouerait raide et maladroite, comme une petite vierge, il continue en crachant le mot «vierge» comme s'il avait dit «lépreuse». Mais nan, ce vieux con a dû la niquer suffisamment, et il l'a rodée comme il faut, juste pour moi. Cette petite cochonne sait très bien gober. Vraiment très bien. Putain, j'ai bien cru qu'elle allait me l'avaler!

Que des conneries.

Elle aurait jamais sucé sa bite moite et dégueu, à ce con.

— C'était qui, le mec qui a emballé sa copine? demande Billy.

Terry avale une gorgée de sa cannette d'Irn Bru.

— Simon, qu'il s'appelle. Un mec bien. Il s'est fait une branlette espagnole avec Amy Connor. C'est un pote du frangin de Joe Begbie, ce con de Franco qui s'est fait arrêter avec moi. J'espère juste que j'ai pas tout dépensé avec la petite Caroline, parce que je vais voir Lucy pour le repas du dimanche, et je sais déjà ce qu'il y a pour le dessert!

— Je croyais qu'elle te faisait la gueule parce que t'étais allé en taule? fait Carl.

— Ouais, son connard de père essaie de la monter contre moi. Le truc, c'est que ça sert à rien. Une fois qu'une minette a goûté du Terence Henry Lawson, elle est accro et elle veut plus que le top du top. Elle peut plus s'en passer, les mecs! Garanti!

Ce con à grosse tête me tend la cannette.

Je fais non et il la passe à Carl, qui en prend une gorgée. Ce con a l'air super content de lui. Peut-être qu'il a tiré son coup, avec la grosse rouquine. J'espère que non, putain, sinon ça veut dire que je serais le dernier à jamais avoir baisé. Billy l'a déjà fait avec Kathleen Murray et avec la sœur de Terry, Yvonne.

Maggie Orr, celle qui habite dans l'immeuble de Billy, elle descend la rue avec une fille à lunettes. Elle est jolie. Elles s'arrêtent à la baraque à frites.

— Terry, amène-toi, elle lui crie avec un geste de la main. Terry bouge pas d'un poil.

— Nan, vous, amenez-vous.

— Nan, la jolie fille à lunettes répond en montrant Maggie, et elle fait la moue pour montrer que Maggie veut pas voir Carl ou Billy.

Billy s'en fout, il lit le journal, et Carl se détourne, les mains sur les hanches. Billy roule le journal et le lui écrase sur la tête. Carl dit un truc comme « Branleur. » Terry hausse les épaules et va voir les filles.

Cette super belle brune à lunettes me regarde et me lance un sourire. Mon cœur fait boum. Elle a l'air trop sympa, différente des nanas d'ici. Terry se retourne, me regarde, et il se marre avec la fille, la pousse, l'attrape comme s'il la chatouillait. Elle rigole et lui demande d'arrêter. Il devrait pas faire ça à une fille comme ça, une fille gentille. Il peut niquer des salopes mais pas des filles comme elle. Ça plaît pas à Maggie, d'ailleurs, et Terry s'en rend compte, alors il se met à la chatouiller elle, puis il la soulève et elle hurle « TERRY ! » et on voit sa culotte. Quand il la repose, elle est écarlate. Elles s'en vont, et la jolie brune sympa rigole, mais Maggie est rouge comme une tomate et ses yeux sont remplis de larmes. Elle rit un peu aussi. Terry court vers nous.

— Trop contentes, ces deux-là, il fait dans un rire ; il me voit les regarder s'éloigner. Wouahou, la grande Gail, là, tu lui plais, Gally. Elle m'a demandé, « C'est qui le petit mignon avec les grands yeux ? »

Il me cherche, le con : il se fout de ma gueule. Carl et Billy rigolent, et Billy me pince la joue. J'ignore ce gros branleur de Terry, je les ignore tous.

— Mais ouais, c'est ça.

Billy reprend sa lecture du *Sunday Mail*. Terry, le grand héros, ça lui plaît à ce con. Ils en ont fait tout un plat. Les putains de journaux de Glasgow : ils s'emmerdent jamais quand leurs sales clodos provoquent les émeutes chez nous. Le visage débile de Terry et sa coiffure ridicule. Partout dans le journal. Il se prend pour une putain de star. C'est qu'un ramassis de conneries.

### NOUS VOUS PRÉSENTONS LE VOYOU DES HIBS

Le voyou souriant et entêté qui a semé la panique et la honte dans le stade d'Easter Road samedi n'est autre que le vendeur de jus de fruits Terence Lawson (17 ans). Des millions de téléspectateurs ont pu assister hier, lors du programme *Sportscene*, à la victoire des Hibs brillamment menés par George Best contre les Rangers. Mais le match s'est vu assombri par de sérieux troubles, sur le terrain et dans les gradins. « Ces individus ne sont pas de véritables amateurs de foot » a déclaré l'inspecteur Robert Toal de la police de Lothian. « Les vrais supporters devraient les dénoncer. Ils se sont mis en tête de détruire ce sport. » L'expression insolente sur le visage de Lawson tandis qu'on l'escortait loin de cette affreuse bagarre qu'il avait initiée a été la goutte d'eau pour certains spectateurs. Bill McLean (41 ans), originaire de Penicuik, a décrété : « Je n'étais pas venu voir un match ici depuis des lustres, et ce n'est pas demain la veille que je reviendrai. Il y a beaucoup trop de hooliganisme. »

### MAFIA

Lawson serait réputé pour être à la tête d'un célèbre gang de hooligans, connu à Édimbourg sous le sobriquet de « La Mafia d'Émeraude » à cause de leur affection pour le Hibernian FC et de leur extrême cruauté.

### VIOLENCE

La violence n'est pas étrangère à Lawson. L'an passé, le voyou permanenté s'est vu condamner pour coups et blessures sur la personne d'un jeune homme devant un fish and chips du centre-ville. Nous pouvons également révéler les mises en examen à son encontre pour le vandalisme d'une cabine téléphonique, ainsi que pour les rayures sur la carrosserie d'une voiture de luxe perpétrées à l'aide d'un trousseau de clés. La voiture appartenait à un homme d'affaires local, Arthur Rennie.

### MALADE

Hier soir, la mère de Lawson, Mme Alice Ulrich (38 ans), a pris la défense de son fils. « Mon Terry n'est pas toujours très malin, mais ce n'est certainement pas un voyou. Il a de mauvaises fréquentations. Je commence à en avoir ras le bol. » Lawson a été arrêté en compagnie de deux mineurs âgés de quinze et seize ans et qui, pour des raisons légales, ne pourront être nommés. Le procès aura lieu d'ici deux semaines au tribunal d'Édimbourg.

— C'est pas une putain de permanente, fait Terry en se passant la main dans les cheveux. Chuis pas permanenté, putain.

Et il croit aussi que sa merde pue pas, peut-être. Branleur de vendeur de jus de fruits.

— C'est parce que ton père était un putain de négro, c'est tout, je lui lance.

Je regrette immédiatement mes paroles. Terry s'entend pas avec son père. Je pensais que ça lui foutrait les boules, mais non, il se met pas en rogne.

— Ouais, ben au moins, lui, il avait une peau clean, il rétorque en pointant son index vers mon visage. Niquer avec une peau comme ça, mec, y a comme un malaise, il ajoute dans un clin d'œil qui déclenche les rires des autres. Pas étonnant que tu sois EnPu.

Son visage se crispe et je me dis, mais de quoi il parle, putain...

Billy lui adresse un regard intense.

— C'est quoi, EnPu?

— Encore Puceau.

Et ils se pissent dessus : ils tremblent et s'accrochent les uns aux autres. Quand ils semblent s'être calmés, voilà qu'une autre vague se déclenche, et je crois apercevoir dans les yeux de Terry, l'espace d'une seconde alors que nos regards se croisent, comme un air d'excuse, qui se dissipe rapidement dans leurs braiments de gros ânes. Je porte machinalement la main vers mon bouton. J'ai pas pu m'en empêcher. Un deuxième vient d'apparaître. Ouais, et ça les fait marrer encore plus. Carl, qui s'est éclipsé avec son laideron de rouquine et qui se prend pour le dernier des tombeurs parce qu'une pauvre chienne dont personne ne veut lui a donné ce qu'il voulait. Birrell, qui s'est jamais fait arrêter...

— Allez vous faire foutre, je m'entends crier, mais je suis tellement en colère que ma respiration se bloque dans ma poitrine.

Terry.

Connards.

Qu'ils aillent se faire foutre. C'est plus mes potes...

— JE VAIS T'ÉCLATER, LAWSON, SALE PÉDÉ!

— Même pas capable de mettre ça en pratique, hein? fait Terry en me lâchant pas des yeux.

Je me détourne, et je pense qu'il se doute à moitié que j'ai plus peur de ce que je pourrais lui faire à lui, plutôt que peur de lui.

— Boude pas, Gally, fais pas ton gamin. C'est toi qui as commencé avec tes conneries de nègres.

— Je déconnais, putain, pauvre tache.

Juice Terry. Ce putain de gros dur. Qui trimballe ses caisses de jus de fruits dans les rues de la cité...

— Ouais, ben moi aussi je déconnais en parlant de tes boutons.

Et Ewart et Birrell recommencent à se marrer.

Branleurs…

Je fais un pas en avant pour faire face à Terry. J'ai pas peur de ce connard, putain. J'ai jamais eu peur de lui. Ouais, ils le prennent tous pour un gros dur, maintenant, mais moi je sais très bien que c'est pas le cas. Ce con oublie que j'ai grandi avec lui. Il me tient tête mais il dégage une sorte de lassitude.

Billy s'interpose.

— Arrêtez de vous chercher. Pigé ? Z'êtes censés être potes. Trop terrible, votre comportement.

On se dévisage toujours par-dessus l'épaule de Billy.

— J'ai dit, arrêtez de vous chercher. Pigé ? répète Birrell en posant sa paume sur mon torse pour me repousser.

Ce connard m'énerve autant que Terry. J'ai pas assuré en disant ça, d'accord, mais ce con aurait dû comprendre la blague. Je prends appui contre la poussée de Birrell, pour le forcer soit à m'éjecter violemment, soit à laisser tomber. Il hoche la tête et retire sa main.

— Allez, Gally, il fait d'un ton ferme mais raisonnable.

— Ouais, allez les mecs, détendez-vous, fait Carl en passant son bras autour des épaules de Terry avant de le tirer en arrière et de le forcer à détourner le regard.

Terry proteste mais Carl fait semblant de lutter et le force à participer.

— Va chier, Gamin Galak Carl, espèce de blondasse…

Je lui dis :

— Je déconnais. Commence pas à te la jouer, juste parce que tu t'es fait arrêter au foot, Terry. L'imagine même pas.

Terry repousse Carl et me mate.

— Et toi, commence pas à te la jouer, juste parce que tu te balades avec une putain de lame.

Une lame. Le visage du mec.

J'ai froid. Je me sens si seul, j'ai l'impression qu'ils me détestent tous.

Birrell soutient ce connard.

— Ouais, t'as intérêt à te débarrasser de cette saloperie ou tu vas avoir des emmerdes, je te préviens Gally. Et je te dis ça parce qu'on est potes. Ça commence à devenir terrible.

Il me dit de

Tout le monde me dit de

Le visage du mec. Ce connard de Polmont. Pas un seul coup de poing pendant le match, cette espèce de trouillard. À chialer dans son coin comme une gamine chez Spencer. Pas une seconde, il a fait mine de défendre Dozo quand les mecs de Clerie s'apprêtaient à l'étriper avant de me voir rappliquer avec le couteau. Et ce qu'il a fait, c'était quand même abusé. Dozo se frittait avec le mec. C'était inutile. Et moi, je suis resté planté là, et j'ai repris la lame qu'il me tendait. Je l'ai reprise, je l'ai attrapée comme un pauvre débile. Putain, je me chie dessus. Je me tourne vers Carl :

— C'est quoi, ces conneries ?

— Tu nages en plein délire, Gally, me répond Carl en me montrant du doigt. On se balade pas avec des putains de couteaux.

Ewart, ce connard de supporter des Hearts, ose me dire que je nage en plein délire. Mais ouais. C'est ça.

Billy me dévisage.

— Les flics sont arrivés hier soir, après que tu t'étais barré. Z'ont demandé à tout le monde ce qui s'était passé.

Je les quitte pas des yeux. Ils me rendent la pareille, ils ont le même regard que Blackie et tous ces enculés à l'école. Des soi-disant potes.

— Ouais, et qu'est-ce que vous avez répondu ? Je parie que vous m'avez balancé !

— Mais ouais, mais bien sûr, t'as raison, fait Billy.

Terry se contente de me mater d'un air haineux. Carl se tient en retrait et il hoche la tête.

— Vous savez que dalle, je leur gueule avant de faire volte-face et de m'éloigner.

Carl crie :

— Allez, Gally !

— Laisse tomber, lui fait Billy.

J'entends ce connard de Lawson me hurler avec une voix ridicule et haut perchée :

— Petit chou… salut, mon petit chou…

Et j'ai le sang qui bout dans mes veines.

Putain, je vais lui éclater la gueule.

Je descends la rue, passe devant l'église et l'immeuble des Birrell, et puis j'arrive près de chez moi. J'aperçois le vieux M. Pender qui revient du Busy Bee et je lui crie :

— Comment va ?

Mais il m'ignore et détourne le regard. Qu'est-ce qui lui prend ? Je lui ai jamais rien fait, à lui.

Quand je longe l'immeuble de Terry, je lève la tête, des fois qu'Yvonne ou ses copines traînent dans le coin. On se demande franchement comment ça se fait que Terry soit un tel connard et qu'Yvonne soit si sympa.

Yvonne est adorable.

Y a personne, et je me dirige vers ma cage d'escalier. Juste à temps, d'ailleurs, parce que je vois un groupe de Hearts, Topsy et le reste, qui avancent dans ma direction. Topsy est cool, c'est un pote de Carl, mais certains gars de leur bande seraient bien contents de me croiser seul. Et je suis pas d'humeur à supporter leurs conneries. Sur le mur de l'escalier, je déchiffre un graffiti inscrit au feutre rouge :

LEANNE HALCROW
+
TERRY LAWSON
Pour toujours.

C'est sûrement ce connard qui l'a écrit lui-même. Je mollarde dessus et regarde l'encre dégouliner le long de la paroi. Putain d'encre bon marché. Et putain de Terry qui se croit si malin, avec ses putains de cheveux crépus de nègre et sa putain de mère qui nique un putain de nazi. Putain de gros naze. Il aurait soi-disant baisé toutes les nanas de la cité et tabassé tous les mecs. Mais bien sûr. Le gros dur. Mais bien sûr. Et ce putain de Birrell, et ce putain d'Ewart… qui le soutiennent… connards.

Je monte dans ma chambre et mets un des premiers disques que j'aie jamais achetés, *This is the Modern World* de The Jam. Cropley s'approche de moi et je le caresse d'une main tremblante tandis que mes larmes s'écrasent sur sa tête. Des larmes que personne ne verra jamais. Jamais.

Ils vont me virer de l'école. Je trouverai jamais de boulot. Je baiserai jamais.

Ils vont me coffrer.

## *Les Professionnels* contre *200 dollars plus les frais*

Le dimanche soir, on se fait chier comme des rats morts. Je tire le jouet en plastique jaune coincé dans la mâchoire de Cropley. Il grogne par les narines. Il tient bon. Le machin est trempé de bave.

— Andrew, arrête! fait ma mère. Tu vas lui arracher les dents, à cet animal! J'ai pas de quoi payer pour que le véto lui mette un dentier, ou je sais pas quoi d'autre.

Elle se met à rire, et moi et Sheena on s'y met aussi en imaginant Cropley avec un dentier.

Je lâche le jouet. Il l'a pour lui tout seul mais il me le rapporte pour que je recommence à tirer.

— Il est à toi, maintenant. Allez, Cropley, barre-toi.

Les chiens, c'est pas des lumières. Cette Barbara Woodhouse dans son émission télé, elle dit que des conneries. Elle pourrait jamais dresser un chien comme Cropley, ou un de ces clebs errants qui t'attaquent quand t'essaies de traverser le parc pour aller à l'école. La semaine derrière, Birrell a filé un coup de pied à l'un d'eux qui s'est enfui en gémissant. Il dit que les clebs, c'est comme les humains : y en a qui se croient plus malins qu'ils le sont vraiment. Carl dit qu'il va apporter son flingue à air comprimé pour se protéger. Je lui dis qu'il ferait mieux de pas shooter mon putain de chien, ou c'est moi qui le shooterai, pote ou pas pote.

Cropley finit par s'emmerder, ou par oublier, et il laisse tomber le jouet. Mais ma mère est obligée de le frapper quand il monte la jambe de Sheena qui s'est levée pour aller aux chiottes. Elle se marre et dit :

— Lâche-moi, Cropley ! Lâche-moi !

Sheena ne sait certainement même pas ce que le clebs est en train de faire, ou peut-être qu'elle sait. Ma mère, elle, elle sait très bien, et elle le tabasse avec son chausson, mais ça prend une éternité avant qu'il lâche l'affaire.

Je m'explose le bide de rire, et elle me balance une baffe, en plein dans la tête. Une baffe magnifique, j'ai l'oreille qui siffle.

— C'est franchement pas marrant, elle crie.

Ça pulse à l'endroit où elle m'a baffé mais je me marre toujours, même si j'ai la tête qui tourne et que je suis sourd d'une oreille.

— Pourquoi t'as fait ça ?

— T'embête trop cette pauvre bête, Andrew Galloway. Tu vas le rendre dingue.

Mais ouais. Je me contente de me frotter la tête et j'attrape le journal ouvert à la page du programme télé. Mon tympan se remet en place d'un coup et j'entends à nouveau. Ce que je déteste, le dimanche soir, c'est qu'ils foutent la série *200 dollars plus les frais* sur la BBC et *Les Professionnels* sur la STV, exactement au même putain de moment. Ces pauvres connards, ils pourraient au moins se tenir au courant.

Je sens ma mère s'asseoir à côté de moi sur le canapé. Elle met son bras autour de mes épaules, elle me serre contre elle en me caressant la tête et on dirait qu'elle pleure presque.

— Pardon, chéri… Pardon, mon petit chéri.

— C'est rien, Maman, tu me fais jamais mal, remets-toi !

Je rigole mais je suis sur le point de chialer. Quand elle fait des trucs comme ça, c'est comme si je redevenais un gosse.

— Parfois, c'est pas facile pour moi, chéri… Tu sais ?

Elle me regarde. J'ai une boule dans la gorge et je peux pas répondre, alors j'acquiesce.

— T'es un gentil garçon, Andrew, tu l'as toujours été. Tu m'as jamais causé de problèmes. Je t'aime, chéri.

Elle pleure encore.

— Allez, Maman…

Je la serre contre moi.

Quand Sheena revient des chiottes, ma mère et moi on s'écarte brusquement, comme un jeune couple surpris en plein câlin.

— Qu'est-ce qui se passe ? demande Sheena, effrayée.

— Tout va bien, chérie. On discutait, c'est tout. Viens t'asseoir avec nous. Elle tapote le coussin à côté d'elle mais Sheena va s'asseoir par terre à ses pieds, et ma mère a un bras sur mes épaules et elle passe l'autre autour de Sheena, elle lui caresse les cheveux en disant des trucs débiles du genre :

— Mes petits enfants…

Et je me sens bien, mais gêné aussi, parce que putain, je suis un peu trop vieux pour ce genre de connerie, mais bon, elle est triste alors je dis rien et elle tient les deux mains de Sheena dans la sienne, et je suis bien content que les potes puissent pas nous voir en ce moment.

On se met à l'aise devant la télé et après quelques instants, ça sonne à la porte, et c'est Carl.

— Tu veux venir chez moi un coup, pour mater *Les Professionnels* ? il me demande, les yeux pleins d'espoir.

Je le regarde, j'hésite une seconde. Il voit bien que j'ai pas trop envie de venir. Mais je veux pas qu'il s'imagine que j'ai envie de rester avec ma mère. Alors je change de sujet et je lui parle de Terry et de cet aprèm.

— Terry, c'est qu'un pauvre connard. Je vais lui éclater la face.

— Ouais, Carl répond, l'air carrément blasé. Il sait bien que Terry et moi, on est les meilleurs potes du monde, même si on se prend la tête de temps en temps. Allez, viens chez moi pour mater *Les Professionnels*.

— OK.

Je voulais mater *200 dollars* avec ma mère et Sheena, mais merde, ça me fera du bien de sortir.

Je dis à ma mère que je vais chez Carl, et je me sens un peu coupable de la laisser seule avec Sheena, ça me fait bizarre de pas rester. Mais tout ira bien ! Les nanas, c'est du solide, comme dirait mon oncle Donald. Ma mère, ça la gêne pas que j'aille chez Carl ou chez Billy, mais ça l'embête quand je vais chez Terry. Des fois, quand on va chez Terry pour sniffer de la colle et boire un coup, je dis à ma mère que j'étais chez Carl ou Billy et qu'il n'y avait que du cidre. Je pense que ma mère, Mme Birrell et Mme Ewart, elles savent bien qu'on est chez Terry, mais bon.

On va traîner chez Carl. J'aime bien aller chez Carl parce qu'il fait toujours plus chaud que chez nous, je crois que c'est parce qu'il y a de la moquette partout. Ça donne l'impression que la pièce est mieux isolée. Chez moi, on a juste récupéré les vieux tapis de chez mon oncle, et ils couvrent pas tout le sol. Ils ont des meubles, genre grands fauteuils confortables avec des structures en bois clair, et on peut s'y enfoncer comme on veut. Carl dit qu'ils viennent de Suède.

— Ah ah, voilà l'autre hooligan ! fait le vieux de Carl, mais il blague. C'est ça qui est cool avec le vieux de Carl, il a toujours un truc marrant à dire et il se la joue pas moralo comme tous les vieux cons.

— C'est pas nous, Monsieur Ewart, y a que Terry qui est dans le coup, pas vrai Carl ? je réponds, parce que j'ai pas pu résister à la sortir, celle-là.

— Ce garçon va finir par avoir des ennuis un de ces jours, c'est moi qui vous le dis, lance Mme Ewart.

Carl la regarde et lui lance :

— Je te l'ai déjà dit, Maman, c'était pas la faute de Terry. Ça avait rien à voir avec lui.

C'est ça qui est génial avec Carl, il couvre toujours tout le monde.

— Je l'ai vu à la télé, il se baladait autour du terrain avec un grand sourire débile sur le visage. La pauvre Alice devait être abattue, ajoute Mme Ewart en se dirigeant vers la cuisine.

M. Ewart lui crie :

— C'était un peu con, mais le gamin faisait que se marrer. Le jour où y feront une loi contre ça, on sera pas dans la merde.

Mme Ewart ne répond rien.

Je baisse la voix et je le regarde.

— Vous avez déjà eu des emmerdes pendant un match de foot, M'sieur Ewart ? On peut parler de ça avec le père de Carl, mais je m'attends à ce qu'y me réponde un truc genre : « Sois pas couillon, de mon temps, ça serait jamais arrivé. »

Mais lui, il me sourit et me lance un clin d'œil :

— Ben ouais, ça a toujours été comme ça. Vous croyez que vous avez tout inventé, mais vous imaginez même pas la moitié de ce qui s'est déjà passé.

— Vous parlez de quand Ayr United et Kilmarnock se sont foutus sur la gueule ?

Il secoue la tête et rigole :

— Ouais, Ayr et Killie sont rivaux mais ils jouent pas souvent dans la même ligue. Le bordel chez nous, ça arrivait surtout pendant les matchs importants de CFA. Moi, j'étais pour Darvel, et pendant les matchs de coupe contre Kilconnards ou Cumnock, y avait toujours un beau boxon, avant, pendant et après les matchs. Des fois, c'était terrible. S'ils avaient eu les bons effectifs, on aurait jamais entendu parler d'un match entre le Celtic et les Rangers !

Mme Ewart a préparé du thé et elle l'apporte sur un plateau.

— Tais-toi, Duncan, tu devrais pas encourager ces petits gars !

163

Mais elle se marre.

M. Ewart sourit, comme pour la faire marcher :

— Ça fait partie de l'Histoire, tout ça. Enfin, chais pas comment c'est de nos jours, mais à l'époque, toutes ces villes étaient minières. Le boulot était dur, et y avait beaucoup de pauvreté. Les gens, fallait qu'ils se défoulent. C'était une affaire de fierté : fierté pour ton village, fierté de ce que tu étais, d'où tu venais.

— Ouais, eh bien eux, ils n'ont franchement pas besoin de se défouler. Ils vont finir en taule, voilà ce qui les attend, lance Mme Ewart.

Carl me balance un sourire et j'essaie de pas le regarder, histoire de pas énerver Mme Ewart. Je sais qu'il faut pas dire des trucs comme ça sur la mère d'un pote, mais Mme Ewart, elle me plaît trop. Ses seins, y sont trop géniaux. C'est la honte, mais je me suis déjà branlé en pensant à elle.

*Les Professionnels* commencent et on s'installe pour regarder. Je mate les jambes de Mme Ewart quand elle enlève ses chaussons d'un coup de pied. Elle me capte et sourit ; je rougis à mort et tourne la tête vers l'écran. *Les Professionnels*, c'est génial. Moi, je serais Doyle et Carl, y serait Bodie, même si les cheveux de Doyle ressemblent plus à ceux de Terry.

Doyle.

Polmont.

Le couteau.

Le mec de Clerie.

Je regarde l'écran. Même si on s'est bien éclatés, y a encore cette sensation de dimanche soir qui m'envahit, gerbante et flippante, pire que jamais.

## Pas vraiment l'homme de la maison

Quand je me réveille, je suis plutôt content, en fait, il y a une éternité que j'ai pas eu aussi envie d'aller à l'école un lundi matin. Je déteste cet endroit, et j'ai trop hâte que l'été arrive, comme ça j'aurai seize ans et je pourrai me casser de là. Ils me disent que je devrais rester, que je pourrais être bon si je faisais un effort. La seule matière qui me plaît, c'est le français. S'ils me laissaient faire du français tout le temps, ou même une autre langue, genre de l'allemand ou de l'espagnol, je passerais ma vie à l'école. Les autres cours, c'est que de la merde. J'aimerais bien vivre en France, un jour, et sortir avec une Française, parce que les nanas sont super belles là-bas.

J'ai envie qu'on parle du match de foot, mais j'ai surtout pas envie d'aborder ce qui s'est passé à la sortie du Clouds. Enfin, la situation va finir par s'éclaircir et se faire oublier.

Le Clouds! Le nuage! S'éclaircir!

Mais dès que j'y pense, ça m'inquiète. Parfois, j'ai l'impression que tout va bien, mais je me sens soudain frissonner et mon cœur s'arrête de battre un instant. Ma mère voit bien que quelque chose cloche. J'ai du mal à croiser son regard. Je me prépare vite et m'en vais tôt, je passe chercher Billy et Carl, ce qui arrive rarement.

Quand on arrive à l'école, c'est l'assemblée du lundi au gymnase. McDonald, le dirlo, est installé sur l'estrade et il nous mate, l'air grave et sérieux. Ça papote dur mais on se tait dès qu'il se lève.

— C'est tout de même dommage de commencer la semaine sur une mauvaise nouvelle. Monsieur Black, il fait en faisant signe à Blackie qui s'avance et déclenche une nouvelle vague de chuchotements.

Ce con a l'air furax. Ses joues sont marquées de deux raies rouges. Il se racle la gorge et on la ferme.

— De toute ma carrière dans l'enseignement, je n'ai jamais, jamais eu honte de dire que j'étais membre de cette école…

— Ce connard a jamais été élève ici, qu'est-ce qu'il raconte? murmure Billy.

— … jusqu'à samedi, où j'ai pu être témoin d'une attitude écœurante au cours du match de foot à Easter Road.

Un groupe de jeunes gens, visiblement déterminés à semer le chaos, ont traîné dans la boue le nom de... de la ville entière, de la ville entière, il répète en écartant les bras.

Comme d'habitude, le con fait une pause théâtrale. Tout le monde baisse la tête, mais il n'y a que quelques lavettes snobinardes et deux nanas pour s'incliner de honte. Le reste de l'assemblée ne veut pas qu'on les voie se marrer.

— Et ça m'attriste de savoir que, parmi eux, il y avait des élèves de notre école. Bon nombre d'entre vous connaissent le premier. Il est parti l'été dernier. Un petit crétin, Terence Lawson.

Des rires étouffés se font entendre. J'aurais bien aimé que Terry soit là pour entendre ça. Un petit crétin! C'est totalement Terry!

— Le deuxième idiot m'était inconnu. Mais il y avait un voyou qui se pavanait comme un coq tandis que les policiers l'escortaient le long du terrain sous les caméras de télévision, se donnant en spectacle devant le *monde entier*! Un élève de *cette école*! hurle Blackie, tremblant de colère. Martin Gentleman, faites un pas en avant! Qu'avez-vous à dire pour votre défense?

Au début, je voyais pas Marty Gentleman. J'apercevais Dozo Doyle, son profil souriant, sa tête rasée de près, ses yeux fous. Et puis j'ai vu Hillier, le prof de sport, qui faisait signe à Gentleman de quitter les rangs, du coup, il est dans mon champ de vision. On peut difficilement le louper.

— Tu peux te la coller au cul, ta putain d'école, pauvre taré! répond Gentleman en s'avançant.

Des rires et des oooohhs s'envolent. En fait, c'est un vrai bazar, comme quand mon oncle Donald nous emmenait voir les spectacles de pantomime au Kings, sur Tollcross, genre *Cendrillon* avec Stanley Baxter et Ronnie Corbett. Hillier essaie de lui attraper le bras mais Marty le repousse et plante son regard dans le sien. Le mec se chie dessus.

— La voilà, la mentalité... vous voyez! Vous voyez! glapit Blackie dans un geste ample du bras pour désigner Gentleman qui marche vers la porte et lui fait un doigt. La voilà la men-talité… Voilà ce contre quoi on doit lutter! Quand on s'ef-force d'enseigner! D'enseeeeignnner… couine Blackie sur l'estrade.

Gentleman fait volte-face et hurle, tellement fort qu'il vacille et manque tomber en avant :

— VA CHIER, PAUVRE TARÉ! TON PUTAIN DE JÉSUS, TU PEUX TE LE COLLER AU CUL!

— TU NE REMETTRAS PLUS JAMAIS LES PIEDS DANS CETTE ÉCOLE! gueule Blackie.

D'autres ooohs, d'autres éclats de rire. Le plus beau spec-tacle jamais joué dans cette salle, pas de doute.

— T'en fais pas, connard! Je risque pas de revenir, putain! rugit Gentleman avant de nous tourner le dos pour sortir.

Dans l'assemblée, Marjory Phillips est prise d'un fou rire et se mord le doigt pour se contenir. Billy et Carl sont au bord des larmes. Je fais :

— Un gentleman, certes, mais pas lettré. Enfin, pas pour l'instant.

Et ces cons se remettent à rire et ça se répand dans les rangs.

Génial!

Blackie radote à n'en plus finir mais il délire complète-ment et McDonald lui demande de se rasseoir. La réunion se termine. Ça fait le tour de l'école et tout le monde se pisse dessus. Gentleman a eu raison de réagir comme ça, ce connard de Blackie a déconné. C'était en dehors des heures de cours, il avait pas à s'en mêler. À mon avis, il faudrait nous filer une putain de médaille d'honneur pour avoir tenu tête à ces connards. Gentleman devait arrêter l'école d'ici un mois ou deux, de toute façon, alors c'est pas grave s'ils le renvoient. Ce gros veinard se fait arrêter, et en plus il se barre d'ici pour de bon. C'est ça qui doit être super avec le boulot : on te fait pas chier quand tu te bastonnes au foot. Ici, on nous traite comme des gamins.

Quand je rentre à la maison, je m'arrête au fish and chips. Je vais passer une soirée tranquille devant la télé. On va toujours s'acheter à dîner au fish and chips le lundi parce que Maman finit son boulot de nettoyage plus tard, et elle n'a pas le temps de préparer à manger. J'ai commandé du poisson, des oignons et des œufs marinés, un gâteau et une cannette de Coca, et je m'installe devant les infos. Je viens à peine de terminer mon repas qu'on frappe à la porte. Ma mère va ouvrir et j'entends des voix. Des voix d'hommes. La sienne est haut perchée, leurs intonations à eux sont graves.

C'est les flics. J'en suis sûr.

Ça doit être en rapport avec notre vieux. Obligé. La dernière fois qu'on en a entendu parler, il était en Angleterre. À Birmingham ou un truc comme ça.

Puis ils entrent dans la pièce. Ma mère me dévisage, pâle et sous le choc. Les flics me quittent pas des yeux et on dirait que leurs visages ont été sculptés dans la pierre.

Ils viennent pour moi.

Je peux pas parler. Ils viennent pour moi et je peux pas parler.

Ma mère pleure et supplie, mais ils disent qu'ils doivent m'emmener au poste.

— C'est une erreur, Maman, tout va s'arranger. Je vais revenir tout de suite.

Elle me regarde et secoue la tête. Elle souffre vraiment.

— Promis, Maman.

Ça sert à rien, elle se souvient très bien du couteau. Elle a pas arrêté de me répéter de m'en débarrasser, et moi, je lui disais, je lui promettais que j'allais le jeter.

— En route, Andrew, fiston, me fait un des flics.

Je me lève. Je peux pas regarder ma mère. Sheena caresse Cropley. J'essaie de lui faire un clin d'œil mais elle garde la tête baissée. Elle la garde baissée de honte, comme les trouillards de l'assemblée.

Un des flics a l'air d'un sacré con, mais l'autre semble sympa, il parle de foot pendant qu'on marche jusqu'à la voiture. J'essaie de pas trop l'ouvrir, des fois qu'ils chercheraient à m'en faire dire trop et à balancer les potes par erreur. M. Ewart descend la rue en bleu de travail, son sac sous le bras. Il m'aperçoit dans la voiture et il s'approche, mais je peux pas le regarder. J'ai l'impression d'avoir déçu tout le monde.

Je suis content quand on démarre, comme ça il ne peut pas s'en mêler. Il aurait essayé de m'aider, je le sais bien, mais il m'aurait encore plus collé la honte. Je crois pas que les flics l'aient vu.

On dirait la fin du monde.

Au poste, ils me laissent seul dans une pièce : des chaises en plastique orange aux pieds en métal comme à l'école, une table en formica vert et des murs crème orangé. Je ne sais pas combien de temps je reste là. Des heures, peut-être. Tout ce que je peux faire, c'est penser à la soirée de samedi, au visage du mec, à Polmont : repenser à quel point j'ai été bête de sortir mon couteau, débile de le lui avoir filé, con de le lui avoir repris.

Mais qu'est-ce qui m'est passé par la tête, putain ? Trois fois débile en l'espace d'autant de secondes.

Les deux flics reviennent dans la pièce en compagnie d'un autre mec en civil. Il porte un costard gris, et son visage long ressemble à celui d'un cheval. Il a une verrue sur le nez et j'arrête pas de la fixer. Ça me fait penser à mon bouton, j'aurais jamais dû aller au Clouds avec un bouton. Le cours de mes pensées s'interrompt et se glace quand le mec tire mon couteau d'un sac.

— C'est ton couteau ?

Je hausse les épaules mais je tremble de l'intérieur.

— On va prendre tes empreintes dans quelques minutes, Andrew, me dit le flic sympa. On a aussi des témoins qui affirment que tu en possèdes un exactement pareil.

Une mouche se balade sur le mur derrière lui.

— Et on a aussi des témoins qui t'ont vu partir en courant après la bagarre, et d'autres encore qui t'ont surpris en train de jeter quelque chose dans une grande benne à ordures, là où on a trouvé le couteau, fait le flic con en tapotant la table.

— Ce qu'on essaie de te dire, Andrew, m'explique celui en civil, c'est que tu peux te faciliter la tâche en nous disant la vérité. On sait que c'est ton couteau. Est-ce que tu l'as prêté à quelqu'un d'autre, ce soir-là ?

C'était Polmont. Je connais même pas son vrai nom. Polmont. Comme un fantôme. C'est Polmont qui a fait ça. Ils vont bien finir par le découvrir. Ils vont s'en apercevoir.

— Nan…

Le gars à la verrue reprend la parole :

— Je connais ton père, Andrew. D'accord, il a fait des bêtises dans sa jeunesse, mais c'est pas un mauvais gars. Il ne se laisserait jamais entraîner dans une histoire comme ça. Il n'y a aucune cruauté en lui, ni en toi d'ailleurs. J'ai vu le garçon qui s'est fait lacérer par ce couteau. La lame a sectionné des nerfs, son visage restera paralysé d'un côté pour le restant de ses jours. Je pense que celui qui lui a fait ça est un homme cruel. Pense à ce que ton père dirait de tout ça. Pense à ta mère, fiston, comment elle va le prendre ?

Ma mère.

— Pour la dernière fois, Andrew, as-tu prêté ce couteau à quelqu'un d'autre, ce soir-là ?

Ne jamais balancer.

La mouche n'a pas bougé, elle continue son ascension.

— Andrew ?

— Nan.

Le mec à la verrue me regarde et soupire.

— C'est toi qui vois, qu'il en soit ainsi.

Je suis con, je vais plonger et je peux rien y faire. On balance jamais personne. Mais y aura forcément quelqu'un pour leur dire que c'était Polmont. Ils vont pas me laisser aller en taule, pas Doyle et les autres, pas les mecs. Ils vont parler à Polmont, ils vont tout arranger.

La mouche s'envole.

Je serai plus l'homme de la maison. Y a plus d'homme à la maison, maintenant.

Ma mère.

Oh putain, qu'est-ce qu'elle va devenir, ma mère ?

# Carl Ewart

## Éducation sexuelle

— Ce genre de truc, ça vient en son temps, fiston, me dit mon père à travers le rideau de fumée bleue de sa Regal, visiblement gêné.

C'est pas vraiment son rayon mais ma mère a insisté pour qu'il me fasse un speech sérieux. Elle me trouve « très anxieux et déprimé », comme elle dit. Pour mon pauvre père, c'est un vrai supplice. Je l'ai rarement vu à court de mots, mais là, c'est le cas.

*Ce genre de truc, ça vient en son temps.* Voilà exactement ce qu'il me fallait, Papa, merci. J'ai même pas besoin de demander « Ah ouais, et ça sera quand, exactement ? » parce que c'est écrit sur mon visage. Il sait que c'est des conneries, je sais que c'est des conneries. Ce genre de truc, ça ne vient pas *tout seul*, il faut le *faire* venir. La question, et on le sait tous les deux, c'est : « Comment je peux provoquer l'évènement ? »

— Enfin, je veux dire, il toussote, à présent totalement dérouté tandis que la fumée s'évapore, on t'explique ça à l'école. Enfin, nous, on avait rien de tout ça, quand on allait à l'école.

Ça sert à que dalle, leurs cours d'éducation sexuelle. Gallagher, le prof de sciences, il nous a montré des schémas de bites et de couilles coupées en deux, et même l'intérieur d'une chatte : des vaisseaux, des canaux, des bébés pas encore nés et tout. Des trucs qui te coupent l'envie de baiser. Je me suis senti écœuré : l'intérieur des seins des filles, on dirait que c'est plein d'algues. *Avant*, j'aimais les seins. J'aime *toujours* les seins et je veux continuer à les aimer. Je veux pas penser que les seins sont pleins d'algues.

C'est le pire moment de ma vie.

Tout ce que je veux savoir, c'est : COMMENT JE ME FAIS MON PREMIER TROU, parce que ça me rend complètement dingue !

Après les diapos et la pub pour les capotes, ils vous disent : allez voir un professeur en qui vous avez confiance, si jamais vous avez des problèmes. Je devrais aller parler à Blackie. Après tout, c'est avec lui que j'ai la relation la plus forte. Je me retrouve sans arrêt dans son bureau pour tâter de la canne. Ça serait trop marrant. Je vous demande pardon, Monsieur, mais comment serait-il possible de me faire mon premier trou ? Jésus a-t-il baisé ou est-il mort puceau comme Marie ? Dieu a-t-il niqué Marie et, si oui, n'est-ce pas une entorse aux dix commandements, «Tu ne convoiteras point la femme de ton voisin», ou y a-t-il un règlement particulier pour lui ?

Trop marrant, ça c'est sûr !

Ce que je veux savoir, c'est :

1/ Comment draguer une fille ?

2/ Comment l'exciter, *elle*, et par quelles étapes procéder ? Je vais direct sur ses seins, ou je lui touche la chatte ? Est-ce que je lui colle mon doigt dans le trou pour lui déchirer l'hymen, comme ces connards de la classe supérieure me disent de faire, eux qui ont visiblement jamais baisé de leur vie, ou est-ce qu'il faut s'y prendre autrement ?

3/ Est-ce que je suis censé pisser, une fois dans la chatte de la fille, ou juste décharger comme quand je me branle ? J'espère que c'est la deuxième solution, parce que c'est super dur de pisser quand tu bandes.

4/ Qu'est-ce qu'elle fait, la fille, pendant tout ce temps ? C'est juste pour savoir à quoi m'attendre.

5/ Est-ce qu'il faut porter une capote ? (Si oui, pas de problème, je m'entraîne pour savoir comment les mettre.)

6/ Et pour les MST ? Ça se chope pas en tripotant les seins d'une fille, ça c'est sûr. Bon, au moins les cours d'éducation sexuelle de Gallagher auront *un peu* servi : ça aura mis cette question au clair. J'ai été trop con de répéter ça au Clouds, les conneries que m'a sorties Donny à Tynecastle l'autre jour. Évidemment, Birrell et Gally vont plus me lâcher avec ça.

Et Blackie répondra : Eh bien, Monsieur Ewart, je suis bien content que vous soyez venu me trouver pour débattre de tout cela. Je pense que la meilleure solution serait que veniez chez moi voir ma femme, une ancienne pin-up de tabloïd, bien plus jeune que moi, elle vous dévoilera tous les secrets.

Et moi, je dirai : non, ce ne sera pas possible, Black... Monsieur.

Mais si, vous me rendriez un fier service, Monsieur Ewart. Une fois que vous aurez tout appris de ma femme, vous seriez un ange si vous pouviez me faire une faveur en apprenant tout à ma fille. Elle a le même âge que vous, et elle est vierge. *Et elle ne me ressemble absolument pas*, en fait, il paraît qu'elle ressemble comme deux gouttes d'eau à Debbie Harry, de Blondie... non pas que je suive ces bêtises de pop musique. J'espère que vous étudierez ma requête, Monsieur Ewart, car je serais bien sûr prêt à vous dédommager pour vos efforts.

Très bien, Monsieur, ça me va parfaitement.

Brave garçon, Carl. Et laissons donc de côté les «Monsieur». Appelez-moi Tête-de-Bite. Après tout, nous sommes des hommes du monde.

Entendu, Tête-de-Bite.

Nan, ça me semble pas très probable. Du coup, j'ai posé la question à mon père, qui s'est mis à trembler et à marmonner que j'étais encore censé grimper aux arbres et d'autres trucs comme ça. Et puis il s'est ressaisi et m'a fait la leçon sur les risques de grossesses et de MST. Et puis, pour le bouquet final, il a déclaré :

— Quand tu auras trouvé une fille gentille, une fille qui te plaît, tu sauras que le moment est venu.

Le conseil de mon vieux : Trouve une gentille fille et traite-la comme il faut.

Et comme tous les autres conseils de mon vieux, ses dix commandements, ça m'a pas franchement aidé. Ça explique pas comment choper une nana, ça dit seulement qu'il faut pas les taper. Je sais bien qu'il faut pas frapper une fille. Ce que je veux savoir, c'est comment la baiser. Mon vieux et ses règles à la con. Son radotage m'a foutu dans la merde à l'école, avec Blackie, à force de me défendre et de soutenir des connards qui te remercient jamais après. Et le vieux est bien dans la merde, vu qu'un de ses conseils contredit les autres.

Une de ses règles dit qu'il faut toujours soutenir tes potes. OK. Et puis après, tu dois balancer personne. Bon, et comment je fais les deux, dans le cas de Gally ? Comment je peux le soutenir sans balancer Polmont ? Parce que Polmont, il ira pas se dénoncer de lui-même. Je peux pas le forcer, et ni Billy ni Terry ne le pourront, encore moins Topsy et les mecs de la cité qui vont aux matchs des Hearts avec moi, parce qu'ils traînent jamais avec Dozo et Gent. Ils se mouilleraient sûrement pas pour un Hibs comme Gally, même si on l'aime bien. La famille de Doyle, c'est pas juste des balèzes, c'est des gangsters. Ça fait une grosse différence.

Une très grosse différence.

Ils surnomment notre soirée de samedi la nuit des longs couteaux. Surtout Terry, qui essaie de profiter du fait que Gally a soi-disant poignardé le mec, pour que les gars du coin relient tout ça à son arrestation à lui et se disent que deux et deux font dix. Je connais bien les rouages de son cerveau : il se sert du malheur de son pote pour se faire mousser.

Connard.

Évidemment, j'ai rien vu de la baston au Clouds. J'étais parti avec Sabrina depuis longtemps, quand le bordel s'est déclenché. Terry a dû voir quelque chose, ou Billy, ou quelqu'un d'autre.

Sabrina : je voudrais bien savoir ce que je dois faire avec elle, et ce que je dois faire avec Gally.

Tout se complique.

Et le seul truc que mon vieux essaie de faire, c'est de m'empêcher de retourner au Clouds. Enfin, il ne me l'a pas dit directement, il a juste fait :

— Viens donc passer quelques disques au club, fiston, viens faire le DJ.

Il a jamais voulu que je vienne mixer avec lui au Tartan Club. Le nombre de fois où je lui ai demandé, le nombre de fois où il a dit nan.

Mes vieux ont entendu parler du bordel de samedi dernier, au foot et en boîte. À mon avis, ils se disent que c'est la faute de Terry, vu qu'il s'est fait serrer au stade. Mais on l'a presque pas vu de la soirée, Terry. Billy pense que Gally a pété un plomb après s'être fait jeter par la nana au Clouds. Mais c'est soit Polmont, soit Doyle qui a planté le mec. Certain. Gally aurait jamais fait ça, il a pas ça dans le sang. Il avait poignardé ce mec, Glen dans la main à l'école, c'était con, mais c'est différent de lacérer la gueule d'un gars.

Et voilà, Gally va se faire coffrer. C'est son anniversaire à Noël. Je me souviens que je lui demandais toujours s'il avait deux cadeaux, un pour Noël et l'autre pour son anniversaire. Il aura rien cette année. Le petit mec. C'est le meilleur pote du monde.

Mon vieux. Trouve une gentille fille. Facile.

Comme Sabrina, et comme toutes les filles avec qui je discute, pas de problème, mais qu'est-ce qu'on fait après ? Qu'est-ce qu'il se passe en bas, sous la ceinture ? J'ai envie de lui dire que des filles gentilles qui me plaisent, j'en croise une dizaine par jour. Ça me sert pas à grand-chose, j'ai toujours pas niqué.

Peut-être qu'il faut juste bourriner, tête la première. Mais pour ça, il faut au moins que je revoie Sabrina ce week-end, sinon je me demande bien comment je vais pouvoir le faire.

### Make Me Smile (Come Up and See Me)

C'est une fille très gentille, très intelligente. Si seulement elle me plaisait un peu plus. Terry avait dit un jour que la personnalité, c'était bien mais qu'on niquait pas avec, après que Gally avait parlé d'une fille à l'école qui avait une personnalité intéressante. On s'est rencontrés au magasin de disques à Haymarket, le Golden Oldies. Elle demandait au vendeur s'il avait le vieux tube de Steve Harley and Cockney Rebel, *Come Up and See Me, Make Me Smile.*

— Désolé, il lui a répondu.

Je sais pas pourquoi mais je me suis approché d'elle :

— C'est le meilleur album jamais enregistré.

Elle m'a d'abord regardé comme si elle allait me dire d'aller me faire foutre. Et puis :

— Ouais, mon frère l'avait mais il a déménagé et a emporté ses disques avec lui. Il veut pas me le donner, elle a ajouté en arquant ses sourcils, si fins, si doux, si clairs.

— Va voir à Sweet Inspiration sur Tollcross, ils l'ont forcément là-bas, sûr et certain, je me souviens de l'avoir vu la semaine dernière, je lui ai menti. Je t'y accompagne si tu veux.

— D'accord, elle m'a répondu dans un sourire et j'ai senti un minuscule PING résonner en moi.

Quand elle sourit, sa bouche se transforme en un croissant qui change complètement la forme de son visage.

Parfois, elle est vraiment jolie. Le problème, c'est qu'elle est grosse, enfin, pas grosse, plutôt enveloppée, et elle a des cheveux blondasses, un peu rouquins. On a descendu la rue, et j'avais peur de croiser quelqu'un qui s'imagine qu'on sortait ensemble. Rencontrer Terry Juice à cet instant, ç'aurait été le pire truc qui puisse m'arriver sur terre. C'est pas que je l'appréciais pas, c'est juste qu'elle était pas mince avec des gros seins, comme les nanas des magazines porno, le genre de filles que je vise habituellement.

En chemin, c'était musique, musique, musique et elle s'y connaissait. C'était génial de pouvoir discuter avec une fille qui comprenait de quoi je parlais. C'était pas le cas à l'école, enfin, il y a sûrement des nanas comme ça, mais je les ai jamais rencontrées. Elles connaissent les tubes du hit-parade et toutes ces merdes, mais elles vous regardent de traviole quand vous commencez à parler d'albums. J'étais super content de découvrir qu'ils avaient pas le disque de Steve Harley à Tollcross, on a été obligés d'aller jusque dans le Southside, et puis même jusqu'en haut du Leith Walk, où on a fini par en trouver un exemplaire. Je trouvais que son nom, Sabrina, était très beau mais ça m'avait pas plu quand elle m'avait précisé que tout le monde la surnommait Sab. Je préférais Sabrina. Plus exotique, plus mystérieux, ça me faisait pas tant penser à une voiture, et je le lui avais dit. À ce moment précis, je voulais pas me contenter de parler musique avec Sabrina, je voulais qu'on franchisse le cap. C'était ma plus grande chance, putain, parce que je pouvais lui parler de trucs que je connaissais sans l'emmerder, comme c'était le cas avec les autres filles. Et parce que, avec elle, j'étais hyper détendu.

On est allés au Wimpy pour boire un Coca et manger des frites. Je voyais bien qu'elle avait envie d'un hamburger et tout, vu comment elle matait celui du mec à côté de nous, mais elle voulait pas passer pour une goinfre.

La fois suivante, je l'ai vue au Clouds un samedi soir, le jour où Gally a déconné. Elle y était avec ses copines. On a dansé un peu, mais on est surtout restés au sous-sol à parler musique. J'étais nerveux à cause de mes potes, mais ça m'a fait super plaisir quand elle a dit qu'elle voulait rentrer, on est partis avant tout le monde pour se promener en ville. Je crois que seuls Renton et Matty de Leith nous ont vus ensemble, juste au moment où on sortait. Dehors, on s'est embrassés et on a continué à parler disques. Je l'ai raccompagnée jusqu'à Dalry, et puis jusqu'à chez elle en descendant Gorgie Road vers la cité.

Alors j'ai tout raté, raté les évènements. Andy Galloway, Petit Gally, mon petit pote embarqué en détention préventive : pas de caution, pas de travaux d'intérêt général, pas de rapport psychiatrique, juste un procès. Voilà les deux trucs qui me dépriment, qui m'abattent, comme dirait ma mère. J'ai rien pu faire pour Gally, et j'ai pas pu baiser.

Un truc est certain : si je baise pas dans les semaines à venir, non, dans les prochains jours, je mourrai puceau, condamné à vivre avec Papa et Maman jusqu'à ma mort. L'enjeu est de taille, sérieusement. Je suis prêt, putain. Je suis plus que prêt. Tout ce que j'ai en tête, c'est le sexe.

Sexe, sexe, sexe.

J'ai appelé Sabrina et on est convenus d'un rencard mardi au Wimpy. On s'est embrassés jusqu'à ce que je sois sur le point de lâcher la purée dans mon fute. C'était super, mais pas suffisant. J'ai pris mon courage à deux mains et lui ai demandé si elle voudrait venir chez moi pour écouter des disques le samedi suivant, puisque mes parents seraient de sortie au Tartan Club.

Sabrina m'a adressé un sourire insolent :

— Si tu veux.

Je vais y arriver.

*Come up and see me, make me smile…*

J'avais trop hâte d'être à samedi. C'était super long. Le mercredi, je suis sorti pour lui passer un coup de fil depuis la cabine téléphonique, même s'il faisait hyper froid. La cabine était niquée. J'ai été obligé de rentrer chez moi et de l'appeler en douce. C'est son père qui a décroché. J'ai demandé à lui parler, ma voix s'est cassée. Elle avait l'air bien plus détendue, elle, comme si elle en avait rien à battre, et je me suis demandé si elle viendrait. Il fallait que je chuchote et j'aurais sacrément rougi si mon père ou ma mère était entré. Et puis j'ai essayé de me la jouer super bourru comme si je causais à un pote.

Du coup, je doutais vraiment qu'elle vienne, même si elle avait répondu ouais quand je lui avais dit à samedi. Déprimant.

À la boutique de fruits de Newman, Topsy me cassait les couilles pour que j'aille avec lui au match des Hearts le samedi suivant. Nan. Pas question. Maggie allait y être. Sabrina est bien mieux qu'elle. Je m'étais dit que je passerais chez elle quand ses parents seraient absents. Billy m'avait prévenu qu'ils l'avaient laissée seule pour aller à Blackpool. Maggie, cette sale petite maigrichonne dégueu, qui m'a envoyé chier mais qui s'est tapé ce putain de Terry, enfin, d'après ce qu'il dit. Moi, ça me paraît être un beau tas de conneries. Il peut pas avoir niqué *tout* ce qui se trimballe une chatte.

## Juifs et goys

Ça fait une semaine que Topsy me tanne : à l'école, au boulot, pour que j'aille au match des Hearts à Montrose. Juste parce que je suis allé voir jouer les Hibs samedi dernier. Il doit s'imaginer que je vais retourner ma veste. Pas question. Je me chie encore dessus quand je repense au mollard qui m'a glissé dans la gorge. Les coups de pied, les coups de poing, je m'en fous, mais ça, c'est dégueulasse. Quelle putain de fin : mourir d'une hépatite à cause d'un connard de Glasgow, en supportant ces putains de Hibs que je déteste de toute façon ! Pas très rock n'roll, pas comme une overdose ou un accident d'hélicoptère. Y aurait sûrement des nanas comme Maggie Orr et toutes les filles de l'école habillées en noir et versant des larmes autour de ma tombe, regrettant de pas avoir baisé avec moi quand elles en avaient l'occasion.

Après m'avoir saoulé pendant toute la semaine, Topsy veut maintenant que je lui raconte encore et encore les évènements de samedi. On est installés dans la cave de la boutique et on prend notre pause. George la Tapette compose ses bouquets et ses couronnes dans la remise.

La famille Doyle, Dozo en particulier, fascine notre M. Turvey ici présent. Il veut que je lui rabâche l'histoire encore une fois. Qui s'est jeté dans la baston en premier, Doyle ou Gentleman, qui était le plus partant et toute cette merde. Ça va un moment, c'est même marrant un moment, mais ça devient vite très chiant.

Alors pour changer de sujet, je lui parle de notre groupe :

— Tu sais quoi, j'avais une super mélodie en tête hier soir.

Topsy se tait et réfléchit. Puis il suçote ses grandes dents de devant comme à son habitude quand il va prendre la parole.

— Mon vieux veut plus qu'on répète chez moi, pas après la dernière fois.

Putain, j'en étais sûr! Ce pauvre con avait fait venir des nanas, Maggie et tout. Pas que je m'en plaigne mais sa chambre ressemblait au centre commercial de Saint James. On se la pétait grave, on s'est enflammés et on a monté le volume de nos amplis à fond, du coup son vieux a rappliqué furax. Un putain de groupe.

— Ouais, ça fait chier ma vieille aussi, je lui avoue. Mais bon, c'est pas la peine d'essayer chez moi, mon vieux s'incruste toujours et j'arrive plus à lui arracher ma guitare des mains. On ferait mieux de répéter chez Malc tout le temps. C'est plus logique. Le temps qu'il hisse sa batterie jusque chez nous et qu'il la monte, c'est déjà l'heure de remballer.

— C'est sa vieille qui en sera ravie, fait Topsy en cassant une des quatre barres de son KitKat avant de la tremper dans sa tasse de thé.

— Ouais, c'est une putain de poisse.

Enfin, vous me direz, de nos jours, tout est une putain de poisse : comme se retrouver coincé au magasin de fruits et de fleurs de Newman quand on pourrait répéter. Snap pourrait, et devrait, être le meilleur groupe du monde, mais ce genre de connerie se fout toujours en travers de notre chemin. Enfin bon, la pause, c'est le meilleur moment de la journée, le moment où on peut s'asseoir et discuter de trucs importants.

— C'est le problème, avec la cité, explique Topsy. Les murs sont trop fins. On entend chaque putain de coup. Si on vivait dans des grandes baraques avec une cave ou un garage comme ce vieux con de juif à l'étage, il fait en pointant son pouce vers le plafond, on serait déjà aussi célèbres que les putains de Jam. C'est les Jam qui seraient aux pieds des Snap.

Je suis inquiet que George la Tapette ait pu nous entendre, parce que la voix de Topsy porte loin, alors je regarde par la porte. George s'affaire toujours autour de ses fleurs et il émet ce sifflement bizarre entre ses dents. Je me retourne vers Topsy et baisse la voix.

— Newman est pas juif, Tops. C'est un putain de protestant comme nous.

Son visage se durcit.

— T'es à moitié catho, il me fait d'un ton accusateur. Du côté de ta mère.

— Va chier, t'es trop sectaire. Ma mère est jamais entrée dans une chapelle de toute sa vie, et du côté de mon vieux, c'est que des Orange, pas que j'en ai quelque chose à foutre. Et Newman est protestant, je fais avec un geste du doigt vers l'étage supérieur. C'est un putain de notable laïc à son église, nom de Dieu.

Topsy se tapote le nez.

— C'est ce qu'ils cherchent à te faire croire. Ils envahissent nos églises pour passer inaperçus. Si tous les juifs allaient à la synagogue, ils se feraient repérer à des kilomètres à la ronde. Ils viennent traîner dans les églises protestantes pour se rendre moins visibles. Il veut nous faire croire qu'il est l'un des nôtres, mais c'est pas vrai.

À cet instant, Newman descend les escaliers mais on l'entend qu'une fois arrivé aux dernières marches. C'est vrai que c'est un putain de fouineur. Il avance en crabe dans la pièce étroite et fait un geste vers sa montre. Son visage ressemble à celui d'un oiseau, un bec pointu, des yeux perçants, vifs et brillants.

— Allez! Allez! Il faut faire partir les livraisons, il me dit.

Et voilà, ça c'est la grande injustice : c'est toujours Topsy qui lui casse du sucre sur le dos, mais ce con l'emmerde jamais, c'est toujours après moi qu'il en a. Je suis la bonne poire qu'on envoie sur le vélo de livraison, par tous les temps, déposer les courses à des richards paresseux qui te donnent jamais de pourboire et qui te traitent comme un putain d'esclave. Si j'avais pas besoin de cette thune pour m'acheter un ampli Marshall, ce connard pourrait se coller son boulot au cul. Mais on peut pas jouer sur une Fender Strat avec un ampli merdique.

Je suis le putain de grouillot ici. Topsy se contente de ranger les étagères de la boutique à l'étage, ou de charger des couronnes dans la camionnette de Newman qui fait la tournée des cimetières et des crématoriums. Si on est tous les deux présents, c'est toujours moi qui me coltine les livraisons. Et parfois même jusqu'à la boutique sur Gorgie Road et tout.

Mais bon, ça me permet de parler politique et de m'engueuler avec Topsy. Il a des idées bizarres, mais c'est surtout pour faire chier les gens, pour les choquer. Les gens le comprennent pas toujours. Et je lui dois beaucoup, à Topsy, c'est lui qui m'a dégotté ce boulot.

— Très bien, Brian, lui fait Newman dans son piaillement nasal. Venez donc dans la boutique pour voir ce qu'il faut charger. Il vous faudra une boîte d'ananas, je peux déjà vous l'annoncer, et des petits pois.

— Ça roule, répond Topsy d'un ton enjoué avant de suivre Newman pour remplir les étagères.

Une fois qu'il a le dos tourné, il lui fait un doigt. La vie peut être dure pour certains : cet enculé va rester bien au chaud à draguer Deborah ou Vicky, je sais pas qui bosse avec la vieille Mme Baxter aujourd'hui. Et pendant ce temps, je vais risquer ma vie sur un vélo surchargé et slalomer au beau milieu de la circulation dense jusqu'à Merchiston ou Colinton.

Les boîtes sont étalées sur le sol de la remise où cet homo siffloteur, engoncé dans sa salopette verte, fait des créations florales. Mais il est doué : ses mains tordent et torsadent les fils métalliques et il te crée une œuvre d'art en quelques minutes. Je saurais même pas par où commencer. Je jette un œil aux fiches de commandes collées à chaque boîte et planifie mon itinéraire. C'est pas la mort, aujourd'hui. Mieux vaut commencer par Colinton et revenir sur mes pas. C'est plus motivant. Le pire, c'est les samedis matin qu'on se partage une semaine sur deux, Topsy et moi. Plusieurs fois, l'un de nous a loupé le bus des Hearts, surtout quand les matchs sont loin et qu'il faut partir tôt.

Topsy m'a mis en garde contre George la Tapette quand j'ai commencé.

— C'est un sale vieux pédé. Enfin, pas le genre à te mettre la main au cul, mais je sais que c'est un pédé, rien qu'à sa façon de parler et de se dandiner.

Pas de doute, le vieux George zézaie et m'asperge le visage de postillons comme il asperge ses créations florales de son pistolet à eau. Le doigt braqué sur une commande, il me dit :

— Portez celui-ci chez Mme Ross en premier, mon garçon. Elle n'a pas arrêté de téléphoner pour le recevoir. Quel moulin à paroles.

Je charge la vieille bécane noire, et à l'étage, j'entends déjà

Topsy et Deborah, cette étudiante super canon, qui rient à pleins poumons.

## Boire pour oublier

Je suis à la bourre et Mme Ross a un petit caniche avec un collier à carreaux qui me mord toujours les chevilles. Ce coup-ci, il m'a chopé comme il faut et ses dents m'ont transpercé la peau et ont déchiré mon fute. J'en ai ras le cul, alors je laisse tomber la boîte sur ce con. J'entends un couinement, et voilà le bâtard qui gémit et pleurniche, et qui se débat pour se dégager de là-dessous. J'espère que je lui ai pété la colonne vertébrale, à ce con.

La vieille truie apparaît sur le perron.

— Qu'est-ce qui s'est passé ? Qu'est-ce que vous lui avez fait ?

Elle soulève la boîte et ce putain de machin se précipite entre ses jambes.

— Désolé, un petit accident, je fais en souriant. Il m'a mordu et dans la panique, j'ai laissé échapper la boîte.

— Espèce... espèce de... crétin...

Le mieux à faire dans ce genre de situation, c'est de rester calme et de répéter les choses. Mon vieux m'a souvent expliqué que c'est comme ça qu'on leur apprenait à négocier, au syndicat.

— Il m'a mordu, ça m'a fait paniquer et j'ai lâché la boîte sans faire exprès.

Elle me lance un regard haineux, puis elle tourne les talons et poursuit le clebs.

— Péépèèrre... Péépèèrre... Mon petit chéri...

J'ai pas franchement niqué mes chances de recevoir un pourboire, vu que cette vieille rapiate se séparerait même pas d'un pet. Sur Slateford Road, j'ai les poumons remplis des gaz d'échappement merdiques d'un bus en bout de course : merci à la Lothian Region Transport. J'ai quand même reçu

10 shillings de Mme Bryan, ce qui m'a remis de meilleure humeur, mais je suis rentré au magasin de Shandon bien après l'heure de fermeture.

Ils attendaient devant la porte pour fermer. Newman regardait sa montre, le visage de celui à qui on aurait pété sous le nez.

— Allons, dépêchons, il fait.

Topsy et Deborah ricanent, Mme Baxter prend un air snob et mate sa montre pour imiter le chef. Ces cons, ils font comme si c'était ma faute, comme si je les avais mis en retard, alors que c'est moi qui fais tout le boulot. Je me dis que ça serait super de voir quelqu'un éclater la putain de gueule de Newman, ou mieux encore, de le voir monter sur ce vélo et de le regarder se faire écraser par un bus, lui et son vélo, sur l'asphalte de Slateford Road.

Topsy et moi, on observe Deborah qui s'éloigne dans la rue. Imaginez sortir avec une nana comme ça! On la suit des yeux quand elle traverse le pont de Shandon.

— Je pourrais niquer ça tous les jours de la semaine, fait Topsy. Mais elle a déjà un mec.

— Ça m'étonnerait pas, putain, j'acquiesce en admirant ses chevilles fines dans ses chaussures à talons hauts et ses mollets. Sa jupe s'arrête au-dessous des genoux mais elle est suffisamment moulante pour laisser deviner un cul et des cuisses superbes. On a une super combine pour les mater, elle et Vicky : les nichons quand on range les étagères supérieures, perché sur l'échelle ; les jambes quand on lève les yeux des étagères inférieures. Un samedi matin, quand c'était la semaine de Vicky, elle portait une jupe courte et une petite culotte blanche. On voyait ses poils qui sortaient de chaque côté. J'ai cru que j'allais tomber dans les pommes. Je m'étais branlé le soir même, et j'avais tellement déchargé que j'avais eu peur un instant de devoir me faire faire une perfusion à l'hosto, rien que pour remplacer tous ces fluides. Ses poils : rien qu'à y penser… Bref.

— Tu rentres chez toi? je demande à Tops.

— Nan, je te vois demain matin. Je vais dîner chez ma mamie ce soir.

Les parents de Topsy viennent de se séparer, du coup il passe pas mal de temps chez sa mamie à Wester Hailes. On se quitte et je descends vers Slateford Road, jusqu'aux escaliers. Puis je fais une pause au Star's Fish Bar pour manger des frites parce que j'ai la dalle, et je ressors vers Gorgie Road. Je longe les abattoirs et j'arrive bientôt dans la cité. C'est là que je les vois approcher.

C'est Lucy que j'ai repérée en premier, ses cheveux blonds brillant dans les rayons du soleil comme du magma en fusion. J'aimerais bien avoir des cheveux comme les siens : presque blancs, d'accord, mais avec ce reflet blond indispensable qui te distingue de la classe des semi-albinos blondasses. Elle porte un caleçon, ceux qui s'arrêtent au milieu du mollet, une chemise jaune qui laisse apercevoir son soutif. Une veste blanche est enroulée autour de son poignet. Puis je regarde à sa droite et reconnais la tignasse frisée. Ils marchent en laissant un espace entre eux, comme s'ils venaient de se disputer. Le visage de Lucy est dur, déterminé. La belle et la bête, pas de doute. Elle pourrait trouver mieux, c'est clair. Enfin, c'est la jalousie qui doit parler, j'imagine que je voudrais qu'elle soit avec moi, pas avec ce connard.

Ils me repèrent et se rapprochent l'un de l'autre.

— Luce. Tez.

Lucy a attaché ses cheveux et sa peau est aussi lisse que la plus belle porcelaine de grand-mère, enfin, c'est pas comme si ma grand-mère avait de la porcelaine.

— Comment va ? elle fait, les yeux brûlants et les lèvres pincées en une moue amère.

Terry me fait la fête. Il veut quelque chose, c'est évident.

— Hééé… Monsieur Ewart ! Le Gamin Galak ! il gueule, puis ajoute comme si la pensée venait de lui traverser l'esprit : L'homme de la situation ! Dis-lui, Carl, il fait avec un geste du menton en direction de Lucy.

— Commence pas, Terry, siffle Lucy. Laisse tomber.

— Nan, commence pas toi-même. C'est toi qui as lancé toutes ces accusations contre moi. Faut pas accuser les gens si t'es pas prête à entendre la vérité!

Ce con monte sur ses grands chevaux, et il prend un ton terriblement outré et blessé. Bon, là, c'est *clair* qu'il attend quelque chose de moi.

Lucy lui jette un regard incandescent et baisse la voix :

— C'était pas moi, c'était Pamela, je te l'ai déjà dit!

La phrase sort comme un long grognement qui me fait penser à Pépère Ross, le caniche qui s'est mangé ma boîte de livraison sur le dos.

GRRRRRRR!

— Ouais, et tu fais confiance à cette grosse vache plutôt qu'à moi, ton fiancé! crache Terry, mains sur les hanches comme un footeux exaspéré qui n'attend plus rien d'un arbitre partial.

Lucy ne quitte pas ce con des yeux, puis elle pose son regard sur moi.

— C'est vrai, ce qu'il raconte, Carl?

Je les mate tous les deux.

— Ça m'aiderait un peu si vous me disiez de quoi vous parlez, putain.

— Lui, là, elle fait avec un geste de la tête vers Terry sans me lâcher des yeux. Il est sorti avec une fille au Clouds. Une fille de ton école!

Lucy était inscrite au WEC avant d'obtenir son diplôme l'année dernière, donc elle ne doit pas connaître les filles de chez nous. Une fille de notre école. Caroline la coincée du cul. En cours de dessin avec moi. Les yeux de Petit Gally lui tombaient des orbites à chaque putain de fois qu'il la voyait entrer dans la pièce. Moi, j'en dis pas grand-chose, même si elle est *vraiment* canon. Lawson est un putain de veinard.

Il me lance un clin d'œil par-dessus l'épaule de Lucy. Il traverse la rue en secouant la tête et en marmonnant :

— Je vais par là, je reste en dehors de tout ça, je ne dis rien…

— Ça risque pas d'arriver un jour, je fais à Lucy en espérant qu'elle capte la blague, mais c'est pas le cas.

Je m'éclaircis la gorge et fais ce que mon vieux m'a expliqué, quand tu dois négocier sous pression et qu'il te faut raconter des conneries. Tu fixes l'arête de leur nez, juste entre les deux yeux. Tu te concentres là-dessus. Ils ont l'impression que tu les mates droit dans les yeux, mais non.

— Pour être honnête, Lucy, je me lance avant de me rendre compte que je fais une erreur ; il faut jamais dire «pour être honnête» parce que ça veut tout de suite dire que tu vas mentir, mon père me l'a appris, c'est comme ça que les syndicats négocient. Nan, mais Lucy, j'aimerais franchement qu'il se barre avec une nana de l'école.

— Putain, mais qu'est-ce t'essaies de me dire?

Ses grands yeux magnifiques se rétrécissent en deux fentes de haine empoisonnée.

— Ben, au moins, on aurait plus à l'écouter parler de toi sans arrêt. C'est toujours Lucy ceci, Lucy cela, et vous voyez, quand on sera mariés…

Elle regarde Terry sur le trottoir d'en face, ce con hoche toujours la tête, l'air triste et blessé. Puis elle se tourne vers moi.

— C'est vrai… c'est vraiment ce qu'il dit?

— Juré.

Elle me dévisage une seconde ou deux, et si elle avait tenu plus longtemps, elle aurait compris que je déconnais. Mais elle se retourne vers Terry. J'ai envie de dire à ces grands yeux tristes, nan, Lucy, Terry est un connard. Il te traite comme une merde et se fout de ta gueule. Mais moi, je t'aime. Je te traiterais comme il faut. Laisse-moi venir chez toi et te niquer jusqu'à la moelle.

Je peux pas imaginer que ma Sabrina soit aussi crédule et si peu fière. Et puis je me rappelle ce qu'on dit, que l'amour rend aveugle, et je me dis qu'elle doit vraiment l'aimer : la pauvre conne. Ou du moins, elle l'apprécie suffisamment pour s'imaginer qu'elle est amoureuse de lui, ce qui est à peu près pareil.

Elle traverse la rue et s'approche de lui, elle essaie de lui attraper les bras mais il se détourne et lève les mains pour pas qu'elle puisse le toucher. Il la repousse et marche dans ma direction, Lucy dans son sillage, les larmes aux yeux. Il continue :

— … la confiance !… faut avoir confiance en l'autre, quand on sort ensemble ! Quand on est fiancés !

— … Nan Terry… écoute-moi… je voulais pas…

— J'ai tout accepté ! C'est ça qui me fait le plus mal ! J'ai promis que j'irais plus au foot ! J'ai promis que je changerais de boulot, même si j'aime ce que je fais actuellement ! J'ai promis que je ferais des économies !

— Terry…

Il se frappe la poitrine.

— C'est moi qui fais toutes les concessions et voilà ce que je récolte ! Je suis censé être sorti avec une nana que j'ai jamais rencontrée de ma vie !

— Ce que j'essaie de te dire… s'aventure Lucy mais elle doit savoir qu'elle ne pourra plus arrêter Terry et son flot de paroles.

Un éclat de folie scintille brièvement dans ses yeux.

— Peut-être bien que je devrais effectivement sortir avec d'autres nanas, si c'est pour me faire accuser à tort. Autant le faire, il ajoute, le dos raide avant de me lancer une œillade. Autant le *faire*, hein, Carl ?

Il allonge son *fffaaire* dans un long murmure.

Je réponds rien mais Lucy le supplie.

— Je suis désolée, Terry, je suis désolée…

Il s'interrompt.

— Mais je le ferai pas. Et tu sais pourquoi ?

Elle le dévisage, les yeux et la bouche grands ouverts d'impatience et d'émotion.

— Tu sais pourquoi ? Tu sais ? Tu sais pourquoi ?

Elle essaie de comprendre ce que ce con veut dire.

— Tu veux savoir? Tu veux savoir pourquoi? Hein? Hein? Tu veux?

Elle acquiesce lentement. Deux mecs passent à côté de nous et ils se marrent. L'un d'entre eux capte mon regard et peut pas s'empêcher de sourire.

— Je vais te le dire, moi. Parce que je suis une bonne poire. Parce que je t'aime. Toi! il fait en pointant un index accusateur sur elle. Et personne d'autre. Toi!

Ils restent là, sur le trottoir, les yeux dans les yeux. Je recule de quelques pas pour bloquer le passage sur le trottoir. Y a un mec en salopette, comme s'il sortait tout juste de l'abattoir, qui les mate. Les lèvres de Lucy se mettent à trembler et je jure devant Dieu que des larmes apparaissent dans les yeux de Terry.

Ils tombent dans les bras l'un de l'autre, là, en plein milieu de la rue, devant l'abattoir. Une camionnette passe et klaxonne plusieurs fois. Un gars se penche à la fenêtre et gueule :

— J'EN CONNAIS UN QUI VA NIQUER CE SOIR!

Terry me regarde par-dessus l'épaule de Lucy et je m'attends à un clin d'œil, mais il est tellement plongé dans son numéro qu'il ne veut pas casser le rythme. Lucy et lui échangent des regards profonds et lourds de sens, comme ils diraient dans le bouquin de Catherine Cookson que ma tante Avril a offert à ma mère. J'en ai ma claque de ces conneries, je tourne les talons et descends la rue.

— Carl! Attends une minute! rugit Terry.

Je les vois s'embrasser. Ils s'écartent, échangent quelques mots. Lucy fouille dans son sac. Sort son porte-monnaie. D'où elle sort un billet de banque, un billet bleu. Qu'elle donne à Terry. Autre regard profond. Quelques mots. Une bise sur la joue. Ils s'éloignent l'un de l'autre et se retournent en même temps pour échanger un signe de la main. Terry lui envoie un baiser. Puis il arrive en trombe vers moi. Lucy lui jette un dernier regard mais Terry est trop occupé à m'attraper, et on lutte sur le trottoir.

— T'es une star, Ewart! Tu mérites un putain de verre. Tu viens de me sauver le cul! Allez, je paie ma tournée, plaquettes de Galak pour tout le monde! il fait en agitant le billet de cinq livres. Enfin, c'est plutôt Lucy qui paie, mais bon, tu vois ce que je veux dire.

— Me refais jamais ce coup, Terry.

Je peux pas m'empêcher de rigoler et de le choper par le col de sa veste Levi's pour le plaquer contre un lampadaire.

— Je vais pas lui mentir pour te couvrir.

— Allez, mon pote, tu connais les règles, il fait en repoussant mes mains et en lissant sa veste. Faut soutenir les copains. C'est toi qui me l'as appris.

Évidemment, c'est des conneries, il dit juste ça pour me faire plaisir. Et on sait tous les deux que ça marche et qu'on peut rien y faire. On est potes.

— Alors fais pas la gueule. Tiens, mais j'y pense, en parlant de nana, il paraît que tu t'es barré du Clouds avec Petite Rouquine, il fait d'une voix de pervers, comme s'il parlait du nez.

Je réponds pas. C'est la meilleure solution. Laisser ce con lire ce qu'il veut sur mon visage.

— Ouais! Là, c'est différent! il fait, l'air d'un je-sais-tout. C'est toi qui vas avoir besoin d'alibis, mon vieux.

— Comment ça?

— La petite Maggie Orr, elle a toujours des vues sur toi, il fait avec un clin d'œil, super sérieux.

— N'importe quoi. Comment ça se fait qu'elle m'a balancé un râteau et qu'elle est allée avec toi juste après?

Ça serait cool de croire son histoire mais on peut pas apprendre à un vieux singe à faire des grimaces, comme dirait mon vieux.

Terry colle ses coudes contre ses côtes et tend ses paumes vers moi.

— C'est le don de la tchatche, mon pote. Mais t'apprends super vite. C'était une sacrée putain de performance que tu nous as faite avec Lucy. Ouais, tu vas très vite concrétiser avec Maggie. Garanti. Moi, c'est plus sa copine qui me branche, Gail. La petite quatzyeux, t'as déjà dû la voir dans le coin. Attends de mater son cul. Quand tu vois ce qu'il y a sous son fute… pfiou, putain de merde, il fait en se passant la langue sur les lèvres. Nan, c'est vraiment la meilleure tactique pour faire plaisir à tout le monde : toi et ta nana du Clouds, moi et Lucy, on sort ensemble officiellement. Et puis toi et moi, on se tape Maggie et Gail discrétos. Moi, ça me semble nickel, si c'est fait avec suffisamment de doigté!

C'est peut-être son sourire, à ce gros con, cet enthousiasme dont il fait preuve pour tout, et bien sûr, le fait que j'ai une envie désespérée de niquer, mais je me dis qu'il doit y avoir pire comme arrangement.

Le clocher de l'église apparaît dans notre champ de vision et on est de retour dans la cité. Terry insiste pour qu'on aille boire un coup au Busy Bee. J'ai jamais franchement fréquenté les pubs et j'ai jamais essayé de me faire servir au Busy.

— Allez, branleur, une fois que tu seras devenu un habitué du Busy, ça impressionnera toutes les minettes. Tu peux pas rester un petit écolier toute ta vie, il me fait dans un sourire avant de m'accuser : On m'a dit que tu comptais y rester un bout de temps.

— Je sais pas, ça dépendra de mes…

Il me laisse pas le temps d'expliquer.

— Alors tu vas aller à la fac, ce qui est encore une école, et puis tu vas devenir prof et tu retourneras à l'école. En gros, tu sortiras jamais de l'école. T'auras pas une thune, il fait en baissant la voix tandis qu'on grimpe la colline en longeant les magasins pour arriver en vue de ce petit bouiboui, le Busy.

Terry s'arrête et me pose la main sur l'épaule.

— Et je vais te dire un truc, mon pote, une toute petite formule qu'on a jamais pris la peine de m'apprendre à l'école. Une minuscule opération mathématique qui pourra t'éviter un max de problème : *pas* d'argent égale *pas* de chatte.

Il fait un pas en arrière, l'air content de lui, et laisse la sauce prendre dans mon cerveau. Puis il me glisse le billet de cinq livres extorqué à Lucy.

— Va au bar et commande deux pintes de blonde. C'est «deux pintes de blonde», il fait d'une voix grave, et pas «deux pintes de blonde», il refait, mais d'une voix stridente. Me colle pas la honte comme Gally, quand je l'ai amené. Il est allé au bar et il a sorti : deux pintes de bière, s'il vous plaît Monsieur, comme s'il lui demandait des bonbons.

Je suis déjà allé dans des pubs, et je suis allé au Tartan Club un paquet de fois.

— Je sais comment on commande un verre, pauvre branleur.

Je lui emboîte le pas dans le bar et me dirige vers le comptoir. Ça me prend une éternité et tout le monde me mate l'air de dire, «il a sûrement pas dix-huit ans, lui». Quand j'arrive enfin, le barman me fait un signe de tête et j'ai l'impression que ma voix va se briser.

— Deux pintes de blonde, s'te plaît, mon pote, je fais d'une voix rauque.

— T'es enroué, mon gars? répond le barman en se marrant, et tous les clients se pissent dessus.

Mais le mec me sert et Terry va s'asseoir dans un coin. J'ai les mains qui tremblent et, quand j'atteins la table, j'ai déjà renversé la moitié des pintes.

— Santé, Carl, bien joué! il lance avant d'avaler une longue gorgée. Cette pute de Pamela, qui déblatère des conneries sur moi à Lucy.

— Tout ce qu'elle fait, Terry, c'est soutenir sa copine. Ça marche pareil pour les filles.

Terry fait non de la tête.

— Nan, nan, nan, les filles, c'est différent. Tu piges pas son manège, à cette grosse vache. Elle en peut plus tellement elle a envie de niquer, mais personne veut se dévouer. Alors ça l'aigrit de voir que Lucy se fiance. Mais c'est ma faute, j'aurais dû m'en occuper.

— Comment ça ?

— J'aurais dû lui faire goûter de ma queue, juste histoire de lui faire fermer sa gueule. Elle a besoin de se faire troncher, c'est ça, le problème. C'est la différence entre les hommes et les femmes. Une nana qui se prend pas une bite régulièrement, elle devient amère et jalouse. Nous, on est pas comme ça. Rends-moi ma monnaie, petit malin, je vais rechercher du carburant, il fait avant d'engloutir le reste de son verre.

Je lui tends les billets et les pièces, et il se dirige vers le bar. J'avale avec effort et essaie de terminer la pinte, ou du moins de la descendre raisonnablement avant qu'il ne revienne avec la tournée suivante. Quand il réapparaît, il mijote quelque chose, c'est clair.

— Bon, Pamela, je me disais un truc, soit je dois baiser Pamela, soit je dois m'arranger pour qu'un autre s'y colle. Toi, c'est pas la peine, t'es casé, alors je devrais peut-être envoyer Birrell. Ça aura aussi l'avantage de le maintenir loin d'Yvonne. Imagine ce con en train de draguer, fait Terry dans une parodie de Billy, en découpant bien ses phrases. Moi, Billy. J'habite à Stenhouse. Je joue au foot. Je fais de la boxe. Je m'entraîne dur. C'est terrible. Il fait beau. Tu veux bien avoir un rapport sexuel avec moi ?

On se marre comme des fous et on se refait le film encore et encore. Terry et moi, on pourrait écrire de saynètes pour les Monty Python, quand on part dans ces délires.

Après la troisième pinte, je passe un coup de fil chez moi pour dire à ma mère de garder mon dîner au chaud, que je rentrerai manger plus tard. Je lui explique que j'ai mangé des frites au Star's. Elle répond rien mais je sens qu'elle est pas emballée. Quand je reviens à la table, un vieux entre dans le pub. Terry me fait rougir en disant que c'est l'oncle de Maggie Orr, et il me présente comme un « ami intime » de sa nièce.

— *Nudge, nudge, wink, wink, say no more!* il fait, comme dans le sketch des Monty Python.

Il manque pas de culot, lui : c'est lui qui la nique et il essaie quand même de me faire porter le chapeau ! Mais le dénommé Alec, ça semble pas le préoccuper. On dirait bien qu'il est bourré.

Les bières coulent à flots et mon visage devient rouge et engourdi. Quand je me lève, le barman sourit comme s'il savait très bien que je suis ivre mort. On sort du pub, je me prends un coup d'air frais en pleine gueule et ça me déstabilise. Je me souviens d'avoir chanté *Glorious Hearts*, et entendu Terry me beugler *Glory to the Hibees* en réponse, et ça tout le long de la rue. Et puis plus rien.

C'est le matin et je me réveille dans le lit de Terry, allongé sur les couvertures, tout habillé, heureusement d'ailleurs, dans l'appart de sa mère.

Y a un bruit atroce dans mon cerveau, un peu comme un marteau-piqueur, et c'est Terry qui ronfle comme un fou. Je lève la tête pour apercevoir la masse de ses cheveux frisés. Il est dans le lit, aussi, mais à l'opposé. J'ai ses pieds tout près de ma tête, et s'ils puent pas, la chambre empeste quand même, pleine de ses pets. Je me suis réveillé avec la trique, c'est peut-être parce que j'ai envie de pisser, et peut-être parce que j'ai fait un rêve bizarre avec Sabrina, Lucy, Maggie. Mais c'est sûrement pas de me retrouver dans le même lit que Terry !

J'entends des bruits de pas dans l'escalier, et la mère de Terry entre, une tasse de thé dans chaque main. Je fais semblant de dormir mais j'entends le bruit incontrôlé des tasses contre les coupelles, et elle qui hoquette de dégoût.

— Mon Dieu, mais qu'est-ce que vous avez mangé...
Elle pose les sous-tasses sur la table de nuit.

— Vous en avez fait, un de ces bazars dans les toilettes, j'ai dû tout nettoyer. C'est pas bien, Terry, vraiment pas bien.

— Oh, la ferme, putain... grogne Terry.

J'ouvre les yeux et aperçois la mère de Terry pas loin de nous, qui s'évente le nez d'un geste de la main.

— Salut, Madame Laws... euh, Madame Ulrich.

— Tes parents sont très inquiets, Carl Ewart. Je les ai appelés depuis le téléphone de la voisine pour les prévenir que tu étais ici. J'ai promis que tu prendrais ton petit déjeuner et que tu irais à l'école à l'heure. Quant à toi, elle ajoute, le regard braqué sur Terry, il faut que tu te lèves pour aller au travail. Tu es en retard! Tu vas rater la camionnette!

— Ouais, c'est ça, c'est ça... gémit Terry tandis que Mme Ulrich quitte la pièce.

Je me gratte les boules. Je me lève et fais un tour aux chiottes en dissimulant ma bite raidie parce que, même tout habillé, j'ai quand même peur de croiser quelqu'un dans le couloir. Aux toilettes, je pisse longuement et je suis obligé d'appuyer sur ma queue pour pas pisser sur le sol qui pue la gerbe et le désinfectant. Je retourne à la chambre, où Terry s'est rendormi, ce sale flemmard. Lui, il aime pas dormir, ça se voit tout de suite.

Je descends dans le salon. La mère de Terry est assise sur une chaise et fume une clope.

— Salut, Madame Ulrich.

Elle répond pas, m'adresse juste un hochement de tête.

— Encore une soirée de débauche? fait une voix.

Je sursaute, j'avais pas vu Walter, le beau-père de Terry, assis dans un coin à lire le *Daily Record*. Terry ne s'entend pas avec lui mais moi, je le trouve sympa. Il me fait marrer avec sa façon de parler, un accent allemand mélangé à de l'écossais ordinaire et à un anglais très formel et snob. Mais Terry le déteste, ce pauvre con.

— Oh, ouais, Monsieur Ulrich...

Terry rapplique, inquiet qu'on parle de lui dans son dos, ce qu'on aurait fait s'il était pas apparu. Il passe devant sa mère, entre dans la cuisine et ouvre la porte du frigo, d'où il sort une bouteille de lait qu'il porte à sa bouche.

— Terry! fait sa mère. Prends un verre!

Elle secoue la tête, écœurée, et lui demande s'il veut un sandwich aux œufs ou une saucisse.

— Les deux.

— Pareil pour toi, Carl ?

— Super, Madame Ulrich, je réponds en lui adressant un petit sourire joyeux qu'elle ne me rend pas.

— Tu passeras chez ta mère avant l'école, elle m'ordonne.

Je rigole un peu, parce que je suis encore bourré d'hier soir. On a bu au Busy ! Terry et moi ! Bourrés !

Je vois bien que la mère de Terry est pas ravie et qu'elle s'apprête à dire quelque chose. Elle est crispée, la mère de Terry. On le sent dans l'air, à des kilomètres à la ronde. Et pas d'erreur, elle relâche la vapeur quand on croit être tirés d'affaire. Toutes les mères font pareil, la mienne est très forte pour ça. Tu crois que tu vas échapper à la baffe en pleine poire, et boum ! Une putain de droite qui te met KO ! Et te voilà sonné. Mais ta mère, ça restera ta meilleure amie toute ta vie. J'ai jamais pu dire qui j'aimais le plus, de ma mère ou de mon père. Ça doit être horrible pour Terry, de voir un autre mec assis à la place de son vieux. Moi, ça me tuerait.

— Vous en avez fait, du boucan hier soir, nous dit-elle. Vous avez réveillé tout le quartier avec vos imbécillités.

— C'est ça, réplique Terry.

— M. Jeavon, le voisin, il tapait contre les murs !

— Il va s'en manger une dans la gueule, celui-là, marmonne Terry.

— Quoi ?

Elle surgit de la cuisine comme un diable à ressort.

— Rien.

— C'est pas bien, Terry ! elle déclare avant de retourner dans la cuisine.

— Ouais, c'est ça !

Terry aime pas qu'on lui prenne la tête, c'est clair, et je le comprends parce que, pour le moment, on l'a dans le cul, notre tête. On voudrait juste y aller mollo. Et elle assure pas, de s'en prendre à Terry devant son pote. Il a les mains si serrées sur les accoudoirs du fauteuil que ses articulations en sont blanches.

Sa mère sort à nouveau de la cuisine.

— C'est pas un hôtel de passes, Terry! C'est une maison!

Terry regarde autour de lui, l'air de ne pas en croire ses oreilles.

— Ouais, tu parles d'une putain de maison.

Mme Ulrich met les mains sur ses hanches. Terry a dû hériter ce geste d'elle, parce qu'il se tient souvent comme ça. Ouais, je suis encore bien bourré d'hier soir. C'est marrant, le genre de trucs qu'on remarque quand on a trop bu, pas quand on est train de boire, mais quand on se *remet* d'une cuite, quoi.

— On essaie juste de vivre en paix, ton beau-père et moi… elle fait en se tournant vers son Boche. Walter…

— Oh, laisse-les donc tranquilles, Alice, c'est juste des petits crétins.

— Mais ferme ta gueule et laisse-moi vivre en paix, moi aussi, hurle Terry en levant les yeux du journal. J'ai une putain de migraine!

Elle fait volte-face et crie à son tour :

— C'est à moi, que tu parles, à ta mère! Ta mère, Terry!

Elle a un ton presque implorant, comme si elle voulait vraiment qu'il comprenne ce qu'elle raconte, et c'est le cas je pense, mais c'est pas sympa de sa part de coller la honte à Terry devant un pote. Je lui jette un regard et fais un geste du menton en direction de sa mère, comme pour dire, te laisse pas faire.

Et pour être honnête, il se laisse pas faire du tout.

— Ta gueule, putain. Tu causes, tu causes, encore et encore…

Sa mère reste plantée là, toute raide, sous le choc. Putain qu'elle est raide. J'ai à nouveau une semi-érection. Je regarde Walter et me demande s'il fait des galipettes avec la mère de Terry. Je me demande aussi, est-ce que je niquerais la mère de Terry ? Peut-être que oui, peut-être que non, mais j'aimerais bien la mater en pleine action, juste pour voir comment elle se comporte quand on la baise. Elle disparaît dans la cuisine.

Le beau-père de Terry s'interpose, il se dit sûrement qu'il est censé soutenir Mme Ulrich mais on voit bien qu'il en a rien à branler. Terry l'étalerait, dans une baston. Facile. Walter sait très bien que Terry grandit, qu'il devient plus fort, et que lui, il vieillit et s'affaiblit, alors il se sent pas prêt à essayer quoi que ce soit.

— C'est pas qu'on te reproche de boire, Terry. Enfin, moi aussi, j'aime bien boire. C'est le côté *excessif* et répétitif que je n'arrive pas à comprendre.

— Je bois pour oublier, fait Terry en m'adressant un sourire, et je commence à pouffer.

La mère de Terry revient dans la pièce avec une assiette de sandwichs. Ils ont l'air bon.

— Ne sois pas débile, Terry, qu'est-ce que t'as besoin d'oublier ? elle lui demande. Mais qu'est-ce que tu peux bien avoir à oublier, *toi*, nom d'un chien ?

— Chais pas, j'ai oublié. Tiens, ça doit marcher !

Je lève mon pouce dans sa direction. Magnifique ! Putain, elle s'y est jetée les yeux fermés ! Dommage que Gally soit pas là pour voir ça. Un putain de classique : la meilleure blague du monde.

— C'est ça, rigole, Terry, mais ça te reviendra en pleine figure, lui fait son beau-père.

— C'est pas comme si on passait notre temps à se saouler la gueule, hein. Parfois, on se défonce et tout.

Je me marre, un rire rauque qui vibre comme le rasoir électrique tout neuf de mon vieux, celui qu'il a eu à Noël. Un Remington, comme le conseille Victor Kiam, cet enculé qui a racheté l'entreprise.

— J'espère bien que vous ne touchez pas à ce genre d'âneries, tu dois avoir un peu plus de cervelle que ça, Terry, lui fait sa mère en posant les assiettes devant nous. Tu entends ça, Walter ? Tu entends ça ? Voilà ce que Lucy doit supporter. Ça !

Elle le montre du doigt. Walter le dévisage d'un air sévère.

— Cette petite ne te supportera pas longtemps, si vous vous mariez. Si tu crois ça, tu te fourres le doigt dans l'œil jusqu'au coude.

— Laisse-la en dehors de tout ça, il grogne en montrant les dents. Elle a rien à voir là-dedans.

Walter détourne le regard. La mère de Terry secoue la tête.

— Pauvre petite Lucy. Faut qu'elle aille se faire examiner le cerveau. S'il n'était pas de ma propre chair, de mon propre sang…

— Oh, mais tu vas la fermer, ta gueule ? lâche Terry, la tête en arrière et un air de dégoût sur le visage.

Sa mère tremble comme si elle allait faire un arrêt cardiaque.

— Tu entends ça ? Tu entends ça ? Walter !

Le vieux acquiesce derrière son journal, s'en sert de bouclier pour cacher la scène qui se déroule dans la pièce.

Mme Ulrich se tourne vers Terry :

— C'est ta mère qui te parle, là ! Ta mère !

Puis elle se tourne vers moi :

— Tu parles à ta mère comme ça, Carl ? elle me demande, et avant que j'aie pu répondre, elle continue : Non. Je parie que non. Et je vais te dire pourquoi, Terry. Parce qu'il a du respect pour elle, voilà pourquoi. Voilà pourquoi !

Terry mord dans son sandwich et le jaune d'œuf se répand sur le tapis.

— Regarde-moi ce cochon ! Walter !

Walter lève les yeux et fait un ridicule « tut », mais sur son visage, on peut lire « qu'est-ce que tu veux que j'y fasse, putain ».

— T'aurais dû les faire cuire comme il faut, renifle Terry. Je m'en suis mis sur mon pantalon tout neuf. C'est pas ma faute si tu sais pas faire cuire un œuf.

— Mais fais-les cuire toi-même ! Fais-le donc !

— Ouais, c'est ça, ouais.

Walter le dévisage.

— Oui, je pense que le meilleur train de vie pour toi, ce serait en mer, Terry. Tu pourrais y apprendre à cuisiner, nom de Dieu. Ça te formerait, ça t'inculquerait la discipline dont tu as grandement besoin.

— Je vais pas partir en mer, putain. C'est un truc de pédé. Coincé sur un putain de rafiot avec que des mecs ? Mais ouais, bien sûr.

Avec un morceau de pain, il essuie le jaune d'œuf sur son assiette. Walter essaie de rester amical et cool.

— Nan, ça se passe pas comme ça. T'as jamais entendu l'expression, « une femme dans chaque port » ?

Terry émet un ricanement méprisant et lance un regard dur à Walter, puis à sa vieille, comme pour dire « et regarde avec quoi tu te retrouves ». Je suis content qu'il le dise pas à voix haute, parce que c'est quand même sa mère, et qu'il lui doit un *minimum* de respect.

Yvonne entre dans la pièce, emmitouflée dans une robe de chambre rose. Elle a l'air endormie, et elle fait super jeune sans son maquillage, mais aussi étrangement plus jolie, je n'avais jamais remarqué. Ça cogne dans ma poitrine et pour la première fois, j'envie Birrell d'avoir réussi à la niquer.

— T'aurais pas une clope ? elle demande à Terry.

Terry sort son paquet de Regal. Il en jette une à Yvonne, une à moi, puis une à sa mère, et la cigarette rebondit contre son sein. Elle le regarde et se penche pour la ramasser.

— Tu vas à l'école, Carl ? me demande Yvonne.

— Ouais.

— T'as quoi, ce matin ?

— Deux heures de dessin. C'est pour ça que je vais en cours, c'est tout.

Mme Ulrich secoue la tête et marmonne un truc à propos de notre génération, qu'on se croit permis de choisir ce qu'on veut, mais personne ne fait attention à elle.

— Ouais, fait Yvonne. Nous, on a cuisine et littérature, alors c'est pas la mort.

Elle resserre sa robe de chambre, pour être sûre que j'aperçoive pas ses seins au passage. Mais Yvonne a pas franchement de nichons. Par contre, elle a des jambes super belles.

— Je vais t'accompagner, faut juste que j'aille me préparer, elle me dit.

— D'accord, mais faudra faire gaffe qu'on nous voie pas sortir de chez toi ensemble, je lui réponds en riant. Je veux pas que les gens s'imaginent des trucs.

Je vois que ça gêne Terry et chaque seconde de son inconfort est un régal.

Yvonne sourit et écarte une mèche de devant ses yeux.

— Tu pourras porter mes livres, si tu veux, comme dans les films américains.

Elle retourne dans le couloir. Je sais d'avance ce que je vais récolter, en chemin vers l'école, Birrell par-ci, et Birrell par-là, mais l'idée me plaît.

La mère de Terry fait encore la gueule.

— Même pas quinze ans et elle fume déjà comme un pompier. Tu devrais pas l'encourager comme ça en lui donnant tes cigarettes.

— Tais-toi, Terry lui répond entre ses dents ce qui accentue les t. Qui c'est qui l'encourage ? C'est toi, la conne qu'on voit toujours une putain de clope à la bouche. C'est qui le modèle génial, hein ?

Mme Ulrich prend une longue inspiration et regarde Walter. Elle a dépassé le stade de l'exaspération et de la déception, elle se résigne désormais à son destin.

**203**

— Je pensais qu'il s'adressait à moi comme à ses copains du pub. Je le croyais sincèrement. Mais j'avais tort. Maintenant, je me rends compte qu'il ne leur manquerait jamais de respect à ce point. Il me parle comme à un ennemi, Walter. Je ne comprends pas où j'ai commis une erreur.

Elle s'affale dans le fauteuil vide, choquée et déprimée.

Je surprends M. Ulrich qui l'observe, et je pige qu'il la déteste. Il la déteste parce qu'elle le met dans une position où il est obligé d'affronter Terry.

Mais nous, on en a rien à branler, on se concentre sur les sandwichs. Ça met de bon poil pour commencer la journée. Il faut se remplir le bide après une cuite pareille.

Terry se penche vers Walter et claque des doigts :

— File-moi le journal. On va partir d'ici quelques minutes.

M. Ulrich le dévisage une seconde ou deux, puis le lui tend.

Terry rejette la tête en arrière et part d'un énorme ricanement diabolique et caverneux, un truc que j'avais jamais entendu venant de lui. Je me rends compte que je suis en plein milieu d'un champ de bataille, et que ces deux vieux cons ne sont pas de taille contre lui. Je l'adore, ce bâtard, j'adore la puissance qu'il dégage, et j'adore être son pote. Mais je crois pas que j'aie envie de lui ressembler un jour.

Enfin, sauf pour la partie cul.

## Baise débutante

Yvonne et moi, on s'est retrouvés chez ma mère ce matin, elle avait préparé du porridge, du thé et des toasts. Je suis gêné quand Yvonne essaie d'expliquer à ma mère qu'elle ne mange jamais le matin, et quand ma mère lui répond que c'est le repas le plus important de la journée et lui enfourne presque la bouffe de force dans le gosier. Ma mère m'annonce que Billy vient juste de passer et Yvonne est toute déçue. On se dépêche d'aller à l'école pour pas se faire emmerder par Blackie. C'est bizarre, tu peux t'absenter des heures entières, des journées même, sans que personne en ait rien à foutre, mais si tu te pointes deux minutes en retard, ils te prennent la tête à mort.

En sortant, ma mère me fait, en affichant le même sourire mièvre et hypocrite que toutes les nanas de l'école ont quand elles essaient de te faire marcher :

— Oh, t'as eu un coup de fil d'une fille, hier soir. Elle n'a pas dit son nom, juste qu'elle était une amie à toi, elle ajoute en arquant les sourcils et en accentuant bien le mot «amie».

— Ohhh! Carl Ewart! Tu m'en diras tant! fait Yvonne, et ma mère rigole de me voir gêné.

— Nan… c'est juste, euh… qu'est-ce qu'elle a dit?

— Oh, elle était gentille. Elle a juste dit qu'elle appelait pour discuter, et qu'elle te verrait là où vous aviez convenu.

— Wou-hou-hou! fait Yvonne.

— C'est tout, continue ma mère dans un rire, et puis un truc semble subitement lui revenir en mémoire. Oh, et elle te dit merci pour les jolies fleurs.

— Ohh… Monsieur le Romantique, rigole Yvonne en me filant un coup de coude dans les côtes. Des fleurs et tout!

Putain, mais c'est quoi cette histoire?

Je regarde ma mère, puis Yvonne, puis à nouveau ma mère.

Sabrina. Un autre mec est sur le coup.

Je lui ai jamais offert de fleurs.

— Mais… mais… je lui ai pas donné de fleurs…

Ma mère se marre et hoche la tête.

— Nan, c'est vrai. Je te fais marcher. Mais faudrait peut-être que tu y penses, pas vrai?

Je reste sonné face à Yvonne et à ma mère qui ricanent. Se faire chambrer par les potes à l'extérieur, c'est déjà dur, mais dans ta propre baraque, par ta propre mère, enfin, putain, quoi! Parfois, j'ai l'impression d'être sur terre pour le simple divertissement des autres, ce qui est cool, tant que j'ai ma part de rigolade aussi. Et c'est pas le cas, enfin, pas le divertissement que je recherche.

On se met en chemin vers l'école : Yvonne et moi ; elle, ses six mois de moins que moi, une élève de 5e, qui marche dans la rue aux côtés d'un pauvre petit puceau. Elle parle pas beaucoup de Billy, elle parle surtout de chez elle, comment ça la peine d'entendre toutes ces engueulades. Elle dit que même si Terry est son frère, elle a hâte qu'il se marie avec Lucy et qu'il déménage. Walter est sympa, il les traite comme il faut mais Terry peut pas le saquer. Il l'appelle le Vieux Nazi.

Je comprends son point de vue. Je me suis délecté de la scène, ce matin, mais je pourrais pas vivre comme ça, jour après jour. Ça me rendrait taré. Bref, on est un peu à la bourre mais heureusement Blackie est pas de service aujourd'hui, c'est Mme Walters, qui s'en fout.

— Allons, vous deux !

— Oui, M'dame.

Je monte en cours et reste à moitié bourré toute la matinée. Billy est là, mais c'est bizarre de pas voir Gally. J'arrête pas de péter en cours de dessin, je me la joue devant les filles. C'est marrant, j'ai toujours été calme et studieux dans cette classe, concentré sur mes peintures ou mes poteries. Mais ça vient de me frapper de plein fouet, grâce à l'alcool : en dessin, tu trouves toutes les nanas les plus baisables de l'école. Celles qui semblent jouer dans une ligue hors de portée, qui sortent avec des mecs qui ont un salaire et une voiture. Amy Connor, Frances McDowall, Caroline Urquhart et, la plus belle à mon avis, Nicola Aird. Et elles sont toutes dans ce cours. Comme un podium de défilé de mode, où tu viendrais seulement pour peindre et collecter du matos de branlette. Elles sont là-haut sur le piédestal de la baise, mais elles sont sympas, enfin sauf Urquhart qui est coincée du cul et totalement has been en termes de niquabilité. Je dirais pas non si elle proposait de me sucer la bite, et je repense à Terry, je me dis qu'elle a baisé avec ce sale porc. Pauvre Petit Gally, ses yeux s'enflammaient dès qu'elle approchait. Il a même essayé d'intégrer notre cours, mais ils n'ont pas accepté parce que ses notes étaient pas assez bonnes.

Je me tourne vers elle et la fixe, survolté par l'alcool, et elle détourne le regard parce qu'elle sait que je suis un pote de

Terry, et elle sait que je sais. Un peu plus tard, Nicky et Amy observent ma peinture pour la pochette de notre album, le premier disque de notre group Snap. J'aperçois les seins d'Amy et j'imagine y glisser ma queue, comme l'a soi-disant fait un des potes de Terry, ce mec de Leith.

— Qu'est-ce que c'est, Carl ? me demande Nicola.

— C'est la pochette de notre album, celui de mon groupe. Enfin, si on arrive un jour à enregistrer, je réponds en riant.

Je rigole parce que je sais qu'on y arrivera. Ça va se faire, j'en suis certain. Je vais m'arranger pour qu'on y arrive. Si seulement je pouvais avoir autant d'assurance sur d'autres sujets.

Nicola m'adresse un sourire comme si j'étais son grand-père gâteux.

— Je t'ai vu avec ta guitare l'autre jour, me fait Amy. Et Malcolm Taylor est dans ton groupe. Le frère d'Angela Taylor.

— Ouais, c'est notre batteur. Un super bon musicien, je mens.

Malky sait pas jouer. Mais il apprendra.

Amy me regarde et s'approche. Ses cheveux me caressent presque la joue. Nicky avance aussi et elle passe son bras autour de mes épaules. Je sens leurs parfums, et cette fraîche odeur mortelle de filles, et j'ai l'impression qu'il n'y a plus d'oxygène dans l'air, en tout cas, il n'y en a plus dans mon cerveau. Je trouve que ça ferait un super titre de chanson, *Fraîche Odeur mortelle de filles*. Un peu trop heavy metal, par contre.

— Ça vient d'où, votre nom Snap ?

Si je parle maintenant, j'ai peur que mes lèvres battent l'air comme un vieux portail dans le vent. J'essaie de me ressaisir et leur raconte comment Topsy et moi, on jouait aux cartes dans le bus qui nous emmenait à un match des Hearts. Et qu'une dispute à propos du jeu, Snap, avait fini avec un nez explosé. À l'époque, on cherchait déjà un nom, et un vieux avait gueulé :

**207**

— C'est vraiment con de se battre pour un Snap, putain.

On avait échangé un regard et la décision était prise.

— J'aimerais bien vous écouter jouer, fait Amy. T'as une cassette ?

— Ouais…

Et Mme Harte vient vers nous :

— Allons, vos peintures ne vont pas se terminer toutes seules.

J'étais sur le point de répondre, Z'avez qu'à passer chez moi. Putain de merde, imaginez ça : Sabrina, Maggie et Amy, toutes partantes !

Mais l'occasion s'envole quand la sonnerie retentit. Plus tard, j'irais lui demander, et je sais qu'elle répondrait « oui » ou « non », ou alors, amène la cassette ici. Ses copines resteraient cool, elles crieraient pas « whoou-hoou » comme la plupart des nanas, et moi aussi, je serais cool et tout. Si seulement je pouvais tirer mon coup, juste une fois, ça relâcherait la pression et je serais le maître du monde, putain !

En cours de géo, je m'éloigne du delta du Gange pour écrire les paroles d'une nouvelle chanson. Et la géo, c'est la meilleure matière à l'école. Tous ces endroits à visiter. Un jour, j'irai tous les voir. Mais pour l'instant, je suis d'humeur à écrire une chanson. Je réfléchis à *Fraîche Odeur mortelle de filles*, mais ça me fait bander.

Au bout de quelques lignes, McClymont me repère.

— Eh bien, Carl Ewart, partagez donc votre travail avec le reste de la classe.

— D'ac, je réponds en haussant les épaules. C'est juste une chanson que je bosse en ce moment, pour mon groupe. Snap. La chanson s'appelle *Pas de note*. Ça fait : Je veux pas vingt sur vingt, les notes c'est trop vain, mes potes c'est pas qu'ça les botte, mais la géo c'est pas très chaud…

Des rires retentissent mais ils sont surtout à l'attention de McClymont, histoire de lui donner ce qu'il mérite. Il fait :

— Bien, Carl, j'allais vous expliquer que vous ne ferez jamais carrière en géographie. Mais après avoir entendu vos tentatives de parolier, je vous conseille de vous concentrer sur la géographie.

On éclate tous de rire. McClymont est sympa. Je le détestais, quand j'étais en 6<sup>e</sup>, mais plus tu vieillis, plus il rigole avec toi. Je l'ai déjà vu au stade de Tynie et tout. C'est chouette de pouvoir rigoler un coup à l'école.

Mais dans l'après-midi, mon assurance s'est effritée, et je me sens mal : fatigué, à cran, et je flippe de ma propre ombre. Doyle me jette un regard bizarre dans le couloir, et je sais pas si ça veut dire qu'on est potes, ou qu'il vient d'apprendre que j'étais supporter des Hearts. Peu importe, je lui rends pas son regard. Flippant, ce con.

Vendredi soir, je reste à la maison, je mate la télé, fais quelques accords sur ma guitare. Mes parents sortent au ciné et j'en profite pour appeler Malky, notre batteur. Je veux lui dire que les nanas commencent à venir renifler autour du groupe, et ça veut dire qu'on commence à parler de nous. Ça l'excite à mort.

— Amy Connor voulait nous écouter jouer, *nous*? il fait tout essoufflé.

Quand je lui dis qu'on a besoin de répéter plus souvent chez lui, il se calme un peu.

Mes vieux soupçonnent quelque chose quand ils me voient traîner à la maison samedi matin. D'habitude, si je suis pas au magasin de fruits ou à un match de foot, je vais généralement faire le tour des magasins de disques en ville. Mon père me demande si j'ai envie de l'accompagner au match de Kilmarnock à Brockville, mais ça me dit rien. Quand le soir arrive et qu'il rentre à la maison, je me suis transformé en une putain de boule de nerfs, et je les regarde qui se préparent à sortir en prenant leur temps. Ils me font encore la gueule à cause de jeudi soir. Pas pour avoir dormi chez un pote, mais plutôt pour avoir transgressé deux règles. La première, ne jamais sortir quand j'ai école le lendemain. La seconde, j'avais pas appelé pour leur dire où j'allais. Elle est conne, cette règle : tu sais jamais vraiment où tu vas avant d'y aller, et à ce stade, t'es souvent trop bourré pour appeler qui que ce soit.

Je suis obligé de leur promettre de pas aller au Clouds, et de pas retrouver les gars en ville. Je leur dis que je passe une soirée tranquille, que je vais aller au fish and chips, m'acheter une tourte aux fruits secs, deux oignons marinés et une bouteille de soda Irn Bru. Que je compte vider une partie de la tourte et remplir la croûte de frites, pour manger tout ça devant le film d'horreur de la soirée. Ouaip, je vais peut-être même me prendre un œuf mariné.

Ils se doutent que je mijote un truc, mais ils finissent par s'en aller, et je tarde pas non plus : je vais au fish and chips comme prévu, mais pour retrouver Sabrina. Mon cœur s'emballe quand le premier bus n° 6 arrive et qu'elle n'en descend pas. Je me sens mal, mais soulagé aussi, et puis mal à nouveau, et tout excité quand j'aperçois un autre n° 6 juste derrière. Et je la vois qui descend, dans sa veste noire. Ça lui donne un air cool, plus âgé. Elle s'est maquillée. J'approuve totalement, elle est encore plus baisable comme ça. Elle s'était pas aussi bien arrangée au Clouds, et elle sait bien se maquiller.

Ça me fait un vrai choc, et pendant une minute, j'ai l'impression d'être un gosse en compagnie d'une vraie adulte. Elle me plaît. On se fait un câlin et un bisou.

Et je me rends compte qu'on est en bordure de la cité, qu'il ne faut pas qu'on me voie avec elle, que si Terry la voit comme ça, il va me la piquer en une seconde. Mais… je veux que les gens me remarquent, qu'ils remarquent la nana à mes côtés, alors je la guide vers chez moi.

Oh nan…

Le premier con que je croise, c'est Birrell qui sort du magasin avec un exemplaire du *Pink*, du pain et une bouteille de lait.

— Carl !

— Billy, je réponds en laissant échapper un soupir. Je te présente Sabrina. Euh, lui, c'est Billy.

Il lui sourit et fait un geste totalement étrange mais ordinaire à la fois : il lui touche le bras.

— Salut Sabrina. Je t'ai déjà vue au Clouds, je te reconnais.

Je vois que ça la surprend un peu, mais il rend tout ça très naturel.

— Salut Billy. Comment tu vas ?

— Pas mal. Mais je passe une soirée tranquille, surtout après celle de samedi dernier, il fait dans un demi-rire avant de se tourner vers moi. Les Hibs ont perdu, Andy Ritchie s'en est mangé deux de Morton. Les Hearts ont fait que de la merde aussi, il paraît. T'es allé à leur match ?

— Nan… besoin de me détendre, comme toi. Peut-être que j'irai à la patinoire dans la semaine.

— Ouais, super, passe me chercher.

— D'accord. À plus tard, Billy.

— À plus, Carl. À plus Sabrina.

Et il s'éloigne en me laissant avec une pensée : putain, mais de quoi je m'inquiétais ? Fais pas le con, Ewart, espèce de débile. Billy est cool, ça me colle la honte. Je me rends compte à quel point Birrell est un mec génial. Il peut être chiant mais il a un cœur en or, et il est toujours gentil avec les gens qui l'emmerdent pas. Le meilleur mec que j'aie jamais connu.

On continue notre chemin.

— Ton copain a l'air sympa.

— Ouais, Billy est génial. Le meilleur.

— Je savais pas que tu faisais du patin à glace.

— Ouais, de temps en temps, je réponds, gêné.

**211**

J'ai commencé à y aller avec Billy parce que c'est un vrai repaire à minettes. Des petites bourges et tout. Ça fait pas longtemps qu'on y va, mais j'ai compris que c'est son lieu secret de rendez-vous. La patinoire, c'est notre secret à nous deux, on dit rien à Terry parce qu'il nous foutrait la honte et prendrait le contrôle. J'ai une idée derrière la tête : une fois que j'aurai niqué une gentille nana de la patinoire, j'y emmènerai Gally et l'initierai, ce petit puceau nerveux !

J'aimerais bien que ça arrive vite.

Enfin, sur la glace, je suis une vraie bouse. Je passe la plupart du temps sur le cul et je finis trempé. Ce con de sportif de Birrell, lui, il assure, évidemment, et ça impressionne drôlement les filles. Il y va détendu, très cool, et il se prend des rencards pour le Clouds ou le Buster's.

J'ai peur que Sabrina me prenne pour un minable parce que j'habite dans la cité. Mais bon, un appart à Dalry, c'est pas non plus le comble de la bourgeoisie. Je parle musique, la regarde droit dans les yeux pour pas qu'elle voie les graffitis au mur. Après, ça ira mieux, quand elle entrera dans l'appart, elle verra qu'on est pas des clochards. Mais y a un truc que je peux pas cacher, c'est l'odeur de pisse dans l'escalier. Ces enculés à l'étage du dessus, les Barclay, ils laissent sortir leur chien tout seul, il dévale les marches pour aller faire son affaire dans le terrain vague. Sauf que, quand la porte est fermée, il pisse et chie dans le couloir. Arrivés devant chez moi, je me souviens que ma clé est accrochée à une cordelette autour de mon cou, comme un gamin, et j'ai tellement honte quand il me faut la sortir, que j'ai du mal à l'insérer dans la serrure.

Vraiment pas cool.

Si j'arrive pas à foutre ma clé dans un trou de serrure, comment est-ce que je vais… putain, nan.

Bref, ça va mieux une fois entrés dans l'appart. Je mets l'album de Cockney Rebel. Sabrina est fascinée par la collection de disques de mon vieux, elle en a jamais vu autant. Plus de huit mille.

— La plupart sont à moi, je mens en le regrettant sur-le-champ.

Je lui montre ma guitare et quelques chansons que j'ai écrites. Elle me croit pas vraiment, pour le groupe, mais la guitare l'impressionne.

— Tu me joueras un morceau ?

— Euh, peut-être plus tard, je réponds, inquiet de me taper l'air con devant elle. Mon ampli est foutu, tu te souviens, je t'en ai parlé, j'économise pour m'en racheter un.

On écoute d'autres disques et on s'installe sur le canapé. On s'embrasse un moment et je me rappelle la conversation avec Terry l'autre soir, quand il m'a raconté son numéro de drague avec une nana. Alors je lui demande si elle a déjà fait l'amour, genre, jusqu'au bout. Elle répond pas, elle reste totalement muette.

— Enfin, genre, c'est juste si t'as envie de le faire, ça serait super. Genre, avec moi. Genre, maintenant. Genre, je dis juste ça comme ça.

J'essaie de m'interrompre avant de conclure par merde, merde, merde.

Elle lève les yeux, m'adresse un hochement de tête timide et un sourire.

— Il faut qu'on enlève nos vêtements, alors.

Putain de merde. J'ai failli en chier dans mon froc. Elle se lève et se déshabille, naturellement, comme si c'était le truc le plus normal au monde ! J'imagine que ça l'est, d'ailleurs, et je me demande si elle l'a fait souvent, si c'est une pute pleine de maladies, et si ma bite va pas se retrouver couverte de pus pour s'effriter lentement si je m'approche trop près de Sabrina.

Et puis merde. Je préfère mourir d'une bléno que de crever puceau.

Je serre les dents, tire les rideaux d'une main tremblante. Mon cœur bat la chamade et j'arrive pas à me désaper. J'ai l'impression que je m'arrêterai jamais de trembloter.

On est à poil, et elle ressemble pas du tout aux nanas des magazines ou de la téloche. Ses seins sont jolis, mais sa peau est tellement blanche qu'elle semble froide comme une glace à la vanille. C'est marrant, on s'attend à ce que les filles soient bronzées, comme dans les magazines de branlette. Enfin, bon, je dois pas non plus lui faire penser à Robert Redford. Il faut que j'agisse, je la prends dans mes bras et je suis surpris de la chaleur qu'elle dégage. Je ne tremble plus. Je pensais jamais pouvoir avoir une érection, le moment venu, mais ma bite est au garde-à-vous.

Ses yeux sont braqués sur ma queue, elle semble fascinée. Et moi qui croyais être le seul !

— Je peux la toucher ?

J'acquiesce. Elle la tire doucement, et je frissonne à son contact, personne ne m'a jamais touché la bite avant, puis je me détends, je me sens à la fois nerveux et emballé. Je regarde Sabrina, et j'imagine que je devrais être en train de penser, sale cochonne, mais non, j'aime la façon dont elle l'admire. J'aime trop ça, même, et j'ai pas envie de décharger sur elle, je veux entrer en elle, je veux baiser.

Je recule d'un pas, avance de deux, je l'attire contre moi, la serre, ma queue collée contre sa cuisse.

— Allonge-toi, je chuchote, mal assuré.

— On peut pas s'amuser un peu avant ?

— Euh, nan, allez, on le fait, allonge-toi…

Elle est comme toutes les nanas, trop d'Hollywood, elle veut que ça se passe comme dans les films ou les magazines. Ça va, quand tu sais ce que tu fais, mais si je baise pas maintenant…

Sabrina me lance un sourire déçu mais s'allonge sur le canapé et écarte lentement les jambes. Je halète, sa chatte soyeuse est magnifique. Je sors la capote de ma poche, et la déroule sur ma queue. Je suis soulagé d'y arriver sans maladresse gênante. Je suis entre ses cuisses, sur elle, et je sens ses hanches contre les miennes. J'essaie d'atteindre son trou mais je frotte juste mon gland contre ses poils et ses lèvres, et je le trouve pas. Je débande. On s'embrasse et je me raidis à nouveau, je caresse ses seins, joue avec ses tétons entre mon pouce et mon index. Ni trop fort, ni trop doucement, comme me l'a expliqué Terry devant le fish and chips, un jour. Mais je suis l'expert des nichons, j'ai déjà peloté des tas de nichons, tous les nichons que je voulais. C'est un *trou*, que je veux.

Un trou, tout un trou, rien qu'un trou.

J'essaie à nouveau d'entrer, mais nan, je frotte à nouveau ses lèvres en espérant pouvoir m'introduire dans un grand trou moite, mais y a rien.

Y a *pas* de trou!

Je panique... est-ce qu'elle est un mec, un de ces transsexuels, ceux qui se la font couper?.... mais non, elle m'attrape la main et la pose en bas, sur sa touffe.

— Joue avec moi un moment.

Mais de quoi elle parle, putain? Jouer avec elle? On joue au docteur, là... Elle préfère jouer aux Japonais et aux commandos ricains, ou quoi?

Bref, je la touche, je passe mes doigts le long de sa fente sèche et tente de trouver le soi-disant trou. Et voilà! Je le sens, bien plus bas que je croyais, presque au niveau du trou du cul, putain! Et c'est minuscule, ma bite y rentrera jamais! J'y colle un doigt, j'essaie d'élargir l'orifice mais elle s'enroule autour de moi, comme si sa chatte était une bouche, et elle se raidit sous ma main.

— Plus haut. Fais ça, mais plus haut.

Putain, mais de quoi elle parle, celle-là? Plus haut? Comment c'est censé ouvrir le trou? C'est horrible, putain. J'aurais dû faire des économies et aller voir une pute à Leith ou dans le quartier de New Town. Ma bite est toujours raide, collée contre sa cuisse. Je l'embrasse, caresse toujours son trou et pense à toutes les autres nanas de l'école qui m'excitent, et puis je me dis qu'il y a peut-être un autre trou plus haut, que je l'aurais loupé! Peut-être qu'elle parle de ça! Alors je fais comme elle dit, je pose le doigt plus haut mais putain, si y a un trou, je le trouve pas. On dirait plutôt un bouton de chair, et je le chatouille. Elle se détend, et puis tout à coup, elle s'agite et grogne...

C'est génial, elle est vraiment excitée! Elle me mord l'épaule. Et elle me fait :

— Vas-y... viens maintenant...

Je me dis, putain, je suis un amant royal, une putain de sex-machine, mais ma pauvre chérie, j'arriverai jamais à entrer dans ton trou, il est bien trop petit. Peut-être qu'un gars comme Gally pourrait, lui... mais nan elle me chope par le poignet et porte ma main à sa chatte qui s'est complètement transformée! Elle est humide et ouverte, et mon doigt s'y glisse facilement. Une odeur s'en dégage, et j'imagine que c'est son sperme, ou son jus de nana, je sais pas comment ça s'appelle. Ça y est, j'ai pigé! C'est le bouton du haut qui *ouvre* le trou. Et tu enfiles ta bite dans le trou! Simple comme bonjour!

FALLAIT ME LE DIRE DÈS LE DÉPART, PUTAIN!!!

J'enfonce ma queue en elle, petit à petit. Je suis plus franchement pressé, maintenant que je connais le truc. Et puis je bouge en elle, dedans, dehors, de bas en haut, et j'ai un putain de brouillard rouge derrière les yeux, et je m'envole au-dessus de Tynecastle, j'ai des spasmes et ça dure environ cinq secondes avant que je lâche ma purée, et c'est vraiment trop génial.

Bon, non, c'est pas si bien, mais putain, quel soulagement! Trop génial!

Gally, tous ces cons, tous ces putains de puceaux à l'école. Ha! Ha!

Non, pas Gally. Pauvre Gally.

Putain, c'est trop génial! À quinze ans! Encore mineur! Juice Terry? C'est forcément 90 % de conneries, avec ce connard. Il se la raconte à mort!

Imaginez rester puceau. Enfin, les gars comme Billy et moi, on connaît la chanson.

— C'était super, je lui dis.

Elle me serre comme si j'étais un petit bébé mais je suis pas à l'aise, j'ai la bougeotte et tout. J'ai envie d'écrire au pauvre Gally en taule. Mais qu'est-ce que je lui dirais : déprime pas trop, petit mec, moi et les gars, on nique tout ce qui bouge et c'est trop bien!

J'ai qu'une idée en tête, me rhabiller et raccompagner Sabrina chez elle. Elle semble grosse, tout à coup, et son visage a pris une drôle d'expression. J'arrive pas à croire que je viens de la sauter.

— Tu l'avais déjà fait avant? elle me demande tandis que je remets mon caleçon et mon fute.

— Ouais, plein de fois, je lui réponds comme si je la prenais pour une débile. Et toi?

— Nan, c'était ma première fois…

Elle se lève. Il y a un peu de sang. C'est sûrement à cause de la grosseur de ma queue, j'ai dû lui faire mal. Elle regarde la tache.

— Ben voilà, je suis plus vierge, elle fait d'une voix enjouée.

Je baisse les yeux vers ma bite. Je vois pas de sang sur la capote, ou peut-être quelques gouttes, mais c'est pas rouge, c'est comme si je l'avais trempé dans de l'huile de friture.

Sabrina se resape.

— T'es gentil, Carl. T'as été très gentil avec moi. Tous les garçons, à l'école, ils veulent qu'un seul truc, mais toi, tu es adorable.

Elle s'approche et me prend dans ses bras. Je me sens bizarre et je sais pas trop quoi dire.

Elle va se laver dans la salle de bains. Je me sens bien et mal à la fois, j'aimerais être différent, mais pas tant que ça non plus. On ne sait jamais, jamais comment se comporter au mieux. Ça serait génial, la baise, si c'était comme dans les films : pas de tension, de bêtises, de gêne, d'odeurs bizarres, de trucs gluants, on se conduirait normalement, on saurait exactement ce qu'on veut, mais j'imagine qu'il faut faire au mieux avec ce qu'on a. Peut-être que ça s'améliore au fur et à mesure.

Je me suis rhabillé. Je détaille mon visage dans le miroir au-dessus de la cheminée. Je suis comme avant, mais en plus dur. On dirait que mes poils sont plus drus, fini ce duvet ridicule sur mon menton, ils sont devenus complètement blonds, la blancheur laiteuse a disparu. Je regarde mes yeux et j'y décèle quelque chose, quelque chose d'inexplicable, un truc que j'avais jamais vu. Il paraît que ça arrive toujours après ta première fois. Ouais, je ressemble plus à un homme qu'à un petit con.

Je l'ai fait, je l'ai fait, je l'ai fait!

Maintenant, il faut que je fasse sortir Sabrina avant que mes parents rentrent. Elle est sympa mais je veux pas qu'on s'imagine qu'on sort ensemble. À dire vrai, j'aimerais bien être comme Terry, avoir un tas de filles en même temps. Ne pas avoir d'attaches, hein. Terry m'a dit un jour qu'une nana, c'est comme une pinte : une seule, c'est pas très utile. Je l'accompagne jusqu'à l'arrêt de bus, elle s'accroche à mon bras, et une partie de mon cerveau me dit que c'est important pour elle, mais j'ai vraiment hâte de voir arriver son bus et qu'elle parte, pour que je puisse réfléchir tranquillement.

Un bus s'arrête sur le trottoir d'en face, et putain, mon père et ma mère en sortent. Je me détourne mais j'entends la voix ivre de ma mère qui hurle :

— Carl !

Je fais un signe timide de la main et Sabrina me demande :

— Qui c'est ?

— Euh, c'est mes parents.

— Ta mère est jolie, j'aime bien son look.

J'en reste comme un con : comment est-ce que ta propre mère peut être jolie ? Je réponds rien. Mais je regarde de l'autre côté de la rue et, putain... putain... ils se ramènent vers nous et ils vont tout gâcher...

– Salut, fait ma mère à l'attention de Sabrina. Moi, c'est Maria, je suis la mère de Carl.

— Sabrina, elle lui répond, intimidée.

— Très joli nom, lui dit ma mère en lui adressant un sourire presque aimant.

— Moi, c'est Duncan, Sabrina, et je sais que c'est dur à croire quand tu vois un bel homme comme moi, mais je suis son père.

Il lui serre la main et il remarque que j'ai rougi.

— On va au fish and chips pour manger des frites. Vous voulez qu'on vous en rapporte ?

— Euh, Sabrina doit rentrer chez elle. On attend son bus.

— OK, on va pas continuer à vous coller la honte.

Ils nous disent au revoir et continuent leur chemin.

J'entends le rire haut perché et ivre de ma mère alors qu'ils tournent au coin de la rue, et mon père qui chante le refrain de *Suspicious Minds*.

— *We can't go on this way-hey-hey… with suspi-sho-hos-ma-hainds…*

— Chuuut, Duncan, lui fait ma mère.

Ces vieux cons m'ont foutu une de ces hontes, je m'apprête à présenter mes excuses à Sabrina quand elle se tourne vers moi et me dit d'un air sincère :

— Ton père et ta mère, ils sont géniaux. Si seulement les miens pouvaient être comme eux.

— Ouais…

— Enfin, les miens sont sympas, mais ils sortent jamais.

Son bus arrive. Je l'embrasse et lui promets qu'on se reverra dans la semaine. Et ça sera peut-être le cas, mais on sait jamais qui on risque de rencontrer par hasard.

Putain, la vie est belle !

Je repars chez moi en sautillant, tout excité et nerveux, et puis je me dis, c'est les gamins qui font ça, alors je ralentis et je me la joue cool. On peut pas se permettre de sauter partout comme un gosse dans une cour de récré. J'ai presque seize ans, quoi. Les autres croiront jamais que j'ai niqué si je me la joue pas cool, parce que c'est le meilleur, dans l'histoire : dire à personne que t'as réussi, mais t'assurer qu'ils le devinent, devenir l'autorité discrète en la matière. Parce que l'acte sexuel en lui-même, c'est carrément has been. On voit les couples dans tous ces bouquins de cul, qui essaient des positions différentes. Je pige pas en quoi ça les préoccupe tant.

Peut-être que ça s'améliore avec le temps. J'espère. Qu'en pensez-vous, Monsieur Black, pardon, Tête-de-Bite ?

Si c'est la volonté de notre Seigneur, Monsieur Ewart. Bien, à présent j'espère que vous ferez de Sabrina une femme honnête et l'épouserez en une union chrétienne, célébrée par la divine église presbytérienne d'Écosse ?

Bien sûr que non, Tête-de-Bite. À partir d'aujourd'hui, je vais niquer tout ce qui bouge.

Une bruine se met à tomber, alors je me dépêche de rentrer et j'attends que mes parents reviennent avec les frites. J'espère qu'ils en auront pris pour moi, je dirais pas non.

Et voilà, je l'ai fait. Ce qui me hantait depuis une éternité est enfin réglé, mais Gally est parti, et le temps va sembler long jusqu'à sa sortie.

Partie 3

# Années 90 :
# le local de Hitler

# Fenêtres sur les nineties

Maria Ewart glissa un pied hors de sa chaussure pour pétrir la moquette épaisse de ses doigts de pied. Les meubles luxueux de ses amis ressemblaient aux leurs. La maison des Birrell, tout comme celle des Ewart, dégageait un air optimiste de prime de licenciement, l'affirmation d'une confiance, d'une foi ou d'un espoir que quelque chose se produirait, quelque chose qui viendrait sécuriser ce statu quo.

L'élément principal de la pièce, un énorme miroir au cadre doré, surplombait la cheminée et vous renvoyait le salon en pleine figure. Maria le trouvait trop grand : peut-être était-elle encore suffisamment fière pour estimer que les miroirs et la cinquantaine faisaient de piètres compagnons.

Sa rêverie fut interrompue quand Sandra entra dans la pièce pour remplir les verres. Maria s'émerveilla de la manucure parfaite de son amie : on aurait dit des mains d'enfant.

Ils étaient passés prendre un verre et manger ensemble : Duncan et Maria Ewart étaient venus rendre visite à leurs vieux amis, Wullie et Sandra Birrell. Maria se sentait honteuse, mais c'était la première fois qu'elle remettait les pieds dans la cité depuis qu'ils avaient emménagé à Baberton Mains, presque trois ans plus tôt. La plupart des gens sympas avaient fini par quitter les lieux. Et Maria répétait sans cesse que les nouveaux venus n'avaient pas les mêmes sentiments pour le quartier, qu'ils n'en avaient pas l'esprit communautaire, que c'était devenu un vrai dépotoir à cas sociaux, et que ça n'irait pas en s'améliorant.

Ses propos déprimaient Duncan, elle en avait conscience. Tout avait changé, mais les Ewart et les Birrell étaient restés proches. Les deux couples ne s'invitaient pas souvent à manger. Seulement lors d'occasions particulières comme le Nouvel An. Ils avaient plus l'habitude de sortir, de se rencontrer dans des bars, ou au Tartan Club ou au BMC.

Duncan admirait les changements que Wullie avait effectués depuis qu'il avait racheté la maison à la mairie. Les nouvelles portes et fenêtres restaient classiques mais Wullie et Sandra semblaient avoir opté pour un style plus jeune. Les murs aux peintures vernies avaient remplacé le contreplaqué, la fonctionnalité Habitat avait remplacé le teck, et ces changements leur correspondaient étrangement.

Wullie avait tardé à acheter la maison, jusqu'à ce que sa résistance soit passée pour un geste futile et vide de sens. Les loyers ne cessaient d'augmenter, les prix d'achat préférentiels pour les locataires avaient tellement baissé que Wullie, aux dires de tous, se tirait une balle dans le pied. Il avait fini par se lasser d'être stigmatisé par les habitants des vieux immeubles qu'une seule petite rue séparait des logements neufs, et c'est à contrecœur qu'il avait rejoint la foule des rénovateurs-de-portes-et-de-fenêtres de son quartier.

On leur avait fait comprendre qu'il serait mieux pour Sandra et lui de vivre de l'autre côté de la rue, de laisser les vieux appartements à ceux qui voulaient « progresser ». Il avait été ravi de s'obstiner et de tenir tête, mais Sandra l'avait tant harcelé et avait si souvent ajouté sa voix au chœur qu'il était désormais content d'avoir cédé. Depuis le grand plongeon qui lui avait fait placer sa prime de licenciement dans l'achat de la maison et la réfection des fenêtres, elle dormait mieux, sans recours aux médicaments ou à l'alcool. Elle avait meilleure mine. Elle avait pris du poids mais le léger embonpoint de l'âge mûr valait mieux qu'un air débraillé et épuisé. Elle était encore un peu tendue et Wullie en faisait souvent les frais. Billy avait quitté la maison depuis un moment déjà mais Robert vivait toujours avec eux. Ses garçons : elle les avait toujours mis sur un piédestal.

Le cœur gros, Wullie percevait parfois la différence entre son couple et celui de Duncan et Maria. Les regards qu'ils échangeaient encore, la façon dont ils se plaçaient mutuellement au centre de leur existence. Carl était l'invité bien-aimé de leur fête, mais elle restait *leur* fête à eux deux. Wullie, par contre, savait que, dès leur naissance, ses fils l'avaient instantanément remplacé dans le cœur de sa femme.

Wullie Birrell se sentait inutile. Le terme « licenciement » impliquait bien plus que la simple perte d'un travail. Il avait appris à cuisiner pour que Sandra trouve un repas prêt à son retour du travail, un emploi à temps partiel comme aide à domicile. Mais ce n'était pas suffisant. Il s'était retiré dans son propre monde, encouragé par un second achat majeur, son ordinateur, dont il expliquait le fonctionnement avec bonheur à Duncan.

Comme Wullie, Duncan supportait difficilement le désœuvrement d'une vie sans travail, il luttait pour rembourser l'achat de leur petite maison de Baberton Mains. S'il avait choisi une des bonnes et solides bâtisses de la mairie comme l'avaient fait Wullie et Sandra, il aurait pu rester dans le quartier, la retaper. Mais ces logements étaient nuls, on ne pouvait rien en tirer. Sauf qu'il était juste, financièrement. Carl l'aidait, il s'en sortait très bien avec son club et son boulot de DJ. Duncan n'aimait pas accepter l'argent de son fils : il menait sa vie, il avait un appartement en ville. Mais ça lui avait un jour évité l'hypothèque. Enfin quand même, cette musique ! Le problème, c'est que les morceaux qu'il choisissait n'étaient pas de la musique à proprement parler, et ça ne ferait pas long feu, les gens allaient vite redemander les vrais tubes.

Ce n'était pas un boulot convenable, ça ne durerait pas, mais bon, de nos jours, quels étaient les boulots convenables ?

Quelque part, Wullie et Duncan devaient bien admettre qu'ils avaient éprouvé de la joie le jour où le travail leur avait finalement tourné le dos. La vieille usine luttait encore avec une unité de haute technologie et n'employait plus qu'une poignée de gens. Paradoxe de la situation, les conditions de travail avaient empiré et la plupart des vieilles paluches encore en service devaient bien se rendre à l'évidence : on ne rigolait plus. Cette nouvelle organisation dégageait une arrogance et une complaisance telles qu'on se serait cru de retour à l'école.

Dans la cuisine, Maria aidait Sandra à préparer les lasagnes. Les mères échangeaient leurs inquiétudes pour leurs fils. Le monde avait acquis une richesse superficielle qu'elles n'avaient pas connue du temps de leur enfance. Et pourtant, on avait perdu quelque chose en route. C'était devenu un endroit plus cruel, plus dur, dénué de valeurs. Pire, on aurait dit que les jeunes, malgré leur honnêteté naturelle, étaient obligés de payer pour s'offrir un état d'esprit prônant la brutalité et la traîtrise.

Les femmes apportèrent le plat sur la table, puis les bouteilles de vin ; Duncan et Wullie échangèrent un regard et resserrèrent leurs doigts autour de leur cannette rouge de McEwan's Export. Ils s'installèrent pour dîner.

— C'est la seule chose qu'on entend à propos des raves et des clubs : drogue, drogue, drogue.

Maria secoua la tête avec empathie.

Duncan avait déjà entendu ce discours. Le LSD et le cannabis détruisaient soi-disant le monde dans les années 60, et pourtant, eux quatre étaient toujours là. Mais ce n'était pas le LSD qui avait fait fermer les usines, les mines, les chantiers navals. Ce n'était pas lui qui avait détruit des villes entières. La consommation de drogue était un symptôme de la maladie, et non la maladie elle-même. Il n'en avait jamais parlé à Maria, mais Carl l'avait tanné pour qu'il essaie un de ces cachets d'ecstasy, et il avait été bien plus tenté qu'il ne l'avait laissé entendre. Peut-être qu'il en prendrait un, après tout. Ce qui préoccupait plutôt Duncan, c'était la médiocrité de la musique.

— C'est pas de la musique, c'est des conneries. Voler les trucs des autres pour les leur revendre. Du vol, de la musique thatchérienne, voilà ce que c'est. Les enfants de Thatcher, putain, ça n'a pas loupé.

Sandra pensait à Billy. Il ne se droguait pas, mais son tout petit garçon : il frappait des gens en échange d'un salaire. Elle ne voulait pas qu'il devienne boxeur professionnel mais il s'en sortait vraiment bien et devenait célèbre. Son dernier combat avait été diffusé dans *Fight Night* sur STV. Une victoire explosive, avait déclaré le commentateur. Mais elle s'inquiétait. On ne pouvait pas passer son temps à frapper les gens, on finissait toujours par se faire frapper à son tour.

— On s'inquiète même s'ils ne se droguent pas. Regarde Billy et sa boxe : il pourrait se faire tuer, d'une seule droite.

— Mais il est en forme, il ne touche pas à la drogue, répliqua Maria. C'est un exploit, à notre époque.

— Oui, j'imagine. Mais je m'inquiète quand même. Une seule droite.

Elle frissonna et porta sa fourchette à sa bouche.

— Les mères, ça sert à ça, fit Wullie d'un ton enjoué à l'attention de Duncan, pour ne recevoir en retour que le regard glacial de Sandra.

De quoi parlait son mari ? N'avait-il pas vu son idole, Mohammed Ali ? N'avait-il pas vu à quoi la boxe l'avait réduit ?

Maria se redressa sur sa chaise, indignée.

— Ils vont tous à Munich, avec le petit Andrew et... ce Terry Lawson, elle ajouta en baissant les yeux.

— Terry est sympa, fit Duncan. C'est pas un mauvais gars. Il a une nouvelle copine, elle a l'air gentille. Je les ai croisés en ville.

Duncan soutenait toujours Terry. C'est vrai, le garçon était un petit voyou mais il n'avait pas eu la vie facile jusqu'à présent, et il avait bon cœur.

— Je sais pas, répondit Sandra. Ce Terry, il peut vraiment jouer au con.

— Nan, c'est comme notre Robert, argumenta Wullie. Tous ces trucs de foot et de hooligans, c'est un passage obligé de l'adolescence. Le Jubilee Gang. Les Valder Boys. Maintenant, ils se font appeler la Youth Leith Team et les Young Mental Drylaw. Les hooligans. Les *casuals*, ou les *cashies*, comme ils disent maintenant. C'est de l'histoire sociale, ce sont des jeunes garçons qui deviennent adultes.

— C'est bien le problème, justement, il grandit comme ce Lawson ! Il l'admire, cracha Sandra. Il s'est déjà fait arrêter à un match. Je m'en souviens ! Je m'en souviens très bien.

— Ils embarquent n'importe qui, de nos jours, Sandra, assura Duncan tandis que la colère montait dans sa poitrine. C'est comme notre Carl et cette putain de photo... cet imbécile dans le journal, en train de faire le salut nazi. C'est juste des garçons débiles qui se la jouent devant leurs potes. Ils pensent pas à mal. On les a diabolisés dans l'esprit des gens, pour éviter qu'on regarde de trop près ce que fait le gouvernement depuis des années. Le *véritable* hooliganisme. Le hooliganisme des services de santé, le hooliganisme de l'éducation...

Duncan capta les sourcils arqués de Maria et de Sandra, et le rire de Wullie.

— Désolé, les amis, voilà que je m'emporte encore. Mais ce que j'essaie de t'expliquer, Sandra, c'est que ton Rab est un gars génial, et il a la tête bien calée sur les épaules. Il est trop malin pour se laisser embarquer dans un mauvais plan.

— C'est vrai, Sandra, écoute donc Duncan, implora Wullie.

Sandra ne voulait rien entendre. Elle posa sa fourchette.

— J'ai un garçon qui tabasse les gens sur un ring pour gagner sa vie, et l'autre qui les tabasse dans la rue pour s'amuser ! Qu'est-ce qui tourne pas rond chez vous, les hommes ?

Elle renifla et se leva, les larmes aux yeux, et se précipita dans la cuisine, suivie de Maria qui se retourna en pointant un index accusateur à Duncan :

— Et ton fils qui joue les chemises noires! D'accord, Terry a eu une enfance difficile. Mais Yvonne aussi, et elle a pas mal tourné. Et la petite Sheena Galloway non plus, elle a jamais fait de taule, elle s'est jamais explosé la tête comme son frère!

Maria emboîta le pas de Sandra.

Wullie et Duncan levèrent les yeux au plafond.

— Un à zéro pour les filles, Wull, fit Duncan d'un ton sarcastique.

— Fais pas attention à Sandra, s'excusa Wullie. Elle est toujours comme ça après un combat de Billy. Enfin, ça m'inquiète aussi, mais il sait ce qu'il fait.

— Ouais, c'est pareil avec Maria. Elle a lu toutes ces conneries à propos de Carl, dans un magazine de musique, qui racontait toutes les drogues qu'il prenait. Il m'a dit que c'était un ramassis de merde, que c'était juste pour faire de la pub parce que c'est ce que la presse veut publier. Avant, il rentrait dans un état lamentable, jusqu'à ce qu'il se lance dans ces raves et ces cachets chimiques. Maintenant, il a l'air en super forme. Je l'ai vu certains matins, alors qu'il venait de passer une nuit blanche, sans aucune trace de gueule de bois. Si c'est en train de le tuer, eh ben c'est sacrément réussi, c'est moi qui te le dis, fit Duncan en hochant la tête, le regard perdu dans le vague. Mais tu sais quoi, Wullie, j'aurais pu le tuer de *mes* mains, après cette histoire du salut hitlérien dans le *Record*. Enfin quoi, mon père qui vit dans l'Ayrshire, Wullie, il a perdu la moitié de sa putain de jambe en se battant contre ces salopards… Ouais, je suis allé le voir là-bas, il a rien dit mais je savais qu'il avait vu la photo. Mon vieux père, la déception sur son visage. Ça t'aurait brisé le cœur, ajouta Duncan, au bord des larmes. Enfin, bref, il se reprit avec un rire en montrant la porte de la cuisine. Laissons-les chialer un bon coup. T'as enregistré le match de Billy?

— Ouais, répondit Wullie en attrapant la télécommande. Regarde-moi ça…

L'image apparut à l'écran : Billy Birrell, le visage empreint d'une expression d'intense concentration, les yeux rivés sur Bobby Archer de Coventry. Au son de cloche, il s'arracha de son coin du ring.

# Billy Birrell

## Les collines

Je m'envole, même si j'ai le vent de face. Mais je l'affronte au pas de course, je gravis la colline, toujours maîtriser la pente, tenir la distance, comme dit Ronnie, comme dirait toujours Ronnie. *On* gravit la colline. *On* tient la distance. *On* améliore son endurance. Toujours on. Terrible. Et sur le ring aussi, *On* peut frapper plus fort que ce mec. Ses droites ne doivent pas *nous* inquiéter. Mais j'ai jamais vu Ronnie se prendre une droite sur le ring après la cloche, ou sans casque.

Nan, désolé Ron, on est toujours seul sur le ring.

La pente se raidit, j'aperçois le sommet et tous les obstacles sur mon chemin. Presque tous. Morgan approche mais je le regarde même pas, je le traverse, et on sait tous les deux que ça se passera comme ça. Comme Bobby Archer, étendu sur le bas-côté derrière moi. Ils ne sont que des bornes qui balisent la route jusqu'au combat contre Cliff Cook. J'arrive, mon Cookie, et tu vas t'en prendre plein la gueule.

Le bon vieux Cookie, la crème de Custom House. Je l'aime bien, au fond, bien plus que je ne devrais. Mais une fois sur le ring, on s'appréciera moins. Le gagnant pourra boire et parler du combat. Ce qui est certain, c'est qu'on ne s'adressera plus la parole après, à part pour échanger des insultes et des menaces.

Nan, on se reparlera. Ça s'arrangera. Ç'avait été le cas la dernière fois, quand je l'avais battu en amateur. Je suis passé pro un peu tard, mais pas trop tard, Cookie. Je t'éclaterai encore.

La pente se raidit encore, je le sens dans mes mollets, Ronnie a un truc avec les mollets, les jambes, les pieds. « Le meilleur coup ne vient pas du cœur, il vient de tes cors », c'est ce qu'il me répète sans arrêt, ça doit venir d'en bas, te traverser le corps, le bras, monter jusque dans la main, droit dans le menton.

Il m'a fait bosser un tas de combinaisons. Il pense que je me repose trop sur ma droite surpuissante pour les foutre par terre. Mais je la trouve efficace, faut quand même l'avouer.

Ma défense l'inquiète aussi : je vais toujours de l'avant, je coupe à travers le ring, j'utilise ma force pour charger, pour les acculer.

Ronnie me dit qu'une fois face à des vrais pros il faudra que je sache reculer aussi. J'acquiesce mais je sais quel boxeur je suis. Quand je commence à reculer, c'est l'heure de remballer. Je serai jamais ce genre de lutteur. Quand mes réflexes s'effriteront et que je commencerai à prendre des coups, j'abandonnerai tout de suite. Parce que le véritable courage, c'est de mettre ton ego de côté et d'arrêter à temps. Ce qu'il y a de plus pitoyable, c'est de voir un vieux boxeur galeux torturé comme un taureau blessé par un jeune gars qu'il aurait mis au tapis dans son sommeil, quelques années plus tôt.

J'arrive au sommet et j'attaque la pente douce jusqu'à la voiture. Je fais attention de pas forcer sur mes muscles dans la descente. Le soleil m'éblouit. Quand le sol s'aplanit, je termine en sprint et m'affale, en plein trip sportif, comme si je venais de gober une ecsta. Je sens mes poumons se remplir d'air froid, et je me dis que si Cookie essayait de faire pareil à Custom House, ou Morgan à Port Talbot, ces connards tiendraient même pas le coup pour monter sur le ring. Et Ronnie m'essuie la sueur du visage, s'affaire autour de moi comme une jeune mère auprès de son premier-né. On monte dans la voiture et on rentre à la salle.

Avec Ronnie, y a toujours beaucoup de silences. Ça me plaît, ça me laisse du temps pour me mettre les idées en place. Je déteste quand les merdes de la vie quotidienne me traversent l'esprit. C'est terrible, ça te sucre toute ton énergie. Les vrais combats, ils se passent dans ta tête, et faut jamais les perdre. Tu peux faire travailler ton cerveau comme tu fais travailler ton corps : t'entraîner à ignorer ou à enterrer les merdes qui t'assaillent chaque jour.

Te focaliser.

Te concentrer.

Jamais les laisser entrer. Jamais.

Bien sûr, tu peux choisir la solution de facilité, te blinder de came et d'alcool comme certains. Ça fait des années qu'ils ont abandonné, ces pauvres losers. Si tu perds ta fierté, tu perds tout.

J'espère que Gally a fait un trait sur cette merde.

Les ecstas, c'est différent, mais personne ne sait ce qu'elles te font, à la longue. Enfin, tout le monde *sait* ce que les clopes et la bière te font à long terme : elles te font crever, mais personne n'est pressé de les interdire. Alors qu'est-ce que les ecstas peuvent faire de plus ? Te tuer une deuxième fois ?

Ronnie n'a pas encore ouvert la bouche. Ça me va.

Le monde est plus beau quand tu en as gobé une, quand tu danses sur la musique de Carl dans son club, même s'il est devenu un peu trop robotique, ou comment il dit, lui, trop techno à mon goût : je préférais quand il tripait sur des morceaux plus mélancoliques. Mais bon, c'est ses morceaux, et il s'en sort bien. On le remarque, on le respecte. Quand on va ensemble dans les magasins, dans les boîtes, on n'est plus deux simples schemies[1], on est N-SIGN le DJ et Business Birrell, le boxeur.

On suscite le même respect que nos pères quand ils étaient ouvriers, quand ils travaillaient à l'usine. Aujourd'hui, les gens comme eux, les travailleurs qui étaient jadis le sel de la terre, on les prend pour des cons.

Ronnie est du même acabit. Viré du chantier naval de Rosyth quelques années plus tôt. La boxe, c'est devenu son univers. Ça l'a peut-être toujours été.

Carl et moi, on nous prend pas pour des cons. Mais pour les ecstas : va falloir qu'on se calme. On en consomme un peu trop, sauf Terry, faut bien lui faire ce compliment vu que personne ne lui en fait jamais. Ouais, le monde est plus beau avec l'ecsta, mais peut-être qu'ils disaient ça au début, les junkies avec leur héro, ou les poivrots avec leur cannette de Tennent's ou leur bouteille de piquette.

Le silence est d'or, pas vrai, Ronnie ?

Mais ce silence est différent de ses silences habituels. Il a quelque chose en tête, et je sais ce que c'est. Je me tourne vers lui, ses cheveux argentés, son visage : rouge, comme celui d'un alcoolo. Le marrant de l'histoire, c'est que Ronnie touche jamais un verre d'alcool, c'est juste à cause d'une hypertension artérielle. Pas de bol. L'hypertension, on a du mal à l'imaginer, parce que Ronnie est un homme de peu de mots. Ça doit se passer à l'intérieur. Peut-être que je serai pareil, il paraît qu'on se ressemble, qu'on nous prend souvent pour père et fils. J'aime pas entendre ce genre de trucs, Ronnie est pas mon père, il le sera jamais. Mais quand j'y pense : je cours quinze kilomètres par jour, et Juice Terry sera en meilleure forme que moi dans quelques années. Pas de bol. Mais on s'en fout, de ces conneries. Terrible.

Et voilà que Ronnie parle ! Je sais exactement ce qu'il va me sortir.

---

1. Terme spécifique d'Édimbourg, zonard, habitant des *housing-schemes* (équivalent immobilier et social des « cités » françaises).

— J'aimerais bien que tu réfléchisses à cette histoire de vacances, Billy. Il faut qu'on sache faire des sacrifices, mon garçon.

Encore ce ON.

— Tout est déjà réservé.

— Enfin, quoi… Il faut vraiment qu'on reste en forme. Morgan est pas con. Il est endurant et courageux. Il me fait penser à Bobby Archer. Il était motivé.

Bobby Archer de Coventry. Mon dernier combat. Il était motivé, mais je l'ai mis à terre en trois rounds. C'est bien d'être motivé, mais ça aide que si tu sais te battre un minimum, et si t'as pas une mâchoire en cristal d'Édimbourg.

Dès que j'ai réussi à placer ma droite, j'ai tourné les talons et je suis retourné dans mon coin. Business réglé.

— Tout est déjà réservé, je lui répète. On part deux semaines.

Ronnie prend un virage serré et la voiture tressaute sur la route pavée qui mène au club, installé dans un bâtiment victorien qui ressemble à une cabane à chiottes de l'extérieur. À l'intérieur, c'est plus comme une salle de torture, quand Ronnie te met la pression.

Il se gare mais ne fait pas mine de sortir. Quand je fais un geste vers la portière, il m'attrape le poignet.

— Il faut qu'on reste en forme, Billy, et je vois pas comment ça va être possible si tu vas à cette fête de la Bière en Allemagne pendant deux semaines avec cette bande de branleurs que t'appelles tes potes.

Il me casse la tête.

— Tout se passera bien, je lui explique à nouveau. Je continuerai le footing et je trouverai une salle de sport.

Ça fait une semaine qu'on ressasse les mêmes conneries.

— Et ta copine? Qu'est-ce qu'elle en dit?

Pour un gars qui parle pas beaucoup, Ronnie sait très bien dépasser les limites de l'acceptable. Qu'est-ce qu'elle en dit, Anthea? Pareil que Ronnie. Pas grand-chose.

— C'est moi que ça regarde. Mais laisse-moi te dire un truc, tu parles comme une gamine. Laisse tomber.

Ronnie fronce les sourcils puis se la joue pensif et fixe le pare-brise. J'aime pas lui parler sur ce ton, ça nous fait jamais du bien, ni à l'un, ni à l'autre. Mais c'est à toi de prendre tes décisions dans la vie. Les gens peuvent te donner des conseils, d'accord. Mais ils devraient avoir la décence de s'écraser quand tu as fait ton choix, c'est tout.

Alors la ferme.

— Si je t'avais eu entre les mains deux ans plus tôt, tu serais déjà champion d'Europe, et tu serais prêt pour viser encore plus haut, me fait Ronnie.

— Ouais, je le coupe d'un ton froid.

Je tiens pas à me relancer dans ces conneries. C'est un manque de respect pour mes parents. Mon père a voulu que je fasse cet apprentissage, ça lui tenait à cœur. Ma mère refusait que je fasse de la boxe : hors de question, point final. Devenir pro, boxer pour gagner du fric, c'était vraiment dépasser les bornes à ses yeux.

Ronnie, par contre, me tannait pour que je devienne pro, on doit toujours chercher à réaliser ses rêves, il disait. Ce ON, encore. Le truc que Ronnie arrivera jamais à admettre, c'est que c'est mon père, et pas lui, qui m'a convaincu de passer pro. Quand il m'a emmené à Londres au QPR, ce samedi 8 juin 1985. Barry McGuigan contre Eusebio Pedroza.

On y était allés avec mon oncle Andy qui vivait dans le coin, à Staines. Je me souviens de la circulation sur Uxbridge Road, on était montés dans le bus n° 207 qui roulait au pas, et on avait peur de louper le combat. Quand on était arrivés, vingt-six mille Irlandais essayaient d'entrer. C'est Pedroza que je voulais voir, c'était le meilleur. Dix-neuf titres défendus. J'aimais bien McGuigan, il avait l'air d'un gars sympa, mais il n'allait certainement pas battre Le Meilleur.

McGuigan portait le drapeau blanc de la paix parce qu'il était pas branché dans le trip tricolore, ou dans ces merdes de bannière de l'Ulster. Mais à mes yeux, il venait de capituler avant même d'avoir porté son premier coup. Puis un vieillard était monté sur le ring, on avait découvert plus tard que c'était le père de McGuigan, pour chanter *Danny Boy*. La foule avait repris le refrain avec lui, catholiques et protestants de Belfast à l'unisson, et quand j'avais tourné la tête vers mon père, ce fut la première et unique fois que je vis ses yeux embués de larmes. Mon oncle Andy, tout le monde. Quel super moment. Et puis la cloche avait retenti, et je m'étais dit que Pedroza allait gâcher la fête dès le début. Mais un truc incroyable s'était passé. McGuigan avait foncé droit sur lui et ne le lâchait plus. Je pensais qu'il s'épuiserait, à s'agiter comme ça, mais dès le deuxième round, il avait trouvé son rythme et enchaînait les combinaisons. On attendait de voir ce petit homme s'essouffler, mais non, il attaquait son adversaire sans pitié, et il n'y allait pas bille en tête non plus, ses coups venaient du cerveau autant que du cœur, il variait les combinaisons mais gardait une défense efficace et repoussait sans cesse Pedroza. Les longs bras de McGuigan, sa garde étrange : essayer de le toucher à ce moment-là, c'était comme essayer de piquer le ballon à Kenny Dalglish dans la zone de penalty. Pedroza avait été un grand champion, mais je venais de le voir vieillir en une seule soirée, à Loftus Road.

Après le combat, mon oncle Andy avait acheté une bouteille dans un pub pourri ouvert toute la nuit et on s'était installés. On était restés là, sous un arbre du parc de Shepherd Bush, pour profiter de l'ambiance, parler du combat, de cette incroyable soirée dont on avait été témoins.

C'est là que je m'étais dit, après tout, ça me gênerait pas de tâter de ça. Je boxais depuis des années et j'allais voir des matchs de boxe depuis plus longtemps encore. Mais le foot était toujours passé en premier. Même si c'était évident que j'étais meilleur en boxe. Le foot ne m'avait rien apporté : un essai minable pour l'équipe de Dunfermline, une année à Craigroyston dans la ligue de l'Est.

Une vraie perte de temps, enfin, non, parce que ça me plaisait, mais j'en voulais davantage.

Donc à présent, c'est certainement pas les rêves de Ronnie qu'on essaie de réaliser. Et ouais, j'ai peut-être attendu trop longtemps. L'argent, c'est pas mal, mais ce qui compte le plus, c'est le respect. J'aime bien quand les gens m'appellent Business Birrell. Au début, c'était terrible : ça me gênait, mais maintenant, ça me va.

Ça me va comme un gant.

On descend de voiture, on entre dans la salle et je vais me doucher. Quand je ressors avec mes vêtements propres, j'observe Eddie Nicol sur le ring, qui lutte contre un bouffon qu'il mène sans difficulté. Je sais pas trop quoi penser d'Eddie. Excellent travail sur le ring. Ouais, il est doué, très doué, mais on sent en lui une sorte d'hésitation, comme s'il savait pertinemment qu'il allait bientôt rencontrer un gars qui l'exploserait, et que le mec en face de lui en ce moment pourrait justement être son bourreau.

Un homme discute avec Ronnie, vêtu d'un costume d'été en tissu clair et luxueux. Il a le crâne rasé à blanc et porte des lunettes à verres photochromiques. Je m'approche d'eux et me dis que ce costume irait mieux à un honnête homme.

— Business, il fait en tendant la main.

C'est Gillfillan, il est con comme pas permis. C'est l'homme de main de Power, un de nos sponsors, comme Ronnie me le rappelle à longueur de temps. Sa poignée de main est rude, comme celle que vous offrent toujours les vieux débiles de son genre, une sorte de test idiot. Tu leur en parles et ils te répondent «c'est juste une poignée de main», comme pour dire, toi et moi on est des hommes ou je sais pas quelle connerie. Mais ce branleur me serre vraiment fort. De ma main libre, je fais un signe :

— T'as quoi, là, une bague de fiançailles? C'est quoi, ces conneries ?

Il relâche la pression.

— C'est juste une poignée de main, il répond en rigolant.

Je laisse glisser mon bras le long de mon corps.

— Mes mains, elles me servent à bosser. Elles servent pas aux gens à me montrer à quel point ils sont cons, je fais en le regardant droit dans les yeux.

— Calme-toi, Billy, me fait Ronnie.

Gillfillan me colle un léger coup de poing dans l'épaule.

— Non, le calme pas trop, Ronnie, c'est ça qui fait de lui Business Birrell, c'est ça qui fera de lui un champion, pas vrai, Billy ? Te laisse pas emmerder.

J'ai toujours les yeux rivés sur ce naze, bien rivés. Sur la partie noire. Elle se dilate, et ses lèvres tremblent l'espace d'une fraction de seconde.

— Ouais, je suis content qu'on soit d'accord, ça va pas plus loin.

Ma répartie lui plaît pas. Et puis il sourit et me lance un clin d'œil en me montrant du doigt :

— J'espère que tu as réfléchi à ma proposition, Billy. Le Business Bar. Que ça te plaise ou non, ton nom est connu en ville, maintenant. T'es célèbre. Tes combats ont enflammé l'imaginaire local.

— Je pars en vacances la semaine prochaine. On en reparlera à mon retour.

Gillfillan hoche la tête.

— Nan, nan. Je pense qu'on devrait en parler maintenant, Billy. J'ai quelqu'un qui demande à te voir. Ça sera pas long. Rappelle-toi qu'on joue dans le même camp, toi et moi. Allez, dis-lui donc deux mots, Ronnie, tu veux ?

Ronnie acquiesce et Gillfillan s'éloigne vers Eddie Nicol et l'autre mec, toujours en plein combat sur le ring.

Ronnie me chuchote dans un sifflement grave :

— Vaut mieux pas que tu le foutes en rogne, Billy, ça sert à rien.

Je hausse les épaules.

— Peut-être que si, peut-être que non.

— C'est un sponsor, Billy. Ça fait un bout de temps qu'il nous soutient. Et il pèse son poids. Faut jamais mordre la main qui te nourrit.

— Peut-être qu'on a besoin de trouver de nouveaux sponsors.

Les rides d'inquiétude s'accentuent sur le visage de Ronnie. C'est pas facile pour lui.

— Billy, t'as jamais été un petit crétin. J'ai jamais, jamais eu besoin de t'expliquer les choses trois fois.

Je réponds pas. Je sais pas ce qui se trame, mais je sais que je suis censé être au courant.

Ronnie fait une pause : puis, en voyant Gillfillan regarder sa montre, il se rend compte que le temps presse.

— Mets-toi un peu de plomb dans la tête, Billy, il me fait en montrant sa mâchoire. Tu la vois, la cicatrice sur ton menton ?

Chaque putain de matin, ouais. Bien sûr que je la vois.

— Ouais, et ben quoi ?

— Tu t'étais mis dans le pétrin avec un groupe de jeunes gars. La tête de con qui t'a fait ça. Maintenant, il t'emmerde plus. Et tu t'es jamais demandé pourquoi ?

— Parce que je lui ai éclaté la gueule.

Ronnie m'adresse un sourire triste et secoue la tête.

— Tu crois vraiment qu'il a peur de toi, un taré comme lui ?

Doyle. Nan. Tu peux l'éclater autant de fois que tu veux. Il reviendra toujours à la charge, et un jour, il aura un coup de chance.

— Tu crois vraiment que Doyle a peur de toi ? répète Ronnie en prononçant son nom.

— Nan.

Je le pense pas, effectivement, et je m'étais toujours demandé pourquoi il n'y avait jamais eu de représailles.

Ronnie m'agrippe le bras.

— Si Doyle te fait plus chier, c'est qu'il y a une bonne raison. C'est parce qu'il t'associe à des mecs comme Gillfillan et Power.

C'est donc Gillfillan et Power qui ont freiné Doyle. Logique. Je pensais que c'était les potes de Rab, des cashies comme Lexo et sa bande. Mais ils connaissent Doyle, et même que Lexo est de la famille de Marty Gentleman, alors il ne prendrait pas forcément notre parti.

— Tout ce qu'il te demande, Billy, c'est une heure de ton temps, pour discuter d'un projet qui pourrait te rapporter de l'argent. Un truc honnête. C'est pas déraisonnable, si?

La salle de boxe est un vrai investissement passionnel pour Ronnie. Ce genre d'endroits a de plus en plus besoin de sponsors pour rester en activité. Business et sponsors, ça va ensemble.

— D'accord.

Ce que je sais des mecs comme Gillfillan et Power, c'est qu'ils sont comme un Doyle qui aurait fait ses preuves. Des pauvres cons. Et c'est jamais ces cons que tu frappes sur le ring. Ceux qui se retrouvent dans les cordes, c'est ceux que tu arrives à *atteindre* sans que ça te mette dans la merde. Ça soulage la frustration de ne pas pouvoir toucher ceux que tu voudrais éclater pour de bon.

Gillfillan s'approche.

— Bien, Billy, ça va pas prendre longtemps. Je veux juste te montrer un truc et te faire rencontrer des gens. Rendez-vous à George Street dans un quart d'heure. Au numéro 105. Entendu?

— Ouais.

— On se revoit mardi prochain, Ronnie, lui fait Gillfillan en tournant les talons.

Ronnie lui adresse un signe de la main, tout copain-copain. Ça lui ressemble pas et c'est gênant de le voir lécher le cul de ce branleur. Il est conscient que ça me plaît pas trop.

Je vais passer un coup de fil à l'appart, pour voir si Anthea est revenue de sa mission à Londres. Son vrai premier tournage pour un clip de pop. C'est mille fois mieux que de faire la tournée des bars pour refourguer des fringues gratos et des t-shirts de promo, te faire draguer, tripoter et mater par tous les poivrots. Le métier de mannequin, ça peut être sacrément glamour.

Ça répond pas.

J'attends un peu, histoire d'entendre sa voix sur le répondeur : «Anthea et Billy ne sont pas disponibles, laissez un message après le bip et on vous rappellera.»

Je dis au répondeur que je la verrai plus tard, que je dois aller chez ma mère. C'est marrant, mais quand je pense à la maison de ma mère, je la considère toujours comme chez moi. L'appart que je partage avec Anthea dans le complexe de Lothian House avec sa jolie piscine, il est comme elle. Magnifique, agréable à regarder, mais ni l'un ni l'autre ne me semblent permanents.

Je laisse Ronnie et sors de la salle. J'entends un grondement, le ciel noir se déchire et je suis obligé de piquer un sprint jusqu'à la voiture pour ne pas me retrouver trempé.

J'observe ma cicatrice dans le rétroviseur, pile au milieu du menton, presque comme une fossette. Trois centimètres plus haut et je pouvais jouer les Kirk Douglas. À l'époque, je venais tout juste de passer pro, et je m'entraînais dur en vue d'un combat. J'avais fini ma séance à la salle, on avait terminé tard avec Ronnie. J'étais sur le chemin du retour, quand j'avais aperçu Terry dans le West End, arrivant de Putland (c'est comme ça qu'on surnomme Rutland) et que j'avais décidé de descendre du bus.

Il y avait une ambiance étrange dans les rues ce samedi soir, et j'avais fini par comprendre pourquoi. Aberdeen jouait contre les Hibs en ville, deux équipes qui traînaient dans leur sillage les deux plus grosses bandes de casuals du pays. Ils allaient se traquer, sûrement pas tous en même temps, mais par petits groupes pour échapper à la vigilance des flics. J'avais couru vers Terry. Il partait retrouver mon frère Rab et Petit Gally dans un pub de Lothian Road.

Rab et Gally se prenaient pour des cashies. Rab était entré dans la partie par ses potes, il adorait les fringues, les marques et tout ça. Gally était juste un crétin. Entre lui et sa femme,

Gail, c'était terrible. Elle l'avait trompé avec Polmont, entre autres.

Gally et Gail s'étaient battus, et leur petite Jacqueline s'était retrouvée salement amochée pendant la lutte. À l'époque, l'affaire attendait toujours d'être jugée au tribunal, et Jacqueline était encore à l'hosto pour subir une opération de chirurgie réparatrice au visage. Une toute petite gamine, à peine cinq ans. Trop terrible. Gally était allé la voir à l'hôpital malgré l'interdiction juridique. Il l'avait juste regardée mais n'avait pas réussi à lui faire face et était reparti.

Quand Terry et moi étions arrivés au pub, il regorgeait de Hibs. Il y avait des casuals qui essayaient de repérer les gars d'Aberdeen, et d'autres fans, des mecs plus âgés, d'une époque plus sage. Les vieux se contentaient de siroter leurs verres. La plupart d'entre eux se seraient mêlés à la baston si les gars d'Aberdeen avaient fait irruption dans le bar, mais ils venaient de différents quartiers, et ça ne leur serait jamais venu à l'idée d'arpenter les rues à la recherche de supporters bien plus jeunes qu'eux. Ils se remplissaient juste le bide de bière, comme Terry.

Rab, Gally et un pote à lui, Gareth, buvaient leur Beck's au comptoir en compagnie de quelques autres mecs que je ne connaissais pas. C'était plein à craquer. Des gars entraient continuellement pour annoncer qu'on avait repéré Aberdeen sur William Street, ou à Haymarket, ou sur Rose Street, et qu'ils se ramenaient vers le pub. On ressentait une vibration de violence latente.

C'était un mélange explosif. Et c'est là que je les avais aperçus, assis dans un coin reculé de la pièce. Dozo Doyle, Marty Gentleman, Stevie Doyle, Rab Finnegan, et quelques autres vieux cons. Des gangsters de la cité, plutôt que de vrais Hibs. J'avais toujours décelé un peu de jalousie envers les cashies chez les mecs de mon âge ou à peine plus âgés. Tandis que notre génération s'entre-déchirait en ville et dans les cités, les cashies s'étaient unis et avaient pris le contrôle. Doyle et compagnie, ils passaient leur temps à les reluquer, et les vieux comme Finnegan, ils s'en doutaient pas une seconde. Et voilà qu'ils étaient dans ce pub.

Et Polmont était avec eux.

Gally ne les avait pas vus, ils venaient d'entrer. J'espérais qu'ils ne se repéreraient pas mutuellement. On était samedi et tout le monde était remonté à bloc. Mais il avait fini par tourner la tête et les apercevoir. Il était resté un moment à marmonner dans sa barbe. Terry s'en était rendu compte le premier.

— Cherche pas la merde ici, Gally.

Gally était partant, mais il avait écouté Terry. Il était suffisamment dans la merde avec cette histoire de tribunal. On l'avait tiré dans le coin opposé de la pièce, près de la porte, et on s'était installés à une table. Quand je les avais regardés, j'avais vu Doyle encourager Polmont. Je m'étais dit qu'il fallait finir nos verres vite fait, parce que si on déclenchait une baston là-dedans, le pub entier exploserait, et on avait aucun moyen de savoir de quel côté les cartes retomberaient.

Trop tard. Polmont s'était approché, Dozo et Stevie Doyle dans son sillage. Je regardais derrière eux, vers la silhouette massive de Gentleman qui se levait lentement de sa chaise.

Polmont s'était arrêté à quelques pas de Gally.

— J'espère que t'es fier de toi, Galloway. Une gamine, ta propre gamine, à l'hosto à cause de toi ! Si tu t'approches de Gail ou de Jackie encore une fois, t'es mort !

Les articulations de Gally avaient blanchi, crispées autour de sa pinte. Il avait bondi sur ses pieds.

— Toi et moi, dehors.

Polmont avait reculé. Si quelqu'un devait buter Gally, ce serait certainement pas lui. Il était même pas capable d'assumer un duel. Dozo Doyle s'était avancé, m'avait dévisagé, puis Terry.

— Vous traînez encore avec cette petite merde ?

— C'est leur problème, Dozo, c'est ni le nôtre, ni le tien, avait répliqué Terry.

— Et qui c'est qui l'a décrété, hein ? avait répondu Dozo, les yeux rivés sur lui.

Je m'étais levé.

— Moi. Maintenant, casse-toi.

J'avais fait un geste du pouce en direction de la porte.

Dozo s'embarrasse jamais de protocole, faut bien lui reconnaître ça, et il s'était rué sur moi. Une table s'était renversée. Il m'avait atteint au menton d'un coup de poing mais je m'étais ressaisi, et c'était le seul coup que je lui avais laissé placer de la soirée. Je lui avais collé quelques droites qui l'avaient envoyé sur le cul, et j'avais enchaîné de plusieurs coups de pompe. Terry avait giflé Polmont, qui avait attrapé un verre. Un des potes de Rab, un dénommé Johnny Watson, lui avait alors écrasé une bouteille de Beck's sur le crâne.

Gentleman s'était approché et je lui avais décoché un magnifique gauche qui l'avait fait reculer en chancelant. Lexo et Rab s'étaient interposés, et Dempsey s'était immiscé pour se fritter avec Finnegan. Des cris et des menaces fusaient de tous les côtés. J'avais appris quelque temps plus tard que Dempsey, un des cashies, menait une lutte de longue date contre Finnegan, le bras droit de Doyle, originaire de Sighthill. Dempsey avait compris qu'il ne pouvait pas se permettre de louper une si belle occasion. Vraiment terrible, cette soirée.

Le pub s'était transformé en une baston géante, la plupart des participants étaient déjà bien excités et cherchaient simplement à relâcher un peu de pression. Et il y avait aussi les têtes froides qui ne voyaient là qu'une guerre civile et qui cherchaient à calmer le jeu. Ce qui m'avait frappé, c'était la discipline des meneurs. Ils avaient planifié l'affrontement avec Aberdeen depuis des semaines et ne voulaient pas le voir tomber à l'eau à cause de quelques schemies qui se bastonnaient pour une nana et risquaient d'ameuter les flics.

J'étais bien content que Lexo ait stoppé net la charge de Gentleman. Il avait des mains grandes comme des pelles. Les cris et les coups avaient continué un moment, puis un gars était entré dans le pub pour annoncer qu'Aberdeen marchait sur William Street, sur quoi tout le monde avait évacué le pub et s'était divisé en petits groupes. En sortant, Dempsey s'était arrangé pour se jeter à nouveau sur Finnegan, encore dans les vapes ; il avait été retenu par un casual aux cheveux blancs et par Stevie Doyle. On s'était précipités dans la rue. C'est seulement à ce moment que j'avais remarqué le sang.

— Va te falloir des points de suture, m'avait dit Terry.

— Désolé, Billy, avait fait Gally d'une voix timide, comme un gamin qui s'excuse auprès de son père pour avoir pissé au lit.

Je me souviens d'avoir entendu Stevie Doyle hurler des menaces de mort le long de Lothian Road, et on avait sauté dans un taxi pour aller droit aux urgences. Je n'avais pas compris que Doyle ne m'avait pas collé un coup de poing, mais un coup de couteau. C'était bizarre, j'avais clairement vu sa main. Tous les autres m'affirmaient que non, qu'il tenait bien un couteau à dépecer. Ça m'avait coûté huit points de suture. Heureusement qu'il ne m'avait pas atteint une deuxième fois.

Parce que ma blessure était pile sur le menton, le match contre le mec de Liverpool, Kenny Parnell, avait été reporté. Ç'avait dû coûter un max de thunes à Power et à Gillfillan, et ils avaient forcément demandé à Doyle de les rembourser.

Je crois pas l'avoir recroisé depuis.

C'est terrible, de se garer dans George Street : je suis obligé de faire deux fois le tour avant de repérer une Volvo blanche qui sort d'une place de parking et de m'y coller. Mortel. Y a une trotte jusqu'au numéro 105. Au début, je me dis que Gillfillan s'est foutu de ma gueule parce que je me trouve devant une banque fermée, totalement vide, comme en pleine rénovation. Je pousse la porte et aperçois Gillfillan qui discute avec un vigile. Je vois pas pourquoi ils ont besoin d'assurer la sécurité dans un endroit comme ça.

Il y a un énorme mec assis derrière un bureau. Je le reconnais, je l'ai déjà vu au bord du ring. David Alexander Power, alias Tyrone. Il est immense et ses cheveux se dressent en l'air comme un buisson.

— Qu'est-ce que t'en penses, Billy ? il me demande en admirant la pièce vide. Joli, hein ?

— Si on aime les banques, ouais.

Power se lève et se dirige vers une bouilloire. Il me demande si je veux un café. J'acquiesce et il le prépare. Je l'imaginais pas comme ça. Après avoir vu Gillfillan, je me disais qu'il serait sérieux et coincé comme un gangster. Mais le gros con en face de moi, il est plutôt détendu, joyeux, enthousiaste, comme un vieil oncle qui serait soudain de la partie.

— Tu sais quoi, Billy, d'ici dix ans, cette rue sera méconnaissable. Tous ces bâtiments retapés du West End, jusqu'à ce quartier qu'on appelait Tollcross, tu sais ce que ça deviendra ?

— Des bureaux, je parie.

Power sourit et me tend mon café dans un mug du Hibernian.

— Exact, et même mieux. Ça sera le nouveau centre financier d'Édimbourg. Alors, qu'est-ce qui arrive aux vieux immeubles ?

Je réponds pas.

— Ils changent. Ils deviennent des lieux de divertissement. Pas comme Rose Street, avec ces pubs clinquants pour touristes ou ces boîtes pour banlieusards qui aiment faire la tournée des bars. Nan, tous ces gars qui vont aux raves, d'ici dix ans, ils seront accros à leur petit confort.

Je pense à tous les jeunes qui dansent dans les champs et dans les hangars moites.

— Je les vois pas trop comme ça, moi.

— Oh, mais ça viendra. Ça nous arrive à tous, un jour ou l'autre. Et George Street sera leur repaire. Tu auras le West End pour la viande, et l'East End, cool et sympa avec ses boîtes. Ce qu'il nous faut, c'est un entre-deux.

Il s'interrompt pour écarter les bras :

— George Street. Une rue de bars agréables pour traîner avant d'aller en discothèque, dans ces anciennes banques au style rétro. Suffisamment chic pour attirer une clientèle classe, suffisamment grand pour devenir autre chose, une fois que les lois sur les licences auront évolué avec le temps. Et quoi de plus classe et de plus grand que le Business Bar, il déclare en regardant autour de lui et en se tapotant le ventre. Mais c'est l'heure. Qu'est-ce que tu dis de continuer notre petite conversation devant un bon déjeuner ?

— Pourquoi pas, je réponds en lui rendant son sourire.

Nous voilà installés dans l'Oyster Bar : Power, Gillfillan et moi. Je me contente d'une eau minérale mais Power a fait péter une bouteille de Bollinger. C'est la première fois que je mange des huîtres et ça vaut pas grand-chose. Ça doit se voir.

— On apprend à les aimer, Billy, me fait Power dans un sourire.

Gillfillan n'ouvre pas la bouche. Power est visiblement aux commandes. Contrairement à Gillfillan, il ne joue pas les gangsters, ce qui veut dire qu'il est déjà suffisamment connu pour ne pas avoir à s'emmerder avec ça.

Je décide de jouer franc-jeu, histoire de voir comment il réagira quand on arrêtera de tourner autour du pot. Je montre ma cicatrice :

— Pour ce truc, là, vous en avez fait baver à Doyle, hein ?

Power plisse le nez et semble légèrement irrité pour la première fois, comme si j'avais violé un protocole en étant si direct. Et puis il éclate de rire :

— Les schemies, hein, qu'est-ce qu'on ferait sans eux ?

— Je viens de là-bas, moi aussi.

Power se fend d'un énorme sourire mais je l'aperçois dans ses yeux, cet éclair, pas de dureté ou de cruauté, mais cet *endroit* où il peut se retirer à l'aise quand il en a besoin. Un endroit que peu de gens savent atteindre.

— Moi aussi, Billy, moi aussi. Et la *vraie* cité, pas un de ces quartiers merdiques comme Stenhouse qui grouillent de Jambos, il fait en rigolant et, pour être honnête, je me marre aussi un peu. Il faut que je précise ma pensée : je ne parle pas des schemies en général, mais de la *mentalité* schemie. Regarde Doyle : j'ai bien connu son père. Il était exactement pareil. Ils seraient dangereux si leur ambition dépassait le cadre de la cité. Mais ils ne connaissent que ça : ils s'y sentent en sécurité. Doyle se satisfait de faire la loi dans son clapier, de s'acheter une baraque de la mairie, récolter son chèque de chômage, se bidouiller des rentes mensuelles : usurier, dealer de poudre et de cachetons. Très bien. Laissons-le mener ses affaires. C'est quand ces connards deviennent ambitieux qu'il faut s'inquiéter.

Ça me fait sourire. Power est un sacré malin, c'est les Doyle tout craché.

— Et dans ces cas-là, vous faites quoi ?

— S'ils sont cons, je les engueule. S'ils sont pas cons, je me les mets dans la poche. T'es plus fort quand tu t'entoures de gens forts, il m'explique en jetant un œil à Gillfillan. Mais fort, ça veut pas dire musclé. Les muscles, ça s'achète. C'est ça, il fait en se tapotant le crâne, qui compte véritablement.

J'ai la tête qui tourne quand je prends congé et que je retourne à la voiture. Je pensais que je détesterais Power, que je le classerais dans la catégorie «branleurs» comme Gillfillan. Mais nan. Je me suis surpris à l'apprécier, à le respecter, à l'admirer, même. Et c'est terrible : à cause de ça, et pour la première fois depuis une éternité, j'ai peur.

**249**


## Souvenirs d'Italia

Je pars pour une virée en voiture, histoire de me vider l'esprit. Je m'insère sur la voie rapide vers Musselburgh et m'arrête au Luca's pour prendre un café. La nourriture de l'Oyster Bar me pèse sur l'estomac, Ronnie n'aurait pas été content mais bon, c'était son idée après tout. Je galère avec la bouffe : plus je mange, plus j'ai faim. Même au Lucas, je suis tenté de prendre une glace, mon vieux m'amenait souvent ici manger des glaces quand j'étais petit. Un goût comme ça, ça s'oublie jamais. Enfin, nan, ça n'aura forcément pas le même goût. La glace, si, mais mes papilles gustatives auront changé. Tout change.

Moi, avec mon propre bar, mon propre business. Sympa, comme idée. C'est la seule manière de gagner de l'argent, d'avoir ta propre affaire, d'acheter et de vendre. Et avoir du fric, c'est susciter le respect. Ça peut sembler désespérant, mais ainsi va notre monde. On entend souvent des gars comme Kinnock du Parti Travailliste qui te font l'éloge des docteurs, des infirmières, des profs, des gens qui s'occupent des malades, qui éduquent les enfants, et tout le monde acquiesce en souriant et en se disant, moi je ferais jamais ce genre de boulot, je veux juste le fric. C'est chiant mais on peut rien y faire. Tu t'efforces de bien agir envers tes proches, et les autres peuvent tous aller se faire foutre, voilà comment ça se passe.

J'avale mon café et retourne à la voiture.

En chemin, je remarque une silhouette familière qui marche sous la pluie. Je reconnaîtrais cette démarche entre mille, ces épaules voûtées, ce balancement des bras, cette tête qui s'agite de droite à gauche, suspecte, mais plus que tout, cette tignasse frisée qui vole au vent.

Comme un coq aux piles usagées.

Je longe le trottoir derrière cette tête de gland et m'approche doucement.

— TERENCE LAWSON ! POLICE DE LOTHIAN ! je hurle tandis que ce con se retourne au ralenti et essaie de se la jouer cool, mais je sais qu'il se chie dessus.

— Va te faire foutre, Birrell, il répond quand il se rend compte que c'est moi.

— On est un peu hors de son territoire, n'est-ce pas, Monsieur Lawson ?

— Euh, je suis venu voir une nana qui vit dans le coin…

N'importe quoi. Voir une nana, pour Terry, d'accord, c'est crédible, mais pas ici, à Grange. Mis à part lors de notre voyage en Italie, où il a pu découvrir comment baisait l'équipe adverse, il n'est jamais sorti avec une nana dont la mère n'ait pas systématiquement reçu ses quittances de loyer de la mairie d'Édimbourg.

— Essaie pas de m'entuber, Lawson. Tu fais des repérages de maisons. Terrible, mec.

— Va chier, Billy, il me fait dans un rire.

— Ah, c'est comme ça ? Alors, tu vas sûrement pas vouloir que je te raccompagne en ville, hein ?

Ça m'étonnerait bien. Il pleut comme vache qui pisse, et Terry s'installe sur le siège passager. Sa veste en lin blanc est trempée aux épaules. Il se frotte les mains.

— OK, mon bon Birrell. Notre cité bien-aimée, celle que nous connaissons si bien et aimons si tendrement, faut que j'y retrouve un mec. Pronto.

On reparle d'Italia 90. Je me souviens quand on s'était retrouvés sur les marches du Vatican. Terry avait observé la place Saint-Pierre et avait entonné : Pas de pape à Rome, pas de chapelle pour attrister mon regard…

Et les services de sécurité du Vatican avaient déboulé, avaient embarqué ce crétin, et Bibi ici présent avait dû tout arranger. Trop terrible.

— T'es censé être un Hibs, je lui avais dit.

— Ouais, mais il faut se foutre de leur gueule, à ces cons. C'est les plus grands raquetteurs du monde.

Je me souviens qu'il avait acheté un cendrier en verre, en forme de crucifix. J'avais trouvé ça de mauvais goût et avais choisi la reproduction du Colisée.

Ouais, une bonne rigolade à Rome. Terry avait fixé ses objectifs dès le départ. Je lui avais proposé :

— On pourrait retrouver les mecs qu'on a rencontrés dans l'avion, ceux de Fife. Ils étaient sympas.

— Nan, nan, Monsieur Birrell. Je te le dis tout de suite, il avait répliqué en matant des filles installées à une terrasse de café près de la rivière. Les minettes sont d'une qualité incroyable, ici. Les chattes puantes de la cité valent que dalle, à côté. Rien à foutre du foot ou d'aller acheter des billets : que l'Écosse perde tous ses matchs six à zéro, ou qu'elle gagne cette putain de Coupe du monde, ça fait aucune différence à mes yeux. Je suis ici pour baiser. Point final.

— Putain, mais c'est la Coupe du monde…

— Rien à branler. Si tu crois que je vais m'amuser à traîner avec des cons en kilts, au visage rougeaud et au cul velu, de Fife ou de n'importe quel autre bled, et chanter *Flower of Scotland* encore et encore et encore, tu te fourres le doigt dans l'œil bien profond, mon pote. Parce que tout ça, il avait déclaré avec un grand geste du bras en direction des filles, lunettes remontées sur la tête (geste qu'il avait copié), tout ça, c'est la toile sur laquelle l'artiste sexuel Juice Terry Lawson est né pour badigeonner sa peinture blanche et crémeuse.

Après ça, je l'avais croisé par intermittence, à l'hôtel, à la gare, ou quand il me traquait pour me soutirer du fric. Et un jour, je n'en avais pas cru mes yeux, quand j'avais vu ce sale hypocrite rappliquer en kilt.

— Je l'ai piqué à un connard dans un hôtel où j'ai dormi, l'autre soir. Il avait laissé sa porte ouverte pendant qu'il prenait sa douche. Le con. Ça me va comme un gant. Les nanas adorent, mec, j'aurais dû le deviner plus tôt. À ton avis, pourquoi tous ces laiderons vont voir l'Écosse jouer à l'étranger, vêtus de leur kilt ? Une minette m'a dit : « Qu'est-ce que vous portez sous votre kilt, vous les Écossais ? » J'ai soulevé le tissu, genre discrètement sous la table, pour lui montrer la marchandise. Elle me répond : « Tout est en place. Et alors, comment vous faites l'amour, vous les Écossais ? »

— Ouais, en fait, tu t'es surtout tapé une bouteille de whisky Grouse ?

Il avait émis un bruit de pet avec sa bouche.

— J'ai pas eu de plainte après ça, Birrell, je peux te le jurer.

Ouais, il s'en était plutôt bien sorti, je dois l'admettre. Maintenant qu'il a pris goût aux étrangères, il a hâte d'aller à Munich. Il arrête pas d'en parler, mais quand j'y pense, je suis impatient moi aussi.

Quand on arrive au centre commercial juste avant notre cité, Terry repère Gally qui s'engueule avec le dénommé Polmont, ou McMurray de son vrai nom. Sa femme et sa fille les regardent, immobiles. On dirait qu'ils règlent leur affaire sur le trottoir. Et c'est pas souhaitable, pas avec leur passé commun. On se gare et on sort de la voiture, mais cet enculé s'est déjà barré. Petit Gally est remonté, et Terry s'efforce de le calmer. J'essaie aussi, mais j'aperçois Mme Carlops qui sort du supermarché et se débat avec deux énormes sacs. Je les lui prends des mains et les porte jusqu'au coffre de la voiture.

Terry et Gally veulent que j'aille boire une pinte avec eux, mais une pinte avec eux, c'est toujours plus, et je dois dire que j'aurai bien le temps d'abuser quand on sera en vacances ensemble. Je m'excuse et raccompagne Mme Carlops chez elle.

La pauvre vieille est super reconnaissante. La pauvre, elle ne demande jamais rien, pourtant on habite dans la même rue. J'allais quand même pas la laisser galérer avec ses sacs si lourds.

Quand j'arrive à la maison, pas de signe de mes parents. Rab est installé dans le canapé avec une nana, ils regardent les émissions télé débiles de l'après-midi.

— Elle est où, Maman ?

— En ville avec tante Brenda. C'est son jour de shopping.

— Et Papa ?

Rab fait un geste du poignet et minaude :

— Il est à son cours de cuisine.

La nana éclate de rire, défoncée. Je me disais bien que j'avais senti une odeur de hash, et Rab tient un gros pétard entre ses doigts. Ça me plaît pas qu'il manque de respect envers notre père, devant une grosse vache dopée. Au moins, notre vieux fait un effort. Et il manque de respect à notre maison, en fumant sa merde ici.

Mais c'est pas à moi de lui faire la remarque.

— Quoi de neuf ? je lui demande.

— Rien de spécial. T'étais à l'entraînement ?

— Il rentre quand, Papa ?

— J'en sais foutre rien.

Je me demande s'il baise avec la nana, ou s'ils traînent juste ensemble. C'est marrant, ils ont l'air tellement à l'aise, la façon dont ils rient ensemble, ça me fait penser à Anthea et moi. À notre vie. À notre relation quasi professionnelle. C'est con : on peut pas être jaloux d'un couple de demeurés qui niquent sûrement pas ensemble.

Pour le moment, je comprends ce que mon père doit supporter toute la journée, en plus des corvées quotidiennes, et je regrette presque de ne pas être allé au pub avec les gars.

Nan. Se focaliser. Se concentrer.

Rab et moi, on vole dans deux directions différentes.

J'entends une clé dans la serrure, et c'est mon vieux qui rentre.

# Andrew Galloway

## L'entraînement

J'ai attendu trois semaines pour avoir enfin des nouvelles. Je me disais que ça serait l'horreur mais avec tout ce qui m'est tombé dessus entretemps, toutes ces merdes, j'y ai finalement presque pas fait attention. Quand j'y pensais, et j'y pensais, surtout la nuit, j'arrivais pas à évaluer la dose d'anxiété qui s'était rajoutée à celle que je ressentais depuis... combien de temps déjà ?

Des années, putain.

Ils vous font entrer, vous font asseoir et vous préparent. Ils savent ce qu'ils font, ils sont doués. Mais y a pas trente-six solutions pour vous annoncer la nouvelle :

— Vous êtes séropositif, m'a dit la femme de la clinique.

Je suis pas con. Je connais la différence entre le VIH et le sida. Je sais tout ce qu'il y a à savoir sur le sujet. C'est bizarre : vous ignorez un truc avec application, vous le placez dans le tiroir aux oublis, mais les infos se glissent en vous, subrepticement, inconsciemment. Un peu comme le virus lui-même. Je me suis entendu répondre :

— Alors c'est ça, hein, j'ai le sida ?

Et j'ai prononcé cette phrase, j'ai choisi ces mots, parce qu'une part de moi-même, ma part optimiste et joyeuse qui ne mourra jamais, rêvait d'entendre le discours, Non, ce n'est pas une condamnation à mort, on va prendre soin de vous, il y a des traitements, etc., etc.

Mais ma première pensée avait été, putain je suis foutu. Et c'est venu comme un soulagement étrange, parce qu'il me semblait que j'étais foutu depuis un bon moment, déjà. Du coup, je découvrais ce qui m'avait mis dans la merde. Du reste de mon séjour en clinique, je ne me souviens que de mon cerveau, envahi de bruits blancs. Je suis rentré à la maison et me suis assis dans le fauteuil. Je suis parti d'un fou rire, un truc de forcené qui s'est bloqué dans ma gorge et s'est transformé en sanglots déchirants.

J'ai essayé de réfléchir au comment, au qui, au quoi, au où, au pourquoi. Ça n'a rien donné. Réfléchir à mon état d'esprit. Me demander combien de temps il me restait.

Le mieux, c'est de tenir le coup.

Je suis resté KO un moment, à parcourir mentalement la somme des inachevés.

Ouais, vaut mieux tenir le coup. Comme ça, je pourrais trouver une solution, quoi.

Et puis j'ai arrêté d'essayer de me persuader que je pourrais faire quelque chose d'utile. J'ai sorti la bouteille de Grouse et m'en suis servi un verre. Le liquide est descendu, brûlant, amer et piquant. Le deuxième est mieux passé mais n'a pas effacé la terreur. J'avais la peau moite, les poumons vides.

Je me répétais qu'il ne restait qu'un jour, et que la nuit ne serait qu'une autre nuit, une longue danse obscure qui m'entraînerait vers l'inconnu, aussi loin que l'on puisse voir. La vie continue, je me disais, peut-être pour longtemps encore. J'étais loin d'être réconforté, la peur m'enserrait et brisait presque le peu qui restait de mon être.

Elle continuerait, mais pas en s'améliorant.

On ne se rend pas compte à quel point l'espoir est une ancre, jusqu'à ce qu'elle se lève. Et à cet instant, tu te retrouves vidé, écœuré, avec l'impression de ne plus faire partie de ce monde. Comme si rien ne te rattachait plus à cette terre.

Lorsque la réalité se désintègre, ta vision des choses devient floue, s'ensuit une mise au point brutale sur le terre-à-terre et l'extrême. Tu t'accroches à n'importe quoi, même aux trucs les plus cons, pourvu qu'ils t'apportent une réponse : tu t'épuises à essayer d'y trouver un sens.

Le mur en face de moi semble détenir le secret de mon avenir. Le sabre de samouraï, l'arbalète. Accrochés au mur, ils me regardent.

L'avenir qui me dévisage. *Occupe-t'en vite, finis donc le boulot, cette tâche inachevée.*

J'attrape l'énorme katana. Je le sors de son fourreau et le regarde briller à la lumière. La lame est émoussée, je pourrais même pas couper du beurre avec. C'est Terry qui me l'a offert, il l'a volé quelque part.

Comme ça serait facile, d'aiguiser cette lame.

L'arbalète n'est pas décorative, elle. Je la soulève, la soupèse, place la flèche de cinq centimètres, vise et explose le rond rouge de la cible fixée sur le mur d'en face.

Je me rassieds et pense à ma vie. Pense à mon père. À ses visites éclairs.

— Quand est-ce qu'y rentre, Papa ? je demandais à ma mère avec impatience.

— Bientôt, elle répondait, ou parfois, elle haussait juste les épaules comme pour dire, Qu'est-ce tu veux que j'en sache, putain ?

Les périodes entre ses visites se sont espacées, jusqu'à ce qu'il devienne un étranger inopportun dont la présence dérangeait notre routine quotidienne.

Je me souviens du jour des feux d'artifice quand on était mômes. Il nous avait emmenés au parc, moi, Billy, Rab et Sheena, emmitouflés contre le froid de novembre. Les fusées qu'il avait achetées, il s'était contenté de les planter direct dans le sol gelé. On est censés les mettre dans une bouteille, mais on pensait qu'il savait ce qu'il faisait et on avait rien dit.

Billy et moi, on avait sept ans, et on savait déjà ça. Comment est-ce que, lui, il pouvait l'ignorer ?

Les fusées, c'est fait pour s'envoler vers le ciel et exploser ; nous, on avait regardé les siennes brûler et éclater sans avoir décollé du sol dur et glacial. Il ne savait rien parce qu'il passait son temps en taule. Le pire que pouvait me dire ma mère quand j'étais petit, c'était : t'es aussi mauvais que ton père. Je me répétais que je ne serais jamais, jamais comme lui.

Et puis je me suis retrouvé en taule, moi aussi.

Deux séjours, un innocent, l'autre coupable. Je sais pas lequel m'a le plus niqué la tête : la connerie, c'est le pire crime que tu puisses commettre. Et me voilà de retour à la cité dans un appart de la mairie que je sous-loue à un pote, Colin Bishop, qui est parti bosser en Espagne. C'est marrant, les gens me disent, t'as fini par revenir à la cité. Mais ce qui va surtout se passer, c'est que je vais *finir* ici.

La pluie est tombée en rafales toute la journée, mais les nuages se sont enfin vidés. Y a un arc-en-ciel sur la route.

Mon cerveau fait du yo-yo. Et je me demande combien de gens réussissent à apaiser leurs vieilles rancœurs avant de mourir ? Pas beaucoup. La plupart ont encore un bout de chemin à faire, alors ils ont trop à perdre, ou ils sont trop faibles pour agir, une fois le moment venu. Du coup, je me sens plus fort.

Je me dis que le monde m'a distribué les pires cartes possibles, mais que merde, après tout, je suis encore là. Quand je sors prendre le soleil et m'éclaircir les pensées, étrangement euphorique, je pense vraiment que rien ne pourrait plus jamais m'attrister.

J'ai tort, évidemment.

Je m'en rends compte au bout de cinq minutes à peine.

Cinq minutes, le temps qu'il faut pour aller d'ici au centre commercial. Quand je la vois sortir de chez le marchand de journaux avec la gamine, mon cœur se met à me marteler la poitrine, et je me retiens de traverser. Mais elles sont seules, sans *lui*. Je suis pas prêt à l'affronter, pas encore, et ça arrivera quand je serai prêt, *moi*.

Pas encore.

Je regarde alentour pour m'assurer qu'*il* ne traîne pas dans les parages.

Le truc, c'est que je me sens en forme, j'ai fait ce qu'il fallait faire avec ces cons au centre et j'essaie de tourner la page. D'aller de l'avant, de penser à la fête de la Bière à Munich, et aux cachetons que je vais devoir vendre pour y aller. Les vols sont déjà réservés, donc il me faudra juste assez de fric pour le logement et les à-côtés. C'est une journée magnifique : il a plu des cordes mais le soleil brille de tous ses feux et tout le monde est dans la rue. C'est presque l'heure du dîner, et les gens s'écoulent des bus qui rentrent de la ville. Je longe un mur couvert de tags et y cherche nos vieilles œuvres. Elles y sont, s'effaçant lentement mais sûrement :

GALLY          BIRO      LE HFC DÉCHIRE

Ça doit faire dix ans. Biro. C'était l'ancien surnom de Birrell, mais on ne l'utilise plus maintenant. J'aurais dû en trouver un mieux, plus mystérieux. Ma mère a deviné qui c'était et m'a flanqué une raclée. Ce con de Terry passait chez moi avant l'école et disait à ma mère :

— Salut, Madame Galloway, il est là, Gally, euh, je veux dire Andrew ?

Et voilà qu'on part ensemble : moi, Terry, Carl et Billy. Peut-être pour la dernière fois.

Ce sont des mecs bien, surtout Birrell : un mec épatant. Il m'a soutenu, la dernière fois, contre Doyle. Tout du long. Alors qu'il avait un tas de trucs dans la tête, lui aussi, à ce moment-là. Le combat avait été reporté. L'*Evening News* avait appris l'affaire et avait dépeint Birrell comme un voyou sans cervelle, et le journaliste avait même ressorti cette condamnation, vieille de plusieurs années, quand il avait foutu le feu à un entrepôt. Il avait bien pris la chose,

Billy. Il avait pulvérisé le mec de Liverpool quand le match avait été reprogrammé. Et ils lui avaient tous relécher le cul, après ça.

Je repense à cette époque et ça me déprime. Et puis je me dis, allez, Galloway, trace ta route, déconne pas. Ouais, dehors, je me sens bien.

Et puis je les aperçois.

Je les aperçois et j'ai l'impression de m'être pris une droite en plein bide.

C'était quand, la première fois ? Une éternité. Elle sortait avec Terry. Je la trouvais sympa et tout. Elle pouvait vraiment te chauffer, quand elle s'y mettait. La deuxième fois, ç'avait été différent. Tout ce que je voulais, c'était niquer, et j'avais niqué. Je m'étais senti en super forme, jusqu'à ce qu'elle m'annonce qu'elle était en cloque. J'arrivais pas à y croire. Et la petite Jacqueline est arrivée. Quelques semaines après que Lucy, la femme de Terry, avait accouché de Jason.

Je voulais tout, en sortant de prison. Une nana, plus que tout. Alors voilà, j'avais baisé : et j'avais payé le prix fort, une alliance et la responsabilité d'une femme et d'une gosse. C'était trop, même si elle et moi, on s'entendait bien. J'attendais toujours le moment de pouvoir m'éloigner de la baraque, de m'éloigner d'elle : d'elle et de ses copines, surtout Catriona, la sœur de Doyle. Elles restaient chez nous à fumer toute la journée. Je voulais leur tourner le dos, tourner le dos à leurs gamins. Leurs gamins, hurlant, chialant.

Je voulais de l'action, n'importe où. J'étais trop vieux pour jouer les cashies, la plupart des gars avaient cinq ans de moins que moi. Mais j'avais perdu du temps et j'avais toujours fait plus jeune que mon âge. J'ai intégré le mouvement pour plusieurs raisons. Et puis j'ai commencé à aller en boîte avec Carl.

Loin d'elles, de Gail et de sa clique, mais aussi, j'imagine, loin de Jacqueline. Alors, d'accord, c'est beaucoup de ma faute parce que j'étais pas souvent à la maison. Contrairement à lui. Lui. Elle sortait avec ce connard. *Lui.*

Quand je l'avais défiée, elle s'était contentée de me rire au nez. M'avait déclaré qu'il était bien meilleur au pieu. Meilleur que moi : bien meilleur que moi. Une vraie bête de sexe. Il pouvait niquer toute la nuit. Une bite comme un marteau-piqueur. Je repensais à *lui* et je pouvais pas y croire. Elle devait forcément parler de quelqu'un d'autre. Ça pouvait pas être McMurray, pas Polmont. Pas ce putain de branleur spasmophile et faux-cul, pas cette marionnette flippée de Doyle.

Elle avait continué, continué, et je voulais qu'elle ferme sa gueule. Je lui avais ordonné de rentrer sa sale langue de pute, comme je le lui avais demandé tellement de fois avant, et tout ce qu'elle faisait, c'était ouvrir sa gueule, de plus en plus grande. J'en pouvais plus. Je l'avais chopée par les cheveux. Elle m'avait frappé, on s'était battus. Je la tenais par les cheveux, et que ce putain de Dieu me vienne en aide, j'allais vraiment lui mettre une raclée. J'avais serré mon poing, armé mon bras et

et et et

et ma fille était juste derrière moi, elle était sortie de son lit pour voir ce qui se passait. Mon coude s'était écrasé sur son visage, avait éclaté le côté de sa joue, ses petits os si fragiles…

j'ai jamais voulu lui faire du mal

pas à la petite Jacqueline.

Mais le tribunal ne l'avait pas analysé comme ça. On m'a renvoyé en taule, à Saughton ce coup-ci, pas de centre juvénile. De retour en prison, avec plein de temps pour réfléchir.

Plein de temps pour haïr.

Mais la personne que je détestais le plus, dans l'affaire, c'était pas elle, ni lui d'ailleurs. C'était moi : *moi*, cet être débile et faible. Oh, comme je l'ai éclaté, ce con-*là*. Je l'ai éclaté avec tout, l'alcool, les cachetons, la came. J'ai frappé les murs jusqu'à m'en briser les articulations, à les faire enfler comme des gants de baseball. Je me suis brûlé des trous ignobles et rougeâtres sur les bras à coups de cigarettes. Je lui ai réglé son compte, à cet enculé, je lui ai pissé dessus. Et je l'ai fait si discrètement, si sournoisement, que la plupart des gens ne voyaient pas ce qui se passait derrière mon sourire défoncé et arrogant.

J'avais gardé mes distances. Mesure d'éloignement. J'avais réussi à garder mes distances jusqu'à aujourd'hui. Et cette grosse vache est là, à quelques pas.

C'est pas tant de la voir, *elle*, que de voir la petite Jacqueline : dans quel état elle est. De la voir comme ça... Elle porte des lunettes. Ça me rend tellement triste. Des lunettes, pour une gamine de son âge. Je pense à l'école, aux moqueries, comme on peut être cruel quand on est gosse, et je ne peux rien faire pour la protéger. Je me rends compte à quel point un putain d'objet aussi simple, débile, ornemental et sans valeur qu'une paire de lunettes, peut changer la perception qu'on aura d'elle, peut changer son enfance et la façon dont elle grandira.

Ça vient de sa mère : elle y voit comme dans le cul d'une taupe, cette grosse vache. Par contre, les bites, elle les repère à des kilomètres, elle a jamais eu de soucis de ce côté. Elle parlait tout le temps de s'acheter des lentilles, quand on était ensemble. Elle portait jamais ses lunettes quand on sortait, il fallait que je la guide par le bras comme un putain de chien d'aveugle. Mais c'est elle, la chienne. À la maison, elle était différente : tout le temps posée sur son cul comme la grosse dans le film *On the Buses*. Elle a l'air d'y voir comme il faut, maintenant, elle a dû investir : c'est pour ça que la gamine porte des fringues d'occasion. Ça illustre bien ses priorités, à cette poufiasse. Elle retire les lunettes de Jacqueline, vêtue d'un ignoble manteau, pour en nettoyer les verres avec un mouchoir, elle, en train de nettoyer les lunettes bon marché de mon enfant. Et je me dis, pourquoi ne pas utiliser un tissu propre pour ça...

... pourquoi est-ce que *moi*, je peux pas le faire pour la petite...

Impossible de l'approcher.

J'aurais dû m'éloigner mais je traverse la rue et fonce droit sur elles. Si cette poufiasse s'est offert des lentilles, elle devrait les rapporter chez l'opticien parce qu'elles marchent pas bien. Je suis pratiquement sous son nez quand elle lève enfin les yeux.

— Salut, je lui fais avant de baisser le regard vers Jacqueline. Salut, ma puce.

Elle me sourit mais recule.

Elle recule. Devant moi.

— C'est Papa, je lui fais dans un sourire.

J'entends les mots sortir de ma bouche, et c'est pitoyable : pervers et naze à la fois.

— Qu'est-ce tu veux ? me fait la pute sans nom.

Elle me mate comme si j'étais un étron mou et avant même de me laisser répondre, elle ajoute :

— Je veux plus d'emmerdes, Andrew, je te l'ai déjà dit plusieurs fois, putain ! Tu devrais avoir honte de te pointer ici, devant elle, putain.

Elle regarde la gamine.

C'était...

C'était un putain d'accident...

C'était *sa* putain de faute... sa putain de langue de vipère, ces trucs horribles qu'elle disait...

J'ai envie de lui coller mon poing dans sa sale bouche de pute, celle qui jure comme un charretier devant la môme, mais c'est exactement ce qu'elle cherche, alors je m'efforce, putain, je m'efforce autant que je peux de garder mon calme.

— Je veux juste arranger les choses pour pouvoir la voir de temps en temps, qu'on puisse se mettre d'accord...

— Ç'a déjà été réglé.

— Ouais, par vous, j'ai jamais eu mon mot à dire...

Je sens que je vais perdre mes moyens et je veux pas que ça se passe comme ça. Je veux discuter.

— Va voir un avocat si ça t'amuse. Ç'a déjà été réglé, elle répète d'une voix incisive et posée.

Un putain d'avocat, mais de quoi elle parle ? Où est-ce qu'elle veut que je trouve un putain d'avocat ? Et puis elle tourne la tête vers ce connard qui descend la rue, ouais, c'est bien *lui*, et elle tire la gamine par la main.

— Viens là, voilà Papa...

Elle m'adresse une grimace, lèvres tordues. Ses mots se plantent en moi comme un couteau. Pourquoi je suis sorti avec elle, putain ? Je devais être fêlé.

Il est là, à me mater, la tête penchée. Il a toujours un physique étrange, pas maigrichon mais plat, comme s'il s'était fait écraser par un rouleau compresseur. De face, il a l'air carré, mais de profil, que dalle : on pourrait le glisser sous une porte.

— Papa... fait la gamine en se précipitant vers *lui*.

Il la serre dans ses bras puis la repousse vers cette pute que le pauvre petit ange est obligé d'appeler Maman. Il lui murmure un truc à l'oreille et elle attrape la gosse pour la tirer un peu plus loin sur le trottoir. La gamine me regarde et me fait un signe de la main.

J'essaie de dire, à plus tard chérie, mais rien ne sort. Je lève la main et lui rends son salut, puis je les regarde partir, la môme posant certainement des questions. Comme si cette grosse vache ignorante pouvait les comprendre, encore moins y répondre.

Il s'approche de moi, à deux doigts de mon visage.

— Qu'est-ce tu veux, putain ?

Mais c'est juste une mise en scène pour elle, il gagne du temps et je lis la peur dans ses yeux. Je profite du moment, putain, je profite de ce petit tête-à-tête et m'amuse pour la première fois.

Je regarde ce connard. Je pourrais me le faire, ici, maintenant. Il le sait, je le sais, mais on sait aussi ce qui se passerait si je l'éclatais.

J'aurais les flics et les Doyle sur le dos. Il ne faut pas que je pense qu'à moi dans cette affaire. Billy m'a déjà soutenu et il s'est mangé un couteau en plein menton pour sa peine.

— On t'a déjà prévenu, putain. M'oblige pas à te le redire, il fait en me montrant du doigt, puis en se grattant le pif.

Nerveux. Je vois ses yeux s'embuer. Les duels, c'est pas son truc. Comme la dernière fois : il s'était chié dessus, et voilà qu'il remet ça.

Il a des taches de rousseur, ce con. À vingt-six ans, ou vingt-sept, même.

— C'est marrant, il me semble que j'étais un peu plus inquiet la dernière fois. Peut-être à cause de tous les mecs qui t'accompagnaient. Les mecs qui sont pas là en ce moment, je fais en souriant.

Puis je repère la gamine derrière lui, et la culpabilité m'assaille. La petite Jacqueline ne mérite pas ça. Elle nous observe et je peux pas lui rendre son regard. Je me reconcentre sur lui. Un klaxon retentit. Il jette un œil par-dessus mon épaule et me lance avant de s'éloigner :

— Tu perds rien pour attendre.

— T'as raison, ouais, pauvre trouillard.

Je rigole et me demande pourquoi il est si pressé, tout à coup. Il croyait peut-être que j'allais me défiler. L'espace d'une seconde livide, je fais un pas en avant mais m'arrête net. Nan, c'est pas le moment propice.

Je fais volte-face pour voir qui a klaxonné, et j'aperçois Billy et Terry dans la voiture.

Ils descendent, et l'autre se carapate en quatrième vitesse. Pas étonnant. Quand il arrive près d'elles, il soulève Jacqueline et la met sur ses épaules.

*Ce connard* met ma putain de gamine sur ses épaules.

Ils s'éloignent. Cette pute de Gail est la seule à se retourner. Terry vient près de moi, lui adresse un sourire très cool, et elle reprend son chemin.

— C'est quoi l'embrouille ? demande Billy en saluant de la tête Mme Carlops qui longe le trottoir, deux énormes cabas dans les mains.

Je tiens pas à mêler Billy ou Terry à cette histoire. Ce Polmont, c'est que dalle : il va crever. Et Doyle ? Je regarde la cicatrice de Billy. J'ai rien à perdre. Il s'en prendra plein la gueule.

— Pas d'embrouille.

J'essaie de sourire à Mme Carlops. La pauvre vieille, elle se traîne sous le soleil de plomb avec deux sacs de courses.

Billy s'approche d'elle, lui prend son chargement et le colle dans le coffre de sa voiture. Il ouvre la portière.

— Montez donc, Madame Carlops, reposez vos pieds.

— Tu es sûr, mon garçon?

— Je vais dans la même direction que vous, Madame Carlops, je vais chez ma mère, alors pas de problème.

— J'ai voulu en porter trop d'un coup, elle souffle en s'installant sur le siège passager. La famille de Gordon arrive de York et je voulais avoir de quoi…

Terry observe la scène, comme si Mme Carlops ou Billy avait l'air un peu cons de se retrouver dans cette situation, puis il pivote vers moi.

— Ces connards t'emmerdent encore?

— Laisse tomber, Terry, je lui réponds, mais ma voix se brise et je me plante les ongles dans la paume de la main.

Terry tend les bras en un geste défensif. On dirait qu'il s'est retrouvé coincé sous l'averse : sa veste et ses cheveux sont trempés. Billy les suit du regard tandis qu'ils s'éloignent vers le haut de la rue. La petite sur *ses* épaules. Le pire de tout, c'est qu'elle l'apprécie. Y a des sentiments qu'on ne peut pas simuler. Je prends une longue inspiration et essaie d'avaler cette boule coincée dans ma gorge.

— Qu'est-ce que vous faites, tous les deux?

Billy prend la parole :

— Je rentre juste de mon entraînement. Je roulais vers Grange quand j'ai repéré ce taré en train de rôder. Il a failli chier une brique quand je l'ai abordé.

— Qu'est-ce que tu foutais à rôder autour des grandes baraques de Grange, genre, comme si on se doutait de rien, hein Terry? je lui fais.

— Je m'occupe de mes oignons, il me répond en faisant un signe de la tête vers le haut de la rue, alors ça serait sympa si vous me rendiez la pareille, Monsieur Galloway.

— Très juste.

— Une pinte, ça vous dit? il fait.

Billy soupire et regarde Terry comme s'il venait d'annoncer qu'il se lançait dans la pédophilie.

— Hors de question, je raccompagne la vieille Jinty Carlops chez elle et puis je vais dîner chez ma mère. Il faut que je garde la forme, je suis en pleins préparatifs.

Terry se tapote la poitrine de l'index.

— Mais nous aussi, Birrell, pour la fête de la Bière à Munich.

Ça impressionne pas Billy.

— OK, bon, ben je vous laisse. On se voit au club de Carl demain soir. Il m'adresse un clin d'œil. Et toi, mon pote, sois cool, d'accord?

Je souris et réussis à lui lancer un clin d'œil en réponse.

— OK, salut Billy.

Birrell saute dans sa voiture et nous laisse, Terry et moi.

— Ce Birrell, c'est un rapide, il sait comment lever les nanas, il rit tandis que la voiture s'éloigne. On va au Wheatsheaf?

— Ouais. Ça me va. Un petit verre serait pas de refus. Plusieurs, même.

On entre dans le pub. Terry va chercher les bières et mettre une chanson au juke-box. Je suis encore étourdi, tout ce qui me vient à l'esprit, c'est la flèche de mon arbalète qui explose la tête de ce connard de Polmont, enfin, une fois décapité par mon sabre de samouraï, évidemment. Envoyer ça à Doyle dans une boîte. Ouais, vas-y, cadeau mon gars. La puissance du j'ai-plus-rien-à-perdre.

Et puis je repense à mon enfant. Ma mère. Sheena. Nan, on a toujours quelque chose à perdre.

Terry revient avec deux pintes de blonde. Ce mec est vraiment épatant, un des meilleurs. Il peut jouer au con mais il n'est pas mauvais.

— Tu vas rester assis là, dans ton monde à toi ? il me fait.

— Ce connard, avec ma gosse. Lui… et elle, cette sale pute. Putain, ils vont bien ensemble. Je savais bien que tout le monde lui passait dessus, on m'avait prévenu, elle s'est tapé tous les gars du coin. Mais j'ai rien voulu entendre.

Terry me mate d'un air sévère, comme si ça le faisait chier.

— Je vous trouve un peu sexiste, Monsieur Galloway. C'est quoi, ce trip ? En quoi c'est grave, qu'une nana aime les bites ? Nous, on aime bien les chattes.

Je me dis qu'il essaie de me faire marcher, mais non, il est sérieux.

— Ouais, mais elle était censée vivre avec moi, je te parle de cette époque.

Terry répond rien. Il tourne la tête et repère Alec qui entre dans le pub. Il lui crie :

— Alec…

Il a l'air complètement explosé. Il s'avance vers nous, le dos voûté.

— Pourquoi tu tires la gueule ? demande Terry.

— Je suis allé la voir aujourd'hui… Ethel, siffle-t-il doucement.

— Oh.

Alec veut dire qu'il est allé au cimetière, ou à la chapelle du souvenir comme ils appellent ça, au crématorium. Ethel, c'était sa femme, celle qui est morte dans l'incendie. Inhalation de fumée. C'était y a longtemps, c'est quand je l'ai rencontré pour la première fois. Son fils veut plus lui parler, il pense que c'est la faute d'Alec. Certains disent qu'il était bourré et qu'il avait laissé la friteuse en marche, d'autres, que c'est à cause d'une mauvaise installation électrique. Enfin, quoi qu'il en soit, ça lui a pas réussi, ni à elle.

— Vous voulez boire quoi, les gars ? demande Terry.

Je hausse les épaules. Alec aussi.

— J'ai le chic pour trouver des potes tordants.

## Cauchemar sur Elm Row

Le sang me martèle les tempes et j'ai la bouche aussi sèche que la chatte d'une nonne quand je décide de rentrer chez moi en bus pour me reposer avant d'aller au club de Carl. Tandis que je regarde les faisceaux des lampadaires se scinder à mon approche, je me rends compte que je suis près de l'appart de Larry et je me demande s'il voudra m'acheter quelques ecstas. L'interphone est pété mais la porte est ouverte. Je grimpe l'escalier, les effets du cacheton s'estompent et je suis toujours bien bourré depuis hier soir.

Ce con de Terry, il sait boire. Il s'entraîne pour la fête de la Bière, qu'il dit. Eh bien, c'est un putain de long programme d'entraînement qu'il suit, ce con, ça dure depuis environ quinze ans. Si Billy avait été aussi assidu avec la boxe, il aurait déjà décroché le titre de Champion du monde.

Je sonne en sachant pertinemment que je commets une erreur. Je suis tout bonnement propulsé vers le désastre : et je peux rien y faire. Le pire est déjà arrivé, le reste, c'est du détail.

Qui en a quelque chose à branler ?

Larry est encore de plus mauvais poil que d'hab quand il m'ouvre la porte avant d'avoir gueulé :

— C'est qui ?

— Gally.

Larry me lance un regard impérieux et vérifie que personne ne m'a suivi dans la cage d'escalier. Ce con a l'air surexcité, il dégouline d'une paranoïa tellement palpable qu'on pourrait la coller entre deux tranches de pain.

— Entre, dépêche.

— Qu'est-ce qui t'arrive ? je réussis à lui demander alors qu'il me tire à l'intérieur, claque la porte derrière moi, verrouille à double tour et fait coulisser deux barres métalliques de taille industrielle.

Il fait un geste de la main vers une pièce.

— Grosse connerie là-bas dedans, il déclare, les yeux dans le vague. Fat Phil, je l'ai poignardé.

J'ai bien envie de tourner les talons, mais ça fait un gros paquet de métal à traverser en une seule fois et Larry est actuellement dans un état explosif, même d'après ses propres standards. Et puis, j'ai pas peur, je suis curieux. Je décide qu'il est préférable de ne pas demander pourquoi il a planté Phil.

— Il va bien?

Larry me mate comme si je me foutais de sa gueule, et puis il se fend d'un énorme et superbe sourire.

— Comment tu veux que je sache? il me répond avant de se reconfigurer en mode business. Tu veux du speed?

Je suis venu pour vendre, pas pour acheter.

— Euh, ouais, mais j'ai des super ecstas, Larry... je lui fais, mais ce con m'écoute pas.

Je lui emboîte le pas vers le salon, puis vers la cuisine. Fat Phil est assis à la table. Je lui fais un signe de tête mais ses yeux sont vitreux, comme focalisés sur un truc vague. Il presse un morceau de tissu sur son ventre. C'est un peu ensanglanté, mais pas saturé ou je sais pas quoi.

Larry est tendu et animé. Je me demande s'il a pris quelque chose.

— Revenons donc à nos moutons, il chantonne, genre *La Mélodie du bonheur*, théâtralement satisfait de lui-même, coinçant ses pouces dans des bretelles imaginaires.

Puis il sort deux verres d'un placard de la cuisine, et une bouteille de JD dont il nous verse deux grandes rasades.

— Putain, il est où le Coca? Hein? il fait avant de gueuler en direction de la porte : QUEL EST LE CONNARD QUI A PIQUÉ CE PUTAIN DE COCA?

J'entends des bruits de pas dans la chambre et Muriel Mathie sort, une paire de ciseaux et des pansements à la main. Elle porte une chemise d'homme à carreaux qui doit appartenir à Larry, et elle me jette un regard inquiet en se dirigeant vers Phil.

— Pas de Coca? demande Larry, un sourire de défi collé sur son visage.

— Nan.

— Tu vas au garage m'en chercher une bouteille? C'est toi qui as fini la putain de bouteille. Comment est-ce que je peux offrir un verre à mon invité?

Muriel fait volte-face en brandissant les ciseaux dans sa direction. Elle écume de rage.

— Va la chercher toi-même, putain! J'en ai ras le cul de tes histoires, Larry, crois-moi!

Larry me regarde, le sourire aux lèvres. Il tend les bras, paumes en avant.

— Je voulais juste m'enquérir de la situation actuelle du Coca-Cola, ma chère. Va falloir s'enfiler ça comme ça, Gally. Tchin-tchin !

On trinque et on avale une gorgée.

Sharon Forsyth sort de la même chambre et observe la scène, aussi excitée et impressionnée qu'une petite starlette fraîchement débarquée sur le plateau d'un film à gros budget.

— C'est complètement taré… comment ça va, Andrew? elle me fait dans un sourire.

Sharon porte un haut court et sans manches en coton vert bouteille. Son nombril est découvert, tout juste piercé. J'avais jamais vu un truc comme ça. C'est cool, sexy et provoc.

— Super, Sharon. Sexy, je lui fais en montrant le piercing.

— Ça te plaît? Je trouve ça mortel, Monsieur Mortel, elle glousse.

Ses cheveux sont gras et emmêlés. Mériteraient un shampooing. Je lui proposerai de les lui laver si elle va pas au Fluid ce soir. Carl aime pas les gens qui y traînent. Il appelle le club «l'aimant à schemies». Il manque pas d'air, même s'il dit ça pour rigoler. J'ai toujours eu un gros faible pour Sharon, je me la suis faite en sortant de taule, la vraie taule, quelques années plus tôt. Quand j'étais enfermé, je pensais

qu'au cul mais une fois dehors, j'avais la tête bourrée de
merde à cause de Gail et tout, et impossible de bander.
Sharon, elle m'a jamais fait sentir honteux. C'est ce qu'on
peut appeler de la classe, chez une nana. Elle avait l'air d'accepter mon discours du «la prison, ça te joue de sales tours.»

— T'as eu mal?

— Pas vraiment mais il faut bien désinfecter. Ça faisait un
bail qu'on s'était pas vus… Viens là…

On s'attrape en une accolade euphorique de piste de
danse. Une fille super, Sharon, même si la graisse de ses cheveux me colle au visage et m'obstrue les pores. Je me
demande si Larry la nique. Sûrement. Il baise avec Muriel,
ça c'est sûr.

Par-dessus son épaule, j'aperçois Muriel qui s'occupe de
Phil et lance un coup d'œil vers Larry qui lui répond par un
regard de défi, l'air de dire «quoi?» avant de continuer à
farfouiller dans un tiroir.

Sharon et moi, on se sépare, et Fat Phil grogne quelque
chose. Sa respiration est lourde et Muriel marmonne dans
sa barbe.

— J'ai de la super héro, me fait Larry. T'en veux?

De l'héro? Quel putain de bouffon.

— Nan, c'est pas trop mon truc.

— C'est pas ce qu'on m'a dit.

— C'était y a longtemps.

Sharon dévisage Larry.

— On va pas nous laisser entrer en boîte si on est défoncés, Larry.

— Fixer les murs d'un regard vague, c'est la nouvelle tendance. C'est ce qu'ils disent dans le magazine, là, *The Face*.

Muriel essaie de retirer la chemise de Phil, mais il la
repousse d'un mouvement de bras qui lui inflige encore plus
de douleur. Muriel persiste:

— T'as perdu beaucoup de sang, vaudrait mieux que
t'ailles à l'hosto. Je vais appeler une ambulance.

— Nan, siffle Phil, pas d'hosto, pas d'ambulance.

Il transpire à grosses gouttes, surtout de la tête. Des perles de sueur s'agglomèrent sur son visage.

Larry acquiesce.

Le genre de scène où l'on se méfie instinctivement de n'importe quelle entité officielle, même du plus bénin des services d'urgence. Pas de police. Pas d'ambulance, même s'il doit crever d'hémorragie. On dirait qu'il y a davantage de sang sur son chiffon. Je vois très bien Fat Phil gueuler dans une baraque en feu qui s'écroule autour de lui : Pas de pompiers!

— Mais il le faut, il le faut, répète Muriel avant de se mettre à crier dans une attaque de panique, et que Sharon vienne la calmer

— Te la joue pas hystérique ou ça va déteindre sur Phil… lui explique Sharon en se tournant vers le gros blessé, le regard toujours rivé dans le vague, le chiffon plaqué contre son bide. Désolée Phil, tu vois ce que je veux dire, si elle te fait croire que c'est la cata, tu vas t'inquiéter et ta pression artérielle va augmenter, et tu vas saigner encore plus…

Larry acquiesce à nouveau.

— C'est vrai! Essaie de te raisonner un peu, Muriel, putain, tu fais qu'empirer la situation.

Il a rempli sa tâche et me fait passer dans la pièce voisine.

— Ces connards me cassent la tête. Y a vraiment des cas désespérés dans la vie, il m'annonce comme un assistant social au bout du rouleau qui aurait à gérer un sujet foutu d'avance.

Quand il me redemande, je décide que j'ai envie d'un fix. C'est pas que j'aie dit «oui» mais c'est simplement que j'arrive pas à dire «non», ou à dire «non» en le pensant réellement. Mon corps devient glacé, mes pensées abstraites et déconnectées. C'est un peu con, j'ai passé la soirée d'hier à boire comme un trou avec Terry et je ne suis pas dans les meilleures conditions pour un shoot.

Larry sort le matos et prépare la tambouille, et je m'apprête à lui dire, «je vais juste fumer ma dose», mais ça semble débile et inutile.

Alors me voilà, à me tapoter une veine. C'est Larry qui me plante. À l'instant où la came coule dans mon système, je me sens survolté, et puis je perds le contrôle et tombe dans les vapes.

J'ai l'impression d'avoir été niqué pendant quelques minutes à peine quand je sens Muriel qui me secoue et me colle des baffes, et elle est soulagée de me voir reprendre connaissance. Je sens, puis vois, le vomi étalé sur ma poitrine. Larry regarde un film de Jackie Chan.

— Je suis entouré de putain de poids plume, il ricane sans humour. Tu m'avais dit que tu supportais la came et tout.

J'essaie de parler, de lui dire que ça faisait un bon bout de temps mais je sens la remontée acide du vomi dans ma gorge, et je me contente de hocher la tête vers Muriel qui tient un verre d'eau. Je sirote en m'étouffant presque, et le liquide n'est pas agréable, il pèse comme une longue caresse brûlante le long de mon œsophage et de mes poumons, et la came fait son œuvre.

Sharon est installée sur le canapé et passe sa main dans mes cheveux, puis me masse le cou comme si j'étais sous ecsta.

— T'es un méchant garçon, Andrew Galloway. Tu nous as bien fait flipper pendant un moment. Pas vrai Larry ?

— Ouais, grogne Larry d'un air distrait sans quitter la télé des yeux.

Je laisse échapper un caquètement bref, rien qu'à imaginer Larry s'inquiéter pour quelqu'un d'autre que lui-même.

Je reste prostré là une heure, alternant entre conscience et inconscience, les doigts de Sharon contre mon cou et mes épaules, la voix de Larry plus ou moins audible, comme un signal d'intensité variable.

— ... cette came, c'est la meilleure... tu pourrais te faire quelques thunes en la refourguant... tout le monde a peur du sida mais si tu fais gaffe, y a aucun souci... tu peux mélanger l'héro et le speed... mais jamais la freebase, tu vois, ça fait trop déconner... Phil s'est cru malin... y s'est mis à me citer des noms... je déteste quand les mecs se mettent à te faire du name-dropping en s'attendant à ce que tu embraies... y parlait des Doyle... de cette Catriona... je lui ai dit que je connaissais Franco et Lexo, alors qu'il arrête de me les briser avec les Doyle... et puis il sort toutes ces conneries à propos du fric... il y connaît que dalle... y a rien qui cloche chez lui... il croit que Muriel va avoir pitié de lui et laisser ce gros lard lui baisser la culotte...

Sharon se lève puis revient dans des fringues propres et parade devant moi comme sur un podium de mode. Elle a mis un fute moulant blanc et un haut rayé noir et blanc. Je réussis à lever mon pouce. Elle va dans la cuisine et Larry continue à monologuer sur ses dernières petites malversations avec un ton bizarrement réconfortant et apaisant.

— ... celle qui bossait au Deacon's... elle croit qu'elle peut allumer qui elle veut... mais avec moi, non monsieur... je lui ai fait gober une ou deux gélules dans sa vodka, et elle s'est laissé faire... hé hé hé... j'ai encore les polaroïds... si elle déconne à nouveau, je les colle sur l'arrêt de bus juste en bas de chez elle.

J'en ai plus rien à foutre. C'est le côté magnifique de tout ça. Rien n'a plus d'importance.

— ... la chatte la plus dégueu que j'aie jamais vue... je lui fais, mais tu te laves jamais le minou... et tu vois ton pote, Gally, ce connard de Juice Terry... tu me dis que c'est pas le pire des entubeurs...

Muriel arrive en hurlant, suivie de Phil qui entre à pas lourds. Il a le visage livide de panique et de choc, et il titube, le sang ruisselle de son ventre.

— Je le conduis à l'hosto.

Larry, à ma grande surprise, se lève.

— Allons-y. On se serre les coudes, il déclare puis ajoute en chantonnant : *You know we made a wow to luff one an-oth-uh for ev-vah*[1]...

275

---

1. Tu sais qu'on a fait le serment de s'aimer pour toujours.

Je proteste à demi mais Larry me fait lever.

— Je veux entendre leur version des faits à l'hosto. M'assurer que personne ne balance qui que ce soit…

On s'entasse dans la voiture, garée sur Montgomery Street, Sharon au volant, Phil à la place du mort, et nous autres sur la banquette arrière. Larry est défoncé, il s'est fait un autre fix avant de partir et il plane complètement.

— Ne dis rien, hein… il fait avant de s'évanouir.

— Essaie d'emprunter les rues les moins passantes, Sharon, fait Muriel, agrippée à sa carte d'Édimbourg. Vaut mieux pas se faire arrêter en compagnie de ces deux sacs à héro.

Sharon démarre et Phil exprime pour la première fois sa panique.

— CE CON DE WYLIE, il beugle. JE PEUX PAS CROIRE QU'IL M'AIT FAIT ÇA !

J'étais dans cet état d'esprit, à pas trop savoir si je pensais vraiment ce que je voulais dire ou pas, quand je lui ai répondu :

— Ben tu ferais mieux d'y croire.

— JE PEUX PAS…

Phil bafouille. Il se contorsionne sur son siège et écrase son poing graisseux sur le visage de Larry qui se réveille et demande :

— Mais qu'est-ce que c'est ? qui résonne comme une plainte nasale.

Muriel repousse Phil contre le dossier et lui maintient les épaules.

— Putain, Phil, reste tranquille, tu perds tout ton sang.

— C'est carrément mortel, fait Sharon.

— Tâche de rester tranquille, Phil, implore Muriel. On arrive bientôt. Et oublie pas : tu balances pas Larry.

— J'ai jamais balancé personne de toute ma vie. Mais lui… ce connard…

Phil se tourne sur son siège et tente à nouveau d'atteindre Larry qui répond juste :

— Allez, quoi…

Et il rigole.

Mais Phil se rend tout juste compte qu'il vient d'être poignardé. Il regarde Larry d'un œil noir. Il pivote encore et frappe Larry en pleine face. Il se tord comme une poupée de chiffon, sa tête rejetée en arrière par la force de l'impact. On dirait un de ces chiens qui hochent la tronche sur la plage arrière des voitures.

— C'est vrai, Phil… ça suffit… répète Muriel au même instant.

J'éclate de rire. L'œil de Larry enfle déjà, on dirait un fruit pourri.

— TARÉ… CONNARD… couine Phil.

Puis Sharon fait OHHH tandis que du sang, du vrai sang, coule à flot sur ses genoux. On arrive aux urgences et Phil s'écroule sur Sharon. Elle arrête la voiture à cinquante mètres de l'entrée. Muriel n'arrive pas à le soulever, alors elle court sur la route asphaltée. Larry, dans le coaltar, tombe sur moi.

— Putain, quelle super came, Gally… faut bien le dire, il marmonne, son visage défoncé tourné vers moi.

Les ambulanciers accourent, ils extraient Phil de la voiture et l'embarquent. Ils se débattent comme des fous pour le hisser sur leur civière, même repliée au sol. Je hurle à Muriel de revenir, elle se précipite vers nous et repousse un infirmier qui lui fait signe d'aller au bureau d'accueil.

Elle monte à l'avant, Sharon effectue un demi-tour chiadé, puis on démarre en trombe.

— On va où ? elle demande.

— À la plage, je suggère. À Portobelly.

— Je veux aller en boîte.

— Ça me va aussi, je réponds en me rappelant que j'avais envie de faire un tour au club de Carl Ewart et de me remplir les poches avant notre départ pour Munich.

— On va pas nous laisser entrer en boîte ce soir, fait Muriel.

— Si, au Fluid, c'est le club d'un pote, le Fluid, on va pouvoir entrer, je bave.

La tête de Larry est toujours posée sur mes genoux. Il lève les yeux, dresse le poing et gueule :

— Clublaaaand !


## Limitations

Larry n'a jamais réussi à passer la barrière des videurs et Muriel l'a ramené chez lui. Ils m'ont laissé entrer avec Sharon, parce que je suis pote avec Carl et qu'elle m'accompagnait. J'étais défoncé et je me foutais un peu d'être en boîte. Billy m'a parlé un moment, et je crois que Terry m'a dit quelque chose à propos de la fête de la Bière. Sharon m'a raccompagné à l'appart. Je me souviens qu'elle m'a mis au lit, et qu'elle m'y a rejoint. Au cours de la nuit, je me suis mis à bander et j'ai eu envie de l'ignorer. Elle a dû la sentir pointer contre elle parce qu'elle s'est réveillée, s'est mise à jouer avec puis m'a demandé de la baiser.

Quand elle m'a embrassé, j'ai pensé un instant être quelqu'un d'autre. Et puis ça m'est revenu, je savais exactement qui j'étais. Je lui ai dit que je pouvais pas, que c'était pas à cause d'elle, que c'était ma faute. On avait pas de préservatif et je pouvais pas. Elle m'a serré dans ses bras, et je lui ai dit qu'elle traînait avec des nazes, moi inclus, qu'elle valait mieux que ça et qu'elle ferait mieux d'arranger tout ça.

Son visage en sueur s'est écarté et j'ai pu faire la mise au point.

— C'est bon… c'est pas grave. J'avais un peu deviné. Je pensais que tu savais : je suis comme ça, c'est tout, elle m'a répondu avec un petit sourire mutin.

Il n'y avait pas une once de peur dans ses yeux. Pas une. C'était comme si elle expliquait simplement qu'elle faisait partie des francs-maçons ou je sais pas quoi. Ça m'a foutu les boules. Je me suis levé, j'ai traversé la pièce et me suis installé en tailleur dans le fauteuil pour mater mon arbalète pendue au mur.

# Terry Lawson

## Temps partiel

Y a des fois où le chômage, c'est pas pire que la Sécu.
D'autres vous diront que c'est pire. Un putain de débat aca-
démique, et si vous voulez mon avis, c'est une seule et
même merde : des connards qui foutent leur sale pif dans
vos affaires. Ouais, ces cons m'ont appelé, du coup je me
retrouve à Castle Terrace pour mon rendez-vous. Votre Bibi
ici présent, pile à l'heure, mais l'endroit est bourré à craquer.
Ça va prendre des putains de plombes, vu comment c'est
parti. J'attends sur une de ces chaises en plastoc rouge en
compagnie de pauvres nazes, et j'essaie de me mettre à l'aise.
Tous pareils : écoles, postes de police, taules, usines, bureaux
de la Sécu et du chômedu. Partout, ils te contrôlent. Les
murs jaunes, les néons bleuâtres, les panneaux d'affichage
où sont punaisés un ou deux posters défraîchis. Le premier
mot de ces affiches, c'est toujours «Non», soit ça, soit ils
dévoilent un de ces deux messages. Ou bien : on vous a à
l'œil, bande de cons ; ou bien : Balancez donc vos potes et
vos voisins. Celui que j'ai sous les yeux actuellement, on le
retrouve partout :

Il y avait eu quelques soucis, la dernière fois que j'étais venu ici. Ils avaient chargé une grosse vache de s'occuper de mon cas mais ça s'était pas exactement passé comme ils l'espéraient. Elle était arrivée avec ses formulaires, m'avait parlé du boulot que j'étais obligé d'accepter sans quoi, ils me sucraient mes allocs.

La femme arborait une robe à motifs, une coiffure raide et cassante. Ses narines remuaient comme si elle essayait de capter mon essence schemie : les clopes, la bière, ou je sais pas quel autre préjugé.

J'ai regardé le formulaire puis, sans me presser, j'ai levé les yeux vers la conne.

— Mais, je m'attendais à un poste à temps plein.

Il faut l'admettre, au moins, elle a eu la décence de prendre un air gêné pour expliquer :

— C'est un poste à temps plein, Monsieur Lawson, c'est, euh, trente-sept heures par semaine.

— Mmmm… vous avez aucun poste de vendeur de jus de fruits? C'est que, j'ai toujours vendu mes jus. Dans une camionnette, vous voyez?

— Non, Monsieur Lawson. Nous en avons déjà discuté mille fois. Vous ne pouvez plus vendre vos jus, comme vous dites, dans une camionnette. La distribution des boissons aromatisées se fait différemment, de nos jours.

— Mais comment ça? j'ai demandé en faisant gaffe de laisser mes lèvres entrouvertes à la fin de ma question.

— Parce que c'est plus simple pour le client, elle m'a répondu d'un ton snob.

Sale pouffe condescendante. Conne comme un balai. Elle se rendait pas compte une seconde que j'essayais de gagner du temps.

— Mais ça nous facilite pas la tâche, aux gars comme moi. En plus, je connais des gens qui me demandent pourquoi on ne vend plus de sodas dans les cités… Des vieilles dames qui peuvent plus se déplacer et tout.

Ça avait continué comme ça, et elle cédait pas d'un pouce. Elle me disait que j'étais obligé d'accepter le boulot, point final.

Je pouvais pas faire autrement : c'était simple comme bonjour. C'était le facteur temps qui m'emmerdait plus que le facteur fric, même si la paie était franchement risible. Soixante-dix-sept pence de l'heure pour faire des hamburgers ? Mais les horaires, c'était le pire : rester dans une baraque à burgers quand on pouvait se faire de la vraie thune dehors. J'avais pas le temps avec ces conneries. Trente-sept heures par semaine à faire cette merde ? Pas question.

Mais il fallait que j'accepte. Et, sans vouloir me jeter des fleurs, j'ai quand même tenu deux jours. Moi, à bosser avec un petit mec couvert de boutons, qui étaient pas près de disparaître avec toute cette graisse dans l'air : servir des hamburgers à des poivrots chiants, des étudiants débiles et des femmes au foyer avec leurs mômes, l'air d'un bouffon dans mon uniforme.

Pas pour longtemps.

Et un dimanche soir, j'étais installé au pub en face de la boutique. Ouais, il y avait un paquet de témoins pour certifier que j'étais resté là toute la soirée et que j'ai eu un choc lorsque le vieux George McCandles est entré en trombe pour annoncer que la baraque à frites qui venait de s'ouvrir sur le Walk était en feu. On a aussitôt entendu les sirènes et on s'est précipités sur le trottoir, pintes à la main, pour observer le feu d'artifice.

Ça vaut toutes les émissions télé du monde.

À ma grande surprise, les flics ne m'ont pas embarqué tout de suite. Ils sont arrivés sur les lieux rapidement et m'ont repéré, debout devant le pub.

— C'est mon boulot qui part en fumée, j'ai fait à un flic, l'air faussement scandalisé. Qu'est-ce que je vais devenir ?

Ralphie Steward m'a entendu et a répondu :

— Ouais, Terry, ça donnerait envie de virer criminel, pas vrai ?

Du coup, j'étais revenu le lendemain et c'était plein à craquer. Le manager y était, en compagnie d'un mec de la boîte et d'un assureur. Il m'a dit qu'on fermait boutique et que je devais retourner pointer au chômage. Quand je suis arrivé aux bureaux, la grosse vache s'est lancée dans un tas d'insinuations. Cette vieille dragonne, elle a vraiment failli dépasser les bornes. Voilà la meilleure approche : jouer les débiles pour les attirer, rester là à acquiescer comme un putain d'idiot du village, jusqu'au moment où ils se montrent un peu trop prétentieux et bêtes. C'est à ce moment qu'il faut leur décharger la sauce en pleine gueule. C'est trop marrant de voir leur tête quand ils s'aperçoivent qu'ils se sont fait couillonner, qu'ils ne se contentent pas de déconner avec une putain d'andouille qu'ils peuvent sous-estimer et qui gobera leurs salades sans moufter, mais qu'ils viennent de s'attaquer à un putain de tueur qui loupe jamais les meilleures occasions.

Je hochais la tête comme un débile, donc, et elle m'a fait :

— C'est étrange, Monsieur Lawson, mais ça fait deux fois que ce genre d'accident arrive dans les endroits où vous commencez tout juste à travailler.

Bingo !

J'ai passé la deuxième vitesse. Je suis resté assis, les yeux rivés sur elle. Le regard du Birrell-juste-avant-la-cloche.

— Qu'est-ce que vous insinuez ?

— Je disais juste…

Elle s'est embourbée, a changé d'expression, de posture, de ton. Je l'ai dévisagée puis me suis penché sur son bureau.

— Eh bien, je dirais juste que j'ai bien envie que vous alliez chercher votre supérieur et que vous lui répétiez ce que vous venez de dire. Je suis sûr que la police sera intéressée d'entendre vos accusations. Avant, évidemment, j'aurai pris contact avec mon avocat. Entendu ?

Elle a explosé en une vague de sueur, de pet et de bave, son cœur s'est emballé comme un tracteur, son énorme visage s'est mis à luire comme un hamburger en pleine cuisson.

— Je... je...

— Allez le chercher, je répète froidement en tapotant son bureau d'un geste d'insistance joyeuse. Ou *la* chercher. S'il vous plaît.

On a donc fait appeler le supérieur qui s'est pointé, gêné. Évidemment, la grosse vache était déjà en état de choc, vu que sa simple routine de harcèlement de schemies lourdauds avait viré au cauchemar. Une putain de tâche sur son dossier disciplinaire, pourtant exemplaire jusqu'à ce jour. Ouais, et ce genre de bavures, c'est des putains de trucs tenaces, pas moyen d'arranger ça d'un coup d'Ariel ou de Dash. Le truc, c'est que même si l'agression était verbale, le prochain comité allait dire : « Effectivement, cette grosse pouffe est suffisamment méchante et malhabile pour bosser à la Sécu mais il lui manque ce tact hypocrite envers les clients. Collez-lui un boulot de routine et de classement jusqu'à la retraite ou, éventuellement, une mise à pied. »

Voilà, on refait le portrait de cette grosse pute, et à moi, on m'envoie une lettre d'excuses à la con :

Cher Monsieur Lawson,

Je vous écris pour vous présenter mes excuses au nom du département de l'emploi, en rapport aux commentaires formulés à votre encontre par l'un de nos employés. Nous reconnaissons que ces prétendus commentaires étaient inappropriés dans le cadre de votre dossier et ont pu être mal interprétés.

Soyez assuré que les mesures nécessaires ont été prises en interne pour régler cette affaire.

Sincèrement,
RJ Miller
*Directeur*

L'Amérique, ça serait un bon coin pour moi. Si un mec joue au con, ils lui collent un procès au cul sur-le-champ, même, ils le lui collent profond dans le cul comme diraient les Yankees. Et ici, qu'est-ce qu'on récolte quand on se fait agresser par ces connards de fonctionnaires ? Une moitié d'excuse qui veut rien dire. Prétendus commentaires, mon cul, oui. Même avec mon Certificat d'Abandonneur d'École d'Édimbourg, je sais reconnaître une formulation de merde quand j'en vois une. Nan, les Yankees auraient trouvé une autre solution. Ils sont à fond sur les droits, ils font pas d'histoire avec les classes sociales et toutes ces merdes. Ils remettraient ce genre de vieilles peaux snobinardes à leur place. Carrément, ma chérie : tu peux prendre ton accent snobinard et doigter ta vieille chatte sèche sous la table quand tu vois entrer un schemie. Tu crois vraiment que je vais jouer la victime dans ton sketch de domination ?

Nein, mein schwester, nein, parce que bientôt, ich bin ein Munichois. Alors gardez vos discours policés pour vous, parce que vous vous attaquez à un homme du monde, un homme de l'international.

Italia 1990, je baisais pour l'Écosse. Ça sera pareil à Munich. Garanti.

J'avais raison sur un point : les flics se sont pas intéressés à moi. J'étais étonné qu'ils soient pas allés direct chez Birrell, avec sa réputation de jouer avec le feu. Mais non, comme il l'avait dit au journaliste du *News* quand il avait parlé de ses condamnations pour incendie volontaire, «les seules flammes que je provoque, c'est sur un ring de boxe».

Je suis passé au bureau du chômage aujourd'hui : eh ben, chapeau. Faut bien l'admettre, ils ont retenu la leçon. D'abord, c'est une jolie nana derrière le comptoir, et elle m'appelle pour que je la suive dans un box. Ensuite, elle est vachement plus cool, elle joue l'approche gentille.

— C'est la troisième fois que ça m'arrive, je lui explique en réprimant un sourire narquois. À mon dernier boulot, les locaux ont pris feu. Celui d'avant a dû fermer pour dégâts des eaux. Je commence à croire que je suis maudit!

Le dégât des eaux, c'était pour Italia 90, en été. Ouais, c'est vrai, pourquoi traîner sur les piazzas à Rome, entouré de superbes bouteilles de vin et de nanas top niveau, quand je pouvais bosser dans la cuisine d'un resto chaude comme l'enfer, à la botte d'un déchet alcoolique et rougeaud de l'école des beaux-arts qui se prenait pour un chef cuistot, en plein été, le tout pour vingt pence la semaine?

C'est vrai, quoi. Ça fait réfléchir.

Mais la petite derrière le bureau se contente de me sourire. Ouais, elle est cool, pas de doute. Quand elle baisse les yeux vers mon dossier, j'en profite pour détailler ses seins, mais elle est étrangement mal fournie de ce côté-là. C'est marrant, à la voir, on pense qu'elle *devrait* avoir de gros nichons. Ça doit être à cause de son sourire, de sa confiance, de cette putain de vivacité. Enfin, faut de tout pour faire un monde, et je dirais pas non si on me l'apportait sur un plateau, je vous dis ça comme ça. Faut bien, c'est le sel de la vie, enfin c'est ce que je répète toujours.

La minette est aussi agréable qu'une ristourne fiscale inattendue. On se met d'accord, je vais devoir tenir bon jusqu'à ce qu'ils me trouvent un boulot adéquat.

— Quand le business des jus de fruits s'est terminé, ça m'a foutu en l'air, je lui explique.

Et c'est la vérité. Après ça, j'ai changé d'orientation professionnelle.

À ce propos, c'est l'heure d'aller voir Oncle Alec, parce qu'un vrai boulot m'attend. J'ai jamais rencontré un mec qui se soit enrichi en vendant des hamburgers.

## Vie de famille

J'appelle Alec «Oncle Alec», c'est une blague entre nous parce que je l'ai connu y a une éternité, quand je niquais sa nièce. Quand j'entre dans le Western Bar, il est déjà installé à mater la danseuse, enfin pas vraiment la mater elle, si vous voyez ce que je veux dire. Le strip-tease, ça m'a jamais branché. J'aime voir les nanas se désaper quand elles ont envie de baiser, pas juste quand elles ont envie de danser. Ça me semble vraiment trop ringard. Pas assez de romance, putain. Mais bon, c'est mon avis.

Il est installé au comptoir devant un exemplaire du *Daily Express*. Ça prouve à quel point il est vieux jeu : un rebut de la glorieuse époque où l'*Express* publiait la meilleure page des courses. Plus personne l'achète de nos jours. Il détourne le regard des lignes de courses vers les courbes de la danseuse.

— Alec, je lui fais en me glissant jusqu'au vieux con.

— Terry… il bavouille, à moitié bourré. Qu'est-ce que tu veux ?

Je parcours la salle des yeux. Trop de regards prédateurs, ici. Je vois bien ce poivrot me hurler des infos à l'oreille sur le boulot qu'il a planifié, et puis la musique s'arrêter net : voilà tout le bar au courant de ton business. Nan. Ça commence à m'inquiéter d'être le seul de nous deux à réfléchir. Et c'est des trucs basiques, en plus, c'est ça qui me casse les couilles, c'est des putains de détails élémentaires que tout le monde devrait connaître.

— Nan, viens, on va au Ryrie's.

— D'accord… il répond avant de finir sa pinte et de m'emboîter le pas vers la porte.

On traverse Tollcross et on longe Morrison Street, et j'accélère tout à coup, parce que devant nous, il y a une nana avec un beau cul bien ferme.

Oui… une putain de poupée. Jupe courte, cuisses superbes.

Alec souffle comme un phoque et il a du mal à se maintenir à mon niveau.

— Attends, Terry, putain, y a pas le feu.

— Si, là, je lui dis en me tapotant l'entrejambe et en faisant un signe du menton devant nous.

Alec racle un mollard vert et jaune au fond de sa gorge et le crache dans le caniveau sans ralentir l'allure.

— C'est en matant les cuisses qu'on peut avoir une bonne idée du cul au-dessus, j'essaie de lui expliquer tandis qu'on descend la rue derrière ces jolies fesses et ces cheveux longs. Évidemment, c'est une putain de perte de temps d'essayer d'expliquer ça à cet alcoolo qui n'a pas baisé depuis des années, nan, depuis des décennies et qui fendrait une foule de top models nues pour acheter une cannette de Tennent's Super, mais bon.

Ce que j'aurais voulu lui dire, s'il avait été un minimum réceptif, c'est que la plupart des mecs matent le cul d'une nana et font, pfiou, super cul, mais c'est que des amateurs. Le truc, c'est qu'ils ne voient que le cul. Les professionnels détaillent toujours les cuisses (et la taille), *et le lien qu'elles ont au cul.* C'est comme ça qu'on évalue une nana dans son ensemble. Tout le monde a un cul, deux fesses, mais comment est-ce qu'il se fond dans le tableau global ?

Dans le cas présent, merveilleusement bien. Les cuisses sont fermes et bien dessinées, suffisamment épaisses pour suggérer une bonne puissance et pour mettre le cul en valeur, mais pas grosses au point de lui faire de l'ombre. Les bonnes cuisses *révèlent* les fesses sous leur meilleur angle. Un trophée doit toujours avoir un piédestal. Le sel de la vie.

L'esprit d'Alec est ailleurs.

— C'est une belle baraque, il m'explique hors d'haleine en parlant de la grande maison qu'on va se faire la semaine prochaine, celle de Grange. Le système de sécurité est nul à chier... le mec est prof à la fac... ce con a écrit un bouquin sur l'état policier de Grande-Bretagne. Il dit que les entreprises privées de gardiennage sont des repaires à mafieux qui prennent le pas sur les représentants de la loi... du coup, il a jamais fait installer d'alarmes, que dalle... elle demande qu'à être cambriolée, cette bicoque... Attends, Terry!

Elle demande qu'à être cambriolée, qu'il dit. Je veux pas m'arrêter, mais la nana tourne dans une rue perpendiculaire et remonte la colline.

C'est la plus grande réussite des Tories : faire en sorte que nos principes nous coûtent cher. Les mutuelles, la vente des maisons de la mairie, les hypothèques, les industries nationalisées, et si t'es pas d'accord et que tu suives pas le mouvement, t'es un con, même si le seul truc qu'ils accomplissent au final, c'est te faire cracher la thune pour le restant de tes jours. Mais t'es tellement content avec ton morceau de papier ou ton bout de plastoc, que t'y vois que dalle. Ouais, les principes, ça coûte cher. Enfin, en tout cas, ça va lui coûter la peau du cul, à ce con de prof. Et à son assurance aussi, s'il en a une. Garanti.

— ... toute la famille est en Toscane pour deux semaines, alors la voie est libre, il halète.

On entre au Ryrie's, je commande une pinte pour moi et un *half n half* [1] pour lui. Le visage d'Alec est encore plus rouge que d'habitude quand il salue ses acolytes. Ça doit faire des années que ce con s'est pas bougé la graisse comme ça.

— C'est où?

— En Italie, il me répond comme si j'étais le dernier des cons. Je croyais que tu y étais allé y a pas si longtemps que ça!

Il rejette la tête en arrière et avale le liquide doré.

Bon, il y avait eu aucun match de coupe dans ce coin, et

---

1. *Half and half* en Écosse : une demi pinte + un shot de whisky.

de toute façon, j'ai toujours été nul en géographie, à l'école. Je sais comment aller à Grange, et comment revenir à notre planque à Sighthill, et ça me suffit, merci beaucoup.

Mais l'Italie, c'était génial, la Coupe du monde et tout. La chatte moyenne était superbe, surtout les jeunes. Mais elles ont l'air de péter un câble quand on leur passe la bague au doigt, là-bas. Comme dans ce vieux machin de Benny Hill. C'est quoi, ce délire ?

Alec a terminé sa demi pinte et a recommandé une tournée, même si je n'ai descendu qu'un centimètre de mon verre. C'est le meilleur cambrioleur du coin, enfin, c'était le meilleur. Maintenant, c'est une lutte de chaque instant pour le maintenir sur pied. On veut pas qu'un connard déconne sur le lieu de travail. C'est pas que je lui fasse pas confiance, c'est juste que j'ai envie de faire un petit tour à Grange pour en juger par moi-même. Je peux pas lui dire ça, à ce vieux con, sinon il va faire chier. À ses yeux, je suis encore un bleu, et je le serai toujours ; mais après la seconde pinte, je dis au revoir et appelle un taxi.

## La maison de Grange

Il pleut comme vache qui pisse à Grange, je m'abrite sous un grand orme, un des rares survivants de l'épidémie de graphiose qui a niqué un tas d'arbres quelques années plutôt. Voilà Édimbourg, putain, même les végétaux se tapent des pandémies. Je suis étonné que les Weedgies se soient pas déjà emparés de cet argument contre nous. Enfin, je suis content d'être sous le feuillage, et la pluie se transforme bientôt en bruine. Les rues de traverse sont étranges, rien que des maisons secondaires. Ça me plaît pas, ça fait trop d'allées et venues. Par contre, notre rue est plus résidentielle, mais je m'y attarde pas. J'arpente le coin et je *sens* les rideaux s'écarter chaque fois que je m'éloigne des rues principales : alerte schemie. Ouais, la maison est bien à l'écart mais c'est de la folie de s'en approcher dans mon état actuel de paranoïa. Peut-être que je reviendrai plus tard, à la tombée de la nuit.

Je marche vers l'arrêt de bus quand une voiture vient rouler à côté de moi.

C'est les flics, putain. Garanti.

Merde.

J'entends qu'on crie mon nom et qu'on annonce la couleur, *labdick*[1]. Je sursaute mais je garde mon calme et me retourne lentement : c'est ce putain de Birrell, dans sa voiture. Je monte, content de me faire raccompagner parce qu'il recommence à pleuvoir des cordes. Les cheveux de Birrell sont trop longs, humides et collés à son crâne. L'odeur dans sa bagnole, on se croirait dans une chambre de poufiasse, tout cet after-shave, ces déo, ces laques. Y a pas pire homo qui s'ignore qu'un sportif. Et je crois pas que les filles apprécient le côté poufiasse chez les mecs. Elles préfèrent les odeurs corporelles, enfin, les vraies nanas du moins. Mais celles qui branchent Birrell, ces snobinardes anorexiques avec leurs fringues hors de prix et leur visage constipé, celles que tu pètes en deux dès que tu leur colles une bite de taille raisonnable, elles doivent adorer ce genre de trucs.

On discute de l'Italie et on planifie le voyage à Munich en octobre, même si j'aurai pas grand-chose à y foutre si notre petit boulot à Grange foire.

Quand on arrive dans notre quartier, pas loin du centre commercial à la limite de la cité, j'aperçois Gail et la gamine. Et je regarde en haut de la rue, et je vois Petit Gally et l'autre Tête-de-Gland qui se chauffent!

Putain, les cons!

Petit Gally affiche une expression arrogante et Tête-de-Gland en mène pas large.

291

---

1. Terme argotique spécifique à Édimbourg : contraction de Lothian + Borders Police + dickhead (tête de bite) = officier de police.

— Billy, regarde ! Devant le centre commercial.

Birrell pile, fait une marche arrière digne de *Miami Vice*, et on se précipite dans la rue. Billy gueule, Gally se retourne. Tête-de-Gland se fait la malle rapidos, comme si sa vie était en jeu. Il a pas tort : ce connard va s'en prendre plein la tronche. Enfin, c'est pas comme si Gally avait besoin d'aide pour exploser ce branleur.

## Au Wheatsheaf

Gally est un peu remué, alors je l'emmène au Wheatsheaf où j'ai plus ou moins convenu de retrouver Alec. Birrell s'est dégonflé, il se préserve pour son combat. Je pense qu'il va avoir du mal, mais je lui souhaite bonne chance. Il est bon, c'est pas un mauvais boxeur. Je crois pas qu'il soit aussi doué qu'on le dise, tout le monde s'emballe un peu, avec son aura de « héros local ». Mais j'irais pas plus loin : on va penser que c'est de la jalousie. Enfin, de toute façon, bonne chance à lui.

Gally et Alec, ils forment une sacrée paire. Gally parle de sa gamine, puis de Gail, de Tête-de-Gland – ce connard de Polmont –, et Alec pleure dans sa bière vu que sa femme est morte dans un incendie, et que son fils lui adresse plus la parole. C'est triste, mais ça fait longtemps, maintenant, et il faut qu'il se ressaisisse. Je sais pas trop quoi leur dire. Quelle putain de soirée picole.

— Allez, les mecs, on est censés boire et profiter !

Ils me regardent comme si je venais de proposer une pédophilie-party.

On finit chez Alec avec des bouteilles à emporter et l'ambiance est toujours aussi déprimante : ils se la jouent « on a niqué toute notre vie » et ce genre de conneries.

Ça lui a défoncé le cerveau, à Gally, quand Gail lui a appris qu'elle couchait avec Polmont. Qu'elle le quittait pour vivre avec Polmont, entre tous les mecs de la terre.

N'importe qui d'autre aurait fait l'affaire. Ils se sont battus, et vu que Gail fait la même taille que Gally, je sais pas sur qui j'aurais misé ma thune.

Je me souviens d'en avoir discuté après. Ewart disait que Gally avait eu tort de vouloir frapper Gail, quelles que soient les circonstances. Billy avait rien dit. Alors j'avais demandé à Carl si Gail avait eu raison de taper Gally. Il était resté muet à son tour. Et voilà que Gally se remémore ce qui s'est passé ce soir-là et raconte l'histoire à Alec, lui-même immergé dans son propre malheur.

— Je lui ai gueulé dessus, elle m'a répondu. On s'est battus. Elle a lancé le premier coup. J'ai perdu la boule, je l'ai empoignée par les cheveux. Jacqueline est arrivée en courant pour s'assurer que ses parents ne se blessent pas.

Gally tousse et regarde Alec avant de continuer :

— Gail serrait ses doigts autour de mon cou. J'ai lâché ses cheveux et j'ai armé mon poing pour la frapper. Mon coude a heurté le visage de Jacqueline et je lui ai cassé la pommette aussi facilement que le squelette d'un… minuscule mammifère. Je savais pas qu'elle était entrée dans la pièce. Je pouvais pas regarder son petit visage écrabouillé. Gail a appelé une ambulance, les flics, et on m'a renvoyé en taule.

— Putain, c'est joyeux, je déclare.

— Désolé… désolé d'être chiant. Putain de Gail et putain d'enculé.

On reste assis en silence comme trois têtes de nœud, puis il se lève pour sortir les bières du frigo. Je vais mettre de la musique. Alec a une énorme collection de disques, mais le problème, c'est qu'il a les goûts de *Daily Record* : que des vieux tubes. Je trouve une cassette de Dean Martin, le seul truc potable. L'alcool finit par faire son effet, et le chagrin s'écoule lentement. Mais on sait jamais à quoi s'attendre, avec le chagrin. Ça peut te submerger à nouveau le lendemain sans crier garde.

Alec finit par s'écrouler. Son appart est comme oublié du temps. La cheminée Sunhouse et son encadrement en teck vernis a connu des jours meilleurs. Le tapis est tellement usé et imprégné de merde qu'on pourrait glisser dessus comme à la patinoire de Murrayfield. Un vieux miroir cassé pend au mur dans un de ces jolis cadres dorés. Le plus déprimant, c'est les photos de famille chiffonnées dans les sous-verres sur la télé et le manteau de la cheminée. On dirait qu'elles ont été froissées par une main ivre et aigrie, puis lissées avec amour le lendemain dans une crise de sobriété et de haine de soi. De vieux vêtements sont empilés sur le dossier du canapé couvert de brûlures de clopes et dont les ressorts pendouillent sous l'assise. L'air sent le tabac froid, la bière avariée et la friture. Mis à part les cannettes et un morceau de fromage moisi, le frigo est vide et les déchets débordent de la poubelle jusque sur le lino. Glasgow peut aller se rhabiller avec ses histoires de Cité européenne de la culture, parce que la plus grande culture, elle est dans l'évier d'Alec, sur la pile d'assiettes couverte de champignons verts et de stries noires. Une putain de cuite, ça c'est clair.

Quand je me réveille le lendemain, la tête lourde, Gally est parti. Il est peut-être sorti acheter des clopes. Mais je tiens pas à rester ici et à voir ces cons se complaire dans une orgie de haine de soi. Il est temps de partir avant de me retrouver entraîné dans une session de pleurnicheries avec Alec.

Je monte dans le bus et traverse Chesser. J'ai une putain d'érection alors que j'ai même pas encore croisé de nana. Je me sens un peu crevé, ça me fait ça, parfois, les trajets en bus. Je décide de descendre et de continuer à pied par le parc pour prendre l'air. Je renifle mes aisselles et me dis que la sueur fraîche, c'est pas la mort.

Il y a plusieurs matchs en cours. Une équipe en bleu en écrase une autre, vêtue de noir et or. Ils ont tous l'air d'avoir dix ans de moins que les joueurs en noir et or, et d'être cinq fois plus en forme. Je passe mon chemin, longe les balançoires et m'arrête devant une silhouette familière.

Elle surveille sa gamine sur le manège, plongée dans ses pensées. Je me glisse près d'elle et ressens cette attirance qui m'envahit toujours quand je l'approche.

— Tiens, tiens, je fais.

Elle se retourne doucement et me regarde, les yeux plissés, sans hostilité ni approbation.

— Terry, elle me répond d'une voix fatiguée.

— Quel spectacle, hier.

Elle se tient les bras serrés autour du corps et me dévisage.

— Je veux pas parler de lui... ni de l'autre, aucun des deux.

— Ça me va, je fais dans un sourire en faisant un pas en avant.

La petite joue toujours sur le manège.

Elle ne dit rien.

Je pense à son allure, aujourd'hui. Ça fait longtemps, au moins quatre ou cinq ans. Quand Gally est retourné en taule, après que j'y ai passé un peu de temps moi aussi. Elle et moi... on a toujours formé une paire de sales cons. Il y a toujours eu un je-ne-sais-quoi... je sens le long chatouillis s'insinuer dans ma queue, et les mots sortent tout seuls :

— Tu fais quoi ce soir ? Vous allez faire la fête ?

Elle me regarde d'un air de dire, ça y est, c'est reparti, on rejoue notre scène débile.

— Nan. Il est parti à Sullum Voe pour deux semaines.

— Ben, c'est pour se faire de la thune, hein, je fais en haussant les épaules, même si le fric, c'est le dernier truc qui me trotte dans l'esprit en ce moment.

On connaît la chanson par cœur. Elle sourit d'un air triste, me laisse entendre que tout va pas super entre eux, et m'accorde suffisamment de marge pour faire mon rentre-dedans.

— Si tu peux te débarrasser de la môme, je t'emmènerai bien quelque part ce soir.

Ça la remet un peu d'aplomb et elle me détaille de la tête aux pieds.

— Je me comporterai en vrai gentleman.

En retour, je reçois un sourire sans humour à te fendre le cœur.

— Bon, ben alors c'est non, elle fait sans plaisanter.

Ça me remet dans le bain. Pourquoi est-ce que je me replonge dans cette histoire ? Ça va tellement bien avec Viv. Ça doit être cette érection postbeuverie. Le sang qui devrait m'irriguer le cerveau se dirige vers ma queue, ça me rend bête et ça me fait dire des trucs que je devrais pas dire. Mais qu'est-ce que tu veux y faire ? Quand t'es troublé, tu montres toujours ton vrai visage. Dans le doute, flatte l'autre.

— Bon, ben je ferai de mon mieux pour me contrôler, mais je suis pas sûr de pouvoir résister à tes charmes. J'ai jamais réussi.

Ça lui convient, je le vois à la dilatation de ses pupilles et au sourire qui lui tord le visage. Ses lèvres. La meilleure suceuse : dans l'équipe nationale des gobeuses de bites, elle est avant-centre. Non, aux chiottes l'Écosse, elle pourrait sucer pour l'équipe brésilienne.

— Passe à 20 heures, elle m'annonce d'un ton timide, comme une gamine, ce qui est complètement con quand on connaît notre histoire commune.

Mais l'histoire, c'est le dernier truc qui me préoccupe pour l'instant.

— À 20 heures pétantes.

Et voilà, j'ai un rendez-vous chaud chaud. J'ai l'impression d'être un gros enculé, mais je sais que je passerai chez elle. Je m'éloigne et la laisse avec sa gamine qui joue encore, insouciante.

Je crois même pas que Jacqueline m'ait vu.

J'observe les jeunes mères et me demande si elles sont toutes aussi partantes qu'elle. Peut-être que certaines ont des maris qui travaillent loin, qui n'imaginent pas qu'un taré inspecte la plomberie de leur madame pendant qu'ils s'échinent à ramener le fric pour mettre du pain sur la table. Quelques-unes sont dans le même trip qu'elle, c'est certain.

Passer son temps dans les parcs, dans les magasins, à la maison avec les mômes, ça branche pas forcément toutes les filles. Ça fait chier d'attendre un gros naze fatigué qui rentre le soir et te regarde peut-être même plus, qui essaie d'ailleurs sûrement de se taper une autre nana au boulot pendant la journée.

Certaines des nanas ont l'âge d'aller danser dans les raves et les entrepôts, de parcourir le pays et de profiter de la vie. Les pauvres pouffes, elles doivent avoir envie de ça : d'un jeune gars mince avec une grosse queue, sans souci, qui peut niquer toute la nuit et qui leur répète sincèrement qu'elles sont les plus belles femmes qu'il ait jamais vues. Ouais, on veut tous le beurre et l'argent du beurre : le fric, le fun, la totale. Et pourquoi pas, putain ? C'est le sel de la vie. Qu'on s'imagine encore aujourd'hui que les filles sont différentes des mecs sur ce sujet, ça me dépasse.

Je passe le portail et la rue s'étend devant moi. La cité se débat, en tout cas ce côté-ci. De l'autre côté de la rue, les vieux bâtiments qu'on qualifiait de taudis se sont plutôt bien arrangés. Y a tout ce qu'il faut, des fenêtres et des portes neuves, des jardinets propres. Mais ici, dans les maisonnettes dont personne ne veut, tout tombe en miettes.

J'ai pas le courage d'aller à la maison. Ma vieille est devenue ultra chiante depuis que je suis revenu chez elle, et Vivian ne sera pas rentrée du boulot. Mon estomac se remet de ses émotions mais j'ai la tête en vrac. J'opte pour une bière au Busy, où je vais lire l'*Evening News* tranquillement. Le bar porte mal son nom : au lieu d'être *busy*, il est vide à l'exception de Carl et de Topsy qui font un billard, de Soft Johnny qui joue au bandit manchot, et de ce connard de Tidy Wilson derrière le bar, cinquante-cinq ans et un polo Pringle. Je fais bonjour de la tête à la compagnie et m'installe. C'est marrant de voir débarquer notre Monsieur Ewart dans la cité, il n'y vient presque plus depuis qu'il a son appart en centre-ville et que ses parents ont emménagé dans un quartier super snob.

Carl s'approche et me colle une claque dans l'épaule. Il affiche un énorme sourire. Ce con se la pète un peu trop parfois, surtout depuis qu'il gère le Fluid, mais je l'adore.

— Comment va, Monsieur Lawson?

— Pas mal, je réponds en lui serrant la main, puis celle de Topsy. Monsieur Turvey.

— Tez, me fait Topsy avec un clin d'œil.

C'est un mec nerveux, agité et maigrichon, il fait bien plus jeune que son âge, mais il est sympa comme tout. Il était super fan des Hearts jusqu'à ce que leur groupe se dissolve quand les Hibs et les cashies ont pris le contrôle de la ville. Topsy s'est heurté à Lexo et s'en est mal remis : il a plus jamais été le même. Mais je l'ai toujours apprécié, ce con, un gars de la vieille école. Un sale nazi, faut bien le dire, c'est à cause de lui que notre Monsieur Ewart s'est retrouvé dans la merde. Mais Carl a l'air de s'imaginer que Topsy est sorti de la cuisse de Jupiter, ils sont comme cul et chemise depuis une éternité. Une paire de comiques, les Messieurs Ewart et Turvey.

— Alors, qu'est-ce qui t'amène dans notre taudis, Carl?

— Je vous surveille, pauvres cons, je viens m'assurer que vous êtes toujours partants pour Munich et la fête de la Bière.

— J'y serai, t'inquiète pas pour moi. Birrell est nickel aussi. Mais il faut s'occuper de Gally.

— Ah ouais? il me fait, l'air super inquiet.

Je lui raconte l'épisode de l'autre jour. Et les comportements étranges de Gally en ce moment.

— Tu crois qu'il a replongé dans la came?

Il se préoccupe toujours de Petit Gally. C'est con, mais moi aussi. C'est un des mecs les plus gentils du monde mais trop fragile. Les gars comme Ewart, Birrell ou Topsy, on sait qu'ils se mettront jamais vraiment dans la merde, mais Gally c'est autre chose.

— Il a pas intérêt. Je pars pas en vacances avec un putain de junkie. C'est trop la merde.

Topsy mate Carl, puis me dévisage.

— C'est bien fait pour lui, dans un sens, le coup de Gail… cette pute. Enfin, moi aussi je l'ai niquée jusqu'à la moelle à l'époque, tout le monde lui est passé dessus, mais t'épouses pas une nana comme elle.

— Va te faire foutre, répond Carl. Pourquoi ça serait mal qu'une nana aime baiser ? On est dans les années 90, pas au début du siècle.

— Ouais, d'accord, mais quand tu te maries, tu t'assures avant qu'elle a changé. Et c'est pas le cas, il ajoute en me jetant un coup d'œil.

Je ferme ma gueule. Topsy me cherche, mais il a pas tort là-dessus. Gail, c'est juste une monture, et quand Gally était sorti de la maison de correction, il voulait sûrement qu'une chose, c'était se dépuceler. C'est plus facile de critiquer le régime de la prison Hampstead que celui d'Éthiopie. C'est marrant, parce que c'est moi qui les ai poussés l'un vers l'autre, quand Gally est sorti de taule. À l'époque, je me prenais pour Cupidon, je lui avais trouvé un coup sûr.

Mais que veux-tu y faire, si ton meilleur pote est con.


## Problèmes de cul persistants

La culpabilité et la baise, ça fait la paire, comme le fish and chips. La culpabilité et la bonne baise. En Écosse, on a la culpabilité catholique et la culpabilité calviniste. C'est peut-être pour ça que l'ecsta marche si bien par chez nous. J'en parlais avec Carl au pub et ce con me répondait que les plaisirs illicites sont toujours les plus agréables. Et c'est vrai. Pour moi, le problème, ç'a toujours été la fidélité. L'amour et le cul, c'est pas pareil, la plupart des mecs seront d'accord mais préféreront vivre dans le mensonge. Et quand la vérité éclate, c'est le bordel. Et comme on dit, y a que la vérité qui blesse.

Vivvy est une fille super, et je suis amoureux d'elle. Ma mère la déteste, elle l'accuse d'avoir provoqué ma rupture avec Lucy. C'est pas tout à fait exact. Elle est juste dégoûtée parce que le Boche s'est barré. Bon débarras. Ouais, j'aime Vivian mais j'ai remarqué que quand je sors avec une fille pendant plus de six mois, j'ai envie de niquer avec d'autres nanas.

Je peux pas m'en empêcher, je suis fait comme ça. Mais parfois, quand je la regarde étendue à côté de moi après l'amour et qu'elle sommeille tranquillement, j'ai envie de hurler et de changer.

Ça risque pas d'arriver.

Quand j'arrive à la maison, ma mère est là et elle a préparé le dîner.

— Comment va?

Je ne reçois aucune réponse. Elle fait un boucan du diable dans la cuisine, claque les portes des placards, entrechoque les casseroles, elle mijote un truc. C'est dans l'air, comme dirait l'autre visqueux, *I can feel it coming in the air to-ni-hite... oh yeah...*

Et c'est de la putain de salade verte, avec des patates bouillies, même pas frites. Si y a un truc dont j'ai horreur, c'est bien la salade. Elle y a même ajouté des betteraves qui rougissent l'assiette!

J'ai juste bu quelques verres avec Carl, Topsy et Soft Johnny. La vieille le sent. Boire en pleine journée, c'est un truc qui l'énerve. Mais bon, faut profiter de la vie tant qu'on peut.

— Pourquoi tu fais cette tête? Une salade bien diététique! Il faut que tu manges plus de légumes. C'est pas bon de se contenter de fish and chips! Et de bouffe chinoise! C'est bon ni pour les hommes, ni pour les bêtes.

Ça me fait penser que je me taperais bien un poulet au citron et du riz frit. Au lieu de cette pure merde. Le poulet au citron du chinetoque en bas de la rue est génial.

— J'aime pas la salade. C'est bon pour les lapins.

— Quand tu rapporteras une paye décente, tu pourras choisir tes repas.

Putain, elle en a du culot. Je lui remplis les poches dès que je peux.

— C'est nul de dire ça. Je t'ai proposé de la thune la semaine dernière, deux cents livres, cadeau, et t'en as pas voulu !

— Ouais, parce que je sais très bien d'où ça vient ! Je sais où tu vas pêcher ton fric !

Je m'installe et, sans moufter, je mange sa merde coincée entre deux tranches de pain. Elle continue :

— J'ai vu Lucy avec le petit, aujourd'hui. Au centre commercial de Wester Hailes. On a pris un café ensemble.

Comme c'est mignon.

— Ah ouais ?

— Ouais. Elle m'a dit que t'étais pas passé les voir depuis un moment.

— La faute à qui ? Chaque fois que j'y passe, ils jouent à m'ignorer, elle et son gros con d'empoté.

Elle la ferme un instant, et puis elle repart d'une voix grave :

— Et l'autre, là, elle a téléphoné. Ta Vivian.

Je rappelle Vivvy et lui explique que j'avais oublié un tournoi de billard auquel j'étais censé participer et qu'on se verra demain. Et ça veut dire que pour la première fois depuis qu'on est ensemble, la première fois depuis la Coupe du monde en Italie, je joue à l'extérieur.

## Liberté de choisir

Mon problème de nicotine s'aggrave, les taches jaunes sur mes doigts contrastent avec la blancheur de la sonnette. J'appuie sur le petit bouton et ça fait un vrai boucan. Ça me fait un choc de la voir ouvrir la porte. Je l'ai vue il y a trois heures à peine, et voilà qu'elle est blonde maintenant.

Je suis pas sûr que ça lui aille bien mais le changement m'excite. C'est la première fois que je remarque son bronzage. Ils sont allés en Floride, elle, la gosse et Tête-de-Gland.

— Salut, elle fait en regardant les fenêtres alentour pour repérer les éventuels espions. Entre.

— La gosse est chez ta mère ?

— Chez ma sœur.

Je souris et agite le doigt.

— Si je te connaissais pas si bien, je penserais que t'as monté tout ça pour me séduire.

— Je sais pas ce qui te fait imaginer ça.

— Ce nouveau look, ça me plaît…

Elle défait sa ceinture, baisse son jean et le balance d'un coup de pied. Elle retire son t-shirt.

J'ai envie de lui dire de calmer ses ardeurs, je veux savourer la montée du désir. C'est peut-être le sel de la vie, mais les mets salés, ça se déguste, ça s'avale pas en une seule bouchée. Elle a visiblement envie de s'en prendre une au plus vite, donc allons-y, c'est elle qui mène la danse. Je me désape et rentre mon bide à bière. Ça fait un bout de temps que j'ai niqué avec elle et mon ventre est devenu un peu flasque.

— T'as des capotes ?

— Nan… je réponds.

J'ai failli ajouter, t'étais pas si prudente, avant, mais les choses ont bien changé depuis notre dernière baise. Qu'est-ce que ça peut foutre, hein ? J'imagine qu'avec Gally et sa came, elle doit penser à ce genre de trucs plus souvent.

Elle va dans la cuisine. Deux sacs de courses sont posés sur le plan de travail. Elle y pêche un paquet de préservatifs, m'en donne un que j'enfile.

Elle se retourne, pose les coudes sur le comptoir et me présente son cul : ligne de bronzage nette grâce à son voyage en Floride. Faut bien l'admettre, elle sait dépenser la thune de Tête-de-Gland comme il faut. Elle attrape une de ses fesses.

— T'as toujours aimé mon cul. Tu trouves pas qu'il est devenu un peu avachi ?

C'est évident qu'elle l'a musclé, avec des séances d'aérobic ou de step, parce qu'il semble plus ferme que jamais.

— Il m'a l'air bien, mais va falloir un deuxième examen.

Je m'agenouille et passe ma langue sur ses deux trous. La salade, ça fait chier, moi je suis fan de viande. Il lui faut pas longtemps pour me témoigner sa gratitude. J'aime les nanas comme ça, elles te font un état des lieux régulier. Moi, j'ai tendance à être bruyant en amour. Je supporte pas de regarder un match de foot sans le son, à la télé du pub.

Au bout d'un moment, elle me fait :

— Mets-la-moi, Terry. Mets-la-moi. Vas-y !

— T'en as envie ?

— Oui. Allez, Terry, je suis pas d'humeur à me faire taquiner... Mets-la-moi, putain !

— Dans quel trou ?

— Les deux...

J'ai qu'une seule queue, moi, Madame, c'est bien le problème.

— Je sais, mais je commence par où ?

— Choisis...

Très bien. Voyons si je peux nous surprendre tous les deux, en la lui collant dans la chatte.

Nan.

Je lui enfourne dans le cul et elle jure :

— Putain...

Elle a laissé un bandeau noir dans ses cheveux, qui met en valeur sa blondeur platine. Son visage affiche une expression désagréablement stupide, et je repousse sa tête en avant, et me demande si c'est de l'amour, du sexe, de la haine ou autre chose. C'est marrant, c'est moi qui fais le plus de bruit : des horreurs empoisonnées et méchantes qui se déversent de ma bouche en un grognement primitif, puis un tas de conneries romantiques et déconnectées. Cette scène est tellement tarée qu'il faudrait la sous-titrer. Je lui chatouille la chatte de mon autre main, lui frotte le clito, puis je la sens qui jouit, et j'ai bien envie de me retirer de son cul pour la lui coller dans l'autre trou, mais il faut se laver avant de faire ça, alors je lâche ma purée entre ses fesses, écrase sa joue contre le plan de travail, et ses yeux cernés sont exorbités : on dirait bien que l'amour s'est fait la malle.

Elle est parcourue de minuscules convulsions, je me retire et elle laisse échapper un pet monstrueux qui me renvoie direct à la bassesse animale dont nous sommes tous issus. J'ose pas baisser les yeux vers ma queue. En sodomie, il faudrait toujours sonder le régime diététique du partenaire. Je me précipite à la salle de bains à l'étage et me lave pour évacuer l'odeur.

La sodomie hétérosexuelle : l'amour qui tait son nom. Après une douzaine de pintes au pub, c'est là que la merde est mise au grand jour et qu'on sait à quoi s'en tenir. Je sais reconnaître un mec qui a jamais enculé une fille, de la même manière que, quand on était gamins, je pouvais repérer les puceaux. Faites un pas en avant, Monsieur Galloway! Faites un pas en avant, Monsieur Ewart! Faites un pas en avant, Monsieur Bien-Coiffé-en-Brosse Birrell. Pour Turvey, je sais pas trop, mais ce qui est certain, c'est qu'il a enculé des *mecs*. Vu qu'il est à la fois nazi et Jambo, c'est forcément un pédé.

Je redescends et attends qu'elle se lave et se change. Je fais le tour du proprio et comme prévu, c'est un appart de couple-normal-avec-un-môme, propre et coquet mais sans objets de valeur. C'est pas que je lui aurais piqué des trucs, mais Polmont McMurray pourrait avoir un peu de patrimoine. C'est pas le cas. On dirait qu'il prend le même chemin, si c'est pas déjà fait, que notre pauvre Petit Gally.

— Pas mal, l'appart, je lui fais en matant le salon bien meublé. Les logements de Chesser sont vachement recherchés.

Elle exhale sa fumée de cigarette.

— Je déteste ce putain de quartier. Je suis allée voir Maggie à la mairie. Je lui ai dit que je voulais un appart dans les immeubles neufs. Cette connasse snobinarde me fait, je peux rien faire pour toi, Gail, tu n'es pas classée dans les priorités. Je lui réponds, tu parles d'une copine, hein. Enfin, c'est pas comme si on se voyait souvent. Cette pouffe m'a même pas invitée à son mariage.

Ah, la petite Maggie. Employée de la mairie, au département du logement, en plus.

— Ils peuvent pas faire de favoritisme. Enfin, tu me diras, avec moi elle s'était pas privée, hein.

— Ouais, je vois très bien de quoi tu parles, rigole Gail. Mais maintenant, elle est au top de la classe.

C'est vrai qu'elle s'en est bien sortie, notre petite Maggie.

— Tu sais, elle a pas invité son oncle Alec au mariage non plus : enfin, à l'époque, il était en taule pour un casse. Heureusement pour elle, parce que son bourge de mari se serait chié dessus. Il aurait fait tache sur les photos.

Je pense à tous ces trucs qu'on traîne de génération en génération dans les familles. Je me souviens de Maggie qui disait, dans une interview pour l'*Evening News*, qu'elle éprouvait «un intérêt passionnel pour l'immobilier.» Héritage de tonton Alec, garanti! C'est juste que ça s'exprime dans des domaines différents!

Gail est jolie dans sa robe, et je lui en redonne un coup sur le canapé. Elle jouit vite : je m'améliore en vieillissant. Et on voit bien que Polmont doit pas valoir grand-chose, à la vitesse où Gail se tape ses orgasmes.

On décide de prendre un taxi jusqu'à un hôtel de Polwarth pour boire un verre. À l'arrière de la voiture, elle agrippe mes couilles rouges et à vif.

— T'es un sale petit enculé, mon gars, elle me fait.

C'est bizarre, je pense à Gally, puis à Viv, je me dis qu'ils sont les deux personnes qui comptent le plus au monde pour moi, et qu'ils seraient détruits s'ils savaient ce que je trafique. Mais je sens ma bite raidir à nouveau dans mon calebute et je sais que je suis faible et stupide, et peu importe ce que j'essaie de me faire croire à moi-même, c'est toujours les nanas qui ont décidé pour moi. Elles savent qu'il suffit d'un regard pour que j'accoure la langue pendante.

Elle le sait.

— Tous les autres... ils me filent de la thune mais c'est toi qui niques le mieux. Comment ça se fait que t'es pas encore millionnaire, Terry ?

— Qui te dit que je le suis pas ? je lui réponds en gardant un ton de conversation.

Je veux pas l'entendre parler de ses parties de cul avec Gally, ou même avec ce putain de Tête-de-Gland. Tout ce que j'attends d'elle, c'est la baise. Et après, je veux qu'elle disparaisse parce que niquer avec elle, c'est excellent, la montée du désir et tout, mais ce qui suit, c'est pas comme avec ma petite Vivvy. C'est purement physique entre nous. Mais bon, c'est le sel de la vie, comme je dis toujours. Si ça tenait qu'à moi, le cul et l'amour seraient deux choses bien différentes. Il n'y aurait pas de complications émotionnelles, dans la baise. On est gouverné par trop de connards refoulés : les églises, les écoles privées et tout. C'est bien le problème de notre pays. Quand les homos qui s'ignorent commencent à déterminer les préférences sexuelles des uns et des autres, faut pas se demander pourquoi tout le monde bande à l'idée d'envahir un caillou paumé au beau milieu de l'Atlantique Sud.

Dans le bar pourri rempli de banlieusards minables, elle est bourrée tout de suite, elle ne tient pas l'alcool. Elle déverse son poison, déclare que tous les mecs sont des connards, bons qu'à tringler et à rapporter du fric à la maison.

— C'est ça qui est bien chez toi, Terry, ça déconne pas chez toi. Je parie que t'as jamais dit à une fille que tu l'aimais en le pensant vraiment. Tout ce que tu cherches, c'est un trou où plonger ta queue.

Oh, c'est ça, hein ?

Gally détestait l'entendre déblatérer comme ça, après avoir bu. Ça me gêne pas. Elle a raison : le seul truc qui m'intéresse chez elle, c'est son trou. Si c'est pareil de son côté, tant mieux. Mais c'est elle qui voulait venir boire un coup ici. Ça m'aurait pas déplu de rester chez elle et de baiser encore un peu. J'ai trop hâte d'être à Munich, loin de toutes ces conneries. Vu l'attitude de Gally ces derniers temps, on dirait bien que tout le monde a besoin de faire une pause, garanti.

J'essaie de changer de sujet, alors je raconte n'importe quoi.

— Tu portes plus de lunettes ?

— Nan. Des lentilles.

— Je t'ai toujours trouvée sexy avec tes lunettes, je lui dis en repensant à la fois où elle me suçait et que je m'étais retiré en lui lâchant ma dose sur sa monture dorée. Et en parlant de monture, elle mériterait bien une autre chevauchée...

— T'as qu'à les porter toi-même, tes putains de binocles. Nan, c'est pas bon tout ça.

Elle se lève pour aller aux chiottes et je regarde son dos s'éloigner. Je me dis qu'en baisant avec elle, j'ai trahi Viv. Et maintenant que c'est fait, évidemment, je peux le refaire avec qui je veux. Je connais un tas de nanas qui attendent que ça, la plupart d'entre elles seront d'ailleurs au Fluid. Je veux pas que Gail s'imagine être unique. Je demande un stylo au barman et laisse un message sur le sous-bock :

G.
JE VIENS DE ME SOUVENIR D'UN TRUC URGENT.
À BIENTÔT.
BISOUS. T.

Je me glisse vers la porte et fais signe à un taxi qui m'emmène en centre-ville. Je me fends la gueule en l'imaginant revenir à la table et ne trouver que mon petit mot.

## Clubland

Le Fluid est plein de super chattes, et Carl se la joue comme d'hab. Son pote Chris fait office de DJ et Carl attend son tour, mate autour de lui, serre tout le monde dans ses bras, la totale quoi. Son bras posé sur les épaules d'une fille que je reconnais, c'est une des sœurs Brook. Ils me voient, viennent à ma rencontre et on fait un câlin de groupe. Je m'accroche fort à la nana mais pas trop à Carl, j'aime pas trop ce genre de plans entre mecs. C'est comme les gars qui s'embrassent, ça me casse les couilles, avec ecsta ou sans ecsta.

— Oh Terry, Terry, Terry, il me fait quand on s'écarte.

— Bonnes pilules ?

— Les meilleures, Ter, les meilleures. Les meilleures que j'aie jamais gobées.

C'est toujours «le meilleur» avec ce débile.

— Ça te plaît aussi, poupée ? je demande à la frangine Brook.

J'arrive pas à me souvenir si c'est Lesley ou l'autre. Je devrais le savoir, pourtant, vu que j'ai niqué les deux.

— Super, elle répond en passant son bras autour de la taille fine et féminine d'Ewart et en écartant une mèche de cheveux de son visage. Carl va me faire un de ses massages secrets, pas vrai Carl ?

Massage secret mon cul. Ewart.

Ce connard visqueux la regarde dans le blanc des yeux et lui adresse un sourire intense, puis se tourne vers moi.

— Cette fille, une vraie merveille, hein Terry ? Enfin quoi, regarde-la, un vrai réconfort pour des yeux fatigués.

— Si on veut, oui, je réponds dans un sourire.

Ewart fait partie de ces mecs qui gobent une ecsta et ont l'impression de laisser dans leur sillage une traînée d'amour, mais c'est un putain de filet de bave qu'il nous laisse, ce con prétentieux.

— Vous êtes venu seul ce soir, Monsieur Lawson ? Où est donc la belle Vivian ?

— Soirée entre filles du boulot, je mens. Et Billy et Gally ?

— Billy est quelque part dans le coin, répond Carl en scrutant la salle. Et Gally, ben, il est venu avec une fille, ils sont défoncés. Ça sent l'héro, si tu veux mon avis.

La petite Brook secoue la tête.

— Il est tellement, tellement adorable, il a pas besoin de cette merde.

Ces cons, ils te bouffent une ecsta et depuis leur piédestal hypocrite, ils s'imaginent que ça leur donne le droit de donner des leçons.

— T'avais raison, Terry, ce mec raconte vraiment que de la merde. Enfin quoi, on est tous sensibles comme dirait Marvin Gaye, mais Gally est le plus sensible d'entre nous. On dirait un clito d'un mètre soixante-dix en forme d'être humain.

Ça me fait marrer, et la frangine Brook y réfléchit un instant. Et puis elle se tourne vers moi :

— Va parler à Andrew, Terry, c'est un garçon si gentil. Et un des mecs les plus beaux que j'aie jamais vus. Il a des yeux tellement magnifiques. Comme des océans d'amour, on a qu'une envie, c'est d'y plonger.

Elle serre ses bras autour d'elle, genre, elle va se taper un orgasme rien qu'en pensant aux grands yeux cons et défoncés de Gally. Ça doit vraiment être des putains de bonnes ecstas.

Carl m'attrape le bras.

— Écoute, Ter, je monte aux platines dans une minute, trouve ce con et assure-toi qu'il ne fait pas de conneries. Mark disait qu'il y avait eu des problèmes à l'entrée...

— ... Vous être trop géniaux avec vos potes, j'adore quand vous prenez soin les uns des autres, je sens bien que c'est votre genre et je le ressens parce que, avoir une jumelle, ça te rend plus sensible... radote la frangine Brook.

Il est temps que je m'éloigne.

— OK, j'acquiesce en lui déposant un bisou sur sa joue brillante et en lui pinçant les fesses avant de partir.

Je me retourne et la vois, pendue au bras d'Ewart qui lutte pour grimper sur la plateforme et atteindre les platines.

La salle est pleine à craquer. Je pensais trouver Gally dans le coin chill-out, mais peine perdue. Je l'aperçois qui chancelle sur la piste de danse et suscite les sourires planants des raveurs aux anges. Je m'approche de lui.

— Gally !

Il est dans un de ces états. Il remarque ma présence mais reste planté là, à osciller de gauche à droite comme une armoire pourrie de chez Ikea. Si j'ai bien compris, ce pauvre con a essayé de faire entrer Wylie mais Mark ne s'est pas laissé faire, et heureusement, putain. Wylie s'est mis à gueuler et une nana l'a raccompagné chez lui.

Gally est donc là avec son thon de copine qui, d'accord, pourrait quand même en valoir la peine. Ils dégagent un truc, ces deux-là, ils puent la came. Il a dû replonger depuis le soir où je l'ai vu chez Alec. J'essaie de lui adresser la parole mais il est complètement à l'ouest. Je sais pas ce qui a pris à Mark de le laisser entrer, ami de Carl ou non.

— Quoi de neuf, mon pote ? je lui demande.

J'ai ce même sentiment de haine impuissante qui doit envahir Gail et je la comprends, maintenant.

— Hibs… Dundee… Rab Birrell s'est fait choper… le dis pas à Billy… crachote Gally.

— Il s'est fait choper ? Rab ?

Gally acquiesce. La débile s'accroche toujours à lui et me dévisage en souriant. Elle est pas sous héro mais sous ecsta, comme la frangine Brook.

— Et Larry a planté Phil, il a fallu l'emmener à l'hosto. Muriel et Larry ont pas pu rentrer, pas vrai Andrew ?

Je l'ignore et attrape Gally par l'oreille pour le forcer à me regarder.

— Écoute-moi bien, Gally, quand tu dis que Rab s'est fait choper, tu veux dire par les flics ou par une bande ?

— Les flics… Il avait tabassé un mec…

C'est un jour à marquer d'une pierre blanche. Rab Birrell qui se fait choper. Je m'étais toujours dit qu'il était trop dégonflé pour s'impliquer dans une baston. Gally m'a dit qu'au foot il était plutôt partant. Mais y a un truc pas clair : qu'est-ce qu'il foutait à traîner avec une bande de footeux, Gally, et à se camer avec un mec comme Wylie ? Y a de l'eau dans le gaz, ça fait aucun doute. Ce con est paumé et il risque pas de se sentir mieux s'il apprend que j'ai niqué avec son ex.

— Essaie de te détendre, mon pote, viens donc t'asseoir ici.

Je l'attire dans le coin chill-out.

— Mais on est venus pour danser… couine la nana en épongeant la sueur de son front.

Elle va avoir du mal à danser avec Gally, vu qu'il tient même pas debout.

Gally bavouille un truc à propos de vendre des ecstas. Je lui en prends deux et m'éloigne vers le cœur des basses. Cette conne peut bien veiller sur lui. Il y a des nanas hyper canons mais j'ai toujours préféré draguer dans les pubs. La musique gâche toute tentative de conversation.

Y en a une qui me plaît particulièrement, une nana de Ligue 1 aux allures d'Italienne. Après la fête en Italie, j'ai décidé de ne me contenter, sur le marché de la chatte, que de la meilleure qualité. On s'amuse avec les petites schemies et c'est marrant, au début, mais ça me rapproche trop des conneries de Gail et de Gally.

Ouais, la fille au bar. Elle m'a soufflé quand je l'ai repérée. Elle est superbe, putain : t-shirt moulant, pantalon en cuir. Ses longs cheveux raides semblent aussi frais que, ben, la pinte de bière qu'elle tient à la main. Un vrai régal, et la voilà qui se dirige vers Carl Ewart qui mixe ses morceaux derrière les platines. Je lui emboîte le pas.

— N-SIGN ? C'est toi, N-SIGN ? elle demande d'une voix plutôt snob.

La joie de ce con de DJ.

— Ouais, il fait dans un sourire, et il s'apprête à ajouter un truc quand elle lui balance sa pinte de blonde à la gueule!

— SALE NAZI!

Carl est sous le choc : il reste là, muet, dégoulinant de bière. C'est trop fort, putain, au moins ça lui a fermé le clapet, à ce con!

La frangine Brook fait ooohhh et essaie de consoler Carl en lui disant que la vibe est tellement sensationnelle et pourquoi est-ce qu'il faut toujours que quelqu'un vienne tout gâcher et puis tout le monde se ramène. Ewart, ça le rend taré parce qu'il considère ça comme une pure injustice. Il radote des conneries sur Topsy et lui : sur une beuverie avec des potes de longue date, sur les blagues débiles et le mauvais sens de l'humour, sur la manipulation médiatique, son impact, sa belle politique, son socialisme, ses penchants libertaires.

La nana ne veut rien entendre, elle beugle encore sur notre Monsieur Ewart détrempé, bien obligé de réagir devant ses vinyles, ses platines, ses amplis gorgés de bière. Il transforme son sweat en serpillière pour éviter un court-circuit.

Mark, un des videurs, arrive en quatrième vitesse à côté de leur groupe : la fille, sa copine et un autre con défoncé mais propre sur lui qui doit être son mec. Billy Birrell était dans les parages, il a assisté à la scène et accourt.

Birrell essaie de convaincre la nana de partir, d'un ton plutôt sympa me semble-t-il, et son mec lui fait face :

— Tu te prends pour qui, putain? Tu sais à qui tu parles?

Sa voix est rude mais c'est du flan, devant les filles. Il a beau faire des efforts, il pue l'étudiant à dix kilomètres à la ronde.

Birrell l'ignore et dit à la nana :

— Écoute, vous avez qu'à partir, c'est tout.

Elle se met à lui gueuler dessus, le traite de nazi et de fasciste, et de tous ces autres noms que les étudiants aiment à utiliser, souvent parce qu'ils vivent loin de chez eux depuis pas très longtemps et qu'ils découvrent qu'ils détestent leurs parents, et qu'ils ont du mal à l'assumer.

Billy est cool comme pas permis. Il sait qu'il n'a rien à prouver à des gens comme eux, alors il tourne les talons et s'éloigne. L'autre con ne trouve rien de mieux à faire que de l'attraper par l'épaule, Billy fait volte-face en un mouvement rapide et instinctif et lui écrase son front en pleine face. Le mec titube, son nez pisse le sang. La nana reste paralysée, sous le choc. Billy la regarde et montre le gars du doigt :

— Ton copain, il a un sacré cran. Il mérite mieux qu'une poufiasse comme toi. Ramène-le chez lui !

Mark le videur s'approche, inquiet pour Birrell.

— Ça va, Billy ? Ta main, ça va ? T'étais pas obligé de lui coller un coup de poing, tu sais.

— T'es fou ? C'était un coup de boule, explique Billy.

— C'est bien, ça, fait Mark d'un air soulagé avant de lui tapoter le dos.

Mark est un grand fan de Birrell et il aimerait pas apprendre que son prochain combat a été reporté parce qu'il s'est niqué les phalanges sur un pauvre naze. Il se tourne brusquement vers le mec.

— Bon, vous là, dehors ! Allez ! Z'êtes prévenus !

Carl appelle au calme. Faut l'admettre : il essaie encore de plaire à la fille. Il répète que c'était rien, juste un malentendu. Cette espèce d'enculé a même les couilles de dire à Birrell :

313

— T'as pas franchement arrangé la situation, Billy.

Billy arque les sourcils comme pour dire : je l'ai fait pour toi, tête de con.

Mais les autres lâchent pas Carl des yeux, en particulier la nana qui l'a trempé de bière. Gally fait un pas en avant et braille :

— Mais z'êtes qui, vous, d'abord... vous êtes... vous êtes...

Mais il est tellement défoncé qu'il se ridiculise totalement. Carl Ewart hoche sa petite tête de tapette :

— Y a trop de testostérone dans l'air, ici…

Si y avait pas eu tant de testostérone dans l'air quand il était avec Topsy, il serait jamais passé dans les journaux et il serait déjà dans la culotte de la petite étudiante. Ouais, ça, y a toujours trop de testostérone chez les autres. Ça semble pas le gêner tant que ça quand c'est dans ses couilles à lui. J'adore Carl mais je peux pas m'empêcher de trouver ça génial, ce qu'elle lui a mis dans la gueule, cette nana.

Alors, Mister DJ, ça tourne moins rond tout d'un coup ?

Le pire, avec cet enculé, c'est qu'il nous doit tout. S'il avait pas été pote avec Birrell et moi, il se serait fait défoncer la gueule tous les jours à l'école, c'est certain. Putain, c'était même garanti pour le Gamin Galak. Et il aurait jamais eu le cran de parader derrière ses platines comme si sa bite était aussi grosse que Big Ben. Ouais, ce petit malin s'imagine qu'il est le miracle divin tombé du ciel pour contenter les nanas, mais je me souviens d'un temps où il était reconnaissant envers les thons qui le laissaient approcher de leur trou. Il se la pétait à mort avec le groupe merdique qu'il avait formé avec Topsy, mais les filles de Ligue 1 ne l'ont jamais remarqué avant qu'il ait ses platines, son club et ses liasses de billets.

Miss Bière hurle toujours contre Billy, même quand sa copine essaie de la faire sortir. C'est la petite faire-valoir : une poufiasse de seconde classe avec une robe noire, une peau un peu grasse et des cheveux frisés. Ouais, y a pas que de la testostérone, je dirais qu'il y a aussi pas mal d'œstrogènes et la plupart suintent de Miss Bière. Il me semble qu'elle a un truc qui la démange mais qu'elle arrive pas à gratter, ou que son mec n'arrive pas à gratter. Il se tient toujours le pif.

— Et personne va rien dire ? Personne va leur tenir tête ? elle fait en le montrant du doigt.

Cette fille, elle doit vraiment avoir la plomberie bouchée, il est temps de faire intervenir Monsieur Propre-Lawson ! Je m'approche d'elle et adresse un clin d'œil à Billy.

— C'est ça qui te fait triper, Birrell ? De terroriser les gens et de défendre les fascistes ? Ce club, tu peux te le coller où je pense, je crache en me tournant vers la nana, sa copine La Frisette et son mec blessé avant d'ajouter : Je me casse !

Comme prévu, quand je passe la porte, ils ne sont pas bien loin derrière moi. Mark et son pote s'assurent qu'ils ne reviendront pas sur leur pas. On balance le pauvre vieux tout seul dans un taxi à destination de son appart, ou des urgences. La nana qui a éclaboussé Ewart lui en veut à mort.

— Il était complètement nul, elle croasse en regardant le taxi s'éloigner.

— Tu vas bien ? je lui demande.

— Oui, je vais bien ! elle crie.

Je lève les mains en l'air. Sa copine l'attrape par le bras puis vient vers moi et me tire par la manche.

— Je suis désolée, merci d'avoir pris notre parti, là-bas dedans.

L'autre nana est crispée, elle mord la peau autour de ses ongles. Je lui fais un clin d'œil, genre pour la calmer, et elle me rend un sourire tendu.

— Écoute, je fais à sa copine, je crois que ton amie est sous le choc. Je vais appeler un autre taxi.

La Frisette acquiesce, reconnaissante.

Je saute au milieu de la rue et gueule un coup pour arrêter un véhicule, puis je plonge sur la banquette arrière et laisse la portière ouverte. Elles me dévisagent une seconde mais finissent par s'engouffrer à mes côtés.

On se dirige vers leur appart sur South Clerk Street. Je papote avec La Frisette en me disant que, si je lui fais passer le meilleur moment de sa journée, il y a des chances pour qu'elle m'invite à monter. Et c'est le cas, elles me proposent de les suivre pour prendre un verre et un pétard. L'appart est plus cool que je l'imaginais, plutôt dans un style jeune professionnel qu'étudiant. On s'installe et on parle politique et clubs. Je me mets à l'aise et les laisse mener la conversation, mais c'est des conneries typiques d'intellos et j'ai du mal à feindre le moindre intérêt, faut bien l'avouer. L'objectif de la soirée étant quand même de glisser un regard subjectif par-ci par-là, ce que je fais de temps en temps. Miss Bière est trop défoncée pour s'en rendre compte mais sa copine, elle, n'en peut plus.

Elles ont l'air niquées, toutes les deux, comme si elles étaient en pleine redescente, et elles m'avouent avoir un peu abusé depuis qu'elles sont sorties vendredi soir.

— J'aimerais bien qu'on puisse avoir d'autres ecstas, putain, fait Miss Bière.

Je sors les deux cachetons que m'a filés Gally et je leur tends.

— Prenez ça, elles sont super.

— Wouaouh… des snowballs. T'es sûr?

— Je t'en prie.

— C'est trop adorable.

Je me la joue cool parce que avec ce genre de nanas, si tu donnes l'impression de t'intéresser trop à elles, tu te fais allumer jusqu'à ce que tes couilles explosent.

Une demi-heure plus tard, elles tripent à nouveau. Elles accusaient le copain au nez cassé d'être l'homme le plus con de la création, mais maintenant, on est installés bien au chaud sur le canapé, le chauffage à fond, et elles me répètent à quel point je suis adorable, elles me caressent le visage, les cheveux, les vêtements et tout. Un putain de bienfait pour l'ego, pas de doute. Mais l'ego et le moi, ça n'a jamais été vraiment mon problème, c'est plus le ça qui m'intéresse. Je me dis qu'il faudrait sûrement que je me casse de là, mais j'ai ce pervers amphétaminé coincé dans la tête, vicelard et sans-gêne et qui me pousse toujours vers les pires dépravations.

— Les filles, on dirait bien qu'on est dans une situation propice. Une de chaque côté, un mec chaud comme la braise au milieu, voilà le genre de position qui me plaît!

Elles me regardent, puis échangent un regard ; lentement mais sûrement les fringues commencent à tomber et on passe un gentil petit moment ensemble.

Au milieu de la nuit, je me réveille et observe les donzelles aux mœurs faciles. Le sommeil peut être un salaud de traître : il leur donne une sorte d'apparente innocence dont elles sont pourtant totalement dépourvues. C'est quoi, ces conneries ? Sommeil, mon cul, c'est l'inconscience. N'importe qui pourrait donner un air «paisible» au cadavre de Charlie Manson en une demi-heure maxi.

Une fois rhabillé, je sors dans la nuit froide, et je ne me suis jamais senti aussi seul et coupable de toute ma vie ; j'ai hâte de retrouver Viv. Mais il faut d'abord que je me débarrasse des fluides et des odeurs.

## Compétition

Ce boulot m'a l'air super facile. Alec a réussi son repérage, je peux lui accorder ça, à cette vieille serpillière dégueulasse. C'est tout aussi bien parce que moi, je m'en suis pas sorti avec ce con de Secret Squirrel-Birrell qui m'a embarqué en voiture.

— La maison est totalement indépendante, avec un immense jardin devant et derrière et une allée couverte sur le côté, qui mène directement au garage. On voit pas l'entrée depuis la rue à cause des buissons et des arbres aux branches basses, m'explique Alec avec un ton de putain d'agent immobilier. Par contre, il en a pas du tout l'allure.

On passe plusieurs fois devant en camionnette, puis je sors, ouvre le portail noir en bois peint, et Alec s'acharne à essayer de glisser le véhicule contre le flanc de la maison. Je remarque les portes du patio, le double vitrage bien chérot. Alec a raison, ce con n'a fait installer qu'une porte en verre sur le côté du bâtiment, qui «donne un accès direct» à la cuisine.

Alec sue et souffle dans la vieille camionnette. Au début, cet idiot essaie de la rentrer le nez en avant, ce qui veut dire qu'on serait obligés de faire une marche arrière pour sortir en cas d'urgence. Pas question. Ce vieux branleur déconne à pleins tubes, il oublie ses propres règles.

— La sortie, Alec, oublie pas la sortie, je siffle en tapotant à sa fenêtre.

Il recommence sa manœuvre, effectue une marche arrière maladroite dans l'allée. Quand on entre enfin et qu'on s'apprête à refermer le portail, je repère une vieille camionnette bleue garée dans la rue juste devant la maison. Elle est toute défoncée, pire que la nôtre. On dirait qu'elle est abandonnée, ça peut pas être un véhicule de police camouflé. Si elle a été laissée là en plan, c'est une mauvaise nouvelle parce qu'il y aura forcément une commère pour appeler la fourrière.

Le facteur risque augmente un peu trop.

Alec sort de la camionnette et jette un regard hésitant vers la porte vitrée de la cuisine. Quand on s'approche, je comprends la raison de son inquiétude. Elle a été explosée.

— Putain, mais qu'est-ce qui se passe ? il chuchote. J'aime pas ça, viens, on remonte dans la camionnette et on se tire d'ici !

C'est hors de question.

— Ça va pas, non ? Un connard essaie de cambrioler notre baraque ! On va régler ça tout de suite !

On ouvre la porte et on entre dans l'obscurité de la cuisine sur la pointe des pieds. Mes bottes écrasent des morceaux de verre brisé. On traverse le sol carrelé et j'entends soudain un énorme raffut qui me fait bondir de trouille. Je me rends compte que c'est Alec qui vient de tomber sur le cul.

— Putain, mais qu'est-ce… je crache dans le noir à l'attention de ce poivrot maladroit.

— J'ai glissé sur un truc… il gémit.

Y a une odeur atroce et tout, une vraie infection qui déclenche les vomissements de ce pauvre Alec. Je commence à me dire que les flics ont dû nous suivre, mais je m'aperçois que quelqu'un a chié sur le sol, et Alec a glissé sur l'étron.

— Sale putain de… il halète en répandant une autre gerbe sur le carrelage.

Puis je vois apparaître une silhouette dans l'encadrement de la porte. Je capte un éclat dans le clair de lune et je me rends compte que la main tient un couteau. C'est un gamin, environ dix-huit ans, et il se chie dessus. Il tremble et agite la lame devant lui.

— Qu'est-ce que vous voulez? Danny! il chuchote dans la cage d'escalier.

Alec se redresse et pointe son index vers le mec.

— C'est toi qui as chié, sale petit enculé?

— Ouais… euh… il fait en brandissant le couteau. Vous êtes qui, vous?

Il est temps de clarifier la situation.

— Pose ça tout de suite, petit con, parce que si tu m'obliges à venir jusqu'à toi pour te le faire lâcher, je vais te le planter direct dans le cul, je lui fais d'un ton menaçant.

Il sait que je déconne pas. J'avance d'un pas et il recule.

Derrière lui apparaît une autre silhouette, familière, lente, tremblante et suante.

— Terry, elle fait dans un halètement. Terry Lawson… Mais qu'est-ce que tu fous ici, mec?

— Spud… Putain, c'est quoi ce bordel? C'est notre plan, ici, ça fait des mois qu'on est sur le coup!

C'est Murphy. Spud Murphy, de Leith.

— Mais on est arrivés, genre, en premier.

— Désolé, mon pote. Rien de personnel, hein, mais on a mis trop de temps dans ce taf pour que deux putains de junkies fassent tout foirer. Va falloir vous barrer…

— *Je suis pas* un junkie, moi… proteste le gamin.

— Mais t'es un sale petit porc qui chie par terre! Putain de bourrin! rugit Alec en lui montrant l'état de son blouson Harrington.

— C'est sa première fois, Alec, explique Spud.

— Ouais, je l'aurais pas deviné tout seul, quoi, je lui fais. Pas facile de trouver des employés compétents de nos jours, hein mon pote?

Spud se passe la main sur le visage et s'essuie le front avec sa manche de blouson. Le pauvre con, il a l'air complètement en manque.

— Y a tout qui merde aujourd'hui… il me fait avant de lever les yeux vers moi. Écoute, va falloir qu'on partage… qu'on fasse moitié-moitié.

Je regarde Alec. On sait qu'il va falloir se casser d'ici fissa. On peut pas se permettre de traîner dans le coin. Le gamin porte pas de gants, quant à ceux de Spud, on dirait une putain de paire de moufles qui t'empêcheraient à tous les coups de soulever quoi que ce soit. Ces connards se contenteront de quelques CD à revendre au pub.

— OK, les gars. Les CD sont à vous.

— Il a une super collection, admet Spud. Des vidéos et tout.

Je fais un petit tour. Spud, ce con de junkie, est mal barré. Gally traînait avec le dénommé Matty Connell, un pote à lui. Je l'avais prévenu qu'il avait pas intérêt à se frotter à ces mecs. On peut jamais faire confiance à un junkie et il faut jamais, *jamais*, travailler avec. On viole toutes les putains de règles, là. L'affaire avait bien commencé mais ça a vite tourné en eau de boudin. Je rattrape Spud dans l'escalier. Je garde à l'esprit qu'il ne faut pas faire confiance aux junkies, d'ailleurs, il en est la preuve vivante, vu que son pote les a arnaqués, lui et sa bande. Ils avaient arrangé un gros deal d'héro à Londres et le mec s'est volatilisé avec le butin !

— J'ai entendu dire que ce connard de Renton vous avait baisés. Toi, Begbie et Sick Boy, enfin, c'est ce qu'on m'a dit. C'est quoi cette histoire ?

— Ouais… C'était y a quelques années. Je l'ai pas revu depuis.

— Et les autres, Sick Boy et tout, ils vont comment ?

— Oh, euh, Sick Boy est resté à Londres. Il est remonté voir sa mère, y a une semaine ou deux, on a bu quelques verres.

Mais moi, il m'a jamais appelé, cet enculé. Je l'ai toujours apprécié, Sick Boy.

— Cool. Passe-lui le bonjour de ma part, la prochaine fois que tu le vois. Il est génial, Sick Boy. Et Franco, il est toujours en taule?

— Ouais, fait Spud qui semble gêné à la simple évocation de ce nom.

Tant mieux, je pense, y a pas mieux comme endroit pour ce con. Ce mec, il sait pas quand s'arrêter. Il va finir par tuer quelqu'un ou se faire tuer, rien de plus sûr. *Pire* que Doyle, cet enculé. Mais je suis plus intéressé par le contenu de cette baraque que par l'état d'esprit de Monsieur Begbie, aussi intéressant soit-il. La chaîne hi-fi et les amplis sont une vraie œuvre d'art. La télé aussi. C'est une famille de musiciens et tout, deux violons et une trompette sont stockés dans une pièce humide à la cave, et ils ont aussi un orgue Hammond. Les gamins ont des jeux vidéo et deux vélos neufs. Dans la chambre, je trouve des bijoux mais seulement un ou deux qui ont de la valeur. Et quelques vieux guéridons qui vont se retrouver chez un antiquaire en dehors de la ville, par l'intermédiaire de Peasbo. Les CD et les vinyles valent que dalle, Spud et son petit copain peuvent tout embarquer et les refourguer pour s'acheter leur merde de losers qu'ils chaufferont et s'injecteront dans les veines.

L'étape suivante implique de sortir toute la marchandise de la maison et de la charger dans la camionnette, puis, direction notre planque. Je veux pas que Spud et son pote nous y accompagnent, c'est un endroit secret et c'est ça l'intérêt, d'être secret : ça le restera pas très longtemps, si on garde ces deux commères collées au cul.

— Pourquoi t'as pas garé ta camionnette dans l'allée, Spud?

— Je me disais que les voisins risquaient de la voir.

— Nan, la rangée d'arbres bloque la vue, je lui explique en entrant dans une immense chambre à coucher. T'allais pas sortir par la porte d'entrée, les bras chargés de trucs, si?

— Si, rien qu'un grand sac rempli de marchandises, il fait en me jetant un coup d'œil plein d'espoir. On a pas la place de stocker plus.

Dans ses rêves. Ne jamais bosser avec un junkie.

— Désolé, mon pote, je peux rien faire pour toi, mais les CD et les vidéos vont rentrer dans ton sac.

Je le mate, m'attends à ce qu'il fasse chier, mais il est défoncé. En plus, c'est pas le genre de mec à s'engueuler. Du coup, tout le monde en profite. C'est triste, mais c'est comme ça. Il s'assied sur le lit au cadre de laiton.

— Je me sens explosé, mec…

— Le fardeau de tes problèmes pèse lourd sur tes épaules, pas vrai ? je fais en farfouillant dans les tiroirs où je trouve quelques jolies culottes en soie.

— Ouais… répond Spud dans un frisson avant de changer de sujet. Alors, ils sont partis pour combien de temps, les mecs de cette maison ?

— Deux semaines.

Spud s'allonge sur le lit, se recroqueville, en sueur et courbaturé.

— Peut-être que je pourrais rester là un moment et me détendre…

— Allez, mec, tu peux pas rester là, je rigole à moitié.

Sa respiration se fait lourde.

— Écoute, mon pote, je me dis que cet endroit, c'est peut-être, genre, l'occasion rêvée de tirer un trait sur la came… Une jolie baraque comme ça… Les bonnes vibrations… Juste pour deux jours… Je me terre et j'arrête, tu vois, j'arrête du jour au lendemain…

Il vit au pays des rêves, lui.

— Comme tu veux, Spud, mais t'attends pas à ce que je te tienne compagnie. J'ai des affaires à régler, chef.

Je redescends, les bras chargés de tout le butin que je peux porter, et j'ai envie de m'éloigner de cet imbécile et de me casser aussi vite que possible. Alec pue la merde molle, qu'il a traînée partout dans la maison. Il a essayé de se nettoyer mais voilà qu'il a mis le nez dans la collection de bouteilles et il fait un sort au whisky. Ça commence à me gaver sévère.

— Allez, espèce de poivrot, qu'est-ce que tu branles ?

— Un petit remontant, siffle Alec en essayant de se redresser dans le fauteuil en cuir. Une jolie petite potion dorée, un petit whisky, il fait dans un sourire. Il regarde le gamin qui fouille dans la collection de CD et ajoute : Le gosse te filera un coup de main pour transporter les trucs, c'est la moindre des choses, après m'avoir couvert de merde !

Le môme a l'air abattu. Puis son visage s'illumine et il tend *Raging Bull* à bout de bras.

— Ça vous gêne pas si je le garde ?

— On verra, mon pote, viens d'abord m'aider avec la télé, je déclare à son grand regret, mais il attrape un côté, j'attrape l'autre et on repasse dans la cuisine en contournant la flaque de chiasse. On t'a jamais expliqué que tu chies seulement à la *fin*, quand t'as sorti tout ce que tu voulais piquer ?

Il prend un air absent.

— Autre chose. Tu chies jamais en plein milieu d'une issue de secours. Pense toujours à la sortie.

Mais il bosse bien et on a bientôt terminé de charger la camionnette. Le pauvre petit con. Quelques années plus tôt, quand y avait encore un tas de boulots manuels pour la classe ouvrière, un petit enculé comme lui aurait eu du travail à la pelle dans un magasin d'usine quelconque, il se serait tué à la tâche à transbahuter des trucs dans les baraques de riches. Mais il aurait travaillé dans la légalité. De nos jours, à part le suicide, le crime est la seule alternative pour les mecs comme lui.

Du coin de l'œil, je repère deux tapis pendus au mur. Je sais que c'est un trip de richards de faire ça, et je me dis qu'ils doivent avoir de la valeur si les proprios veulent pas qu'on marche dessus. Ils ont l'air de bonne qualité, alors je les décroche et les roule pendant que ce vieux puant d'Alec remplit un sac de bouteilles d'alcool. Son histoire avec la vinasse, c'est plus une blague. Si ce con braquait Fort

Knox[1], je jure qu'il sauterait par-dessus tous les lingots d'or pour atteindre le placard où les vigiles planquent leur picole.

— Il est où, Danny ? demande le gamin.

J'avais failli oublier : c'est le vrai prénom de Spud.

— À l'étage, dans un sale état, je lui annonce avant de faire un geste en direction des tapis. Allez, file-moi un coup de main.

— D'accord, il fait en soulevant le premier. Il m'adresse un petit sourire, puis : Désolé pour la merde et tout. J'étais sur les nerfs... j'ai pas pu me retenir.

— Tout le monde en passe par là, la première fois, et c'est souvent à même le sol, en plein milieu du chemin. La merde par terre, c'est toujours un moyen de savoir si tu t'es fait cambrioler par un novice ou un pro.

— Danny... euh, Spud, il m'a dit ça, lui aussi. Je me demande à quoi c'est dû ?

Ça, c'est un débat parmi les cambrioleurs qui dure depuis l'Ancien Testament.

— Certains disent que ça a un rapport avec la lutte des classes. Du genre, c'est vous qui avez le fric mais nous, on vous nique autrement, bande de salauds. Mais d'après moi, c'est plus une question de réciprocité.

Le gamin prend un air idiot. Lui, il risque pas de bosser comme ingénieur pour la NASA, c'est moi qui vous le dis.

— Donner quelque chose en échange. C'est pour ça que t'es gêné de filer du fric aux clodos dans la rue, même quand t'es plein aux as. Il paraît que tu te sens malheureux dans une transaction, si une personne ne fait que donner, et l'autre, recevoir. Moi, ça m'a jamais dérangé, enfin, si c'est moi qui reçois. Mais ouais, c'est pour ça, à ce qu'il paraît.

Le con acquiesce mais on voit bien qu'il est largué.

— Alors, on a envie de laisser un cadeau derrière nous, une carte de visite personnalisée, j'explique en émettant un

---

1. Base militaire américaine qui abrite l'*U.S. Bullion Depository*, l'une des plus grandes réserves d'or du pays.

bruit de pet ; ça fait marrer le gamin, faut dire que ça, c'est à sa hauteur, hein. Mais je vais te dire, moi, t'as plutôt intérêt à changer ton régime alimentaire, moins de fibres, plus de fer, si jamais tu comptes t'orienter dans cette branche professionnelle. Arrête la blonde et mets-toi à la Guinness.

— D'accord, il me fait, l'air de penser sérieusement que ça pourrait être un vrai plus pour sa carrière.

Alec chancelle jusqu'à la camionnette, son sac déformé par le poids des bouteilles.

Je me précipite vers le poivrot et essaie de le faire avancer plus vite, de l'aider à grimper sur le siège avant du Transit, derrière le volant. Il galère et il s'accroche à son putain de sac comme s'il contenait les joyaux de la couronne. Il finit par s'installer.

— Tu veux pas que je conduise ? je lui demande, parce qu'il est complètement bourré.

— Nan, nan, ça va…

Je fais le tour du véhicule, claque le hayon du coffre et ouvre le portail. Le petit con reste là à me regarder, puis demande :

— Et Spud et moi, c'est quand qu'on aura notre part ?

Je me fous de sa gueule, à ce petit débile, et puis je monte sur le siège passager. J'attrape l'exemplaire du *Daily Record* posé sur le tableau de bord. Il date de la semaine dernière.

— T'es quel signe, mon pote ?

Il lève les yeux vers moi.

— Euh… Sagittaire…

— Sagittaire… je commence, comme si je cherchais son horoscope dans le journal. Sous l'action d'Uranus, vous connaîtrez une période lucrative, surtout si vous écoutez les conseils de collègues plus expérimentés… Ben voilà, mon pote ! Écoute ça : les CD et les cassettes vidéo représentent un investissement excellent en cette période de l'année, et refourguer ces biens dans les pubs de la cité peut s'avérer un super coup de la mort.

— Euh…

— Ce que dit le journal, mon pote, c'est que ta part est encore dans la maison. Les vidéos et tout ça, ça vaut une fortune ! Quant aux CD…

— Mais…

— On se met nous-mêmes la corde autour du cou, là ! Tous ces machins, je lui fais avec un geste de la tête en arrière, il va falloir qu'on les revende, mais ils sont traçables. C'est nous qui prenons des risques. La prochaine fois qu'on se croise, je t'offrirai un verre et des amphèt, pour te remercier de ton aide.

— Mais…

— Nan, mon pote, retourne là-bas dedans, colle tous les CD et les cassettes dans un sac. Grouille, ou tu vas te faire choper !

Il cogite une minute, puis rentre en vitesse tandis qu'on sort en trombe de l'allée.

— Têtes de cons, je rigole en recevant dans les narines l'odeur d'Alec, qui pue encore plus qu'à la normale.

Cette camionnette, elle est comme Alec : elle est pleine de carburant mais elle peine, à bout de souffle. Elle fait un sacré boucan, elle aussi. Alec prend son tournant un peu trop serré, j'entends un craquement à l'arrière et me dis qu'on a pas dû empiler les affaires si bien que ça.

— Putain de merde, Alec, ralentis ou va repasser ton permis ! Tu vas attirer les condés comme des mouches. Reprends-toi !

Ça semble le dessaouler un coup mais quand on arrive dans la zone industrielle, il roule sur le trottoir et on entend encore un bruit dans le coffre.

Je décide de ne rien dire, ce coup-ci. Le blanc de ses yeux a jauni, c'est pas bon signe. On dirait que, d'une minute à l'autre, il va se mettre à chasser une bande de démons imaginaires. On arrive à la planque, on y gare la camionnette pour décharger, et c'est moi qui fais tout le boulot pendant qu'Alec transpire, gémit et vomit deux fois. Les palettes sont empilées jusqu'au plafond, on dirait un putain d'entrepôt de vente en gros.

— Cette planque est presque pleine, Alec, il va falloir refiler certains des vieux trucs à Peasbo.

— Sa boutique à lui est toujours pleine à craquer, fait Alec en s'appuyant contre un grand ampli Marshall.

Je commence à en avoir ras le cul.

— Bon, ça devient ridicule, Alec, on finit par faire des casses juste pour payer le loyer d'un local plein de conneries qu'on peut pas revendre.

— Le problème, Terry, toussote Alec, c'est que si tu attends six mois avec les trucs électroniques, plus personne n'en veut... dépréciation des biens... obsolètes... la technologie et tout...

— Je sais mais tu peux pas balancer des trucs tout neufs dans les boutiques, Alec, les flics auraient qu'à remonter à la source, un connard panique et vend la mèche, et nous, on est foutus.

— ... changement... obsolète... technologie...

Le mythe des balances, c'est que les gens dénoncent par méchanceté ou jalousie, ou pour leur profit personnel. Ça, ça doit arriver dans les hautes sphères du crime, ou à l'inverse, dans le cas de pauvres taches qui font des travaux de déco ou de peinture intérieure au black, et qui se font dénoncer par un enculé. Mais dans notre cas, la plupart des balances sont des crétins et ils te vendent par pure connerie. Ils pensent pas à mal mais ils parlent un peu trop au pub, et une fois dans la salle d'interrogatoire au poste de police, ils se mettent à paniquer et un flic expérimenté les brise en deux temps trois mouvements.

— ... les temps changent... les biens deviennent obsolètes... si rapidement... ça fait qu'empirer... Ça va empirer...

C'est bien la seule chose dont je puisse être certain, à force de traîner avec un poivrot incapable comme lui.

# Carl Ewart

## Ich Bin Ein Edinburgher

L'équipe habituelle est présente et déchaînée : moi, Juice Terry, Gally et Billy Birrell. On est à Munich pour la fête de la Bière mais on a besoin de voir autre chose que le site officiel du festival, vu que les choses ne tournent pas franchement comme prévu.

Ouais, on a chaque nuit le cerveau et les tripes aussi détrempés qu'un rat de canal, et c'était d'ailleurs le plan initial. Le but avoué de ce voyage, c'était de changer d'air, de se remettre à la bière et d'arrêter l'ecsta, dont on abuse vraiment trop chez nous. C'est un peu ma faute : depuis que je me suis mis sérieusement aux platines, j'ai un accès permanent aux cachetons, j'y suis plongé jusqu'au cou. C'est pas que ça nous faisait du mal, mais ce qui est agréable a forcément un prix : alors, on s'est dit qu'on allait lâcher l'affaire un moment, se replonger dans la picole et voir le résultat.

Évidemment, le résultat est le même qu'avant l'ecsta : tout le monde est partant pour une partie de cul, mais aucun de nous n'est capable de trouver un trou. C'était prévisible, mais c'est pas qu'une fête de la Bière, c'est aussi une fête de la Chatte. Si tu tires pas ton coup ici, autant prendre un putain de rasoir, te la couper et la jeter en pâture aux

Français. Le truc, c'est que même si on a tous grandi dans la culture de l'alcool, que notre univers en est saturé, on est désaccoutumés.

Et puis, on a tous des motivations différentes. Des mecs qui se bourrent la gueule en groupe pendant deux semaines, ça a l'air simple vu de l'extérieur, mais c'est jamais si évident que ça. Billy allait avoir un combat capital et il voulait garder la forme, trouver une salle de gym pour faire du sport. Son manager, Ronnie Allison, n'avait pas été très chaud pour le laisser partir, deux mois avant son grand frittage, mais il l'avait mal joué auprès de Billy en disant «non» dès le départ. Billy peut être un sale con d'obstiné, si tu lui dis «blanc», il te répond «merde». C'est d'ailleurs le mot exact qu'il avait lancé à Ronnie.

Juice Terry, lui, c'est un tout autre genre de sac à merde. C'est un vendeur de boissons, point barre : Sa Majesté le Vendeur de Bouteilles de Soda n'a pas abordé la culture club et l'ecstasy avec le même esprit de sacrifice que nous. La fête de la Bière à Munich est un Lourdes imbibé d'alcool béni, et Terry était déterminé à y prendre la Steiner par le col. Juice Terry Lawson a donc été, on peut le dire, la force motrice à l'origine de cette escapade.

Andy Galloway, comme d'hab, a suivi le mouvement. On arrive toujours à trouver quelque chose de positif chez Gally. Il a eu son lot d'emmerdes, récemment. C'est un gars gentil qui semble attirer le mauvais œil. Si quelqu'un méritait de bonnes vacances, c'était bien lui.

Et moi ? Ben pour être honnête, je me porte bien, en fait, je suis comme une mouche sur la plus magnifiquement toxique des merdes, je bourdonne autour de tous les magasins de disques pour écouter ce qui se fait en eurotechno. Cette tendance émerge, c'est mon trip. Ça fait une semaine qu'on est arrivés et je l'ai passée en grande partie chez les disquaires, même si j'ai réussi à me faufiler dans quelques boîtes un soir avec Billy qui avait envie de faire un break avec la picole. Terry et Gally nous ont pas trop fait la gueule : on n'a pas touché à un seul cacheton, on s'en est tenus à notre pacte bière-ou-rien, Dieu nous en est témoin.

Cette fête de la Bière, c'est quelque chose. Une vraie Sodome et Gomorrhe, imbibée d'alcool, dépourvue de toute inhibition, et pourtant, notre pouvoir de levage est à zéro pointé. On a deux soucis : premièrement, on ne sait plus parler ce langage codé éthylique qui permet de cracher les plans drague les plus basiques, le discours honnête et ouvert de l'ecsta ne semble pas approprié. Deuxièmement, on n'arrive plus à contrôler notre picole. On était décalqués avant même de s'en rendre compte. La première semaine a été une sorte d'acclimatation. On a bien sûr eu quelques occases à caractère sexuel : il me semblait avoir trouvé mon coup le premier soir avec une Belge, mais j'étais trop bourré pour bander et je me suis contenté d'une pipe à travers un préservatif et d'un orgasme minable en demi-érection. Terry a trouvé une fille, un soir, mais le crâne détrempé d'alcool, il s'est tellement concentré sur les préliminaires qu'il s'est autohypnotisé et s'est assoupi, laissant la pauvre Fräulein la queue entre les jambes. Gally et Billy, bizarrement, n'ont même pas entrevu la possibilité d'un coup. Je me suis rappelé qu'on parle souvent d'exploitation coloniale, de dévastation économique et d'immigration en Écosse, mais si notre population nationale actuelle est si basse, c'est peut-être parce qu'on est tous trop bourrés pour pouvoir niquer.

À la fin des vacances, on se sera sûrement tapé plus d'hôtels que de nanas. Notre premier squat était une gargote turque avec une cage d'escalier étroite qui menait à une grande chambre meublée de deux lits superposés. Y avait un petit bar au rez-de-chaussée et un soir où on rentrait explosés du festival, j'ai tendu la main par-dessus le comptoir et piqué une bouteille de Johnny Walker Red Label. On s'est affalés sur nos lits et on a bu jusqu'à l'évanouissement.

Après, je me souviens juste de m'être réveillé quand ces enculés de Turcs sont entrés dans notre piaule. Ils nous gueulaient dessus à pleins poumons, et l'un d'eux est entré dans nos chiottes. Voilà l'histoire : Terry s'était levé pendant la nuit pour chier, mais au lieu d'utiliser la cuvette normale, cette espèce d'éponge à picole s'était assis sur leur machin, là, le bidet. Je croyais qu'on ne trouvait plus ce genre de trucs qu'en France, mais ce trou à rats en avait un. Bref, notre Juice Man s'était rendu compte qu'il avait chié au mauvais endroit, alors il avait ouvert les minuscules robinets pour tout évacuer, avant de retomber sur son matelas dans un profond sommeil. Le truc, c'est que ça avait bouché les tuyaux d'évacuation et que ça avait inondé la chambre du dessous, où un couple en lune de miel tentait de baiser en paix pour se retrouver finalement couvert de plâtre humide et de la merde délayée de Terry.

Et voilà qu'on nous foutait à la rue, fringues et le reste de nos affaires fourré à la va-vite dans nos sacs.

— Sales bâtards d'Anglais, nous a lancé le Turc.

Billy s'apprêtait à protester sur l'emploi du terme «Anglais» mais Terry a enchaîné :

— Fais pas chier, Birrell, on peut encaisser cette insulte. Voeuillaï nous êxciouzê, mon nâmi, il lui a répondu tandis qu'on s'éloignait d'un pas chancelant, à 5 heures du mat, crevés et délirants.

On a dormi dans la gare et la journée suivante a été lamentable : la tête dans le cul à chercher une autre piaule.

On a été obligés de prendre le premier truc venu, et tous les autres hôtels étaient bien plus chers. Gally gémissait qu'il était fauché et ne pouvait pas se le permettre, mais pour nous autres, c'était plutôt le cas de figure : le premier port en vue dans la tempête.

Billy répétait qu'il fallait qu'il se pose, pour reprendre son expression.

— Faut que je me pose, j'ai un combat bientôt.

Je m'inquiétais de l'entendre se plaindre autant, Birrell n'est pas du genre à râler. Il s'adapte à toutes les situations.

On pourrissait surtout Terry pour la débâcle turque, les disputes se succédaient.

Le lendemain matin, ils sont encore en train de s'engueuler au petit déj. Je ne peux plus supporter ces prises de bec, alors je sors chercher des skeuds. Je trouve une super boutique où je prends rapidement d'assaut la platine et les écouteurs. Je sélectionne un premier album que j'écoute trois fois. Pas moyen de prendre une décision : ça commence carrément bien et puis après, ça ne mène nulle part. Nan. Le deuxième est excellent, un label belge dont je n'ai jamais entendu parler, et que je peux encore moins prononcer. Ce machin fait monter la sauce, monter la sauce, se calme un moment pour exploser encore plus fort à la fin. Un morceau génial pour tenter sa chance sur le dancefloor. Le meilleur truc que j'aie jamais entendu. J'en trouve un autre du même label, et puis un morceau taré de FX : un putain de moment apocalyptique si tu supprimes la ligne de basse et que tu le passes par-dessus l'autre titre, au moment où il atteint son apogée.

Je discute avec un mec qui vient livrer des flyers. Il s'appelle Rolf, il doit avoir notre âge, à peine plus jeune, la peau mate, le sourire provocant. Il porte un t-shirt d'un label techno allemand. Ces cons d'Allemands, ils ont toujours l'air tellement en forme, tellement frais, c'est pas facile de leur donner un âge. Il me parle d'une fête ce soir, puis il me fait écouter des morceaux, dont un carrément mortel que j'achète aussi. Au bout d'un moment, une fille canon, mince, longs cheveux blonds, t-shirt blanc sans soutif, entre pour saluer Rolf.

— Elle, c'est Gretchen.

Je lui tapote le bras et lui dis salut. Rolf me file son numéro et ils s'en vont ensemble. Je les regarde sortir en espérant qu'elle a une sœur, ou au moins des copines qui lui ressemblent : une belle chatte de Bundesliga, comme dirait Terry.

J'écoute encore quelques morceaux et je bavarde avec le vendeur, Max, et ses potes. On parle musique et les mecs ont l'air tout autant intéressés par ce qui se passe de notre côté de la Manche, que moi par ce qui se passe ici. La vérité, même si je culpabilise un peu, c'est que je m'éclate mieux comme ça, à discuter musique avec d'autres fans, à mater ce que les autres écoutent, à deviner ce qui va percer. À part être derrière les platines, c'est ce qui me plaît le plus. J'aime toujours traîner avec les potes et tout, mais on peut sortir ensemble et se marrer sans pour autant être dans les pattes les uns des autres.

Du coup, je passe presque toute la journée chez le disquaire. C'est l'avantage avec la musique. Si tu es passionné, tu peux aller n'importe où dans le monde et en quelques heures, tu as des potes pour la vie.

Bien sûr, notre bon vieux Terry Lawson parle toujours de solidarité, mais c'est quand ça l'arrange. Dès qu'une putain de chatte passe dans le coin, il part au quart de tour. Comme ce matin, après le petit déj. Il voulait qu'on reste ensemble et qu'on bavarde jusqu'à ce qu'il soit temps pour lui de décoller et d'aller renifler les minettes du quartier. C'est bien Terry, ça, il trouve une nana à son goût dans un pub ou dans un magasin, et il va la harceler jusqu'à ce qu'elle accepte de boire un verre. Il n'a aucun scrupule, et il a visiblement identifié quelques nouvelles cibles. Terry ne supporte pas d'être seul, sauf s'il a une télé pour lui tenir compagnie. Mais Billy voulait aller s'entraîner et Gally voulait boire.

Comme prévu, quand je rentre en fin d'après-midi, Terry est parti, Birrell fait un footing et Gally est installé au balcon de la chambre d'hôtel, déjà presque déchiré.

— Ils font des brunes excellentes, il bavouille d'un ton théâtral. Enfin, il ajoute en me matant de ses yeux immenses, si on reste dans un palace comme ça, je risque pas d'avoir la thune pour aller boire des coups en ville.

J'aime pas trop qu'il se bourre la gueule comme ça, tout seul. C'est pas ça, des vacances-picole, enfin pas d'après moi, mais si c'est ce qu'il veut, c'est son choix.

Ce soir, on fait un saut dans le quartier des facs, histoire de repérer le terrain. On prend l'U-Bahn et on descend à l'arrêt Université, juste parce qu'un groupe de filles y descendent aussi, j'imagine. On se balade un moment et on finit par trouver un coin sympa, le Schelling Saloon. C'est un grand bar avec un paquet de tables de billard et beaucoup de cachet. Un peu trop de cachet, même. Un petit Allemand nous explique que c'était le local de Hitler, qu'il y venait souvent quand il est arrivé à Munich.

Bref, c'est bien nous. Encore bourrés, mais ce coup-ci bien loin de la foule endiablée du festival, installés tranquillement dans l'ancien bar d'Adolf. Ouais, on descend vite les verres, sauf Billy qui se retient à cause de son combat. Terry ne se prive pas pour le faire chier.

— Allez, Birrell, gros pédé, t'es censé être en vacances. Enfile-toi un petit coup d'alcool, il fait en jetant un œil suspicieux à son verre de jus d'orange.

Billy se contente de le regarder en souriant.

— Plus tard, Terry. Faut que je fasse gaffe, je boxe dans quelques semaines, je te rappelle. Ronnie Allison va péter un plomb si je reste pas en forme.

— Écoutez-le, ce con. Quel putain d'artiste. Jamais bien loin de ses punching-balls, rigole l'homme à la chevelure frisée.

— Va chier, Terry. Je me suis jamais mangé le tapis de toute ma vie, mais ç'aurait pas traîné si t'avais été mon entraîneur, réplique Billy, le regard méprisant.

C'est vrai. On est tous fiers de Billy. Ronnie Allison l'a mis en garde, à propos de nous : la picole, les boîtes, le foot, mais Billy s'en bat les couilles. Birrell a du talent. Il sait donner des coups, et il sait en recevoir, même si c'est rarement le cas, vu les réflexes qu'il a. Je dois me prendre pour la conscience de Billy, parce que j'interviens :

— T'as raison, Billy, déconne pas. C'est vrai, Juice, on veut pas que Billy rate sa chance, pas pour quelques verres. C'est le problème, avec ces vacances, y a trop de picole et pas assez de trous.

Mais personne ne m'écoute, Terry et Billy se sont plongés dans une partie de billard et Gally mate la fille qui bosse derrière le comptoir.

— C'est pas plus mal que ce con de Hitler soit pas là ce soir, je rigole après que Billy a loupé une rayée. Sinon, il aurait sûrement essayé d'annexer notre table.

— Ce petit nazi se prendrait cette queue dans la gueule, s'il tentait le coup, répond Terry en frappant le manche dans la paume de sa main.

— Les tables de billard auraient jamais été là, à son époque, remarque Billy. C'est les Ricains qui ont importé le concept après la guerre.

Ça me fait mouliner du cerveau.

— Mais genre, imagine qu'il y ait eu des tables de billard quand Hitler était là. Ça aurait pu changer le cours de l'histoire. Vous savez à quel point il était obsessionnel, pas vrai ? Imaginez que ce petit enculé ait mis toute son énergie pour devenir le maître du billard…

— Hitler le billardführer, fait Terry en claquant des talons et en levant le bras droit.

Quelques Allemands le regardent depuis les tables voisines mais il n'en a rien à foutre. Moi non plus, d'ailleurs, parce que je ne vois aucun photographe dans le coin, prêt à transformer une blague minable en putain de chasse aux sorcières de Nuremberg.

— Mais sérieux, c'est le genre de jeu qui t'absorbe complètement. Je vous le présente autrement : combien de dictateurs potentiels ont vu leur rêve de domination mondiale tué dans l'œuf par une putain de table de billard ?

Terry n'écoute pas, il admire la serveuse qui nous apporte d'autres verres. Elles portent toutes des costumes traditionnels bavarois, ceux qui leur remontent les seins, pour notre plaisir à tous.

— Quel superbe costume, lui déclare Terry tandis qu'elle pose les verres.

Elle se contente de lui sourire.

J'aime pas la façon dont il plonge le regard dans son décolleté. J'ai bossé dans des restos et des bars, je déteste les mecs qui vous font sentir que vous êtes que dalle, que vous n'êtes qu'un objet, un larbin mis sur terre pour leur propre plaisir. Quand elle s'éloigne, je fais :

— Ferme ta gueule, arrête de déconner avec tes superbes costumes.

— Mais de quoi tu parles, putain ? Je lui faisais un compliment, c'est tout.

Je peux pas accepter ça, parce que Lawson, un des pires connards que Dieu ait mis sur cette planète, se la pète un peu trop avec cette histoire de nazis. Ce mec est à la morale et à l'éthique intellectuelle ce que Churchill est à la comédie.

— Écoute, mec, elle est obligée de porter ces fringues. C'est pas elle qui les a choisies. Elle nous obéit au doigt et à l'œil toute la soirée, il nous suffit de lever une main flemmarde et elle accourt au galop. En plus de tout ça, elle est engoncée dans ce machin, les seins à l'air, juste pour notre putain de plaisir. Si encore elle s'était sapée elle-même, alors, d'accord, tu pourrais lui faire un compliment sincère, j'ai rien contre, mais pas quand elle y est obligée.

— Bon, t'as pas niqué de tes vacances et c'est ça qui te rend ronchon. Mais putain, passe pas tes nerfs sur nous. De toute façon, elle pige pas un mot de ce qu'on dit, il réplique avant de viser.

Terry a l'art de réduire un raisonnement élaboré aux motivations les plus élémentaires.

— On s'en fout, de la langue, mec. Les filles, elles comprennent quand un putain de porc à moitié bourré les drague. C'est une langue internationale.

Sa Majesté Outrée de Saughton Mains ne se laisse pas faire :

— Commence pas, toi. Chez nous, qui c'est qui colle ses pattes dégueulasses sur toutes les filles qui passent à sa portée ? Sale peloteur. C'est qui, le porc, hein ?

Son visage accusateur se tord et sa mâchoire inférieure s'avance de quelques centimètres. Personne ne sait mieux accuser que lui. Il aurait dû être procureur de la Couronne.

— C'est pas pareil, c'est quand je suis sous ecsta. Je tripote tout le monde, pas que les filles, je deviens plus tactile, c'est tout... C'est ces putains d'ecstas. Je tripotais même ta veste en cuir noir l'autre soir, tu te souviens?

Il m'ignore, il est allongé sur la table et la queue lui frôle la joue tandis qu'il pousse la boule avec douceur. Je dois bien l'admettre, ce con sait jouer au billard. Mais bon, vu le temps qu'il passe dans les pubs...

— Écoutez, les mecs, coupe Gally. On est en chasse, faut pas se mentir à nous-mêmes. Perso, j'ai jamais niqué avec une Allemande et je rentre pas en Écosse tant que je m'en suis pas fait une, même si c'est une vieille peau. Ce connard, il ajoute en montrant Billy, nous a attirés ici sous de faux prétextes. Il nous a assuré que les Allemandes n'attendaient que ça. Pires que les Anglaises, il avait dit.

Billy proteste.

— Ben, en Espagne l'année dernière, je les repoussais par dizaines.

Billy est un peu de mauvais poil parce qu'il se fait latter par Juice Terry. Billy est pas doué au billard, mais il déteste perdre en général.

— Ouais, super, en Espagne. Génial, putain. Tout le monde a envie de baiser, en Espagne.

— Mais évidemment. C'est pour ça que les nanas y vont, pour se trouver un trou, enfin, non, une bite... enfin, vous voyez ce que je veux dire. C'est pas pareil quand t'es chez toi : elles veulent pas qu'on les traite de salopes. T'as plus de chance de te taper n'importe quelle nationalité qu'une Allemande, ici, fait Terry.

Je hoche la tête.

— C'est pas les minettes, c'est pas le festival, le problème. C'est un des plus grands centres de levage de filles. Non, le problème, c'est nous. Faut qu'on essaie de limiter la picole. On n'est plus habitués, avec toutes ces putains de raves. Et toi, c'est quoi ton problème? je fais en me tournant vers Billy. C'est Ronnie Allison qui t'a interdit de baiser six semaines avant un combat?

Terry s'apprête à rentrer la noire.

— N'importe quoi, toi, me répond Billy. Si j'ai pas encore niqué, c'est parce que je suis coincé avec un groupe de branleurs laids comme des poux et bourrés comme des coings.

Ça me fait marrer, mais Gally lève les yeux au ciel d'un air excédé et soupire, laissant s'échapper entre ses lèvres un bruit de pet.

— Oh, lance Terry en rentrant la noire d'un geste méprisant, regardez-moi cette brêle de Birrell. J'espère que t'es meilleur en boxe qu'en billard, mon pote.

— Nan, mais c'est toi qui me bloques la vue, il fait avec un geste en direction de la chevelure de Terry. Le look Albert Kidd-Bobby Ball, c'est mort, aujourd'hui. Personne t'a prévenu?

Ça fout un peu Terry en rogne.

— D'accord, on se sépare, il déclare d'un ton supérieur. On verra bien qui aura pécho ce soir! M'attendez pas à l'hôtel, il fait en accrochant sa queue au mur dans un déhanchement avant de terminer sa Steiner. Moi, je suis en chasse, les mecs, c'est moi qui vous le dis. Et ça va être sacrément plus facile maintenant que je suis libéré de mes putains de boulets.

Il nous détaille de haut en bas, relève la tête en un geste hautain, puis sort d'un pas léger.

— Il a pris du speed, ce con? Y se la joue à mort, gémit Gally.

— On dirait bien, ouais.

Gally est de mauvais poil. Il secoue la tête et tripote sa boucle d'oreille. C'est facile de savoir quand il est préoccupé, il joue toujours avec sa boucle d'oreille. Depuis qu'il a arrêté la clope.

— Il devrait pas se comporter comme ça, alors qu'il est avec Viv, il déclare.

— Va chier, Gally, se marre Billy. C'est pas pareil quand t'es en vacances. On est 1990, pauvre taré, pas en 1960.

— Malheureusement, j'ajoute tandis que Billy me dévisage.

Gally hoche la tête, l'air sombre.

— Nan, Billy, c'est pas cool. Elle est sympa, cette fille, elle est trop bien pour ce sale enculé. Tout comme Lucy avant elle.

Billy et moi, on échange un regard. C'est pas facile de le contredire sur ce sujet. Le truc, c'est que les mecs se retrouvent avec les filles qu'ils lèvent, pas avec celles qu'ils méritent.

— Enfin, quoi, continue Gally, pour nous c'est pas grave, on est libres.

— Billy est pas libre, Gally, il vit avec Anthea.

— Ouais, ajoute Billy sans grande conviction.

— Y a de l'eau dans le gaz, Billy ? demande Gally.

— Ça n'a jamais vraiment gazé, il répond.

J'avais remarqué qu'elle ne l'avait pas accompagné au Fluid, l'autre soir, et je suis sûr de l'avoir entendu dire qu'elle resterait plus longtemps que prévu à Londres.

— Ouais, fait Gally. D'accord, mais au moins, t'emmerdes jamais personne avec tes histoires de couple, Billy. Aucun d'entre nous ne fait ça. À part Terry. Y a quelques semaines à peine, il arrêtait pas de radoter qu'entre eux deux, c'était hors du commun. On a dû écouter ses conneries pendant des heures : Vivian ceci, Vivian cela. « J'aime ma petite Vivvy. » N'importe quoi.

— Terry, c'est Terry, je fais dans un haussement d'épaules. T'empêcheras le pape de faire sa prière avant d'avoir pu empêcher ce con de vouloir niquer.

Gally s'apprête à parler mais je ne lui en laisse pas l'occasion :

— J'aime bien Viv, et ouais, je trouve ça nul aussi, mais c'est leur problème. Ce qui m'énerve, moi, c'est la façon qu'il a de toujours utiliser le terme « petite » quand il parle d'elle. C'est trop paternaliste, putain. Mais ce qui se passe entre elle et lui, c'est leurs oignons.

— Histoires de vie privée, fait Billy dans un sourire. C'est pas un mec bien mais on a tous le droit à une chance. Personne, ici, n'a jamais fait de mal à une fille.

Gally acquiesce, réfléchit, mais ce con n'a pas l'air satisfait. Il porte à nouveau son doigt à son lobe.

Un étudiant binoclard pose des prospectus sur les tables : un grand maigre aux cheveux blonds, le nez pointu surmonté d'une paire de lunettes à monture dorée. C'est marrant, la plupart des Allemands portent des lunettes avant la quarantaine. En fait, ils en portent tous, ces cons. Ça devrait plutôt être le cas des vieux, ceux qui disent : « J'ai rien vu à l'époque, moi, regardez l'état de mes yeux ! » Mais non, c'est les jeunes. Je regarde le papier qu'il dépose devant moi. C'est pour une fête demain soir. Le même tract que distribuait Rolf.

Je commence à discuter avec le mec et je lui offre une pinte. Wolfgang, il s'appelle. Je lui raconte ma journée et il dit :

— Le monde est petit, Rolf est mon meilleur pote. On a une maison où on peut traîner. Toi et tes amis, vous devriez venir, on pourra tous fumer du haschich.

— C'est une super idée, je réponds, mais ça n'a pas l'air d'intéresser Billy et Gally.

Quand l'heure de fermeture arrive, Petit Gally a envie de continuer la soirée. Billy paraît assez dubitatif, il doit sûrement penser à son footing du lendemain matin. Gally me regarde et hausse les épaules :

— Ça coûte rien d'être sympa.

On sort du pub, on descend la rue, on prend la correspondance entre le U-Bahn et le S-Bahn. C'est un trajet de vingt-cinq minutes. Quand on descend enfin, on marche encore pendant une plombe. C'est comme si on était dans une vieille ville peu à peu grignotée par la banlieue.

— On va où comme ça, mon pote ? demande Gally avant de se tourner vers moi pour gémir : ça fait un sacré bout de chemin pour venir s'emmerder dans un trou encore plus paumé que Costorphine.

— Non, fait Wolfgang, ses longues jambes enchaînant les grandes enjambées sur le trottoir. On est pas loin. Suivez, il répète, suivez…

Gally rigole.

— T'es un putain de Hun, toi, mon pote.

Il se met à chanter :

— Sui-vez, sui-i-vez… Suivez Wolfgang partout, n'im-porte où…

Heureusement qu'il est quasi impossible d'insulter le dénommé Wolfgang. Il le regarde d'un air plat, sans com-prendre une seconde ce que ce con est en train de lui racon-ter, il continue à son rythme tandis qu'on galère pour rester à sa hauteur. Même Birrell, putain, lui qui n'a presque rien bu. Mais peut-être qu'il garde son énergie pour le footing de demain.

Je me disais que sa baraque serait en fait un appart minable. Mais, c'est un immense pavillon de banlieue avec jardin par-ticulier. Mieux encore, y a une pièce avec une double platine et une tonne de disques.

— Super coin, mon pote.

— Oui, répond Wolfgang, mon père et ma mère, ils divorcent. Mon père vit en Suisse et ma mère à Hambourg. Alors je me charge de vendre la maison pour eux. Sauf que je prends mon temps, oui?

— Tu m'étonnes, mon pote, fait Birrell en scrutant le décor, l'air impressionné tandis qu'on s'affale sur des poufs dans le salon qui surplombe un grand jardin et un patio rempli de plantes.

Je me précipite sur les platines et mixe quelques morceaux. Ils ont une bonne sélection : surtout de l'eurotechno, dont je n'ai jamais entendu parler, mais un ou deux Chicago House et même quelques classiques de Donna Summer. Je mets du Kraftwerk, un truc rapide de *Trans-Euro Express*.

Wolfgang me lance un regard approbateur. Il exécute une petite danse naze qui fait ricaner Gally, assis dans son pouf, et qui fait aussi sourire Birrell. Mais le dénommé Wolfgang n'en a rien à battre.

— C'est bon. Tu fais DJ en Écosse, oui?

— C'est le meilleur, l'interrompt Gally. N-SIGN.

Wolfgang sourit.

— J'aime bien mixer, moi aussi. Mais je ne suis pas aussi bon. Il faut plus de pratique... d'entraînement... et puis après, il ajoute en se montrant du doigt... Meilleur.

Je parie qu'il dit des conneries et qu'il assure grave. Il n'a pas l'air d'avoir besoin de fric, cette espèce de pourri gâté, alors il doit passer son temps derrière les platines. Mais il nous a amenés ici, alors merci à lui. On visite la maison : c'est une baraque géniale, pleine de chambres vides. Il nous dit qu'il a deux petites sœurs et deux petits frères, et qu'ils sont tous à Hambourg avec sa mère.

La sonnette retentit et Wolfgang va ouvrir la porte en nous laissant à l'étage.

— Acceptable, Monsieur Ewart ? me demande Gally.

— Absolument grandiose, Monsieur Galloway. Putain, je suis soulagé que Juice Terry soit pas là, ce con aurait déjà fait une razzia dans la maison.

Gally se marre.

— Il aurait fait venir Alec Connolly et sa camionnette depuis Dalry !

Le séjour est superbe, lambrissé de chêne et meublé à l'ancienne. On dirait une de ces pièces où on voit toujours des cons aux accents snobs qui se font interviewer par la BBC ou Channel 4, à l'heure où on rentre généralement bourrés. Ils expliquent à quel point on est des ratés et que leurs potes sont géniaux. «On pourrait en quelque sorte qualifier Hitler de postmoderne. On devrait lui reconnaître cela, comme on le reconnaît déjà à Benny Hill.»

Hitler.

Heil Hitler.

J'ai vraiment été le roi des cons. Le cerveau détrempé, je déconnais avec des potes dans le bus de Last Furlong, on parlait du bon vieux temps. Un trouduc free-lance avec son appareil photo m'a reconnu, à cause d'un article sur mon club, paru dans la presse musicale. Il a demandé si on était fascistes et pour délirer, on a fait le truc à la John Cleese.

J'ai vraiment été con. Con de ne pas imaginer qu'ils pouvaient se permettre d'être «ironiques» tant qu'ils le voulaient, mais que nous, les schemies, on peut jamais s'accorder un tel luxe. Même si on vit ça tous les jours, nous, on l'avait fait pour déconner, rien de plus.

Mais bon, oublions ça. Cette pièce est aussi grande que la vieille baraque de mes parents et que leur nouvelle boîte à chaussures sur Baberton Mains réunies. Rolf arrive avec sa copine Gretchen et trois autres filles : Elsa, Gudrun et Marcia. On voit trop quand Gally flashe sur une fille, on dirait que ses yeux vont lui sortir des orbites et c'est clair qu'il est branché sur la dénommée Gudrun. Elles sont toutes belles, y a vraiment l'embarras du choix. Ça fait comme une sorte d'écho, toutes ces chattes de première classe qui arrivent en masse, ça décoiffe. Je lutte pour rester cool. Birrell, lui, au moins, se comporte avec dignité, se lève pour serrer les mains de tout le monde.

Un joint commence à tourner, on tire tous une latte sauf Birrell qui décline poliment. Bizarrement, ça impressionne les filles. J'explique que Billy va bientôt avoir un combat de boxe.

— La boxe... mais ce n'est pas très dangereux ?

Birrell a une réplique spéciale à cette question.

— Si, c'est dangereux... pour le naze qui monte sur le ring contre moi.

On rigole tous et Gally lui fait un doigt. Billy fait une petite révérence d'autodérision.

J'essaie de deviner qui couche avec qui, pour ne pas mettre les pieds dans le plat le moment venu. Comme si elle venait de lire dans mes pensées, Marcia fait :

— Je suis la copine de Wolfgang, je vis ici avec lui.

Ça me ravit totalement, parce qu'à y regarder de plus près, elle a l'air plus carrée et plus sévère que les autres. Celle qui s'appelle Gretchen, c'est la nana de Rolf, je l'ai rencontrée dans la journée. Ce qui nous laisse Gudrun et Elsa.

À mesure que la soirée passe, je commence à capter une mauvaise vibration chez Marcia : elle n'apprécie pas notre présence. Surtout celle de notre ami Galloway, qui devient de plus en plus bruyant.

— Munich, c'est génial, très différent d'Édimbourg. Vous savez pourquoi ? C'est parce que les vioques, euh, les personnes âgées, sont bien plus sympas.

Il dit quelques mots en allemand et les autres le comprennent.

— N'importe quoi ! je fais.

— Nan, Carl. Ici, tu trouveras pas des connards de quinquagénaires avec leurs polos Pringle, ceux qu'on voit dans les bars de Leith et qui ont toujours envie de transformer les petits cons comme nous en sauce tomate, pour la simple raison qu'ils n'ont plus vingt ans.

Il me prend le joint des mains et tire une latte.

— Enfin, tu me diras, nous non plus, on n'a plus vingt ans. Un quart de siècle. Putain, on est des vieux débris.

Il a raison, j'en frissonne rien que d'y penser. Mon vieux dit toujours, « Quand tu atteins vingt-huit ans, t'es cuit. » Alors ça nous laisse encore un peu de temps. Les choses ont changé récemment : on fait davantage de trucs chacun de notre côté. Gally et Terry traînent toujours ensemble, vu qu'ils vivent encore dans la cité. Bon, Gally crèche dans un appart à Gorgie mais c'est surtout un point de chute et une adresse fixe pour toucher le chômage, il ne quitte pas franchement nos anciens quartiers. Billy et moi, on se voit souvent, surtout en boîte. On est des citadins, maintenant, du coup je sors plus volontiers avec lui. Nos vieux sont potes, ils bossaient ensemble, alors notre amitié était un peu prédestinée. Je traîne aussi pas mal avec Gally, même s'il me prend la tête quand il vient au club. Il refourgue des cachetons, et c'est pas ça qui me gêne, c'est que, parfois, leur qualité laisse à désirer et que ça te nique une soirée. Et parfois, il est pas très discret. Terry, lui, c'est un voleur, il vit dans un univers différent, il a ses propres réseaux. On est toujours très proches, mais pas autant qu'avant.

Ouais, la marche inexorable du temps. Les choses changent. Mais merde, après tout. C'est l'heure de festoyer et de déflorer de jeunes vierges… ça serait trop beau.

Mon Dieu, Elsa et Gudrun… mais la nana de Rolf, aussi, cette Gretchen… ouais, y a le choix. Quand tu vois plein de jolies filles d'un seul coup, ça fait effet de groupe : t'as du mal à faire la différence. J'essaie de me la jouer cool parce que je déteste me taper l'air con devant les filles, et ça arrive vite avec la biture. Je me dis que ce serait l'endroit rêvé pour tirer son coup avec une belle chatte. Je pourrais rester lové ici avec ces jolies Allemandes, m'éloigner un peu de mes exigeants collègues, surtout de Monsieur Galloway qui joue au yo-yo avec ses humeurs.

Un énorme chat noir entre dans la pièce. Il se laisse caresser un moment par Gally, puis s'installe sur un bras de fauteuil et mate Birrell de toutes ses forces. Billy lui rend un regard de boxeur.

Marcia s'approche de l'animal et gueule un truc en allemand ; il s'enfuit par la fenêtre. Elle se tourne vers nous et fait :

— Sale bestiole abandonnée.

— C'est pas gentil de parler comme ça de Gally, je fais, et certains d'entre eux pigent la blague et rigolent.

Wolfgang fait :

— Oui, je ne devrais pas lui donner à manger. Il pisse partout quand il entre ici.

— Je suis fatiguée, déclare soudain Marcia en levant les yeux au plafond.

— Restez tous ici, bavouille Wolfgang, les yeux mi-clos.

Ce con est complètement déchiré. Marcia lui jette un regard noir mais il ne capte rien.

— Restez toute la semaine, si vous voulez. Il y a beaucoup de chambres.

Magnifique !

Marcia lui dit un truc en allemand, affiche un sourire faussement amical et se tourne vers nous :

— Vous êtes en vacances, on ne veut surtout pas que vous vous sentiez obligés.

— Nan, je lui réponds. C'est super, vraiment. Vous êtes les gens les plus sympas qu'on a rencontrés ici. Pas vrai, Gally ?

— Ouais, et pas qu'ici. Partout où on a été, il ronronne en lorgnant Gudrun et Elsa. Juré craché.

Je regarde Birrell qui reste muet, comme à son habitude.

— Si ça ne vous pose pas de problème, ça serait un super plan, je fais.

— Marché conclu, annonce Wolfgang en jetant une œillade à Marcia comme pour dire, c'est la baraque de *mes* vieux.

— Génial, fait Gally avec une pensée pour toute la thune qu'il va économiser.

Mais Billy fait la gueule.

— On vient juste de s'installer dans un hôtel. Et il faut pas oublier Terry.

— C'est vrai… j'essaie pourtant de l'oublier, ce con…

Je me tourne vers Wolfgang et Marcia.

— C'est très sympa de votre part, on aurait été ravis de passer une semaine chez vous. Mais on est quatre, et pas trois.

— Un de plus, c'est pas un problème.

Marcia n'essaie même pas de cacher son exaspération. Elle souffle et s'éloigne, fendant l'air de ses bras et marmonnant un truc en allemand avant de claquer la porte derrière elle. Wolfgang prend un air rien-à-branler et nous adresse un haussement d'épaules défoncé.

— Elle est un peu coincée, ces jours-ci.

Gretchen lui jette un regard taquin.

— C'est ta faute, Wolfgang, il faut baiser plus.

Wolfgang reste cool et réplique :

— J'essaie, mais je dois fumer trop d'herbe, je suis pas très bon en baise.

Tout le monde part d'un beuglement stone. Enfin, presque tout le monde. Birrell affiche un petit sourire l'espace d'une seconde. Quelle impression il donne des Écossais, lui. Mais ça nous fait encore plus marrer, Gally et moi.

— Super ! Deutschland Über Alles, je fais en levant ma bouteille.

On porte tous un toast, sauf Birrell qui me lance un nouveau regard de boxeur, inefficace à travers mon brouillard haschiché.

On est blindés et prêts à aller se coucher. Rolf et les filles s'en vont et Gally hausse les sourcils :

— On se voit demain les filles.

Birrell a l'air nerveux, sûrement à cause du combat, mais il se lève et fait sa routine de la poignée de main.

On va chacun dans notre chambre. Birrell et Gally en choisissent une. C'est la chambre des garçons, il y a deux lits. Moi, je prends celle d'à côté, la piaule des filles, et on dirait bien que je vais être obligé de la partager avec Terry, vu qu'il y a deux autres lits simples. Sortez les masques à gaz. Je jette donc mon dévolu sur le plumard près de la fenêtre, me déshabille et me glisse entre les draps. Ils sont tellement propres et frais qu'on aurait peur de se branler dedans. J'imagine Marcia comme eux : raide et froide. Je m'inquiète même de transpirer, putain. À force de changer d'hôtel et de pioncer dans mon sac de couchage, je finissais par regretter des draps et des couvertures propres. Maintenant que c'est le cas, je vais forcément me faire un rêve érotique en technicolor et tout dégueulasser, avec le bol que j'ai.

Même si je me sens un peu comme un de ces acteurs dans les vieux films de maisons hantées, je suis trop défoncé et je sombre dans un profond sommeil.

*Je suis sur le banc des accusés et tout le monde est là, le doigt pointé sur moi, diffamateur. Juice Terry se lève, regarde le procureur qui ressemble à McLaren, mon boss quand je trimais à l'entrepôt de l'usine de meubles. Ce connard m'a accusé d'être fasciste à cause du salut débile que j'ai fait pour déconner devant le photographe au pub The Tree en imitant*

*John Cleese dans* L'Hôtel en folie, *et qui s'est retrouvé publié dans le* Record.

*Terry va sûrement me remettre dans ses petits papiers.*

— *Carl Ewart… Je ne peux pas défendre son attitude. On a tous fait des erreurs, mais s'associer publiquement à un régime exerçant une pratique systématique du génocide… C'est franchement impardonnable.*

*Birrell se lève.*

— *Je demande que cette commission des crimes de guerre inflige à ce sale Jambo la peine maximale, il fait, méprisant, avant de se tourner vers moi pour chuchoter : Désolé, Carl.*

*Un bruit diffus s'élève de la galerie…*

*Puis le juge apparaît dans mon champ de vision. C'est ce putain de Blackie, le pion en chef de l'école…*

*Le bruit gagne en ampleur. Blackie écrase le marteau sur le bureau.*

*Gally se lève et vient se placer à mes côtés.*

— *Allez tous vous faire foutre, il gueule. Carl est un mec bien! Vous zêtes qui, vous, qui vous donne le droit de juger les autres? VOUS ZÊTES QUI, PUTAIN?!?*

*Et je vois que Terry et Billy changent d'avis, et un cri s'élève, on se redresse tous d'un coup. Une marée de visages se penche depuis la galerie, des Hibs, des Hearts, des Rangers, des mecs d'Aberdeen, et on scande tous VOUS ZÊTES QUI PUTAIN en direction des bancs, et au début ils ont l'air en colère, puis inquiets, et ils finissent par battre en retraite : les juges, les profs, les boss, les conseillers, les politicards, les hommes d'affaires… ils s'enfuient tous du tribunal… Blackie est le dernier à partir.*

— *Vous voyez, la mentalité de ces ordures?*

*Son hurlement est noyé par nos rires…*

… Un putain de rêve génial… le meilleur que j'aie jamais fait. Je me réveille avec une putain d'envie de pisser.

Je me lève et sors dans le couloir. Il fait noir comme dans un trou du cul. Ma vessie va éclater mais je ne trouve pas les chiottes. Je trouve même pas un putain d'interrupteur et je sais pas où je mets les pieds. Je pose la main sur le mur et me guide jusqu'à trouver une porte entrouverte, alors je me glisse dans la pièce. C'est pas les chiottes, ça j'en suis sûr, mais je distingue que dalle...

Oooohhhputaindemerdedeputain je vais tomber dans les pommes et me pisser dessus...

Et puis je trébuche sur un truc par terre, je crois que ma vessie a vraiment éclaté mais je serre les dents, m'accroupis pour découvrir que c'est un sac quelconque. J'écarte mon calebute de ma queue, de mes couilles et de ma vessie douloureuse, et je pisse, je pisse, je pisse là-dedans, et j'espère que ça ne va pas transpercer mais le sac a l'air waterproof. Je sais pas ce qu'il y a dedans, mais putain de merde... oh... Les orgasmes et la drogue, c'est rien à côté de ça, la plus belle sensation du monde, cette douleur qui s'en va !

Je termine avec un soulagement ravi tandis que la douleur s'efface et que mes yeux s'habituent à l'obscurité. Il y a deux lits, et deux cons endormis. Je m'attarde pas pour connaître leur identité, je m'éclipse en silence et retourne dans ma chambre, sous ma couverture,. Me revoilà dans les bras de Morphée en deux temps trois mouvements.


## Anticiper les imprévus

Je me lève le lendemain matin et repère immédiatement les chiottes : elles étaient juste à côté de ma piaule mais je les ai loupées. Et puis merde, hein, à moins d'être pris la main dans le sac, la bite dans la main, il faut nier en bloc. La douche est hyper moderne pour une vieille maison, j'y reste un bon moment, je me laisse réveiller par les jets massants, puis je me sèche, m'habille et descends. Gally est déjà debout, installé dans le patio qui donne sur le jardin. C'est une matinée brumeuse, on ne voit pas grand-chose. Birrell n'a pas encore donné signe de vie.

— Bien le bonjour, Monsieur Galloway, je lance avec un ton digne d'un salon de thé de Morningside.

— Monsieur Ewart! il me répond avec le même accent, on dirait bien que ce con est à nouveau de bonne humeur. Comment allez-vous, mon bon ami? Comment va l'homme de toutes les situations, ce matin?

— Excellemment, Monsieur G. Où est donc Secret Birrell, notre Écureuil secret? Qu'est-il advenu de notre grand champion? Il nous fait toujours la gueule pour lui avoir trouvé un nid gratos, c'est ça? Ou alors il cherche des noisettes dans un arbre?

— Les noisettes, il doit plutôt être en train de se les gratter dans son froc, cette espèce de feignasse. J'arrivais pas à le réveiller, ce con. Tu parles d'un champion!

Je raconte mon rêve à Gally.

Les rêves, c'est des drôles de saloperies, pas de doute. J'ai lu pas mal de trucs à ce sujet, de la psychologie pop à Freud, mais personne n'a de réponse. C'est ce que je déteste le plus au monde. Y a trop de connards pour te sortir des vérités toutes faites. C'est leur vérité *à eux*, voilà ce que c'est. Et le doute, dans tout ça? Et l'humilité face à la merveilleuse complexité de cet immense univers cosmique?

— C'est un beau tas de conneries, il me fait dans un rire, mais je crois que ça le flatte d'avoir le beau rôle dans mon rêve.

— Mais toi aussi, espèce de connard, tu dois faire des rêves bizarres, je lui dis alors que Billy apparaît au balcon.

Gally fait non de la tête.

— Je rêve jamais.

Billy a l'air furax et il tient un jogging trempé à bout de bras.

Je décide de l'ignorer un moment. Gally l'a pas encore vu. Il est en train d'essayer de m'entuber avec ces histoires, lui.

— Tu rêves, c'est obligé, Gally, c'est juste que tu t'en rappelles pas, parce que, genre, t'es dans un sommeil profond et tout.

— Nan. Je rêve jamais.

Ce con veut pas entendre raison.

— Même quand t'étais môme?

— Quand j'étais môme, ouais. Mais pas depuis.

— Et là, tu rêvais de quoi?

— Me souviens pas. Des trucs cons, c'est tout, il me fait, les yeux rivés sur le jardin où la brume commence à se lever.

Billy porte son jogging et ses baskets du bout des doigts, le plus loin possible de son corps. Il a retourné son sac de sport. Il essore tout vite fait. Il a l'air super en rogne et il étend son jogging sur la rambarde du balcon. Je me sens rapetisser dans mon fauteuil.

— Galloway, c'est toi qu'as pissé dans mes affaires hier soir?

— C'est quoi ce plan, Billy? demande Gally.

Billy essore à nouveau la jambe de son fute.

— Il a fallu que je lave mes fringues. Elles étaient trempées et elles puaient, comme si quelqu'un avait pissé dessus. Ça doit être ce putain de matou, là, cette espèce de sac à merde. C'est terrible. S'il s'approche de moi, il va se prendre une dérouillée, je vous dis que ça.

— On abuse de leur hospitalité, fait Gally. Fais pas le malin avec eux, Billy.

— Je fais pas le malin. Tu le saurais vite, si je jouais les malins. Mon putain de jogging… c'est trop la merde.

— Et il faudra qu'on leur rende la pareille, qu'on les invite à Édimbourg, je leur dis.

— Ouais, dans la cité. Ça, ils vont sûrement adorer, pas de doute, me répond Gally.

— Nan, j'ai mon appart, Billy a le sien. Y aurait assez de place comme ça.

— Oh, c'est vrai, Billy et toi, vous avez de très jolis appartements. Comment j'ai pu oublier? il fait, méprisant. Et j'ai pas pissé sur ton putain de beau jogging, Billy.

Je lève les yeux au ciel, Billy aussi. Ça lui ressemble pas, à Gally.

— Putain, vous vous êtes levés du pied gauche, tous les deux. J'ai hâte de revoir Juice Terry, moi.

Wolfgang et Marcia entrent dans la pièce. Ils ont préparé un petit déj dans la cuisine.

— Bonjour les amis... Comment allez-vous ? demande Wolfgang.

— Garde ton chat loin de mes affaires, fait Billy.

— Excuse-moi... Qu'est-ce qui s'est passé ?

Gally lui résume la situation.

— Excuse-moi... il répète.

— Tu peux t'excuser, ouais.

Gally lui donne un coup de coude, Billy continue :

— Mais mon jogging... faut que je m'entraîne, moi, Gally. Je dois courir au moins huit kilomètres par jour.

On prend notre petit déj et on accepte de rester là toute la semaine. Pour être honnête, Gally et moi, on avait honte d'entendre Birrell seriner ses jérémiades, on pensait vraiment qu'il serait le dernier à nous tirer dans les pattes. On retourne à l'hôtel pour récupérer nos sacs. Gally et moi, on ouvre la porte de la chambre de Terry et on le trouve allongé sur le lit, à zapper devant la télé. Il prend un air coupable avant de comprendre que c'est nous.

— On te dérange en pleine séance de branlette, Tezzo ? je demande.

Un sourire délectable se peint sur son visage et il arque les sourcils.

— Y en a qui ont pas besoin de se triturer la bite pour faire jaillir la sauce, mon garçon. Y en a qui peuvent trouver d'autres personnes pour le faire à leur place.

— Et c'est qui, le pauvre petit gars que t'as payé pour le faire à ta place ? Et ça t'a coûté combien ? demande Gally.

Notre cher Monsieur Lawson jette à Gally le genre de regard qu'un poivrot de l'Armée du Salut jetterait à un dîner de vin et de fromage.

— Ouais, eh ben le « il » était un elle, et je vous la présenterai plus tard. Mais en parlant de tarlouze, vous avez passé la nuit où ? Une petite partie à trois ?

On lui parle de la baraque et on lui demande s'il est partant. Au début, ça le branche pas franchement. Il venait de lever une nana et devait la revoir dans l'après-midi. Et puis, le beau-père de Terry est allemand et comme il le déteste, il déteste tous les Allemands par extension, sauf ceux qui ont une chatte. Son esprit fonctionne toujours comme ça. Mais quand on a prononcé « grande maison » et « gratuit », son attitude a vite changé.

— Ça peut être pas mal, ça fera plus de thunes à dépenser en picole et tout. Tant que c'est pas trop loin. Parce que certains d'entre nous ont des obligations sexuelles en ville, hein.

Toute cette parlote de tafiole, ça énerve Birrell. Ça doit être son combat qui lui trotte dans la tête. Avant, ça ne semblait jamais le perturber. Il était toujours très flegmatique. Mais c'est pas le cas en ce moment.

— T'as dit que t'aimais bien cet hôtel, Terry. Je suis venu avec toi et je me suis posé, il gémit avant de bâiller.

— Écoutez pas Vilhelm, fait Terry, qui ne laisse jamais passer une bonne occaz. Allez, on remballe tout et on va voir cette baraque.

— J'ai besoin de faire des économies, Billy, plaide Gally en braquant ses grands yeux sur lui.

— Bon, d'accord, on y va, cède Billy en se levant du lit.

Le pauvre Billy a l'air vanné. Le changement d'habitude a dû lui en foutre un putain de coup dans l'aile. Tandis qu'on fait (à nouveau) nos sacs, il m'attire à l'écart.

— Faudra avoir une petite discussion avec Lawson, lui dire de bien se tenir. Je veux pas avoir la honte et être obligé de lui faire les poches pour récupérer l'argenterie chaque fois qu'on sort.

Je pensais exactement pareil.

— Il va sûrement pas déconner, il va respecter l'hospitalité du mec. Mais t'as raison, on va surveiller les éventuelles dérives.

Les connards à la réception de l'hôtel sont pas joyeux quand on leur apprend qu'on s'en va une semaine plus tôt que prévu.

— Vous avez réservé pour deux semaines, fait le directeur. Deux semaines, il répète en montrant deux doigts.

— Ouais, changement de programme, hein. Faut savoir être flexible, mon pote, fait Terry dans un clin d'œil avant de jeter son sac sur son épaule. Ça vous redonne une petite leçon, à vous autres, c'est pour ça que vous avez merdé pendant la guerre : parfois, il faut savoir changer de plan, prendre avantage d'une nouvelle situation. Anticiper les putains d'imprévus, tu vois.

Ça ne semble pas faire marrer le directeur. C'est un gros binoclard au visage rougeaud et aux cheveux gris gominés. Il porte une veste très chic et une cravate. On dirait plus un des vieux potes de mon père au Gorgie BMC Club un vendredi soir qu'*ein Municher*.

— Mais comment voulez-vous que je trouve d'autres clients en si peu de temps?

Terry hoche la tête avec exaspération.

— C'est votre problème, mon pote. Je sais pas comment ça se gère, un hôtel, c'est votre boulot. Si vous voulez savoir un truc sur la vente de sodas et les camionnettes, là, je peux peut-être vous aider. Mais la gestion hôtelière : c'est pas mon rayon.

Faut lui reconnaître ça, à Lawson, il se la joue comme si le directeur d'un hôtel allemand était censé connaître la bio d'un schemie écossais.

Bref, il peut s'énerver tant qu'il veut, on se barre un point c'est tout.

Après avoir traîné un moment en ville, on se dirige vers la fête de la Chatte pour boire une bière. On fait la queue pour acheter nos bretzels et nos pintes, et Terry et Gally ont les yeux exorbités, en quête de nanas. C'est principalement des employées de bureau, mais il y a aussi quelques touristes.

— Pas mal, fait Terry avant d'ajouter : Vous avez vu comment il était relou, le directeur de l'hôtel? Gestion hôtelière! Il me prend pour qui? Enfin, Yvonne en a fait un peu à

Telford, il fait avant de se tourner vers Birrell. Ton frangin Rab, il va aller à la fac ?

— Ouais. Je sais pas ce qu'il va y foutre.

Billy porte les boissons, il s'est pris une Steiner. Je lui fais un geste du menton en pensant au combat.

— Abuse pas trop, Billy.

— J'ai quand même droit à un petit verre pendant mes vacances.

Je crois qu'il est fâché que sa routine matinale ait été chamboulée à cause de son jogging trempé de pisse.

— Ça, c'est parlé, Birrell, bois-moi ça cul sec, fait Terry en portant un toast et en heurtant son verre. Business Birrell !

Je pense à la sœur de Terry, Yvonne. Elle a baisé avec Billy, et même avec Gally. Mais pas avec moi. Je crois que je me suis toujours senti exclu, arnaqué, comme si un droit fondamental m'avait été refusé. Mais c'est pas sympa pour Yvonne, c'est juste ma rivalité avec Monsieur Lawson qui s'exprime. Peut-être qu'une fois rentré en Écosse, je l'inviterai au club pour essayer de sortir avec elle, histoire de tâter de la chatte Lawson ! Bref, y a pas que Birrell qui a envie d'en découdre pour l'instant, on se dirige instinctivement vers une table pas trop loin d'un groupe de filles. Gally mène la charge, c'est l'endroit idéal. Elles terminent juste leurs verres et se lèvent dès qu'on s'installe. Je capte le regard de l'une d'elles et renifle mon aisselle. Elle sourit et je demande :

— Vous restez pas prendre un autre verre ?

Elle regarde ses copines, puis se tourne à nouveau vers moi.

— Je ne crois pas, non.

Elles s'éloignent. Terry me mate de l'autre côté de la table :

— Ah, ce don pour la tchatche, hein Carl ? Elles se roulent toutes à tes pieds, mon pote.

C'est le paradis pour Lawson : une mousse à la main, de la baise à volonté, et nous autres célibataires.

On prend encore quelques verres et ça fait du bien d'être assis là à boire une bière et à délirer en regardant le monde tourner autour de nous. Je commence à me sentir con, pour le sac de Billy. Il arrête pas de parler du chat et de sa routine d'entraînement. À tel point que je me retiens plusieurs fois de tout avouer, ce qui serait une belle erreur. Du coup, je vais dans un magasin de disques que j'ai repéré un peu plus tôt, et j'écoute de la techno jusqu'à ce que l'alcool altère mon élocution. Gally se la coule douce, il a l'air distrait, Billy est tranquille aussi. Mais Terry m'adresse un petit commentaire auquel je ne réagis pas. On ne sait jamais quand il rigole, ou quand il pense vraiment ce qu'il dit. Il va retrouver une nana, donc je pense que c'est juste histoire de me taquiner.

— Tenez-vous tranquille, Lawson! Espèce de petit crétin! je lui crie tandis qu'il s'en va.

Ça fait marrer Gally et Billy, et Terry me fait un doigt. Ça fait un bout de temps qu'on l'a, cette vanne. Depuis l'école, je crois.

Je le retrouve un peu plus tard et on retourne chez Wolfgang et Marcia. Terry apprécie la maison mais il ne reste pas très longtemps.

— Obligations sexuelles en ville, les enfants. M'attendez pas.

On lui donne l'adresse et les indications pour retrouver la baraque. Billy lui dessine même une carte méticuleuse. On se dit qu'il faut sûrement accorder un peu d'air à nos hôtes, alors on sort tous les trois. On reste dans le coin, on va manger dans un pub traditionnel du quartier : grandes tables en bois, décoration sobre.

On comprend que dalle au menu, et personne parmi le personnel ou les clients ne parle anglais. Pas évident. Mais bon, c'est comme s'attendre à ce que quelqu'un parle ze deutch dans un putain de pub de Peebles ou de Bathgate. Les notions d'allemand de Gally ne sont pas mauvaises mais le menu lui est aussi étranger qu'à nous. On finit par choisir au pif. Birrell se retrouve avec un gros tas de saucisses, Gally avec des œufs, du chou et du riz, et moi avec beaucoup de bœuf en sauce et un truc qui ressemble à du cornichon. On partage pour que tout le monde soit content. Après quelques verres, on bouge vers un bar plus snob au bord du lac et on mate les vieux riches en costume pastel qui promènent leurs clebs ridicules sur les berges. Les yachts rentrent dans la marina et le soleil plonge derrière les Alpes comme une pute de Leith sur une bite moite.

L'air se rafraîchit, alors on rentre dans la salle pour prendre un autre verre. On bavarde un peu, on casse du sucre sur le dos de Terry vu qu'il est pas là. Billy bâille sans arrêt, et au bout d'un moment, Gally commence à me prendre la tête : bourré, il bavouille un tas de conneries, ressasse les mêmes questions, répète la même chose, encore et toujours, et il t'entraîne dans son manège. Le genre de merde qu'on fuyait quand on s'est mis à l'ecsta. On décide de ramener ce con à la maison. Ce soir-là, je sombre dans un sommeil paisible entre les draps propres. La conscience tranquille, quoi.

Je suis réveillé par Terry au beau milieu de la nuit. Il a dû finir par retrouver son chemin jusqu'ici. Ce connard se glisse dans mon lit.

— Casse-toi, Terry, ton lit est de l'autre côté…

Il ne bouge pas, mais pas question que je partage mon lit avec cette putain de fosse septique. Je me relève et plonge entre ses draps. Ma jambe passe sur une flaque humide et froide. Ce con permanenté a pissé dans son putain de pieu.

## Prépuce

La nuit a été atroce et j'ai les boules. Ce connard de Terry n'a pas voulu se bouger le cul, c'est *moi* qui ai dû retourner son matelas pour essayer de cacher la tache de pisse et mettre ses draps sur le radiateur pour les faire sécher. Il restait vautré là, dans un putain de coma. Je lui ai arraché mes draps et ma couverture, et j'ai dormi sur le matelas retourné.

Le lendemain matin, je me réveille pour apercevoir Monsieur Pas-Si-Terry-ble-que-ça Lawson, slip maculé, étendu sur le lit voisin. Je descends retrouver Billy et Gally. Galloway est déjà levé : on dirait bien qu'il n'a pas fermé l'œil de la nuit. Il lit un guide de conversation en allemand. Billy met trois siècles à se réveiller et il s'avance maladroitement dans son jogging. Tout ce que je récolte, c'est un marmonnement, genre «terrible» ou «minable» tandis qu'il sort faire son footing.

Je vais à la cuisine me faire un café. Marcia y est installée, elle me dit que Wolfgang est parti voir un avocat pour la vente de la maison. On s'efforce de mener une conversation polie : c'est clair que la Fräulein n'apprécie pas notre présence et c'est clair aussi qu'elle voit qu'on s'en rend compte, mais elle s'en fout complètement. Elle a pigé qu'elle ne pourrait jamais nous coller suffisamment la honte pour qu'on plie bagage, alors elle se contente de compter les jours.

On retourne au pub du coin. C'est l'heure du déjeuner et c'est un jour d'affluence, alors on se pose à la terrasse, à côté de deux vieux. Je reste assis en silence, je pense à ce petit coin de la planète, à sa beauté, je me dis qu'il a été le «centre du Mouvement» comme a déclaré mon vieux pote Topsy quand je lui ai dit qu'on passait nos vacances ici.

Terry sait bien que j'ai les boules. Je suis pas venu en Allemagne pour nettoyer la pisse d'un poivrot.

— Ces Allemands, c'est tes potes, Carl. Je me suis dit que ce serait plus facile pour eux de nous pardonner s'ils pensaient que *tu* as pissé dans leur putain de lit. Faut parfois penser tactique.

— Je les connais pas, ces gens, Terry, on vient à peine de les rencontrer. Et c'est pas *moi* qui ai pissé dans leur putain de lit. C'est toi.

Terry lève les mains, paumes en avant.

— Tu comptes être chiant comme ça toute la matinée ? Une camaraderie internationale d'âmes sœurs musicales, Ewart, ça c'est ton trip. Je vais te dire, moi, c'est pas plus mal que je sois pas resté dormir chez ma nouvelle nana. Elle

aurait pas été contente que je pisse dans son lit. On est reve-
nus au site du festival, elle m'a collé dans le train, c'est tout
ce dont je me souviens. Heureusement qu'il y avait ce con
de taxi...

— Quand on rentre à la baraque, tu t'occupes des draps,
Terry. OK?

— Calmos, espèce de taré, il fait dans un clin d'œil. Enfin,
je te le concède, mon pote, t'as choisi une belle maison.
Même si je fais pas trop confiance à cette dénommée
Marcia. Un peu froide mais une bonne queue devrait
arranger l'affaire.

— Et toi, tu vas arranger l'affaire avec les draps. OK?

Ce connard m'ignore.

— Tu comptes appeler ta mère à Saughton Mains pour
qu'elle vienne le faire à ta place?

Terry réfléchit une seconde comme s'il considérait cette
éventualité. Puis il se tourne vers les vieux et se lance dans
une discussion.

Branleur. Gally est assis en face de moi, une casquette de
baseball ridicule sur la tête. Il l'a achetée hier. Bayern de
Munich. À mon avis, c'est juste parce qu'ils nous ont élimi-
nés (heureusement) en coupe d'Europe. Mais il a l'air d'un
assisté social, avec ça. Y a peu de gens qui peuvent assumer
de bien porter une casquette. Le pire, c'est ceux qui les
mettent à l'envers et glissent une mèche de cheveux dans
l'attache : au moins, lui, il a pas fait ça. Va y avoir un tas de
vieilles photos brûlées, d'ici quelques années, c'est certain.
Il a le regard perdu dans le vague, comme d'habitude, et
Billy affiche un sourire en nous regardant nous disputer,
Terry et moi.

— Ça fait plaisir de revoir ton sourire, je commente.

— Ouais, je sais. C'est cet entraînement...

— Ça me déprimerait aussi, c'est sûr, de devoir courir
comme ça, d'être obligé de surveiller ce que je mange et ce
que je bois, en vacances et tout...

Billy hoche la tête.

**359**

— C'est pas ça, Carl. J'aime bien m'entraîner, d'habitude. Mais ça fait environ une semaine, avant même qu'on arrive ici. C'est minable. Je me sens tout le temps crevé. Je suis plus moi-même. C'est terrible. Et toute cette picole, ça m'aide pas.

— Comment ça, crevé ? Genre, malade ?

— Je me sens pas bien… à l'intérieur. Comme si j'avais un virus ou je sais pas quoi. J'ai plus d'énergie.

Gally se réveille.

— Comment ça, un virus ? Comment *toi*, tu pourrais te choper le moindre virus ?

Billy le dévisage.

— J'en sais rien. Je me sens claqué. C'est minable.

Gally acquiesce lentement, comme s'il essayait de comprendre, puis il émet un petit ricanement.

— Je vais chercher à boire. Un jus d'orange, Billy ?

— Juste un verre d'eau.

Une minute de silence pas désagréable, au contraire. Terry est assis là et affiche un air cool qui dit je-suis-sûr-de-moi. Je suis obligé de lui poser la question.

— D'accord, Lawson, t'as gagné. Et toi, alors, comment ça s'est passé hier soir ?

Je mate son bide à bière qui dépasse de sous son t-shirt rouge et de son short bleu. Puis je tourne la tête et jette un œil aux abdos d'acier de Billy. Y a pas si longtemps que ça, ils étaient identiques. À Blackpool, en 1986.

Terry passe la main dans ses cheveux frisés et sourit.

— Nickel. Je dois la revoir plus tard dans la journée, il fait en laissant traîner le dernier mot d'un ton dubitatif.

— T'as pas l'air très enchanté, remarque Gally qui a saisi la mauvaise vibration.

— Ben, le truc, c'est que ça me gratte un peu la queue. Je me suis pas emmerdé avec une capote, vu que, de toute façon, j'arrive pas à en acheter en pharmacie ici.

Je saisis la vanne au vol :

— Réaction typique d'un putain de papiste.

Un des grands mythes sur l'Écosse, c'est que la lutte est entre protestants et catholiques. Mais c'est plutôt une lutte entre catholiques et anticatholiques. La plupart des anticathos n'ont jamais foutu les pieds dans un temple, à part pour les mariages ou les enterrements. Nan, j'ai jamais cru en ces conneries de protestants contre cathos, c'est n'importe quoi. Mais ces connards de papistes devraient atterrir dans le XXᵉ siècle, faut bien le dire. Et c'est bien d'emmerder ces bâtards de Hibs catholiques de temps en temps, même si aucun d'entre nous n'est catho. Je crois que Birrell l'est à moitié, comme moi, mais je suis pas sûr.

— Je me demandais quand est-ce que tu allais sortir ta première vanne sectaire de la journée… enfin, il est déjà 10 heures du mat, alors c'est pas trop mal, me fait Billy.

Il lézardait tranquille au soleil mais il se lève et me colle une mandale derrière la tête, qui fait un peu plus mal qu'il n'y paraît. Ce connard a la main lourde, j'ai le crâne en vrille. Salaud. Je jette un œil autour de moi et inspire à fond. Ouais, je crois bien que la mère de Billy est catho, comme la mienne.

— Enfin, tu me diras, ça me grattait déjà avant-hier soir, continue Terry.

Je suis plutôt content qu'il enchaîne parce que j'ai pas envie de me lancer dans un débat pour déterminer qui a le plus grand groupe de supporters (nous, mais avant c'était eux) ou les supporters les plus tarés (eux, mais avant c'était nous), ni pour savoir si c'est à Leith ou à Gorgie qu'il y a le plus de clodos, de yuppies, de bigots, de pubs, de putes, de ravewrs, de séropos, d'écoles, de boutiques ou d'hôpitaux. Fait chier. C'est les vacances, putain.

Le visage de Gally s'est éclairé. Je connais bien cette expression démoniaque, pas de doute.

— Le truc, mon pote, c'est que ton prépuce est trop long, il annonce à Juice Terry.

— Hein ?

Billy ricane, et moi aussi d'ailleurs, même si je me frotte encore la tête.

Notre Monsieur Galloway prend un air innocent, les yeux écarquillés.

— Je dis juste que t'as un long prépuce et que ça doit être difficile de le maintenir propre, comme sous un casque ou je sais pas quoi.

Billy et moi, on échange un sourire parce que Juice Terry est un peu vexé. Il montre Gally du doigt.

— Mais c'est quoi, ces conneries ?

— Ben, c'est le cas, non ? continue Gally qui prépare visiblement une méga vanne.

— Qu'est-ce que ça peut te foutre, s'il est long ou pas long ? C'est des manières, ça, de parler de la bite de ses potes ?

Gally reste de marbre. Quand il est en forme, c'est le seul à pouvoir rivaliser avec Terry sur le plan des vannes, surtout parce qu'il persiste.

— Écoute, mon pote, on a joué au foot ensemble pendant des années. J'ai vu ton prépuce un milliard de fois. Et avant que tu m'accuses de te mater la bite, sache d'abord que tu faisais jamais rien pour la planquer derrière une serviette.

— Grande, la serviette. Pour cacher son prépuce, fait Billy.

— Hein ?

Gally regarde Terry, puis se tourne vers Billy et moi, et repose les yeux sur Terry.

— Écoute, tu te collais des clopes sous le prépuce pour faire croire que tu fumais avec ta queue. C'était ton grand numéro, pas vrai ? Tu essayais de voir combien tu pourrais t'en enfiler. On a tous vu nos bites. Faut pas le nier. Ce que j'essaie simplement de te dire, c'est que ton prépuce est long, par rapport aux prépuces habituels, alors j'imagine que tu es censé faire un peu plus gaffe que nous quand il s'agit de toilette intime, c'est tout. Je voulais juste expliquer tes démangeaisons.

Gally se retourne vers moi tandis que j'étouffe un ricanement, et on éclate tous de rire.

Tous, sauf Terry. Mais on sait jamais s'il est vraiment vexé ou s'il fait semblant, histoire de prolonger la déconnade.

— T'es vraiment malade. Tu t'amuses à étudier les bites des autres mecs ?

— C'est pas une putain d'étude, Terry. C'est une simple observation. Je mate pas la bite des autres. C'est juste que la tienne, j'ai eu l'occasion de la voir à l'école, au foot et tout. Je l'ai pas détaillée en long, en large et…

— L'est déjà assez long comme ça, fait Billy. Le prépuce, je veux dire.

— … en travers, pas la peine de se prendre la tête pour ça.

Terry lui jette un regard glacial. Il se redresse sur sa chaise.

— Alors tu trouves ça normal ? il demande avec un geste du menton en direction des deux vieux. De parler à tout le monde de ma putain de bite ?

— Nan… c'est pas ça… j'en parle pas à tout le monde, je… Oh et puis merde… d'accord, d'accord, je suis désolé. On laisse tomber, déclare Gally, et Billy et moi on se marre encore.

Terry prépare sa défense comme au tribunal. Faut dire qu'il a de l'expérience, ce sale voleur.

— Donc tu admets que c'est pas un sujet de conversation entre mecs, entre potes et hétéros ?

— Je l'admets, seulement si tu admets que t'as un long prépuce.

— Nan, pas de conditions, putain ! Si j'accepte ça, ça veut dire que j'accepte ton droit de parler de ma queue devant tout le monde, ce qui n'est pas le cas. Pigé ?

Je cogite un moment. Gally aussi : sa boucle d'oreille fait plusieurs tours sur elle-même. Je sais pas ce qu'il a Terry, j'imaginais pas qu'il était si susceptible sur son putain de prépuce. Il passe son temps à exhiber sa queue. C'est lui qui a la plus grosse d'entre nous. Alors je vois pas le problème, mais Terry est super vexé, la situation semble dégénérer et Gally sent le vent tourner.

— T'as pas tort, mon pote. Mes excuses au Grand Lawson. Je l'admets.

Il tend la main. Terry la regarde un instant puis la serre.

— Mais bon, ajoute Gally en faisant un signe de tête vers les vieux Allemands. Tu n'aurais aucun problème à te faire accepter par ceux-là, avec ton long prépuce.

— Hein ? fait Terry, outré.

Billy et moi, on se pisse dessus. Et puis, Terry essaie de résister mais c'est plus fort que lui, il rigole aussi.

— C'est des mecs comme moi qu'on envoyait à Dachau. Avec mon histoire de circoncision.

Je me souviens de son opération. Il nous avait montré sa queue aux toilettes du Last Furlong, quand il avait encore ses points de suture.

— Pourquoi tu t'es fait circoncire ? demande Billy.

— Trop serré. Je niquais une des frangines Brook.

— Les jumelles Brook, je fais d'un ton nostalgique, et Billy sourit aussi. Même Terry semble calmé. J'adore ces filles, y a pas plus cool au monde.

— C'était tellement serré que ça a fait ping ! comme un putain de store vénitien. C'était trop douloureux. Au début, j'ai cru que mon Durex avait pété mais j'avais trop mal. C'est là que je m'en suis rendu compte : c'était mon putain de prépuce ! Ouais, comme un store cassé, enroulé autour de la partie entre la verge et le gland. Ça me coupait le sang. Mon gland est devenu bleu, puis noir. La frangine a appelé une ambulance et ils m'ont emmené à l'hosto. Circoncision d'urgence.

— Et c'est mieux, maintenant ? demande Billy.

Monsieur Galloway fait la moue.

— Ça faisait vachement mal au début, faut pas croire le contraire. Surtout quand t'as encore les points de suture et que tu te tapes une érection nocturne. Mais maintenant, c'est meilleur que jamais. Les filles préfèrent ça. Tu devrais y penser, Terry, avec ton long prépuce et tout. Tu sais ce qu'on dit : tout dans le prépuce, rien dans la bite.

— Quoi?

Gally pose une main sur sa poitrine et tend l'autre vers Terry :

— On conteste pas la quantité de pain, mais est-ce qu'il y a assez de viande dans ton sandwich?

— Y a rien qui cloche avec ma bite, mon garçon. Y a bien assez de viande quand je bande. Essaie juste de comparer où était ma bite hier soir, et où était la tienne, entre tes sales paumes moites, comme d'habitude. Alors commence pas avec moi! Ils ont dû jeter le mauvais côté de ta queue après la circoncision, pauvre gland.

Les jumelles Brooks. Hmm. Hmm. Mon ambition de toujours : une partie à trois avec les frangines. J'en ai jamais parlé à Terry parce qu'il me répondrait forcément qu'il l'a déjà fait, et avec leur mère et leur cousine aussi, au passage... Mais le con, dans l'affaire, c'est que j'ai tenté le coup un soir, après le club, quand je les avais ramenées chez moi. Mais y avait pas moyen.

— Dis-moi, je fais à Gally. C'était laquelle des deux, quand ça t'est arrivé?

— J'en sais rien, mon pote. J'arrive pas à les différencier.

Billy réfléchit.

— Je sais, elles sont totalement identiques. Même pas un grain de beauté différent, pour ce que j'ai pu en voir. Je crois que Lesley a pris plus de poids que Karen, mais y a deux ans, elles se ressemblaient comme deux gouttes d'eau.

— Tu connais le seul moyen de les différencier? fait Terry.

— Je sais ce que tu vas dire, Lawson, l'interrompt Gally. Y en a une qui avale et l'autre qui recrache.

— Tu parles de Lesley, là, c'est elle qui recrache; je lui réponds. Elle aime pas la prendre dans sa bouche, de toute façon. Je le sais bien, j'ai essayé suffisamment longtemps.

— Faux. Elle accepte si tu mets une capote. Mais Karen, c'est le meilleur coup des deux. Elle dit pas non dans le cul.

— Je te crois sur parole, je fais. Je suis pas branché sodomie. C'est pour les cons qui n'y connaissent rien. Tu sais ce qu'on dit des types qui enculent les nanas, c'est qu'ils ont envie d'aller jusqu'au bout avec un homme.

Terry me dévisage d'un air de défi. Ses cheveux partent dans tous les sens.

— N'importe quoi! Me joue pas ce refrain, Ewart. C'est juste parce que t'es un pauvre refoulé et que t'as aucun sens de l'aventure. Faut toujours faire la totale, mon pote. Je t'imagine au boulot : cinq minutes en position du missionnaire et hop, retour au pub.

— Qui c'est qui t'a vendu la mèche? Non, mais sérieusement, pourquoi attendre si longtemps? Pourquoi tu crois que les Écossais ont inventé l'éjaculation précoce? Pour pouvoir passer plus de temps au pub. Hail Caledonia!

Je lève mon verre et les deux vieux lèvent les leurs en réponse.

Terry braque ses yeux torves sur moi.

— Tu traînes beaucoup avec les frangines Brook. Elles sont toujours flanquées au Fluid. Tu te les es déjà tapées ensemble? Une partie à trois?

Ce connard lit dans mes pensées. Birrell tend l'oreille, les yeux de Galloway sont comme deux immenses paraboles satellite noires rivées sur moi. Je me la joue parano, j'imagine qu'une des Brook a raconté l'histoire à Terry, alors je me dis que l'honnêteté, c'est la sécurité.

— Nan, elles sont venues chez moi, les deux, un soir après le Fluid.

— Ouais, enfin, c'est plutôt Terry qui a dû générer un max de fluides la nuit dernière, avec sa nana.

Le sourire de Terry ressemble à un four à chaux.

— Ouais, enfin, j'ai pas lésiné sur les miens non plus, hein, je lui ai donné son lot aussi.

On sait très bien que c'est des conneries. Ce gros con. Ça me dépasse, je pige pas comment il fait. Il est en surpoids d'au moins six kilos, sa coiffure et ses fringues sont dix ans, non, quinze ans trop vieilles et passées de mode. Un putain de Rod Stewart de l'Acid House.

— Va chier, Lawson, renifle Gally. Arrête de délirer.

Terry le regarde d'un air de dire, ouais, je sais dans quel état t'étais hier soir, alors avant qu'il ne prononce un mot, Gally enchaîne :

— Allez, Ewart, qu'est-ce qui s'est passé avec les Brook ?

— Ben… on est chez moi. Sous ecsta, tous les trois. Vous savez comment ça se passe, on danse, on se fait des câlins, on s'embrasse, on répand la vibration de l'amour. Et puis tout à coup, on est crevés, on se pose sur le canapé. Je suggère qu'on aille tous se coucher dans mon lit. Avec l'ecsta, je m'étais transformé en une énorme lesbienne : je pensais même pas pénétration, je voulais juste un truc sensuel. Karen était partante, elle disait « oh, ça serait gé-nia-al », mais Lesley refusait catégoriquement. C'est comme si je me désapais et que je partageais le lit avec ma frangine, elle me dit. Alors je lui réponds, Allez, Lesley, enfin quoi, vous avez partagé le même ventre pendant neuf mois. Imagine que ce lit est un immense ventre. Et là, elle me fait, c'est pas ça, mon problème. Le problème, c'est que si tu dors avec nous, j'ai l'impression que tu es le placenta de cet immense ventre.

Gally tourne lentement la tête vers Terry et laisse échapper un sifflement pneumatique avant d'éclater de rire. Terry se joint à lui. Et Birrell aussi.

— Placenta Ewart, ricane Gally avant de retrouver son sérieux. Putain, c'est un nom de scène qui se retient !

— DJ Placenta, c'est mortel, fait Terry.

On retourne dans le S-Bahn mais on le prend dans l'autre sens, un peu plus loin, et on s'arrête pour prendre une bière dans un bar au bord du lac, à Starnberg.

Le lac est agité, pourtant la journée est claire et dégagée. Je me demande comment une eau intérieure peut avoir autant de mouvement. C'est à cause des bateaux ou d'un cours d'eau qui s'y jette en souterrain ? Je suis sur le point de lancer la discussion mais j'ai trop la flemme de poursuivre mon cheminement de pensée, je profite juste du bruit des vaguelettes qui lèchent le bord du ponton à quelques mètres de notre table. C'est un son agréable, excitant même, ça fait penser à deux corps nus (en particulier le mien et celui d'une minette baisable, ou même deux, les frangines Brook, tiens) qui se chevauchent sur un grand lit à baldaquin. Ça fait trop longtemps. Dix jours, putain. Un petit chien renifle une table et me fait penser à Cropley, le chien de Gally. Je me sens aussi en rut que Cropley pendant l'été, avant qu'ils le fassent opérer, pauvre bête.

Terry regarde le clébard qui le mate d'un œil interrogateur.

— Salut mon gars. On dirait qu'il comprend ce que je dis.

— Peut-être que tu lui plais, c'est pas le premier que tu te taperais, fait Gally.

Terry grimace et Billy déclare :

— Gally, tu sais ton pote, là, celui qui est pote aussi avec mon frère, le snob qui veut devenir véto ?

— Ouais, Gareth.

— Ouais, me fait Terry. Il est allé à une école de snobs mais c'est un Hibs, il est cool.

— Bref, explique Birrell. Rab lui disait un jour que les chiens comprenaient ce qu'on leur disait. Et Gareth lui fait : N'anthropomorphise pas nos amis à quatre pattes, Robert, ça ne fait que desservir les membres des deux espèces.

— C'est du Gareth tout craché, rigole Gally.

Je ne connais pas ce mec, juste de réputation, alors je ne la ramène pas. J'ai envie de dire que c'est un sacré long mot à prononcer, pour un Hibs, mais je dis que dalle. La chance n'est pas de mon côté : Placenta Ewart. Elle va bien finir par ressortir, celle-là.

Terry arrête pas de parler de sa nana. C'est une Allemande qui étudie l'espagnol et l'italien à l'université de Munich, mais visiblement son anglais est aussi fluide qu'une chiasse après une soirée au resto indien. On est tous un peu jaloux et je pense que l'histoire de Gally sur la bite de Terry vient de là. Mais ce con, il a vraiment un long prépuce : c'est une simple constatation. Long prépuce ou pas, on le laisse partir et on se met d'accord pour se retrouver à la tente du

Hacker-Psychor sur le site du festival. On ricane en le regardant s'éloigner, ses cheveux frisés que le vent du lac agite dans tous les sens.

Il pige notre manège, se retourne et nous fait un doigt.

## Ça, c'est ce que j'appelle chourer

Quelques verres plus tard, on traverse le passage souterrain sous la gare de S-Bahn pour retourner en ville. Un groupe de filles, des gamines en fait, sont rassemblées à la sortie du tunnel. Elles doivent vraiment s'emmerder dans cette ville pleine de vieux cons et de banlieusards friqués.

— Jolis coups, aujourd'hui, pas vrai ? fait Gally.

Il doit vraiment être désespéré.

— C'est des gosses, je lui réponds sans grande conviction.

— On s'en fout, il déclare avant de les aborder. Enchildigung bitte, mein deutsch is neit so gooed. Sprekt ze Engels ?

Elles gloussent, la main devant la bouche. C'est vraiment que des gamines. Ça me fout mal à l'aise et je vois que c'est pareil pour Billy.

— Où est-ce qu'il y a un magasin de CD ? demande Gally dans un sourire.

Il a une allure étonnante, le Petit Mec, avec ses yeux immenses, ses dents blanches, et quand il est relax, il affiche un sourire paresseux. Ses yeux ont un quelque chose d'étrange qui semble toucher un point sensible chez certaines filles. Ils sont tellement intenses qu'ils pourraient décoller la peinture des murs, et ça fait parfois le même effet sur les fringues des nanas. Gally et Terry ne sont jamais à court de chatte parce que ces connards ont du charme et de l'assurance. Les filles, ça leur plaît. Chez nous, ils vont souvent à la chasse ensemble, même s'ils se vannent et qu'ils se prennent la tête. Alors, je comprends pas pourquoi il s'emmerde avec ces gamines.

— Il y a une boutique qui en vend. Là-bas, fait une petite à l'air sérieux et attentionné en pointant vers le trottoir d'en face.

Je suis presque obligé de traîner Gally loin des gosses.

— Calmos, Gally. Ta fille aura bientôt cet âge. Tu veux vraiment qu'elle se fasse draguer par des mecs de vingt-cinq ans ?

— Je déconnais, c'est tout...

J'ai bien envie de lui dire que l'aile des pervers à la prison de Saughton est blindée de mecs qui ont dit ça un jour, mais ça serait pas sympa, même pour blaguer, Gally est un mec cool, il faisait que déconner, je dois être trop sensible. Mais bon, un pervers est un pervers : en Allemagne comme en Écosse, ça fait pas de doute. Et je capte le regard dubitatif que Billy porte sur Gally. Je sais pas ce qu'il lui arrive ces jours-ci, à ce petit con. Terry dit qu'il a trop traîné avec des branleurs comme Larry Wylie et sa bande. Il exagère peut-être un peu. Gally a connu des gros balèzes, à l'époque, mais il a tourné la page.

Billy est un cachottier, question filles. Elles l'aiment bien parce qu'il est musclé et bien sapé. Le truc, avec Billy, c'est qu'on peut vraiment pas l'imaginer draguer une fille, genre, lui parler, mais quand il est avec elles, c'est une vraie pipelette. Quand il a une nouvelle copine, il ne nous la montre jamais. On le voit dans sa voiture, ou dans la rue en compagnie d'une bombe. Il ne s'arrête jamais pour nous présenter, et il ne parle jamais, jamais de ses ex, sauf si c'est une fille de la cité, parce qu'on est forcément tous au courant. Sa copine actuelle l'accompagne parfois au club. Ils dansent une fois ensemble, et puis ils traînent chacun de leur côté, avec leur groupe de potes respectifs. Je n'ai jamais vraiment discuté avec elle, elle a l'air soit conne, soit timide. Mais bon, c'est Billy, l'Écureuil Secret, pas de doute.

— Je vais pas chourer de CD, fait Billy en hochant la tête d'un air de dégoût, le regard braqué sur Gally, sachant pertinemment ce qu'on s'apprête à faire en rentrant chez un disquaire Mullers.

Derrière le comptoir, il y a une grosse bonne femme et une jeune qui a l'air de s'emmerder. Les CD sont dans des grands bacs en bois. Gally en prend un et en décolle la languette en aluminium.

— Tout ce que t'as à faire, c'est retirer l'alu et planquer le disque, il m'explique en s'exécutant.

Billy est furax et il sort de la boutique.

— Ouais, c'est ça, Birrell, espèce de lopette, on peut pas tous être des grands champions de la coupe en brosse. Sale pyromane de mes couilles.

— Fils de pute de pugiliste schemie, je rigole.

Gally arbore soudain une mimique théâtrale et entonne le générique du dessin animé *L'Écureuil Secret*.

— Quel sacré agent, c'est un écureuil…

Je me joins à lui :

— … il parcourt le pays en un bond, qui c'est?….

On pose un doigt devant nos lèvres :

— Chhhuut… c'est l'Écureuil Secret!

Je suis pas un pro de la choure, et Gally, bon, il a un peu pratiqué, mais pas autant que Monsieur Terence Lawson et son vieux pote Alec en Écosse. Ces connards, c'est des poids lourds : cambriolages, braquages, la totale. Juste avant notre départ, Billy et moi on a eu une petite discussion avec cette espèce de sac à foutre dépravé. On lui a dit qu'on était en vacances et qu'il fallait se la jouer honnête. Ce con à tête frisée s'est vexé :

— J'ai vingt-cinq ans, pas quinze. Je sais me tenir, bande de nazes. Je sais quand travailler et quand me reposer.

Genre, excuse-nous de polluer l'air que tu respires, gros con.

Terry a toujours parlé de travail quand il s'agit de chourer. Ça doit vraiment être le cas pour lui : c'est la seule chose qu'il ait faite, depuis qu'il s'est fait virer de son boulot de vendeur de boissons. Et voilà qu'après mon beau sermon, c'est moi qui m'apprête à piquer des skeuds. Je pense que c'est ça qui a dégoûté Billy. Mais Gally marque un point : ils insultent vraiment notre intelligence. C'est dur de ne *pas* chouraver : faudrait être taré pour laisser passer une occaz pareille. En plus, j'en ai besoin. La plupart de mes vieux albums sont niqués.

Je vais dans la boutique voisine pour acheter une bouteille d'eau que je mets dans un sac plastique, histoire de faire un peu de poids. Puis je retourne chez le disquaire et arrache les bandes d'alu des CD sur toute une rangée avant de les planquer dans le sac. D'où elle est, la vieille derrière la caisse ne distingue pas les bacs. Y a pas de caméra de surveillance. C'est un vrai jeu d'enfant : t'es obligé de chourer. La méthode de Gally est différente de la mienne. Lui ne fonctionne qu'au profit, pas à l'affectif. Il affiche un air à la Juice Terry et il empoche tous les trucs à la mode en ce moment. Il cherche ce qui sera facile à refourguer dans les pubs comme le Silver Wing, le Gauntlet, le Dodger ou le Busy Bee. Ça me rend malade de voir ce qu'il choisit : *Ça, C'est de la Musique, Volumes 10, 11, 12 et 13*, Phil Collins *(But Seriously)*, Gloria Estefan *(Cuts Both Ways)*, Tina Turner *(Foreign Affairs)*, Simply Red *(A New Flame)*, Kathryn Joyner *(Sincere Love)*, Jason Donovan *(Ten Good Reasons)*, Eurythmics *(We Too Are One)*, un tas de trucs de Pavarotti qui marche à mort depuis la coupe du Monde, un paquet de merdes qui te collerait un max la honte si on te chopait avec, du coup ça me met un peu en rogne. Ce con les brandit devant moi, tout fier de lui, ses grands yeux pétillant sous sa casquette. Je vois pas le plaisir que ça peut t'apporter de carotter ça, de piquer des disques que t'écouteras jamais.

Ce qui me branche, moi, c'est de backlister. C'est comme ça qu'on dit quand on remplace ses vieux vinyles par des CD. Quand on y pense, c'est vraiment un piège à cons, ils auraient dû te remplacer d'office tes collections de vieux albums par des CD neufs, quand tu achetais un lecteur CD. Je backliste presque tous les Beatles, les Stones, Led Zeppelin, Bowie et les Pink Floyd. C'est surtout ces vieux trucs que j'écoute en CD, la dance, évidemment, elle doit rester en vinyle.

Le résultat est grandiose. On ressort de là le sac et les poches pleins de CD. L'Écureuil Secret n'est pas ravi de nous voir redescendre la rue. On rentre à la maison pour déposer le tout, et Birrell et Gally se lancent dans une de ces engueulades inutiles et snobs qu'on a toujours à la cité, dès qu'on s'adresse la parole. À notre retour, j'appelle Rolf et Gretchen pour leur proposer de nous retrouver sur le site du festival pour boire un verre. Puis on repart directement à la gare et on reprend le S-Bahn jusqu'à Munich.

On s'arrête boire un coup en ville et on s'apprête à aller retrouver Terry et sa copine devant la tente du Hacker-Psychor pour se mettre sérieusement à la picole, quand on l'aperçoit au loin, ce con, main dans la main avec une fille. Sa nana, Hedra, est sacrément canon. Quand il nous la présente, j'évite de croiser le regard de Gally ou de Billy. Je savais que la première pensée à leur traverser l'esprit, c'était une bonne vieille pipe. Ce qu'elles lui trouvent, à Terry, je pigerai jamais. Je le dis à Birrell quand Terry et Gally s'éloignent pour chercher à boire. Gally lui raconte par le menu notre raid sur les CD. Birrell me fait :

— Nan, c'est juste parce qu'elle est étrangère, elle te semble exotique. Elle est pas mal, mais si tu la voyais à Wester Hailes, tu la trouverais ordinaire.

Je la détaille à nouveau, l'imagine dans le centre commercial de Wester Hailes à mâchonner une brioche de chez Crawford, et Birrell doit avoir raison. Mais bon, on n'est pas à Wester Hailes.

On arpente une rue quand Terry remarque une pancarte devant un immense bâtiment municipal en pierre.

— Matez-moi ça, les mecs, attendez.

C'est écrit en allemand, mais c'est sous-titré dans notre langue :

**COMITÉ DE JUMELAGE MUNICH-ÉDIMBOURG
LA MAIRIE DE MUNICH SOUHAITE LA
BIENVENUE À LA JEUNESSE D'ÉDIMBOURG**

— C'est vous, ça, la jeunesse d'Édimbourg, fait Hedra dans un gloussement.

— Tu parles, que c'est nous. On devrait entrer boire un verre. Vite fait bien fait. C'est nous, ça, la jeunesse d'Édimbourg, déclare Terry avec fierté.

— On peut pas entrer là-dedans, dit Billy.

Gally le regarde d'un air dédaigneux. Terry prend une voix de tafiole :

— On peut pas faire ceci, on peut pas faire cela. Tu les as laissées où, tes couilles ? Sur le ring ? Allez, il lui fait en lui assénant un coup de poing dans le bras pour calmer sa colère montante. Joue-là comme Souness ! Ça va être du gâteau.

Graeme Souness vient de notre coin, c'est toujours le héros de Terry même s'il est devenu manager des Huns. Quand Souness avait sa permanente et sa moustache, Terry s'était laissé pousser un duvet ridicule pour l'imiter. Dès qu'il veut motiver quelqu'un, le pousser à lui emboîter le pas dans un coup foireux, il dit « Joue-la comme Souness. » On le voyait souvent rentrer de l'entraînement, quand on était gosses. Une fois, il avait donné cinquante pence à Terry pour qu'il s'achète des bonbons. Ce genre de trucs, ça s'oublie jamais. Terry lui avait même pardonné son tacle violent sur George McCluskey au stade d'Easter Road, il y a quelques années de ça.

— McCluskey vient de Glasgow, putain, on devrait pas laisser les Weedgies jouer pour les Hibs, il avait déclaré d'un ton docte.

Tout le monde savait pourtant que Souness était un Jambo, mais non, Terry refusait de se l'avouer.

— Souness est un putain de Hibs. S'il était encore de la partie, il traînerait avec les gars du CCS en vêtements de marque, il se planquerait pas dans la cité comme vous, bande de sales Jambos.

Mais de quoi il parle, avec ses vêtements de marque? Terry est à la mode ce que Sydney Devine est à l'Acid House. Bref, on la joue comme Souness et on gravit l'escalier en pierre. Deux grands vigiles nous bloquent l'entrée. J'ai plus trop envie de jouer les Souness, tout à coup. Heureusement qu'un mec en costard arrive derrière les deux clébards et les fait rentrer. Je vois que Birrell, motivé par Terry, est prêt à en découdre. Le mec, un barbu qui ressemble à Rolf Harris et qui porte un veston et une liasse de papiers, nous adresse un sourire.

— Je m'appelle Horst. Vous êtes le groupe d'Édimbourg?

— Tout à fait, mon pote, répond Gally. Le Groupe des Têtes de Oufs d'Amsterdam en personne pour rencontrer leurs équivalents germains.

Le dénommé Horst se gratte la barbe.

— Amsterdam, ce n'est pas bon. Nous attendons les jeunes d'Édimbourg.

— Y déconne, on est des vrais d'Édimbourg, vrais de vrais, explique Terry. Trois Hibs et un Jambo. Pas de gros nazes de Weedgies, comme vous pouvez le constater.

Horst nous dévisage un à un, puis regarde son papier, puis repose les yeux sur nous.

— Bien. J'avais eu un message m'annonçant que votre vol avait été retardé. Vous avez fait vite pour venir de l'aéroport. Lequel d'entre vous est le champion de squash, Murdo Campbell-Lewis, de Barnton?

— Euh, c'est lui, fait Terry en montrant Billy parce qu'il est le plus musclé d'entre nous.

Horst sort un badge officiel et le tend à Birrell qui l'accroche d'un air gêné.

Horst regarde Hedra qui le scrute d'un air calme. Elle est cool, cette fille.

— Où sont les autres filles?

Gally tripote sa boucle d'oreille.

— Bonne question, mon pote. On n'a pas eu de bol question levage de filles, depuis qu'on est ici.

Billy s'incruste dans la conversation pour interrompre nos rires.

— Elles arrivent bientôt.

On nous fait entrer dans une pièce avec d'immenses lustres qui pendent du plafond, et des tables où sont installés un tas d'officiels prêts à becter et boire. Des serveurs et des serveuses s'affairent déjà autour d'eux. Horst nous donne un badge à chacun, Gally en chope un et déclare :

— C'est moi, ça, Christian Know, inventeur écolier du Stewart's-Melville College.

— Qui est Robert Jones, le violoniste... de la SFC... la Société du Festival de Craigmillar ?

— Le schemie par excellence, me chuchote Terry.

C'est pour moi.

— C'est moi, mon pote. Et on dit pas SFC, on dit CCS.

Le dénommé Horst me dévisage d'un air perplexe avant de me tendre mon badge. Je le fixe au revers de ma veste en daim.

On s'installe pour se remplir la panse. Le vin coule à flot et Petit Gally se vexe quand la serveuse lui demande s'il a l'âge légal.

— J'ai une fille aussi grande que toi, il lui fait d'un ton méprisant.

On fait tous «Ohhhhhh!», ce qui a le don de l'énerver encore plus. La bouffe est géniale, on commence par une salade de fruits de mer, puis du poulet rôti avec des patates et des légumes.

Au bout d'un moment, on entend des voix et du bazar, et quand on se retourne, on aperçoit deux vieux croulants qui me rappellent vaguement quelqu'un. Il y a une vieille peau avec des yeux de braise qui observent le monde à la recherche d'un truc à désapprouver. L'autre, un connard en costume, a un visage poupin qui semble déclarer : «C'est moi le boss, ici, et je veux que tout le monde le sache, bordel. » Ils sont accompagnés d'un groupe de jeunes : des filles et des mecs propres sur eux, avec des grands yeux brillants, des yeux qui n'ont jamais eu à se poser sur les difficultés de la vie.

Ils ressemblent tous à ces types bizarres qu'on voyait dans la cité, ceux qui allaient faire les courses des vieux cons. Un peu comme Birrell, l'assistant social, j'imagine !

— Oh-oh… fait Terry en avalant une dernière gorgée de vin avant d'attraper une bouteille dans un bac à glace pour la planquer sous sa veste. On dirait bien que la fête est finie…

— C'est la conseillère municipale d'Édimbourg, cette poufiasse qui passe toujours dans le *News* pour se plaindre des déviances du festival, fait Birrell qui me rafraîchit instantanément la mémoire : je savais bien que je l'avais déjà vue. Cette connasse nous a sucré la subvention du Comité des Loisirs pour le club de boxe, Billy ajoute.

Ils nous matent et ont l'air aussi ravis de voir leurs concitoyens que de trouver les toilettes bouchées un jour de gueule de bois. Horst arrive vers nous au pas de course, flanqué des deux vigiles.

— Vous ne devriez pas être ici ! Vous devez partir ! il crie.

— Hé là, mais on n'a pas encore eu de dessert ! rigole Gally. Ça gaze, les mecs ? il fait en direction du groupe, les pouces levés.

Le visage du mec s'est transformé. C'est clair que le vernis des apparences vient de fondre.

— Allez-vous-en, ou nous appellerons la police ! ordonne Horst.

Bon, c'est jamais agréable de s'entendre dire ça, et y a pas d'excuse pour être impoli envers un inconnu, surtout quand il y a suffisamment de place et de bouffe pour tout le monde, mais bon, ces cons ont toutes les cartes en mains.

— Bon, ça va, bande de gros nazes, je fais. Allez, les mecs, on se tire.

On se lève, Gally enfourne un dernier morceau de pain dans sa bouche. Terry dévisage un des videurs et émet un rire haletant et grave, les yeux écarquillés.

— Allez, viens, connard, il fait avec un déhanchement et une moue. Toi et moi, le Boche : dehors !

Je l'attrape par le bras et le pousse vers la porte en riant de son numéro.

— Viens, Terry, laisse tomber, pauvre con !

Les Allemands ont l'air déboussolés, on voit qu'ils n'ont pas envie de déclencher une baston ici mais j'ai pas envie qu'ils appellent la police ; ça ferait franchement plaisir à cette vieille peau de voir des schemies se faire embarquer, mais d'un autre côté, ça ferait de la mauvaise pub à la ville, dans les journaux, alors on a encore de la marge. Tant que personne ne déconne, quoi.

On sort, Terry adopte une démarche lente et provocante, comme s'il voulait pousser les Allemands à se bastonner. Il jette un dernier regard à la pièce et gueule : CCS !

C'est juste pour le spectacle, parce que Terry ne va plus au foot, et il traîne encore moins avec cette bande. Ils comprennent pas du tout ce qu'il a crié et ils restent immobiles. Il ne les lâche pas du regard, puis, content de voir qu'ils ne sont pas partants pour la baston, il se dirige vers la porte.

En chemin vers la sortie, cette vieille carne, Conseillère Morag Bannon-Stewart qu'ils l'appellent, nous fait :

— Vous êtes la honte d'Édimbourg !

— Allez, à genoux ma belle, viens me sucer la bite, fait Gally à sa grande horreur.

On sort sur le trottoir, contents et indignés à la fois.

## Munich et la fête de la Bière

C'est génial, ici, les tables sont blindées de buveurs qui éclusent consciencieusement aux sons puissants de la fanfare. Si tu n'arrives pas à te bourrer la gueule dans un tel environnement, c'est que t'es un cas désespéré. Et c'est pas qu'un truc de mec, y a une foule de nanas toutes partantes. C'est ça, la vraie vie : la tente du Hacker-Psychor à la fête de la Bière. Les Steiner descendent à la vitesse de la lumière, cul sec! J'étais plus trop dans le trip picole, mais là, je m'éclate vraiment. Au début, on était installés à une grande table en bois, mais on finit par se balader un peu. C'est surtout Birrell qui est pressé de bouger, Gally est en train de le saouler avec ses histoires de CD chourés.

— Attends, Birrell, il supplie tandis que Billy se lève. Un peu de Gemeinschaft!

Billy peut être marrant : c'est un mec génial mais un peu puritain par certains côtés. Il s'en va discuter avec des Anglais. Terry mate toutes les nanas, même s'il est avec Hedra. C'est Terry tout craché : je l'adore mais c'est un salaud. Je me dis souvent que si on n'était pas potes et que je le croisais pour la première fois, je traverserais la route dès la seconde rencontre. Je vais retrouver Billy, impatient de pouvoir me dégourdir les jambes. Les Anglais sont sympas : on échange des conneries alcoolisées, les trucs habituels de beuveries, les histoires de raves, les histoires de foot, les histoires de drogue, les histoires de cul, tous ces trucs qui rendent la vie agréable.

À un moment, une grosse vache, une Allemande je crois, se met debout sur une table et enlève son t-shirt, et ses seins se baladent dans tous les sens. On beugle et je me rends compte que je suis complètement explosé, beurré, et les tambours de la fanfare résonnent dans mon crâne, et les cymbales me compriment les oreilles. Je me lève, histoire de prouver que j'en suis encore capable, puis je sors de la tente.

Gally me paie une autre chope immense et me dit un truc, genre, le Gemeinschaft, c'est nous, mais je m'emmerde pas à comprendre son baratin d'ivrogne : il devient hyper collant quand il est bourré, il s'accroche à toi et t'attire dans ses délires. Je le laisse tomber et me retrouve assis en compagnie d'un groupe de nanas du Dorset ou du Devon, ou je sais pas d'où. On trinque et on cause musique, club, cachetons, les trucs habituels, quoi. L'une d'entre elles me plaît vraiment : Sue, elle s'appelle. Elle est pas mal, mais c'est surtout sa voix, qui ressemble à celle de la lapine dans la pub pour Cadbury's Caramel, celle où elle dit au lièvre de prendre son temps, de se la jouer détendu. Et les yeux de Lièvre lui sortent des orbites, un peu comme ceux de Gally quand il est défoncé. Les miens doivent être un peu comme ça, en ce moment, parce que je nous imagine faire l'amour toute la journée sous le soleil, dans une ferme du Somerset, et je passe mon bras autour de ses épaules, elle me laisse l'embrasser puis se détourne ; je suis peut-être un peu trop pressé, trop de bavouille… Monsieur Lièvre, c'est moi. C'est toute cette techno, ces trucs hardcore dont je me suis imprégné, c'est toujours à trois cents à l'heure, alors on se détend, Monsieur Lièvre…

Je suis blindé de picole! Je vais au bar pour commander une tournée pour la fille et ses copines, avec un verre de schnaps pour enchaîner après la bière. On boit tout cul sec, Sue et moi on va danser près de la fanfare, enfin, c'est surtout du trémoussage, et un Anglais, un dénommé Manc, passe son bras autour de ma nuque et il fait :

— Salut mon pote, tu viens d'où?

Et moi je réponds «Édimbourg» et il est plutôt sympa, ce qui est plutôt cool parce qu'en regardant par-dessus son épaule, je vois que Birrell vient de coller une mandale à un des potes de l'Anglais. Pas un coup puissant, juste une droite économique et rapide de boxeur qui envoie le gars direct sur le cul. L'ambiance devient bizarre, je le sens même à travers le brouillard éthylique. Je m'écarte du dénommé Manc qui semble un peu choqué, puis me catapulte vers Sue, et on sort de la tente d'un pas d'ivrognes, puis on chancelle jusqu'à l'arrière d'une caravane vers un générateur en marche.

Elle glisse ses mains dans ma braguette et j'essaie de lui retirer son jean mais il est super moulant ; je m'en sors plus ou moins. Je trouve sa fente sous le pantalon et j'y glisse un doigt qui revient trempé, ça va glisser sans problème surtout que je bande grave, même si je me méfie de la boisson dans de telles situations. Parfois, t'as la bite raide mais ça peut te jouer des tours. On a du mal à trouver une position potable, je finis par l'asseoir sur le générateur qui vibre comme pas permis, elle a sorti une jambe de son fute et sa culotte est en coton élastique, je vais pouvoir l'écarter sans avoir à la retirer. C'est un peu serré au début mais ça rentre quand même. On baise, mais c'est pas du genre Cadbury's Caramel, c'est pas la partie lente et tendre que j'avais fantasmé, c'est un coup rapide, tendu, minable, avec la fille qui pousse sur ses mains, qui repousse les vibrations du générateur et se colle à moi. Je suis en elle et j'observe la sueur sur son visage, on est bien plus distants en pleine baise qu'en pleine danse, tout à l'heure. Des ombres se faufilent près de nous, accompagnées de voix fortes et énervées : anglaises, allemandes, celles de Birrell et de je sais pas qui d'autre.

J'ai envie de la ramener chez Wolfgang et Marcia, dans le petit lit, pour une séance de baise lente, une baise Cadbury's Caramel, sensuelle et langoureuse, quand soudain, une nana court vers nous sans vraiment nous voir et gerbe tant qu'elle peut. Elle essaie de maintenir ses cheveux en arrière, sans succès. Mon horizon s'est réduit à un objectif : lâcher ma sauce en elle. Je la sens qui me repousse, je ressors, elle remonte son jean, referme sa braguette, remet sa ceinture, et j'essaie de remballer ma bite dans mon froc comme un gogol essaierait de faire un puzzle.

— Ça va, Lynsey ? elle demande à sa copine qui vomit à nouveau.

Elle me jette un regard, comme si j'étais responsable de l'état de cette pauvre vache imbibée. Enfin, bon, d'accord, c'est moi qui ai acheté le schnaps, mais j'ai obligé personne à le boire.

C'est totalement évident, d'après l'expression de Sue et de son langage corporel — elle me tourne maintenant le dos —

qu'elle regrette déjà. Je l'entends qui marmonne d'une voix ivre :

— On a même pas mis de capote, putain... c'est trop con...

Ben, oui, j'imagine que c'est con. Alors moi aussi, je commence à regretter.

— Je vais voir mes potes à l'intérieur... On se revoit là-bas, je lui fais, mais elle ne m'écoute pas, elle n'en a rien à foutre, et aucun de nous deux n'a joui, donc même en faisant un effort d'imagination, on ne peut pas en conclure que ce soit un coup réussi.

Mais après tout, c'est seulement une affaire de cul : rien de bien inquiétant. Il faut subir des échecs comme ça de temps en temps, ça te donne de meilleures attentes pour une bonne partie de baise. Si tous les coups étaient dignes d'un manuel de porno, ça ne voudrait plus dire grand-chose, on perdrait nos points de repère. Enfin, c'est comme ça que je vois les choses.

Je continue mon chemin, trébuche et manque de me casser la gueule sur une corde de tente et je titube devant un mec au nez explosé. Son pote l'aide et lui maintient la tête en arrière. Une fille les suit et dit, dans un accent du nord de l'Angleterre :

— Y va bien ? Dis, y va bien ?

Ils l'ignorent, son visage se crispe, elle me regarde et fait :

— Très bien, allez vous faire foutre.

Mais elle leur emboîte tout de même le pas.

Sous la tente, j'erre quelques instants avant de repérer Billy, l'air vraiment bourré. Il scrute les articulations de sa main et les frotte doucement.

— Billy. Où est Gally ? je lui demande en me disant que Terry doit être avec Hedra mais que Gally se retrouve tout seul.

Birrell lève un visage méchant vers moi, les yeux plissés, puis il me reconnaît et se détend un peu. Il tend ses doigts.

— Je peux pas m'amuser à tabasser des connards, Carl, j'ai un combat dans pas longtemps. Si je me suis pété un doigt, Ronnie va être furax. Mais ils jouaient aux cons, Carl. Qu'est-ce que je pouvais faire d'autre ? Ils jouaient aux cons. C'est terrible. Terry aurait dû être là pour arranger la situation.

— Ouais, t'as raison. Où est Gally ? je lui demande encore une fois.

Je parie que ce mutant dégénéré s'est mis dans la merde quelque part. Mais la réaction de Billy me surprend, il est censé être le plus sensible de nous tous.

— Il a dégueulé. Il a dégueulé dans le dos d'une fille. Il dansait avec elle. Où est Terry ? J'ai dû me faire trois mecs d'un coup. Vous étiez où ?

— Je sais pas, Billy. Attends, je vais les chercher. Attends-moi ici.

Terry est avec Gally, qui a l'air assez mal en point. Du vomi macule le devant de son t-shirt noir, il a les cheveux collés par la sueur, et il halète bruyamment. Terry se marre comme un fou :

— Matos de deuxième division, tout ça, il rugit à l'attention de Hedra et d'un Allemand. Un piètre ambassadeur. Salut Galloway, putain, mais vas-y, fais comme si t'étais un Hibs !

Il montre Gally du doigt et chantonne :

— T'es un Jambo déguisé… oh, petit merdeux, merdeux, merdeux, merdeux, merdeux, merdeux de Galloway…

Puis il m'adresse un signe de tête.

— Et Birrell l'Écureuil Secret, il est passé où ? Je l'ai vu coller quelques pains sous la tente. Il a fondu un câble, ce con. Les mecs lui avaient rien fait. Il tient plus très bien l'alcool. Il a dû entendre la cloche dans sa tête. Quelques secondes encore ! Ding-dong !

Il entonne le générique de *Sans secret, l'Écureuil agent secret*.

— Il a plus d'un tour dans son sac, la plupart des méchants ne devineront jamais… un manteau pare-balles…

Le monde est petit ? Aussi grand qu'une cour de récré : des Allemands s'approchent du mec à côté de Terry, et Rolf est avec eux. On se reconnaît tout de suite et on se serre la main.

— On va à une fête, il annonce en jetant un regard désapprobateur au bordel ambiant et à la fanfare qui joue encore. La musique sera meilleure.

Ça me va très bien.

— Mortel, je leur dis.

Ils ne connaissent peut-être pas le sens de ce mot, mais ils ne peuvent pas se tromper sur mes intentions. On dit toujours que le langage corporel constitue cinquante pour cent d'une conversation. J'en sais trop rien, mais les mots et la parlote, c'est surfait. La danse ne ment pas, la musique ne ment pas.

— Je suis partant aussi, déclare Terry. Ça devient ingérable par ici.

Puis il prend la voix du môme avec les lunettes et le fez, un des potes de l'Écureuil Secret :

— Ze crois qu'il va falloir allez serser l'Écureuil par la peau du coup avant qu'il n'en colle une dans les couilles d'un enfoiré !

Puis il reprend sa voix normale :

— Lui redonner un peu de cette vibration d'amour. Ce con, il se croit au putain de pub à l'heure de la dernière tournée ou quoi ?

On récupère Billy et on se déverse en une masse peu avenante vers la sortie, trébuchant sur les cordes des tentes. Les gens nous matent d'un regard nerveux : on doit ressembler à des saumons fatigués qui s'escriment à contre-courant pour aller pondre nos œufs. On quitte le site et je reprends un peu mes esprits. En chemin vers le centre-ville, je repense à Sue, aux délires qu'on aurait pu se taper, et à ma faiblesse de m'être bourré la gueule à ce point, de m'être rendu si lent et débile avec cette putain de drogue de vieux con puant le pet. On marche pendant une plombe. Billy est derrière nous et se frotte encore la main. Il gueule à Terry :

— T'étais où, putain, Lawson ? T'étais où ?

Terry se marre et l'ignore :

— Mais oui, mais oui, c'est ça, t'as raison, Birrell, t'as raison. Bien sûr, mais bien sûr...

Ça m'inquiète un peu de l'entendre jurer, ça lui arrive très rarement, presque jamais, même. Il ressemble à son vieux, pour ça. Son frère Rab, par contre, il a une bouche comme une fosse septique. Nous aussi, d'ailleurs.

— MAIS VENEZ DONC ! crie Birrell d'un air féroce dans la rue obscure, et tous les passants détournent le regard.

Terry lève les yeux au ciel, fait la moue et lance : Oooooh ! Rolf s'approche de moi.

— On ne va pas entrer dans la fête avec lui et son comportement. Il est possible même que nous soyons arrêtés.

— Tu parles que c'est possible, putain, rigole Terry.

Il a passé son bras autour de la taille de Hedra et se fout de tout.

J'attends Billy et pose ma main sur son épaule pour essayer de le calmer.

— Reste tranquille, Billy, on veut aller à cette fête, putain !

Billy s'arrête net, se raidit, puis me fait un clin d'œil et me regarde comme si de rien n'était.

— Je suis cool. Totalement cool.

Puis il me serre dans ses bras, me dit que je suis son meilleur pote, que je l'ai toujours été.

— Terry et Gally, c'est des super potes, mais toi, t'es le meilleur. L'oublie pas. Parfois, je suis plus dur avec toi, mais c'est parce que t'as tout ce qu'y faut pour y arriver. T'as ce qu'y faut, il répète comme une menace.

Ça fait des années que j'ai pas vu Birrell dans cet état. La picole lui est montée direct à la tête, et une horde de démons s'agite dans ses yeux.

— T'as ce qu'il faut, il dit encore, avant de murmurer dans sa barbe : Terrible...

Je ne sais pas ce qu'il essaie de me dire, mais bon, c'est l'intention qui compte. C'est vrai que le Fluid marche bien,

**385**

mais c'est juste pour délirer un peu, pour passer de bonnes soirées et me remplir un peu les poches. Je lui colle une claque dans le dos et on traverse un terrain vague près de la voie de chemin de fer pour arriver à une immense zone industrielle. Les lumières sont allumées, des camions circulent, on dirait bien que des gens bossent encore. Le club, ou plutôt la rave, ou encore la « fête », comme nos amis allemands l'appellent, c'est un énorme bâtiment occupé illégalement, et entouré de ce qui ressemble à des bureaux et à des usines en activité. Je me tourne vers Gally.

— Si ce bouge n'est pas envahi de flics d'ici vingt minutes, je veux bien lécher le prépuce de Juice Terry, je lui fais en rigolant, mais il est trop bourré pour me répondre.

On entre. Gally a nettoyé presque toute la gerbe de son t-shirt et il a zippé la fermeture éclair de son blouson. Je suis bien content qu'on entre enfin, ça commençait à cailler dur, dehors.

La sono est empilée sur le coin DJ fabriqué à la hâte, mais le matos a l'air de pouvoir cracher sa dose de son. Le coin se remplit peu à peu, et ça me dirait bien de mixer ici.

Bientôt, une ligne de basse emplit l'air, ricoche contre les murs en un écho tandis que le premier morceau démarre et que la pièce entière s'enflamme dans une explosion d'excitation qu'on ne peut comprendre qu'en faisant partie d'une foule.

Birrell se calme, avant même qu'on le blinde de cachetons. C'est comme s'il associait la musique et la vibration à un sentiment de paix. Les Allemands sont cool. Rolf est venu avec Gretchen. Gudrun et Elsa sont là aussi, et je suis super content que Gretchen ait amené d'autres copines à elles. De la chatte de Bundesliga et tout, mais c'est le cas de toutes les filles, dans l'état où je suis, et l'ecsta commence à faire de l'effet, transperce les couches baveuses de l'alcool et me redonne un peu de jugeote et de réflexes. Je croise Wolfgang et Marcia.

— Tu voudras mixer, oui ?

— J'aurais dû emporter mon sac, mec, dommage. Même les albums chez toi auraient fait l'affaire.

— Il y aura toujours un moment, plus tard.

Marcia tique à cette dernière phrase.

— Ton ami avec les cheveux, là, il est bizarre et bruyant. Pendant la nuit, il était dans notre chambre, au pied de notre lit… Je l'ai vu dans le noir, avec ses cheveux… il n'avait pas d'habits… je ne savais pas qui c'était…

Ça fait marrer Wolfgang, et moi avec.

— Oui, je l'avais laissé entrer dans la maison, un peu plus tôt. Je lui ai montré son lit, dans ta chambre, mais tu dormais déjà. Je suis retourné à mon lit, j'espérais que le sommeil le suivrait… qu'il ferait dormir. Et puis j'entends le cri de Marcia, et je le vois au-dessus de nous. Je me lève et le ramène au lit. Mais il dit qu'il veut aller en bas pour boire plus de bière. Je lui en donne mais il ne veut pas me laisser dormir. Il veut parler toute la nuit. Je ne comprenais pas tout. Il parlait d'un camion et de sodas. Je ne comprends pas. Pourquoi vous, les Écossais, vous voulez toujours parler beaucoup ?

— On est pas tous comme ça, je fais. Regarde Billy.

Marcia esquisse un sourire.

— Il est très gentil.

— Peut-être qu'il est allemand.

J'éclate de rire et les attire à moi, dans l'optique d'établir une meilleure vibration avec Marcia. Wolfgang fait, «Ohhh… ohhh… Carl, mon ami.» Mais Marcia est toujours un peu raide. Je ne pense pas qu'elle ait gobé de cacheton. Les ecstas que m'a refourguées Rolf sont super, putain. On peut saisir à quel point une ecsta est bonne, à la vitesse où passe la soirée. Mais quand la musique s'arrête, que les soupirs d'exaspération se font entendre, je me dis toujours que c'est ridicule, qu'elles n'étaient *pas* aussi géniales que ça. Malgré les cachetons, le fil de mes pensées est ralenti (sûrement à cause de la biture) et il me faut un moment pour me rendre compte que mes propos étaient pour le moins prophétiques : des uniformes se mêlent à la foule dansante et se précipitent vers les platines. Les flics sont venus nombreux, ils veulent nous disperser. Terry gueule un truc et les Allemands se tournent vers lui, abasourdis. Rolf me dit :

— Tu devrais expliquer à ton ami que dans notre pays, on ne gagne pas grand-chose à se mettre la police à dos.

Je m'apprête à lui répondre que c'est pareil chez nous, mais que ça ne nous empêche pas de nous éclater, mais je devine que les mecs restent tous calmes parce qu'il y a un plan B dans les tuyaux. On a tous envie de continuer la fête. En plus, les flics ont des flingues. Je sais pas pour Terry ou les autres, mais pour moi, ça fait une putain de grosse diffé-rence. Mes lèvres se changent mystérieusement en deux bandes de Velcro, j'ai hâte de foutre les voiles aussi loin que possible. Tu peux déconner avec les flics n'importe où dans le monde, il n'y aura toujours qu'un seul vainqueur.

Rolf et ses potes nous disent qu'ils voulaient aller à une autre fête mais qu'ils ont oublié où ça se passait. On cherche tous un endroit où continuer la soirée tandis que le matos est remballé dans plusieurs camionnettes, et la rave se désa-grège aussi vite qu'elle est apparue. L'efficacité allemande. La même manœuvre aurait pris un mois chez nous : on se serait tous rentrés dedans, bourrés. Un petit vent de panique souffle, on se demande où on va passer la fin de la soirée, surtout les non-Allemands. Un Anglais demande d'une voix snob et haut perchée :

— Où est-ce qu'on va, maintenant ?

Birrell lui répond froidement en hochant de la tête comme un jouet mécanique :

— On va danser. On va danser, putain.

Le gars semble un peu nerveux à cette réponse, et non sans hésitation, il tend la main à Birrell qui la serre avec une violence inutile, malgré l'effet calmant des ecstas.

Terry écoute le remue-ménage et s'approche de Wolfgang :

— Allez, mon petit Wolfie, on va tous chez toi.

Wolfgang est pas très motivé.

— Il y a trop de monde, et j'ai du travail à faire demain.

— Sois gentil, mon pote, continue Terry en passant un bras autour de ses épaules, et un autre autour de Marcia, toujours aussi raide. On est potes, on te rendra la pareille en Écosse. Potes, il fait dans un clin d'œil avant d'annoncer à la cantonade : Dès que j'ai vu ces deux cons, je me suis dit : des potes. Voilà, c'est le premier mot qui m'est venu à l'esprit : des potes.

Billy regarde Terry et arque les sourcils.

— Il était même pas là, il s'esclaffe à l'attention du snob anglais.

Il a décidé que l'Anglais était un mec sympa, et il pose un bras sur l'épaule de son nouveau copain.

— Je te présente Guy, il me fait. On se met sous lui et on s'embrasse!

Il se marre et le mec se joint à lui, nerveux.

Je me demande combien de fois on la lui a faite, celle-là.

— Si j'avais été là, j'aurais filé un coup de main, Birrell, proteste Terry.

— T'aurais surtout mis la main sur le contenu de sa baraque, connard. Il a même pissé dans leur lit. T'es terrible, Lawson.

Terry sourit, il en a rien à foutre. Il a le même air qu'un clébard qui vient de se lécher les couilles et qui trouve qu'il n'y a rien de meilleur.

— Va chier, Birrell. Allez, une petite fête...

Je crois que Wolfgang commence à comprendre l'histoire du lit.

— Comment ça... qu'est-ce qu'il veut dire? il demande, un peu dérouté.

Terry repasse son bras autour de ses épaules.

— Je te fais marcher, mon pote. Mais t'as plein de place chez toi, alors allons-y.

Puis il hurle :

— Mais fais-nous une putain de teuf! Répands l'amour autour de toi! Allez! Demande aux mecs d'apporter le matos.

Rolf hoche la tête, le faire-valoir inconscient du Svengali de Saughton Mains.

— C'est bien, chez Wolfgang, pour faire une fête.

Je me dis que mes disques sont là-bas, et je suis pas contre essayer les platines, montrer à ces Boches ce qu'on sait faire en Écosse. En Écosse… n'importe quoi. Un peu comme Gally qui déblatère des conneries à Elsa et Gudrun. Il a retiré son t-shirt. Elles sont tout en sourires, en œillades, en dents blanches. Il blablate sur la beauté de leurs cheveux, il leur explique que les Allemands sont bien moins romantiques que les Écossais, et je me pisse dessus. Mais je dirais que personne n'est plus romantique que Gally sous ecsta. À part moi.

— Ça serait un super coin, Gally, je fais en interrompant son flot de conneries.

— C'est parti, fait Terry.

— Mais la police… proteste Wolfgang.

— On l'emmerde, la police. Ils nous disperseront encore une fois, c'est tout. Allez, on y va, au nom du disco !

Terry a toujours le dernier mot, alors on se tasse dans les camionnettes, et le convoi se dirige vers la maison de Wolfgang qui se chie dessus. Marcia brûle d'une rage silencieuse. Rolf roule un joint et je tire une taffe, le fais tourner en évitant Birrell qui les refuse systématiquement. Gally s'est installé entre les deux filles et a posé la tête sur l'épaule de l'une d'elles.

**Fight for the Right to Party**

On arrive chez Wolfgang et on installe le matos. Les autres attendent tous dans le jardin. On peut monter une super plateforme de DJ sur le balcon. Les gars ont suffisamment de câble pour les enceintes, et j'installe l'ampli et les platines. Ça nous prend une vingtaine de minutes pour tout installer.

Ça démarre avec un dénommé Luther aux platines. Il est pas mal. Ça me démange de m'y mettre, histoire de montrer aux Schleus ce que je sais faire.

Marcia est toujours de mauvais poil, et le bavardage de Lawson n'améliore pas son humeur.

— Tout va bien, poupée, c'est qu'une fête. Tu vois, on est obligés de se battre pour faire la fête. La différence, il lui explique à elle et aux autres Allemands abasourdis, c'est que nous, on est des Hibs d'Édimbourg. On a dû se battre pendant des années contre les Jambos...

Il se tourne et me regarde avant de continuer :

— J'ai rien contre notre ami Carl ici présent, mais on n'a pas eu la vie facile, contrairement à ces connards de Leith. Ils savent pas ce que ça veut dire d'être un vrai Hibs.

Ces conneries n'impressionnent personne, Marcia encore moins. Elle porte les mains à ses oreilles.

— C'est trop fort !

Wolfgang hoche la tête en rythme avec la musique, il se fond dans la vibration. Il est à fond dans le trip techno.

— Nos amis d'Écosse doivent avoir leur fête, il déclare sous nos applaudissements, à moi et à Terry.

Gally est en plein câlin sensuel et ecstatique avec deux nanas-Bundesliga, et il me faut un moment pour capter que c'est Elsa et Gudrun. Ils s'embrassent tous les trois lentement, chacun à leur tour. Il s'arrête un instant pour me crier :

— Carl, viens ici. Mets-toi là. Elsa. Gudrun.

— Laissez-moi vous dire une chose, vous êtes les deux filles les plus belles que j'aie jamais vues de toute ma vie.

— T'as pas tort, mon pote, confirme Gally.

Elsa éclate d'un rire encourageant et me dit :

— Tu dois dire ça à toutes les filles, quand tu as pris une ecsta.

— Bien sûr, mais je le pense toujours. Toujours.

Elsa et Gudrun, quelle paire. Ouais, c'est ça qui est génial dans ce milieu. Tu peux admirer la beauté d'une femme, et quand tu en as à la pelle, ça te fait un effet énorme et ahurissant, c'est à couper le souffle.

Il s'approche de moi.

— Allez, essaie.

Les filles sourient à pleines dents, alors j'en embrasse une, puis la deuxième. Puis Gally les embrasse toutes les deux. Et les deux filles s'embrassent à leur tour. Mon cœur fait boum-boum-boum et Gally arque les sourcils. Les femmes sont trop belles, et les hommes sont des putains de chiens. Si j'étais une fille, je serais gouine, pas de doute. Quand elles s'écartent, l'une d'elles déclare :

— Maintenant, à vous.

Gally et moi, on échange un regard et on rigole.

— Putain, y a pas moyen.

— Je veux bien le serrer dans mes bras, c'est tout, fait Gally. Parce que j'adore ce grand bâtard, même si c'est un connard de Jambo.

Je l'adore, ce petit con, c'était sympa de m'inclure dans son petit univers. C'est un vrai pote. Je l'écrase entre mes bras et lui susurre « CSF » à l'oreille.

— Trouve-toi une meilleure bande qu'eux, putain, il fait dans un éclat de rire avant de me repousser d'un coup dans la poitrine.

Je retourne aux platines pour regarder le matos. Je suis bien content d'avoir acheté quelques disques, et avec ceux que j'emprunte à Rolf, j'ai de quoi produire un set de qualité pendant trois quarts d'heure. C'est bientôt mon tour. Les platines me sont un peu étrangères, ou alors c'est juste les cachetons, mais rien à foutre, y a qu'à se jeter à l'eau.

Terry bondit à mes côtés.

— Allez, Carl. Mets-leur-en plein la gueule, à ces cons d'Allemands ! N-SIGN Ewart. C'est mon pote, il fait en secouant un Allemand et en me montrant du doigt. N-SIGN. C'est moi qui lui ai trouvé ce pseudo. N-SIGN Ewart !

Il déconne, Terry, quand il parle de ces cons d'Allemands : sa mère en a baisé un pendant suffisamment longtemps. Mais je m'installe et lance *Energy Flash*, de Beltram. Explosion immédiate sur la piste de danse! Tout le monde se trémousse, la musique me traverse, traverse le vinyle, traverse les enceintes jusqu'à la foule. Je n'entends que certaines bribes des morceaux dans les écouteurs avant de les mixer mais ça sort plutôt bien. C'est un vrai jeu d'enfant : je mixe de l'Acid House anglaise comme *Beat This* ou *We Call It Acieed* avec des vieux tubes de Chicago, genre *Love Can't Turn Around*, puis je reviens sur des trucs hardcore belges avec un titre comme *Inssomniak*.

Mais ça fonctionne bien. Les culs qui s'agitent en contrebas et la masse compacte des danseurs me font passer le message :

J'assure à mort, putain.

Le mot a dû circuler parce que des voitures se garent devant la maison, les gens se massent devant moi sur la pelouse, les bras en l'air, je ne me suis jamais senti aussi bien. C'est la plus belle teuf que j'aie jamais faite. À la fin de mon set, tout le monde vient me féliciter, me serrer la main, m'étouffer d'accolades, m'encenser. Les compliments sont sincères, pas de conneries hypocrites. On finit par savoir faire la différence. Quand je suis clean, ça me colle franchement la honte mais quand je suis sous ecsta, j'accepte plus facilement les compliments.

Gally s'approche de moi. Il tient l'une des filles par la main et me montre Wolfgang qui danse lentement, remue la tête et fait un câlin à tous les cons qui passent à sa portée.

— Ce Wolfgang, hein, c'est vraiment un mec cool !

Il sort des ecstas et m'en donne une.

— Je la prendrai dans quelques minutes, je lui dis en la glissant dans la poche de ma chemise.

Les effets du cacheton de tout à l'heure commencent à diminuer mais je veux profiter de ma montée d'adrénaline. Il traîne avec Rolf : ils discutent came, qualité et tout le bordel. J'observe Rolf : c'est un Gally en plus soigné, plus allemand et en moins maniaco-niqué-du-cerveau. Gally aurait pu être comme lui, dans un contexte différent. Enfin, je ne connais pas bien Rolf, c'est juste qu'il a l'air beaucoup plus dégourdi.

Galloway : que dire de ce petit gars ? Il est raide défoncé, il déclare aimer tout le monde, que cette soirée est la plus belle de sa vie. À un moment, il monte même sur la balustrade du balcon, déclenchant une ovation quand il salue la foule d'un poing levé. Rolf se contente de sourire et de le tenir par la jambe avant de l'aider à redescendre.

À l'aube, on file un coup de main pour nettoyer le chantier tout en continuant la fête. Ce n'est pas trop le bordel, les gens ont bien respecté les lieux. L'air est froid et brumeux, malgré la chaleur du soleil. C'est bien un temps d'octobre : l'hiver s'impose peu à peu. Gally est toujours sur pied, il plane aussi haut qu'un cerf-volant et déblatère des conneries à Gudrun, assise sur ses genoux. Je suis installé sur le canapé à côté d'eux et je me demande où est passée Elsa. Je gobe le cacheton de Gally et attends qu'il fasse effet. Quelques personnes traînent encore dans la maison mais les têtes pensantes de la teuf sont parties avec leur matos. On mixe avec l'ampli, l'enceinte et les platines de Wolfgang. Rolf passe un truc mélancolique qui est pas mal. Gally me dit :

— Faut bien l'admettre, Carl, t'as du talent. T'as vraiment un truc, mec. Comme Billy avec sa boxe. Tu sais mixer. Les mecs comme moi, on n'a que dalle. Toi, t'es Business Birrell, il fait avec un geste du menton en direction de Billy, accroupi par terre près de nous, puis vers moi : Et toi, t'es N-SIGN.

J'échange un regard rapide avec Billy et on hausse les épaules. Je n'ai jamais entendu Gally parler comme ça, nous passer de la pommade, et il le pense vraiment. Puis je regarde Terry, assis sur un pouf avec Hedra. Ça fait un sacré bout de temps qu'il n'a pas décroché de boulot. Je vois qu'il est pas ravi d'entendre les propos de Gally.

— Hé, Gudrun, lui, c'est N-SIGN Ewart, Gally fait en me montrant du doigt, et il a dû dire cette phrase au moins cent fois dans la soirée, ce qui est toujours moins que Terry. Mais il secoue la fille pour qu'elle me regarde, et il ajoute : N-SIGN. Il a eu un papier dans un magazine, *DJ*, vous l'avez peut-être pas par ici... ça parlait de la vague montante des DJ des années 90.

Je crois que Terry, lui, n'en a rien à foutre. Il s'en sortira toujours tant bien que mal, à force de magouilles. C'est dans sa nature, à l'animal.

Gudrun se lève pour aller aux chiottes. C'est une vraie poupée, je la regarde s'éloigner, admire ses mouvements gracieux. Gally ne remarque rien, il me dévisage, puis son regard se perd dans le vague.

— Ils t'ont dit que j'avais revu ma môme, avec les deux autres, avant qu'on vienne en Allemagne ?

Terry et Billy m'en ont parlé. Ça avait l'air violent. Je serre les dents. J'ai pas du tout envie d'entendre les histoires du triangle Gally, Gail et Polmont, avec en apparition spéciale Alexander Dozo Doyle et Billy Business Birrell. Pas encore une fois. Pas ici. Pas maintenant. Mais il est chamboulé.

— Comment elle va ? je lui demande.

Les yeux de Gally plongent dans le vide devant lui, il ne croise pas mon regard. Sa voix se fait grave.

— Elle m'a pas reconnu, tu vois. Elle l'appelle Papa. Lui. Terry a entendu, il tire une latte du joint et se tourne vers Gally en haussant les épaules.

— C'est comme ça. Le mien aussi, il l'appelle Papa, ce connard. Un gros boulet aussi naze que lui, qui se fait appeler Papa. C'est comme ça, c'est tout. C'est ce con qui met la bouffe sur la table, ça vole pas plus haut que ça.

— Mais c'est pas juste ! fait Gally d'une voix paniquée qui ressemble à un cri primitif.

Je compatis, maintenant, je compatis vraiment pour lui, c'est le pire truc qui puisse lui arriver, à ce pauvre con.

— Elle se souviendra toujours de toi, Gally, il lui faut juste un peu de temps, je déclare.

Je sais pas pourquoi j'ai ouvert ma grande gueule, j'ai aucune expérience en la matière, mais ça m'a semblé important de dire ça.

Gally se tape un mauvais délire. C'est comme si le nuage qui rôde au-dessus de sa tête s'obscurcissait de minute en minute.

— Nan, la gosse est bien mieux sans moi. T'as raison, Terry. Une giclée de sperme, c'est tout ce que j'ai jamais été, il fait, le visage crispé. Ma première baise, putain. Avec Gail. Dix-huit ans. J'étais trop content de plus être puceau. C'est vraiment pas de bol… enfin, quoi… je veux pas dire que…

Je jette un œil à Terry qui lève un sourcil. J'ai jamais entendu Gally déblatérer des choses pareilles. Moi, je croyais qu'à cette époque, il avait jamais baisé. Y avait un tas de ragots mais c'était toujours des conneries. Les trucs qui circulent à la récré, à la cantine, au pub. Pas toujours, mais souvent.

Je me sens super bien. Je veux pas de tout ça, je veux que Gally se sente comme moi.

— Écoute, cette conversation est hyper déprimante. On fait la fête, putain ! Allez, Gally ! T'es encore jeune et en pleine forme !

— Je suis un putain de loser, un sale toxico, il fait dans un rire méprisant.

Je regarde son visage poupin et lui pince la joue entre le pouce et l'index.

— Je vais te dire, moi, t'as l'air en forme, Gally, malgré toutes les merdes que tu t'enfournes.

Il veut toujours pas céder.

— C'est à l'intérieur, mon pote.

Il éclate d'un rire creux et grave qui me glace le sang. Puis ses yeux se rallument un instant et il me fait :

— Tu peux ramasser une merde de chien dans un caniveau, la mettre dans une jolie boîte avec un beau ruban brillant, ça sera toujours qu'une merde de chien dans une boîte. Les factures sont déjà sous ma porte.

— Attends, Gally, j'ai dit que t'étais en forme, j'irai pas jusqu'à dire que t'es beau comme une jolie boîte enrubannée. Garde la tête sur les épaules, mon gars !

Je me lève et me lance dans une imitation de ce bon vieux Blackie, à l'école.

— On dit parfois qu'il n'y a plus de place pour l'éducation sociale et les connaissances religieuses dans notre système scolaire moderne polyvalent. Je m'oppose à ce point de vue en vogue. Car comment un système peut-il être éducatif et polyvalent s'il ignore les connaissances SOCIALES et RELIGIEUSES ?

Le petit con rigole enfin. Billy écoute la conversation et se redresse.

— Allez, viens, Gally, on va faire un tour.

Gally bondit sur pieds. Gudrun revient dans la pièce, Billy s'écarte et fait un geste du menton en direction de Gally. Son visage s'illumine encore plus et nos deux gars sortent dans le jardin.

Wolfgang est aux platines et il remet de l'ambiance. Rolf hoche la tête et rit. Ce con passe un morceau mortel, je sens la nausée de l'ecsta me chatouiller et si je ne me lève pas sur-le-champ, je vais gerber. Les gens se lèvent de leurs poufs et de leurs fauteuils pour se masser sur la piste. Il faut que je grave ce skeud, ou au moins que je trouve de qui c'est. La piste est blindée d'Allemands, sauf Marcia qui, comme on dit, n'est pas aux anges. Les Allemands sont sympas, cette connerie de nazisme, ça aurait pu arriver dans n'importe quel pays.  On nous apprend que les nazis étaient des gens bizarres mais ils ne sont pas plus bizarres ou pervers que les libéraux. C'est juste que les temps avaient changé et que tout le monde avait pété un plomb. Ça aurait pu arriver n'importe quand, n'importe où. Vu notre époque, on dirait bien que le capitalisme sera toujours versatile. Les richards se mettront toujours du côté de celui qui restaure l'ordre, mais ils garderont toujours précieusement ce qu'ils possèdent. Ça arrivera à nouveau dans les trente prochaines années.

C'est ça qui m'a frappé. Les nazis, c'était pas juste un groupe de cons. Chaque nation a en elle la capacité de répandre le mal, comme n'importe quel individu. Et souvent, ça se déclenche parce que les gens ont peur, ou parce qu'ils sont toujours rejetés par les autres. L'amour sauvera le monde, et je vais l'offrir à tour de bras grâce à la musique. C'est ma mission, c'est pour ça que je suis devenu N-SIGN. Carl Ewart, personne ne l'a jamais aimé, c'était un petit débile qui s'amusait à faire le salut nazi devant un photographe de tabloïd pour se foutre de sa gueule avec sa bande de potes. Un petit débile qui ne savait même pas ce que c'était qu'un nazi, juste qu'on lui avait appris à les détester. Il savait juste que ça énervait tous les snobs qui le regardaient et qui entendaient son accent schemie et le considéraient comme un white trash.

Ils n'aimaient pas Carl Ewart, ce sale schemie, ce white trash. Mais ils aimaient N-SIGN. N-SIGN mixait dans des soirées, dans des entrepôts de Londres, il récoltait des fonds pour des groupes antiracistes et toutes sortes d'organisations caritatives. Ils aimaient N-SIGN. Ils ne comprendraient jamais, jamais, la différence entre Carl Ewart et N-SIGN : que le premier transportait des boîtes dans un entrepôt pour un salaire merdique, et que le second passait des disques dans ces mêmes entrepôts pour un max de thune. Le fait qu'ils aient choisi de traiter ces deux entités différemment, ça en dit bien plus long sur eux que sur Carl Ewart ou N-SIGN. Et puis merde, à la fin, à partir de maintenant, je vais être intelligent et réglo. Être touché par l'amour, ça demande une chance inouïe, ce n'est pas de notre ressort. Le mieux qu'on puisse faire, ce qui est en notre pouvoir, c'est d'apprendre la grâce.

Je me lève et fais quelques pas de danse avec Rolf et Gretchen. Puis je capte une conversation entre Terry et Billy dans l'immense couloir, et je vais mener mon enquête. Billy est debout sur les marches, à côté d'une fille magnifique. Une putain d'Amazone, à l'allure mortelle : robe moulante à rayures diagonales noires et blanches, cheveux blonds relevés, un air d'arrogance et de total égocentrisme. Son apparence crie la vérité, elle sera un super coup au plumard, rien de plus. Dans son état d'esprit actuel, Billy s'en fout, ça fera bien l'affaire. Hedra est là, elle aussi, je crois que la fille est sa copine. Ces cons me voient pas.

— Gally déconne complètement. Il m'inquiète parfois, fait Terry. Toutes ces conneries sur mon prépuce. Qu'est-ce qu'il cherche à faire ? Dis-moi !

— Il se foutait juste de ta gueule. Il se marrait, quoi, répond Billy, visiblement déçu que Terry l'ait dérangé pendant sa séance de drague.

Lawson cherche sûrement à s'incruster, même s'il est avec Hedra.

— Ouais, mais y a d'autres façons de se marrer. Je sais pas ce qu'ils lui ont fait en taule. Il a dû se faire baiser par un connard de Glasgow. C'est sûrement pour ça qu'il est obsédé par les bites.

— Ton ami, il est bi ? fait Hedra dans un sourire.

— N'importe quoi, réplique Billy en direction de Terry avant de me regarder.

Terry semble vouloir placer son argument :

— Il en parle jamais. Il lui est arrivé un truc, là-bas. Tu vois bien comment il se comporte, depuis qu'on est ici ? Le moral qui fait du yo-yo tous les jours ?

Je me glisse dans la conversation, encore sous l'effet du cacheton.

— Lâche-le un peu, Terry. Son vieux passe son temps en taule, Gally a tiré deux ans pour rien, on sait tous ce qui s'est passé après. Ça n'a rien à voir avec la taule.

Terry me jette un regard sombre. Il est un peu bourré, même s'il tient bien l'alcool. Terry ne s'est jamais vraiment mis à l'ecsta.

— Je sais qu'il a eu des moments pas faciles. Je l'adore, c'est pas la peine de lui passer du cirage, Carl. C'est mon meilleur pote… enfin, vous deux aussi, c'est pas la picole qui parle. C'est juste qu'il merde sérieusement, parfois. Il va se la jouer hyper compétitif pour un détail, et puis d'un coup, il élève tout le monde sur un piédestal et il se descend en flammes.

— Le truc, avec Gally, c'est qu'il a une vraie notion de l'injustice. Vu comment il s'est retrouvé en taule et tout.

Billy me détaille froidement.

— Peut-être que sa gamine aussi, elle a une vraie notion de l'injustice, hein.

Mon sang se glace, même avec l'ecsta. Terry pose les yeux sur moi, puis sur Billy.

— C'était un putain d'accident, Billy, tu dis n'importe quoi.

Billy lève brièvement les yeux au ciel.

— C'était *vraiment* un accident, Billy, tu le sais très bien.

Billy hoche la tête.

— Je sais, mais je dis juste que les accidents, ça devient une habitude quand tu te comportes comme un con.

Terry serre la mâchoire.

— Tout ça, c'est la faute de Tête-de-Gland, ce connard de Polmont. Lui et son pote Doyle, il va falloir leur refaire la leçon.

On digère ça quelques instants, conscients de notre impuissance, de l'étendue des conséquences de cette phrase, et de celle de nos limites. Terry est le roi des conneries, je regarde Billy, lève les yeux au plafond, je vois bien qu'il pense comme moi. Polmont est un branleur mais il connaît du monde, j'imagine mal Terry faire la leçon à Doyle ou à quelqu'un de sa bande. Billy a tenté le coup, mais seulement parce qu'il a des contacts avec des vrais durs, grâce à son boulot. Des gars comme moi et Terry, on a plutôt intérêt à pas se les mettre à dos, sauf si on a toute une vie à consacrer à ce sacerdoce. Une vie courte, d'ailleurs. Ça finit jamais, avec ce genre de vicieux, jamais. Alors merde, je veux faire autre chose de ma vie. Peu importe l'influence et la force de ta bande, il faut connaître ta place dans la hiérarchie. Les cimetières sont pleins de cons qui ont jamais voulu l'admettre. Vaut mieux pas atteindre certains cercles supérieurs. Point final.

Terry lâche pas l'affaire. Il lance un regard de défi à Billy.

— Doyle et ce connard de Polmont. Ils vont s'en manger plein la gueule.

Billy hausse les épaules comme s'il ne voulait pas être mêlé à ça. Terry est malin, il sait comment nous provoquer, il sait très bien sur quels boutons appuyer pour lancer la machine.

Mais son petit jeu, ça me branche pas trop.

— C'est pas moi qui leur donnerai la becquée. J'ai pas envie de déclencher une vendetta avec ces cons, Terry. On pourra jamais les battre, ils peuvent y passer leur vie : nous, on a d'autres trucs à faire.

— Ils sont pas aussi balèzes que tu le crois. Comme la fois à Lothian Road. Doyle était armé jusqu'aux dents, Gent était là aussi, mais Billy les a quand même explosés tous les deux. Polmont aussi s'est fait botter le cul, fait le fier coq de Saughton Mains. Enfin, c'est ce que j'en dis, Carl.

On sait tous que c'est du vent. Des propos d'ivrognes, le genre de trucs ultra chiants quand t'es sous ecsta.

— Va chier, je lui fais avant de me tourner vers Billy. C'est toi qui as raison, si tu dois te fritter, fais-le sur un ring, pour de la thune.

J'essaie de garder Billy dans un bon état d'esprit, mais je peux pas m'empêcher de mater la cicatrice sur son menton, celle que Doyle lui a faite avec son couteau de boucher. Tu fous un mec au tapis de quelques droites parce qu'il t'a collé une cicatrice à vie sur la gueule. Et puis t'es obligé d'attendre la vengeance de sa bande. C'est qui, le vainqueur, au final ? Personne, à mon avis. C'est souvent comme ça, avec la violence. Tout le monde subit une défaite retentissante :

— Ouais… il fait sans grande conviction. Puis il y réfléchit quelques secondes et reprend : J'ai dit deux mots à mon frère, à propos de cette histoire de foot et de casuals, quand il s'est fait arrêter à Dundee.

J'aime bien le frangin de Billy, Rab. C'est un mec sympa.

— Ce genre de truc, ça arrive à tout le monde, je lui dis.

Terry me lance un regard méprisant. Billy s'en rend compte et fait :

— Heureusement que toute la bande des Hibs était là, le soir où on s'est frittés avec Doyle. C'est Lexo et ses potes qui ont géré la situation.

— C'est toi qui as mis Gent sur le cul, Billy, répond Terry en souriant.

Le visage de Billy reste de marbre.

— Il se relevait tout le temps, Terry. Et il aurait continué jusqu'à ce qu'il arrive enfin à poser ses grosses pattes sur moi. J'étais bien content que Lexo s'interpose.

— C'est tous des tarés, les footeux, déclare Terry.

J'éclate de rire devant le culot de Lawson.

— Ils étaient pas si tarés quand tu t'étais fait choper au match des Hibs contre les Rangers à Easter Road. Tu t'en souviens ? Le grand voyou Terence Lawson, grand ponte de la Mafia d'Émeraude !

C'était le bon moment pour briser la glace, on se marre tous.

— C'était y a super longtemps. J'étais qu'un petit crétin.

— Et c'est vrai que t'as vachement changé, depuis ce temps, je fais d'un ton sarcastique.

— Petit malin.

Ce con prépare quelque chose, j'en suis sûr. Quelqu'un va subir les vannes lawsonniennes, ce connard est encore vexé d'avoir été la cible de Gally, avec cette histoire de prépuce.

Billy le dévisage.

— Notre Rab aussi, il est jeune.

— Il a vingt ans, Billy, il devrait se douter de quelque chose, quand même.

Billy n'en croit pas ses oreilles.

— Mais t'avais dix-sept ans, Terry! Ça fait pas une grande différence, vingt ans ou dix-sept ans.

— Pas de différence en âge, ouais, mais une différence en expérience.

Putain, ça risque de tourner pédant à mort. Je mate Billy.

— Rab est pas un dur à cuire, Billy, il fait juste ça pour essayer de t'impressionner. Je l'adore, Rab, mais c'est pas un guerrier.

Billy hausse les épaules, mais il sait que j'ai raison. Rab l'a toujours admiré. Mais Billy n'en a rien à foutre pour l'instant, il vient de croiser le regard de l'Amazone, elle s'est assise avec une copine en haut des escaliers et elles discutent en fumant. C'est marrant, si j'étais bourré, je chercherais à mater sous sa robe, mais avec l'ecsta, on pense jamais comme ça. Je suis le regard de Terry, et pas de doute, il est rivé à cet endroit. Il a le bras sur les épaules de Hedra et une bouteille de bière collée aux lèvres.

Je me lève et m'étire.

— Je vais pas rester en Écosse bien longtemps. L'Écosse, l'Angleterre, c'est un gros tas de merde. Enfin quoi, la télé du samedi, les redifs de *Only Fools and Horses*, version 1981. Ça fait chier, quoi.

Ça les réveille. Billy radote sur l'Écosse, le plus beau pays du monde, et Terry m'explique que *Bizarre, Bizarre*, c'est la seule émission télé potable, ces temps-ci.

J'en ai rien à foutre. Je suis décalqué mais je pense aux cachetons que je vais encore prendre tout à l'heure.

— Je parie que Petit Gally a gobé toutes les ecstas, je fais en connaissant déjà la réponse.

Terry pose sa main sur la cuisse de Hedra et la caresse doucement, d'un geste détendu. C'est bizarre de l'observer, on a du mal à imaginer Terry capable de faire l'amour avec sensualité, avec recherche. Enfin, ce con doit penser pareil de moi, que je suis juste bon à marteau-piquer, moite de sueur. C'est étrange de regarder ce geste, il suggère d'autres possibilités pour Terry. Ou peut-être pas, finalement, surtout quand ce con se met à sermonner :

— Galloway doit être complètement défoncé, à l'heure qu'il est. Sa réaction à une soirée sympa entre potes, c'est de faire durer la teuf aussi longtemps que possible en se gavant de speed et de cachetons. Même s'il est en vacances, et que tout sera tel quel demain matin, il arrive pas à se détendre et à se foutre au lit. Il a une super fille avec lui, qui attend qu'une chose, c'est de foutre au pieu avec lui. Mais il veut quand même rester debout !

On blablate encore quand Rolf s'approche avec deux potes. Gally et Gudrun arrivent aussi, et on retourne tous au canapé et aux poufs en laissant Birrell dans les escaliers en compagnie de la fille à la robe rayée et de sa copine. La soirée se calme un peu, on arrive presque à s'entendre penser. Je commence à parler de Sue, la lapine Cadbury's Caramel de la fête, mais c'est une grosse boulette, les yeux de Terry s'illuminent.

— Elle avait peut-être une voix de lapine, mais elle a pas eu l'occaz de baiser comme une lapine !

Gally ricane. Je sens ma mâchoire tomber. C'est quoi, ce délire ?

— Ben, c'est qu'on t'a vu, mon pote, déclare Terry. On était même aux premières loges. Jusqu'à ce que ça devienne insoutenable.

Galloway enchaîne :

— Heureusement qu'elle était assise sur le générateur, c'est bien le seul petit tremblement de terre qu'elle a dû sentir !

Terry sourit comme un pédophile qui vient de décrocher un boulot de Père Noël dans un grand magasin.

— Ouais, on a eu un bel aperçu du petit cul du Gamin Galak, tout blanc, tout moite avec ses taches de rousseur, qui martelait de haut en bas, et la tronche de la fille qui se faisait chier comme un rat mort, Terry explique à Hedra,

Rolf, Gretchen, Gudrun et aux autres Allemands. Elle était pas super ravie de nous voir, par-dessus son épaule! Et puis sa copine a rappliqué. Ça l'a impressionnée. Ça lui a fait un sacré effet, même...

Terry est tellement secoué par le rire qu'il arrive pas à terminer. Mais tout le monde attend la suite.

— Elle a gerbé!

Gally se marre.

— J'en ai gerbé, moi aussi. Quel effet à retardement!

Terry a visiblement fait un raid sur le frigo, il cache un tas de bouteilles de bière sous son pouf. Il en décapsule une avec les dents et remarque l'absence de Birrell.

— Et notre cher ami Business Birrell, là-bas, qui collait des pains à tout ce qui bougeait.

Il prend une intonation professorale pour continuer :

— Un spectacle atroce, Monsieur Ewart, mais certainement pas aussi atroce que de vous observer en pleine partie de baise!

Quand tu es la cible d'une série de vannes comme ça, le mieux à faire, c'est de laisser couler. J'encaisse les coups de poing psychologiques jusqu'à ce qu'ils finissent par se lasser. Au bout d'un certain temps, suffisamment longtemps pour pas qu'on m'imagine vexé, je vais faire un tour dans le jardin. Terry m'accompagne, il a soi-disant envie de pisser. C'est surtout qu'il veut espionner Billy.

En chemin, on croise Billy qui monte à sa chambre avec la grande blonde genre top model. J'entends la voix de Terry dans mon dos :

— On dirait bien que notre Ecureuil Secret va se faire lécher les noisettes!

Billy hoche la tête et me sourit quand je sors dans le patio. Il ne faut jamais bien longtemps à Terry pour qu'il trouve une nouvelle cible à ses vannes.

Je suis enfin dehors, dans le jardin. Le soleil monte encore, mais une chiée de nuages moutonnants rapplique vers nous depuis la montagne, traînant avec eux une vague d'obscurité qui s'abattra sur nous pile quand l'effet des cachetons se sera estompé. Il y a un prix pour chaque déconnade, et souvent, plus tu t'amuses et plus c'est cher. Les lumières sont allumées dans la maison, il y a encore pas mal de monde assis, emmitouflé mais profitant un peu de l'air frais du matin. Le dénommé Guy, l'Anglais, s'approche de moi.

— C'était un super set, tout à l'heure.

— Merci, je réponds, gêné. C'était un peu décousu, j'ai fait avec les moyens du bord.

— Ouais, mais ça a bien fonctionné. Tu t'en es très bien sorti. Écoute, je gère une boîte dans le sud-est de Londres qui s'appelle Implode.

— J'en ai entendu parler.

— Oui, et moi j'ai entendu parler du Fluid.

— Ah ouais?

— Oh, ouais, pour sûr. Ça force le respect, ta boîte.

Tout ce que je peux faire, c'est rester planté là à hocher la tête, c'est impossible de décrire ce que ressent un schemie d'Édimbourg quand le gestionnaire d'une célèbre boîte londonienne a entendu parler de lui, et qu'en plus, il le respecte.

— Merci.

— Dis, ça te plairait de venir mixer à Londres? Bien sûr, tu seras bien payé et on prendra tout en charge. Et on s'occupera bien de toi, on s'arrangera pour que tu passes un bon moment.

Si ça me plairait?

Je pourrais tomber plus mal. On échange numéros de téléphone, poignée de main professionnelle et on termine par une accolade amicale. Il est cool, ce mec. J'étais pas convaincu au début, parce que je me méfie toujours des snobs. Mais il est cool. C'est les cachetons, ça vous ôte toutes ces pensées merdiques. Tu poses tes valises pleines de stéréotypes et tu repars de zéro.

Et puis j'aperçois un autre truc appétissant, la fille que j'ai embrassée tout à l'heure, celle qui traînait avec Gudrun et

Gally. Elsa, elle s'appelle, et elle discute avec ses amies. Je m'approche d'elle, elle m'accueille avec un câlin, ses bras autour de mes épaules.

— Salut, bé-béé... elle fait, un large sourire aux lèvres.

Elle est encore à fond sous ecsta : elle me dit qu'elle en est à sa deuxième et que ça commence tout juste à faire de l'effet. Ma main glisse le long de sa taille, je suis fasciné par la texture de son t-shirt autant que par les contours de son corps.

Cet environnement, ça rend les relations humaines et la vie tellement plus simple, plus facile. Comme ça aurait été merdique et maladroit, et comme ça aurait été long si cette scène s'était déroulée dans un pub, ou dans une soirée arrosée! On part se balader tous les deux, ma main autour de sa taille, mes doigts caressant son jean moulant sa hanche. On s'arrête à un dénivelé au fond du jardin pour observer les arbres et le lac au pied des montagnes, dans le lointain.

— Superbe vue, hein? C'est un des plus beaux coins du monde. Le plus beau. J'adore être ici, moi.

Elle me dévisage, allume sa clope et affiche un sourire paresseux et distrait.

— Je viens de Berlin. C'est très différent.

On reste assis là un moment, les yeux dans les yeux, muets, et je pense à cette soirée et j'ai une certitude. C'est l'existence que je veux, pour toujours : musique, déconnade, voyages, drogues, et une paire d'yeux et de lèvres comme ceux-là. Je me sens bien, ici, je blague pas quand je parle de l'Écosse et tout, c'est vraiment un gros tas de merde. Et si t'es pas né avec une cuillère en argent dans la bouche, ou si t'es pas prêt à jouer les branleurs lèche-culs, tu peux pas vivre en bon terme avec la loi. Pas moyen. Je me barre à Londres. Rolf et ses potes veulent que je vienne mixer à une soirée à l'Airport en novembre. Je suis même en train de me demander si je vais pas tout laisser tomber pour rester ici. Apprendre un peu la langue et profiter du changement de décor.

Elsa et moi, on s'embrasse un moment, puis on reprend notre balade. On pourra bientôt se glisser dans le bon lit de la chambre des filles, quand je me serai assuré que Terry se casse avec Hedra. Ou mieux encore, je lui laisserai la chambre des filles et j'irai chez Elsa quand elle sera prête. Je vais pas la quitter des yeux, ça c'est sûr. Tu arrives parfois à une période de ta vie où tu veux plus qu'une simple baise.

Quand on finit par rentrer, il y a une grande agitation dans la baraque. Gally a grimpé tout en haut du toit et il avance en équilibre sur les tuiles, quelque douze mètres au-dessus de nos têtes.

— DESCENDS DE LÀ, GALLOWAY, ESPÈCE DE TARÉ ! hurle Billy.

Les yeux de Gally sont bizarres : ça nous fait tous flipper grave, c'est comme s'il n'était plus parmi nous. Je cours dans la maison, gravis les marches quatre à quatre. J'aperçois une paire de jambes qui pendouillent devant la lucarne. L'espace d'une seconde, je me dis que c'est Gally qui redescend, mais Rolf m'explique que c'est Terry, qu'il s'est coincé en essayant de monter derrière lui. Gudrun a l'air tendue et inquiète.

— Il m'a embrassée et puis il s'est précipité là-haut. Quelque chose ne va pas ?

— Il est complètement défoncé. Il a toujours été branché par l'escalade, je lui dis pour la rassurer, mais j'ai peur.

La scène est totalement surréaliste. Je ne vois qu'un truc, les jambes et le bide de Terry, mais je l'entends qui gueule à Gally :

— Descends de là, Andy, putain, allez mon pote.

Je retourne dehors au pas de course. Maintenant, la partie supérieure de Terry est visible, ses bras brassent l'air comme deux putains de moulins. Gally est accroupi près de lui, une jambe de chaque côté du faîte.

— S'il vous plaît... s'il vous plaît... la police va venir, les voisins les auront appelés... supplie Wolfgang tandis que Marcia lui hurle dessus en allemand, et t'es pas obligé d'être interprète professionnel pour savoir ce qu'elle dit.

— Il a dit qu'il allait aux toilettes, et puis il est monté là, Gudrun explique à Elsa qui m'a suivi dans le jardin. Son cerveau est tombé malade.

— Tu vas casser les tuiles du toit, crie Wolfgang.

Je hurle à pleins poumons :

— Allez, Galloway, espèce de naze en manque d'attention ! Putain, mais sois sympa ! Ces gens nous ont hébergés. On est en vacances ! Ils ont pas envie de subir toutes tes conneries !

Gally dit un truc, mais je n'entends rien. Puis il s'avance du côté de Terry qui continue à le cajoler. Puis d'un mouvement brusque, Lawson le chope par le bras et le tire sans ménagement par la fenêtre. C'est étrange de voir cette immense créature étrange, prédatrice et cul-de-jatte attirer ce petit con dans son antre. Puis ils disparaissent. Du vrai théâtre, tout le monde applaudit dans le jardin. Je retourne à l'étage.

À mon arrivée, Gally se marre, mais son rire est bizarre. Il s'est écorché le nez et le bras en tombant, quand Terry l'a précipité par la lucarne. Billy est très énervé mais il retourne voir sa grande Amazone à la robe rayée.

— Faut toujours qu'il finisse par niquer une bonne soirée, fait Terry avec colère en s'éloignant avec Hedra.

Ils s'engouffrent dans la chambre.

Gudrun semble pourtant toujours être intéressée par Gally, grand mal lui fasse. Il est allongé, la tête posée sur ses genoux, et elle lui caresse les cheveux.

— À quoi bon, hein, poupée ? il lui fait d'une voix enjouée. À quoi bon ?

J'ai rien à lui dire, à ce pauvre con, je reste à l'écart. Le petit bâtard semble prendre son pied quand il crée ce genre de drame idiot. Il fallait s'y attendre, la fête capote complètement après son numéro. On ne peut pas en vouloir à Wolfgang et à Marcia de mettre un terme à la fête. Je suis soulagé de m'éloigner un peu de Gally, et quand Elsa me propose de rentrer avec elle chez Rolf et Gretchen, je ne suis pas long à me laisser convaincre.

L'appart de Rolf n'est qu'à quelques minutes de marche. On vient à peine de franchir le seuil de la porte que Rolf lève la main :

— Je vais me coucher.

Et Gretchen lui emboîte le pas, me laissant avec Elsa dans le salon.

— Tu veux aller au lit ? je lui demande avec un geste du menton en direction de la chambre d'amis que m'a indiquée Rolf.

— D'abord, il faut que tu mettes quelque chose.

J'ai plus trop envie de me faire chier avec la musique, à cet instant précis.

— Euh… je préfère y aller tout de suite. En plus, j'ai laissé tous mes disques chez Wolfgang.

— Non, mettre quelque chose sur ton pénis, pour le sexe. La capote.

Je me marre et me sens un peu con. Puis une nausée m'envahit.

— J'ai laissé les miennes chez Wolfgang.

Elle m'explique que Rolf en a. Je frappe à sa porte.

— Rolf, excuse-moi de t'emmerder encore, mon pote, mais j'ai, euh, besoin de préservatifs…

— Prends… là… halète Rolf.

J'avance d'un pas hésitant dans leur chambre et je les vois tous les deux en train de niquer sur le lit, même pas sous la couette ; je détourne les yeux.

— Sur la table de nuit…

Ça semble pas les déranger, alors je fais quelques pas en avant, prends deux capotes, puis une autre au cas où. Je tourne la tête et aperçois Gretchen qui m'adresse un sourire malicieux et ecstatique tandis que Rolf la pilonne. Son seul geste de protection est de poser une main sur ses petits seins. Je fais volte-face et sors à toute vitesse.

Au final, je n'ai besoin que d'un seul préservatif, et je n'arrive même pas à jouir. C'est les cachetons, ça me fait ça parfois. Ça prend un certain temps, on s'épuise, mais ça vaut quand même le coup d'essayer. Elle finit par me repousser.

— Prends-moi dans tes bras, elle me fait.

Je m'exécute et on s'endort.

Mon sommeil perturbé est interrompu par Gretchen. Elle est déjà habillée, j'en conclus qu'il est tard. Elle discute en allemand avec Elsa. Je ne comprends rien mais je crois deviner qu'Elsa a un coup de fil. Elle se lève et met mon t-shirt.

Quand elle revient, j'ai envie qu'elle se glisse dans le lit avec moi. Il n'y a rien de plus sexy qu'une inconnue vêtue de ton t-shirt. J'écarte la couette.

— Je dois y aller, j'ai un cours.

Elle m'a expliqué qu'elle étudiait l'architecture.

— C'était qui, au téléphone ?

— Gudrun, chez Wolfgang.

— Qu'est-ce qui se passe, avec notre petit Gally ?

— Il est bizarre, ton ami, le petit. Gudrun voulait être avec lui, mais ils n'ont pas fait l'amour. Il ne voulait pas de sexe avec elle. Ça n'arrive pas souvent, elle est très jolie. Tous les garçons veulent du sexe avec elle.

— Un peu, ouais, je réponds.

À voir sa réaction, ce n'est pas exactement ce qu'elle aurait voulu entendre. J'aurais dû dire : oui, mais pas autant qu'ils en ont envie avec toi, mais maintenant que j'y pense, ça fait trop naze. En plus, on a baisé une bonne partie de la nuit et j'aborde actuellement la phase de redescente. La case « cul » de mon cerveau est rassasiée et momentanément atrophiée. Ce que je veux, à présent, c'est quelques bières avec les potes.

Elle va à la fac et me laisse son numéro. Je n'arrive pas à me reposer en son absence, le lit est trop grand et trop froid. Quand je me lève, Rolf et Gretchen sont partis. Rolf m'a laissé un mot où il a dessiné avec précision le chemin pour retourner chez Wolfgang.

Je sors et décide de me balader un peu ; je prends une rue de traverse et tombe dans une grande avenue. La température a remonté, l'été indien ne mourra pas sans avoir lutté. J'arrive à un supermarché de banlieue et trouve une boulangerie. J'y prends un café et une banane. J'ai besoin de sucre, alors je commande une grosse part de gâteau au chocolat trop riche, je n'arrive pas à finir.

Je suis trop crevé pour aller plus loin, je trouve un taxi et lui montre l'adresse de Wolfgang. Il tend la main vers l'autre côté de la rue et je reconnais l'endroit sur-le-champ. Je suis chez Wolfgang, c'est juste que je suis arrivé du côté opposé. J'ai toujours détesté la géo, à l'école.

Gally est tout seul. Wolfgang et Marcia sont sortis, Billy et Terry sont partis en ville. J'imagine qu'ils vont retrouver Hedra et la grande blonde à rayures que Billy pourchassait.

On sort de la maison et on va jusqu'au bar du coin en silence. Le thermomètre a rechuté, j'enfile la polaire que j'avais nouée à ma taille. Gally a mis la capuche de son sweat. Je frissonne, même s'il ne fait pas si froid que ça. Je commande deux chopes qu'on apporte sur une table près d'un bon feu de cheminée.

— Qu'est-ce que c'est que ton bordel, avec Gudrun ?

— Qu'est-ce que j'en sais, hein ?

Je regarde Gally. Il n'a pas baissé sa capuche. Il a d'immenses cernes sous les yeux et on dirait que son visage est constellé de taches minuscules, d'un côté seulement. Comme s'il faisait une allergie.

— Elle est super sexy, cette nana. Et la fille en robe à rayures, celle qui plaisait à Birrell ? Tu crois qu'il a marqué ?

Gally crache son chewing-gum dans le feu. La fille derrière le bar nous jette un regard dégoûté. On se démarque, ici, c'est un coin pour vieux, pour gentils couples et pour familles nombreuses.

— Qu'est-ce que je peux en savoir ? il me fait d'un ton désagréable avant d'avaler une grande gorgée de sa pinte.

Il enlève sa capuche.

— Me la joue pas comme ça. Tu t'es trouvé une super

fille, elle t'adore. T'es en vacances. Putain, mais c'est quoi ton problème?

Il ne répond pas, il baisse les yeux. Je ne vois plus que le haut de sa tignasse brune.

— Je pouvais pas… avec elle… enfin…

— Pourquoi? Elle en avait envie.

Il relève la tête et plonge son regard dans le mien.

— Parce que j'ai chopé ce putain de virus. Voilà pourquoi.

Un bruit sourd résonne dans ma poitrine, mes yeux se rivent aux siens, l'espace d'une éternité longue de deux battements de cœur et il continue :

— T'es le seul à être au courant. Dis rien à Terry ou à Billy, pigé? Dis rien à personne.

— OK… mais…

— Promis? Tu promets, putain?

Mon cerveau se lance dans une danse enfiévrée. C'est pas possible. Notre petit Andrew Galloway. Mon pote. Le Petit Galloway de Saughton Mains, le fils de Susan, le frère de Sheena.

— Oui… oui… Mais qu'est-ce qui s'est passé, Andy? Comment?

— La picouse. La came. Je l'ai fait que quelques fois. Mais visiblement, ça a suffi. Je l'ai appris la semaine dernière, il fait en prenant une autre gorgée de bière.

Il tousse et recrache l'alcool dans le feu qui siffle. Je regarde autour de nous, la barmaid n'est pas là. Deux vieux nous matent, mais je les dévisage et les force à détourner le regard. Le petit Andy Galloway. Nos voyages d'enfance, puis d'adolescence : Burntisland, Kinghorn, Ullapool, Blackpool. Moi, ma mère, mon père et Gally. Le foot. Les engueulades, les bastons. Lui, le môme qui grimpait partout, toujours en train d'escalader. Comme on n'a pas d'arbres dans la cité, il s'attaquait aux balcons en béton, faisait le cochon pendu au-dessus des voies rapides, toutes ces conneries. Petit singe, on l'appelait. Petit Singe savant.

Mais je détaille à présent son visage, laid et idiot, ses yeux vides, on dirait qu'il s'est changé en un autre, sans que je remarque rien. C'est un sale petit singe. Et pas si savant que ça. Je le regarde à travers l'effet estompé de l'ecsta, à travers mes propres yeux dégueulasses, et je ne peux pas contenir cette pensée : Gally semble sali de l'intérieur. Ce n'est plus notre Gally.

Mais d'où je sors ce genre de réaction ?

Je sirote ma pinte et observe son profil tandis qu'il regarde les flammes d'un œil fixe. Il est brisé. Fini. Je ne veux pas être avec lui, je veux être avec Elsa dans le grand lit. Je le regarde et je n'ai qu'une envie : qu'ils ne soient pas là. Lui, Terry, Billy. Parce qu'ils n'ont pas leur place ici. Moi, si. Je suis chez moi partout.

Partie 4

# Vers l'an 2000 :
# une atmosphère de festival

# Fenêtres sur l'an 2000

Les gens qui le connaissaient bien éclataient de rire quand ils apprenaient qu'il était vigile. Andy Niven, un vieux pote à lui, ricanait encore après quelques secondes de pause incrédule.

— Davie Galloway, dans la sécurité, dit-il pour la énième fois en hochant la tête. J'ai déjà entendu parler des voleurs de bétail devenus bergers, mais là, c'est ridicule.

Ce n'était pas non plus comme s'il sociabilisait des masses, ces temps-ci. Davie Galloway évitait les pubs et n'aimait pas parler de son métier à ses amis et connaissances. Il suffisait de quelques propos d'ivrognes pour qu'on vous balance. Ce genre de trucs avait déjà brisé sa vie auparavant, la sienne et celle de ceux qui dépendaient de lui. S'il avait été là, les choses auraient évolué différemment. Il pensa à la famille qu'il avait abandonnée si longtemps, à Susan qui lui avait demandé de faire un bon geste et de se casser une bonne fois pour toutes. Plus tard, Sheena, sa fille, prononcerait la même phrase : elle ne voulait plus le voir.

Elles se ressemblaient. Susan et Sheena : elles étaient fortes, il en était triste et heureux à la fois.

Mais Andrew, par contre, il allait encore rendre visite à Andrew.

Cette fois-ci, il ne se retrouverait pas en taule pour des plans bidons, il essayait simplement de bosser. Ce serait son poste, qu'il risquait de perdre, et pas sa liberté. Davie ne voulait pas retourner en cabane où son existence s'était lentement dissoute entre quatre murs gris, dans ces pièces surchargées des odeurs et des obsessions de milliers d'inconnus. Maintenant, il travaillait. Le voleur de bétail devenu berger.

Davie Galloway, le regard fixé sur la centrale de contrôle qui surplombait la grande cité, considérait les écrans vidéo comme autant de fenêtres sur le monde, sur le monde extérieur noir, gris, bétonné. L'écran six était son préféré, la caméra balayait les barres d'immeubles bordant la rivière en contrebas.

Les autres écrans dévoilaient leur lot de passages souterrains glauques, de cages d'escalier, d'impasses. On n'enregistrait que rarement, les bandes tournaient souvent dans le vide : qui se serait emmerdé à les visionner pour autre chose qu'un meurtre ?

Les passants le savaient bien. Les mômes étaient sacrément insolents. Même les plus petits d'entre eux squattaient sous les caméras toute la journée, majeur levé dans sa direction. Elles étaient souvent détruites par des jeunes masqués. Deux écrans étaient noirs, on ne pouvait pas se permettre de remplacer les outils détériorés.

Alfie Murray, un ancien alcoolique désormais accro aux AA, était de garde en même temps que Davie.

— Danielle est déjà passée ce matin ?

— Nan, t'as du bol.

Danielle, une jeune femme matinale, sortait nue chaque matin sur son balcon et offrait son corps à la caméra balayant son immeuble. Elle prononçait une phrase en direction de l'objectif. Contrairement à Alfie, Davie Galloway se foutait bien de la voir ou non. Ce qu'il aurait voulu, plus que tout au monde, ç'aurait été de savoir ce qu'elle disait chaque matin quand elle avançait vers eux, décomplexée, vêtue de son seul sourire.

Ils avaient pensé à aller la voir. Davie aurait aimé lui demander ce qu'elle articulait, sur son balcon. Mais ce n'aurait pas été prudent. Elle aurait sûrement nié en bloc, et vu que cette caméra n'enregistrait jamais, sauf les rares périodes où un crime sauvage avait mis en ébullition la morale locale, ils n'auraient eu aucune preuve matérielle. Ils auraient pu faire leur boulot, à savoir, la dénoncer à la police, mais elle aurait cessé son manège et ça, pas question. Les voisins ne s'en plaignaient pas, ils ne semblaient pas au courant. Elle ne faisait de mal à personne, à vrai dire, elle faisait même beaucoup de bien à Alfie.

Et de toute façon, Davie n'avait aucune envie d'entrer en contact avec les flics. Vu ses antécédents, il savait qu'ils le repéreraient tôt ou tard. En plus, son service était presque terminé, il serait bientôt l'heure d'aller bavarder un moment avec Andrew.

# Édimbourg, Écosse

*Un mardi à 23 h 28*

## Abandon

Juice Terry Lawson avait comme une envie de maudire son vieux pote « Post » Alec Connolly tandis qu'il étirait sa jambe vers le pied du lit et qu'il s'aventurait hors de la couette. Sous la morsure du froid, ses orteils se recroquevillèrent. Ce pauvre con. Oh ça, nan, aucun problème avec cette immense télé de merde et son putain d'écran plat 40 pouces dernière génération qu'il avait chouré pour Terry. Bien joué, Alec. Mais dans cette baraque de Barnton qu'il avait soigneusement nettoyée, ce sale poivrot handicapé du cerveau avait juste oublié de piquer la télécommande. Terry, gagné par l'inconfort et en sueur, tendit son gros orteil jusqu'aux commandes manuelles pour zapper de BBC 1 à Channel 4. Ils diffusaient un film français, il allait forcément y avoir un petit aperçu de nichons ou de cul. Ils déconnaient vraiment sur Channel 5 : tout le monde faisait pareil.

Marrant, se disait Terry, de penser à ces connards de bourges qui envahissaient la ville pendant le festival. Tu mets un cul ou une paire de nibards dans un journal lu par les schemies et ça opprime les femmes. Mais tu passes la même chose dans un film français et là, ils adorent et appellent ça de l'art. Alors, la véritable question est plutôt de savoir si, oui ou non, « il y a matière à branlette, et si oui, pour qui ? » Terry s'arqua et écarta les fesses pour laisser échapper un énorme pet.

Il se détendit, savoura la chaude odeur amère, s'adossa à l'oreiller dans la chambre illuminée par l'écran de télé. Il ouvrit le petit frigo installé à côté de son lit et en sortit une cannette de Red Stripe. Il n'en reste presque plus, remarqua-t-il. Il avala une première gorgée reconnaissante, puis rejeta la tête en arrière pour engloutir une longue goulée. Il attrapa son portable et passa un coup de fil à sa mère qui regardait l'épisode d'*EastEnders*, enregistré la veille pendant qu'elle était au bingo. Les poils de cul de Terry le grattaient, l'humidité de son pet avait peut-être irrité son anus. Il se tourna de côté, écarta une fesse, souleva la couette pour laisser circuler l'air frais autour de sa rondelle.

Alice Ulrich décrocha avec impatience car elle attendait un appel de sa fille, Yvonne. Alice avait gardé le nom de famille de son second mari, même s'il avait mis les voiles, comme Henry, son premier époux, qui avait fui pour échapper à d'obscures affaires de dettes. Mais lui, au moins, ne lui avait pas laissé sur les bras un bon à rien de fils comme Terry. Alice fut écœurée d'entendre la voix de son fils qui l'appelait du premier étage.

— Dis, M'man, la prochaine fois que tu montes pour aller aux toilettes ou quoi, apporte-moi donc un pack de bières du grand frigo. Mon petit stock privé est presque terminé…

Terry reçut en réponse un silence incrédule à l'autre bout du fil.

— Genre, quand tu vas faire pipi ou quoi. Parce que bon, je viens enfin de me mettre à l'aise, hein.

Elle attendit qu'il raccroche. Le scénario habituel. Mais cette fois-ci, un sentiment étrange traversa Alice. Sa vie entière défila avec une netteté incroyable, puis, évaluant sans pitié la situation actuelle, elle se leva et alla chercher six bières fraîches dans le frigo de la cuisine. Elle gravit lentement les marches jusqu'à la chambre de son fils, comme elle l'avait déjà fait tant de fois. Elle respira l'air saturé de pet, de chaussettes sales et de sperme. Avant, elle aurait fait une remarque et aurait déposé les bières sur sa table de nuit, mais non, aujourd'hui, elle contourna le lit et enfourna les cannettes dans le petit frigo à portée de main du garçon. Elle observa sa chevelure frisée à contre-jour. Terry, lui, était vaguement conscient d'une présence dérangeante qui circulait aux limites de son champ de vision.

— Merci, fit-il d'un ton impatient sans quitter l'écran des yeux.

Alice s'éclipsa pour aller dans sa propre chambre. Elle grimpa sur son lit et extirpa sa vieille valise du haut de la penderie. Elle fit ses bagages lentement, méticuleusement, prenant garde de ne pas froisser les vêtements, et porta son chargement au rez-de-chaussée. Elle appela une amie, puis un taxi. En attendant, elle chercha un morceau de papier. Elle n'en trouva pas, déchira une boîte de cornflakes et utilisa le carton retourné pour écrire, à l'aide de son stylo de bingo, un message qu'elle laissa sur le plan de travail.

Cher Terry,

Voilà des années que j'attends de te voir quitter cette maison. Quand tu t'es fiancé à la petite Lucy, je me suis dit, merci mon Dieu. Mais non, ça n'a pas duré. Et puis avec cette dénommée Vivian… mais là encore, non.

Alors, c'est moi qui pars. Garde la maison. Dis à la mairie que je me suis suicidée. Dieu sait que j'y ai souvent pensé. Prends soin de toi. Essaie de manger plus de légumes et moins de mauvaises

graisses. Les poubelles passent le mardi et le vendredi.

Fais attention à toi.

Je t'aime.
Maman.

PS : n'essaie pas de me retrouver.

Terry se réveilla ce matin-là au son de l'émission *Big
Breakfast.* Cette Denise Van Ball. Pfiou, quelle salope. Mais
ça valait le coup d'œil. Elle était sans arrêt à l'écran :
*Gladiators, Holiday…* et tout le reste. Un sacré bon petit
business. Mais elle n'aurait jamais dû se teindre les cheveux.
Il la préférait en blonde. Elle avait pris un peu de poids.
Les cheveux, par contre, il allait falloir changer ça. Les
hommes préfèrent les blondes. Lui et Rod Stewart. Le
Johnny Vaughan, là, il était bien sympa mais tout le monde
était capable de faire son boulot. Enfin, ça faisait chier de se
lever si tôt le matin. Se lever à cette heure pour rabâcher
des conneries. Comme quand il bossait dans la camionnette de jus de fruits! Mais plus maintenant. Pas moyen.
Terry essaya d'appeler sa mère pour qu'elle lui monte
quelques toasts et une tasse de thé. Un œuf dur, aussi, ne
serait pas du luxe. Le téléphone sonna au rez-de-chaussée,
deux fois, trois fois, mais pas de réponse. La vieille avait dû
sortir faire des courses.

Il se leva, enveloppa sa taille épaisse d'une serviette de toilette et descendit à la cuisine, où il repéra le mot. Il le tint à
bout de bras, l'autre main sur sa serviette, le regard incrédule braqué sur le bout de carton.

Elle avait pété un plomb, putain, se dit-il.

Terry se mit en branle. Il devait aller s'acheter des provi-
sions. L'air était glacial dehors et Terry n'était pas du genre
matinal. Le froid s'insinua à travers son t-shirt élimé et
délavé où l'on pouvait lire « Souriez si vous vous sentez

sexy. » L'été était une arnaque totale : on était en août mais on se serait cru en novembre. Ça le faisait chier d'aller aux magasins du quartier, il avait envie d'une petite balade. D'un côté, Stenhouse, de l'autre, Sighthill. Va pour Sighthill, se dit-il en descendant la rue vers les grandes barres d'immeubles. Il n'avait rien contre Sighthill, il aimait bien le coin, même.

Mais ce matin, ça lui prenait sérieusement la tête. Il passa sous la voie rapide et s'approcha du centre commercial, et il avait l'impression de voir le quartier à travers les yeux d'un de ces connards sortis tout droit d'une école privée, ceux qui écrivent des conneries dans les journaux, des trucs sur leurs inquiétudes sociales. Des merdes de chiens partout, du verre brisé, des tags, des mères shootées au Valium derrière les poussettes de leurs mômes braillards, des poivrots, des jeunes désœuvrés en quête de cachetons ou de poudre. Terry se demanda si c'était la déprime, ou bien si c'était parce qu'il n'était pas venu faire ses courses dans le coin depuis un bout de temps.

Mais putain, qu'est-ce qu'il lui prenait, à la vieille ? Elle avait eu un comportement bizarre, ces derniers temps, mais bon, elle venait juste d'avoir cinquante ans, un âge qui, d'après Terry, ne présageait jamais rien de bon pour les femmes.

## Le Fringe Club

Rab Birrell se rua hors du taxi et, avec la même hâte, traversa la courte distance entre le trottoir et la porte du Fringe Club. Il se sentait comme un alcoolique sur le seuil d'un magasin de spiritueux. Si jamais il croisait une connaissance... comme si c'était possible. Mais les mecs pouvaient vraiment se pointer n'importe où, ces temps-ci. L'Acid House et les casuals du foot avaient un tas de comptes à rendre. Voilà qu'on trouvait maintenant une classe de gars ordinaires fréquentant des coins où on ne s'attendait pas du tout à les voir, et souvent, ils s'éclataient un max. Birrell imaginait le Fringe Club blindé de monde, d'amoureux secrets de l'art. Rab s'y connaissait peu en art, mais il adorait l'ambiance du festival, l'agitation bourdonnante de la ville.

Son coloc Andy lui emboîta le pas. Rab brandit deux cartes de membre que son frangin Billy lui avait dégottées. Il avait aussi réussi à lui obtenir deux places pour la première d'un film qui leur avait plu, à tous les deux. Rab Birrell observa la foule de journalistes et de critiques londoniens. Ces cons avaient ouvert des succursales de leurs clubs à Édimbourg pour la durée du festival et s'assuraient ainsi de passer trois semaines sans risquer de perdre de vue les branleurs qu'ils dénigraient ouvertement le reste de l'année. Ça rendait Birrell furax de se dire que cette classe de gens décidait de ce qu'on lisait, de ce qu'on regardait, de ce qu'on écoutait. Il promenait son regard sévère alentour. En expert de la lutte des classes, il s'autorisait – avec un malin plaisir – un sourire satisfait lorsqu'il apercevait une allure, un geste, un commentaire ou un accent qui correspondaient à ses attentes.

Andy remarqua son mépris et lui fit une grimace.

— On se calme, Monsieur Birrell.

— C'est facile, pour toi, t'es allé à l'Edinburgh Academy, le taquina Rab avant de repérer deux femmes d'allure chic au bar.

— Justement. C'est pire. Je suis allé à l'école avec ce genre de connards.

**425**

— Ben du coup, tu devrais pouvoir communiquer avec eux plus facilement, fais péter les verres, va voir les nanas là-bas et lance un sujet de conversation.

Andy leva les yeux au ciel avec docilité et Rab s'apprêtait à entrer en action lorsqu'un bras se posa autour de ses épaules.

— Y m'avaient pas dit qu'ils laissaient entrer des schemies, fit l'immense silhouette dans un sourire.

Rab mesurait un mètre quatre-vingt-cinq mais se sentit grand comme un moucheron à côté de ce géant. Une masse de muscles, pas un poil de graisse.

— Putain, Lexo, comment tu vas ?

— Pas mal. Viens boire un verre de champagne avec nous, proposa Lexo en désignant un coin de la pièce où Rab avait repéré un connard efféminé et deux filles, la première d'une vingtaine d'années, l'autre flirtant avec la trentaine. Ces cons bossent pour une maison de prod, pour la télé. Ils préparent un documentaire sur les casuals et ils m'ont embauché comme conseiller technique.

Rab remarqua avec approbation le blouson Paul & Shark jaune de Lexo. Il était réversible, ça faisait partie de ces fringues bien pratiques à l'époque, question d'identification. Il se remémora le numéro de l'avocat Conrad Donaldson :

— Vous dites qu'un des accusés portait un blouson rouge, ensuite vous dites noir. Tandis que la veste noire d'un autre se teintait miraculeusement en bleu. Vous admettez avoir été sous l'emprise de l'alcool. Avez-vous ingéré toute autre forme de substance illicite au cours de l'après-midi ?

Les parties civiles objectaient, l'objection était retenue mais le mal était fait. Lexo et Ghostie insistaient toujours pour que leurs gars s'habillent bien. Il se souvenait avoir renvoyé deux fouteurs de merde notoires parce qu'ils s'étaient pointés en t-shirt et jean Tommy Hilfiger (« Schemie Hilfiger »).

— Je préférerais encore me faire serrer par les flics que d'être vu dans ces fringues, avait dit Ghostie. Faut un minimum de valeurs, quand même. Ça peut encore passer si tu viens, genre, d'un bled comme Dundee.

Lexo était devenu plus ou moins clean depuis que son pote Ghostie s'était retrouvé entre les mains de la police.

— Tu vas à Easter Road demain ? demanda Rab.

— Nan, ça fait un sacré bout de temps que j'y suis pas allé.

Birrell acquiesça, pensif. Ces derniers temps, on pouvait décidément trouver les vieux de la vieille au Fringe Club plus facilement qu'au stade.

Rab et Andy terminèrent leurs flûtes et s'excusèrent. Lexo avait beaucoup à faire et avait déjà commencé à les exclure du groupe après les avoir présentés en grande pompe. Pour avoir partagé sa chambre avec son grand frère pendant des années, Rab comprenait mieux que n'importe qui la force d'attraction des gros durs. Ils donnaient, ils prenaient, selon leurs propres conditions. Les forcer à parler en lançant des sujets de conversation relous ne faisait que les irriter. Ça écœurait Rab Birrell de voir ces gens de la téloche pendus aux lèvres de Lexo, excités par ses anecdotes sélectionnées avec soin pour lui donner le beau rôle, celui de grand leader qui arrache, contre toute attente, de superbes et spectaculaires victoires. Alors que Rab et Andy prenaient congé, Lexo lança :

— Dis à ton frangin que je le cherche.

Rab devinait déjà le commentaire qu'il allait formuler au groupe de la télé. Ça ressemblerait à : Ouais, Rab Birrell, c'est pas un mauvais gars. Il s'est pris pour un casual pendant deux ou trois saisons, mais il faisait pas partie des balèzes. Un mec intelligent, il va à la fac, en tout cas à ce qu'il paraît. Mais son frangin Billy, ça, c'est une autre histoire. Un très bon boxeur...

Billy, c'était toujours une autre histoire. Rab repensa à l'enveloppe que son frère lui avait donnée quelques jours plus tôt, à la maison de ses parents. Elle contenait deux cartes de membre du Fringe Club, deux billets de cinéma et cinq cents livres. Il baissa les yeux, pour voir et sentir contre sa jambe le paquet qui dessinait une grosse bosse dans la poche de son Levi's.

— J'en ai pas besoin, avait-il rétorqué, sans même essayer de lui rendre l'enveloppe.

Billy avait fait un geste de la main.

— Prends-la. Profite du festival. Les étudiants roulent pas sur l'or.

Sandra avait acquiescé. Wullie, absorbé devant l'écran de son ordinateur, surfait sur le Net. Il passait le plus clair de son temps à explorer les sites, sur le PC flambant neuf que leur avait offert Billy. Le Net et la cuisine étaient devenus ses deux obsessions majeures depuis qu'il avait pris sa retraite.

— Allez, Rab, ça me coûte rien. Je le ferais pas si je pouvais pas me le permettre, avait imploré Billy.

Et Billy n'était pas en train de jouer les grands princes, enfin, peut-être un peu, mais il se la jouait surtout Billy tout court. Il prenait soin de son entourage parce qu'il pouvait se le permettre, point final. Mais Rab avait perçu le regard mièvre et fier de sa mère et s'était demandé pourquoi Billy n'avait pas fait ça en privé, rien qu'eux deux. Il avait empoché l'enveloppe et marmonné un pitoyable « Merci » à peine audible, constatant à quel point un frère pouvait être à la fois un héros et un ennemi.

Billy serait sûrement détendu dans un endroit comme celui-ci, un peu comme Lexo qui semblait dans son élément. Mais Rab n'était pas à l'aise. Il pensa qu'il serait peut-être plus raisonnable d'aller squatter au Stewart's ou au Rutherford's. Le genre de rades certainement pleins de festivaleurs venus se défouler.

# Quelque part aux abords des Blue Mountains, Nouvelle-Galles du Sud, Australie

*Mardi, 19 h 38*

Je veux que ça cesse. On en prend trop parce qu'on veut ressentir ou voir les choses différemment, mais ça dure qu'un instant. Je peux plus consommer parce que j'ai atteint le stade où j'apprends plus rien. C'est plus qu'une putain de lutte. Qu'est-ce que je peux apprendre, putain, à rester éveillé jour et nuit ? Comme quand on était mômes au pied des immeubles et qu'en été, on tournait et on tournait sur nous-mêmes jusqu'à tomber dans les pommes dans un black-out tripant et débile, et qu'on restait étendus sur l'herbe, haletants, nauséeux. Les adultes, installés au soleil, nous demandaient d'arrêter. Ils savaient qu'on se retournait la tête et qu'aucune conscience mystique nous attendait. À une époque, j'avais le sentiment qu'ils essayaient de nous bloquer la porte d'un monde secret, mais à présent, je sais qu'ils ne voulaient tout simplement pas avoir à nettoyer les gerbes de quelques gamins malades.

Mais voilà que je recommence, que je me mens à moi-même, au nom de l'oubli. Ce n'est pas davantage, que je veux ressentir et voir, mais moins, c'est pour ça que je me défonce. Point final. Je pars en vrille, et sans raison apparente.

ssssssSSSSSSHHOOOOMMMMmmm

Ça me heurte de plein fouet, tous les trips, tous les cachetons que je me suis enfilés. Toute la poudre que je me suis enfournée dans le pif.

wwwhhhhhOOOOOSSSSshhhhh

Je hurle pour entendre le son de ma voix rebondir sur les Blue Mountains, je ne vois pas les cons autour de moi, même si je suis au beau milieu d'eux. Je ne vois pas le feuillage dense et luxuriant de la clairière où nous dansons. Non, je hurle mais n'entends pas ma voix, personne ne m'entend par-dessus les pulsations de la basse, je sens le contenu de mon estomac se détacher de mon être, et le sol meuble et terreux se précipite vers mon visage.

# Édimbourg, Écosse

*Mercredi, 11 h 14*

## PostMaman, Post Alec

Terry avait un problème. Un gros problème. Il avait toujours eu une femme pour prendre soin de lui. Et voilà que sa mère était partie. Sa mère, partie comme sa femme. Et elle était restée amie avec son ex, pour le bien de son petit-fils Jason, enfin, c'est ce qu'elle disait, la vieille bique. Elles en avaient sûrement discuté ensemble, elles avaient conspiré contre lui, épaulées par ce grand con qui sortait maintenant avec Lucy. Il n'avait jamais pris leur relation au sérieux, s'il regardait les choses en face. C'était juste une baise avec une jolie fille qui savait se saper pour sortir le soir. Ç'avait duré un an, trois cent soixante-quatre jours de plus que prévu, si seulement il n'y avait pas eu le môme. Vivian, elle, était différente. C'était une perle rare et il la traitait comme de la merde. La seule relation stable qu'il avait jamais supportée. Trois ans. Il l'aimait mais la traitait comme de la merde, et elle lui pardonnait toujours. Il l'aimait et la respectait suffisamment pour admettre qu'il était un cas désespéré : la quitter, la laisser continuer sans lui. Après cette fameuse nuit sur le pont, il avait perdu la tête. Nan, il n'avait jamais eu toute sa tête, alors à quoi il jouait ?

Il y avait eu d'autres cohabitations éphémères, épisodiques. Une série de femmes qui l'avaient accueilli chez elles, pour se rendre compte au final que les problèmes qui les avaient menées à prendre du Valium, du Prozac et autres antidépresseurs, devenaient tout à coup insignifiants, comparés à ce nouveau statu quo. Dans sa mémoire, les visages se mêlaient en une seule et vague moue désapprobatrice. En un tour de main, elles faisaient le ménage, le flanquaient à la porte et le renvoyaient chez sa mère. Mais sa mère n'était plus là. Terry étudia les ramifications qu'impliquait cette constatation. Contre toute attente, il avait bel et bien été abandonné. Par sa propre mère. Qu'est-ce qu'elles avaient, les femmes ? C'était quoi, leur problème ? Mais Terry n'était pas tout à fait laissé pour compte. Le téléphone se mit à sonner, c'était son pote Post Alec.

— Terry, croassa-t-il dans le combiné.

Terry le connaissait suffisamment bien pour décoder une redoutable gueule de bois. Certes, pas besoin de grands pouvoirs divinatoires : Alec ne fonctionnait que sur deux modes élémentaires : éthylique ou postéthylique. En fait, sa présence sur cette planète depuis cinq ans constituait une énigme majeure pour les sciences médicales et biologiques. Il avait obtenu son surnom de « Post » après avoir tenu pendant une courte période un emploi légal à la Royal Mail.

— Salut, Alec. Les quatre cavaliers de l'Apocalypse te labourent la tête, hein mon pote ?

— S'y pouvait y en avoir que quatre. J'ai la tête niquée. Écoute, Terry, j'ai besoin d'un coup de main pour un boulot. Un truc légal, s'excusa-t-il presque.

— Va chier, fit Terry d'un ton incrédule. Depuis quand tu fais dans le légal, vieux malin ?

— Je te jure, retrouve-moi au Ryrie's dans une demi-heure.

Terry monta se changer dans sa chambre. Dans l'escalier, il fit un tour mental de la maison. Il allait devoir assurer le loyer, autant dire que ça n'allait pas être du gâteau, voire, ça allait être terriblement casse-couilles. Mais bon, la vieille allait peut-être revenir à la raison.

Après un rapide état des lieux, Terry nota que les fenêtres tout juste remplacées par la mairie faisaient la différence : on était désormais plus au chaud et plus au calme. Enfin, il y avait toujours une tache d'humidité sur l'appui de fenêtre. Ils étaient venus plusieurs fois faire des travaux mais cette saloperie revenait sans cesse. Elle lui faisait penser à Alec. Il y avait grand besoin de revoir la déco, il fallait bien l'admettre. Sa chambre était une catastrophe. Le poster de la joueuse de tennis qui se grattait le cul, et celui du nu qui dessinait le profil de Freud, « Ce que l'homme a en tête. » Et celui de Debbie Harry vers la fin des années 70, début 80, et Madonna quelques années plus tard. Il en avait un des All Saints, aussi. Quels canons. Les Spice Girls, elles, ressemblaient à n'importe quelles meufs croisées au Lord Tom's ou dans un boui-boui de Lothian Road. Ce qu'il fallait, sur un mur, c'était des nanas classes et inaccessibles. Terry n'achetait un magazine porno que si une star inaccessible y posait nue.

## Le Balmoral

La jeune femme mince semblait crispée et pâle, assise jambes croisées sur le lit d'hôtel, lâchant un instant le magazine qu'elle feuilletait pour allumer une cigarette. Elle leva les yeux, l'air distrait, et exhala un rond de fumée en examinant les lieux. Une autre chambre, rien de plus. Elle se leva et marcha jusqu'à la fenêtre d'où elle aperçut un imposant château perché sur une colline. Bien qu'elle fut inhabituelle, cette vue ne l'impressionnait pas. Les paysages qui se découpaient derrière les fenêtres avaient revêtu, pour elle, l'aspect plat et ennuyeux d'un tableau pendu au mur.

— Rien qu'une autre ville.

Des coups rythmés, intimes, retentirent à la porte et un homme rondouillard entra. Il arborait une coupe en brosse et des lunettes à monture d'argent.

— Tout va bien, chérie ?

— Si on veut.

— On devrait passer un coup de fil à Taylor et aller dîner avec lui.

— Pas faim.

Elle paraît si petite sur cet énorme lit, pensa l'homme en détaillant ses bras nus. Plus un gramme de graisse ; contempler cette absence déclencha un frisson au plus profond de ses propres chairs. Son visage n'était qu'un crâne où se tendait encore un reste de peau plastifiée. Lorsqu'elle tendit le bras pour tapoter sa cigarette au-dessus du cendrier posé sur la table de nuit, il repensa à leur unique baise, rien qu'une fois, tant d'années auparavant. Elle avait semblé distraite et n'avait pas joui. Il ne parvenait pas à instiller en elle la moindre étincelle de passion et, après cette épreuve, il s'était senti comme un pauvre clodo à qui on aurait fait la charité. Une putain d'insulte, mais ç'avait été sa faute, à vouloir mêler travail et plaisir. Même s'il n'avait pas vraiment goûté à ce dernier.

Ça avait commencé à cette époque, son trouble du comportement alimentaire à la con. Franklin marqua une pause tendue, persuadé qu'il allait encore vivre la même scène, comme tant de fois déjà, et tout ça pour un résultat dérisoire.

— Écoute, Kathryn, tu sais ce qu'a dit le docteur. Faut que tu manges. Sinon, ça va mal… il s'interrompit avant de prononcer le verbe « finir ». Ça n'était pas vraiment malin.

Elle le dévisagea brièvement avant de détourner son regard vide. Sous certains éclairages, son visage ressemblait déjà à un masque mortuaire. Franklin sentit monter en lui la vague familière de la résignation.

— Je vais appeler le service de chambre…

Il décrocha le combiné pour commander un club-sandwich et du café.

— Je croyais que tu sortais dîner avec Taylor.

— Voilà, c'est pour toi, lui annonça-t-il non sans enrober l'inquiétude de sa voix d'un voile apaisant, ce qui se révéla au final un échec cuisant.

— J'en veux pas.

— Essaie au moins, bébé? S'il te plaît. Fais-le pour moi, la supplia-t-il en se désignant du doigt.

Mais Kathryn Joyner était déjà à des kilomètres de lui. Elle remarqua à peine que son ami de longue date et manager, Mitchell Franklin Delaney Jr, quittait la pièce.


## Toutes bites dehors

— Toutes bites dehors, hurla Lisa aux deux étudiants qui passaient près d'elles dans le train.

Le premier rougit mais l'autre leur rendit un sourire. Angie et Shelagh ricanèrent tandis que leurs victimes se dirigeaient vers la voiture suivante. Charlene, plus jeune que les trois autres filles qui approchaient les vingt-cinq ans, étira ses lèvres en un sourire forcé. Elles plaisantaient toujours sur la «Petite Charlene», sur la mauvaise influence qu'elles avaient sur elle. Charlene se dit qu'elles devaient avoir une mauvaise influence sur n'importe qui.

— C'est des putains de mômes, fit Angie en rejetant d'un coup de tête en arrière sa sombre tignasse frisée.

Son immense visage rond plâtré de maquillage, ses grandes mains aux faux ongles jaunes et rouges incroyablement longs qu'elle s'était fait poser à Ibiza. Charlene se sentait gamine, à côté de son amie, et elle avait parfois envie de se blottir contre ses énormes seins rassurants, ses seins qui semblaient la précéder de dix minutes chaque fois qu'elle entrait dans une pièce.

Lisa se leva tandis que Angie et Shelagh martelaient la tablette en un roulement de tambour.

— Tu vas pas courir après ces deux petits cons, hein ? T'es vraiment une sale chiennasse, ma chérie, lança Shelagh.

Shelagh, grande et dégingandée, cheveux courts en piques d'un blond peroxydé, si fins et délicats, à l'image de son corps tout entier. Elle pouvait boire et manger comme un trou, mais rester maigre comme un clou. Jurer, râler et se saouler mieux que n'importe quel mec motivé. Ça ne plaisait pas à Angie de voir qu'elles pouvaient toutes s'empiffrer tandis qu'il lui suffisait de regarder un paquet de chips pour voir la différence sur la balance.

— C'est ça, oui, répondit Lisa avec un hochement de tête libidineux. Je vais juste fumer une clope aux chiottes.

Elle s'éloigna en de trop grandes enjambées, parodiant la démarche des mannequins sur les podiums. Elle leur lança un regard par-dessus l'épaule, à l'affût d'une réaction, émerveillée par le bronzage méditerranéen qui leur donnait un look et un moral d'enfer. Ça valait le coup de risquer un cancer de la peau, ça valait le coup d'avoir l'air d'un pruneau desséché dès la cinquantaine. Plus tard, on verrait plus tard.

Angie adressa un clin d'œil à Charlene.

— Ouais, tu vas plutôt te mettre un coup de brillant à lèvres, hurla-t-elle dans son dos avant de se tourner vers Shelagh et Charlene. Ou vous croyez qu'elle va démouler un cake ?

— Ouais, ben il va lui falloir un bout de temps pour se remettre de son voyage à Ibiza. Vieille truie, fit Shelagh dans un rire.

À l'idée que tout allait finir, Charlene eut un léger serrement de poitrine. C'était pas tant que les vacances finissent, ou même qu'il faille retourner au boulot : elle aurait un tas d'histoires à raconter, ça l'aiderait à tenir le coup un moment. Mais surtout parce qu'elles ne seraient plus ensemble au quotidien. Ça lui manquerait, elles lui manqueraient. Surtout Lisa. C'était marrant, Charlene la connaissait depuis des siècles. Elles avaient travaillé ensemble à la mairie, au département des transports. Lisa ne lui parlait pas souvent, à cette époque, et Charlene se disait qu'elle était sûrement trop gamine et à la masse pour elle. Et puis Lisa avait fait ses valises pour l'Inde. Ce n'était qu'à son retour à Édimbourg l'an passé, quand Charlene était devenue amie avec Angie et Shelagh, ses copines d'école, qu'elles avaient sympathisé. Charlene pensait que Lisa aurait du mal à l'accepter. Mais ce fut l'inverse, elles se rapprochèrent très rapidement. Cette Lisa, quelle machine.

— Ouais, elle avait envie de sortir ce soir, apparemment, parce que c'est le festival, dit Charlene.

— Rien à foutre, je vais me coucher, rétorqua Shelagh en s'essuyant une crotte au coin de l'œil.

— Toute seule? ricana Angie.

— Un peu, ouais. J'ai eu ma dose. Y en a qui ont une chatte normale entre les cuisses, chérie, pas un putain de tunnel sous le Mersey. Si Leonardo DiCaprio débarquait chez moi avec cinq grammes de coke, deux bouteilles de Bacardi et me disait, «Viens au lit, bébé», je lui balancerais, «Une autre fois, mon pote.»

Avec une fascination morbide, Charlene observa Shelagh rouler et éjecter la crotte d'œil d'une pichenette, s'efforçant de ne pas être dégoûtée par les pitreries de son amie. Elle s'en voulait d'être si chochotte. Pour passer des vacances à Ibiza avec un groupe comme ça, on avait plutôt intérêt à avoir le cœur bien accroché, et elle avait parfois eu du mal à encaisser.

Le score final était éloquent : 8, 6, 5 et 1.

Le seul, l'unique, c'était bien évidemment Charlene. Il y en avait eu deux autres, mais elle n'était pas allée jusqu'au bout, bien qu'une des deux occasions ait été plus agréable que cette baise crispée et brutale. Charlene détestait les coups d'un soir, même en vacances.

Ce mec, il avait transpiré et bavé sur elle, puis s'était écroulé une fois sa purée lâchée dans le préservatif qu'il avait rechigné à mettre. Elle était saoule, elle aussi, mais dès qu'il s'était mis à la besogne, elle aurait aimé être plus saoule encore.

Le lendemain matin, il s'était rhabillé et avait lancé :

— À plus, Charlotte.

Même le gars qui l'avait pelotée, il l'avait appelée Arlene et avait laissé une flaque de gerbe dans sa chambre du bungalow. Il était devenu méchant et l'avait traitée de sainte-nitouche quand elle avait refusé de baiser.

À San Antonio, on avait plutôt intérêt à avoir le cœur bien accroché.

Et maintenant, elle retournait chez sa mère.

Angie avait perdu une de ses grandes boucles d'oreilles et Charlene se dit qu'elle devrait le lui faire remarquer, mais Angie prit la parole avant elle.

— Ouais, moi, j'ai eu ma dose de bite. Mais pas Liz. Elle risque pas d'aller se coucher, enfin, au moins pas toute seule. Comment elle fait ?

— C'est une vraie machine. Sur le vol du retour, elle a baisé avec le mec de Tranent dans les chiottes de l'avion. De Tranent ! Tu fais tout ce chemin pour niquer un gars de Tranent ! lança Charlene, abasourdie.

Puis elle frissonna. L'objectif de ce voyage, c'était de baiser avec quelqu'un. Elle n'avait eu qu'une ouverture merdique. Et voilà, elles allaient en parler.

Angie glissa un chewing-gum dans sa bouche.

— Ouais, mais c'était ta faute, tu l'as traînée au Manumission hier soir et tu l'as fait boire comme pas permis.

— Ouais, y a un couple qui s'est mis à niquer, je savais plus où regarder, fit Charlene, soulagée qu'elles n'abordent pas son cas.

Shelagh l'observa et, sirotant le mélange vodka-cola qu'elle avait préparé à l'aéroport de Newcastle, éclata de rire :

— Moi, si ! Je regardais le cul du mec !

Dans les toilettes, Lisa tiraillait ses cheveux blonds pour mettre en lumière ses racines noires, qu'il lui faudrait arranger. Elle ne le faisait jamais elle-même, Angie essaierait de lui trouver un rendez-vous la semaine suivante. Il fallait mettre une pro sur cette affaire, couper les pointes fourchues, s'assurer de la souplesse du cheveu. Éviter à tout prix les tentatives amatrices, trop grasses ou trop sèches.

Le soleil avait fait ressortir ses taches de rousseur. Lisa releva son t-shirt pour étudier son bronzage. Il lui avait fallu deux jours pour se convaincre de retirer son haut de maillot de bain. Elle commençait tout juste à avoir un joli hâle, sans trace, et il fallait déjà remonter dans ce putain d'avion et reprendre le boulot la semaine prochaine, passer son temps au standard des assurances Scottish Widows. À l'année prochaine, quoi.

L'année prochaine, d'ailleurs, elle enlèverait son haut dès le premier jour. Lisa aurait aimé avoir de plus gros seins. Ce branleur qui lui avait déclaré : « Si tu avais des nichons un peu plus gros, t'aurais un corps parfait. » C'était censé être un putain de compliment. Elle lui avait répondu que si sa bite était aussi grosse que son nez, alors lui aussi serait parfait. Ce pauvre connard se l'était joué parano et gêné. Y en a que ça perturbe pas de critiquer, mais qui supportent pas qu'on leur rende la pareille. Les petits mignons sont les pires : narcissiques, égocentriques, des emmerdeurs sans personnalité. Mais le problème, c'était qu'à force de baiser avec des clébards, on finissait par perdre son estime de soi. C'est un problème, certes, mais un problème qui en vaut la peine.

La Petite Charlene avait été bizarre, pendant les vacances. Lisa se demandait si tout ça n'avait pas été un peu trop violent pour elle. Sa tendance à protéger sa jeune amie la surprenait. Quand elles sortaient dans les quartiers Ouest de San Antonio, elle scrutait autour d'elle comme une mère poule chaque fois qu'un groupe de t-shirts pastel et de shorts s'approchait, tout en sourires optimistes et ricanements ironiques. Il fallait toujours qu'un mec louche se dirige droit sur Charlene. Son amie était petite, de teint mat : le genre « Irlandais brun », comme elle disait, presque Rom. Ça lui venait du côté maternel. Son visage d'une beauté conventionnelle et son ample décolleté auraient dû suggérer une sexualité exacerbée mais elle dégageait cependant un sérieux, une hésitation même. On voyait bien que tout ce cirque la gênait, mais qu'elle faisait de son mieux pour s'y intégrer.

Dans le wagon, elles regardaient Berwick défiler par la fenêtre. Charlene l'avait déjà vue tant de fois depuis le train, mais la ville lui semblait toujours aussi impressionnante. Elle se souvenait d'une nuit où elle rentrait d'une soirée à Newcastle, et où elle était descendue pour explorer le coin. C'était une bourgade agréable qu'on appréciait cependant mieux depuis le train.

Angie donna un coup de coude à Charlene en prenant la bouteille de Shelagh.

— Elle est tarée, tu veux dire, fit-elle, les yeux rivés sur Shelagh. Presque pire que toi. Tu te souviens la fois où t'as emballé un mec au Buster's ?

— Ouais… c'est ça, ma chérie, rétorqua Shelagh d'un ton maussade.

Elle ne se souvenait plus de cet épisode mais ressentait l'humeur d'Angie.

— Il était bourré !

Shelagh s'en rappelait, maintenant. Il valait mieux qu'elle raconte sa version des faits plutôt que de subir celle d'Angie.

— Ouais, je retourne chez lui mais il arrive pas à bander. Le matin, je me rhabille, et lui, il est super motivé, il essaie de me brancher. Je lui ai dit d'aller se faire foutre.

— C'est trop naze, fit Angie en s'apercevant qu'elle ne pensait pas à cet épisode-là ; mais elle était bourrée et avait oublié l'épisode en question, celui-ci ferait l'affaire : Ça va quand t'as trop bu, mais pas le matin, quand t'es sobre, ça craint, surtout si t'as pas réussi à bander la veille.

— Je sais. Ça fait comme si tu couchais avec un inconnu. Comme si j'étais une putain de chiennasse ou je sais pas quoi. Je lui ai dit d'aller se faire foutre, t'as eu ta chance, mon gars, et t'as pas assuré une cacahuète. Et tu sais ce qu'elle m'a dit, expliqua Shelagh, le doigt pointé vers la voiture où s'était engouffrée Lisa. Elle m'a dit que j'étais conne. Elle m'a fait, T'aurais dû te le taper le lendemain. Je lui ai répondu, Va chier, il m'a fallu huit verres de Diamond White pour l'embrasser. Je vais pas baiser avec un clebs que je ne connais pas, avec ma gueule de bois pour seule protection.

À cet instant, Lisa revint et arqua les sourcils d'un air dubitatif avant de s'installer dans le siège à côté de Shelagh.

Charlene jeta un regard rêveur par la fenêtre du train qui longeait la côte du Berwickshire.

— Elle a peut-être raison. C'est une question de diurétique. Un mec bande mieux après une nuit de beuverie. J'ai lu des trucs sur le sujet. C'est pour ça que ça a pris une éternité à ma mère pour quitter mon père, même quand il a viré alcoolo. Il se réveillait le matin, la bite raidie par l'alcool, et il lui donnait ce qu'elle voulait. Elle croyait que c'était une preuve d'amour. C'était juste un besoin chimique. Il aurait fourré un beignet Gregg's Bridie, si la pâte avait été suffisamment chaude et humide.

Elles sentaient que Charlene en avait trop dit. Un long silence nerveux s'installa tandis qu'elle s'agitait, gênée. Puis Lisa lança d'un ton calme :

— Ça serait plus un Gregg's Bridie végétarien, alors.

Leur rire, trop fort pour la blague, était parfaitement cathartique. À cet instant, l'esprit de Lisa, embrumé par l'alcool, créa des images confuses et dégoûtantes de Charlene et de son père.

Elle détailla les yeux sombres de Charlene. Ils étaient vides et enfoncés dans leurs orbites, comme ceux de Shelagh et d'Angie, et comme les siens, qu'elles avaient inspectés dans les toilettes. Et pourquoi non, après tout, elles s'étaient éclatées pendant les vacances. Mais ceux de Charlene étaient différents, ils étaient plus que hantés. Ça la préoccupait et l'effrayait.

## La maison de disques

À Édimbourg, Franklin Delaney s'installa avec Colin Taylor dans un café-bar bondé de Market Street. La déco ne lui plaisait pas : un horrible endroit consciemment in, qui aurait pu se situer dans n'importe quel quartier branché de n'importe quelle ville occidentale.

— Kathryn me met vraiment la tête en vrac.

Franklin regretta sa confession sur-le-champ. Taylor était un homme matérialiste et pas des plus compatissants. Ses vêtements semblaient chers mais bien trop immaculés et trop neufs pour appartenir à un véritable être humain. Il ressemblait à un mannequin de bois et étalant un kit d'accessoires conventionnels, ternes, style cadre. Mais sa voix, elle, était réelle.

— Il faut qu'elle bouffe ou elle va clamser, fit-il en hochant la tête mollement. Elle pourrait pas nous rendre service et se taper une putain d'overdose?

Le manager de Kathryn Joyner lança un regard dur au directeur de la maison de disques. On ne savait jamais quand ce sac à merde baveux déconnait. Il s'était longuement laissé aller à son obsession britannique pour l'ironie et le sarcasme, mais les résultats n'étaient jamais très concluants.

Sauf que là, Taylor ne déconnait pas.

— J'en ai ras le cul. Si elle crevait, au moins, on toucherait un peu de thunes. J'en ai marre de cette connasse de prima donna, lança-t-il, méprisant, avant de regarder avec désapprobation l'assiette de salade que la serveuse venait de déposer devant lui. Il essayait d'avoir une alimentation plus saine mais son plat ne semblait pas franchement appétissant. Le steak de Franklin avait l'air bien meilleur, et ce putain de Yankee ne s'en rendait même pas compte alors qu'il passait son temps à critiquer la qualité de la bouffe anglaise. Taylor observait Delaney. Il n'avait jamais eu de faible pour les Américains. Ceux qu'il avait côtoyés dans le monde de la musique constituaient un tas homogène de branleurs qui voulaient que tout soit fait comme aux États-Unis.

— Elle reste quand même la meilleure chanteuse blanche au monde, lâcha Franklin de cette voix haut perchée qu'il employait lorsqu'il était sur la défensive.

Il n'appréciait pas franchement Taylor. Il aurait pu l'échanger avec n'importe quelle tafiole de n'importe quelle autre maison de disques qu'il avait eu l'occasion de rencontrer. Peu importe les problèmes de cette salope éméchée du cerveau, il se devait de respecter son talent. C'est ce talent qui avait renfloué les caisses de sa putain de société et qui avait apporté à ce trouduc la reconnaissance dont il jouissait aujourd'hui. Même si le temps avait filé, depuis.

— Ouais, bien sûr, fit Taylor avec un haussement d'épaules. J'aimerais bien que ses ventes le prouvent.

— Son nouvel album inclut de très bonnes chansons, mais c'était une erreur de le faire commencer par *Betrayed by You*. On aurait jamais pu faire passer ce single sur les ondes radio. *Mystery Woman*, par contre, aurait été idéal comme lead-single. C'était ce morceau qu'elle avait choisi.

— On a déjà eu cette discussion, Franklin, plus de fois que je pourrais m'en souvenir... et tu sais comme moi que sa voix est aussi niquée que son cerveau. On l'entend presque pas sur l'album, putain, alors on pouvait bien choisir n'importe quel single, ç'aurait été une grosse bouse de toute façon.

**443**

Franklin sentit une vague de colère monter en lui. Il plongea ses dents dans sa viande saignante et, avec douleur et agacement, se mordit la langue au passage. Il souffrit en silence, les yeux embués, les joues rouges. Dans sa bouche, son sang se mêla à celui du bœuf, lui donnant l'impression qu'il dévorait sa propre langue.

Taylor prit son silence pour une approbation.

— Elle est sous contrat avec nous pour un dernier album. Je vais être honnête avec toi, Franklin, si elle ne se fait pas pardonner avec celui-là, je serais surpris qu'elle enregistre à nouveau, avec nous… ou avec un autre label. Le concert à Newcastle hier soir a été démonté dans tous les journaux qui ont daigné couvrir l'évènement, et le public s'effrite. Je suis certain que ça sera la même histoire minable demain soir ici, à Glasgow.

— On est à Édimbourg, répliqua Franklin.

— On s'en fout. C'est pareil pour moi, le concert écossais obligatoire pour clore la tournée. Ça ne change rien à ma théorie. Des tickets pour clodos, mon pote, des tickets pour clodos.

— Les tickets se vendent bien pour ce concert.

— C'est parce que ces cons d'Écossais vivent tellement loin de la civilisation qu'ils ont pas entendu la nouvelle : Kathryn Joyner a tout perdu. Ça va bien finir par passer le mur d'Hadrien. Mais c'était une bonne idée de la faire chanter ici, pendant le festival d'Édimbourg. Ils gobent n'importe quelle vieille merde rétro. N'importe quel artiste has been et en bout de course peut refaire surface et les cons qui établissent les programmes trouvent ça « audacieux » ou « lumineux ». Et le truc, c'est que les gens sont tellement habitués à sortir qu'ils suivent le mouvement. Si la semaine suivante, elle faisait le même concert dans le trou à rats d'où ils viennent, ils penseraient même pas à aller la voir.

Les yeux de Taylor pétillèrent de malice lorsqu'il brandit une coupure de presse et la glissa vers Franklin.

— T'as lu cette critique d'hier soir ?

Franklin ne répondit rien, s'efforçant de garder un visage impassible, conscient à chaque seconde du regard ironique braqué sur lui tandis qu'il parcourait l'article :

N'AURAIT-ON PAS UN PEU FORCÉ SUR LA SAUCE
À LA MENTHE, MS JOYNER ?
Kathryn Joyner
Mairie de Newcastle Upon Tyne

La technique vocale du vibrato est une pratique controversée, pour ne pas dire pire. C'est souvent le dernier recours du pseudo-chanteur, de la chanteuse fanée dont la voix a perdu sa gloire passée. Dans le cas de Kathryn Joyner, c'est triste, douloureux, presque, d'assister à l'humiliation publique d'un talent vocal qui fut, pas nécessairement la tasse de thé de tout un chacun, mais du moins un phénomène unique en son genre.

À présent, Joyner, lorsqu'elle est audible, bêle ses chansons comme un agneau sous Mogadon, se résignant souvent à ce roucoulement minable au moindre petit obstacle. C'est comme si notre Kath ne savait plus chanter. Un public d'âge moyen, abreuvé d'alcool et en quête d'un trip nostalgique aurait pu faire preuve d'empathie devant une chanteuse motivée, mais Joyner, comme sa voix, semble avoir déserté. Son échange avec l'audience flirte avec le zéro, comme en témoigne son refus obstiné et retors à offrir une version de son plus gros hit transatlantique, *Sincere Love*. Les requêtes répétées de la salle furent soigneusement ignorées.

Finalement, ça n'a pas grande importance. Joyner, douloureusement maigre, infligea à ses hits comme *I Know You're Using Me* et *Give Up Your Love* le même traitement laineux et bêlant. Elle dégage actuellement un tel sex-appeal que cette vieille bique d'Ann Widdecombe en ressemblerait presque à Britney Spears. Le concert puait la sauce à la menthe et, pour le bien de la Musique, prions pour que cette fausse jeune tombe entre les pattes d'Hannibal Lecter le plus rapidement possible.

Franklin lutta pour contenir sa colère. Cette artiste a besoin de soutien, et voilà qu'elle était raillée et ridiculisée par sa propre maison de disques.

— Arrange-toi pour qu'elle mange, Franklin, fit Taylor dans un sourire, un morceau de poulet planté sur sa fourchette dégoulinante de graisse. Arrange-toi pour qu'elle mange, c'est tout. Arrange-toi pour qu'elle reprenne des forces.

Franklin sentait la douleur sourde dans sa bouche et son indignation se fit plus aiguë.

— Tu crois que j'ai pas déjà essayé ? J'ai tenté tous les régimes spéciaux ou médicaux, et tous les thérapeutes possibles et imaginables… Je lui fais monter des club-sandwichs tous les jours !

Taylor porta son verre à ses lèvres.

— Elle a besoin de se faire troncher un bon coup, déclarat-il avec un regard complice à l'attention de Franklin qui se rendit compte de l'état d'ébriété du directeur. Sauce à la menthe ? C'est bien trouvé, ça !

## I Know You're Using Me

Juice Terry avait le vertige. Il n'était pas fait pour ce genre de boulot. Laver les vitres, ça ne le gênait pas, mais se retrouver si haut, ce n'était pas son truc. Et voilà pourtant qu'il se retrouvait à nettoyer les fenêtres du Balmoral Hotel, dans une nacelle suspendue au-dessus de la ville. Comment avait-il pu laisser Post Alec, ce vieux poivrot, l'entraîner dans ce délire ? Ça le dépassait complètement. Alec lui avait dit que ce serait du tout cuit, vu que Norrie McPhail était entré à l'hosto pour se faire opérer de l'épaule. Norrie ne voulait pas perdre son contrat lucratif avec l'hôtel et il avait chargé Post Alec de terminer le boulot.

— On a une de ces putains de vue, d'ici, hein Terry ? toussota Alec avant de racler un mollard au fond de sa gorge et de le recracher. D'aussi haut qu'ils étaient perchés, et malgré le vacarme de la circulation, Alec s'imagina entendre le crachat s'écraser sur le trottoir.

— Ouais, super, répondit Terry sans baisser les yeux vers Princes Street.

Il suffisait de faire un pas sur la nacelle pour tout lâcher. Comme ça. Aussi facilement que ça. Étonnant qu'il n'y ait pas davantage de gens pour le faire. Une mauvaise gueule de bois et c'était parti. Il suffisait de saisir, l'espace d'une seconde, la futilité de son existence, et on faisait le grand plongeon. C'était trop tentant. Terry se demanda quel était le taux de suicide chez les laveurs de vitres des gratte-ciel. Une image du passé vint s'écraser dans sa mémoire et Terry sentit ses jambes flageoler. Il empoigna la balustrade, les mains moites et inertes contre le métal. Il inspira profondément.

— Nan, c'est pas tous les jours qu'on peut profiter d'une vue comme celle-là, s'émerveilla Alec, le regard braqué sur le château.

Il s'empara de la demi-bouteille de whisky Famous Grouse glissée dans la poche intérieure de son bleu. Il en dévissa le bouchon et avala une énorme goulée. Il réfléchit à deux fois avant de tendre la bouteille à Juice Terry, ravi de le voir décliner son offre, l'alcool promenant sa brûlure agréable dans ses boyaux. Il observa Terry, sa tignasse frisée agitée par le vent. Il avait eu tort d'embarquer ce tapeur de thunes dans cette affaire, admit-il. Il s'était dit qu'il lui tiendrait compagnie mais ce con était devenu muet comme une tombe, ce qui ne lui ressemblait pas franchement.

— Putain de vue, répéta Alec qui trébucha et ébranla la nacelle. Ça te donne une putain de joie de vivre.

Terry sentit son sang se glacer et tenta de reprendre ses esprits. Il risquait pas de vivre bien longtemps à cette hauteur, avec ce connard.

— Ouais, c'est ça, Alec. C'est quand qu'on fait une pause, putain ? J'ai la dalle.

— Tu viens juste de prendre ton petit déj au café, gros morfale de mes deux.

— C'était y a trois plombes.

Il observa la chambre à travers la vitre qu'il nettoyait. Une femme encore jeune était assise sur le lit.

— Arrête de mater les nanas, sale porc, à la moindre plainte des clients, c'est Norrie qui perd son gagne-pain.

Mais Terry avait repéré le sandwich intact, posé sur la table. Il tapa au carreau.

— T'es taré, putain! fit Alec en lui attrapant le bras. Norrie doit encore être à l'hosto!

— T'inquiète, Alec, je sais ce que je fais.

— T'harcèles les clients, putain...

La femme s'était approchée de la fenêtre. Alec eut un mouvement de recul, s'éloigna et reprit une gorgée de Grouse.

— 'Scuse-moi, poupée, déclara Terry tandis que Kathryn Joyner levait les yeux vers le gros gars qui lavait ses vitres. Évidemment qu'ils lavaient les vitres. Depuis combien de temps l'observait-il? L'épiait-il? Un détraqué. Kathryn n'allait pas tolérer ces conneries. Elle s'avança vers lui.

— Qu'est-ce que vous voulez? demanda-t-elle d'un ton abrupt après avoir ouvert d'un coup sec les doubles fenêtres.

Une putain de Yankee, pensa Juice Terry.

— Euh, désolé de t'embêter et tout, poupée... euh, tu vois, le dwich, là, fit-il, le doigt pointé sur le club-sandwich.

Kathryn ramena une mèche de cheveux en arrière et la coinça derrière son oreille.

— Quoi?

Elle regarda l'assiette avec dégoût.

— Genre, t'en veux pas?

— Non, pas du tout...

— Vas-y, file-le-moi.

— Euh, d'accord... OK.

Kathryn ne voyait pas ce qui l'empêchait de lui donner le sandwich. Franklin penserait peut-être même qu'elle l'avait mangé et il arrêterait de la faire chier. Ce gars était trop entreprenant, mais merde, après tout, elle allait le lui donner.

— Bien sûr… pourquoi pas… pourquoi ne pas venir vous installer et prendre un café avec… ajouta-t-elle d'un ton caustique, énervée d'avoir été dérangée.

Terry savait bien que Kathryn jouait les sarcastiques mais décida de s'incruster. Il pouvait jouer les petits cons, faire comme s'il prenait tout au pied de la lettre. Les riches attendaient toujours ça des classes inférieures, alors au final, tout le monde était content.

— C'est très aimable, fit Terry dans un sourire en franchissant le châssis.

Kathryn fit un pas en arrière et jeta un coup d'œil vers le téléphone. Ce gars était taré. Elle devrait appeler la sécurité.

Terry capta sa réaction et leva les mains au ciel.

— J'entre juste boire un café, je suis pas comme ces fous dangereux aux États-Unis, ceux qui découpent les filles en morceaux et tout, expliqua-t-il tout sourire.

— Ravie de l'apprendre.

Post Alec fut surpris de voir son ami disparaître dans la chambre.

— Lawson, c'est quoi ce plan ?

Terry adressa un sourire éclatant à Kathryn qui estimait toujours la distance jusqu'au téléphone, puis il fit volte-face et passa la tête par la fenêtre.

— Elle vient juste de m'inviter à grignoter un petit truc. Une Américaine, quoi. Ça coûte rien d'être sympa, hein ? chuchota-t-il face à la moue renfrognée d'Alec, puis referma la vitre.

Kathryn haussa les sourcils devant la silhouette de Juice Terry en salopette. C'est un employé. Un laveur de vitres. Il veut un café. Du calme.

— Se faire harceler comme ça. Le boulot va se faire, voilà ce que j'en dis. On peut rien faire sous le stress. C'est mortel. C'est son problème, à Alec, fit Terry avec un geste du menton en direction de l'homme rougeaud qui agitait sa raclette de l'autre côté de la fenêtre. Excès de stress dû à l'autorité. Je lui ai déjà dit : Alec, que je lui ai fait, t'es un homme à deux ulcères, pour un boulot à un ulcère.

Ce connard avait une sacrée paire de couilles, pas de doute.

— Ouais… euh, j'imagine. Votre ami veut-il un café, lui aussi ?

— Nan, il a de quoi boire et je préfère le laisser avancer.

Terry prit place dans un fauteuil trop décoratif et délicat pour supporter son poids, puis dévora le sandwich.

— Pas mal, postillonna-t-il entre deux bouchées sous le regard de Kathryn empreint d'une fascination frisant l'horreur. Je me suis toujours demandé quel goût ils avaient, les dwichs dans les rades de bourges. Enfin, tu me diras, chuis allé au mariage de mon vieux pote au Sheraton, la semaine dernière. La graille était pas mal. Tu connais le Sheraton ?

— Non, je ne connais pas, non.

— C'est à l'autre bout de Princes Street, genre, vers Lothian Road. Chuis pas fan de ce coin de la ville, mais y a moins de bordel qu'à une époque. Enfin, c'est ce qu'ils disent. Je vais pas souvent en ville, ces derniers temps, hein. On finit par casquer trop rude. Mais bon, c'est le coin qu'ils avaient choisi, Davie et Ruth… Ruth, c'est la minette que mon pote Davie a épousée, hein. Une fille sympa, tu vois.

— Je vois…

— Pas mon genre, hein, un peu trop épaisse et tout, fit Terry en caressant une énorme paire de seins invisibles.

— D'accord…

— C'est Davie qui choisit, hein ? On va pas s'amuser à dire aux gens qui y sont censés épouser, pas vrai ?

— Non, conclut Kathryn froidement.

Elle repensa à toutes ces années, quatre, cinq, à *lui* dans le lit. Avec elles.

La tournée. Une nouvelle putain de tournée de merde.

— Alors et toi, tu viens d'où ?

La question de Terry propulsa Kathryn de la chambre d'hôtel de Copenhague aux champs de maïs de son enfance.

— Eh bien, je suis originaire d'Omaha, dans le Nebraska.

— C'est l'Amérique, ça, hein ?

— Ouais…

— J'ai toujours rêvé d'aller en Amérique. Mon pote Tony en revient. Enfin, il a trouvé que tout est surfait. Tous ces cons… euh, pardon, tous les gens courent après ça, fit Terry en frottant son pouce et son index. Ce putain de dollar yankee. Enfin, tu me diras, ici aussi ça devient comme ça. À la gare de Waverley, on te demande trente pence pour aller aux chiottes ! Trente pence pour pisser ! T'as plutôt intérêt à avoir envie, à ce prix-là ! Je vais plutôt couler un bronze, mon pote, si ça te dérange pas ! Dis-moi à quoi ça rime, toutes ces conneries, sérieux !

Kathryn acquiesça d'un air solennel. Elle ne comprenait pas trop ce que racontait cet homme.

— Alors, qu'est-ce qui t'amène en Écosse ? C'est ta première visite à Édimbourg ?

— Oui…

Ce gras du bide ne l'avait pas reconnue. Elle, Kathryn Joyner, une des plus grandes chanteuses du monde !

— Et, ajouta-t-elle d'un ton méprisant, je suis ici pour un spectacle.

— T'es danseuse ?

— Non. Chanteuse, siffla-t-elle entre ses dents.

— Oh… Je me disais que t'étais peut-être une danseuse à Tollcross ou je sais pas quoi, mais après, je me suis dit que t'étais trop friquée pour faire dans le strip-tease et tout… Enfin, si je peux me permettre, hein, fit-il en regardant alentour. Alors, tu chantes quoi ?

— Avez-vous déjà entendu parler de *Must You Break My Heart Again?*… ou peut-être *Victimised by You*… ou *I Know You're Using Me*…

Kathryn Joyner ne put se résoudre à prononcer « ou Sincere Love ».

Les yeux de Terry s'écarquillèrent puis se teintèrent d'incrédulité l'espace d'une seconde avant de s'agrandir à nouveau :

— Ouais! Je connais!

Il entonna :

After we've made love
a distant look it often fills your eyes
you aren't with me
but when I challenge you, you feign surprise

You get dressed quickly
switch on TV for the ball game
I mean so little
You even call me by the wrong name...

— J'adore cette chanson, mec! C'est tellement véridique... Enfin, euh, y a des gars comme ça, tu vois ce que je veux dire? Une fois qu'ils ont bais... euh, fait l'amour, c'est du genre, on s'en tient là, tu vois?

— Oui...

Kathryn se surprit à rire de son numéro. C'était absolument atroce. Voilà longtemps qu'elle n'avait pas ri.

— Vous devriez monter sur scène, vous aussi.

Terry se rengorgea comme s'il venait de s'injecter une pleine seringue de fierté.

— Je chante parfois, au karaoké du Gauntlet, à Broomhouse. Bref, merci pour le dwich. Je ferais mieux d'y retourner avant que ce vieux conn... euh, avant que mon collègue Post Alec ne me casse la tête.

Il l'observa un instant, avec sa silhouette de brindille.

— Tu sais quoi? Tu devrais venir boire un coup avec moi. Tu bosses pas ce soir?

— Non, mais je suis...

Juice Terry Lawson était bien trop expérimenté en drague pour laisser à Kathryn l'occasion de clarifier la situation.

— Je t'emmène boire un coup ce soir. Je te ferai visiter le coin. Le vrai Édimbourg, quoi! Allez, c'est une *date*, comme vous dites aux States.

— Eh bien, je ne sais pas… On va dire que oui…

Kathryn n'en croyait pas ses oreilles, elle venait de dire ça. Elle allait sortir en ville avec un gros laveur de vitres! C'était peut-être un pervers, un malfrat ou un kidnappeur. Il ne fermait jamais sa gueule. Il était chiant comme la pluie…

— Vendu. On se retrouve dans l'Alison. C'est un petit jeu de mots rimé et musical pour toi, tu devrais le comprendre facilement, dans l'Alison Moyet = dans le hall d'entrée! Tu piges? Bon, 7 heures, ça te va?

— D'accord…

— Super!

Juice Terry ouvrit la fenêtre et remonta dans la nacelle en prenant garde de ne pas regarder en bas.

— Il était temps, putain! Je me tape le boulot tout seul, Terry. C'est pas sympa. Norrie nous paye deux salaires pour bosser, pas qu'un. Norrie… il est à l'hosto, Terry. Dans un lit d'hôpital, il souffre d'un tendon calcifié. Son bras lave-vitres et tout. Qu'est-ce que tu crois qu'il dirait s'il savait qu'on déconne avec son gagne-pain?

— Arrête de gémir, putain, vieux poivrot de merde. Je sors avec cette putain de nana qui passait dans *Top of the Pops*!

— Sans déc! fit Alec, sa bouche ouverte laissant entr'apercevoir ses dents jaunâtres et noires.

— Sur ma tête. Cette nana-là. C'est elle qui a chanté *Must You Break My Heart Again*.

Alec resta planté, bouche bée, tandis que Terry illustrait ses propos d'une chanson :

All my life I've been in pain
all my days no sunshine, just rain
then you came into my world one day
and all the clouds just blew away

But your smile has grown colder
I feel the chill that's in you heart
and my soul it lives in terror
of the time you'll say that we must part

Must you break my heart again
must you hurt me to my core
why oh why can you not be
the very special one for me

Must you play those same old mind games
cause I know there's someone else
whom you think of when we're together
Must you break my heart again…

— Je m'en souviens… c'est quoi son nom, déjà ? fit Alec
en jetant un œil par la fenêtre pour détailler Kathryn.

— Kathryn Joyner, répondit Terry de ce ton d'arrogance
théâtrale qu'il employait au cours des quiz au Silver Wing
Pub, lorsqu'il était sûr d'avoir la bonne réponse. Le vrai nom
d'Alice Cooper ? Vincent Furnier, putain. Trop facile.

— Arrange-toi pour avoir des billets pour son concert.

— C'est comme si c'était fait, Alec, comme si c'était fait.
On sait tirer les ficelles, nous, dans le milieu. On oublie
jamais nos vieux croûtons.

Sale connard arrogant, trente-six ans et toujours chez sa
mère, pensa Alec.

# Blue Mountains,
# Nouvelle-Galles du Sud, Australie

*Mercredi, 9 h 14*

Tout ce que je perçois, c'est la basse qui bourdonne, le pouls vital, le boum-boum-boum régulier. Je suis vivant.

J'en ai été presque conscient, l'espace d'un moment. L'inconscience passagère n'est pas obscurité, elle est là, au centre du soleil, elle tente de briller par-dessus les flammes aveuglantes, au-delà de l'univers somptueux, défectueux, ton cul, ton cul, ton cul…

Je lève les yeux et aperçois le tissu vert. Je peux plus bouger. J'entends des voix autour de moi mais n'arrive pas à me concentrer.

— Qu'est-ce qu'il a pris ?

— Depuis combien de temps il est dans les vapes ?

Je reconnais les voix mais j'ai oublié les prénoms qui s'y rapportent. Il y a certainement celle d'un meilleur ami ou d'une ancienne amante ; comme il m'a été facile de collectionner ces deux éléments au cours de la dernière décennie. Comme cela m'a semblé simple, à l'époque, et comme c'était devenu frivole et vain. Mais ils sont tous autour de moi, fondus en une seule force humaine et bienveillante. Peut-être que je suis en train de mourir. Peut-être que c'est ça, le lent voyage vers la mort. La combinaison des âmes, le mélange, la communion en un seul et même élan spirituel. Peut-être que c'est ainsi que meurt le monde.

Une odeur douce s'élève et se contorsionne dans mes narines en une puanteur rance et chimique. Je frissonne, mon corps entre en convulsions, une fois, puis deux, puis se calme. Mais ma tête enfle tellement que j'entends presque ma mâchoire et mon crâne craquer, puis elle se recontracte à taille normale.

— Putain de merde, Reedy! Le dernier truc dont il a besoin, c'est de l'amyle en plein dans le pif, râle une voix féminine.

Elle se fait plus nette dans mon champ de vision : des dreadlocks dorées, probablement châtain clair, mais à mes yeux, elles sont dorées. Elle ressemble au footeux Ray Parlour, mais en femme. Celeste, qu'elle s'appelle, et elle vient de Brighton. Brighton en Angleterre, pas le Brighton d'ici. Il y en a forcément un ici, de Brighton. Forcément.

J'ai un truc qui me vrille la tête : des pensées hallucinantes qui tournent en boucle. J'imagine que c'est ça, être halluciné : des obsessions multipliées par des obsessions.

Reedy commence lui aussi à prendre forme sous mes yeux. Ses grands yeux bleus, sa coupe en brosse, sa peau tannée. Ses vieilles fringues rapiécées avec tant d'approximation qu'il est désormais impossible d'imaginer à quoi ressemblait le vêtement original. Rafistoler. Tout. Tout est rafistolé, ici. Et ça tient avec que dalle, ça attend juste de se casser la gueule.

— Désolé, mon pote, s'excuse Reedy. J'essayais juste de te faire reprendre conscience.

Je devrais appeler Helena mais heureusement, mon portable est niqué. De toute façon, y a pas de réseau, par ici. Je ne suis pas en position de m'excuser, d'admettre que j'ai été une enflure. C'est ça, d'être défoncé : le temps suspend sa course, ça te projette dans un endroit où s'excuser ne fait qu'empirer la situation, alors tu n'essaies même pas. Ça va mieux, maintenant, je sens mes lèvres s'étirer en un sourire.

Mais bientôt, je me retrouverai à nouveau dans la salle d'attente solitaire de l'horreur et de l'angoisse.

L'angoisse.

Mes disques.

— Mes disques, y sont où, putain ?

— T'es pas en état de mixer, Carl.

— Mes disques, putain ?

— Du calme... ils sont là, mon pote. Mais tu vas pas mixer. Tu vas te détendre, me fait Reedy.

— Je vais tous les blaster... je m'entends déclarer.

Je mime un flingue avec mon index et émets un bruit d'explosion ridicule.

— Écoute, Carl, dit Celeste Parlour. Reste donc assis un moment et ressaisis-toi. T'as une grosse bosse.

Celeste de Brighton. Reedy de Rotherham. Des milliers d'Anglais, d'Irlandais et, oui, d'Écossais, partout où je mets les pieds. Des gens bien et tout. Californie, Thaïlande, Sydney, New York. Pas simplement là pour glander, ni pour déconner, ni pour profiter de la vie. Non, ils sont maîtres du jeu : légal ou illégal, roots ou jeunes professionnels, tant de gâchis de talent et d'audace, libres comme l'air, indifférents aux accents divers, venus là pour montrer aux locaux comment faire la fête.

L'Australie, c'est autre chose, c'est vraiment la frontière ultime. Tant de cerveaux ont atterri ici, une fois leurs rêves réduits en miettes par les forces de police et l'économie souterraine de la drogue générée par les années Thatcher.

La Grande-Bretagne exhale une vieille odeur moisie, surtout depuis la modernisation du Parti Travailliste, l'émergence des bars à vin, des journalistes cocaïnomanes et des magnats de la pub. Il n'a fallu qu'un sinistre « un instant, messieurs, s'il vous plaît » pour voir les citoyens de la Froide Britannia se ruer chez eux avant le dernier coup de minuit à bord du dernier bus ou métro. Ce bon vieux poing de la répression plane encore malgré l'apparente banalité du quotidien.

Mais pas en Australie, qui sent la fraîcheur et la réalité.

Squatter les raves derrière la gare de Sydney Central le temps de se réapprovisionner en ville. Puis retourner dans le bush, vers les campements de fortune à la *Mad Max*. Redevenir sauvage, entrer en transe sous le soleil, au son hybride du didgeridoo et de la techno. S'abandonner, se perdre, sans s'inquiéter des autorités, libres de faire des expériences tandis que le capitalisme s'autodétruit.

Ça n'a pas d'importance.

Laissez-les merder, accumuler des richesses qu'ils ne peuvent cesser de dépenser. Ces pauvres cons n'y pigent rien. Cinquante mille livres par semaine pour un joueur de foot. Dix mille par soirée pour un DJ.

Va chier.

Va chier et apprends à vivre.

Je me sens en sécurité, ici, le coin est bondé de gens cool. C'est mieux que le dernier groupe où j'avais traîné dans le Megalong. C'était marrant, au début, mais j'ai jamais été doué pour choisir mes amis. On dit souvent que les grands leaders sortent du lot, peu importe les idéaux ou les systèmes démocratiques en place. Je sais pas pour les leaders, mais en tout cas c'est vrai pour les connards.

L'air était frais et léger, humide, mais je me souviens d'une véritable fournaise. Le Territoire du Nord, l'été dernier. Toute cette chaleur étouffante qui aspirait votre force vitale. Breath Thomson en personne me dévisage.

Son visage est comme celui d'une murène, sans déconner. J'étais tombé nez à nez avec une de ces bestioles en faisant de la plongée dans une barrière de corail. C'est des vraies saloperies.

Je suis une menace. Il me parle sans dire un mot : t'es DJ, joue-nous un truc. Me cherche pas, ne réfléchis pas, abandonne toute pensée, je peux le faire pour le bien de tous. Je suis un putain de grand leader.

Non, désolée, Breath. T'es qu'un root qui pue le fric, et

t'as une sono. T'as niqué quelques connes qui savaient plus où elles habitaient, mais ça, on l'a tous fait.

Putain, heureusement que je suis un schemie. Je suis bien trop cynique pour me laisser hypnotiser par ce connard aux intonations de pédé.

Cette vibe peace and love, ça lui a passé très vite, quand son autorité a été remise en cause. C'était pas dans le Territoire du Nord, c'était dans la vallée du Megalong, mais il faisait tellement chaud pendant l'été qu'on aurait pu se croire à Alice Springs. Non. Tout était humide et détrempé.

Putain, j'arrive pas à réfléchir…

J'ai toujours eu la sensation d'être un étranger, un marginal. Même dans notre clan, notre tribu, notre équipe, j'étais un marginal. Je le revois, Breath, ce connard manipulateur et despote. Il te dit toujours, « Je n'ai pas de programme défini » mais même défoncé jusqu'aux oreilles, tu le sens aussi subtil qu'un coup de pied dans les couilles. Je le revois. Il me déverse une de ses conneries bibliques, que je risque de perdre mes pouvoirs comme Samson parce que j'ai coupé mes cheveux clairs, qui tombent de toute façon, bordel de merde.

Ça lui plairait bien. Je fais le plus beau set de ma vie. Un truc aveuglant, putain. Après ça, il bout. Il ne contrôle plus sa rage. Il me dit des trucs et je m'éloigne. Il me poursuit et me tire le bras. « Je te cause ! » il couine. C'est la goutte d'eau. Je fais volte-face et lui balance mon poing, une droite de boxeur comme m'avait appris Billy Birrell. Pas un super coup, pas dans la ligue de Birrell, mais ça suffit pour Breath. Il chancelle, éberlué, puis gémit et menace à la fois.

Mais il ne fera rien.

Je me suis fourré dans une nouvelle situation délicate. Voilà ce qu'elle te fait, la politique : je tourne le dos au monde des clubs et à leurs recettes lucratives pour mixer gratos devant des mecs qui me détestent.

Je ferai un compliment sur Breath, ce connard savait construire des feux de camp, ou du moins, il savait s'arranger pour qu'on construise des beaux feux. Ses brasiers étaient énormes, immenses, ponctués de rituels pompeux et de cérémonies. Ils illuminaient l'outback et tout, lançaient vers les cieux une lumière éclatante, découpaient de larges bandes colorées dans l'obscurité du désert. Je repense à notre cité et à Billy Birrell, qui aurait adoré ça. Les flambées, ça lui plaisait. Ouais, Breath savait construire un feu, et il s'arrangeait souvent pour que les petites gamines perdues et timides se désapent devant lui en dansant, avant de rentrer sous la tente avec lui.

Ça m'a fait du bien de lui mettre un pain, une sacrée schadenfreude. Qui disait ça, déjà? Petit Gally. Les cours d'allemand.

Mais j'emmerde Breath. C'est là-bas que j'ai connu Helena. Elle prenait des photos, je lui prenais la main. Quand elle en a eu terminé avec ses photos, on a quitté le coin. On est montés dans sa vieille Jeep et on a roulé. On avait suffisamment d'espace pour ne pas être emmerdés. L'espace, encore et toujours.

Regarder son visage, plissé par la concentration tandis qu'elle nous faisait traverser les déserts. J'ai même pris le volant sur quelques portions, bien que je n'aie jamais appris à conduire.

Tu pars là-bas, tu vois tout, l'espace, la liberté. Et tu te rends compte à quel point on épuise l'espace, à quel point on épuise le temps.

# Édimbourg, Écosse

*15h37*

### Fumier

Lisa avait essayé de les convaincre de l'accompagner mais elles résistèrent. Charlene hésita et, pour finir, rentra directement chez sa mère. Dans le taxi, elle répétait les détails qu'elle donnerait à sa mère sur les vacances, et ceux qu'elle passerait sous silence.

Quand elle entra, son univers s'écroula. Il était là.

Il était *revenu*.

Ce truc immonde, assis dans le fauteuil près de la cheminée.

— Salut, lança-t-il avec un air de défi suffisant.

Il ne se donnait même pas la peine de faire un numéro bidon de repentance, il rampait à nouveau dans leur vie, minable, veule, gémissant. Il était tellement persuadé de la faiblesse de sa mère qu'il n'estimait même plus nécessaire de dissimuler sa nature arrogante et dérangée.

Charlene ne pensait qu'à une chose : *J'ai laissé partir le taxi.* Elle attrapa ses bagages, fit volte-face et ressortit. Elle entendit sa mère bredouiller quelque chose en arrière-fond, quelque chose de débile, de faible, sans grande conviction, un truc qui se noya dans le son émis par son père, grinçant comme un cercueil qu'on ouvre.

Il ne faisait pas très froid mais elle frissonnait dans le vent, surtout après Ibiza, et surtout après l'avoir revu. Avec une résignation nauséeuse, elle se rendit compte que, si le choc avait été violent, il n'était pas non plus surprenant. Charlene avançait d'un pas décidé mais sans but précis. Heureusement, elle se dirigeait vers le centre-ville.

Espèce de pauvre grognasse imbécile. Faible. Conne.

Pourquoi?

Pourquoi avait-elle

Elle allait vers l'appart de Lisa.

Dans le bus, Charlene fut envahie par un sentiment de perte, comme une diminution de son être, jusqu'à étrangler son dernier souffle. Elle observa le jeune homme qui, sur la banquette en face d'elle, faisait sauter un bébé sur ses genoux. L'air attendri sur son visage. Quelque chose se tordit à nouveau au plus profond d'elle-même, elle détourna le regard.

Dehors, une femme poussait un landau sur le trottoir. Une femme. Une mère.

Pourquoi l'avait-elle laissé revenir?

Parce qu'elle ne pouvait pas s'en empêcher. Elle ne pourrait pas s'en empêcher, *n'arriverait pas* à s'en empêcher, jusqu'à ce que mort s'ensuive. Et là, il s'agenouillerait auprès de sa tombe, la suppliant de lui pardonner, expliquant qu'il avait dépassé les bornes, qu'il en était conscient et qu'il était tellement, tellement désolé…

Et son putain de fantôme s'élèverait, le regarderait avec un amour imbécile, tordu, les bras tendus, et elle bêlerait doucement, «Tout va bien, Keith… tout va bien…»

Charlene allait voir Lisa. Elle avait besoin de voir Lisa. Elles buvaient, blaguaient, se droguaient ensemble, comme des sœurs. Elles étaient même plus proches que ça. Lisa était tout ce qu'il lui restait.

Ce n'était pas qu'elle devait accepter de faire un trait sur son père, elle l'avait fait depuis longtemps. Mais elle s'aperçut qu'elle devait désormais faire pareil avec sa mère.

## Le problème du maillot

Rab Birrell fit lentement glisser le rasoir sur sa mâchoire. Il remarqua que certains poils de son menton poussaient déjà blancs. Considérant avec tristesse que les filles qui lui plaisaient (par exemple, jeunes, minces) ne pourraient bientôt plus figurer sur sa liste de courses, il s'administra un rasage méthodique et soigneux.

L'amour avait déjà glissé plusieurs fois entre les doigts de Rab, dont une dernière expérience en date, traumatisante, quelques mois plus tôt. C'était peut-être, pensa-t-il, ce qu'il voulait vraiment. Joanne et lui : terminé après six ans. Terminé. Elle l'avait écarté d'un coup de coude pour continuer son chemin sans lui. Tout ce qu'elle voulait, c'était du cul, de l'affection et, bon, pas vraiment de l'ambition, elle était bien trop cool pour ça, mais du moins un peu d'élan. Au lieu de cela, il avait hésité, s'était installé dans sa petite routine et avait laissé leur relation stagner, puis pourrir comme un fruit laissé hors du frigo.

Lorsqu'il l'avait croisée en boîte avec son nouveau mec la semaine passée, sa gorge s'était serrée. Ils avaient échangé de grands sourires et des poignées de main polis mais il avait senti quelque chose s'enrouler autour de ses boyaux. Il ne l'avait jamais vue si belle, si pleine de vie.

Ce connard qui l'accompagnait : il avait envie de lui arracher la tête et de la lui fourrer dans le cul.

Rab s'essuya le visage. Lui et son frère Billy avaient un truc en commun, un manque de bol flagrant en amour. Dans sa chambre, Rab enfila un t-shirt vert Lacoste. On frappa à la porte d'entrée.

Il l'entrouvrit et tomba nez à nez avec ses parents. Ils restèrent immobiles quelques secondes, bouche bée, comme un groupe de touristes institutionnalisés qui débarquent d'un bus et attendent que le guide leur dise quoi faire.

Rab fit un pas de côté.

— Entrez.

— On passait dans le coin en allant chez Vi, fit sa mère, Sandra, avant de franchir le seuil et de jeter un regard prudent alentour.

Rab était un peu secoué. Son père et sa mère n'étaient jamais venus chez lui.

— On s'est dit que c'était l'occaz de venir voir ton nouvel appart, lança Wullie en essuyant un reste de mousse sur l'oreille de son fils. Pas très propre, dis donc.

Rab se sentit à la fois envahi et réconforté par la démonstration d'intimité de son père. Ils lui emboîtèrent le pas jusqu'au salon.

— Tu manges bien, depuis que ta femme est partie ? lui demanda Sandra, les yeux rivés sur lui en quête d'un signe de duplicité.

— C'était pas ma femme.

— Partager sa maison, son lit avec la même personne pendant six ans, moi, j'appelle ça être marié, répliqua Sandra d'un ton brusque tandis que les vertèbres de Rab se raidissaient.

Wullie lui adressa un sourire obligeant :

— Ta concubine, alors, mon fils.

Rab regarda la pendule fixée au mur.

— Je vous proposerais bien une tasse de thé, mais j'allais m'en aller. Je vais à Easter Road, y a un match ce soir.

— Il faut que j'aille au petit coin, fit Sandra.

Rab l'accompagna le long du couloir et lui désigna une porte en verre fumé pendant que Wullie s'affalait sur le canapé avec reconnaissance.

— Si tu vas voir le match, tu vas pouvoir mettre le maillot que ta mère t'a offert à Noël, le vert brillant, celui des matchs extérieurs, le pressa-t-il.

— Euh, nan, un autre jour, là, il faut que je m'arrache, protesta-t-il à la hâte.

Ce putain de machin était vraiment trop moche.

Sandra, qui avait entendu leur échange, s'immobilisa et revint sur ses pas à l'insu de Rab.

— Il l'a jamais porté, il l'aime pas, l'accusa-t-elle, les yeux humides, puis ajouta avant de tourner les talons pour repartir vers les toilettes : Je fais toujours tout mal, on dirait…

Wullie se leva, agrippa le bras de Rab et l'attira près de lui.

— Écoute, mon garçon, chuchota-t-il. Ta mère va pas très bien depuis… son retour de l'hosto où ils lui ont fait une hystérectomie, elle est devenue vachement émotive. J'ai l'impression de marcher sur des œufs. C'est toujours, «T'es encore sur Internet» ou alors, si j'y suis pas, c'est «Billy t'a acheté un ordinateur dernier cri et tu ne l'utilises pas?»

Rab lui adressa un sourire empathique.

— Fais-lui plaisir, mon garçon, rends-moi donc les choses plus faciles. Mets ce putain de maillot. Rien qu'une fois, un service pour ton vieux père, supplia Wullie d'un air désespéré. Elle a que ça à l'esprit, elle arrête pas d'en parler.

— Je préfère acheter mes propres vêtements, Papa.

Wullie lui serra le bras.

— Allez, mon fils, rien qu'une fois, un tout petit service.

Rab leva les yeux au plafond. Il retourna dans sa chambre et ouvrit le tiroir inférieur de sa commode. Le maillot jaune et vert électrique était plié dans un sachet en plastique intact. Il était répugnant. Il ne pouvait sortir avec ça sur le dos. Si les mecs le voyaient. Un putain de faux maillot de foot… Il déchira la cellophane, retira son Lacoste pour enfiler l'horreur.

Je ressemble à un putain de vendeur de glaces, pensa-t-il en s'observant dans le miroir. Je porte un faux maillot, une imitation, la marque de fabrique des branleurs. Tout ce qui me manque, maintenant, c'est un putain de numéro.

9 NAZE 10 CON 11 BRANLEUR 15 MOUTON 25 PAUVRE PETIT NUL 6 CONNARD DE FILS À PAPA 8 CHASSEUR DE GLOIRE

Il refit son apparition dans le salon.

— Oh, comme c'est chic, ronronna Sandra, visiblement apaisée. Ça fait très spationaute.

— Les Hibs de l'Espace, fit Wullie dans un sourire.

Rab garda une expression de joueur de poker. Si on laissait les gens prendre des libertés, même, ou peut-être surtout, s'ils étaient très proches de vous, ça créait un mauvais précédent.

— Je vous mets pas à la porte, les amis, mais je suis à la bourre. Je vous appellerai pour vous inviter, je vous cuisinerai un petit plat.

— Nan, mon fils, on a satisfait notre curiosité. Tu peux venir chez ta mère manger une nourriture saine, fit Sandra en lui adressant un petit sourire.

— On t'accompagne jusqu'en bas de la rue, mon garçon. C'est sur le chemin de la maison de Tante Vi.

Le cœur de Rab chuta d'un centimètre dans sa cage thoracique. Vi habitait près du stade, il n'aurait pas le temps de rentrer chez lui pour se débarrasser de cette monstruosité. Il enfila sa veste en cuir marron et remonta la fermeture éclair, non sans s'assurer qu'elle recouvrait bien le maillot dans son intégralité. Il aperçut son portable sur la table basse, le ramassa et le glissa dans sa poche.

Dans la rue en direction de l'arrêt de bus, Sandra ouvrit d'un grand coup sec la fermeture éclair de Rab.

— Porte tes couleurs avec fierté! La soirée va être chaude! Tu ne profiteras pas des bénéfices de ta veste plus tard, quand la température va chuter.

J'aurai trente ans le mois prochain et elle essaie encore de m'habiller comme une putain de poupée, pensa Rab.

Il n'avait jamais été aussi heureux de quitter ses parents. Il resta un instant à les regarder partir, sa mère devenue plus corpulente, son père toujours aussi mince. Il referma sa veste et entra dans le pub. À peine le seuil franchi, Rab repéra les gars assis dans un coin : Johnny Catarrhe, Phil Nelson, Barry Scott. Il se rendit compte avec horreur qu'il avait instinctivement défait sa fermeture éclair. Johnny Catarrhe regarda le maillot de Rab, d'abord incrédule, puis son visage afficha un grand sourire de crocodile.

Rab s'aperçut de son erreur.

— Tais-toi, Johnny, tais-toi.

Puis Gareth s'approcha de lui. Gareth, le pire connard des gradins, obnubilé par le style vestimentaire. Contrairement aux autres, issus de ce que Rab appelait la « classe ouvrière intelligente », Gareth était allé à l'école la plus snob d'Édimbourg, Fettes College, où Tony Blair avait fait ses études. Rab avait toujours apprécié Gareth, il aimait sa façon de jouer de ses origines de classe moyenne plutôt que de les cacher. On ne savait jamais quand il déconnait, il faisait office de mentor en termes d'habillement et de comportement. L'ironie de ses intimidations verbales tantôt amusait, tantôt consternait les schemies et les gens du coin. « Pourquoi on ne peut jamais se comporter en vrais gentlemen d'Édimbourg ? On n'est pas des Weedgies ! » haranguait-il les gars dans une imitation snob du membre du Parlement Malcolm Rifkind, pendant les voyages en train. Les mecs adoraient ça.

Et voilà qu'il dévisageait Rab.

— T'es un vrai individualiste quand il s'agit de mode, Birrell. Comment as-tu réussi à te forger un sens du style aussi unique ? Les infâmes dictats du consumérisme, c'est pas pour notre Rab bien-aimé…

Rab ne put qu'esquisser un sourire et encaisser les critiques.

Le pub se remplissait peu à peu de supporters enthousiastes, que chaque nouvelle pinte rendait plus enthousiastes. Rab pensait à Joanne, se disait qu'il devrait être heureux d'être libre, mais qu'il n'y arrivait pas. Il demanda à Gareth si l'ambiance du bon vieux temps lui manquait, d'autant plus qu'il était désormais véto, qu'il avait son propre cabinet, une femme et un gosse, plus un autre en route.

— Pour être totalement honnête, c'étaient les plus beaux jours de ma vie, rien ne les égalera jamais. Mais on ne peut pas revenir en arrière, et la plus grande qualité, dans ces cas-là, c'est de profiter d'un bon moment et de savoir quand y mettre un terme avant que ça ne dégénère. Si ça me manque ? Tous les jours. Les raves aussi. Ça me manque aussi, putain.

Joanne était partie et Rab, à l'exception d'une baise frustrante, était resté totalement inactif sur le plan sexuel. Andy avait emménagé dans la chambre d'amis : il avait désormais un coloc à la place d'une copine. Il était étudiant. Mais pour étudier quoi ? Trente ans, pas de nana, pratiquement inemployable. Quel score final. Rab enviait Gareth. Il avait toujours su ce qu'il voulait faire. Ses études avaient duré longtemps mais il avait pris son mal en patience.

— Pourquoi t'as voulu devenir véto ? Rab lui avait un jour demandé en s'attendant presque à entendre un discours sur le bien-être animal, sur la spiritualité et le fascisme des antispécistes.

Gareth était resté de marbre, l'intonation de sa voix mesurée :

— Je me dis que c'est une façon pour moi de faire amende honorable. J'ai causé pas mal de souffrance aux animaux et autres bourrins dans le passé, avait-il ajouté en souriant. Surtout lors de nos virées aux stades de Parkhead et d'Ibrox.

Ils terminèrent leur verre et se mirent en route vers le terrain. On y construisait une nouvelle tribune et le vieux tas de rouille allait être détruit. Il se souvint de son père, qui l'y emmenait avec Lexo, Billy et Gally. Comme ils se sentaient riches et snobs, assis dans cette tribune ! Ce putain de vieux taudis de bois et de tôle ! Quelle blague ! Les gars frappaient du pied, pam-pam, pam-pam-pam, pam-pam-pam-pam… Hibees ! Rab pensait qu'il s'agissait plus pour eux de rétablir la circulation dans leurs jambes que de ponctuer une quelconque action sur la pelouse.

Maintenant, c'était le Festival Stadium, ou du moins, trois tribunes l'étaient. Les vieux supporters se massaient encore sous la vieille tribune, à l'est du terrain, en attendant que les bulldozers et les ouvriers viennent les éradiquer à jamais, ou les transformer de fans de football en consommateurs de sports.

Rab se tourna vers Johnny et le vit se racler la gorge et cracher un mollard sur le béton de la vieille tribune Est. Pour un tel geste, Johnny serait bientôt viré du terrain, escorté par une troupe de policiers. Profites-en tant que tu en as encore le temps.

## Des idées marketing

— Notre *agneau* va toucher un sacré paquet d'oseille avec ses royalties, ricana Taylor, sauf si... ha ha ha... sauf si... les impôts lui font tout un *plat* pour récupérer la *sauce*! hurla-t-il dans un rire.

Les verres se succédaient rapidement, et Franklin et Taylor allaient terminer la soirée lorsque Franklin se ravisa.

— On ferait mieux de voir si cette salope va bien, bava-t-il, dégoûté de ses propres paroles : une moitié de lui-même haïssait cette complicité facile qu'il adoptait avec Taylor après plusieurs pintes. Mais elle était tellement obsédée par sa putain de petite personne. Taylor avait raison. Qu'est-ce qu'il y avait de compliqué à soulever une fourchette jusqu'à sa bouche, à mâcher et à avaler ?

Il appela sa chambre de son portable, sans succès. Pris de panique, il fonça à l'hôtel, visualisant déjà un cadavre osseux étendu sur le lit à côté d'une bouteille de vodka et de somnifères. Taylor s'empressa de le suivre, une image identique brûlant dans son cerveau. Mais cette même perspective l'excitait un max et il étudiait déjà l'éventuelle liste de morceaux qui composeraient le double album de «Best of...» Et puis il y aurait aussi le coffret collector, et bien sûr le disque hommage. Alanis ferait une reprise d'un titre de Kathryn Joyner. Impératif. Annie Lennox... Sans hésitation.

Tanita Tikaram… Tracy Chapman… Sinead. Ces noms lui venaient immédiatement à l'esprit. Mais il fallait être plus ouvert, et il fallait aussi de la qualité. Aretha, c'était un peu tiré par les cheveux mais pas impossible. Joan Jett serait la carte blanche. Dolly Parton pour un morceau country. Peut-être qu'on pouvait envisager une participation de Debbie Harry ou Macy Gray. Peut-être même Madonna. Ces possibilités tournoyaient dans son cerveau alors qu'ils arrivaient en vue des portes de l'hôtel.

Ils furent tous deux ébahis d'apprendre que Kathryn **était** partie avec un homme, une demi-heure plus tôt.

— Vous voulez dire qu'elle est partie définitivement ? haleta Franklin.

— Oh, non. Elle est juste sortie pour la soirée, répondit la réceptionniste avec efficacité, ses yeux sérieux le dévisageant sous sa mèche brune.

Elle ne sortait jamais avec des inconnus. Cette salope était agoraphobe.

— Il ressemblait à quoi, cet homme ?

— Assez gros, des cheveux en tire-bouchon.

— Quoi ?

— Du genre, permanentés, comme ça se faisait il y a un bout de temps.

— Et vous diriez qu'elle était dans quel état d'esprit ? demanda Franklin.

— Nous ne sommes pas là pour psychanalyser nos clients, Monsieur, répliqua-t-elle sèchement.

Taylor se permit d'afficher un petit sourire satisfait.

### Richard Gere

Après un long bain, elle glissa la cassette de *Pretty Woman* dans le magnéto. Lisa se sentit envahie par la culpabilité lorsque le vibromasseur s'anima avec force dans sa main. Comme si elle n'avait pas eu sa dose de bites à

Ibiza, de toutes les formes, de toutes les tailles, de toutes les couleurs, mais comme souvent avec les bites, plus on en avait et plus on en voulait. La démangeaison génitale était réapparue, et un innocent grattement s'était transformé en exploration. Puis la technologie avait fait son entrée en scène. La cassette vidéo fut démarrée, suivie de la lente et délicieuse caresse du clito. Richard Gere connaissait bien les préliminaires, personne d'autre n'avait jamais été capable de la mettre dans de tels états. Il était temps de voir si Dicky était suffisamment couillu pour terminer la besogne...

— Richard... grogna Lisa tandis que l'énorme sexe plastifié de Richard tremblotait contre ses lèvres, glissait doucement, les entrouvrait avec adresse pour entrer lentement en elle. Il s'arrêta, ralentit momentanément, elle grinça des dents et observa son large sourire à l'écran. La télécommande dans une main, le vibro dans l'autre, Lisa haleta lorsque Richard apparut en gros plan.

— Vas-y, dis toujours, lui lança-t-il alors qu'elle appuyait sur pause.

— Me taquine pas, bébé... mets-la-moi, supplia Lisa.

Elle mit en avance rapide jusqu'à la scène où Richard défait la braguette de son jean puis entre sous la douche.

Avance rapide

FF >>

Le murmure du vibro

Avance rapide

FF >>

PAUSE

Le gland de Richard qui pousse contre ses lèvres, et à l'écran, ses yeux ironiques légèrement vicieux qui reflètent son désir, sa dépravation... et cette délicieuse bataille pour gagner le contrôle... ce putain de jeu sans lequel tout n'est qu'un putain d'enchaînement mécanique...

PLAY

Richard et elle, au lit. Richard en gros plan.

— Je trouve que vous êtes une femme intelligente, comme on en trouve peu...

— Oh Richard...

Marche arrière

REW <<

Marche arrière

REW <<

PAUSE

ZZZZZZZZZZZ...

— Oh Richard...

PLAY

Le large sourire de Richard s'efface et son visage prend une allure professionnelle.

— Je vous paierai pour être à ma disposition nuit et jour...

REW «

— à ma disposition nuit et jour...

REW «

— Je vous paierai pour être à ma disposition nuit et jour...

— T'auras jamais connu de femme comme moi, mon gars, je suis pas une de ces putains de frigides d'Hollywood, moi, mon pote...

ZZZZZZZZZZZZZZZZ

— Ah putain...

FF >>

Avance rapide, éliminer l'image de cette putain de Julia Roberts, son apparition gâche toujours tout, il ne faut que Lisa et Richard, seuls...

PAUSE

PLAY

— J'y suis presque...

ZZZZZZZZZZZZZZZZ

— Oh, mon Dieu, Richard...

ZZZZZZZZZZzzzzzzzzzzzzzzzzzzzzzzzzzz...

Richard enfonce plus loin encore sa bite, mais quelque chose cloche. Le cerveau en surchauffe de Lisa projette involontairement des images refoulées d'un Irlandais bourré à San Antonio. Sa queue réduite en gelée, dégoulinante de sa chatte alors qu'il bredouille, «Putain, c'est la première fois que ça m'arrive...»

... Zzzzz... zzzzz... zz... z...

Mais ça ne pouvait pas arriver à Richard...

Puis. Plus rien.

Putain de merde...

Les piles, les putains de saloperie de piles.

Lisa retira brusquement le morceau de latex humide et remonta sa culotte. Elle était sur le point de descendre au garage, se disant avec dégoût que si une fille maligne doit toujours se balader avec un Durex dans son sac à main, une fille intelligente, elle, y glissera une Duracell.

Puis une sonnerie retentit et Lisa Lennox appuya sur la télécommande pour faire disparaître l'image à l'écran. Elle se leva, crispée, pour ouvrir la porte.

# Blue Mountains,
# Nouvelle-Galles du Sud, Australie

*Mercredi, 1 h 37*

Je suis sur pied, je sors de la tente pour me retrouver mêlé à une masse ondulante de corps sensuels. Celeste Parlour et Reedy viennent se coller à moi et émettent des sons rassurants.

— C'est ça, mon pote, danse pour oublier. Danse pour oublier.

La basse se synchronise avec les battements de mon cœur et je sens mon cerveau s'étendre au-delà des limites physiques de mon crâne et de ma matière grise.

wwwwoOOOOOSSSSHHH

Des gens se tordent dans la poussière tournoyante, dansent à demi nus, certains complètement défoncés et fous, d'autres aussi joyeux que les danseurs de cabaret dans une émission du samedi soir en plein milieu des seventies.

Je tourne, à l'intérieur, à l'extérieur, vers le haut, vers le bas, sur les côtés, gigote en une projection astrale bancale jusqu'à ce que je sente une plaque de marbre froid sous mes pieds nus, à la place de la terre brûlante.

Je suis là, je suis prêt.

— Ma boîte, où est ma boîte? je hurle au mec derrière les platines, et d'un signe de tête, il montre mes pieds, et Reedy m'aide, je sors le premier disque de la boîte et le mets. Des gens se massent autour de l'estrade. Une ovation s'élève, N-SIGN, N-SIGN...

À travers le vacarme, j'entends une voix, une voix écossaise, dérisoire et malveillante.

— Il est niqué.

Ils prennent forme dans la poussière qui ondule, leur identité définie par leurs mouvements stéréotypés bien plus que par leurs visages, qui ne m'apparaissent jamais suffisamment distincts. J'entends des voix préoccupées, des vêtements suffocants sont déposés sur moi, sur mes épaules, ils empêchent ma peau de respirer, ils m'étouffent, on me colle un truc sur la tête... je veux tout enlever, arracher la chair de mes os, libérer mon esprit de cette cage purulente et encombrante.

... les courants serpentins d'air chaud tournent autour de moi, me tourmentent et m'encerclent.

Je traverse l'estrade, cul par-dessus tête, et j'observe l'horreur bouche bée des gars et des filles tandis que la musique grésille et que je m'affale sur le sol. Je me sens comme les super héros qui viennent de se faire exploser par un pistolet à rayon laser ou de se faire éjecter d'un gratte-ciel. Non pas souffrant, mais épuisé.

Je ris, je ris, je ris.

Je vois The Man, il a largué son blouson, il ne porte qu'un pantalon en toile et une veste. Il a un super tatouage de foot sur le bras : Bertie Blade, balèze, montre ses muscles et pose un pied sur Ossie Owl, débraillé. Reedy ! Il me demande si je vais bien. Et Helena est là, elle aussi, elle essaie de me parler mais je lui rends un sourire idiot.

Helena ?

Helena est ici. Putain, je dois être en train de rêver. Helena ! Comment c'est...

Je caresse un truc, une sorte de carnivore bien nourri de race indéfinie tandis que ses mots perdent leur sens et s'évaporent dans la vapeur de mon cerveau.

La créature ronronne, ouvre grand sa gueule et de son estomac s'élève une fumée rance qui m'assaille. Je me détourne, me lève et fends la foule. Vers la baffle, j'entends qu'on crie mon nom, pas mon nom de maintenant, mon vieux nom, un nom de fille, pas le mien.

Carl est le leader des filles.

# Édimbourg, Écosse

*Mercredi, 20 h 30*

## Souvenirs de la Pipers DiSCOTec

Juice Terry n'en crut pas ses yeux lorsqu'il vit la chanteuse de renommée internationale l'attendre dans le hall du Balmoral. Elle portait une veste blanche visiblement chère et un jean noir délavé. Heureusement qu'il avait fait l'effort de se laver, de se raser et de ressortir sa veste disco en velours noir, même s'il s'y sentait un peu à l'étroit ces derniers temps. Il avait essayé d'aplatir sa tignasse frisée, avec un peu de succès, mais il savait qu'elle se serait redressée en fin de soirée.

— Alors, Kate ? Comment va ?

— Je vais bien, répondit-elle, ébahie devant l'allure de Terry.

C'était une vraie catastrophe : elle n'avait jamais vu quelqu'un d'aussi mal habillé.

— Bon... On va boire un verre de l'autre côté de la rue, au Guildford, puis toc, taxi jusqu'à Leith. Quelques picoles au Bay Horse et pis un 'ti brûle-cul chez le voisin au Raj.

— Je crois que ça me va, fit Kathryn d'un ton hésitant, pas franchement sûre de comprendre l'épais accent de Terry.

— *I say tomatay, you say tomahto,* chantonna-t-il.

Le Raj, c'était un bon plan, une boîte à curry classieuse. Il n'y était allé qu'une seule fois, mais leurs pakoras de poisson… Terry sentit ses papilles s'ouvrir et projeter de la salive comme le système automatique anti-incendie d'un supermarché en proie aux flammes. Il posa les yeux sur Kathryn alors qu'ils traversaient Princes Street. C'était une fille sacrément maigre. Elle n'avait pas l'air en forme. Enfin, rien de mieux qu'un bon curry et quelques pintes pour arranger tout ça. Il lui fallait aussi ingérer un peu de viande écossaise, et aux chiottes les risques d'ESB ou de VIH. Il voyait bien qu'il l'avait impressionnée. Enfin, il faut avouer qu'il avait fait un effort, niveau fringues. Il s'était dit qu'avec les thunées, il valait mieux afficher certaines valeurs, on pouvait pas se contenter de la routine.

Ils firent leur entrée dans le Guildford Arms, plein à craquer de touristes venus pour le festival et d'employés de bureau. Kathryn était nerveuse et mal à l'aise dans la foule et la fumée. Elle commanda une pinte de blonde, sur les conseils de Juice Terry. Ils trouvèrent deux chaises dans un coin et elle but rapidement, si bien que la tête lui tourna, la moitié de la pinte à peine descendue. À sa grande horreur, Terry fit tourner *Victimised By You* sur le juke-box.

Tell me you don't really love me
look at me and tell me true
all my life I've been the victim
of men who victimize like you

I see the bottle of vodka and pills
my mind hazes over in a mist
I go numb as I consume them all
a victim of love's fateful twist

But tell me boy, how will you feel
when you stare down upon my corpse

will you heart be as cold
when my blue frozen flesh you hold

Oh baby what more can I say
In my heart of hearts I knew
that it would just end this sad way
a doomed love, what can we do-ho-ho

— Mais ça doit te déprimer de chanter ces chansons.
Moi, ça me rendrait dingue. Tu vois, moi, je suis plutôt dans
le trip ska. De la musique joyeuse, tu piges ? Desmond
Dekker, c'est mon pote. La Northern Soul et tout. On
prenait souvent le bus jusqu'au Wigan Casino, à l'époque,
tu vois ? annonça Terry avec fierté.

C'était un mensonge, mais ça devrait faire bonne impression sur une nana du business, pensa-t-il.

Kathryn acquiesça poliment, le regard vide.

— Mais ma musique préférée, c'était le disco, fit-il en
ouvrant sa veste et en glissant les pouces sous le col. D'où
les fringues, ajouta-t-il d'un ton théâtral.

— Dans les années 80, j'ai passé pas mal de temps au
Studio 54 à New York.

— Je connais des gars qui y sont allés, mais ici, chez nous,
c'était mieux : le Pipers, le Bobby McGee's, le West End
Club, l'Annabel's... la totale. Édimbourg, c'est le *véritable*
berceau du disco. Ces cons de New-Yorkais ont souvent tendance à l'oublier. Ici, c'était bien plus... underground...
mais en même temps mainstream, si tu vois ce que je veux
dire.

— Non, je ne vois pas.

Terry essayait de comprendre : c'était étrange comme certaines Yankees se permettaient de donner leur avis, alors
qu'on attendait juste d'elles qu'elles soient polies, qu'elles
hochent la tête bêtement, comme une vraie fille du coin.

— C'est trop long à expliquer. Enfin, tu vois, fallait être
ici pour vraiment capter de quoi je parle.

# Blue Mountains,
# Nouvelle-Galles du Sud, Australie

*Mercredi, 7 h 12*

On m'a porté jusqu'à la tente. Helena s'occupe de moi. Elle a les cheveux attachés en deux couettes et les yeux rouges comme si elle avait pleuré.

— T'es tellement niqué que tu comprends rien à ce que je dis, pas vrai?

J'arrive pas à parler. Je passe un bras autour de ses épaules et j'essaie de m'excuser mais je suis trop décalqué pour parler. J'ai envie de lui dire qu'elle a été ma meilleure nana, la meilleure nana qu'on puisse avoir.

Elle m'attrape la tête à deux mains.

— ÉCOUTE-MOI. TU M'ENTENDS, CARL?

Est-ce que c'est une réconciliation ou une récrimination?...

— Je t'entends... je réponds doucement, surpris d'entendre ma propre voix, puis je répète avec plus d'assurance : Je t'entends!

— Je vais pas pouvoir te l'annoncer autrement... putain. Ta mère a appelé. Ton père va très mal. Il a fait une crise cardiaque.

Quoi...

Non.

Ne sois pas conne, pas mon vieux, il va bien, il est frais comme un gardon, il est en meilleure santé que moi...

Mais elle déconne pas. Putain, elle déconne pas.

PUTAIN... NAN... PAS MON VIEUX... PAS MON PÈRE...

Mon cœur explose de panique dans ma poitrine, je suis sur pied, je le cherche, j'essaie de le trouver, comme s'il allait être là, sous la tente.

— Aéroport, j'entends dire une voix qui sort de mon corps. Aéroport... baraques, boutiques...

— Quoi ? demande Celeste Parlour.

— Il dit qu'il veut aller à l'aéroport, fait Helena, habituée à mon accent même quand je suis défoncé.

— Pas question. Il ne peut pas voyager aujourd'hui. Tu vas nulle part, mon pote, m'informe Reedy.

— Pose-moi dans l'avion. S'te plaît. Une faveur.

Ils savent que je suis sérieux. Même Reedy.

— Pas de souci, mon pote. Tu veux te changer ?

— Pose-moi dans l'avion, je répète. Disque rayé. Pose-moi dans l'avion.

Oh, mon Dieu... Il faut que j'aille à l'aéroport, putain. Je veux le voir, non, je ne veux pas.

Non.

*Non, c'est pas possible, pas question*

non.

Je veux m'en souvenir comme avant. Comme il sera toujours dans ma mémoire. Une crise cardiaque... Comment est-ce qu'il a pu faire une putain de crise cardiaque...

Reedy hoche la tête.

— Carl, tu pues le vieux chien dégueu. Ils te laisseront pas monter dans l'avion dans cet état.

Un moment de... pas vraiment de lucidité, mais de contrôle. L'exercice de la volonté. Comme ça doit être horrible d'être sain d'esprit en permanence, de subir le fardeau de la volonté, de ne jamais pouvoir céder. Mais moi, j'y ai cédé au mauvais moment, putain. Une longue inspiration. Une tentative d'ouvrir les yeux, de me concentrer sur les sons, sur la dislocation, de maintenir ouverts ces stores épuisés qui me servent de paupières.

— Mais qu'est-ce que tu crois que j'essaie de te dire ?

— Ouais, Carl, je comprends bien ce que tu dis, tu veux qu'on te colle dans un avion, fait Helena.

J'acquiesce.

Helena commence à ressembler à ma mère, à parler comme elle.

— Je ne pense pas que ce soit une option envisageable pour l'instant, mais c'est toi qui décides. Ton sac est là. J'ai ton passeport et j'ai réservé un billet avec ma carte bleue. Tu pourras le retirer au comptoir d'enregistrement de British Airways. J'ai le numéro de réservation ici. Je t'emmène à l'aéroport tout de suite.

Elle a tout fait pour moi. Je hoche la tête avec humilité. C'est la meilleure.

— Merci de faire ça pour moi. Je te rembourserai... Je vais raccrocher, m'arranger.

— Il y a plus important pour l'instant, sale égoïste de mes fesses. T'as essayé de te suicider !

J'éclate de rire. N'importe quoi. Si je voulais me tuer, ça serait pas avec de la drogue. Je sauterais d'un... d'une falaise, ou je sais pas quoi. Je cherchais quelqu'un, c'est tout.

— Te fous pas de moi, elle crie. T'as pris tous ces cachetons et tu t'es barré seul dans le bush.

— J'en ai trop pris, c'est tout. Je voulais rester éveillé. Et maintenant, il faut que je voie mon père, oh mon Dieu, mon pauvre père, putain...

Le bras de Celeste se pose sur mes épaules.

— Ça fait combien de temps qu'il est réveillé ? Helena demande à Reedy.

Je suis désolé, Helena... Je suis faible. Je fuis à nouveau. Je garde mes distances, je fuis tout ce qui en vaut la peine : Elsa, Alison, Candice, et maintenant, toi. Et toutes les autres, à qui j'ai toujours imposé une distance.

— Ça fait quatre jours.

J'ai l'impression d'être redevenu un sujet. Je pense tout haut :

— Aéroport. S'il vous plaît. Pour moi. S'il vous plaît !

Et j'espère que ça ressemble à un cri.

Il est en train de mourir.

Et je suis là, défoncé, dans le bush, à l'autre bout de la planète.

On est dans la jeep et on brinquebale sur les pierres du chemin posées là pour éviter qu'il soit emporté par le ruissellement des pluies. Ça me secoue, ça me déchire et je tressaute sur la banquette arrière. Je distingue la nuque d'Helena, ses mèches tressées. Une goutte de sueur perle sur sa peau, j'ai une envie féroce de la lécher, de l'embrasser, de la sucer, de la dévorer comme si j'étais un putain de vampire, ce que je suis très certainement, mais un vampire social.

Je tiens bon tandis qu'on arrive à un croisement et que les montagnes projettent leurs ombres immenses, et, l'espace d'une seconde de panique, j'ai l'impression qu'ils ont pris la mauvaise route mais qu'est-ce que je pourrais bien en savoir, putain ? Les autres ont l'air cool. Celeste Parlour remarque mon inquiétude et me demande :

— Tout va bien, Carl ?

Je lui demande si elle est pour Arsenal, elle me dévisage comme si j'étais le dernier des tarés, puis elle répond :

— Nan, pour Brighton.

— Les Seagulls. Ils sont toujours dans la course ? Ils en chiaient, la dernière fois que je suis retourné en Grande-Bretagne…

Celeste m'adresse un sourire bienveillant. J'observe Reedy, sa peau cuivrée, tannée, aussi solide et lisse qu'un cuir de qualité.

— Et toi, t'es pour Leeds, Reedy ?

— J'emmerde Leeds, je suis pour Sheffield United.

— Évidemment, je fais alors qu'on s'insère sur un nouveau chemin caillouteux, puis sur une route goudronnée. Lucky

Reedy est un mec bien, je mériterais de me faire exploser les couilles pour un faux pas de ce style. Il faisait partie d'une bande, à l'époque. La Blades Business Crewe.

Le trajet se déroule sans accrocs, Helena conduit et garde un silence qui m'agresse, mais je me sens trop faible pour le briser, et ça n'a pas l'air de déranger Parlour et Reedy.

Je m'assoupis, ou je tripe dans une zone étrange, puis je me réveille en sursaut, sens ma force vitale réintégrer la jeep après un lointain voyage. On est sur l'autoroute en direction de l'aéroport. Un cauchemar, qui précède un cauchemar bien pire encore. Mais il faut que je le fasse.

Mon père est mourant, peut-être déjà mort. Et puis merde. Qu'est-ce qu'il m'a dit, Petit Gally, quand il m'a appris qu'il était malade ? Pas besoin de putains de funérailles tant qu'on a personne à enterrer.

S'il vous plaît, pas mon père. Duncan Ewart de Kilmarnock. C'était quoi, ses dix règles ?

1. NE FRAPPE JAMAIS UNE FEMME

2. SOUTIENS TOUJOURS TES POTES

3. NE CASSE JAMAIS UNE GRÈVE

4. NE FRANCHIS JAMAIS UN PIQUET DE GRÈVE

5. NE BALANCE JAMAIS PERSONNE, NI AMI, NI ENNEMI

6. NE LEUR RACONTE RIEN (QUE CE SOIT LA POLICE, LE CHÔMAGE, LES ASSISTANTS SOCIAUX, LES JOURNALISTES, LES EMPLOYÉS DE LA MAIRIE, LE RECENSEMENT, ETC.)

7. NE LAISSE JAMAIS PASSER UNE SEMAINE SANS INVESTIR DANS UN NOUVEAU VINYLE

8. DONNE QUAND TU PEUX, NE PRENDS QUE SI TU Y ES OBLIGÉ

9. SI TON MORAL EST AU BEAU FIXE, OU AU MAUVAIS, SACHE QUE LE BIEN ET LE MAL NE DURENT JAMAIS ÉTERNELLEMENT, ET QU'AUJOURD'HUI EST LE PREMIER JOUR DU RESTE DE TA VIE

## 10. OFFRE TON AMOUR GRATUITEMENT, MAIS SOIS PLUS AVARE AVEC TA CONFIANCE.

Je ne les ai pas toutes respectées, surtout la 2 et la 8. Pour ce qui est des autres, je pense m'être plutôt bien débrouillé.

Mais Reedy a raison. Je pue le vieux clébard, et j'ai l'impression d'en être un. Je me rappelle le cadavre pourrissant d'un dingo sur le bord d'une route dans le Queensland. Pas une voiture, un horizon à perte de vue sur des kilomètres. Ce putain de bestiau devait vraiment être con pour s'être fait renverser. Ça ressemble même à un suicide! Un chien, évoluant dans son milieu naturel, sauvage comme pas possible, pourrait-il avoir des tendances suicidaires? Ha ha ha.

Des gorges, des falaises, des arbres à caoutchouc... la réverbération bleutée de l'eucalyptus qui donne son nom aux montagnes.

J'ai perdu le contact avec mes parents à Noël.

La banlieue nous avale : on est de retour sur une autoroute à l'occidentale.

Je me souviens quand on a emménagé à Sydney. Je n'arrivais pas à croire que de Bondi Beach à Sydney, tout comme de Copacabana à Rio, il y avait la même distance que de Portobello au centre d'Édimbourg. Mais avec plus de sable. On avait un appart en ville. Helena et moi. Elle prenait des photos. J'écoutais mes disques.

# Édimbourg, Écosse

*Mercredi, 20 h 07*

### Retouche photo

Franklin était déprimé. Mais où s'était-elle barrée, putain ? Le concert avait lieu le lendemain. Il fallait qu'il cache cette affaire à la presse, ou Taylor la laisserait sur le carreau. Il ramassa le livret du nouvel album de Kathryn où on la voyait, photo retouchée, fraîche et pimpante. Il aperçut un stylo sur le secrétaire de la chambre et gribouilla, avec venin et ressentiment, les mots PAUVRE CONNE sur la couverture.

— Une vieille peau qui ressemble à une vieille peau, lança-t-il amèrement au visage souriant.

Et il y avait encore cette putain de réception en son honneur, organisée exprès pour elle par des gars du festival. Qu'est-ce qu'il allait bien pouvoir leur raconter ?

### Légende urbaine

Kathryn se méfia lorsqu'elle vit Terry héler un taxi. Un verre au pub d'en face, c'était une chose. Mais monter dans un taxi avec un inconnu, c'était risquer gros. Mais son visage était si amical, si enthousiaste tandis qu'il maintenait ouverte la portière du taxi, que Kathryn ne put s'empêcher de monter avec lui. Il papotait sans discontinuer, et elle cherchait ses repères lorsqu'ils passèrent en trombe devant une rue animée. À son grand soulagement, ils étaient encore dans le centre-ville quand ils s'arrêtèrent, bien que le quartier parût moins riche.

Ils avaient roulé jusqu'à Leith et étaient entrés dans un pub sur Junction Street. Terry vivait à l'ouest d'Édimbourg et il se disait qu'il aurait moins de chance de tomber sur une connaissance à l'est. Il apporta une autre tournée de pintes. Kathryn fut rapidement ivre et remarqua à quel point la bière la rendait loquace.

— Je n'ai plus envie de faire de tournées ou d'enregistrer d'albums... J'ai l'impression que ma vie ne m'appartient plus.

— Je vois ce que tu veux dire. Ce connard de Tony Blair, ce branleur est pire que Thatcher. Il a mis en place sa merde de New Deal. Faut bosser au moins dix-huit heures sinon ces enculés te sucrent le chômedu. Dix-huit heures de taf par semaine pour des cons qui te paient que dalle. Un putain d'esclavagisme. Et pour quoi, putain ? Tu peux me dire ?

— Je sais pas...

— Mais vous, vous avez pas à le supporter, hein. Vous avez cette tête de bite qui le nique tous les jours, ce con de chevelu...

— Le président Clinton...

— Exactement. Ouais, la dénommée Monica, là, elle l'a sucé et lui, il est allé voir Tony Blair pour lui dire, Tu peux remplacer Monica si tu me soutiens dans ma politique de bombardements contre Milosevic.

— N'importe quoi.

Terry était un fervent partisan de la force, au détriment de l'argumentation raisonnable.

— Ouais, ouais, c'est ce qu'ils veulent te faire croire, ces cons. J'ai rencontré un mec dans un pub, dont la sœur avait épousé un fonctionnaire haut placé à Londres. Toutes ces infos qu'ils essaient de nous cacher. Ils savent même pas faire passer un message, ces nazes. New Deal mon cul. Le truc, c'est que je déteste bosser. Si je lave les vitres, c'est juste pour aider Post Alec, hein. La vente ambulante de jus de fruits, ça, c'était mon truc. L'intitulé de mon poste, c'était Vendeur de Boissons Gazeuses. On m'a viré en 1981. Je vendais toutes les marques : Hendry's, Globe, Barrs... Je crois que Barrs est la dernière qui reste sur le marché. C'est leur boisson, l'Irn Bru, qui les a aidés à tenir le coup. Alors voilà que ces connards du chômedu, ces enculés qui prônent le départ de zéro, y m'ont fait : on va vous retrouver un poste de vendeur de boissons.

Kathryn observait Terry avec la perplexité la plus complète. Sa voix ressemblait au ronflement rauque d'un moteur de hors-bord, mais en bien plus fort.

— Ces connards voulaient que je bosse comme buraliste dans un des magasins de la chaîne R.S. McColl, expliqua Terry sans remarquer l'incompréhension totale de Kathryn. Mais du coup, j'aurais aussi dû vendre des bonbons et des journaux, en plus des boissons, et ça, pas question. C'est pour ça qu'on m'a surnommé *Juice* Terry, quoi. L'enfoiré qui a lancé la chaîne R.S. McColl, c'était un joueur des Rangers de Glasgow, c'était même pas la peine que j'aille bosser pour lui. Écoute, poupée, ça se fait pas de demander, mais tu dois être pleine aux as. Tu me fourgues un peu de thunes ?

Kathryn réfléchit.

— Quoi ? Ouais... j'ai de l'argent...

— Super... Putain...

Juice Terry regardait alentour lorsqu'il vit avec ennui Johnny Catarrhe et Rab Birrell faire leur entrée dans le pub. Il se demanda ce qu'ils pouvaient bien faire dans ce quartier mais il remarqua le maillot des Hibs vert et jaune fluo qu'arborait Rab. Il y avait eu un match de milieu de semaine à Easter Road, Catarrhe et Birrell devaient avoir trouvé un peu de fric et passaient maintenant une bonne soirée dans le vieux port historique. Terry était toujours attiré vers ses connaissances lorsqu'elles semblaient rouler sur l'or.

Rab Birrell et Johnny Catarrhe furent tout aussi surpris d'apercevoir Juice Terry attablé dans un pub loin de ses repaires habituels dans les quartiers Ouest comme le Gauntlet, le Silver Wing, le Dodger, le Busy Bee ou le Wheatsheaf. Ils s'approchèrent de sa table mais s'immobilisèrent en remarquant sa compagnie féminine. Catarrhe se sentit envahi par la rancœur. Ce gros con de Juice Terry, toujours entouré de femmes. Des thons, d'accord, mais une baise est une baise, pas besoin de se moucher du coude. Celle-ci était maigrichonne et hagarde mais bien mieux sapée que les conquêtes habituelles de Terry. Quoique, la dénommée Louise, l'ancienne nana de Terry, était sacrément bonne mais elle puait les relations douteuses avec des gangsters. Quelques mecs louches lui étaient déjà passés dessus, comme Larry Wylie. Et on ne s'approchait jamais d'une minette qui se payait ce genre de bites, à moins d'être sûr que lesdites bites ne mouillaient plus dans le port. Mais c'était vraiment injuste qu'il n'arrive pas à niquer, lui qui était beau comme un dieu.

— Alors, John Boy, Terry lança à Catarrhe qui prit place à ses côtés.

Catarrhe détestait que Terry s'adresse à lui ainsi, alors qu'il n'avait que deux ans de moins que cette épave obèse. C'était presque aussi douloureux que de s'entendre appeler Johnny Catarrhe.

Son nom de baptême était John Watson, un nom très répandu en Écosse. Son frère aîné, Davie, était fan de blues et de rock et l'avait surnommé Johnny Guitare en l'honneur de Johnny « Guitar » Watson. Malheureusement, Johnny était affligé de mauvais sinus et de catarrhes récurrents, et pendant des années, il n'avait pas eu conscience du nouveau surnom dont on l'avait affublé.

Rab Birrell avait fait un arrêt à la machine à clopes pour acheter un paquet d'Embassy Regal. Terry fit les présentations. Catarrhe avait déjà entendu parler de Kathryn.

— Ma maman est votre fan n° 1. Des disques de vous, elle en a une tonne. Elle vous adore. Elle va au concert demain. J'ai lu un truc sur vous dans l'*Evening News*. Ça dit que vous avez rompu avec le mec de Love Syndicate.

— C'est exact, lâcha Kathryn en repensant à la chambre d'hôtel de Copenhague. Mais ça remonte à un bout de temps.

— De l'histoire ancienne, hein, confirma Terry.

Catarrhe fit remonter le mucus du fond de sa gorge. Il n'aurait pas dû oublier ses cachets à l'ail. C'était le seul remède efficace.

— Une vie comme ça, moi, je dis pas non, remarqua Rab Birrell en déclinant la clope de Terry.

Johnny n'en voulait pas non plus. C'était des Silk Cut et Catarrhe était un puriste de la cigarette.

— Je me régale avec les Regal, fit-il dans un sourire avant d'extraire une Embassy de son paquet.

— Ouais, continua Rab à l'attention de Kathryn. La vie de rockeur, je dirais pas non. Des tonnes de filles… enfin, vous, ça vous concerne pas, vu que vous êtes une fille, euh, enfin, non, sauf si vous êtes, euh… voyez ce que je veux dire, hein…

L'intrusion de ses amis dans son petit tête-à-tête avait énervé Juice Terry, et le radotage de Birrell lui courait vraiment sur le haricot.

— Alors qu'est-ce t'insinues, Rab?

Rab détripa un instant, se rendit compte qu'il était bourré et plutôt pas mal défoncé, vu tous les joints qu'il s'était tapés à Easter Road, et Juice Terry pouvait être un gros chiant mais il avait la réputation de savoir frapper là où ça fait mal. Comment est-ce que ce voleur obèse pouvait s'être levé une nana comme elle? Trente-six ans, toujours chez maman.

— Je ponctuais juste mon propos, Terry. L'argument principal étant que les musiciens ou les chanteurs peuvent choisir toutes les filles qu'ils veulent. Enfin, s'ils so**nt** connus. Mais les filles, elles, connues ou pas, elles peuvent choisir le mec qu'elles veulent… pas vrai, Johnny?

Il se tourna vers Catarrhe pour validation. Catarrhe en fut flatté. Ça voulait dire que Rab reconnaissait son parcours d'ancien musicien, ou d'expert en femmes, parcours que personne n'avait jamais pensé à relever auparavant. Cette flatterie obscure mais bienvenue le sidéra.

— Euh, ouais… Presque toutes. Pas une vieille peau, évidemment, mais n'importe quelle nana jeune.

Ils méditèrent là-dessus quelques instants puis se tournèrent vers Kathryn pour confirmation. Leur accent lui était quasi impénétrable, mais elle était ivre et ça aidait pas mal.

— Je suis désolée mais je ne suis pas sûre de comprendre.

Juice Terry lui expliqua lentement la théorie.

— J'imagine que oui, répondit-elle alors.

— C'est pas une question d'imagination, fit Catarrhe dans un rire. C'est comme ça, un point c'est tout. Ça l'a toujours été, ça le sera toujours. Point final.

Kathryn haussa les épaules. Juice Terry tapota son verre vide sur la table.

— Fais péter la picole, Kath, d'accord chérie? Le bar est là-bas.

Kathryn observa avec malaise la foule de corps serrés comme des sardines entre elle et le comptoir. Mais l'alcool lui porta assistance une fois encore. Le docteur lui avait interdit de boire à cause des antidépresseurs, mais Kathryn dut admettre qu'elle passait un bon moment. Pas franchement grâce à ses compagnons actuels, même s'ils étaient bien différents de ceux qu'elle côtoyait habituellement, mais plutôt grâce à cette perte d'inhibition, à cette pression qui retombait, à ce sentiment de détente. Ça faisait du bien d'être loin de tout, du management, du groupe, de l'équipe, des trouducs de la maison de disques. Ils allaient se demander où elle était. Kathryn sourit et pressa le pas vers le bar.

Juice Terry la regarda se frayer un chemin jusqu'au comptoir.

— Elle est branchée libération de la femme dans toutes ses chansons, alors elle peut bien nous payer une tournée.

Catarrhe acquiesça avec empathie. Rab Birrell se garda de réagir, ce qui vexa Terry.

Kathryn attendait les pintes lorsqu'elle fut abordée par une énorme binoclarde aux bras épais, aux cheveux en laine de verre.

— C'est vous, hein?

— Euh, moi c'est Kathryn…

— Je savais que c'était vous! Qu'est-ce que vous fichez là?

— Euh, je suis venue avec des amis. Euh, Terry, là-bas…

— Vous blaguez? Cette espèce d'épave, Juice Terry? Un ami à vous? Tout ce qu'il sait faire, c'est sortir de son pieu une fois toutes les deux semaines pour pointer au chômedu. Comment vous le connaissez?

— On a bavardé un peu… avança Kathryn, mais après réflexion, son incrédulité rejoignit celle de la femme.

— Ah ça, ouais, bavarder, il sait faire. C'est même la seule chose qu'il sache faire. Comme son père, cracha-t-elle avec hostilité. Dites, ma puce, déclara la grosse en sortant une carte de taxi. Vous pourriez me signer ça?

— Oui… bien sûr…

— Vous avez un stylo?

— Non…

La femme se tourna vers le barman.

— Seymour! Donne-moi un putain de stylo! Allez! Vite!

Son intonation rocailleuse atteignit comme une flèche le barman déjà débordé et il s'affaira davantage. Terry entendit la voix, la reconnut et leva les yeux avec appréhension. C'était cette vieille grognasse qui était sortie avec son père, après qu'il avait quitté leur mère. La grosse Paula de Bonnington Road. Celle qui gérait un pub. Et voilà que Kathryn lui parlait! C'était n'importe quoi, putain, pensa Terry. On vient jusqu'à Leith pour éviter les connaissances et on finit encerclé.

Kathryn fut soulagée de signer l'autographe et de revenir à la table avec les verres. Terry s'était mis en tête de lui demander ce que Paula avait ragoté sur lui mais il était au beau milieu d'un débat féroce avec Rab Birrell, qui tournait même au vinaigre.

— Les connards qui font ça méritent de crever, putain. C'est mon avis, décréta Terry d'un ton de défi.

— Mais c'est des conneries, Terry. C'est ce qu'on appelle une légende urbaine. Les casuals feraient jamais un truc pareil.

— Ces connards de casuals, c'est des putains de gros tâcherons. Des lames de rasoir dans les toboggans aquatiques ? C'est quoi, cette affaire ? Dis-moi.

— J'ai entendu parler de cette histoire, moi aussi, acquiesça Catarrhe.

C'était la première fois qu'il en entendait parler. Catarrhe avait traîné avec les casuals et autres footeux, quelques années plus tôt, mais il s'était éclipsé quand les actions étaient devenues un peu trop éprouvantes pour lui. N'empêche, il faisait toujours son maximum pour propager leur notoriété, et la sienne par la même occasion.

Ce qui énervait Rab Birrell. Il avait aimé être un casual, même si ce temps était bel et bien révolu. C'était bien trop compliqué, maintenant, avec toutes ces merdes de surveillance policière, mais il avait adoré ça. Supers potes, supers moments, supers délires. Mais à quoi il jouait, ce con de Johnny, à répandre ces rumeurs ? Rab Birrell détestait l'avidité avec laquelle les gens croyaient les conneries plus grosses qu'eux. Pour lui, ça ne servait qu'à les maintenir dans un état de peur constant et ça venait alimenter le grand mécanisme du contrôle social. Il haïssait mais comprenait la tendance des médias et de la police à célébrer ces imbécillités, c'était dans leur intérêt, après tout. Mais pourquoi Johnny véhiculait-il ces histoires à la con ?

— Mais c'est rien de plus qu'une légende débile... inventée par des gros nazes... enfin, à quoi ça leur servirait de faire un truc pareil ? Pourquoi est-ce que les soi-disant casuals – en plus, ils n'existent plus – s'amuseraient à mettre des lames de rasoir dans les toboggans de la piscine du Commonwealth ? demanda Rab Birrell en cherchant un soutien du côté de Kathryn.

— Parce que c'est des connards ? fit Terry.

— Bon, Terry, de toute façon tu vas jamais à la piscine, déclara Rab Birrell en se tournant à nouveau vers Kathryn. Il sait même pas nager, putain !

— Tu sais pas nager ! lança Kathryn d'un ton accusateur non sans étouffer un gloussement en imaginant les poignées d'amour de Terry dépassant de son moule-bite.

— C'est pas la question. Là, on parle de la mentalité de ces connards qui foutent des lames de rasoir dans les toboggans aquatiques d'une piscine publique, des toboggans où jouent tous les gamins. Qu'est-ce tu vois à y redire ?

Kathryn réfléchit un instant. C'était l'œuvre de malades mentaux. Elle pensait que ce genre d'horreur n'arrivaient qu'en Amérique :

— C'est dégueulasse, j'imagine.

— Y a pas à imaginer, ragea Terry avant de se tourner vers Rab Birrell. C'est carrément ignoble.

Rab hocha la tête.

— Je suis d'accord. Je suis d'accord que c'est ignoble de faire ça, mais c'était pas les casuals, Terry. Pas moyen. Tu trouves vraiment que ça leur ressemble ? Oh, ouais, genre, on a monté une bande pour se fritter aux matchs de foot, mais si on se retrouvait tous à la piscine municipale pour foutre des lames de rasoir dans les toboggans ? N'importe quoi. Je connais la plupart des casuals : c'est pas leur style, putain. En plus, les casuals n'existent plus. Tu vis dans le passé.

— Des connards, répéta Juice Terry.

Il devait admettre que l'argumentation de Rab Birrell était logique et certainement correcte, mais il détestait ne pas avoir le dernier mot dans une dispute, ça le rendait encore plus belliqueux. Même si ce n'était pas le travail des casuals, Birrell devrait être suffisamment mature pour se ranger à l'avis général : c'était tout de même un gros tas de connards. Mais nan, pas ce petit malin de Birrell, ce pédé d'universitaire. Ça lui confirmait une seconde intuition : ne permettez jamais à un schemie de s'éduquer. Birrell se tapait dix minutes d'un cours sur Stevenson et voilà qu'il s'imaginait déjà être ce putain de Chomsky.

— J'ai entendu ce qui s'est passé dans les toboggans. Que le sang a coulé jusque dans l'eau de la piscine, c'était rouge, déclara Catarrhe avec le calme froid d'un insecte, les yeux plissés, les lèvres serrées. Il savourait le frisson et la moue dégoûtée qu'il crut apercevoir sur le visage de Kathryn. Rouge sang, répéta-t-il dans un chuchotement.

— N'importe quoi, fit Rab Birrell.

Mais Catarrhe se laissait enflammer par le sujet.

— Je connais ces mecs aussi bien que toi, Rab, tu devrais le savoir.

Il avait parlé d'un ton sinistre en espérant que Kathryn y percevrait le mystère, le danger, qu'elle en serait impressionnée, qu'elle virerait Juice Terry et ramènerait Catarrhe chez elle, en Amérique. Ils se marieraient, seulement pour qu'il obtienne la carte verte, et le statut de résident permanent serait à lui. Puis on l'installerait dans un studio en compagnie d'un super groupe, et il reviendrait en Grande-Bretagne avec une série triomphale de hits en poche, menés par une guitare claptonesque. Ça peut arriver, pensa-t-il. Regardez Shirley Manson, la nana de Garbage, celle qui jouait dans le groupe Goodbye Mr McKenzie. Elle était là, derrière le gros John Duncan, à jouer du synthé sur la scène de The Venue, et la minute d'après, elle se retrouve en Amérique. Il pourrait faire pareil. Et ils l'appelleraient enfin Johnny Guitar, de son vrai nom, et pas ce surnom ignoble et dégradant dont ils l'avaient affublé.

Juice Terry avait la dalle. Il était d'attaque pour un curry. Il en avait marre de la tournure que prenait leur conversation : les histoires de casuals de Catarrhe. Il pourrait radoter à l'infini, si on le laissait faire. Tout le monde avait entendu ses conneries plusieurs fois, mais ça ne l'arrêtait pas pour autant. Surtout qu'il avait maintenant une nouvelle oreille vierge à portée. Terry pouvait voir défiler la vie de Catarrhe jusqu'à son lit de mort. Il serait allongé là, un Catarrhe de quatre-vingt-dix ans, des tubes pendouillant de partout. Une vieille épouse, épuisée, sous sédatifs, des enfants et des petits-enfants inquiets tendant l'oreille pour capter ses derniers mots rauques et haletants, qui seraient d'ailleurs : « Et y avait ce coup à Motherwell… c'était la saison 88 ou 89, je crois… on était plus de trois cents dans la bande… aaagghhhh… »

Et la ligne de son électrocardiogramme s'aplanirait à jamais tandis qu'il rejoindrait le grand show, là-bas dans le ciel.

Non, Terry n'allait pas supporter ses conneries. Ce con oubliait que c'était les gars comme lui, Juice Terry, qui avaient galéré dans les tribunes avant que leur grande bande de mecs à la mode ne leur file un coup de main. Les vieux croulants de l'époque formaient, il faut bien l'admettre, un groupe vraiment merdique. Ils avaient tendance à enjoliver les victoires douteuses et à ignorer toutes les fois où ils étaient défaits : Nairn County (un match amical d'entraînement), Forfar, Montrose. Et puis les luttes les plus violentes se passaient souvent entre eux. Une bande merdique, sans aucun doute. Il fallait dire aussi que les casuals qui leur avaient succédé formaient une classe à part, sauf Birrell et Catarrhe. Eux, ils n'avaient jamais approché le statut de gros balèzes.

Il changea rapidement de sujet.

— Je parie que t'es pleine de thunes, hein, avec tous tes disques, fit-il à Kathryn pour rebondir sur un de ses sujets de prédilection.

Qu'il aille crever, Catarrhe, c'est Terry qui mène la danse.

Kathryn sourit avec bienveillance.

— J'ai eu de la chance, j'imagine. Je suis bien payée pour ce que je fais. J'ai eu des soucis avec les impôts il y a quelque temps mais mes albums marchent toujours bien. J'ai mis un peu de côté.

— Putain, tu m'étonnes, que t'as mis de côté! chantonna
Terry. John Boy! Rab! Vous entendez ça! Qu'est-ce que vous
en pensez? Dites-moi!

Le regard de Kathryn se perdit dans le vague.

— Parfois, y a pas que l'argent qui compte... fit-elle d'une
voix douce que personne n'écouta.

— Bien payée pour ce qu'elle fait! Des disques d'or! Des
n° 1 au hit-parade! J'imagine bien qu'on te paye grasse-
ment! Bon, ben OK, fit Terry en se frottant les mains. C'est
décidé. C'est toi qui fais péter le grailleton!

— Quoi?... le grailleton...

— Le curry, expliqua Terry dans un sourire. Un peu de
bouffe, ajouta-t-il en faisant semblant de manger.

— Je dis pas non à un putain de resto indien, admit Rab
Birrell.

Catarrhe haussa les épaules. Il n'aimait pas perdre ses
heures de picole à bouffer, mais il pourrait toujours boire
une pinte de blonde dans la baraque à curry. Il y comman-
derait aussi quelques papadums, ça ferait l'affaire. Johnny
avait une méfiance instinctive pour toute nourriture qui ne
s'apparentait pas à des chips.

— Mais je ne veux pas bouffer... déclara Kathryn,
horrifiée.

Elle était sortie pour échapper à Franklin et son obsession
de la faire manger. Son esprit imbibé d'alcool saisit alors ce
qui se cachait derrière tout ça. Peut-être avaient-ils été
embauchés par ce maniaque pour l'obliger à manger. Tout
n'était peut-être qu'une machination, tout ça, putain.

— D'accord, je dis pas que t'es obligée de manger, c'est
ton problème, mais tu peux nous regarder faire. Allez, Kath,
t'es blindée de fric. Je suis à sec, je toucherai pas le chômedu
avant mardi, et j'arriverai jamais à ce que ce juif de Post Alec
me fasse une avance, pas avant d'avoir fini la semaine de
boulot.

— Je veux bien vous payer le resto. Ça, je peux, mais je
ne veux pas manger...

— Super, j'aime bien quand une fille met la main à la poche. Je fais pas partie de ces vieux jeu, moi, je crois en l'égalité des sexes. Qu'est-ce qu'il racontait déjà, le communiste? Terry demanda à Rab. Tu devrais le savoir, c'est toi l'étudiant. De chacun selon ses capacités, à chacun selon ses besoins. Ça veut dire que c'est ton tour. On est en Écosse, on partage tout ici, déclara Terry avant de se rappeler la démangeaison féroce dans son pantalon et d'estimer les dommages que causerait un curry le lendemain matin.

Mais bon, il fallait parfois tenter sa chance.

— D'accord, fit Kathryn avec un sourire.

— Tu vois, bava Catarrhe en lui effleurant doucement l'avant-bras, toi, t'es chouette. Y a un tas de minettes par ici qui penseraient jamais à mettre la main à la poche.

— Même celles qu'ont un bon salaire... Celle qui bosse à la mairie, là... enchaîna Terry en se remémorant une soirée avec une fille rencontrée au Harp. Cette poufiasse avait bu la moitié de son putain de chômedu en Bacardi et avait disparu sans même lui donner une bise sur la joue. Si la démonstration de tendresse de Johnny l'avait énervé, il était forcé d'admettre qu'il avait raison.

— C'est quoi, une minette?

— Euh... une chatte... euh, une gazelle... une nana, quoi, expliqua Terry.

— Mon Dieu. Mais vous ne connaissez pas le politiquement correct?

Juice Terry et Johnny Catarrhe échangèrent un regard, puis secouèrent la tête à l'unisson.

— Nan.


## Bourrées, camées, niquées

Charlene se tenait devant Lisa qui serrait les dents, exaspérée. Avant que son amie ait pu ouvrir la bouche, Lisa annonça :

— Oh, c'est toi. Bon. On sort. Objectif : bourrées, camées, niquées.

— Je peux entrer une minute ? demanda Charlene humblement, ses yeux noirs et hantés perçant jusqu'à l'âme de Lisa.

Lisa remarqua les sacs aux pieds de son amie, et Richard, la casquette, le vibromasseur disparurent de son esprit comme s'ils n'avaient jamais existé.

— Oui... Entre, fit Lisa en empoignant un des sacs.

Elles posèrent les bagages dans le salon.

— Assieds-toi. Qu'est-ce qui se passe ? Y avait personne chez toi ?

L'espace d'une seconde, le regard de Charlene parut fou, étrange, et elle partit d'un ricanement de sorcière, le visage agité d'un spasme nerveux.

— Oh, si, y avait quelqu'un chez moi. Putain, y avait bien quelqu'un.

Lisa sentit les muscles de son visage se crisper à leur tour. Charlene jurait rarement, c'était une jeune fille prude dans de nombreux domaines.

— Alors qu'est-ce...

— S'il te plaît, laisse-moi parler. Il m'est arrivé un truc...

Lisa mit la bouilloire en marche et prépara du thé. Elle s'installa dans le fauteuil en face du canapé où s'était effondrée Charlene et laissa son amie ouvrir les vannes, lui raconter ce qui l'attendait à son retour d'Ibiza. Elle l'écoutait et observait la lumière qui se reflétait sur les murs peints derrière Charlene, minuscule sur le canapé devant elle.

**499**

Me raconte pas ça, ma puce, me raconte pas ça...

Mais Charlene était lancée.

Sur les murs, elle distinguait les anciens motifs qui réapparaissaient sous la couche de peinture. C'était le papier peint, l'horrible papier peint qu'on distinguait encore malgré la peinture. Trois couches, et de la peinture vinyle de bonne qualité par-dessus le marché. On voyait quand même cette merde par transparence, on en devinait encore les motifs minables.

Arrête, s'il te plaît...

Et puis, au moment où elle pensait que son amie en avait terminé de son histoire, Charlene reprit de plus belle, se lança dans un nouveau monologue. Malgré la terreur et la nausée que cette histoire suscitait en elle, Lisa ne pouvait se résoudre à l'interrompre.

— Ses doigts tachés de nicotine, avec ses ongles sales, qui entraient dans mon sexe encore glabre et le maltraitaient. L'haleine chargée de whisky et les halètements qui emplissaient mon oreille. Et moi, rigide, effrayée, m'efforçant de rester silencieuse pour ne pas la réveiller. C'était ça, la blague. Elle faisait tout pour ne pas se réveiller. Et moi qui m'efforçais de rester silencieuse. Moi. Le sale petit animal malade. S'il avait été quelqu'un d'autre, si j'avais été quelqu'un d'autre, j'aurais presque pu avoir pitié de lui. Si ç'avait été le vagin d'une autre qu'il trifouillait.

Elle aurait dû décoller le papier peint. Se débarrasser de toute cette vieille merde. Peu importe le nombre de couches qu'on y ajoutait, il réapparaîtrait toujours.

Lisa s'apprêta à parler mais Charlene leva la main. Lisa en fut glacée. C'était déjà si difficile d'écouter, elle n'imaginait pas à quel point cela avait dû être dur pour son amie de se lancer à parler. Et à présent, la pauvre ne pouvait plus s'arrêter.

— Je *devrais* vraiment être une vierge frigide, ou une nympho. Je devrais être, comment ils disent, déjà ? Sexuellement dysfonctionnelle. Pas question. Ma revanche ultime, le doigt métaphorique que je lui adresse pour répondre à son doigt si réel, c'est que je ne suis pas anormale...

Le regard de Charlene se perdit dans le vide. Lorsqu'elle reprit la parole, sa voix avait gagné une octave et c'était comme si elle s'adressait directement à lui :

— Et je suis heureuse de cette haine, de ce mépris que j'éprouve à ton égard, parce que, moi, je sais donner mon amour et en recevoir aussi, pauvre tête de gland, je n'ai jamais été bizarre, anormale, refoulée, et je le serai jamais, putain...

Elle se tourna vers Lisa et sursauta comme si elle réintégrait subitement l'espace qu'elle occupait.

— Pardon, Lisa. Merci.

Lisa se précipita vers le canapé et serra son amie dans ses bras, de toutes ses forces. Charlene accepta la démonstration de réconfort, puis s'écarta pour observer Lisa d'un regard calme.

— Et alors, c'était quoi, cette histoire d'objectif bourrées, camées et niquées ?

Lisa fut décontenancée.

— On peut pas... enfin... ce que j'essaie de te dire, euh, c'est que c'est peut-être pas le meilleur moment pour toi... Enfin, ça fait deux semaines qu'on mène ce train de vie, et ça l'a pas effacé de ta mémoire.

— Si j'ai accepté de partir avec vous, c'est parce que j'étais persuadée qu'il ne réapparaîtrait jamais dans notre vie. Pourquoi est-ce qu'elle lui a permis de revenir chez nous ? C'est ma faute, j'aurais pas dû la laisser seule. J'aurais pas dû partir, fit Charlene dans un frisson, ses doigts bagués agrippés à la tasse de thé. Alors, Lisa, on va sortir. Et, autre chose, est-ce que je peux pieuter chez toi un moment ?

Lisa la serra encore plus fort dans ses bras.

— Bien sûr, tu peux rester autant que tu veux.

Charlene lui adressa un sourire forcé.

— Merci... Je t'ai déjà parlé de mon lapin ?

Elle tremblait malgré la chaleur ambiante, les mains autour du mug.

— Nan, répondit Lisa, portant à nouveau son regard sur les murs.

Ils avaient vraiment besoin d'une nouvelle couche de peinture.

## Une alternative agréable à la violence et à l'obscénité

Le Club du festival était l'équivalent de l'enfer aux yeux de Franklin, mais les organisateurs de l'évènement avaient insisté pour que lui et Kathryn y participent. Un homme vêtu d'une veste chatoyante en velours bleu et d'un pantalon en toile jaune se précipita vers Franklin et lui tendit une main molle.

— Monsieur Delaney, Angus Simpson du comité du festival. Ravi de vous voir, déclara-t-il avec un accent d'école privée. Voici la conseillère Morag Bannon-Stewart, qui représente la mairie au sein du comité. Euh... où est Mlle Joyner ?

Franklin Delaney tordit son visage en un sourire aspartamisé.

— Elle avait une légère toux et un chatouillement dans la gorge, nous avons donc décidé de lui accorder une soirée de repos pour qu'elle se couche tôt.

— Oh... quel dommage, nous avons fait venir des journalistes et une radio locale. Colin Melville de l'*Evening News* vient de recevoir un appel lui signalant qu'elle avait été aperçue à Leith ce soir...

Leith. Putain, mais c'est quoi ce trou paumé, fut tenté de demander Franklin. Au lieu de ça, il répondit froidement :

— Je crois qu'elle y a fait un saut dans l'après-midi, mais elle est sagement au lit à l'heure qu'il est.

Morag Bannon-Stewart fit un pas en avant, envahit l'espace personnel de Delaney et lui chuchota, l'haleine chargée de whisky :

— J'espère qu'elle va bien. C'est tellement agréable de recevoir une artiste qui peut divertir toutes les classes d'âge. C'était un si beau festival, avant. C'est devenu une célébration de la violence et de l'obscénité...

Il observa les veines bleutées de son visage en papier mâché tandis qu'elle radotait.

Franklin se crispa, avala son double scotch d'une gorgée, puis en demanda un second d'un simple geste de la main. Cette looseuse de Kathryn. Et voilà qu'il se coltinait une vieille pie à moitié bourrée qui tentait de le draguer. Mais le mec de la radio avait dit qu'elle avait été aperçue à Leith. On devait pouvoir y aller en taxi. Dès qu'il en eut l'occasion, Franklin s'excusa en prétextant une envie pressante et en profita pour s'éclipser dans la nuit froide.

## Gimme Medication

Dans le resto, un phénomène étrange s'empara de Kathryn Joyner. La chanteuse américaine fut assaillie par une faim violente, immense, profonde. La bière et le joint de Rab qu'ils avaient fumé au coin de la rue lui avaient creusé l'estomac, et les odeurs de curry étaient enivrantes. Elle avait beau essayer, Kathryn ne parvenait pas à contenir la boule compacte de faim dans sa gorge, qui l'étouffait presque. Les chips, les bhajis appétissants, la sauce aromatisée et épicée qui nappait les morceaux tendres de bœuf mariné, les plats de poulet et d'agneau, les légumes colorés qui mijotaient dans les poêles éveillaient ses papilles.

Kathryn ne put se retenir. Elle commanda en même temps que les autres et, lorsque la nourriture fut déposée sur leur table, elle attaqua son assiette avec une férocité qui aurait pu susciter l'étonnement d'une compagnie plus guindée, mais qui ne choqua pas Rab, Terry et Johnny.

Kathryn voulait combler le vide en elle : pas avec des médicaments, mais avec du riz au curry, avec de la blonde et du pain naan.

Terry et Rab s'étaient replongés dans leur débat.

— Légende urbaine, déclara Rab.

— Tu veux mon poing dans la gueule, voir si c'est aussi une légende urbaine ?

— Nan...

— Bon, alors ferme-la avec tes légendes urbaines.

Terry fusilla Rab du regard, le forçant à baisser la tête vers sa fourchette.

Rab était en colère. Après Terry, bien sûr, mais aussi après lui-même. Il avait engrangé pas mal de jargon dans le cours de Média et Communication qu'il suivait à la fac, et il avait tendance à l'utiliser dans ses conversations quotidiennes. Il savait que ça énervait et éloignait ses amis. Et c'était histoire de frimer, vu qu'il pouvait parfaitement exprimer les mêmes concepts dans des termes courants. Puis il pensa, merde, j'ai pas le droit d'employer des mots nouveaux ? C'était une contrainte culturelle si trompeuse, à ses yeux. Mais là n'était pas la question. Ce qui le rendait véritablement en colère, c'était d'être le frère de Billy Business Birrell. Quand on était le frère de Billy Business Birrell, on portait le fardeau d'attente et d'exigences, dont l'une était de soutenir un connard comme Juice Terry.

Business avait un punch puissant et avait remporté ses six premiers matchs pro au cours des premiers rounds, par KO. ou abandon. Son septième combat, par contre, fut un désastre. Bien que favori, il fut dominé et battu aux points par le gaucher habile de Port Talbot, Steve Morgan. Au cours du match, Business, habituellement explosif, fut inerte et brouillon, ne plaça aucune droite et fit une cible de choix pour les directs implacables de Morgan. De l'opinion générale, si Morgan avait réussi à porter un coup potable, Business aurait été dans le pétrin. Les arbitres et le toubib en conclurent qu'il y avait un problème.

Les tests médicaux effectués après le combat mirent en évidence les problèmes thyroïdiens de Billy Business Birrell, qui lui avaient sapé son énergie. Des médicaments pourraient réguler la situation mais la Fédération de boxe se vit dans l'obligation de lui retirer sa licence.

Business était respecté, réputé pour être un homme à ne pas provoquer. Son statut de héros gagna en ampleur au niveau local : il avait été battu par sa maladie plutôt que par son adversaire, et il avait refusé de se coucher ou de capituler. Il n'avait pas pleuré sur le sort cruel qui lui avait peut-être retiré toute chance d'atteindre les sommets ; Billy Birrell avait misé sur sa célébrité locale pour ouvrir un bar populaire et rentable où se massaient les préclubeurs, et qu'il avait évidemment baptisé le Business Bar.

Rab Birrell était un homme réfléchi et spéculatif, mais il n'avait malheureusement pas le dynamisme explosif qui lui aurait permis de rivaliser avec les prouesses sportives ou l'enthousiasme entrepreneurial de son frère. Rab sentait qu'il serait à jamais le faire-valoir de Business et il hésitait entre s'affirmer ou se laisser porter dans le sillage de son frère. Il avait l'impression, vraie ou fausse, d'être méprisé par ceux qui idolâtraient son frangin.

Rab méditait sur la question et, de son côté, Juice Terry faisait son possible pour ne pas croire ce qu'il entendait. Il s'était installé à côté de Kathryn à table et fut abasourdi lorsqu'elle l'attira près d'elle et lui chuchota :

— Écoute, Terry, y a un truc qu'il faut que tu saches, il va rien se passer entre nous. T'es un mec sympa, je t'apprécie comme ami mais on ne baisera pas. D'accord ?

— Tu préfères Catarrhe... ou Birrell...

Le monde de Terry s'écroula. Ses ouvertures sexuelles se fermaient plus vite que les hôpitaux britanniques alors que celles de Rab et de Johnny, par contraste, fleurissaient comme des prisons. Il avait déjà pris un sacré coup avec la dénommée Louise. Une jolie petite nana, un peu jeune pour lui, mais surtout, qui se tapait Larry Wylie tout juste sorti de taule. Donc voilà. Sauf que Louise, elle, n'avait pas ses albums dans les juke-boxes du Silver Wing ou du Dodger.

Kathryn était à la fois repoussée et attirée par l'énorme ego de Terry et de ses amis. C'était trois demi-clodos originaires d'un quartier merdique d'une ville qui lui était jusque-là quasi inconnue, et ils se comportaient comme s'ils étaient au centre de l'univers. Elle connaissait beaucoup de grands noms du rock'n'roll, aucun d'eux n'avait un ego de cette taille. L'idée qu'elle pouvait traîner avec ces professionnels de l'échec social, elle, Kathryn Joyner, qui avait parcouru la terre entière, qui avait fait la couverture de tant de magazines de mode, lui semblait ridicule.

Totalement ridicule.

Elle s'éclaircit la gorge et posa la main sur le bras de Terry, pour s'orienter d'abord, mais aussi pour le réconforter. Et puis, elle avait aimé cette sensation lorsque Johnny Catarrhe lui avait fait pareil.

— Non, ils ne me plaisent pas. On est tous amis, toi, moi et les mecs. C'est tout, et ça ne sera jamais autrement, fit-elle dans un sourire. Faut que j'aille au petit coin, annonça-t-elle avant de se lever avec effort et de chanceler jusqu'aux toilettes.

— Comment ça se fait qu'elle appelle ça les petits coins? Sont pas forcément petits, rigola Rab Birrell.

— Non, et en plus, on y va que pour pisser et se droguer, ajouta Johnny.

Terry attendit en silence qu'elle disparaisse derrière la porte battante des toilettes, puis se tourna vers Rab.

— Sale Ricaine maigrichonne coincée du cul…

Rab Birrell afficha un sourire immense entre deux bouchées de poulet jalfrezi.

— T'as changé de disque. Et ton refrain Kathryn par ci, Kathryn par là, t'en as fait quoi?

— Bah, pauvre connasse de Ricaine, marmonna Terry.

Les gens supportent mal d'être rejetés, Terry pire que n'importe qui. Les yeux de Birrell s'illuminèrent :

— Tu t'es pris un putain de râteau. Tu croyais que c'était du tout cuit, et tu t'es mangé un râteau !

— Cette poufiasse croit qu'elle peut se la jouer devant nous quand ça lui chante…

— La déteste pas parce qu'elle veut pas coucher avec toi. Si tu détestais tous ceux qui veulent pas niquer avec toi, ça ferait une putain de longue liste !

Rab avala une longue gorgée de Kingfisher, termina son verre et fit un signe du doigt pour commander une nouvelle tournée sous le sourire et l'œil enthousiastes de Catarrhe.

— C'est parce que je suis un gars du peuple à ses yeux, voilà pourquoi, fit Terry qui se déridait un peu à l'idée de boire aux frais de Kathryn.

— Terry, ça n'a rien à voir avec ça. Tu lui plais pas, c'est tout.

— Nan, nan, nan. Me fais pas la leçon sur les nanas, Birrell, je les comprends parfaitement. Personne peut me donner des conseils sur les chattes. Du moins, personne assis avec moi ce soir, déclara-t-il d'un ton de défi en martelant la table du doigt pour ponctuer sa phrase.

— Les Américaines sont différentes, se risqua Catarrhe en le regrettant sur-le-champ.

Le sourire de Juice Terry devint aussi large que la rivière Almond lorsqu'elle se jette dans le Forth Estuary.

— Très bien, John Boy, c'est toi l'expert en chattes américaines. Avec toutes ces Yankees que t'as dû baiser, comparées aux Écossaises. Alors, vas-y, explique-nous la différence !

Terry laissa échapper un rire éraillé et haletant. Rab sentit ses flancs se secouer.

Catarrhe s'agita sur sa chaise, sa voix et son visage exprimant sa gêne défensive.

— Je dis pas que j'en ai niqué un paquet. Je dis juste que les Américaines sont différentes... genre, comme à la télé.

— N'importe quoi. Un trou, c'est un trou. C'est les mêmes partout dans le monde.

— Bon, intervint Rab pour changer de sujet et éviter que Johnny rougisse. Tu crois qu'elle est en train de se coller un doigt dans la bouche pour se faire gerber ?

— Putain, elle a pas intérêt. Quel putain de gâchis, râla Terry. Avec tous ces mômes qui meurent de faim à la télé et tout, ça m'énerve qu'une conne agisse comme ça !

— Mais c'est souvent ce qu'elles font, les filles comme elles, avec la boulimie ou je sais pas comment ils appellent ça, s'aventura Catarrhe.

Kathryn revint des toilettes. Elle avait pensé être malade un instant, puis la nausée était passée. Elle vomissait habituellement toute nourriture toxique avant qu'elle ne se convertisse en graisse, qu'elle ne corrompe ses cellules et ne s'accroche à son corps. Mais ce poids fluide, chaud, lourd qu'elle jugeait nocif à une époque lui semblait désormais réconfortant.

— On sort au club, ce soir ? Celui qu'ils ont installé au Shooting Gallery pour le festival ? proposa Rab Birrell.

— Super. Ça te dit de sortir, Kath ? Un petit voyage au pays des merveilles ? tenta Terry.

— Je suis pas franchement habillée pour... mais j'ai pas envie de retourner à l'hôtel... alors... bon, d'accord.

C'était capital de rester dehors, de maintenir ce rythme.

— Faut d'abord qu'on trouve du carburant. Du speed et quelques ecstas, hein, déclara Rab avant de se tourner vers Catarrhe. T'appelles Davie ?

Terry hocha la tête.

— Fais chier, avec ton speed, prends plutôt de la coke pour plus tard. Ça te va, Kath ?

— Ouais, pourquoi pas ?

Elle ne savait pas où la mènerait cette aventure mais elle avait décidé d'en faire partie, coûte que coûte, jusqu'au bout.

Rab vit le visage de Terry se tordre en une grimace hautaine.

— Kath est dans le business du rock'n'roll, Rab. Elle ne voudra pas de ton sale speed de schemie. Rien que le must.

— Mais j'aime bien le speed, moi, protesta Rab.

— Très bien, Birrell, joue au héros de la classe ouvrière. Mais c'est pas nous qui te donnerons une médaille, pas vrai, John Boy ?

— Un peu de poudre, c'est pas de refus. Histoire de changer un peu, Rab, fit-il pour justifier sa trahison.

Catarrhe était un grand fan de speed, et sniffer de la coke réduisait en bouillie ses sinus déjà bien amochés.

# Le lapin

Lisa se souvint d'avoir entendu Angie parler de Mad Max, le lapin de Charlene. Celui qu'elle avait quand elle était gamine. Elle avait dit un truc, un soir qu'elles détripaient après une virée en boîte et plusieurs cachetons avalés. Un truc bizarre, le genre de phrase dont on ne se souvient pas en détail mais qui ravive une sensation atroce, dérangeante. Un truc qu'on refoule et qu'on classe très vite dans le tiroir des « conneries sous came ».

Un truc était arrivé à son lapin. Un truc moche, vu que Charlene avait loupé l'école quelque temps. La mémoire de Lisa s'arrêtait là.

Puis Charlene reprit la parole. Parla du lapin.

Charlene raconta à Lisa à quel point elle aimait son lapin ; la première chose qu'elle faisait chaque matin, c'était de descendre jusqu'à sa cage pour vérifier qu'il allait bien. Parfois, quand les hurlements alcoolisés de son père ou les cris de sa mère se faisaient trop insupportables, elle s'asseyait au fond du jardin et caressait Mad Max en priant pour que tout s'arrête.

Un jour, à son retour de l'école, elle vit la trappe du clapier ouverte. Le lapin était sorti. Un détail se dessina dans le coin de son champ de vision, et elle leva lentement les yeux vers l'arbre. Mad Max y était cloué. D'énormes clous de six centimètres traversaient son petit corps. Charlene avait essayé de le décrocher, de le serrer dans ses bras même si elle le savait déjà mort. Elle n'avait pas réussi. Elle était entrée dans la maison.

Plus tard dans la soirée, son père était rentré, ivre mort. Il hurlait et sanglotait, « Le lapin de la môme... ces connards de manouches... Je vais les buter, putain... » Il avait aperçu Charlene dans le fauteuil. « On t'en achètera un autre, ma chérie... »

Elle l'avait dévisagé avec haine, une haine pure, méprisante. Elle savait ce qui était arrivé au lapin. Il savait qu'elle savait. Il l'avait giflée de toutes ses forces et du haut de ses dix ans, elle était tombée à terre. Sa mère était intervenue, avait protesté, et il lui avait brisé la mâchoire d'un coup de poing, lui faisant perdre connaissance. Il était retourné au pub et avait laissé l'enfant appeler les urgences. À cause de la panique et du choc, il lui avait fallu une éternité pour composer le numéro.

L'histoire terminée, Charlene se leva d'un bond en souriant gaiement :

— Alors, on va où ?

Et Lisa n'avait qu'une envie, aller se coucher.


## Un Américain à Leith

Trouver un taxi n'était pas une mince affaire, trois lui passèrent sous le nez avant qu'il ne parvienne à en héler un qui l'emmena à Leith. Franklin demanda au chauffeur, qu'il trouvait revêche, de s'arrêter au premier bar de Leith qui possédait une licence d'ouverture tardive.

Le chauffeur le dévisagea comme s'il était taré.

— Y en a un sacré paquet qui sont ouverts tard. C'est le festival.

— Le premier bar de Leith qui possède une licence d'ouverture tardive, répéta-t-il.

Le chauffeur terminait une longue et épuisante journée passée à trimballer des cons qui ne savaient jamais ni quoi faire, ni où aller, ni quand. Ils attendaient de lui une connaissance encyclopédique du festival. Au n° 38, hurlaient-ils pour annoncer la salle de spectacle comme s'ils entraient dans un putain de fast-food chinois. Ça, ou alors c'était le nom du spectacle lui-même. Le chauffeur en avait ras le cul de ce cirque.

— Y a Leith, et y a Leith, mon pote. Ce que vous connaissez de Leith, c'est peut-être pas la même chose que ce que j'en connais.

Franklin lui jeta un regard perplexe.

— Vous voulez aller où ? Au bord du Shore, au bas du Walk, ou alors à Pilrig, là où Édimbourg devient Leith ? *Où ça*, à Leith ?

— On est à Leith, là ?

Le chauffeur tourna la tête vers le Boundary Bar.

— Ça commence ici. Descendez là et continuez à marcher. Mais y a un sacré tas de pubs.

Franklin sortit du taxi et lui tendit une liasse de billets. La course avait été rapide. Un court calcul mental lui apprit qu'il aurait pu traverser tout Manhattan pour le même prix. Il fit une entrée coléreuse dans un bar spartiate, mais pas de Kathryn en vue. Il avait du mal à l'imaginer dans un endroit pareil. Il ne s'attarda pas.

Il longea un autre bar pour découvrir que le chauffeur avait raison, elle pouvait être n'importe où, ils possédaient *tous* une licence d'ouverture tardive.

Dans le suivant, toujours pas de signe de Kathryn mais il commanda un verre.

— Un grand scatch, fit-il au barman avec un hochement de tête.

— C'est un accent américain, ça, hein ? lui susurra une voix à l'oreille.

Il avait été vaguement conscient d'une présence à ses côtés. Il pivota et se retrouva nez à nez avec deux hommes aux coupes en brosse. C'était deux costauds classiques, l'un deux affichait un regard mort en total contraste avec son immense sourire.

— Ouais...

— L'Amérique, hein Larry ? J'adore ce coin. New York, c'est là que j'ai été. T'es venu pour le festival, mon pote ?

— Oui, je...

— Le festival, grogna l'homme. Un beau tas de conneries, si tu veux mon avis. Du fric foutu en l'air, et pour que dalle. Hé ! beugla-t-il à l'attention du barman. Balance un autre putain de whisky pour notre ami Yankee. Et pour Larry et moi aussi.

— Non, vraiment… s'aventura Franklin.

— Mais si, vraiment, répliqua l'homme d'un ton si froidement insistant que Franklin Delaney ne put réprimer un frisson.

Le barman, un petit gros rougeaud, trapu, lunettes à monture noire, touffe de cheveux d'un blond sablonneux en épis sur le haut de son crâne, chantonna :

— Trois grands whiskys, chaud devant, Franco.

Le visage de l'autre homme, le dénommé Larry, se rida en une moue conspiratrice.

— Je vais te dire, mon pote, les Ricaines, elles sont grave partantes. Elles demandent que ça. Ce que je fais pendant la période du festival, je me jette sur la première fille à l'accent ricain. Les Australiennes, Néo-Zélandaises et tout. Grave partantes, il répéta en portant son verre à ses lèvres.

— Ignore donc ce connard, mon pote, c'est un obsédé du cul, déclara le dénommé Franco. Il pense qu'à niquer.

— Mais non, Franco, y en a qui disent que c'est un truc colonial, que c'est une tentative de se défaire du vieux continent. T'en penses quoi, mon pote ?

— Eh bien, je ne…

— C'est vraiment des conneries. Les nanas, putain, c'est des nanas. On s'en fout, d'où qu'elles viennent. Y en a qui baisent à tout bout de champ, d'autres pas.

Larry leva la main en signe d'apaisement puis se tourna vers Franklin, les yeux pétillants.

— Tu sais quoi, mon pote ? Tu vas trancher entre nous deux, on fait ça entre potes, quoi.

Franco lui jeta un regard de défi.

— Nan mais c'est vrai, quoi, c'est un homme du monde : t'as pas mal roulé ta bosse, pas vrai ? demanda Larry, les lèvres étirées en un sourire malicieux. Alors réponds à ça, si tu peux. Est-ce que les Ricaines baisent plus que les Européennes ?

— Écoutez, je ne sais pas, je veux juste boire mon verre tranquillement et partir.

Larry dévisagea Franco, puis se pencha en avant, agrippa le col de la veste de Franklin et le projeta contre le comptoir.

— Alors comme ça, on est pas d'assez bonne compagnie pour boire un verre, sale Ricain de merde ? Alors qu'on t'offre un putain de coup !

Franco intervint et tira doucement Larry en arrière. Mais Larry ne lâchait pas prise et le cœur de Franklin battait la chamade.

— On se calme, les amis, fit le barman.

— Lâche ce con, Larry. Je te préviens, putain.

— Nan. On règle ça dehors. Je vais le buter.

— Si y a un connard qui va dehors avec toi, c'est moi. Ça commence à me casser les couilles, ton bla-bla, grogna Franco.

— Je voulais juste boire un verre, supplia Franklin.

— D'accord, fit Larry en lâchant Franklin.

Il montra l'Américain du doigt par-dessus l'épaule de Franco.

— J'en ai pas fini avec toi, ajouta-t-il avant de passer la porte, suivi de Franco qui fit volte-face.

— Bouge pas d'ici, prévint-il.

Franklin ne comptait pas bouger. Ces mecs étaient de vraies brutes. Il observa l'homme franchir le seuil d'un pas militaire, la démarche meurtrière, pour rejoindre son ex-ami.

Le barman leva les yeux au plafond.

— C'est qui, ceux-là ? demanda Franklin.

Le barman hocha la tête.

— Je sais pas. C'est pas des habitués. Ils m'avaient l'air d'être de la mauvaise graine, j'ai pensé qu'il valait mieux jouer la carte de la rigolade.

— Je vais reprendre un scatch, un grand.

Il fallait que ces tremblements cessent.

Le barman lui tendit un double whisky. Franklin glissa sa main à son portefeuille, dans sa poche intérieure. Disparu.

Il se précipita sur le trottoir, là où les deux hommes devaient être en train de s'entre-déchirer. Sauf qu'ils n'y étaient pas. Disparus, eux aussi. Il tourna la tête vers le haut de la rue sombre, puis vers le bas. Ses cartes, tous ses billets, disparus. Il compta la monnaie dans sa poche de pantalon. Trente-sept livres.

Le barman apparut sur le seuil de la porte.

— Vous allez me régler le verre, au moins ?

## Stone Island

Davie Creed avait fait le plein de cachetons et de poudre pour le week-end mais tout le monde en voulait ce soir-là. C'était le festival. La dénommée Lisa était super bonne. Sa copine était pas mal non plus, bien que d'apparence un peu trop sérieuse. Creedo avait tenté de les faire rester mais elles étaient pressées de partir. Il aurait pu les retrouver plus tard mais son téléphone sonnait en continu. Plus tard, Rab Birrell s'était pointé avec Johnny Catarrhe, un gros con chevelu et une mocheté maigrichonne à l'accent américain. On aurait dit une version vieille peau d'Ally McBeal, la fille de la télé. Elle valait peut-être le coup, une fois bourré.

Mais le gros frisé avait l'air louche. Creedo n'aimait pas la façon dont il avait maté sa chaîne hi-fi et sa télé. Un voleur, comme on en trouve rarement. Et ces fringues… quel putain de gros naze. Et Rab Birrell, avec son maillot de foot fluo ! Creedo tripota l'étiquette de sa chemise Stone Island, sa présence rassurante lui confirma que le monde n'avait pas succombé à la démence, ou que, si c'était le cas, lui, Creedo, avait réussi à s'isoler de la vague de folie.

Terry avait entendu parler de Davie Creed. Il n'avait pas imaginé qu'il pût avoir de telles cicatrices. Elles formaient un motif assez atroce. Catarrhe lui avait raconté qu'un mec l'avait foutu à terre, lui avait collé une caisse à bouteilles en métal sur le visage et avait sauté dessus. D'habitude, on écoutait les histoires de Catarrhe avec un peu de recul, mais dans le cas présent, on aurait vraiment pu imaginer la scène.

Il avait beau essayer, Terry ne pouvait détacher ses yeux des cicatrices. Creedo le surprit et Terry ne put qu'articuler :

— C'est sympa de nous avoir dépannés, mon pote.

— Je dépanne ces mecs quand ils veulent, avait-il répondu en prenant soin de laisser Terry en dehors de l'équation.

Rab Birrell observait Davie. Il avait grossi, et s'il avait toujours une épaisse tignasse blonde, son visage avait gonflé et rougi de façon surprenante, sûrement à cause de la picole et de la coke. Ça faisait cet effet à certaines personnes. Rab ressentit la mauvaise vibration qui planait dans la pièce et il prononça la première connerie qui lui passait par la tête.

— J'ai vu Lexo l'autre soir… fit-il, son entrain s'éteignant instantanément au souvenir de la dispute qui avait à jamais brouillé Creedo et Lexo quelques années plus tôt. Euh, genre, au Fringe Club.

Terry avait bafouillé :

— Alors, c'est là que les mecs propres sur eux vont boire, maintenant !

Creedo étouffait d'une rage silencieuse. Birrell et Catarrhe lui ramenaient un pauvre poivrot, et voilà qu'ils lui balançaient le nom de ce putain de Lexo Setterington, ici, chez lui.

— Bon, j'ai des trucs à faire, on se voit un de ces quatre.

Creedo avait fait un geste du menton en direction de la porte, et Rab et Johnny avaient été heureux de pouvoir sortir.

Au pied de l'escalier, Terry avait remarqué :

— Essayez pas de me faire croire que ce mec était de bon poil.

— T'as eu le matos, Terry, c'est ce qu'on était venus chercher.

— Mais ça coûte rien, les bonnes manières. Ça file une sacrée mauvaise impression des Écossais à notre invitée américaine.

Rab avait haussé les épaules et ouvert la porte. Il avait repéré un taxi dans son champ de vision périphérique et, s'avançant en trombe sur l'asphalte, l'avait hélé.

# Aéroport de Sydney,
# Nouvelle-Galles du Sud, Australie
*Mercredi, 23 h 00*

J'ai besoin d'un truc avant de monter dans l'avion. Des tranquillisants ou une merde dans ce style. Je fonce dans une pharmacie et renverse presque un étalage de rasoirs. Putain, putain, putain.

— Putain, je crache entre mes dents, et la minette derrière la caisse me regarde, et tout ce qu'elle voit, c'est un putain de poivrot puant.

Helena est à mes côtés, propre et gracieuse, et comme une assistante sociale accompagnant un client indiscipliné, elle s'occupe des pièces de monnaie qui s'échappent de ma poche, de mes mains, et s'éparpillent sur le sol.

Reedy et Dame Celeste gardent leurs distances, gênés. C'est la même histoire au guichet d'enregistrement, puis à l'embarquement, et aux douanes. Mais je vais enfin pouvoir monter dans l'avion : les pouvoirs de persuasion d'Helena sont heureusement plus puissants que leurs conneries administratives. Sans elle, je n'aurais pas tenu plus de cinq minutes dans l'aéroport, et je n'aurais jamais pu mettre les pieds à bord.

Mais il faut que je rentre à la maison.

Mon vieux. La seule chose que ce vieux couillon m'ait jamais demandée, c'était de donner de mes nouvelles. J'ai même pas su faire ça. Quel sale égoïste, égoïste, égoïste. C'est pas dans mon code génétique, d'être comme ça. Ma mère, mon père, ils ne se sont jamais comportés comme ça, leurs parents non plus, ils n'ont jamais joué aux cons pourris gâtés, complaisants, faibles et égocentriques.

Sois toi-même, il me répétait quand j'étais môme. J'ai toujours été hyperactif, il fallait sans arrêt que je me la joue et ma mère était inquiète quand on allait aux fêtes familiales, elle avait peur que je lui colle la honte. Mais mon vieux, lui, ça lui était égal. Il me prenait à part et me disait d'être moi-même. C'est la seule chose qui importe dans la vie. D'être soi-même.

Loin d'être la solution de facilité, c'était même la chose la plus difficile, la plus exigeante qu'on ne m'ait jamais demandé de faire.

Je suis prêt à passer le portique d'embarquement, j'ai fait mes adieux à Reedy et à Celeste Parlour qui se sont installés au bar. Helena est restée avec moi, je serre sa main dans la mienne, envie de rester, besoin de partir. Je plonge mon regard dans ses yeux, incapable d'ouvrir la bouche, j'espère que toutes mes pensées sont dans ce regard, mais j'ai peur qu'elle n'y lise que l'inquiétude et la terreur que je ressens pour mon père. Je me souviens qu'elle m'avait dit vouloir visiter Londres. Je m'étais lancé dans une tirade pour lui expliquer que Londres était une ville snobinarde, répressive, trop branchée, trop chiante. Que Leeds ou Manchester étaient bien plus intéressantes. J'avais détesté sa remarque de touriste, paresseuse et suffisante. Évidemment, je ne faisais qu'afficher mes propres névroses, mes complexes. C'était un commentaire simple, innocent, et j'avais réagi en rustre, en dominateur, comme je le faisais dans toutes mes relations longues. L'abus de drogue m'avait réduit à l'état de coquille vide, tremblotante. Non, ce n'est même pas une bonne excuse. J'ai perdu la tête, putain. L'abus de drogue n'a fait que m'aider à continuer mon chemin.

Elle serre ma main. Elle est si propre, si immaculée, ces caractéristiques qui me font ricaner d'habitude, mais que j'aime tant chez elle. Je sais qu'elle fait ça par devoir, que c'est son coup d'adieu et qu'elle va me dire que tout est fini. Je connais la chanson, je ne mérite pas mieux, mais je veux que ça se passe différemment.

— J'appellerai ta mère pour dire que tu es en route. Essaie de lui passer un coup de fil depuis Bangkok. Ou si tu es trop niqué, ou que tu sens que tu vas la bouleverser, appelle-moi et je m'en chargerai. Carl, il faut vraiment que tu y ailles.

Elle s'écarte, sa main glisse, puis lâche la mienne, porte un coup dissonant et douloureux à mon cœur.

— Je t'appellerai. J'ai beaucoup de choses à te dire… Je…

— Il faut que tu y ailles.

Elle fait demi-tour.

Je titube, abattu, sous le portique de sécurité. Je regarde autour de moi, j'espère l'apercevoir mais elle a disparu.

# Édimbourg, Écosse

*Jeudi, 00 h 41*

**The Bitterest Pill is Mine to Take**

Kathryn avait consommé beaucoup de coke, à une époque, mais c'était la première fois qu'elle goûtait à l'ecsta. L'angoisse l'étreignit lorsqu'elle avala la pilule.

— Et qu'est-ce qu'on fait ensuite ? demanda-t-elle à Rab Birrell sans perdre des yeux les groupes de clubeurs massés autour d'eux.

— On attend que ça fasse effet.

Ils attendirent donc. Kathryn commençait tout juste à s'ennuyer quand elle se sentit attaquée par une magnifique nausée. Mais les sensations désagréables s'évanouirent rapidement, elle s'aperçut soudain qu'elle n'avait jamais été aussi légère, aussi en phase avec la musique. C'était incroyable. Elle se caressa l'avant-bras et prit goût à cette retombée de tension, délicieuse, extasiée. Elle s'avança au bord du dancefloor, se laissa immerger dans les vagues de deep-house, se perdit dans la musique, ses mouvements devenus instinctifs. Elle n'avait jamais dansé comme ça. Les gens venaient la voir, lui serraient la main, l'enlaçaient. Quand ses fans lui faisaient subir ça après un concert, ça lui semblait toujours inopportun, effrayant. À cet instant, elle trouvait ça rassurant et sublime. Parmi la foule, deux filles vinrent la saluer, Lisa et Charlene.

— Kathryn Joyner, une très grande... fit Lisa avec approbation.

Catarrhe prit son courage à deux mains et se lança. Il fit quelques mouvements de danse avec Kathryn et l'attira plus profond vers le cœur de la basse. Avec une force intense, Kathryn se sentit aspirée dans la vague. Catarrhe était un vieux fan de soul, il savait parfaitement se trémousser sur la house.

Juice Terry et Rab Birrell le regardèrent depuis le bar avec une consternation grandissante, même si Rab tirait une grande satisfaction de la jalousie de Terry.

Terry ne pouvait plus supporter ça, il se dirigea vers les toilettes pour sniffer un rail. Il sortait peu ces derniers temps, mais lorsqu'il s'éclatait, il préférait que ce soit à la coke et non à l'ecsta. D'ailleurs, il ne savait pas pourquoi il avait pris un cacheton. Les box étaient bourrés de clubeurs qui sniffaient, il valait mieux prendre la poudre plus tard. Debout contre les latrines, Terry dégaina sa bite et pissa en un long jet extatique, le genre de jet qui n'en finit jamais.

Il détestait la sensation de s'être pissé dans le froc et, après s'être assuré que ce n'était qu'une impression, il tenta d'arranger sa tignasse puis sortit. Devant la porte des toilettes, trois filles sur leur trente et un bavardaient, clope à la main. L'une d'elles était particulièrement superbe. Elle avait fait un bel effort de présentation et il adorait les filles comme elles. Il s'approcha et lança d'un ton joyeux :

— T'es sublime, poupée, faut bien le dire.

La fille dévisagea ce gros mal sapé de la tête aux pieds.

— Et toi, tu pourrais être mon père.

Terry adressa un clin d'œil aux copines, puis un sourire à la fille.

— Ouais, et j'aurais pu l'être, si un pit-bull avait pas squatté la chatte de ta mère.

Il s'éloigna sous les rires des copines qui résonnèrent en une douce musique à ses oreilles.

Terry reprit place au comptoir avec Rab qui continuait à observer Johnny et Kathryn.

— John Boy s'amuse comme un fou.

— C'est la seule façon qu'il ait jamais trouvée de lever une nana. Il se colle une chemise blanche sur le dos, il gobe une ecsta et danse avec une nana défoncée, répliqua Terry avec mépris.

S'il avait recadré cette sale petite impertinente devant les chiottes, son commentaire l'avait tout de même ébranlé. Il regarda Birrell et Catarrhe. Les cinq ou six années qui les séparaient de lui semblaient en peser dix. Quelque part entre son âge et le leur, les mecs avaient commencé à mieux se saper, à prendre soin d'eux. Terry déplora de se retrouver du mauvais côté du schisme.

Catarrhe supportait bien les cachetons, il aimait la façon dont ils le rendaient naturellement perméable au rythme. Il entraîna Kathryn dans un tourbillon exténuant sur la piste et, à l'instant où les gouttes de sueur perlant sur son front sous les stroboscopes se transformèrent en minuscules ruisseaux, il l'attira vers un canapé du coin chill-out.

— T'es un sacré danseur, Jahnny, déclara Kathryn quand ils prirent place l'un à côté de l'autre et avalèrent une gorgée de Volvic.

Johnny avait passé un bras chaste autour du torse mince de Kathryn et cette sensation leur était agréable à tous les deux. Ce garçon dégageait quelque chose de frais, de magnifique, se dit Kathryn qui s'étira langoureusement sous l'effet de l'ecsta qui papillonnait en elle.

— Je joue de la guitare et tout, tu sais. C'est comme ça que j'ai hérité de mon surnom, Johnny Guitar. J'ai joué dans un groupe pendant des années. J'adore la dance mais mon premier amour, c'est le rock'n'roll. Guitar, tu vois.

— Guitar, Kathryn répéta dans un sourire en détaillant les superbes yeux sombres de Johnny.

— Ouais, tu vois, y avait un mec qui s'appelait Johnny «Guitar» Watson et c'est génial vu qu'on joue tous les deux de la gratte et qu'on a le même nom. C'est pour ça qu'on m'a surnommé Johnny Guitar, à cause de ce mec. Un Black, un Ricain, quoi.

— Jahnny Guitar Wahtson, je crois que j'ai entendu parler de lui, mentit Kathryn de ce ton américain défoncé qui semblait conçu pour ne pas offenser l'interlocuteur.

— J'aime mon acoustique mais je peux jouer les vrais bûcherons de l'enfer si j'ai envie, quoi. Et je parle pas simplement d'une reprise de Status Quo ou de *Smoke on the Water*... Alors, continua Catarrhe qui préparait son approche, si tu as besoin d'un guitariste, je suis ton homme.

— Je m'en souviendrai, Jahnny, répondit Kathryn en lui caressant le dos de la main.

Catarrhe n'eut pas besoin de se l'entendre dire deux fois. Une myriade d'opportunités explosa dans son cerveau. Elton John et George Michael par la scène d'un immense concert de bienfaisance retransmis par les chaînes télé, lorsque entraient de chaque côté de l'estrade, guitare en main, l'air tranquille et concentré, accompagnant leur avancée de hochements de tête ironiques à l'attention de la foule et des caméras, Eric Clapton et Johnny Guitar. Elton et George leur adresseraient une révérence cérémonieuse puis, d'un geste de la main, attireraient les musiciens à l'avant de la scène où ils formeraient un duo foudroyant, faste mais tenu hyper longtemps, qui s'élèverait pendant vingt minutes jusqu'à un final explosif, les cordes des Gibson Les Paul pincées et frappées par les doigts légendaires, plongeant le public dans une transe incontrôlable. Elton et George s'avanceraient jusqu'à eux, reprendraient en chœur *Don't Let the Sun go Down on Me*, puis un gros plan révélerait aux milliards de spectateurs le visage d'Elton ruisselant de larmes, bouleversé par la performance aveuglante des maestros. À la fin du morceau, il s'effondrerait et supplierait :

— Revenez… Eric… Johnny…

Et les deux guitaristes échangeraient un regard de respect mutuel, hausseraient les épaules et réapparaîtraient sous la plus grande ovation de la soirée. Catarrhe s'avancerait avec assurance (son talent lui accordait le droit de fouler cette scène) mais sans arrogance (il n'était après tout qu'un gars ordinaire des Calders, et c'était pour ça qu'on l'adorait), puis il afficherait ce sourire d'autodénigrement qui rendait jaloux les mecs et humidifiait les zones méridionales féminines.

Elton donnerait une accolade extravagante aux deux maîtres, noyé par l'émotion. À travers ses sanglots haletants et hystériques, il annoncerait : « Mes amis inconditionnels… M. Eric Clapton et M. Johnny Guitar… » puis George l'attirerait gentiment loin du micro.

Chacun leur tour, Elton et George serreraient Guitar dans leurs bras, ce qui pourrait s'avérer un peu glauque, vu que c'étaient deux tapettes et que les potes seraient en train de mater le concert à la télé du Silver Wing. Mais les mecs comprendraient sûrement que les gens du show-biz, les *artistes*, étaient par nature bien plus démonstratifs et passionnés que le reste de l'humanité. Enfin, Guitar ne voulait pas qu'on se foute de sa gueule non plus. Les gros frustrés, les laissés-pour-compte, Juice Terry en tête, ne manqueraient pas de se servir de ça contre lui. D'atroces rumeurs se répandraient après ce geste théâtral, émotionnel et innocent. Johnny devrait réfléchir à deux fois avant d'échanger une accolade avec Elton et George. Elle pouvait être mal interprétée par ces jaloux pervers et incultes. Il repensa à la chanson de Morrissey, *We Hate it When Our Friends Become Successful*. Eh bien, il faudrait que ça change, parce que Johnny Guitar, oui, GUITAR et pas Catarrhe, ni John Boy d'ailleurs, Johnny Guitar chevauchait vers les sommets. Kathryn Joyner n'était qu'un tremplin. Elle n'était personne. Une fois qu'il aurait un pied dans le milieu, cette vieille peau serait échangée contre une succession de jeunes mannequins.

Des starlettes, des présentatrices télé, des groupies, elles défileraient pour lui tandis qu'il enchaînerait les tournées puis il les abandonnerait toutes sans pitié pour l'Amour, le vrai, qu'il aurait trouvé en la personne d'une femme sublime, une jeune universitaire postmoderne, peut-être, qui aurait la tête aussi belle que pleine, et un cœur suffisamment bon pour lui permettre de comprendre la complexité de l'âme d'un véritable artiste comme Johnny GUITAR.

Mais il ne fallait pas s'endormir sur ses lauriers, Juice Terry était un rival. Même s'il ne cherchait qu'à utiliser Kathryn. Bon, Johnny aussi, mais il se servait d'elle pour devenir indépendant et autosuffisant à terme. Terry n'attendait d'elle que quelques verres, un peu de coke, un resto indien et une partie de baise avant de passer le reste de la soirée à végéter devant la télé, dans sa tanière nauséabonde. Ça serait déjà un exploit pour ce gros mouton alcoolique. Ce serait criminel de laisser Kathryn se faire exploiter pour des motivations aussi futiles. Elle méritait mieux que d'être utilisée comme télécommande idéalisée.

Mais il y avait aussi Rab Birrell. L'archétype du schemie cynique et intello, bien trop occupé à critiquer pour accomplir quoi que soit dans la vie. Birrell, si prompt à t'expliquer les choses, à te dire ce qui est, ou n'est pas, des conneries, au point que les années passent et qu'il n'a rien fait d'autre que pointer tous les quinze jours au chômage et suivre quelques modules au Stevenson College pour remplir son quota scolaire de vingt et une heures. Birrell, qui croyait sincèrement qu'asséner ses idées politiques pompeuses à des poivrots et des camés dans les pubs des quartiers Ouest pouvait leur faire prendre conscience, les pousser à s'impliquer politiquement et à changer la société. Qu'est-ce que Birrell voudrait faire avec Joyner ? Dire à cette poufiasse ricaine qu'elle souffre de mauvaise conscience, qu'elle devrait renoncer à l'usine du divertissement capitaliste et donner sa thune à un groupe de pauvres nazes qui se surnomment « Parti révolutionnaire », pour leur permettre de voyager et de rencontrer d'autres gros nazes à l'étranger au cours de «missions d'enquêtes». Le problème, c'était que les rêves débiles de Birrell pouvaient avoir un attrait pour une richarde de Yankee qui s'était sûrement adonnée à toutes les sortes de groupes religieux, politiques, médicaux en vogue. Rab Birrell, avec son attitude suffisante, menaçait les ambitions de Johnny bien plus que Juice Terry. Après tout, elle se lasserait vite de vivre du chômage à Saughton Mains avec un gros con et sa mère. Ça faisait un bout de chemin jusqu'à Madison Square Gardens. Mais ces connards de religieux ou de politicards, ils s'insinuaient dans ton crâne. Ils te lavaient le cerveau. Il fallait protéger Kathryn. Johnny jeta un œil vers le bar où les prédateurs s'abreuvaient tranquillement au ruisseau. Catarrhe continua, déterminé :

— J'écris des chansons, aussi.

— Wouaouh.

Johnny aimait les cercles que formaient sa bouche et ses yeux. C'est le truc, avec les Ricains. Ils prennent tout positivement, pas comme ici, en Écosse. Tu peux jamais partager tes rêves ou tes ambitions, pas avec tous ces connards aigris qui ricanent. La brigade des «J'ai-connu-son-père.» Ouais, ben qu'ils aillent tous se faire foutre car son père les connaissait tous, et ils étaient, sont, et resteront des pauvres branleurs de merde.

Kathryn sentit une nouvelle vague ecstatique et se sentit un élan de générosité à l'égard de Catarrhe. C'était un gars mignon, dans un style crade et miteux. Cerise sur le gâteau, il était mince.

— J'ai écrit une chanson… elle s'appelle *Social Climber*. Je te chante juste le refrain : «*Ye kin be a social climber, ye kin git right oaf the dole, but remember who yir friends are, or you'll faw doon a black hole…[1]*»

---

1. Tu peux jouer les arrivistes, tu peux te sortir du chômedu, mais n'oublie jamais qui sont tes potes, ou tu tomberas dans un trou noir…

Catarrhe renifla et racla le mucus de ses cavités nasales pour lubrifier sa gorge sèche.

— Mais c'est juste le refrain, quoi.

— C'est super sympa. J'imagine que tu parles de ton attachement à tes racines. Dylan a écrit un truc dans la même veine...

— C'est marrant que tu parles de lui, Dylan est une de mes plus grandes influences...

Au comptoir, l'union de Terry et Rab fut de courte durée. L'ecsta rendait Terry machiavélique et non émotif, frustré qu'il était du succès de Catarrhe.

— Business Birrell. C'est un super surnom, hein ? il fit à Rab en riant, dans l'attente d'une réaction.

Rab détourna le regard et hocha la tête, le sourire crispé.

— Business Birrell, répéta Terry d'une voix douce, empreinte d'un dédain joyeux.

Malgré la délicieuse clairvoyance anticonnerie que lui offrait l'ecsta, Rab devait bien admettre que Terry était sacrément doué pour chercher la merde.

— Terry, si t'as un truc à dire à mon frangin, va lui dire à lui, pas à moi.

— Nan, je repensais juste aux gros titres du journal, ce jour-là, Birrell = Business. Tu t'en souviens ?

Rab colla une claque dans le dos de Terry et commanda deux Volvic. Il n'avait pas envie d'être entraîné là-dedans. Terry était sympa, c'était son pote. Oui, il était jaloux de son frangin mais c'était son problème. Pauvre naze, pensa Rab avec joie.

Dans la tête de Terry, un mantra tournait en boucle : Billy Birrell, Silly Girl. Il se souvenait de ce surnom : il datait de l'école primaire. Et puis, il y avait eu Secret Squirrel. C'est lui qui l'avait trouvé. Billy le détestait ! Ces pensées ramenèrent Terry en arrière, ou plutôt en avant par rapport à cet instant donné. Lui et Billy Birrell étaient potes. De super potes : ce n'était pas Terry et Rab, ou Terry et Post Alec, à cette époque. C'était Terry et Billy, Billy et Terry. Tous les deux, et Andy Galloway, aussi. Galloway. Quel mec. Il leur manquait à tous, ce connard. Et Carl. Carl Ewart. N-SIGN. La star de la techno. C'était Terry qui lui avait dégotté ce surnom. Terry avait déjà essayé d'imaginer l'influence qu'avait eue son surnom sur sa renommée et sur sa carrière de DJ. Elle était énorme. Il avait forcément droit à un pourcentage de royalties pour cette trouvaille. Carl Ewart. Où il était, ce con?

Rab téta sa bouteille de Volvic et laissa la musique porter ses mouvements. Les cachetons étaient excellents. La capacité des ecstas à changer la vie des gens le rendait sceptique : ça l'avait poussé à entrer à la fac mais il sentait qu'il avait épuisé leur potentiel. Son menu de soirée ne se composait désormais plus que d'alcool, de speed, de coke, et en de rares occasions, d'un mélange de diverses pilules. Quand il tombait sur des ecstas de cette qualité, il changeait d'avis. La vibration du bon vieux temps, des années passées, pulsait : la salle scintillait d'un sentiment de fusion insouciante. Il se rendit compte tout à coup de ce qu'il faisait, voilà qu'il parlait à non pas une, mais deux filles hyper canons. Mieux encore, il ne traînait pas derrière lui le lourd bagage de la timidité, n'essayait pas de jouer les malins ou d'être agressif pour cacher qu'il n'était qu'un schemie écossais craintif, qu'il n'avait qu'un frère et pas de sœur, qu'il n'avait jamais su parler aux femmes. Ce n'était pas un souci. C'était facile. Il suffisait de lancer, Comment ça va, vous vous amusez bien ? et le reste embrayait sans que le conditionnement social ou la testostérone viennent s'inviter à la fête pour lui jouer de mauvais tours. Une des filles, Lisa, dansait toute seule, ses longs cheveux blonds se balançant de gauche à droite, son t-shirt réfléchissant une lueur d'un bleu électrique, son cul moulé et fier, comme s'il dirigeait la planète entière, ce qui était d'ailleurs le cas, elle se trémoussait dans des mouvements sensuels. Il regarda le DJ, Craig Smith, qui exécutait un mix compliqué et s'en sortait avec une nonchalance apparente, comme un pizzaïolo new-yorkais de Little Italy qui jetterait en l'air une de ses créations appétissantes. Les filles et le DJ bossaient ensemble, savaient pertinemment que les mecs allaient suivre le mouvement. La dénommée Lisa était une prisonnière consentante du groove. Mais pour Rab, c'était l'autre, Charlene, la brune aux airs de manouche, qui constituait la pièce maîtresse de cette œuvre d'art époustouflante qu'est la beauté féminine. Elle lui annonça qu'elle avait envie d'un câlin et elle s'installa sur les genoux d'un certain Robert Birrell pour mettre ses désirs à exécution, elle lui frotta le dos, il lui caressa le bras et elle dit au dénommé Birrell :

— Tu me plais.

Est-ce que le dénommé Birrell se contenta de marmonner une connerie embarrassante, est-ce qu'il gâcha l'instant avec une réplique alcoolique, « Ça te dit de niquer, alors ? » Ou est-ce qu'il regarda autour de lui, parano et inquiet, pour s'assurer que ce n'était pas un coup monté, l'œuvre d'un soi-disant pote comme Juice Terry ?

Que dalle. Robert Birrell répondit simplement :

— Tu me plais aussi.

Il n'y eut pas d'échange de regards gênés, déphasés, pas de pause tendue pour confirmer ou infirmer un signal. Juste deux bouches, deux langues qui se retrouvèrent, langoureuses et relaxées, deux âmes qui s'enroulèrent comme deux serpents. Rab Birrell était à la fois ravi et déçu de noter l'absence totale d'érection, car si son trip actuel était celui d'un amour transcendantal avec cette Charlene, une partie de cul serait aussi la bienvenue, et il devait garder à l'esprit que ses priorités risquaient de changer plus tard, mais rien à foutre pour l'instant. Il restait assis là, à l'embrasser, à lui caresser le bras. Après le départ de Joanne, il avait niqué avec une fille rencontrée dans un pub mais n'avait jamais approché ce moment de douce intimité.

Lisa s'approcha d'eux et demanda à Rab, qui reprenait sa respiration :

— T'aimes les Sex on the Beach ?

— Ouais… répondit Rab avec hésitation.

Il n'allait pas se faire payer un verre par une fille, qui plus est, un cocktail cher… et puis, il était encore sous l'effet de l'ecsta…

Lisa regarda Charlene et rigola.

— Ben, elle, elle pourra te montrer, elle sait y faire!

## Taxi

— Faut bien admettre, mon pote, que l'Écosse est un coin accueillant, lui lança le jeune homme accoudé au bar. C'est pas vrai, mon pote?

Franklin plongea la main plus profond encore dans sa poche.

— Ouais, répondit-il nerveusement.

— On est différents des Anglais, insista le jeune homme.

C'était un maigrichon à cheveux courts et peau pourrie, vêtu d'un long sweat, qui pendait sur ses épaules comme une tente de camping, et d'un baggy effiloché aux bords. Les deux derniers pubs avaient été plus sympathiques que les premiers, mais toujours pas de Kathryn.

— Je peux te dégoter ce que tu veux, mon pote, t'as qu'à me dire. Tu veux de l'héro?

— Non, je ne veux rien, merci.

Sa main se resserra autour des billets glissés au fond de sa poche.

— Je peux t'avoir du speed, du bon. Ou des ecstas? De la MDMA pure, mon pote. De la coke. Du crack et tout, mec, le meilleur que t'aies jamais goûté.

Il se gratta le bras. Deux marques blanches de chaque côté de sa bouche lui donnaient l'apparence d'une marionnette à la mâchoire inférieure articulée. Franklin grinça des dents.

— Rien, merci.

— Je peux te trouver du GHB. Chez le mec en face. Tu me files vingt livres et je reviens dans une minute.

Franklin le dévisagea.

Le jeune homme tendit les mains.

— D'accord, tu peux venir avec moi chez le mec d'en face. Pour goûter la came. Ça te va?

— Je vous dis que ça ne m'intéresse pas.

Un groupe de quinquagénaires solides jouaient aux fléchettes. L'un d'eux s'approcha.

— Le monsieur t'a répondu, sale junkie de merde, ça l'intéresse pas. Alors casse-toi!

Le jeune homme battit en retraite jusqu'à la porte. Avant de sortir, il cria à l'attention de Franklin :

— Je vais te planter, putain de Yankee!

Les joueurs de fléchettes éclatèrent de rire. L'un d'entre eux s'approcha à nouveau de lui.

— Si j'étais vous, je partirais d'ici, mon pote. Si vous voulez boire à Leith, vous feriez mieux d'aller vers le Shore. Par ici, faut que votre visage soit connu sinon, vous allez forcément vous retrouver avec un connard sur le dos. Ça peut être sympa, ça peut être moins sympa, mais ça finira par arriver très vite.

Franklin écouta le conseil de l'homme, vu que sa propre expérience ne contredisait pas tout à fait sa suggestion. Il se mit en chemin vers le front de mer où il avala quelques verres solitaires et larmoyants. Aucun signe de Kathryn, et il y avait un paquet de restos et de pubs dans le coin. C'était sans espoir. Il avait rappelé la réception, elle n'était pas revenue à sa chambre. Malgré ça, malgré son sentiment d'échec, il comptait bien rentrer. Il prit un taxi en direction du centre d'Édimbourg.

— Américain, hein? demanda le chauffeur qui remontait le Walk à toute vitesse.

— Ouais.

— Z'êtes venu pour le festival?

— Ouais.

— C'est marrant, z'êtes le deuxième Américain que je transbahute dans mon taxi ce soir. Vous devinerez jamais qui était la première personne. C'était la chanteuse, Kathryn Joyner.

Franklin fondit d'excitation. S'efforçant de garder son self-contrôle, il demanda d'un ton calme :

— Où l'avez-vous emmenée ?


## Des stars et des cigarettes

Terry et Johnny, tous deux mus par un dessein particulier, s'irritaient de voir tant de monde s'approcher de Kathryn pour la saluer. Cette fraternité sous ecsta, ça allait un moment, mais ils avaient des affaires à traîter. Terry se rangea à l'avis de Catarrhe lorsque ce dernier demanda à Rab :

— Allez, on va chez toi.

— Euh, d'accord… Je reviens.

Il évalua ses chances, le regard posé sur Charlene et Lisa. Rab avait pris sa décision, il n'irait nulle part sans Charlene. Elles étaient partantes mais ce fut Kathryn qui s'y opposa.

— Terry, je m'amuse tellement ici !

Comme à son habitude, Terry avait une répartie.

— Ouais mais c'est justement quand tu t'amuses qu'il faut partir. Quand tu passes un super moment. Parce que si t'attends de te faire chier, tu vas emmener la vibration merdique avec toi dans l'endroit suivant.

Kathryn y réfléchit un instant, puis lui accorda le point. Cette soirée avait commencé bizarrement mais se changeait peu à peu en un moment merveilleux. Et Terry s'était mis en quatre pour elle, alors elle était heureuse de le suivre. Terry, de son côté, fut étonné de voir Rab Birrell revenir avec les deux filles qu'il avait croisées plus tôt. Celles qui accompagnaient la fille qu'il avait insultée.

Lisa le regarda et le montra du doigt :

— C'était génial ! Sa mère qui se fait lécher la chatte par un pit-bull !

Perplexe, Rab observa Charlene et Lisa, tordues de rire. Terry se joignit à elles puis ajouta, d'un ton de demi-excuse :

— Désolé de m'être foutu de sa gueule...

— Nan, c'était super, fit Lisa dans un sourire. C'est une pouffiasse coincée du cul. Elle était pas avec nous, on l'a croisée par hasard, pas vrai, Char ?

— Ouais.

Rab lui avait donné des chewing-gums et elle mâchonnait à pleine bouche.

— Parfait, lança Terry sans dire qu'il n'aurait jamais imaginé s'excuser s'il les avait su vexées.

Ils récupérèrent leurs manteaux et sortirent dans le froid. Kathryn était fascinée par les faisceaux orangés des lampadaires et elle n'aperçut pas l'homme qui descendait du taxi et s'engouffrait dans la boîte. Ils longèrent la chaussée, bifurquèrent dans une rue perpendiculaire, jusqu'à une cage d'escalier. Ils gravirent les marches usées jusqu'au premier étage, puis au deuxième.

— Où est donc ce satané ascenseur, hein, Kath ? fit Terry dans un accent américain traînant tandis qu'ils continuaient l'ascension jusqu'à un appartement au dernier étage.

— Putain, t'as trop raison, mon pote, répondit Kathryn dans un mauvais accent écossais, répétant la phrase que Johnny Catarrhe lui avait apprise au club.

C'est ainsi que la chanteuse américaine Kathryn Joyner se retrouva dans l'appartement de Rab Birrell. Lisa était impressionnée par l'immensité de sa collection d'albums.

— C'est magique, fit-elle avant de farfouiller parmi les vinyles et les CD empilés sur des étagères. Rab Birrell se garda de préciser qu'ils appartenaient à quelqu'un d'autre, à un ami DJ, et qu'il se contentait de les garder, ainsi que l'appartement, d'ailleurs.

— Vous voulez écouter un truc en particulier ?

— Du Kath Joyner ! hurla Terry. Mets *Sincere Love* !

— Non, Terry, putain !

Elle ne chantait plus cette chanson merdique. Depuis Copenhague. Elle la détestait. C'était celle qu'elle avait coécrite avec *lui*. C'était toujours celle qu'on lui demandait de chanter.

Charlene émit une demande :

— Pitié, plus de dance, Lisa, j'en ai eu ma dose pendant les deux semaines à Ibiza. Trouve un truc indé, un peu de rock.

— J'ai pas grand-chose de ce genre, confessa Rab.

— Le rock actuel, c'est vraiment de la merde. La seule personne qui fasse des trucs intéressants, c'est Beck, déclara Johnny.

Kathryn écarquilla les yeux.

— Mon Dieu, Jahnny, tu as absolument raison ! Mets Beck. Beck, c'est la meilleure dope.

— Ouais, c'est super, acquiesce Terry qui se précipita aux côtés de Lisa pour chercher dans une pile de vinyles. Je l'ai !

Il plaça le disque sur la chaîne et la mélodie populaire des juke-box de pubs emplit bientôt l'air, *Hi-Ho Silver Lining*.

— Putain, mais c'est quoi ça ? demanda Lisa.

Rab se mit à ricaner, suivi de près par Johnny.

— Beck. Jeff Beck. *Ha ho silvah ly-nin…*

Kathryn lui adressa un regard solennel.

— On ne parlait pas ce Beck-là, Terry.

— Ah bon.

Découragé, Terry s'affala dans un pouf. Rab Birrell se leva et mit *Let the Music Play* de Shannon et fit quelques pas de danse avec Charlene et Lisa, puis attrapa Charlene par la main pour l'attirer vers un canapé installé contre la baie vitrée.

Terry se sentit vieux et humilié. Pour se consoler, il sniffa d'énormes rails de coke sur une pochette de CD.

— Va chier, Terry, on est encore à l'ecsta, fit Rab depuis le canapé.

— Y en a parmi nous qui tiennent mieux la drogue que d'autres.

Kathryn était ravie de se contenter de l'ecsta. Après Shannon, quelqu'un mit un autre CD. Kathryn adorait cette musique, elle se leva et dansa avec Johnny et Lisa. La jeune fille était si belle aux yeux de la chanteuse américaine, mais ça lui plaisait plus que ça ne l'intimidait. La mélodie résonnait à ses oreilles, fantastique, rythmée, entraînante mais mélancolique, riche en textures.

— C'est de qui?

Johnny lui tendit la pochette. Elle put y lire :

N-SIGN : DÉPARTS

— Un pote de Terry, expliqua Johnny, regrettant immédiatement son intervention devant l'intérêt de Kathryn. Ça fait un bail, ajouta-t-il avant de se lancer dans un mouvement à contretemps que Kathryn et Lisa, à son grand soulagement, décidèrent d'imiter.

Rab Birrell, assis main dans la main avec Charlene, montra la colline d'Arthur's Seat par la fenêtre.

— La vue est magnifique, commenta Charlene.

— C'est toi, la vue magnifique.

— C'est toi aussi.

Terry, malheureux sur son pouf, entendit leur conversation. Birrell avait une nouvelle copine. Il allait être obligé de regarder cet atroce spectacle mielleux sous ecsta, la première baise de Rab depuis des siècles. Beck. Mais qui c'est, putain? Un pédé de Yankee, forcément. Il s'en donnerait des coups de pied au cul. Les mauvaises références étaient un crime inexcusable dans certains quartiers, pires que le manque de références tout court. Et le pire endroit au monde pour ce genre de conneries, l'endroit où le jugement serait le plus violent, c'était bien dans la piaule merdique de l'étudiant Rab Birrell. La situation tournait rapidement au cauchemar, pensa Terry en préparant de nouveaux rails de coke que personne d'autre que lui ne voulait sniffer. Catarrhe se retrouvait avec deux filles à ses pieds et, sous l'effet de l'ecsta, voilà que Rab se la jouait Mister Cool. Terry observa soudain l'appartement. Le papier peint. Le pouf. Les plantes vertes. Deux mecs qui vivent ensemble avec des putains de plantes vertes! Rab Birrell, le soi-disant fan des Hibs. Mais ce connard a toujours été hooligay. Dans la salle d'audience de son cerveau où Rab Birrell était en jugement, accusé d'être un sale étudiant snobinard, Terry rassemblait une pelletée de preuves contre lui. Puis il le trouva enfin. L'élément de décoration qui l'enfonça encore plus profond, bien plus loin dans l'exaspération, l'objet qu'il reçut comme une gifle, comme un outrage ahurissant. Un poster représentant un soldat cueilli par une rafale, sous-titré d'un POURQUOI suivi d'un point d'interrogation. Voilà, aux yeux de Terry, ce qui résumait la personnalité de ce con : sa politique, son hypocrisie, ses conneries d'étudiant. Il pouvait presque l'entendre déblatérer sa merde à cette cruche, dans la boîte, Ouais, ça fait vraiment réfléchir, pas vrai? et puis se lancer dans un cours magistral à la con, sur un sujet abordé avec ses petits camarades de la fac. Stevenson College Birrell, Stevenson College.

Et le frangin de Rab. Billy. Son bon vieux pote. Terry se souvint du jour où il avait mis les pieds, pour la seule et unique fois, dans le Business Bar. D'accord, il avait bu un peu et il portait une salopette vu qu'il faisait quelques boulots de peinture discrétos. Mais Business l'avait ignoré, lui avait adressé un méprisant «Terry!» suivi d'un regard explicite, genre, reviens quand tu seras mieux sapé, qui avait ridiculisé Terry devant la clientèle bourge, ces branleurs de George Street qui buvaient là. À travers le brouillard drogué et la musique de N-SIGN, il les entendait presque, «Je connais pas mal de gens louches, dans cette ville. Avez-vous déjà rencontré Billy Birrell? L'ancien boxeur? Celui qui tient le Business Bar? Il faut absolument que vous veniez faire sa connaissance. C'est un sacré personnage.» Et Billy Birrell resterait planté là, l'artiste du punching-ball, à murmurer à l'oreille des serveuses, histoire de se frayer un chemin dans leur culotte, «Prends bien soin de Brendan Halsey. C'est un grand nom de *Standard Life*. Oh, regarde, voilà Gavin Hastings! Gavin!»

Birrell. Qui se roule dans le ridicule. Il ne ferait jamais partie de leur clique, ils ne l'accepteraient jamais vraiment. Il resterait là, à se laisser materner, sans s'en rendre compte ou, pire, totalement conscient de la situation mais mettant ça sur le compte du business.

Les Birrell et leur putain de prétention.

Rab regardait le poster qui semblait plaire à Charlene.

— Ça en dit long, ce poster, hein ? fit-elle, en quête d'approbation.

— Ouais, répondit-il sans l'enthousiasme qu'elle paraissait attendre de lui.

Il détestait cette affiche de tout son cœur. Elle avait été accrochée là par son coloc, Andrew, et Rab se foutait toujours de son côté gauchiste, de son kitsch étudiant, mais ce poster dépassait les bornes. C'était pour lui le symbole du politiquement correct, arrogant et suffisant. Allez, amusons-nous à faire tous ces commentaires débiles pour prouver à quel point on est profonds et malins. Quel ramassis de conneries. Andrew était sympa mais il s'en battait les couilles, de la guerre. C'était s'engager sur une autoroute paresseuse en direction d'un tas de principes pompeux.

Il se tourna vers Terry qui regardait le poster lui aussi, une expression de dégoût abjecte peinte sur le visage, et il savait exactement ce qu'il pensait, il se retenait de hurler, « C'est pas le mien, OK ? » Mais Charlene le tira bientôt par la main et ils allèrent dans sa chambre pour s'embrasser, faire un câlin, murmurer des secrets et si tout cela menait à une exploration de l'autre, à un échange de fluides, ce n'était pas pour déplaire à Monsieur Robert Stephen Birrell. Il se délectait de cette passivité, libéré du fardeau qui pèse sur les épaules lorsqu'on est le relou du couple qui pousse toujours à l'action. On a parfois besoin d'un petit cacheton pour se déconditionner, se détendre, se laver de toutes ces conneries de timidité.

Terry les regarda franchir le seuil de la chambre, envahi d'un sentiment proche du désespoir absolu. Non seulement

Birrell et Catarrhe avaient pris le contrôle de sa soirée avec Kathryn, mais ils s'étaient appliqués à lui mettre le nez dans sa merde, à lui montrer que le trophée qu'il convoitait devenait une babiole à jeter quand d'autres, plus attrayantes, apparaissaient à l'horizon. Catarrhe allait finir par ramener les deux filles chez lui. Catarrhe dans une partie à trois, et Terry tout seul. Catarrhe! Les sonnettes d'alarme se mirent en route dans sa tête, son cœur explosa et sa colonne vertébrale se mua en une barre de métal. Il bondit sur pied et se précipita hors de la pièce. Il revint quelques instants plus tard, enroulé dans une couette blanche d'une matière identique à la chemise de Johnny. Il traversa le salon à grandes enjambées et se glissa derrière Johnny pour parodier ses mouvements de danse stylés.

— Terry, mais qu'est-ce que tu fais? demanda Kathryn dans un rire tandis que Terry ondulait et que Johnny regardait par-dessus son épaule, gêné et anxieux.

Le ricanement de Lisa ressembla à une machine à laver en cycle essorage. Ce Terry, quel taré.

— Je te pique juste un peu de ton style, John Boy, c'est tout, fit-il à Johnny qui sentit sa lèvre inférieure se retrousser malgré lui.

Catarrhe avait toujours du mal avec les vannes de Terry et regretta sur-le-champ de s'être laissé reléguer au rôle de faire-valoir. Il sentait son assurance diminuer en même temps que les effets de l'ecsta. Tout ce qu'il pouvait faire, c'était continuer à danser et résoudre son dilemme. Kathryn ou Lisa, Kathryn ou Lisa… une vieille bique et une carrière, ou une jeune minette et une baise de rêve… l'immense show avec Elton et George s'éloignait. Mais il n'avait pas besoin de se coltiner ces tapettes du show-biz. Ce genre de relations pouvaient être préjudiciables à sa carrière. Le marché adolescent était à envisager en priorité, c'est pour ça que la plupart des boysbands ne faisaient jamais leur coming-out. La merde. Lisa ou Kathryn… Lisa était canon. Bon, d'accord, il niquerait une fois avec Kathryn, même si elle avait depuis longtemps passé la date de péremption. Lisa était un peu allumeuse. La merde. Aller avec Kathryn, c'était mettre sa carrière au premier plan et récolter les bonus optionnels, genre, laisser ce connard de Juice Terry à une nuit entière de frustration.

Mais Lisa matait Terry avec un peu trop d'intérêt. Il était gros, mais sa méthode de calcul mental nez-mains-pieds lui laissait entendre qu'il en aurait en réserve.

Kathryn était hypnotisée par Johnny. Johnny était beau.

-— Jahnny est beau, annonça-t-elle à Terry d'un ton impérial tandis que Johnny reniflait son mucus.

Elle passa un bras autour de lui, ignorant les claquements de dents de Terry.

— Ça te dit de faire un câlin? lui murmura-t-elle à l'oreille.

— Hein? fit Catarrhe. Mais de quoi est-ce qu'elle parlait, putain?

— Je crois que j'ai envie de coucher avec toi.

— Super… euh, on retourne à ton hôtel, hein? demanda Catarrhe, impatient de faire faux bond au reste de la compagnie.

Cette petite Lisa, elle était canon mais elle n'irait nulle part. Elle serait encore là quand il reviendrait de sa première tournée aux States. Il s'efforcerait alors de lui trouver un créneau. Sa carrière, finalement, allait devoir passer au premier plan.

— Non… Je veux pas y retourner. Est-ce qu'il y a une chambre d'amis ici?

— Ouais…

La chambre d'Andy, le coloc de Rab, pensa Catarrhe sans grand enthousiasme. Qui aurait envie de niquer sur un matelas pourri, sous une couette tachée de sperme, dans la chambre d'un branleur d'étudiant alors qu'ils auraient pu le faire dans une suite au Balmoral? Une seule réponse possible: une vieille thunée qui aurait envie de s'encanailler. Johnny avait entendu dire que certaines chambres du Balmoral avaient des miroirs au plafond. Mais bon, comme disait la Ricaine, c'était son choix. Ils disparurent dans la chambre, laissant Terry dans un état d'agitation intense.

Lisa le dévisagea.

— Y a plus que toi et moi, hein.

Terry observa sa moue, puis son t-shirt blanc et son fute noir. Sa gorge le chatouilla. Il détestait draguer les filles sous ecsta. Le rituel britannique du *nudge nudge, wink wink* à la Monty Python lui venait naturellement, et il ne supportait pas d'en voir les banalités détruites ou déformées par les cachetons. Sa cassette mentale de réparties merdiques lui avait bien servi, il ne voulait pas en voir la bande effacée à jamais. Sans elle, il ne savait jamais quoi dire.

— Avant, je bossais dans une camionnette de jus de fruits, mais c'était y a longtemps...

À la fenêtre de la chambre, Johnny et Kathryn observaient le ciel d'un noir d'encre. Les étoiles étaient magnifiques. Johnny les regarda scintiller en pompant sur sa Regal. Kathryn posa ses yeux sur Johnny, sur la cigarette, puis sur les étoiles.

— On dirait une scène de film d'auteur existentialiste, Jahnny.

Johnny acquiesça lentement sans tourner la tête vers Kathryn, blottie contre son flanc. Les étoiles brillaient, s'envoyaient leurs codes étranges à travers l'Univers.

— Tu crois qu'il y a une vie, après, ailleurs ? demanda Kathryn.

— Bof, moi j'ai essayé mais ça me plaît pas trop, hein.

Kathryn ne l'écoutait pas.

— Je me dis juste... l'espace...

Johnny leva les yeux vers le ciel puis les baissa vers le bout incandescent de sa clope.

— Les cigarettes, fit-il presque pour lui-même.

Bien sûr, Johnny était fasciné par l'attrait magique du ciel étoilé et des possibilités qu'il offrait mais il refusa d'en parler à Kathryn. Il aurait été trop compliqué de lui expliquer que dans cette région d'Écosse, échanger ses rêves c'était comme échanger une seringue. Ça semblait sympa au premier abord mais ça ne t'apportait que des emmerdes. De toute façon, il avait envie de baiser. Il se tourna vers elle et leurs lèvres se rejoignirent. Il n'y avait qu'une courte distance jusqu'au matelas et Catarrhe espérait avoir rassemblé suffisamment de passion pour que les miettes de sperme d'un branleur d'étudiant ne soient plus qu'un détail insignifiant.

# Vol de retour

*4 h 00*

L'hôtesse de l'air me regarde avec une horreur mal dissimulée. Je ne ressemble à rien : vêtements sales et puants, tête rasée (trop de poussière et de terre dans le désert pour garder mes dreads). Et mon odeur : des relents rances et chimiques mêlés à la terre du Nouveau Monde. Des traînées de sueur et de morve sur le visage. L'hôtesse lance une œillade au steward manucuré qui m'aperçoit et lève les yeux au plafond. Mon pauvre voisin arque son corps aussi loin de moi qu'il peut. Je ne suis pas en état de voler. Je ne suis pas en état de faire quoi que ce soit.

L'avion rugit et s'élance : je suis cloué à mon siège, puis on s'élève dans les airs.

— On avait suffisamment d'espace, Helena, je m'entends dire plusieurs fois tandis que la carlingue se stabilise.

Le mec à côté de moi s'éloigne encore plus. Une autre hôtesse s'approche de moi.

— Vous allez bien ?

— Oui.

— Taisez-vous, s'il vous plaît. Vous importunez les passagers.

— Pardon.

J'essaie de garder mes paupières ouvertes, même si j'ai désespérément besoin de dormir. Dès qu'elles se ferment, je me retrouve propulsé dans un monde de folie : des démons et des serpents m'encerclent, les visages des absents et des morts se massent près de moi et je me mets à marmonner avant de pouvoir revenir avec effort à un état de conscience impossible à maintenir.

Ignorant et éclairé.

L'ignorant n'empêchera jamais l'éclairé de se droguer. Je suis d'accord avec ce bon vieux Kant Emmanuel et les derniers cannibales. Le phénoménal et le nouménal sont une seule et même chose mais l'homme ordinaire, à travers sa propre perspective, ne perçoit que le phénoménal.

C'est pour ça que je me rappelle le plus beau conseil que m'ait jamais donné mon père : Ne fais jamais confiance à un homme qui ne boit pas d'alcool. C'est comme dire, Je suis un branleur ignorant et obtus. S'il compense l'absence de drogue par une imagination brillante, d'accord. Mais si ce genre de mecs ont une intelligence, ils le cachent bien, en tout cas. Qu'est…

QU'EST-CE QUE…. Une ombre à mes côtés.

— Que désirez-vous boire ? demande le steward.

Quoi ?

Le choix consumériste contre le choix véritable.

La soif est le problème, la boisson est le besoin. Que boire : café, thé, Coca, Pepsi, Virgin, Sprite, Coca Light, déca, additifs… quand tu as fait ton choix, tu as déjà croqué bien profond dans ce qui te reste de vie, bien plus qu'avec la drogue. Ils essaient de te tromper, de te faire croire qu'effectuer un tel choix jour après jour peut te rendre libre, vivant, maître de toi. Mais c'est des conneries, c'est un gilet de sauvetage pour t'empêcher de virer taré au beau milieu de la folie de ce monde merdique qu'on a laissé évoluer autour de nous.

La liberté d'un choix futile.

— De l'eau… plate…

J'ai l'impression d'être à nouveau là-bas, je sens l'acidité de la poussière dans mes cavités nasales, sur mes lèvres, sur mon visage et mes mains, l'air étrange et frais, et dans le lointain, je perçois le grondement des basses, et les voix : cris, couinements, murmures.

Cris – Bong

Mais je suis dans l'avion en compagnie des méchants petits ours

qui tentent d'effacer mon esprit par les drogues. Et voilà que ça revient, la nausée, les douleurs, les spasmes, les frissons qui rivalisent avec les pires inventions démoniaques.

Mais ils sont inépuisables, les méchants petits ours. L'un d'eux, perché sur le fauteuil devant moi, se montre particulièrement insistant.

Tu nous appartiens, petit con

T'as jamais servi à quoi que ce soit, Carl, tu sers à rien ni à personne

Tu peux pas nous tromper, mon pote, on te connaît bien. On sent ta peur, on goûte ta peur

On te connaît, espèce de merde inutile, d'étron mou

Tu veux pas bosser, ton communiste de père voulait pas bosser

Oh mon Dieu…

Et un des petits ours me mordille la main, plante ses dents dedans, mais c'est moi avec mon briquet, je le fais cliqueter, c'est les nerfs : pas de clopes à allumer, rien qu'une flamme qui me brûle la main.

— Pas de clopes ? Où sont les clopes…

— Qu'est-ce qui ne va pas ? demande l'hôtesse.

— Z'avez une clope ?

— C'est un espace non fumeur ! C'est la loi, elle me lance froidement avant de s'éloigner.

Putain, je vais crever. Cette fois-ci, je vais vraiment crever. Je ne vois pas comment je vais tenir le coup et me sortir de là. Ohhh…

Non.

Tu ne vas pas crever.

On ne crève pas. On est immortels.

Ah ouais, putain : c'est que vous croyiez.

Mais on crève, c'est certain. Ça ne continue pas indéfini-ment. Ça se termine.

Gally.

# Édimbourg, Écosse

*8 h 26*

### Invités

Lisa fut agréablement surprise de découvrir que Terry était un bon coup. Ils avaient niqué une bonne partie de la nuit mais vu la quantité de coke sniffée, ils ne purent se complaire dans une harmonie postcoïtale, agités et en sueur dans les bras l'un de l'autre, le cœur battant la chamade. Terry savait ce qu'il faisait et quand il en avait marre d'être inventif, il vous marteau-piquait à vous en faire saigner les oreilles.

Elle était sur lui et, oui, il avait tendance à jouer les gros pervers, visait toujours son cul, elle connaissait bien ce genre de types mais pas question qu'elle en prenne une dans la boîte à caca. Elle enfonça son doigt dans le cul de Terry et attendit sa réaction. Elle faisait ça aux mecs qui essayaient de l'enculer, après ça, ils se comportaient en gentlemen et la traitaient en grande dame.

Terry laissa échapper un hurlement d'agonie, bien au-delà du désir ou de l'extase. Son érection s'évanouit et, le visage marqué par la douleur, il repoussa Lisa.

— Je pensais pas que t'étais du genre peureux. Je te prenais pour un mec sympa et vicieux. Ça fait pas le même effet quand c'est dans ton cul à toi, pas vrai, mon garçon?

Terry haletait, les yeux larmoyants.

— Ouais, c'est pas cool, hein ? insista Lisa.

— C'est pas ça putain, fit-il entre ses dents. C'est les hémorroïdes, j'en chie depuis plusieurs jours.

Terry s'était levé pour trouver une lotion à appliquer sur ses fesses. Il finit par se résoudre à utiliser la crème Nivea pour les mains de Lisa. Ça calmait un peu la douleur mais il ne pouvait plus tenir en place. Ils sniffèrent un autre rail de coke.

Terry se mit à farfouiller dans la pièce comme il le faisait si souvent chez les gens. Il entrait généralement dans leurs maisons en compagnie de Post Alec sans y être convié, et il s'était habitué à ce genre d'attitude, même lorsqu'il était invité. Avec délectation, il mit la main sur une dissertation de Rab Birrell. Il en commença la lecture. C'était vraiment trop, il fallait absolument qu'il partage ça avec tout le monde. Terry martela aux portes des deux chambres et ordonna à tous de se lever, offrant le prétexte d'un bon petit déjeuner.

Il frappa d'abord à la porte de Johnny et Kathryn.

— John Boy ! Kath ! Venez voir !

Johnny fut à la fois irrité et reconnaissant de cette intervention. Oui, il venait juste de s'endormir et il maudissait le gros porc. Mais d'un autre côté, Kathryn l'avait collé toute la nuit et il n'avait pas le courage de baiser encore une fois avec elle. Il inspira alors qu'elle s'étirait et se tournait vers lui, yeux écarquillés, lèvres humides.

— Jahnny… quel méchaaaant garçon… fit-elle, ses doigts s'enroulant autour de sa bite molle.

— Euh, vaudrait mieux qu'on bouge…

— Et un petit coup rapide ?

Un rayon illumina son visage squelettique et presque transparent. Johnny fut saisi d'horreur et renifla un peu de mucus. Il y en avait trop, il ne pouvait pas le cracher et fut obligé de l'avaler. La boule descendit le long de sa gorge comme un caillou, des larmes lui montèrent aux yeux et son estomac se retourna.

— Un coup rapide… ça ne figure pas dans mon dictionnaire. On le fait bien, ou on le fait pas du tout.

Kathryn s'accorda un sourire d'encouragement, jeta un œil au réveil et demanda :

— Il est si tôt, putain… qu'est-ce qu'il veut, Terry ?

Johnny fouilla du pied le fond du lit. Il y trouva son caleçon, bondit sur ses pieds et l'enfila.

— Avec Terry, c'est forcément un plan foireux.

Ça ne déplaisait pas à Kathryn de se lever. Elle avait hâte de continuer cette aventure. Le lit merdique était plein de miettes étranges, saturé de leur sueur et de leurs fluides corporels. Elle s'habilla, pensa demander où se trouvait la douche mais ce n'était peut-être pas le bon protocole. Est-ce qu'ils se lavaient, en Écosse ? Elle avait entendu des rumeurs, mais qui concernaient surtout Glasgow. Peut-être qu'à Édimbourg, c'était différent.

— Tu sais, ce voyage aura été très éducatif pour moi, Jahnny. J'ai appris que vous vivez dans votre propre univers, vous autres. C'est comme si… c'est plus important de discuter de ce qui t'arrive, à toi et à tes amis, que de parler de la vie des gens comme…

Elle sentit le mot « moi » se glacer sur ses lèvres.

Johnny hésitait entre éclater d'un rire dédaigneux et se vexer. Il ne choisit aucun des deux et se contenta d'observer sa bouche béante en enfilant son jean.

— C'est juste que, quand tu as fait les choses que j'ai pu faire, quand tu as sacrifié ta vie pour… eh bien, c'est difficile à admettre… fit Kathryn d'un ton distrait.

— Je veux simplement te rendre la vie plus facile, Kathryn, déclara Johnny dans un frisson lorsqu'il se rendit compte à quel point sa réplique avait semblé sincère.

— C'est le truc le plus gentil qu'on m'ait jamais dit, fit-elle avant de l'embrasser sur la bouche.

Johnny ignora son érection et accueillit avec joie le rappel battu à la porte.

Lorsque Terry entra dans la seconde chambre, Rab et

Charlene dormaient enlacés sur le lit, tout habillés. Ce connard n'avait pas niqué! Il avait sûrement bercé la minette avec ses discours universitaires chiants comme la pluie. L'équivalent oral d'une putain de drogue du viol, sauf que la fille se serait réveillée vite fait si Birrell avait essayé de lui retirer sa culotte! Sous l'emprise de la coke, Terry enfonça sa main dans son calebute pour sentir sa propre bite moite qui, malgré la quantité de came sniffée, n'avait pas diminué. Ça, c'est une autre histoire, Birrell, une putain d'autre histoire!

Le premier visage que Rab avait envie de voir en ouvrant les paupières était celui de Charlene, endormie. Elle était adorable. Le dernier visage qu'il avait envie de voir était la grosse face de Juice Terry qui l'attendait en beuglant :

— Debout là-dedans!

Terry arpentait le couloir comme un acteur en pleine répétition sous les ricanements de Lisa qui se frottait les mains d'impatience. Les autres arrivèrent.

— C'est quoi, l'histoire? demanda Johnny.

Terry attendit que tout le monde soit rassemblé dans la confusion générale, puis brandit la dissertation et commença sa lecture à voix haute.

— Écoutez ça. Stevenson College, Études culturelles des médias, Robert S. Birrell. *Ma, He's Making Eyes at Me* par Lena Zavaroni, étudié d'un point de vue néoféministe. Ha ha ha ha… ce passage-là est génial…

Malgré son excitation grandissante face aux attentions manifestes de son prétendant, Mlle Zavaroni conserve sa mère comme point de référence constant.

*Every minute he gets bolder*
*Now he's leanin on my shoulder*
*Mama! He's kissing me!*

Cette déclaration constitue une manifestation exceptionnelle de fraternité, illustre un lien bien plus fort que la relation intergénérationnelle mère-fille. Nous apprenons à cet instant que le personnage de Zavaroni, ou plutôt sa *voix*, conçoit en sa mère une confidente compte ten...

— Laisse tomber, Terry.

Rab lui arracha la copie des mains. Lisa riait avec dégoût en voyant les yeux adorateurs de Charlene posés sur Rab. C'était répugnant.

— Un A + et tout! Pfiou! plaisanta Terry. Un bon point pour notre Rab!

— Mais c'était super, fit Charlene.

— J'imagine que je n'avais jamais vraiment réfléchi aux paroles de cette chanson, avança Kathryn.

Elle n'avait pas voulu rendre sa réplique sarcastique mais, à entendre le rire de Terry et à voir l'expression gênée de Rab, elle avait certainement été perçue ainsi.

Rab changea de sujet, adressa à Charlene un sourire reconnaissant et penaud, et proposa de descendre au café pour prendre un petit déjeuner et une bière. Terry avait déjà fait un inventaire minutieux du frigo et des étagères de la cuisine.

— Le seul endroit où on pourra trouver à bouffer, c'est au café. Je regardais tes trucs, là-bas dedans. C'est un vrai repaire à lesbiennes, ici, Rab, faut que je te le dise. Deux mecs qui vivent ensemble et qui mangent ces trucs? Beurk.

— Tu vas passer la journée à raconter tes conneries ou on va au café?

— Je crois que Terry pourrait faire les deux en même temps, lança Kathryn, déclenchant le rire de Johnny.

— Tu fais chier avec ton café, Birrell, j'ai pas d'appétit avec la poudre et les cachetons. On va boire quelques bières, ordonna Terry en souriant à Kathryn.

Cette salope de Ricaine se la jouait un peu trop. Bon, elle ferait mieux de pas trop rire à ses dépens, ou elle allait s'en manger plein les dents. Pas de traitement de faveur pour les stars.

Lisa et Charlene acquiescèrent, Kathryn et Johnny aussi. Terry but du petit-lait devant cette approbation quasi unanime.

— Du bacon, des œufs, des saucisses, des tomates, des champignons, protesta Rab.

— Va chier, Birrell. On est encore défoncés, enfin, du moins les poids lourds sont défoncés, pas vrai Lisa ? fit-il avec un clin d'œil à Lisa qui lança une œillade glaciale à Rab. Il va nous falloir attendre des mois avant de pouvoir becter quoi que ce soit.

Kathryn en particulier était heureuse de continuer à boire. Elle passa un bras autour de Johnny. Ce mec savait baiser. Dès qu'elle avait posé la main sur lui au cours de la nuit, sa bite s'était mise au garde-à-vous. Elle était montée sur lui, l'avait enveloppé, attiré en elle et il lui avait donné des coups de reins comme si sa vie en dépendait.

— Euh, mais t'as un concert ce soir, il faudrait que tu dormes un peu, genre, à ton hôtel et tout, se risqua Johnny.

Kathryn fut secouée d'un frisson intérieur. Elle voulait continuer.

— J'ai bien le temps de prendre une putain de bière avant. Sois pas si rabat-joie, Jahnny.

— Je disais ça comme ça.

Il devait bien admettre qu'il lui faudrait recharger les batteries avant de retourner au pieu avec cette vieille peau. Cette putain de poufiasse ne l'avait pas lâché de la nuit. Si elle voulait un tel niveau de cul chaque nuit, eh bien, il n'aurait plus franchement le temps de se consacrer à sa guitare. Les contrats devraient être signés rapidement, avant qu'il s'épuise à baiser.

— Ouais, Johnny, fais pas chier. Elle a bien mérité un petit verre, elle est en Écosse, pas vrai Kath ? fit Terry sur le point d'ajouter, « Surtout après avoir passé la nuit entière avec un petit con comme toi » mais il se mordit la langue.

En plus, il s'en était plutôt bien tiré. Lisa se leva et le prit par la main.

— Allez, Mister Sexy.

Terry gonfla la poitrine comme un coq et s'approcha de la table basse.

Rab Birrell se sentit sur le point de vomir. Ce sale poivrot puant trouvait toujours un coup à baiser. Joanne, son ex, lui avait un jour raconté que sa meilleure amie, Alison Brogan, avait décrété que Terry avait été la meilleure baise de toute sa vie. Ce putain de Juice Terry! Ça le dépassait.

— Des érections comme des cannettes d'Irn Bru empilées, avait dit Alison à Joanne qui s'était empressée de transmettre la nouvelle à Rab ; à l'époque, il avait été content pour son ami.

Mais il était loin d'être content, à cet instant précis.

— Le truc, Rab, c'est qu'il faut que j'aille dire à Alec que je peux pas aller bosser avec lui à l'hôtel. Les fenêtres et tout. Il te reste de la bière?

Terry sourit, arqua un sourcil et serra la main de Lisa.

— Ouais…

Rab avait d'autres projets pour ses bouteilles, mais il se dit qu'il n'était pas prudent de mentir, vu que Terry avait dû fouiller chaque centimètre de ses étagères.

— Mais, euh… c'est à Andrew…

— On lui en rachètera, putain, Rab. Kath a un paquet de thunes !

— Ouais, pas de problème. Je peux te racheter des bouteilles, fit Kathryn.

— Nan, c'est pas ce que je voulais dire… protesta Rab.

Ce connard l'avait bien eu, il l'avait fait passer pour un radin. Rab Birrell se tourna à temps pour capter le sourire sadique de Terry. Il avait vraiment envie d'aller dans un café, ou de remonter un peu de nourriture de la cave pour préparer un petit déjeuner. Il n'avait pas faim mais son estomac rendait généralement ce qu'il avait bu, s'il n'ingérait pas un minimum de bouffe. Et voilà qu'ils repartaient sur la picole, qu'ils allaient rendre visite à Post Alec et qu'ils embarquaient sa bière. Il essaierait d'acheter un sandwich en chemin. Cette idée s'évapora après qu'il eut sniffé un rail mortel de la poudre de Terry.

Kathryn en fut soulagée. Son trouble du comportement alimentaire s'était réaffirmé, avec l'aide des ecstas et de la coke, et elle ne pouvait supporter l'idée d'ingurgiter des aliments frits. Les tentatives de Rab pour décrire le petit déjeuner typique écossais avaient fait resurgir en elle sa peur panique de la nourriture.

— Alec va pas être enchanté de nous voir. Le réveiller si tôt le matin pour lui expliquer qu'il va bosser tout seul… fit Johnny, trimballant le sac-poubelle où les bouteilles s'entrechoquaient joyeusement. Surtout qu'on a pas de bière locale. Alec aime pas la merde européenne.

— De la merde européenne achetée par un étudiant débile du nom de Robert S. Birrell! rigola Terry avant de reprendre son sérieux pour héler deux taxis.

— On a des bouteilles, Terry, c'est tout ce qu'il remarquera, fit Rab presque pour lui-même.

Terry n'était pas allé en ville depuis longtemps. Il n'allait jamais au-delà de Haymarket, et encore, il fallait qu'il soit dans un sacré état. L'embourgeoisement de sa ville le dégoûtait vraiment. Il tourna la tête vers le district financier et Earl Grey Street.

— Où est-ce qu'il est passé, le quartier de Tollcross, putain?

Personne ne répondit et ils arrivèrent bientôt chez Alec dans le quartier des Dalry colonies.

— Jamboland, annonça Rab en descendant du taxi.

— Super, lança Kathryn.

— Non, pas vraiment.

Terry jeta un regard désapprobateur à Rab.

— Ferme ta gueule deux secondes, avec tes histoires de foot, pauvre relou. C'est toujours les Hibs gna gna, les Jambos gna gna. Elle s'en fout, Kathryn.

— Comment tu le sais ? Tu peux pas parler à sa place.

Terry laissa échapper un long soupir puis hocha la tête. Ce con de Birrell avait faim de punition. Il ne savait jamais quand s'arrêter. Eh bien, ça n'était pas grave car Juice Terry lui collerait des claques morales toute la journée s'il le fallait. Il savoura un vestige d'affection perverse et paternaliste, et regarda Rab Birrell, puis Kathryn. Lorsqu'il ouvrit la bouche, ce fut pour s'exprimer d'un ton sec mais indulgent.

— Bon. Kathryn. L'Hibernian Football Club. Le Heart of Midlothian Football Club. Ça t'évoque quoi, ces noms ?

— Je sais pas…

— Que dalle, coupa-t-il en se tournant vers Rab qui semblait mal à l'aise. Alors ferme ta gueule, Rab. S'il te plaît.

Rab se sentait ravagé. Ce connard de Terry ! Ce putain de…

— Mais à vrai dire, j'ai lu Hibernian sur le maillot de Rab, fit-elle, le doigt pointé sur l'écusson du t-shirt.

Rab vit une lumière et s'engouffra dans la brèche.

— Tu vois !

C'était le côté génial et chiant de Terry. Si tu l'ignorais, il te piétinait. Si tu le suivais dans ses conneries, tu te rabaissais à son niveau minable. Et il arrivait toujours à faire passer sa mesquinerie pour quelque chose de bien supérieur.

— Excuse-moi, Roberto. Kathryn a remarqué l'écusson de ton maillot, sinon au top de la mode, du moins bariolé, alors vas-y, balance-nous un, euh, comment est-ce que vous dites, vous les étudiants… une analyse rétrospective de la saison 99 de la Coupe de la ligue. Ou alors, autre option. On pourrait juste se contenter d'aller boire un coup chez Alec.

Ils gravirent l'escalier jusque chez Alec et Terry frappa à la porte, suivi d'un Rab silencieux et stupéfait.

Kathryn était encore dans les vapes. La nourriture, l'alcool, les ecstas, la coke et la baise avec Catarrhe l'avaient laissée dans un état de dislocation mentale étrange. Une porte s'ouvrait à présent en haut d'un escalier et un homme rougeaud apparut devant eux. Kathryn avait vaguement conscience de reconnaître l'homme qui lavait ses fenêtres hier avec Terry. Il portait un t-shirt jaune représentant un personnage délavé de dessin animé. L'homme à lunettes de soleil était installé dans une énorme voiture, le bras autour des épaules d'une femme aux seins improbables. Il tenait d'une main un verre de bière moussante, de l'autre, le volant de sa voiture. On pouvait lire un slogan fané : J'AIME MES VOITURES RAPIDES, MES FEMMES CHAUDES ET MA BIÈRE FRAÎCHE. Incrédule, Post Alec détailla le groupe et laissa échapper un son guttural incompréhensible.

— Ahy… yay…

Kathryn ne savait pas s'il fallait y entendre une salutation ou une menace.

— Ferme ta grande gueule et arrête de gémir, sale poivrot, on a de quoi boire, fit Terry en agitant les bouteilles sous le nez d'Alec. Et voilà Kathryn Joyner, putain !

Alec observa Kathryn, ses yeux bleus scintillant au milieu de son visage rouge comme de la peinture de minium. Puis il se tourna vers les autres… la collection habituelle de jeunes bons à rien et de petites connes dans leur sillage. Mais qu'est-ce qu'ils lui voulaient, putain ? Son regard se posa sur le sac-poubelle où s'entrechoquaient des bouteilles. Ces cons avaient à boire…

— Alec, le salua Catarrhe d'un ton humble avant de cracher sa morve par-dessus la rambarde.

Post Alec ignora Johnny, il les ignora tous. Il allait toujours droit vers la source des ennuis, et il savait où elle était, dans le cas présent. Il dévisagea son ami et râla dans un gémissement rauque :

— C'est pas sympa, Terry.

Mais il reculait déjà dans son appartement et hochait la tête, suivi de près par Terry.

— À cette heure-ci, putain. Mets la bière là-dedans, il ajouta avec un geste en direction du frigo.

— Je t'ai dit d'arrêter de gémir, fit Terry dans un rire en lui tendant une bouteille.

Il distribua la bière et fit les présentations.

— Mais, et les fenêtres ? demanda Alec.

— On a tout le temps. Le mec est à l'hosto pour un bon moment. On peut prendre un jour de congé pour se bourrer la gueule.

— Il faut qu'on finisse le boulot, Terry. Je te préviens.

— Une journée, ça va pas changer grand-chose. Un jour en l'honneur de la démocratie, Alec, un jour pour l'homme ordinaire.

— C'est le gagne-pain de Norrie !

— Une journée, Alec. Et après, on torche le boulot. Allez, on va s'imbiber de l'atmosphère du festival ! Sois pas si chiant, putain ! Ingurgiter un peu de culture, Alec, voilà ce dont t'as besoin. T'es trop impliqué dans l'univers philistin du commerce, c'est ça, ton problème. Un peu d'art pour l'art !

Alec avait déjà décapsulé une bouteille sans prendre connaissance de l'étiquette. Rab Birrell s'assit à la grande table et attira Charlene sur ses genoux. Il voulait que Terry remarque l'absence de réaction d'Alec devant les bières européennes, mais Terry avait l'esprit ailleurs.

Lisa s'installa sur une chaise de cuisine branlante et regarda Charlene qui caressait Birrell. Elle lui mangeait dans la main. Cette fille n'avait parfois aucune dignité. Ce Rab, c'était un gros naze. Pas comme Terry. Une vraie bête. C'était super. Il avait aussi une belle personnalité, pas comme certains jeunes. Lisa se pencha en avant et serra les jambes. Elle sentait encore les pulsations de sa bite. Grosse et raide. Oui. Oui. Oui. Sa queue vibrait encore en elle tandis qu'elle sirotait sa bière et faisait une grimace. Elle était dégueulasse mais le liquide lui permit de faire passer un reste de poudre au fond de sa gorge. Lisa avait envie d'un cocktail, puis d'une autre partie avec Terry. Mais il matait Kathryn Joyner, elle lui plaisait, c'était évident. Elle était pas mal mais elle était vieille et maigre comme un clou. La maigreur n'allait pas bien aux femmes de cet âge. Ça faisait rabougri.

Kathryn observa les deux jeunes Écossaises et repensa à Marleen Watts, la pom-pom girl blonde de son école à Omaha. Puis Marleen se changea en deux blondes qui la dévisageaient, de chaque côté du lit de Lawrence Nettleworth, le chanteur de Love Syndicate. Cet homme, son fiancé. Puis l'image s'effaça et les deux filles représentèrent à ses yeux ce qu'elle avait perdu. Sous ecsta la veille, elle avait apprécié leur jeunesse. Désormais, elle la convoitait. Elle avait envie de gerber tout ce qu'elle avait ingéré. Et pourtant

Pourtant, elle s'était sentie si bien, la veille, plus rien ne semblait avoir d'importance. La réalité lui apparut en un flash lumineux : il fallait qu'elle sorte plus souvent.

Elle discutait maintenant avec Lisa, de sujets qu'elle n'avait jamais abordés auparavant. La conversation était passée de la musique aux fans, puis aux fans obsessionnels.

— Alors, t'as déjà été harcelée par un fan, Kathryn ? Ça doit être super flippant.

— Ouais, c'était atroce.

— Ça devait être un sacré pauvre type, fit Charlene d'un ton amer.

— D'un côté, c'est triste, j'ai lu pas mal de trucs à ce sujet, quand il me harcelait. C'est dommage, ils ont vraiment besoin d'être soignés correctement.

Terry renifla avec mépris.

— Ouais, c'est ça, je sais très bien comment les soigner : une putain de droite en pleine gueule. Sales pervers dégénérés. Voilà comment je les soignerais, moi, ces connards.

— Mais ils ne peuvent pas s'en empêcher, Terry, ils s'obsèdent pour un rien.

Terry siffla.

— C'est un beau discours merdique américain, ça. Moi aussi, ça m'arrive d'avoir un intérêt obsessionnel pour quelqu'un. Ça arrive à tout le monde. Et alors ? Il suffit de te branler un coup en pensant à elle, et puis tu passes à quelqu'un d'autre. Quel mec serait suffisamment con pour squatter devant une maison, dans le froid, à attendre qu'une inconnue sorte dans la rue? Répondez donc à ça si vous le pouvez, fit-il en lançant un regard de défi autour de la table. Vous pouvez pas, évidemment. Ces connards, il faut qu'ils s'achètent une vie normale.

Il avala une gorgée de bière puis se tourna vers Alec qui parlait à Rab d'une allocation d'invalidité qu'il était censé toucher.

— T'as déjà été harcelé, Alec?

— Sois pas con, répondit Alec d'un ton morose.

— Si, t'as sûrement été harcelé par des proprios de pubs assez cons pour t'accorder une ardoise, pas vrai Alec? risqua Rab.

Alec hocha la tête et agita sa bouteille pour ponctuer ses propos:

— Toutes ces conneries, c'est typiquement américain. Enfin, sans vouloir te vexer, ma puce, fit-il à l'attention de Kathryn.

Kathryn sourit, hésitante.

— Je ne suis pas vexée.

Terry réfléchit un instant.

— Alec a pas tort, Kath, c'est toujours tes putains de Yankees qui foutent la merde dans le monde. Je veux pas te critiquer personnellement, mais faut bien l'admettre. Enfin, quoi, toutes ces conneries de serial killers, chez toi: qui d'autre se comporterait comme ça? Un tas de cons avides de gloire qui essaient de se faire un nom.

Lisa sourit et regarda Rab qui s'apprêtait à intervenir, mais décida plutôt d'essuyer une tache sur son maillot.

— Ça arriverait jamais en Écosse, affirma Terry.

— Ouais, mais le dénommé Dennis Nilsen, soutint Rab. Il était écossais, et ç'a été le plus grand serial killer de Grande-Bretagne.

— Il était pas écossais, putain… commença Terry, mais son assurance s'évapora.

— Si, il était écossais, il venait d'Aberdeen.

Ils se dévisagèrent.

— C'est vrai, fit Johnny.

Puis Charlene, Lisa et Alec acquiescèrent à leur tour.

Terry n'allait pas se laisser faire.

— D'accord, mais vous remarquerez qu'il a tué personne en Écosse, c'est quand il a emménagé à Londres qu'il a commencé à déconner.

— Et alors? demanda Lisa, le regard rivé sur lui.

— Alors, c'est les Anglais qui l'ont corrompu. L'Écosse n'a rien à voir dans cette histoire.

— Je sais pas si on peut dire ça, vu qu'il a grandi à Aberdeen, fit Johnny en reniflant.

La coke lui niquait le nez. Tout coulait par-devant, et rien par l'arrière. Comment c'était possible? Ce putain de nez.

— Aberdeen, pouffa Terry. Mais qu'est-ce qu'on peut attendre de plus de ces connards? Ils enculent leurs moutons, là-bas, alors ils risquent pas d'avoir de respect pour les êtres humains, si?

Johnny luttait à grand-peine pour respirer et pour comprendre la démarche mentale de Terry.

— Mais qu'est-ce que tu veux dire?

— Ben, réfléchis : un plouc comme lui arrive en ville, y a pas de moutons à niquer, alors il va se tourner vers la matière première, les humains. C'est ça, la société moderne. On laisse les ploucs voyager en toute liberté, on les retire de leur habitat naturel, ça les rend tout chelous de la tête, expliqua-t-il en haussant les épaules. Bref, cette discussion devient un peu déprimante. Alors, c'est l'heure d'un nouveau rail.

Il brandit un petit sachet de coke. Rab et Johnny entonnèrent le riff de *The Eye of the Tiger* et Terry prépara la poudre. À cet instant, la boîte aux lettres s'ouvrit en couinant et ils échangèrent des regards paranoïaques autour de la table. Surtout Alec.

— Cache-moi cette merde! Je veux pas de came chez moi! chuchota-t-il. Terry se passa la main dans sa tignasse. Elle était humide de sueur.

— C'est le facteur, rien de plus. La poste, quoi. Tu devrais le savoir, *toi*. C'est un petit truc privé, faut vivre avec son temps, Alec. Joue pas les dinosaures !

Le courrier venait effectivement d'être glissé par la fente et Alec alla ramasser les enveloppes en grommelant.

— Ouais, ben compte pas sur moi pour sniffer cette merde, ça va te tuer, siffla-t-il avant de sortir sous leurs éclats de rire.

Ils se donnèrent des coups de coude et regardèrent les cannettes et les bouteilles vides éparpillées dans la cuisine. Ils se turent comme des sales mômes devant un prof lorsque Alec revint, le nez chaussé de lunettes à monture noire, les yeux rivés sur une facture de téléphone.

— Il faut que je termine le boulot de Norrie, Terry.

— Bientôt, Alex, bientôt.

Ils sniffèrent un autre rail, tous sauf Alec. La cocaïne modifiait les proportions de la cuisine. Elle avait tout d'abord semblé intime, accueillante malgré sa saleté, mais à présent, les murs se rapprochaient tandis que les invités grandissaient. Ils parlaient tous les uns par-dessus les autres en une cacophonie effrayante. La vaisselle sale, les odeurs de friture, tous ces détails devinrent gênants, envahissants. Ils décidèrent d'aller boire quelques verres au Fly's.

# Aéroport de Bangkok, Thaïlande

*16 h 10*

Bangkok. Le pire est encore à venir, une pensée terrifiante. Mais la folie s'est évanouie. Les filles au magasin de souvenirs de l'aéroport sont magnifiques, plus belles que n'importe quelle pute du centre-ville. Je me demande combien elles sont payées. Leur décence immaculée. Leur sourire inusable. Est-ce qu'elles sont heureuses, ou est-ce que c'est le résultat de l'hypocrisie américaine du service client ? Et ce relationnel client, tu le trouves dans toutes les industries tertiaires du monde. Souris, même si ton cœur se brise intérieurement. On est comme des esclaves dans leurs champs de coton, on fait comme si « tout va bien, boss » mais on se demande comment on va joindre les deux bouts.

Tu quittes l'Australie, tu prends direction nord-ouest, puis ouest-ouest, et ça empire. J'ai demandé à une fille de chanter un refrain de Bowie, *draw the blinds on yesterday and it's all so much scarier,* pour le morceau que j'essaie d'enregistrer. Mais c'est merdique. Ma musique est merdique. Je ne la sens plus. C'est la pensée la plus sensée que j'aie eue depuis un sacré bout de temps, ce qui veut dire que je reprends mes esprits. On est les Jambos, on est le HMFC. On a gagné cette putain de coupe et j'ai loupé ça.

Sydney. Un monde à part. On s'en fout, de la Coupe d'Écosse : j'ai fait mon trou et j'ai explosé les platines. C'était *Mixmag* ou peut-être *DJ* qui a fait paraître un article intitulé « N-SIGN a-t-il perdu son talent ? »

Perdu mon talent ?

Pour le perdre, il aurait fallu que j'en aie un, de talent.

Comme si ça intéressait quelqu'un. C'est ça, l'avantage d'être DJ, tu peux avoir un tas d'acolytes mais être éminemment remplaçable. En fait, tu ne fais que te mettre en travers du passage de ceux qui ont des choses à dire, mais c'est le cas de tous les artistes, écrivains, musiciens, présentateurs télé, acteurs, hommes d'affaires, politiciens... tu bâtis ta niche et tu y squattes en niquant peu à peu les voies de circulation sociales et culturelles.

N-SIGN foire son set à Ibiza. N-SIGN maître de la déchire. Putain de merde. Toute cette presse dance : de la merde en boîte qui cherche à faire de toi un mythe. J'adorais ça, avant, j'adorais ça.

Helena a tout arrangé pour moi.

Helena, je pense à elle sans arrêt, alors qu'il est déjà trop tard. C'est l'histoire classique de ma vie. Aimer de loin. Se consumer à distance. Préparer tout ce que j'ai à lui dire, jusqu'à ce qu'on se retrouve dans la même pièce et que je ne sorte qu'une flopée de banalités. J'ai besoin de lui dire que je l'aime. J'ai besoin d'un putain de téléphone. Je vois encore le visage des démons et les petits ours qui dansent avec leur accordéon, et j'essaie de leur expliquer que j'ai besoin de mon portable pour appeler ma copine et lui dire que je l'aime.

Une femme est assise près de moi, un enfant dans les bras. Elle tend le bras jusqu'à moi et me secoue.

— Taisez-vous, s'il vous plaît... vous lui faites peur...

Elle se tourne vers une hôtesse.

J'ai que trente-cinq ans et je suis déjà persona non grata : niqué, dépassé, une non-personne. Mes besoins équivalent à que dalle. Le gosse, là, il représente le futur. Et pourquoi pas ?

— Je suis désolé. Je suis un lâche, j'ai toujours fui l'amour. Il faut que j'appelle ma copine, lui dire que je l'aime…

Je regarde les visages horrifiés autour de moi, la bouche en O de l'hôtesse de l'air. Si on était dans un film américain, ils m'acclameraient tous. Dans la vraie vie, ils pensent juste, pétage de plombs en altitude, un fou à bord qui pourrait mettre en danger nos putains d'existences, même si c'est juste dû au fait qu'on est serrés comme des sardines et que la seconde classe perd trois mètres chaque année au profit de la première. Et que si je provoquais un crash, tuant au passage «plusieurs grands cerveaux du monde des affaires», est-ce que le capitalisme mourrait, est-ce que les multinationales s'effondreraient? Bien sûr, ouais, tout comme la dance music ne survivrait pas à la mort de N-SIGN Ewart.

Une fille m'adresse la parole.

— Si vous ne vous taisez pas, que vous ne restez pas tranquille dans votre siège et que vous n'attachez pas votre ceinture, nous serons dans l'obligation d'employer la force, je crois qu'elle m'explique.

Je crois que c'est ce qu'elle a dit.

Mais c'est peut-être juste un tour que me joue mon cerveau.

Encore un repas merdique dans l'avion, un autre Bloody Mary pour calmer les tremblements. Les voix dans ma tête sont toujours là, mais moins menaçantes, comme des amis tripant sous speed, qui bavardent dans une pièce voisine et émettent peut-être un ou deux commentaires inconséquents sans chercher à mal. Ce genre de folie ne me gêne pas, ça peut même être réconfortant.

Je suis à nouveau dans l'avion. Je rentre chez moi.

Tous ces corps. Non, pas d'autre enterrement. *Ta mère semble présager le pire.*

Le pire. Je sais pas ce que c'est, le pire. Si, je sais.

Gally est mort.

Puis vint le second choc, qui aurait dû être mineur mais non. La nouvelle tomba la veille de la mort de Gally, Polmont avait été violemment attaqué dans sa propre maison. Il avait survécu de justesse. On n'en avait rien su, à l'époque. Ouais, ç'aurait dû être un choc mineur parce qu'on en avait rien à branler, de Polmont, mais ça semblait bien trop lié au décès de Gally.

Les rumeurs avaient circulé bon train. Les jours précédant l'enterrement de Gally furent étranges. On avait besoin de se convaincre que Gally n'avait rien à voir avec l'agression, mais qu'il avait aussi tout à voir avec. Comme si ces deux possibilités incompatibles justifiaient la vie de Gally, ou du moins sa mort. Évidemment, on ne pouvait pas avoir les deux tableaux en même temps, on ne pouvait avoir qu'une seule vérité.

Au cours de ces journées irréelles, personne ne paraissait vraiment savoir ce qui était arrivé à Polmont. Certains racontaient qu'il avait reçu un projectile dans le cou, d'autres qu'on lui avait tranché la gorge. Quoi qu'il en soit, il a survécu à l'attaque mais il est resté un moment à l'hosto. Sa blessure était sans aucun doute à la gorge, parce que ses cordes vocales ont été à jamais endommagées et que, pour parler, il s'était fait installer une de ces boîtes, celles où il faut appuyer sur un bouton. Le Dalek, on l'avait surnommé.

Les doigts étaient pointés sur Gally mais je savais que le petit homme n'avait pas une telle haine en lui. J'aurais parié que c'était un gars de la bande de Doyle. C'était des mecs lunatiques et tu as beau te croire balèze, à traîner avec eux, tu es la plus vulnérable des créatures terrestres quand l'heure des règlements de comptes a sonné. Et elle sonne toujours. Polmont aurait pu provoquer la foudre de l'un d'eux pour n'importe quel motif : pour avoir balancé, arnaqué, s'être chié dessus, toutes ces raisons étaient passibles de la peine de mort.

Juste avant l'enterrement, j'ai eu un coup de fil de Gail. J'étais abasourdi quand elle m'a dit vouloir me voir. Elle a supplié et j'ai pas eu le cœur de refuser. J'étais le témoin de Gally, elle m'a dit. Et puis elle a flatté mon ego et ma vanité en expliquant que j'étais toujours juste, que je ne jugeais jamais les gens. C'était un beau tas de conneries mais on aime se faire cajoler les oreilles. Gail est une championne de la manipulation et elle le fait inconsciemment, ce qui est préférable.

Je me souviens de leur mariage. J'étais un peu immature pour le discours d'honneur, mais les mecs avaient voulu me faire plaisir. Un consensus atroce et muet planait, ou alors c'était juste ma paranoïa : Terry aurait été l'homme de la situation. Il était plus confiant, plus loquace, plus vieux, marié, un gosse en préparation. Et ce que j'ai pu raconter ce jour-là, j'ai déjà oublié.

Gail était superbe, on aurait dit une vraie femme. Gally, par contraste, semblait ratatiné dans sa veste et son kilt ridicule. On aurait dit qu'il avait douze ans et pas dix-huit, et il sortait juste de la maison de correction. Les photos du mariage racontent tout ça en image : un putain de couple mal assorti. Elle avait invité des mecs chelous à la réception, une frangine de Doyle et quelques gars que je ne connaissais pas mais qui traînaient avec Dozo. J'ai encore quelques photos chez moi. La frangine Doyle et Maggie Orr étaient les demoiselles d'honneur. À côté de Gally, moi, j'avais l'air d'avoir quatorze ans, on aurait dit des petits mômes avec leurs mères, ou au moins leurs grandes sœurs.

J'étais super content parce que j'étais accompagné par Amy, de notre école. Ça faisait deux ans que je bandais pour elle, et puis on avait fini par sortir ensemble – je crois que le mariage était notre deuxième rendez-vous – et tout ce que j'arrivais à faire, c'était la détailler pour lui trouver un défaut. Une fois que j'avais tiré mon coup, c'était terminé. Mais je me baladais avec l'arrogance ridicule d'un gamin qui vient juste de se faire dépuceler mais qui croit avoir inventé le cul.

Gail était la reine de la fête. Elle était sexy. J'enviais Gally. À peine sorti de taule qu'il se couchait tous les soirs à côté d'une fille de dix-huit ans qui en paraissait vingt et un. Même si c'était écrit partout que leur union serait de courte durée, Gail ne laissait rien transparaître. La femme de Terry, Lucy, était en cloque à l'époque. Je me souviens d'avoir entendu une engueulade entre elle et Terry, puis elle était rentrée en taxi. Et Terry avait dû finir la soirée avec la frangine Doyle.

Je voulais voir Gail dans un bar mais elle m'a dit qu'elle voulait parler en privé, alors elle est venue chez moi. J'étais inquiet. Je me disais que si elle voulait niquer, je n'arriverais jamais à dire non.

Au final, j'avais aucune raison de m'inquiéter. Gail faisait peur. Elle avait une sale tête. Sa libido vivace et agressive s'était épuisée. Ses cheveux étaient plats, elle avait des cernes sous les yeux. Son visage semblait gonflé et bouffi, son corps informe sous le jogging bon marché et détendu qu'elle portait. Ça n'aurait dû me surprendre qu'à moitié : elle venait de perdre le père de son enfant et son copain venait d'être blessé à la gorge.

— Je sais que tu dois me détester, Carl.

Je n'ai rien répondu. Ç'aurait été inutile d'affirmer le contraire, même si j'en avais vraiment envie. Elle pouvait le lire en lettres majuscules tamponnées sur mon front. Tout ce que je voyais, moi, c'était mon meilleur pote étendu à terre.

— Andrew, c'était pas un saint, Carl. Je sais que t'étais son ami mais y a toujours un aspect des gens dans les relations…

— Aucun de nous n'est un saint.

— Il a fait tant de mal à Jacqueline, la dernière fois… il a pété un plomb, ce soir-là.

Je l'ai dévisagée froidement.

— Et la faute à qui ?

Elle ne m'a pas entendu ou a choisi d'ignorer la question.

— Moi et McMurray… on avait rompu. C'est ça, la connerie de l'histoire. C'était fini. Andrew n'avait pas besoin de… lui tirer dans la gorge…

J'ai senti une boule sèche dans *ma* gorge.

— Andrew n'a rien fait. Et s'il a fait quoi que ce soit, te flatte pas l'ego en te disant qu'il l'a fait pour toi. Il l'a fait pour lui-même, parce que McMurray a niqué sa vie!

Gail me regarda, le visage empreint de déception. Je n'étais visiblement pas à la hauteur, mais ça m'énervait qu'elle attende quelque chose de moi. Elle avait fumé sa Regal en deux inhalations, et elle en a sorti une deuxième. Elle m'en a proposé une, et si j'avais envie d'une clope, j'ai refusé parce que je ne voulais rien devoir à cette pouf iasse, ç'aurait été insulter Gally. Je suis resté assis là, halluciné d'avoir imaginé finir au pieu avec cette putain de créature monstrueuse. Je me la représentais avec McMurray, Polmont, le Dalek.

— Alors, tu l'as larguée, hein? Tu devais te taper un autre pauvre naze, hein? Un des Doyle, pas vrai? Et t'as demandé à ton nouveau mec de buter Polmont?

— J'aurais jamais dû venir... elle a déclaré en se levant.

— C'est ça, ouais, t'aurais jamais dû venir. Casse-toi de chez moi, sale pute tueuse.

J'ai entendu la porte d'entrée claquer et j'ai aussitôt regretté mes paroles. J'ai bondi sur mes pieds et depuis le palier, j'ai vu le haut de son crâne disparaître dans le coude de l'escalier.

— Gail! j'ai hurlé. Je suis désolé, d'accord?

Le bruit de ses talons a résonné sur les marches. Puis s'est arrêté une seconde pour reprendre aussitôt.

Elle n'a eu que ce qu'elle méritait.

# Édimbourg, Écosse

*10h17*

### Sales gosses

Dès leur entrée dans le pub du Fly's Ointment, Alec remarqua ses camarades de beuverie accoudés au bar.

— Alec, fit Gerry Dow, les sourcils froncés à la vue du groupe massé derrière son ami.

Gerry était de la vieille école, dans le sens où il détestait être en compagnie de sales gosses dans un pub. Sa définition de «sales gosses» englobait tout être humain plus jeune que lui, soit cinquante-sept ans. Ils n'avaient pas fait leur preuve dans le domaine de la picole et on ne pouvait donc pas leur faire confiance lorsqu'il s'agissait de se comporter dignement une fois ivres. Pas que Gerry et Alec y arrivent, là n'était pas la question.

Rab Birrell et Juice Terry arrivèrent les premiers au comptoir, les poches de Terry gonflées d'une nouvelle avance de Kathryn.

— Batman et Robin sont venus chez moi ce matin, informa Alec avec un geste du pouce en direction des deux jeunes.

— Alors, ça veut dire que t'es le Joker, Alec. Ou alors ce connard de Double-Face, fit Terry dans un rire.

— Si j'avais une gueule comme la tienne, je voudrais une double face, moi aussi, ricana Rab Birrell.

Terry s'esclaffa.

— C'est ça, bande de petits merdeux, apportez-nous donc un coup à boire, à Gerry et à moi, bava Alec.

Les quelques bières ingurgitées ce matin avaient alimenté l'usine de retraitement de l'alcool en urine qu'était Alec, depuis le 28 août 1959.

— Je capte pas bien ce que tu dis, Alec. Tu nous joues les Sphinx, maintenant?

— C'est toi, le Sphinx, mon garçon. Alors résous donc cette énigme. Deux pintes de spéciales et deux whiskys. Du Grouse, ordonna Alec.

Terry se marrait encore.

— Alors, si c'est moi le Sphinx, ça fait que t'es ce connard de Mister Freeze, Alec.

Rab intervint :

— Ou plutôt, Mister Anti-Freeze, parce qu'il serait capable de se bouffer lui-même, sinon!

Terry explosa de rire et Rab appréciait la solidarité qui les unissait à nouveau, même si c'était aux dépens d'Alec. Ça lui rappelait qu'après tout Terry et lui étaient censés être potes. Mais qu'est-ce que ça signifiait? «Potes», dans le lexique de Terry, c'était une dénomination pour les gens qu'il pouvait taxer en toute impunité, contrairement aux membres ordinaires du public extérieur.

Terry s'était glissé entre Lisa et Kathryn, un troisième corps entre Rab et Charlene.

— On se fait un karaoké ce soir. Au Gauntlet. Toi et moi. *Islands in the Stream*.

— Je peux pas… J'ai ce putain de concert…

Cette perspective terrorisait Kathryn. Elle ne voulait pas y penser.

— Oui, un concert. Au Gauntlet. *Islands in the Stream*.

— Je peux pas annuler mon concert à Ingliston, Terry. Ils ont vendu trois mille billets.

Terry lui jeta un regard dubitatif.

— Et d'après qui? Faut que tu suives la bonne vibration. Tes connards de managers, c'est pas des potes à toi, c'est pas des vrais potes. Vaudrait mieux que t'aies un gars comme moi, comme manager. Imagine la pub que t'aurais si tu disparaissais! Tu pourrais te poser chez moi quelque temps. Personne viendrait te chercher dans la cité. Enfin, quoi, y a une chambre d'amis chez ma mère, et tu pourrais… euh, te détendre.

Terry avait failli dire qu'il avait besoin d'une femme pour faire la cuisine et le ménage, mais il s'était retenu juste à temps.

— Je sais pas, Terry… Je dois pas savoir ce que je veux…

— Personne te trouvera chez moi. C'est une bonne cité, pas comme celle de Niddrie ou de Wester Hailes. Graeme Souness vient de notre coin, pas très loin de ma baraque. Il sait comment se saper, il porte des fringues de marque et tout. Y a un paquet de schemies qui ont acheté leur maison. Ouais, on est plutôt du genre entrepreneurs dans notre cité. Moi, par exemple.

— Quoi?

— Je m'attends pas à ce que tu piges tout maintenant, mais mon offre tient toujours.

Du coin de l'œil, il aperçut Johnny qui piquait du nez, penchait la tête en avant puis se réveillait dans un sursaut. Catarrhe était niqué. Un putain de poids plume. Ils allaient devoir bouger, trouver plus de drogue : du speed ou un peu plus de coke. Il eut une idée qu'il annonça à la ronde autour de la table, surtout à Rab.

— Ce pub est un peu trop minable pour notre invitée américaine. Si on allait au Business Bar?

Rab en fut alarmé. Kathryn le remarqua mais ne put comprendre pourquoi.

— C'est quoi, le Business Bar?

— Le bouge de son frangin.

Lisa lança un regard abasourdi à Rab. Elle l'avait pris pour un branleur, le genre étudiant sincère sur qui Charlene flashait invariablement.

— T'es le frère de Billy Birrell ?

— Ouais, répondit Rab, fier mais honteux de l'être.

— J'avais une copine qui bossait pour lui, lui expliqua-t-elle. Gina Caldwell. Tu la connais ?

Elle s'apprêtait à ajouter que Gina avait baisé avec Business mais se reprit. Trop d'info tue l'info. Une de ses faiblesses, pensa-t-elle avec amusement.

— Nan, j'y vais jamais.

— Moi, ça me va si on reste ici, fit Charlene bien trop vite pour que Lisa ne lui décoche pas un regard. Elle remettait ça.

Rab se tourna vers Lisa. C'était une fille sympa, mais elle dégageait une vibration bizarre. À travers une vague d'épuisement, il se rendit compte qu'il voulait s'entendre avec elle, au moins parce qu'elle était amie avec Charlene.

— C'est à cause de ma mère et de son hystérectomie que je porte ce maillot… marmonna-t-il mais elle ne vit que ses lèvres remuer.

Terry s'incrusta dans la conversation.

— Je suis sûr que mon vieux pote Business serait très, très vexé s'il apprenait qu'on était en ville avec Kathryn Joyner et qu'on n'était pas passés pour dire bonjour. Je pense qu'une pause-déjeuner au Business Bar serait une idée parfaite, fit-il, sourire en coin et savourant la gêne de Rab.

Même bourrés et traînant Post Alec dans leur sillage, on ne leur refuserait pas l'entrée : il y avait son frère et Kathryn Joyner dans la bande.

— C'est pas juste le bar de Billy, faut pas oublier son associé Gillfillan. Il faut qu'il fasse gaffe… c'est pas qu'à Billy… supplia Rab sans s'adresser à quelqu'un en particulier, ne recevant en retour l'attention de personne.

Il se sentit pris de tremblements. Terry s'amusait bien. Catarrhe sortait par intermittence de son coma, par périodes suffisamment longues pour hocher la tête en direction de Terry en signe d'encouragement, et répéter son mantra «Business Bar». Qu'ils aillent se faire foutre, pensa Rab, il irait avec Charlene, personne d'autre. Terry pouvait bien emmener Alec et Johnny. Mais après tout, pourquoi interdire à Alec de boire dans n'importe quel pub de sa ville ? Surtout dans un bar qui déroulait le tapis rouge pour les snobinards du festival qui restaient à peine cinq minutes. Putain de filtrage à la porte. Un café stylé. Le fascisme du style n'était qu'une autre façon de réaffirmer le système des classes sociales. Et ça craignait. Son propre frère ne pouvait pas être salaud à ce point !

Non, sûrement pas.

Lisa n'aimait pas le pub. Elle y avait perdu un faux ongle et avait renversé de la bière sur son t-shirt blanc. Elle gardait un œil sur Charlene. Elle n'aurait pas dû la laisser s'approcher de Rab, ou de personne, à bien y réfléchir. Mais elle avait l'air bien. Sauf que la descente approchait. Ce pub n'était pas le cadre idéal pour un détripage. Le Business Bar semblait mieux.

Le Fly's Ointment ressemblait à une chambre de compensation pour âmes en déroute. Elle croyait voir en avant-première les drames à venir : le violeur qui drague sa victime, le magouilleur qui boit tranquillement avec le mec qui finirait par le balancer, les amis d'enfance turbulents assis dans un coin en attendant que l'alcool prenne le dessus, leur chauffe le cerveau et que l'un des deux, dans une vague de fureur ou de paranoïa, écrase son poing ou son verre sur le visage de l'autre bien avant l'heure de fermeture. Le plus effrayant et le plus moche, dans cette réflexion, pensa-t-elle en jetant un regard à leur bande, c'était qu'on ne pouvait s'exclure de cette équation.

Lisa vit une femme fatiguée, assise en grande détresse, sa beauté fanée avant l'heure, et un gros rougeaud à côté d'elle qui prononçait d'une voix forte et dans un mélange de rire et de mépris des phrases qu'elle ne comprenait pas. Et on savait lequel des deux contrôlait l'autre. Encore une femme prise au piège du monde des hommes, toujours aussi vulnérable. Elle sentit sa main serrer celle de Charlene, elle voulait lui demander si elle allait bien, si elle détripait déjà, si les démons avaient commencé leur danse impitoyable, mais non, elle riait, ses grands yeux pétillaient. Encore sous l'effet de l'ecsta, elle ne rendait pas les armes. Mais le moment arriverait. Qui c'est que j'essaie de tromper, putain, le moment viendra, pour chacun d'entre nous. C'est les risques du métier. Alors surveille-la.

Quelqu'un d'autre gardait les yeux rivés sur Charlene. Et non, Lisa ne lui faisait pas confiance. Elle aurait fait confiance à Rab Birrell s'il était sorti avec n'importe laquelle de ses copines, ça ne l'aurait pas dérangée, ça n'aurait pas été ses affaires, mais pas avec Charlene, pas maintenant. Et voilà qu'il lui prenait la main et l'attirait vers le bar, et Lisa se leva, les suivit instinctivement. Terry lui attrapa le bras alors qu'elle passait à proximité. Il lui adressa un clin d'œil. Elle lui sourit, puis fit un geste du menton en direction du comptoir, où elle allait continuer sa surveillance.

Rab était avec Charlene, il avait commandé deux pintes d'eau où il versa le contenu d'un sachet qu'il avait tiré de la poche de sa veste, rendant le liquide trouble, la poudre encore opaque.

— Bois, lui fit-il en levant son verre pour avaler le mélange cul sec.

Charlene hésita. Ça avait l'air dégueu.

— Tu rigoles ? C'est quoi ?

— Du Dioralyte. Tu bois ça et ça renouvelle tous les fluides et le sel que la bière et la drogue te sucrent pendant la soirée. Ça réduit la force de la gueule de bois de 50 %. Je trouvais ça con et prétentieux, au début, mais après des sessions comme aujourd'hui, j'en bois toujours. Je vois pas l'intérêt de rester allongé, malade pendant des jours à sursauter dès que le téléphone sonne, alors que tu peux éviter ça… enfin, presque, il lui expliqua dans un sourire.

Ça semblait intéressant. Elle avala le liquide avec peine et Lisa se précipita, horrifiée, la tête pleine d'images de Rohypnol et de GHB. Il ne la ramènerait pas chez elle, pas question.

— Qu'est-ce que tu lui as fait boire ? demanda-t-elle à Rab, mais elle sentit sa voix se casser en le voyant avaler le contenu de son verre jusqu'à la dernière goutte. Il lui expliqua.

À leur deuxième verre, Alec et Gerry chantaient au bar.

— *Yew-coaxed-the-bluesss-right-out-of-the-horn-ma-ae-ae…*

— Moins fort, les gars, les avertit le barman.

— On boit ici souvent… et on fait que chanter une putain de chanson, marmonna Post Alec, soudain illuminé d'une inspiration subite. *Eyamalinesmin from the counteee…*

Alec n'avait jamais eu à expliquer qu'il menait la danse.

— T'as gagné, Alec, c'est terminé, dehors, lâcha le barman.

Il en avait ras le bol : hier, avant-hier, Alec avait récolté plus de derniers avertissements que son héros, Frank Sinatra, n'avait fait de concerts. La coupe était pleine.

Terry se leva.

— Allez, tout le monde, c'est parti. On va s'installer dans un coin plus accueillant, le Business Bar, fit-il à l'attention du barman.

— Ouais, c'est ça.

— Comment ça, «c'est ça»?

— Ouais… sale con, cracha Catarrhe pour épauler son ami.

— On vous laissera jamais entrer, et je vais vous dire un truc, si vous vous cassez pas d'ici tout de suite, j'appelle les flics.

— Y a Kathryn Joyner dans ton bouge, bava Terry en la montrant du doigt.

— Ouais, ben ç'a été un plaisir de vous rencontrer, fit-elle, mortifiée. Allez, on s'en va, ajouta-t-elle aux autres.

Alors qu'ils s'apprêtaient à sortir, Charlene le vit, assis là.

Ce putain d'animal                          C'est ton papa

Il croisa son regard et lui adressa un large sourire.

— Voilà ma petite fille, fit-il d'une voix ivre à l'attention de ses amis qui jouaient aux dominos.

Qu'ils sachent, qu'ils sachent          ce n'est pas ton père
QU'ILS SACHENT

— Ta petite fille, non, je suis plus une petite fille. J'étais petite quand tu me tripotais, fit-elle d'un ton calme. Mais c'est fini, le silence, c'est fini les mensonges.

Elle le regarda dans le blanc des yeux, remarqua l'étincelle perverse s'évanouir tandis que ses amis s'agitaient sur leurs chaises.

— Quoi?

Charlene sentit la main de Rab serrer son épaule, elle se contorsionna pour s'en libérer. Lisa avait reconnu le père de Charlene. Elle avança aux côtés de son amie et de Rab.

— C'est lui? Rab demanda à Lisa qui acquiesça d'un air sombre.

Lisa devina alors qu'elle avait déjà dû lui en parler.

Rab montra l'homme du doigt et lança d'une voix ferme :

— T'es une putain de honte sur terre.

Il dévisagea les hommes assis près de lui. Deux d'entre eux avaient les traits durs et une lourde réputation.

— Et vous, vous devriez avoir honte, putain, de boire avec cette merde ambulante.

Les hommes se raidirent, ils n'avaient pas l'habitude qu'on s'adresse à eux sur ce ton. L'un d'eux observa Rab, son visage en mode annihilation. C'était qui, ces sales mômes, ce gamin et ces deux minettes, et pourquoi ils s'amusaient à les critiquer?

Charlene comprit que la balle était dans son camp. Mais comment la jouer, comment la jouer ?

C'est ton père                      cette putain de sale couille molle

Ce n'est ni l'endroit,                     mais quand, alors,
ni le moment                     sale putain de couille molle

Une honte                     Dis-leur, dis-leur qu'il y a
pour tout le monde                     un monstre dans ce bar

Laisse-le partir, disparaître,
il n'en vaut pas la peine

                                        Dis à ce minable
                                        ce qu'il est vraiment

Elle prit une inspiration et observa les hommes autour de la table.

— Il disait que je jouais les saintes-nitouches parce que j'aimais pas qu'il me doigte, fit-elle dans un rire glacial avant de se tourner vers son père. J'ai fait l'amour tant de fois, depuis, j'ai fait mieux l'amour qu'un naze comme toi le ferait dans toute sa vie. Et toi, t'as fait quoi ? T'as enfoncé ta bite dans une femme idiote et anxieuse, ton doigt dans le sexe d'une enfant qui était, mais n'est plus, ta fille. C'est les seules fois où t'as fait l'amour, pauvre sac à merde de pervers. Vous parlez d'un étalon ! termina-t-elle à l'attention des autres hommes.

Son père garda le silence. Ses amis le dévisagèrent. L'un d'eux prit sa défense. La gamine devait être folle, dérangée, camée, elle ne savait plus ce qu'elle disait.

— C'est pas correct. T'es pas correcte, ma chérie.

Rab déglutit avec peine. Il ne se mêlait jamais à la violence en dehors du football, elle n'avait aucune existence ailleurs. Mais il était prêt à en découdre.

— Nan, lâcha-t-il, le doigt pointé sur lui. C'est vous qu'êtes pas correct, à boire des coups avec ce pervers.

Le gros dur ignora Rab Birrell et concentra son attention sur son ami. Son camarade de beuverie, l'homme qu'on appelait Keith Liddell. Qui était-il vraiment ? Juste un mec qui buvait avec lui. Avec qui il échangeait des magazines ou des cassettes porno. C'était pour se marrer, un petit soulagement pour célibataires. Il n'en savait pas plus à son sujet. Mais il le voyait, maintenant, il percevait une aura terrifiante, vicieuse, malade. Il n'était pas comme cet homme, il n'était pas comme Keith Liddell. Il buvait avec lui mais ils ne se ressemblaient en rien. L'homme détailla Keith Liddell.

— C'est ta fille ?

— Ouais… mais…

— Elle dit la vérité ?

— Nan… C'est… C'est pas… couina-t-il comme un animal, les yeux larmoyants.

À la vitesse de la lumière, l'énorme poing tatoué de son pote s'abattit sur son visage. LOVE. Keith Liddell resta assis, prostré, presque trop choqué pour sentir l'impact.

— Rends-moi service, et surtout, rends-toi service, dégage d'ici, lui ordonna son ex-ami.

Keith Liddell scruta les hommes autour de la table, qui le dévisageaient ou détournaient le regard. Il se leva, tête baissée ; Charlene ne bougea pas d'un pouce, les yeux rivés sur sa nuque tandis qu'il flottait comme un fantôme jusqu'à la porte latérale.

Rab s'apprêta à le suivre mais Lisa lui attrapa le bras.

— On part dans l'autre sens.

L'espace d'une seconde, Rab sentit une envie désespérée de se défouler, remonté à bloc, sa tête et son corps secoués d'adrénaline. Le visage de Johnny s'inséra dans son champ de vision, tordu et crispé. Rab ricana à mesure que la tension s'évaporait. Il prit Charlene par la main.

Charlene ne fut en état de choc qu'une seconde. Elle se dirigea vers la porte et les images inondèrent son esprit : un père aimant, dévoué, affectueux. Ce n'était pas son père, c'était le père de quelqu'un d'autre. Celui qu'elle aurait voulu avoir. Au moins, il avait toujours été le pire des connards, il ne lui avait laissé aucune contradiction à résoudre. Pas besoin de pleurer les pourritures. Charlene pensait qu'elle pleurerait, mais non, elle serait forte. Lisa la guida jusqu'aux toilettes et Rab desserra son étreinte à contrecœur.

Lisa passa les bras autour de son amie :

— Viens, on rentre.

— Pas question. Je veux m'amuser encore.

— Allez, Charlene, quoi...

— Je te dis que j'ai envie de m'amuser encore. J'ai rien fait de mal.

— Je sais, mais tu viens d'avoir un putain de coup dur...

— Nan, lâcha-t-elle avec une dureté que Lisa ne lui connaissait pas. J'ai rien fait de mal. Tout ce que j'ai fait, c'est percer un abcès. J'en ai marre : accepter ce qu'il m'a fait, ce qu'elle lui a laissé me faire. J'en ai ras le cul, Lisa. Ça me fait chier, maintenant. Qu'ils s'en chargent, là-bas dedans, qu'ils s'occupent de lui !

Elle fit un geste furieux en direction de la porte.

Lisa attira Charlene plus près encore.

— D'accord, mais je veille sur toi, chérie.

Elles rafraîchirent leur maquillage et sortirent à l'instant où Terry s'approchait, fâché d'avoir loupé un épisode.

— C'était quoi, cette histoire ?

Lisa sourit, bras dessus bras dessous avec Charlene.

— Rien, un connard qui se la jouait. Rab s'en est chargé, fit-elle en déposant une bise sur la joue de ce dernier et remarquant qu'il était bien trop préoccupé par Charlene pour se rendre compte de son geste.

Elle pinça les fesses de Terry.

— Allez, on se casse.

Dehors, ils partirent en direction du centre-ville par groupes de deux ou trois, traînant les pieds à travers le West End, les yeux plissés dans les rayons du soleil, esquivant les touristes.

— Je suis pas sûr que ce soit une bonne idée, gémit Alec.

Il préférait boire dans des endroits où la distance entre les pubs pouvait se mesurer en mètres.

— N'aie donc crainte, Alexis, fit Terry, le bras autour des épaules de Lisa. Notre bon ami William Business Birrell nous offrira un chaleureux accueil en son auberge. Pas vrai, Roberto ?

— Ouais... C'est ça... répondit Rab d'un ton las.

Il essayait d'expliquer un truc à Charlene sans passer pour un connard paternaliste. La nuit précédente avait été désastreuse. Elle l'avait pris pour un assistant social alors que, lui, il voulait simplement baiser... enfin, au moins, il voulait trouver un peu de romance, d'amour mais il fallait bien conclure par une baise. C'était capital. La nuit précédente, quand ils avaient tout fait sauf la mettre dedans, elle avait parlé de préservatifs avant de lâcher l'horrible vérité. Elle s'en était bien sortie, il l'avait soutenue et ils étaient plus proches que jamais. Même Lisa l'appréciait, maintenant.

— On le fera bientôt, Rab.

— Écoute, j'ai juste envie d'être avec toi. On oublie ça, on décidera le moment venu. Je risque pas d'aller loin sans toi, déclara Rab, surpris par la noblesse de sa réplique.

Putain, je suis tombé amoureux, pensa-t-il. Je suis sorti pour boire et tirer un coup, et putain, je suis tombé amoureux. Et il se sentait comme un dieu idiot.

Même depuis le West End, bourré et sans ses lunettes, Alec croyait pouvoir distinguer la nacelle accrochée à la façade du Balmoral Hotel. Ils s'en rapprochèrent avant de bifurquer vers George Street, et Terry leva les yeux dans un frisson. Il ne voulait pas, ne pourrait pas remonter. C'était trop haut. C'était trop facile de tomber.

## Branlette

Franklin n'avait pas fermé l'œil de la nuit, incapable de se calmer. Son estomac le torturait et il n'arrivait pas à dormir.

Dans sa tête, il avait hurlé, Qu'elle aille se faire foutre, cette salope, pourquoi je devrais m'en faire ? Puis, quelques minutes plus tard, il ne tenait plus en place, appelait les clubs et les bars, tentait même un coup de fil occasionnel à la chambre de Kathryn.

Il essaya de se branler devant la chaîne porno, histoire de se détendre. Bloqué par l'anxiété, il lui fallut une éternité pour jouir, et lorsqu'il y parvint enfin, il se sentit malade et creux. Puis il se souvint, Mon Dieu, mon putain de portefeuille ! Les cartes bancaires ! Il calcula le décalage horaire avec New York et décrocha le téléphone pour faire opposition. Il lui fallut une autre éternité pour être mis en relation. Les enculés avaient déjà dépensé plus de deux mille livres.

Il finit par tomber dans un sommeil profond et nauséeux. Lorsqu'il se réveilla en sursaut, il était presque midi. Le désespoir se mua en un humour macabre. Tout est terminé, se dit-il. Terminé.

Elle ne lui avait jamais fait un coup comme ça. Elle n'avait jamais disparu avant un concert.

Tout est terminé.

Il pensa à Taylor.

Franklin allait sortir. Qu'elle aille se faire foutre. Si elle avait le droit de faire ça, lui aussi. Il allait boire un verre dans tous les rades de ce trou paumé.

# Aéroport d'Heathrow, Londres, Angleterre

*18h30*

La Grande-Bretagne. Non, c'est l'Angleterre. C'est pas l'Écosse. La Grande-Bretagne n'a jamais existé. C'était une propagande merdique au service de l'Empire. On prête serment à des empires différents, maintenant, alors ils nous trouveront un autre nom. L'Europe, le 51e État des États-Unis, les Îles Atlantiques, ou une merde du genre. Un putain de tas de mensonges.

Mais ça a toujours été l'Écosse, l'Irlande, l'Angleterre et le pays de Galles. Descendre d'avion. Monter dans un autre avion. Vers l'Écosse. À une heure d'ici, à peine.

Je n'embarque pas dans un avion à destination d'Édimbourg. Le premier est en partance pour Glasgow. J'ai pas envie de rester assis là, même si le vol pour Édimbourg me ferait arriver à la même heure, vu que je vais devoir prendre le train depuis Glasgow. Mais il me semble capital de ne pas m'arrêter, d'avancer encore, alors j'achète un billet pour Glasgow.

J'appelle ma mère.

C'est super de parler avec elle. Elle a l'air de tenir le coup, mais elle me paraît loin, comme si elle était sous Valium.

Ma tante Avril prend le téléphone et me dit qu'elle s'accroche. Il n'y a rien de neuf pour mon vieux.

— Ils attendent, mon garçon, c'est tout.

C'est le ton qu'elle emploie pour dire ça. Ils attendent, c'est tout. Je vais aux toilettes et m'assieds, paralysé de peur. Les larmes ne viennent pas et, de toute façon, ça ne rimerait à rien, ça serait comme essayer de vider un réservoir de tristesse avec un goutte-à-goutte. Je suis con. Mon vieux ira bien. Il est invincible et ces toubibs sont des putains de branleurs. S'il meurt, ça sera parce qu'ils l'auront laissé poireauter sur la chaussée devant leur poubelle d'hôpital avec la douzaine d'autres patients démunis, au lieu de l'envoyer dans une clinique pour richards et de lui prodiguer les traitements pour lesquels il a cotisé toute sa vie.

Je ne pense qu'à la maison de ma mère. Dormir, me raser, me doucher, me laver de toute la poussière, de toute cette saleté extérieure, et après, je pourrai voir les autres. Peut-être même revoir les mecs. Peut-être que oui, peut-être que non. Je suis trop niqué pour retrouver la sensation de l'Écosse, même si je suis à peine à quelques heures de là. Je veux juste un lit.

Des mensonges.

C'était qu'un tas de putains de mensonges. On s'est tenus à l'écart les uns des autres, parce qu'on se remettait en mémoire notre échec en amitié. Malgré nos beaux discours, notre pote est mort, tout seul.

C'était des mensonges.

J'ai évité Terry et Billy.

Gally m'avait appris qu'il était séropo. Il s'était défoncé deux fois à Leith avec un mec, un dénommé Matty Connell. Rien que deux ou trois fois, parce qu'il déprimait à cause de sa gosse. À cause de ce taré qui sortait avec sa copine, celui que la môme appelait Papa.

Mark McMurray, c'était son nom, à ce type. Le copain de Gail. Le pote de Doyle. Il avait déjà fait deux plans foireux à Gally.

Polmont, c'est comme ça qu'on le surnommait. Le Dalek. Pauvre Polmont. Pauvre Gally.

La première baise de Gally avait engendré un bébé et un bref mariage sans amour.

Sa première ou sa deuxième défonce avait engendré un virus.

Il m'avait dit qu'il ne supportait pas l'hôpital, qu'il ne supportait pas l'idée que quelqu'un, sa mère ou autre, sache que c'était à cause de la drogue : l'héroïne et le sida. Il pensait en avoir fait suffisamment baver à sa mère, il ne pouvait lui en infliger davantage. Il se disait sûrement que mourir d'un accident dû à l'alcool était plus convenable que crever du sida. Comme si ça faisait une différence aux yeux de sa mère.

Gally était un mec bien, un mec très bien.

Mais il nous a quittés.

Il nous a quittés, j'ai tout vu, son regard perdu tandis qu'on lui hurlait de pas jouer aux cons, de refranchir la rambarde. Gally avait toujours été un pro de l'escalade, mais cette fois-ci, il était de l'autre côté de la balustrade sur le pont George-IV, les yeux rivés sur la Cowgate en contrebas. Mais c'était son regard, cette transe bizarre. J'ai tout vu, j'étais près de lui. Billy et Terry étaient repartis en direction de Forrest Road, histoire de lui montrer qu'ils se foutaient bien de son cinéma, de sa tentative d'attirer l'attention.

J'étais juste à côté de lui. J'aurais pu le toucher. J'aurais pu tendre la main et l'attraper.

Non.

Gally est brièvement sorti de son état hypnotique, je l'ai vu se mordre la lèvre inférieure, je l'ai vu porter la main à son lobe et tripoter sa boucle d'oreille. Même après toutes ces années, elle s'infectait encore et suintait. Puis il a fermé les yeux, et il a sauté, ou il est tombé, non, il a *sauté* du pont pour s'écraser vingt mètres plus bas.

J'ai rugi :

— GALLY! PUTAIN, MAIS… GALLY!

Terry a fait volte-face, s'est immobilisé une seconde, a crié un truc, s'est empoigné les cheveux et s'est mis à trépigner sur place comme s'il essayait d'éteindre un feu. Il nous faisait une danse de Saint-Guy, comme s'il était possédé, comme si un important lien de connexion venait de lui être arraché, venait de périr.

Billy s'est précipité dans la rue tortueuse qui descendait à la Cowgate.

J'ai regardé par-dessus la rambarde et j'ai vu Gally, allongé comme s'il jouait la comédie. Je me souviens m'être dit que c'était une blague, un truc pour déconner. Comme s'il avait miraculeusement réussi à descendre en rappel et qu'il s'était allongé pour me faire marcher, comme quand on était mômes et qu'on se tirait dessus pour de faux, qu'on faisait les Japonais et les Marines. L'évidence de la situation contrastait avec l'espoir horrible, l'espoir écœurant d'intensité, que tout ça n'était qu'un coup monté. Terry m'a regardé et a hurlé :

— Viens, grouille-toi !

Et je lui ai emboîté le pas dans la ruelle jusqu'à la rue où gisait Gally.

Le sang battait fort dans un côté de mon visage, les tendons de ma nuque étaient aussi douloureux que des lames de couteaux. Il y avait encore une chance pour qu'on reparte de zéro, qu'on reprenne là où on s'était arrêtés : un groupe de cons écumant les bars. Mais ce fantasme, cet espoir fut brisé lorsque j'aperçus Billy qui berçait doucement le corps de Gally.

Je me souviens d'une poufiasse ivre qui répétait :

— Qu'est-ce qui s'est passé ? Qu'est-ce qui s'est passé ?

Elle tournait en boucle comme une demeurée. J'avais envie qu'elle crève à la place de Gally.

— Qu'est-ce qui s'est passé ? Qu'est-ce qui s'est passé ?

Je me rends compte aujourd'hui qu'elle devait être sous le choc. Mais je voulais que ce soit elle, et pas lui. L'espace d'une seconde ou deux. Et puis je voulais que plus personne meure, jamais.

Les gens autour de nous étaient sortis des pubs, et ils cherchaient tous la voiture qui avait renversé Gally, ils essayaient de voir de quel côté elle avait fui. Personne ne pensait à lever les yeux vers le pont.

Et je reste là, silencieux, mais tout le monde me mate comme si j'étais blessé, comme si je saignais abondamment, et Terry s'approche de moi et me secoue comme on rudoie un gosse, et je me rends compte à cet instant que je hurle.

Billy serre Gally dans ses bras et lui murmure avec une tendresse triste qu'il n'avait jamais utilisée pour personne, et qu'il n'aura plus jamais utilisée depuis :

— Pourquoi t'as fait ça, Andy ? Pourquoi ? Ça devait pas être si terrible que ça. On aurait pu arranger les choses, mon pote. Nous, les copains. Mais pourquoi, Petit Gally ? Pourquoi ?

C'était nos derniers instants intimes entre potes. Après ça, on s'est évités. Comme si on avait appris trop jeunes la douleur de la perte, et qu'on voulait s'éloigner des autres avant qu'ils ne se détachent de nous. Même si on vivait près les uns des autres, Billy, Terry, moi, et Gally j'imagine, on est devenus les quatre points cardinaux après cette nuit-là.

Et me voilà de retour.

Le médecin légiste avait délivré un verdict sans appel. Terry avait refusé de considérer l'éventualité d'un suicide. Je pense que Billy y avait tout de même songé.

Je me suis installé à Londres. J'ai pris mes repères dans un petit club qui a fini par gagner en notoriété et déménager dans un lieu plus grand. Puis dans une immense superboîte pro. J'ai composé quelques morceaux, j'ai fait quelques mix. Enregistré un album, puis un deuxième. En gros, je vivais la success story de mes rêves tout en essayant de jouer de la basse. Mais je n'ai jamais été un bassiste : je n'ai jamais été un Manni, un Wobble, un Hooky ou un Lemmy, pas même un putain de Sting. Malgré mes efforts maladroits, je ne *sentais* jamais la basse, elle n'était jamais synchro avec ma vibration intérieure. Par contre, j'*entendais* la basse. Ça m'a beaucoup aidé pour mixer les albums. Les choses se sont passées lentement mais sûrement. Un bon tube de dance, *Groovy Sexy Doll,* qui est passé dans les charts mainstream. Ça m'a imposé. Ils l'ont diffusé dans *Top of the Pops* où j'ai dû faire semblant de jouer du clavier pendant que des mannequins en lycra pêchés dans une quelconque agence dansaient à côté. Je suis parti dans un trip vodka-coke, j'ai niqué une des mannequins, j'ai traîné au Met Bar et dans des clubs de Soho, j'ai eu des conversations profondes avec des pop-stars, des acteurs, des écrivains, des top models, des présentateurs télé, des artistes, des journalistes, des éditeurs de magazines, et j'ai échangé un tas de numéros de téléphone. Les accents sur ma messagerie ont changé peu à peu. Ce qui aurait dû être une expérience intéressante de deux mois s'est changé en six longues années.

Je ne regrette pas. Il faut surfer la vague tant qu'on peut, sinon on finit par regretter. Ce que je regrette, par contre, c'est d'être resté trop longtemps, de m'être laissé abattre par ce processus triste, écœurant, destructif. Dans un avion en provenance de New York, après un super concert au Twilo, j'ai pris une décision professionnelle : je mettais fin à ma carrière.

J'avais un pied dans chaque camp, j'admirais depuis toujours les maisons qui avaient gardé un peu d'authenticité : Dave the Drummer, The Liberator Boys, ce genre d'équipes. Au final, c'est ce que j'aimais, les fêtes underground avec la tribu. Et pour dire la vérité crue, c'est parce que c'est bien mieux. C'est plus sympa, plus marrant. Alors, c'était un départ calculé d'aventurier, j'ai quitté le cocon nauséabond de la célébrité et de son circuit.

Je mixais dans des raves à l'ancienne. La presse dance demandait : N-SIGN A-T-IL PERDU SON TALENT ? alors que cette époque a été pour moi la plus heureuse, la plus enrichissante de toute ma vie. Puis le Criminal Justice Bill est passé, et derrière les sourires éclatants, le Royaume-Uni n'a jamais cessé d'être un territoire oppressif pour ceux qui voulaient faire la fête en dehors des sentiers battus. Et leurs

5 | Glu
Aéroport d'Heathrow, Angleterre

fêtes, leurs putains de fêtes à la Cool Britannia : c'était de la merde en boîte.

Alors on est partis : d'abord à Paris, puis à Berlin, puis à Sydney. Les raveurs de la Spiral, ceux de la Mutoid, ils finissaient tous par échouer à Sydney. Plus tard, je me suis senti niqué un bon tas de fois. C'est toujours pour moi le signal du départ. Certaines personnes passent des années chez les psys, pour essayer de gérer le fait qu'ils se sentent niqués. Moi, je continue mon chemin, j'avance. Et la niquatitude s'efface. La sagesse conventionnelle dirait qu'il ne faut pas fuir ses problèmes, qu'il faut apprendre à vivre avec. Mais je suis pas d'accord. La vie est un processus dynamique, et non statique, et si on ne change pas, on en crève. Ce n'est pas fuir, c'est avancer.

Oui. Ça m'a aidé à me sentir mieux. Y a rien de mieux que l'autojustification. Je ne fuis pas, j'avance.

J'avance.

La dernière fois que je les ai vus, c'était à l'enterrement, il y a neuf ans. C'est marrant, mais j'ai pas trop pensé à Billy, Terry ou Topsy, pas autant que je l'aurais imaginé. Mais maintenant, si, à quelques heures de chez moi.

Correspondance pour Glasgow. Je suis dans l'avion avec un exemplaire gratuit de l'*Herald*. Les Weedgies. Je les adore, ces cons. Ils ne te déçoivent jamais. De retour chez moi. Je ressens toujours une vibration étrange quand je retourne en Écosse. Et je me rends compte que, malgré la terreur, ça fait un bout de temps et j'ai hâte. J'espère que j'aurai encore un père à aller voir quand j'arriverai.

Mais y aura plus de Gally.

J'adorais Petit Gally, ce petit con, ce petit sac à merde égoïste. Je l'aime encore plus aujourd'hui parce qu'il est six pieds sous terre. Il ne déçoit plus personne. Il ne l'a fait qu'une seule fois. L'image de son corps brisé restera gravée en moi à jamais.

La fille à Munich, en 90, ou en 91, ou 88, je sais plus, celle qui s'appelait Elsa. Gally était sorti avec sa copine.

— Ton ami est bizarre, elle avait dit. Il n'a pas, avec Gretchen... ils n'ont pas... elle l'aime bien, mais ils n'ont pas fait l'amour correctement.

Je me demandais ce qui lui était passé par la tête, à l'époque. Maintenant, je sais, comme lui le savait. C'était un mec bien trop honnête pour niquer avec une fille et risquer de lui refiler le virus.

Il nous a appris le sens du mot perte.

Si seulement il s'était aimé comme il aimait le reste du monde.

Il est mort, c'est plus facile de l'aimer lui que Terry ou Billy. Je les apprécie toujours : au point que je ne supporte pas l'idée de voir mes sentiments à leur égard changer. C'est pour ça que je refuse de les approcher. Ce que j'aime, c'est les souvenirs que j'ai d'eux. Mais on ne récupère jamais le passé. C'est fini pour toujours : l'innocence, la bière, les cachetons, les drapeaux, les voyages, la cité... tout est si loin, maintenant.

C'était quoi, déjà, le refrain de Bowie ? *Draw the blinds on yesterday...*

Dans le bus vers le centre-ville. Je suis niqué. En fait, je suis bien plus que niqué. Parfois, j'ai l'impression de voir mieux par les oreilles que par les yeux. Arrêt de bus, Buchanan Street.

# Édimbourg, Écosse

*14 h 02*

### Le Business Bar

Le Business Bar était bondé. Festivaleurs et employés de bureau se côtoyaient avec une apparente complicité surfaite, s'imaginant au centre du monde l'espace de trois semaines sur cinquante-deux. Billy Birrell était au comptoir et tenait séance, un verre de Perrier à la main. À la vue de son frère, il arqua les sourcils de surprise, sans hostilité. Un putain de maillot des Hibs. Enfin, au moins, c'était la preuve qu'il ne traînait plus avec ces marchands de violence. Puis Billy aperçut Terry et son visage s'affaissa. Mais il était accompagné de... cette fille... c'était Kathryn Joyner ! Ici, au Business Bar ! Elle attirait les regards. Mais qu'est-ce qu'elle foutait avec eux ?

— Billy ! Comment va ? lança Juice Terry, main tendue que Billy Birrell serra avec hésitation.

Terry n'avait pas la forme. Obèse. Il s'était laissé aller.

— Salut, Terry.

Billy jeta un sale regard à Rab qui haussa les épaules, gêné. Lisa détailla Billy Birrell de la tête aux pieds, ses yeux étincelants le jaugeant comme l'aurait fait Don King.

Terry poussa Kathryn vers Billy.

— Vilhelm, j'ai l'honneur de te présenter une bonne amie. Voici Kathryn Joyner. Elle est connue pour avoir chanté quelques morceaux célèbres. Kathryn, je te présente un vieil associé. Le frère de Robert : Billy... ou Business comme nous l'appelons, nous les gens du cru.

Billy Birrell sut instantanément que Terry était défoncé et qu'il jouait au con. Il ne changerait jamais, pensa-t-il avec un mépris si puissant qu'il lui brûla l'estomac et le fit presque frissonner. Il se tourna vers la chanteuse américaine et ne put s'empêcher de penser, mon Dieu, cette femme a l'air crevée.

— Kathryn, fit-il dans un sourire, main tendue.

Il s'adressa à la fille derrière le bar :

— Lena, on peut avoir une bouteille de champagne ? Un magnum de Dom Pérignon, je dirais.

Terry observait la photo de Business Birrell en compagnie du footballeur Mo Johnston, pendue au mur.

— Mo Johnston. Un sacré personnage, hein Billy ?

— Ouais...

Il regarda les autres clichés derrière le comptoir.

— Darren Jackson. John Robertson. Gordon Hunter. Ally McCoist. Gavin Hastings. Sandy Lyle. Stephen Hendry. Des sacrés personnages, hein Billy ?

Business Birrell se mordit la lèvre inférieure et jeta un regard à son frère, une expression accusatrice déformant légèrement ses traits anguleux.

Alors que tout le monde s'évaluait avec incertitude, Post Alec avait déjà descendu la moitié de la bouteille et parlait à deux touristes au look d'artistes :

— ... évidemment, je ne peux pas bosser à cause de mon dos... mais je nettoie des fenêtres pour un pote...

La dissonance de son propos lui revint soudain aux oreilles et il s'immobilisa un instant, abasourdi par la culpabilité et l'alcool. Il lutta contre sa paralysie en entonnant une chanson.

— Une 'tite chanson ! *Cause your mine... me aw my...
spe-shil lay-dee...*

Lisa ricana, levant son verre à ses lèvres après avoir passé
une coupe à Rab et à Charlene.

Terry éclata de rire.

— Alerte au poivrot !

Il se tourna vers Kathryn pour passer un bras autour de
sa taille, l'autre sur les épaules de Billy Birrell.

— Mon vieux pote Billy Birrell, Kath. On était potes,
bien avant que je sois pote avec Rab. Bien sûr, il aime pas
trop qu'on lui remette cette époque en mémoire. Pas vrai,
Billy ?

— J'ai pas besoin qu'on me la remette en mémoire, Terry.
Je m'en souviens très bien.

Pour Terry, ce Billy Birrell, version sobre, était si inflexible
qu'on l'aurait cru taillé dans le bronze. Ce con avait l'air en
forme, et après tout, pourquoi il le serait pas ? Il devait suivre
tous les programmes de fitness, tous les régimes sans sucre
diététiques et salubres, tous les rythmes de vie sans excès. Il
avait vieilli, évidemment : ses cheveux étaient plus clairsemés, son visage un peu plus ridé. Birrell. Comment ce con
pouvait avoir des rides alors qu'il ne bougeait jamais le
visage ? Mais c'était bien Billy, il avait l'air en forme et Terry
sentit souffler un vent de nostalgie.

— Tu te souviens quand on est allés au National à
Aintree, Billy ? Et puis à la Coupe de monde en Italie, en
90. Et à la fête de la Bière à Munich.

— Ouais, répondit Billy avec plus de méfiance qu'il
n'aurait voulu laisser entendre.

— J'ai parcouru le monde, moi, tu vois. C'est partout
pareil, Kath, expliqua-t-il avant d'ajouter sans même attendre
de réaction : Il était boxeur, notre Billy Boy, tu sais. Y boxait
mieux que n'importe qui.

Il ferma le poing et le pressa doucement sur le menton de
Billy.

— L'aurait pu prétendre au titre, pas vrai champion ?

Billy repoussa la main de Terry qui, d'instinct, resserra son étreinte autour de la taille de Kathryn. Si Business s'amusait à le rabaisser, il se tirerait, et elle viendrait avec lui. On verrait bien comment il le prendrait, cet espèce de con si préoccupé par son image. L'*Evening News* y mettrait du piment :

> Kathryn Joyner, chanteuse américaine de renommée internationale, a été bousculée hier soir au cours d'un incident dans un pub. La célébrité sportive locale, Billy Business Birrell, serait impliquée dans cette affaire.

Billy Birrell. Son ami. Terry repensa à Billy et lui, leurs sacs de couchage, leurs pulls rayés trop larges, leurs jeans Naytex et leurs parkas. Puis la période des chemises Ben Shermans et des futes Sta-prest, jusqu'aux débardeurs, baskets Adidas et les blousons Fred Perry. Un éclair d'émotion le traversa et se métamorphosa en mélancolie.

— J'étais allé à Leith Victoria avec Billy, ce jour-là... j'aurais dû m'imposer. Tu te souviens, Billy ?.... Tu te souviens...

La voix de Terry se fit rauque et désespérée, se brisant presque à la pensée du corps sans vie d'Andy Galloway étendu sur l'asphalte, de N-SIGN quelque part en Australie ou dans un autre coin du monde, de sa mère, Lucy, son fils Jason devenu un étranger, Vivian... il se rapprocha encore de Kathryn.

Jason. Il avait choisi le prénom. C'était tout ce qu'il avait fait. Il avait promis à Lucy qu'il ne serait jamais comme ce vieux connard, cet enculé qui les avait abandonnés, lui et Yvonne, qu'il serait un bon père. Il était tellement obnubilé par le besoin de se différencier du vieux connard qu'il n'avait pas remarqué le principal : il ne s'inquiétait que de caractéristiques superficielles et ils avaient fini par se ressembler comme deux gouttes d'eau.

Terry se souvint du jour où il avait essayé de faire un effort pour faire partie de la vie de Jason. Il était allé le chercher chez Lucy et l'avait emmené voir un match à Easter Road. Le gamin s'était emmerdé et le faire parler avait été aussi marrant que de lui arracher une dent. À un moment, submergé par une vague d'affection, il avait tenté de le serrer dans ses bras. Jason était aussi tendu et gêné que Birrell. Son propre fils le faisait se sentir comme un des monstres dans l'aile des pédophiles de la prison de Saughton.

Le dimanche suivant, il avait voulu amener Jason au zoo. Il s'était dit qu'il serait peut-être plus à l'aise en compagnie d'un enfant de son âge. Il avait entendu dire que la mère de Gally gardait la petite Jacqueline certains week-ends, et elle était à peine plus jeune que Jason.

Il était allé frapper à la porte de Mme Galloway.

— Qu'est-ce que tu veux? avait-elle demandé, ses yeux immenses imprégnés d'une froideur fantomatique, des yeux comme ceux de son fils, qui vous aspiraient.

Terry ne put supporter son attitude, il avait coupé court. Sous son regard, il s'était senti comme un évadé d'un camp de concentration aveuglé par les faisceaux des projecteurs. Il avait toussé, nerveux.

— Euh... il paraît que vous gardez la gamine certains week-ends... euh, je me disais que, genre, comme j'emmène le gosse au zoo dimanche... si vous voulez faire une pause, je peux prendre Jacqueline avec moi...

— C'est une blague. Te laisser ma petite-fille?

Elle n'avait pas eu besoin d'ajouter «après ce qui est arrivé à mon fils», c'était inscrit sur son visage.

Terry s'apprêtait à dire quelque chose, les mots s'étaient bloqués dans sa gorge à mesure que l'émotion menaçait de le submerger. Il s'était forcé à regarder Susan Galloway, avait compris la douleur d'une mère à travers sa souffrance d'ami. S'il pouvait combattre cette douleur, soutenir son regard, alors peut-être qu'elle changerait d'avis, qu'ils pourraient discuter, partager leur tristesse. Comme ce putain de Billy Birrell l'aurait fait. Il avait aperçu Billy dans sa voiture, avait vu Mme Galloway en descendre et Billy l'aider à porter ses courses. Oh ça oui, l'aide de Birrell était la bienvenue, évidemment, ça c'est sûr. Mais Birrell était « une célébrité sportive locale » et un homme d'affaires. Même Ewart, ce connard drogué jusqu'aux yeux, était un DJ de renommée mondiale, et on le disait même millionnaire. Nan, il fallait un bouc émissaire et dans ces jours sombres, le mec qui restait coincé dans la cité faisait une cible parfaite. Il s'était rendu compte que c'était son destin. Et il avait aimé Gally autant que les autres. Il avait tourné le dos à la mère de son ami. Dans sa sobriété, il s'était éloigné du pas chancelant et incertain de l'alcoolique qu'elle le croyait être.

Il était à présent encore plus incertain. Il s'accrochait à Kathryn et regarda Lisa qui lui rendit un sourire éclatant. C'était une fille géniale, mignonne et sexy, qui aimait les cocktails et la baise. Son type de nana tout craché, un rêve devenu réalité. Les années passant, ses critères avaient baissé, mais il était avec Lisa, désormais. Elle devrait suffire... et l'ego de Juice Terry se requinqua, son aplomb se restaura. Il faudrait qu'il s'améliore. Qu'il sorte plus. Qu'il trouve un centre d'intérêt. Il chialait sur un âge d'or qui n'avait jamais existé, et la vie lui passait sous le nez.

Billy en avait marre de lui. Il n'en pouvait plus de ce petit malin qui titubait dans une brise inexistante et qui trimballait Kathryn Joyner comme une poupée en chiffon.

— Terry, ça suffit mon pote. Je vais t'appeler un taxi.

— J'ai pas besoin d'un taxi, Birrell, répondit-il en sirotant son champagne d'un air royal. Je vais juste terminer ma coupe de champ, et puis je m'en irai.

Billy dévisagea Terry d'un œil stoïque. Son regard était vide, oublié leur amitié, leur passé, Terry en perçut la froideur. On le considérait comme un simple ivrogne, un fauteur de troubles potentiel. Pas de passé. Pas d'Andrew Galloway. Comme s'il ne s'était jamais rien passé. Comme s'il n'avait jamais vécu. Oh oui, ils avaient échangé quelques mots à l'enterrement, mais ils étaient encore sous le choc. Après, Billy ne lui avait plus jamais adressé la parole. Après cet épisode, il s'était concentré sur son combat. Avant le match, Terry était fier de Billy. Business, c'était un surnom qu'il utilisait librement, sans ironie ni déconnade. Son pote allait être champion du monde. C'était une vraie machine. Plus tard, quand Birrell s'était fait mettre au tapis par ce petit Gallois, Terry avait senti pointer une satisfaction malveillante sous sa fierté blessée.

Billy se détourna. Terry était un loser. Il était sur la pente descendante depuis longtemps. Oh ouais, c'était encore un sacré provocateur mais l'amertume s'était mêlée au jeu. Il regrettait d'avoir coupé les ponts, des années auparavant, mais ce mec était un danger public. Beaucoup de gens disaient de Terry qu'il n'avait jamais accepté la mort de Gally. Mais lui, Billy Birrell, avait été aussi ébranlé que les autres. Sauf qu'il fallait mettre le passé derrière soi, il fallait avancer. Gally aurait voulu qu'il en soit ainsi, il aimait la vie, il aurait voulu que les autres continuent leur chemin, profitent au maximum. Terry faisait comme s'il était le seul à souffrir, dans l'histoire, comme si ça lui donnait une excuse, un droit de jouer les connards. On pouvait penser que, s'il n'y avait pas eu Gally, il aurait trouvé un autre prétexte pour justifier sa connerie.

Il avait envie de dire à Terry qu'une fois sur le ring face à Steve Morgan de Port Talbot, Billy Birrell avait été prêt à en faire de la bouillie. Quelqu'un allait payer pour ce qui était arrivé à Gally.

Mais sur le ring, impossible de bouger.

On avait tout mis sur le compte de la thyroïde, et c'était bien sûr une part du problème, mais Billy savait qu'il aurait pu exploser Morgan depuis son lit de mort. Le premier round, le choc de la rencontre, le sang sous le nez de Morgan. Et puis, voilà. Un détail chez Morgan lui rappelait quelque chose. Il ne s'en était jamais rendu compte mais il le voyait désormais, clair comme de l'eau de roche. Les cheveux noirs coupés ras, les grands yeux sombres, la peau cireuse, le nez bombé. Les mouvements saccadés, l'expression soucieuse, méfiante. Et le sang qui gouttait lentement de son nez. Billy avait remarqué soudain que le boxeur gallois était le portrait craché de Gally.

Nan, Billy ne pouvait plus bouger.

Il ne pouvait plus lancer son poing.

Billy savait qu'un truc clochait. Il l'avait senti peu avant de partir pour Munich. Il avait essayé de le cacher à Ronnie, qui avait à son tour essayé de le cacher aux sponsors. La forme, c'était la clé. Billy se disait que, sans la forme physique, on ne pouvait pas faire l'essentiel pour gagner dans un sport individuel – que ce soit en boxe, en tennis ou en squash – et il fallait imposer son propre tempo. Dans une compétition à un contre un, s'aligner sur le rythme de l'adversaire est démoralisant et insoutenable. Billy s'était d'ailleurs promis que, s'il n'arrivait plus à aller de l'avant, il tirerait un trait sur la boxe. Mais il y avait eu ce combat contre Morgan. Ses possibilités de carrière dépendaient tellement de cet affrontement. Une fierté pure avait porté Billy Birrell, exténué, sur le ring. Imposer son rythme n'était pas à l'ordre du jour : son seul espoir était celui d'une bonne droite. Et lorsque le fantôme de Gally était venu valser devant ses yeux, ce mince espoir s'était envolé.

Mais il était trop fier pour l'avouer à Terry, ou à n'importe qui, trop fier pour lui dire qu'il était encore sous le choc de la mort d'un ami. Comme ça aurait semblé nul et lâche. Un boxeur, un professionnel, devrait pouvoir s'élever au-dessus de ça. Mais non. Sa thyroïde et son chagrin s'étaient alliés, et Billy avait perdu le contrôle de son corps qui refusait de lui obéir. Ç'avait été son dernier passage sur un ring. Il en avait conclus qu'il n'était pas fait pour la boxe. Il avait certainement été dur envers lui-même, mais Billy était perfectionniste, entier, du genre tout ou rien.

Le médecin avait identifié son problème de thyroïde et annoncé que c'était miracle que Billy ait réussi à monter sur le ring : en une soirée, Business était devenu un héros. Malgré cela, la Fédération britannique de boxe n'avait pas pu l'autoriser à combattre sous thyroxine. Ils avaient joué le rôle du Méchant. À la demande générale, et après une campagne de l'*Evening News*, une réception civile avait été organisée à la mairie. Davie Power et les autres sponsors s'étaient rendu compte à quel point la tendance à porter aux nues les défaites glorieuses était ancrée dans l'âme écossaise. Le Business Bar était arrivé ensuite.

Billy observa le bar spacieux, lumineux, et sa clientèle nantie. Il se remettait en mémoire sa paralysie passée lorsque Johnny Catarrhe entra en scène. Johnny avait laissé échapper des pets nauséabonds et nucléaires qui avaient été plus que gênants dans la pièce bondée. Il s'attendait désormais à une suite conséquente et se précipita aux toilettes pour mettre la situation au clair.

Billy n'avait pas encore adressé la parole à Johnny et s'apprêtait à le saluer lorsque celui-ci passa en trombe devant lui. Pauvre boulet, complètement défoncé. Qu'est-ce que Rab foutait, à lui amener ce genre de nazes ? Surtout Lawson. Billy regarda Terry, son visage bouffi par l'alcool, sa moue orgueilleuse saupoudrée de cocaïne, cette arrogance qu'il promenait dans tout le bar et qui lui attirait les regards gênés des clients réguliers. Et pour couronner le tout, il sifflait le champagne de Billy. Ce con devait dégager d'ici. Il était... Le fil de sa pensée fut rompu lorsqu'un homme se précipita vers le comptoir et attrapa Kathryn par le bras.

— Putain de bordel, mais qu'est-ce que tu foutais ? demanda-t-il avec un accent américain.

Billy et Terry avancèrent comme un seul homme.

— Franklin... Prends donc une coupe de champagne ! cria Kathryn d'un ton joyeux.

Billy recula. Elle le connaissait.

— Je veux pas de champagne... Putain, j'étais fou d'inquiétude... Espèce de sale égoïste de merde... t'es... t'es bourrée! Putain, tu dois chanter ce soir!

— Enlève tes sales pattes de là, tête de bite! Personne va chanter ce soir! lança Juice Terry.

— Et c'est qui, lui? Franklin demanda à Kathryn avec un dédain outré.

— C'est le connard qui va t'exploser la gueule, pauvre taré!

Terry frappa Franklin à la mâchoire. L'Américain chancela et tomba en arrière. Terry s'avança pour lui coller un coup de pied mais Billy s'interposa entre lui et sa proie.

— Tu déconnes complètement, Terry! Casse-toi d'ici!

— C'est cet enculé qui déconne...

Kathryn aida Franklin à se relever. Il se frottait la mâchoire et semblait vaciller. Puis il se mit à vomir. Une clameur s'éleva d'un groupe de gros bras alcoolisés, type rugbymen.

Billy attrapa Terry par le bras.

— On a deux mots à se dire, toi et moi...

Il le traîna jusqu'à la porte de derrière. Ils sortirent dans la courette où s'entassaient des fûts et des caisses. Un soleil aveuglant brillait dans le clair ciel bleu.

— Toi et moi, faut qu'on se parle franchement, Terry...

— C'est trop tard, Birrell...

Terry lança son poing en direction de Billy qui l'esquiva sans peine et l'étala au sol d'un crochet du gauche.

Billy se frotta les articulations. Il s'était fait mal. Cette espèce de gros con!

Rab, Charlene, Kathryn, Lisa et Post Alec les rejoignirent. Alec se jeta sur Billy.

— Alors, Champion, comment va?

Il se mit en garde et lança quelques droites vers Billy, immobile. Puis il fut pris d'une toux violente et s'adossa au mur pour recracher quelques glaires. Pendant ce temps, Kathryn et les autres s'occupaient de Terry. Franklin s'approcha d'eux et cria :

— Si tu reviens pas immédiatement à l'hôtel, t'es finie, putain !

Kathryn fit volte-face et hurla comme une banshee.

— C'est pas à toi de me dire quand je suis finie ou pas ! T'as rien à me dire, trouduc ! Tu bosses plus pour moi à partir de cette minute, t'es viré !

— Ouais, bien dit. Maintenant, dégage ! cracha Lisa avec un geste du pouce en direction de la porte.

Franklin les dévisagea tous un instant. Cette salope venait d'être lobotomisée par un groupe de bons à rien d'Écossais. Ils devaient forcément appartenir à une secte. Il savait que ça lui pendait au nez. Il regarda l'écusson sur le maillot de Rab. C'était quoi, cette merde ? Une connerie de lobotomie scientologue celtique ? Il allait se renseigner !

— Casse-toi, fit Billy Birrell d'un ton froid.

Franklin tourna les talons et sortit en trombe.

— C'est pas pour te vexer, Rab, mais vous feriez peut-être bien de mettre un point final à votre journée et d'aller vous coucher.

Ils échangèrent tous un regard puis posèrent les yeux sur Billy. Rab acquiesça et ils remirent Terry sur pied. Lisa cria quelque chose à l'attention de Billy qui la dévisagea. Ils sortirent, son frère et un de ses plus vieux potes, et Billy hocha la tête. Il étudia la différence entre lui et les gens comme eux. Tout ce qu'ils voyaient, c'était sa voiture, ses fringues, la jolie copine qui s'accrochait à son bras. Ils ne voyaient jamais la somme de boulot, n'avaient jamais à affronter les risques, ne ressentaient jamais la peur. Il les enviait parfois, de pouvoir lâcher du lest et de se bourrer la gueule comme ça. Ça faisait un bout de temps qu'il ne s'était pas accordé un tel luxe. Mais il ne regrettait rien. Il fallait se faire respecter, et en Grande-Bretagne, si tu n'es pas né avec une cuillère en argent dans la bouche, ou si tu n'as pas le bon accent, il faut que tu aies de la thune. Avant, on pouvait gagner de l'argent autrement, comme son vieux, ou comme Duncan Ewart, le père de Carl. Mais ces temps étaient révolus. Quand on voit la façon dont ces hommes sont traités aujourd'hui, même dans leur quartier... Ils disent que les choses ont changé, mais c'est des conneries. Rien n'a changé. Tout ce qui s'est passé, c'est que... Et merde.

À quoi ressemblerait Gally, s'il était encore parmi nous ?

Les yeux de Gally hantaient souvent Billy. Ils les voyaient surtout quand il dormait seul, quand Fabienne était rentrée en France lors d'une mauvaise période de leur relation en dents de scie, et qu'il ne l'avait pas remplacée par une version locale. Les yeux immenses du petit Andy Galloway : pas les pupilles vivantes et mobiles, mais les yeux vides et noircis par la mort. Et sa bouche, ouverte en un cri silencieux, dégoulinante d'un sang qui tache ses grandes dents blanches. Il lui en avait même coulé par l'oreille, il était venu lui rougir le lobe et sa boucle dorée. L'odeur métallique imprégnait les mains et les vêtements de Billy tandis qu'il soutenait sa tête sans vie. Et son poids. Gally, si petit et mince dans la vie, semblait si lourd dans la mort.

La bouche de Billy s'était remplie de ce goût métallique comme s'il avait suçoté une vieille pièce de deux pence. Plus tard, il avait essayé de s'en débarrasser en se brossant les dents, sans succès. Dans son bar, après tant d'années, l'odeur était revenue. La perte et le traumatisme laissaient toujours un arrière-goût fantomatique : son estomac s'entortillait douloureusement autour d'un corps étranger aussi récalcitrant qu'un morceau de marbre.

Et puis, la façon dont le sang avait bouillonné de la bouche de Gally, comme si, l'espace d'une seconde, il avait respiré, pris une dernière inspiration. Mais Billy ne s'autorisait pas cette pensée, il savait que Gally était mort, que c'était l'air qui s'échappait de ses poumons.

Il se souvenait de Carl qui hurlait, de Terry qui s'arrachait les cheveux. Billy avait eu envie de les frapper, de leur dire de fermer leur gueule. Fermez vos gueules, au moins pour Gally. Témoignez-lui un peu de respect. Au bout d'un moment, Terry avait croisé son regard. Ils avaient hoché la tête. Terry avait giflé Carl. Non, les mecs ne giflent jamais en Écosse. Les cockneys collent des claques à leurs femmes, ça venait de là, une bonne giflée. Là, c'était un coup, une droite. Terry avait fermé son poing, c'était pas une gifle de femmelette, pas une gifle de tapette. Billy s'en souvenait. Ça semblait tellement important, à cet instant précis. Maintenant, il trouvait ça plus que triste ou dérangé, c'était totalement bizarre. Ce ne sont pas nos vieilles habitudes qui nous effraient : on s'y fait, elles n'inquiètent que les autres. Non, ce qui est terrifiant, c'est la pulsion étrange, imprévisible, brutale, qu'on doit refouler, celle que les autres n'ont jamais vue et, qu'avec un peu de chance, ils ne verront jamais.

Mais avec Gally, ils l'avaient vue.

Billy ne comprenait pas toujours comment il parvenait à tout garder pour lui. Il savait qu'une personnalité était souvent définie par des actes plus que par des paroles ou des idées. Bien avant de commencer la boxe, il avait appris que la peur et le doute étaient des émotions à ne pas manifester. Il savait qu'elles brûlaient davantage une fois refoulées, mais il pouvait y arriver. Il n'avait pas de temps pour cette culture macabre de la confession : lorsqu'une telle émotion menaçait de l'envahir, il mordait dedans à pleines dents, comme si c'était un cacheton, et engloutissait l'énergie qui s'en échappait alors. Mieux valait ça que de donner à quelqu'un le pouvoir de te détraquer la tête. Ç'avait marché à chaque coup. Sauf une seule fois.

Lorsque le fantôme de Gally était venu flotter sur le ring.

Et dernièrement, la sensation s'était manifestée bien trop puissamment. Billy pensait à Fabienne, à ses associés Gillfillan et Power, et il était parti faire un tour au cimetière où Gally était enterré. Arrivé près de la concession familiale, il avait aperçu un gars qui marmonnait, penché au-dessus de la tombe. Il s'était approché et on aurait juré que le mec s'adressait directement à Gally. Gêné, Billy avait continué son chemin et oublié l'incident. Le mec était sûrement un poivrot du foyer municipal qui débitait ses conneries habituelles. Mais il n'en avait pas tellement l'air : il portait une cravate et on aurait dit un uniforme sous son manteau.

L'épisode avait perturbé Billy. Il était presque certain que le mec avait dit «Andrew». C'était sans doute un fantôme né de sa propre tristesse mais l'émotion s'accrochait et poussait en lui comme le lierre et les pissenlits dans un cimetière.


## Islands in the Stream

S'il ressentait une douleur sourde à la mâchoire, Juice Terry n'en brillait pas moins d'un sentiment de victoire tandis qu'il tirait avec peine une des valises de Kathryn le long de Princes Street. Il l'amènerait au Gauntlet et tout le monde verrait que lui, Juice Terry, était encore un PUTAIN DE MAESTRO en matière de, eh bien, de tout. Ç'avait été une sacrée connerie, par contre, d'essayer de frapper Birrell, il fallait bien l'admettre. Son crochet du gauche avait été un coup propre et parfait, se dit Terry avec une admiration obstinée. Il paraît que la dernière chose qui s'éteint chez un vieux boxeur, c'est son direct. Les réflexes de Birrell étaient encore impressionnants. Enfin, pensa Terry, je suis bourré et il a dû voir venir mon coup depuis l'autre bout de Princes Street.

Il menait le convoi décalqué qui transportait les bagages de Kathryn. Johnny et Rab tiraient chacun une valise, Lisa et Charlene se chargeaient de sacs plus petits. Kathryn, elle, ne portait rien.

— Je devrais quand même vous aider... protesta-t-elle sans conviction. Je devrais peut-être appeler un taxi...

La tête de Terry bourdonnait. Ils étaient tous là, Lucy, Vivian, Jason, sa mère, tous dans la course.

Le reste n'était que causes perdues, mais pas Jason. Pourquoi ne pouvait-il pas avoir une relation agréable avec

Jason? Il cédait à toutes ses exigences. Le zoo, mon cul oui, il aurait dû l'amener au foot. Mais c'était trop cher, ces derniers temps. En plus, le petit con ne manifestait aucun intérêt pour le sport. Terry devait bien admettre que c'était compréhensible, puisqu'il commençait lui-même à faire le rapprochement avec ce père qu'il détestait tant. Avant, il ne voyait que les actions de cet enculé, son égoïsme cruel et négligent, mais il n'avait jamais considéré les raisons sous-jacentes d'un tel comportement. Et voilà qu'il les comprenait enfin, en regard de ses propres motivations. Le vieux con voulait juste une bonne baise, une vie tranquille, de l'argent facile et un peu de respect. Et, oui, au final, il avait traité sa femme et ses gosses comme des merdes. Mais le pauvre connard était né dans des circonstances particulières, il ne pouvait pas accumuler les ressources monétaires et la reconnaissance sociale suffisantes pour mettre assez de beurre dans les épinards. Les riches traitaient leur femme aussi bien ou aussi minablement que les schemies. La différence, c'était que les riches pouvaient les maintenir tranquilles à coups de gros billets si, et quand, les choses tournaient au vinaigre. Point final. Et ils pouvaient tout faire de façon impersonnelle, grâce aux avocats.

Terry devait admettre aussi qu'il ne crachait pas sur l'éventualité de voir le petit gars grandir différemment. Serait-il comme lui? Il essaya de voir à vingt ans de là et distingua un couple de blondes en plein rituel d'amour lesbien devant un Jason adulte, le portrait craché de Terry. Puis lui (Jason/Terry) se joindrait à elles, les baiserait l'une après l'autre dans diverses positions avant de larguer sa sauce. Puis il retirerait son casque de réalité-virtuelle et se retrouverait assis, sa bite molle et collante en main, dans une pièce pourrie blindée de cartons vides de bouffe à emporter, de cendriers pleins, de vaisselle sale et de cannettes de bière. Terry avait hâte que le XXIᵉ siècle arrive.

Mais c'était un scénario héréditaire. Dans le scénar propret, il imaginait le gamin en adulte binoclard, marié à une femme banale, deux gosses faisant office d'agents consommateurs, tous entassés dans une baraque de banlieue en kit. Et elle serait là, Lucy, en visite dominicale avec GrosNaze pour manger le rôti. Ce serait si beau, si idyllique, jusqu'au moment où ils apercevraient le visage d'un alcoolique dépenaillé et imbibé, les yeux rivés sur eux. Ce serait Post... Juice Terry... non, n'importe quoi. Il leur montrerait à tous, un de ces jours. Il passa sa main dans ses cheveux en tire-bouchon et fut triste de constater qu'il ne ressentait qu'un autoapitoiement sentimental.

Il nourrissait quantité de fantasmes de vengeance qui le choquaient et le dégoûtaient parfois. Lucy vêtue d'un maillot des Hearts avec le numéro 69 et l'inscription PUTE dans le dos, et lui qui lui collait une queue sans vaseline dans le cul. Mais Lucy n'était pas une Jambo, elle détestait le foot. Il pensait peut-être plutôt à son vieux : quand l'esprit de Terry fonctionnait à plein régime, il voyait sans cesse des images de son père portant une cocarde bordeaux ridicule à la finale de la Coupe d'Écosse, Hearts contre Rangers dans les années 70. Putain, il ne faut jamais analyser ses propres déviances, ça ne fait que les aggraver.

Si quelqu'un méritait une bonne droite dans la gueule, c'était ce gros naze, ce putain de technicien de labo qui baisait avec elle. Et Terry l'aurait fait, s'il n'avait pas été avec Vivian à cette époque, et si la brusque apparition du mec dans leur couple ne l'avait pas forcé à tromper Lucy. Mais ce grand maigre aux cheveux longs, aux boutons purulents et à la pomme d'Adam saillante. On aurait dit un de ces fans de heavy metal, un puceau originaire d'un trou paumé, genre Bonnyrigg, qui écoutait des chansons sur la domination masculine mais bégayait dès qu'il fallait parler à une nana. Terry avait d'ailleurs fini par apprendre que c'était Lucy qui l'avait dragué à une soirée à l'Almabowl à Kirkcaldy.

Il avait failli éclater de rire quand elle était arrivée avec ce naze, les mains pendantes, ouvrant et fermant les poings comme s'il allait provoquer une baston. Elle faisait ses valises et habillait le gamin. Il aurait dû exploser ce naze parce qu'il lui piquait sa femme et son gosse. Mais il ne pouvait pas, il ne pensait qu'à Vivian, il se disait qu'il avait précipité la situation pour pousser Lucy à le quitter, à s'occuper de leur enfant, pour que lui, Terry, puisse jouer le rôle du blessé, de l'abandonné, du déserté. Et ils étaient tombés dans le panneau. Il était libre, fini les factures, le loyer, les silences froids précédant les disputes vicieuses, les gémissements, son désir d'acheter une maison en banlieue avec un jardin pour le gosse, pour qu'il puisse jouer ailleurs que dans les rues de la cité comme lui l'avait fait. Oh, comme il avait savouré la liberté après tant de déceptions. Oui, quand la porte s'était refermée derrière eux, il avait saisi l'ampleur de sa perte, il s'était accordé un petit pleur indulgent sur son sort puis avait fait ses bagages et, à la grande horreur de sa mère, était retourné vivre chez elle.

Un gémissement de Johnny le ramena à la réalité. Oui, ce putain de poids plume peinait.

— Je vois pas pourquoi tu pouvais pas prendre une autre chambre au Balmoral, fit-il d'un ton morne à Kathryn.

— Je veux pas être à côté de ce trouduc de Franklin.

Lui trouver une chambre en plein centre-ville avait pris une éternité, même si c'était pour loger Kathryn Joyner. Et voilà qu'ils longeaient Princes Street en direction de Haymarket et d'un hôtel plus petit mais confortable.

À l'accueil, Terry tenta encore le coup.

— Tu étais la bienvenue chez moi, tu sais, sans aucune arrière-pensée.

— Terry, t'es un mec. Y aura toujours une arrière-pensée.

L'Américaine n'était pas aussi conne qu'elle en avait l'air.

— Je disais ça comme ça. C'est à deux pas du Gauntlet. Pour le karaoké, tu vois ?

— Il faut que j'aille à Ingliston, il faut que je fasse ce concert.

— Mais t'as viré ton gars…

— Il faut vraiment que je le fasse.

Rab commença la lente ascension de l'escalier en traînant la valise tandis que la réceptionniste tendait à Kathryn sa clé de chambre.

— Cherche pas, Terry, c'est Kathryn qui décide.

— Ouais, on pourra arriver au Gauntlet pour la dernière tournée si on prend un taxi fissa après le concert, fit Johnny en se demandant pourquoi il répétait bêtement les idées de Terry alors qu'il était bourré et n'avait qu'une envie, se poser et dormir.

Ils attendirent un moment que Kathryn s'habille, s'entassèrent dans la limousine que Rab avait appelée et réorientée depuis le Balmoral, puis ils filèrent vers Ingliston. Johnny s'étendit de tout son long sur une banquette et s'endormit. Il avait toujours rêvé de monter dans une caisse comme ça, et voilà que l'expérience lui passait sous le nez aussi vite que le paysage urbain derrière les vitres.

Charlene était blottie contre Rab et passait un bon moment. Lisa et Terry faisaient une razzia dans le minibar. Lisa sentait sa propre sueur, son t-shirt était sale et ses pores obstrués mais elle s'en foutait. Terry papotait à l'oreille de Kathryn et elle vit la reconnaissance de la chanteuse lorsqu'elle l'interrompit :

— Laisse Kathryn tranquille, Terry. Faut qu'elle se prépare. Ferme ta grande gueule.

Terry la regarda, bouche bée.

— J'ai dit, ferme ta grande gueule.

Terry éclata de rire et lui serra la main. Il adorait cette fille. C'était parfois agréable de laisser les rênes aux filles. Genre, pendant cinq minutes.

Les bâtiments du centre-ville laissèrent place aux grandes villas, puis aux rues identiques des banlieues et aux bretelles d'accès d'autoroute. Un avion rugit au-dessus d'eux et ils entrèrent dans le parking de la salle de spectacle d'Ingliston. Ils eurent un mal de chien pour réveiller Johnny et le staff de sécurité de Kathryn ne fut pas ravi de voir débarquer la compagnie. Mais ils étaient tellement soulagés de la voir, elle, qu'ils distribuèrent un pass d'accès aux coulisses à tout le monde, sans poser une seule question.

Dans les loges, ils se ruèrent sur les boissons et le buffet tandis que Kathryn se cachait aux toilettes pour vomir et se motiver.

Tremblante, Kathryn Joyner monta sur la scène d'Ingliston. Elle n'avait jamais parcouru une distance aussi longue jusqu'au micro. Sauf, peut-être, le soir où elle avait titubé sur la scène de Copenhague après l'épisode de la chambre d'hôtel et son séjour à l'hosto où on lui avait pompé l'estomac pour en extraire tous les médocs. C'était atroce : elle se disait qu'elle allait tomber dans les pommes sous la chaleur des projecteurs, et elle avait conscience de toutes les douleurs aiguës que la drogue avait laissées dans son corps mal nourri.

Elle hocha la tête en direction des musiciens, elle attendit qu'ils plaquent les premières notes de *Mystery Woman*. Lorsqu'elle commença à chanter, sa voix resta inaudible pendant la première moitié du morceau. Puis quelque chose changea, quelque chose de parfaitement ordinaire et de magiquement mystique : Kathryn Joyner ressentit la musique et enclencha la vitesse supérieure. En vérité, sa performance était tout juste potable mais elle avait habitué son public — et elle-même — à bien pire. Dans ce contexte, c'était un minuscule triomphe. Plus important encore, la foule nostalgique, ravie et complètement bourrée, l'ovationna.

À la fin du concert, ils la rappelèrent pour jouer un bis. Kath repensa à la chambre d'hôtel à Copenhague. Il est temps de laisser tomber, pensa-t-elle. Elle se tourna vers Denny, guitariste et vétéran de la scène :

— *Sincere Love*, annonça-t-elle.

Denny acquiesça et fit signe au reste du groupe. Kathryn s'avança sous les applaudissements et attrapa le micro. Terry dansait en coulisse.

— J'ai passé un super moment à Édimbourg. Ç'a été génial. Je dédie cette chanson à Terry, Reb et Jahnny, les gars d'Édimbourg. Sincere Love à vous.

Une immense clameur s'éleva, mais Terry était légèrement vexé qu'elle n'ait pas fait référence à ses lettres de noblesse, Juice Terry.

— Ça aurait évoqué quelque chose à tous les schemies dans la salle, expliqua-t-il à Rab.

Franklin Delaney tenta de la féliciter à sa sortie de scène, pour être immédiatement intercepté par Terry.

— On a un spectacle qui nous attend, fit-il en repoussant l'ancien manager.

Kathryn écarta les agents de la sécurité, prêts à intervenir. Terry prit la tête du cortège, traversa le parking à grandes enjambées jusqu'aux taxis qui les attendaient pour les véhiculer jusqu'au pub du Gauntlet à Broomhouse. Kathryn commençait à voir les choses avec une profonde clarté, mais pas d'un point de vue intellectuel – elle était tellement défoncée qu'elle avait du mal à rassembler ses idées. C'était terminé, ce serait son dernier concert avant un sacré bon bout de temps.

Aux yeux du public, elle représentait un succès phénoménal mais à ses yeux, ses années de jeunesse s'étaient envolées en une série de tournées, de chambres d'hôtels, de studios d'enregistrement, de villas climatisées et de relations frustrantes. Depuis l'ennui abrutissant de son enfance dans la petite ville d'Omaha, elle avait vécu selon un emploi du temps dicté par autrui, entourée d'amis qui portaient tous un intérêt à son succès commercial continu. Son père avait été son premier manager, avant leur violente séparation. Kathryn repensa à la mort d'Elvis, non pas dans un hôtel de Las Vegas vêtu d'un jogging, mais chez lui, sur ses chiottes à Memphis, entouré de ses proches. C'est plus souvent les gens qui vous aiment qui précipitent votre perte, et non les parasites. Ils sont moins susceptibles de remarquer votre déclin incrémentiel.

Mais ça lui avait convenu. Au moins pour un temps. Elle ne s'était pas rendu compte qu'elle chevauchait un manège, jusqu'à ce qu'elle ne puisse plus en descendre. Cette connerie de trouble alimentaire, c'était une tentative d'exercer un minimum de contrôle. Ils lui avaient bien évidemment expliqué tout ça, mais elle le ressentait à présent, et elle allait y remédier. Et allait le faire sans l'aide de ce sauveteur imaginaire qui se pointait toujours au bon moment quand la pression devenait trop forte, qui pouvait lui dégoter un nouveau mec, un nouveau look, des biens durables, une propriété immobilière, des conseils de développement personnel, un livre, un régime révolutionnaire, des vitamines, un psy, un gourou, un mentor, une religion, un conseiller, n'importe qui ou n'importe quoi, histoire de combler la brèche afin que Kathryn Joyner retourne en studio et sur la route. Qu'elle redevienne la vache à thunes qui soutenait cette infrastructure de parasites.

Terry, Johnny et même Rab, elle ne pouvait pas leur faire confiance davantage. Ils étaient pareils que les autres, ils ne pouvaient pas s'en empêcher, engloutis par cette maladie qui semblait infecter tout le monde un peu plus chaque jour, ce besoin d'utiliser les vulnérables. Ils étaient sympas, c'était ça le problème, ils l'étaient tous, mais sa dépendance aux autres et, inversement, leur dépendance à elle devaient cesser. Ils lui avaient cependant appris quelque chose au cours des journées passées ensemble à s'exploser la tête, une chose utile et importante. Aussi étrange que cela puisse paraître, ils se sentaient concernés. Ils n'étaient ni désabusés ni blasés. Certains sujets les préoccupaient : des sujets futiles et cons, mais au moins, ils s'en préoccupaient. Et ils se sentaient concernés parce qu'ils appartenaient à un monde étranger à l'univers artificiel du show-business et des médias. On ne pouvait pas se sentir concerné par cet univers-là, pas vraiment, parce qu'il n'appartenait à personne, il n'appartiendrait jamais à personne. C'était un commerce sophistiqué qui traçait sa route à grand bruit.

Elle allait dormir plusieurs jours, puis elle rentrerait chez elle et débrancherait le téléphone. Après ça, elle louerait un appartement modeste quelque part. Mais d'abord, elle comptait chanter devant un public. Une toute dernière fois.

C'est ainsi que Juice Terry Lawson et Kathryn Joyner se lancèrent en duo dans une interprétation de *Don't Go Breaking My Heart*. Lorsqu'ils furent annoncés vainqueurs et qu'ils reçurent leur prix, un lot d'ustensiles de cuisine fourni par Betterware, ils firent un bis avec *Islands in the Stream*. Louise Malcolmson était agressive, notamment parce que, avec Brian Turvey, elle avait donné un bon aperçu de son talent sur *You're All I Need to Get By*.

— Qu'est-ce qu'il a, à lécher le cul de cette poufiasse de richarde américaine ? avait-elle lâché avec son tact d'ivrogne.

Le visage de Lisa s'était assombri mais elle était restée muette. Terry était allé dire deux mots à Brian Turvey qui avait ramené Louise chez elle.

Plus tard, on affirmerait que Kathryn Joyner avait donné son dernier concert à Édimbourg, et ce serait la vérité. Mais ce que peu de gens savent, c'est qu'il ne se déroula pas à Ingliston mais au pub du Gauntlet à Broomhouse.

Si le concert d'Ingliston avait marqué un tournant dans la carrière de Kathryn, celui du Gauntlet en avait fait autant pour Terry. Au moment de partir, il avait délibérément oublié sa veste sur le dossier de sa chaise. Il ne continuerait pas longtemps à baiser des jeunes minettes comme Lisa s'il se sapait comme un naze. Il prit la résolution de faire un effort, de mincir, de botter en touche les Häagen-Dazs, les dîners à base de white pudding et les séances de masturbation. Il se rendit compte qu'à un moment de sa vie il avait perdu un peu de sa fierté. Et ça n'impliquerait pas de s'habiller comme un pédé, vu que les Ben Sherman étaient à nouveau à la mode. Il avait eu sa première chemise à dix ans. Peut-être cela annonçait-il un renouveau de Juice Terry, la trentaine atteinte. Se faire une coupe de cheveux, aussi. Ils poussaient tellement vite, mais une coupe en brosse un samedi sur deux, c'était une idée cool s'il arrivait à perdre du poids. Acheter une Ben Sherman et un nouveau jean. Se faire une boutique de fringues ! Et peut-être aussi un bombers en cuir comme celui de Birrell. Il fallait bien admettre que c'était classe. À nouveau Terry, nouvelles sapes.

Ouais, il serait bientôt dans le bureau de ce connard de Tony Blair! Ce mec avait tout pigé, peu importe ce que tu fais tant que tu as le look et la tchatche. C'est ce que les Britanniques veulent, l'oreille compatissante d'un homme bien sapé et beau parleur. Quelqu'un qui puisse leur dire à quel point ils sont importants. Et comme ça, ils se rasseyent tranquillement pendant que l'autre leur chie dessus tout son saoul et leur montre à quel point ils sont minables. Tant que c'est fait avec style, ça passe.

Ils décidèrent de continuer la soirée chez Terry. Kathryn était épuisée et voulait s'affaler sur son lit d'hôtel.

— Je veux rentrer à mon hôtel, putain… répétait-elle en plein délire.

Johnny comatait. Pas moyen que ce sale petit con dorme avec elle ce soir, pensa Terry en glissant les clés de chez lui à Lisa et Charlene, leur confiant la tâche de mettre Johnny au pieu. Rab et lui accompagneraient Kathryn à son hôtel, puis reviendraient directement chez lui.

Rab n'était pas emballé mais Terry héla un taxi et l'affaire fut dans le sac. Lisa et Charlene avaient déjà collé Johnny dans un autre véhicule.

Arrivé dans la cité, Lisa se rappela qu'elle avait une tante et une cousine qui y habitaient. Elle ne les connaissait pas bien. Elle se souvenait qu'elle y venait, gamine, pour manger des spaghettis sur toasts. Un de ses cousins était mort quelques années plus tôt, il était tombé d'un pont, un soir de beuverie. Encore un môme qui sortait, plein de vie, et qui rentrait raide et froid. Ses parents étaient allés aux funérailles.

Depuis sa dernière visite dans le quartier, les bâtiments avaient contracté une éruption de paraboles satellite. Juste à côté du local à poubelles, le mur avait été si souvent éclaboussé de pisse que le revêtement taché s'effritait par endroits. Elle ne savait pas si sa tante Susan vivait dans cet immeuble ou dans le suivant. Peut-être que Terry la connaissait.

Lisa vit que Charlene était complètement explosée, et qu'elle avait envie de dormir. Et le petit Johnny : il était niqué lui aussi.

# Glasgow, Écosse

*17 h 27*

Buchanan Street : la puanteur des gaz d'échappement et des Weedgies emplit l'air. Des courants discontinus que les nouveaux centres commerciaux et les boutiques de designers, loin de masquer, semblent étrangement accentuer.

Je ne me rappelle même plus de quel côté se trouve la gare de Queen Street, ça fait tellement longtemps. Évidemment, elle est juste en bas de la rue. Mon portable ne marche pas et j'appelle ma mère depuis une cabine. C'est Sandra Birrell qui décroche. Ma mère est à l'hosto. Avec ma tante Avril.

Elle m'explique la situation actuelle. Je marmonne des trucs pendant une petite minute puis je vais prendre mon train en me rendant compte que je ne lui ai demandé des nouvelles de personne, même pas de Billy.

Billy Birrell et tous ses surnoms : certains qu'il aimait, d'autres qui le vexaient à mort. Silly Girl (école primaire). Secret Squirrel (collège). Biro (son nom de cité, à ce pyromane). Business Birrell (boxeur). Ça fait un sacré bout de temps. Le mec le plus génial que j'aie jamais rencontré de ma vie. Billy Birrell.

Il faut que je rentre. Je vais jusqu'à Queen Street pour prendre le train.

Je reconnais un mec dans le wagon. Je crois qu'il est DJ, ou qu'il a un boulot en rapport avec les boîtes. Un producteur ? Il gère un label ? Qui sait. Je hoche la tête. Il me rend la pareille. Renton, je crois qu'il s'appelle. Un frangin dans l'armée qui s'est fait tuer, un gars qui allait aux matchs à Tynecastle à l'époque. Pas un mauvais gars, le frangin. Par contre, j'ai jamais eu trop confiance en ce mec, il paraît qu'il a arnaqué ses potes. Mais j'imagine qu'il faut être fort et vivre en se disant qu'un jour ou l'autre, nos proches nous décevront toujours.

L'enterrement de Gally, ç'a été le truc le plus triste que j'aie jamais vu. Le seul réconfort, c'était de voir Susan et Sheena. Elles s'accrochaient l'une à l'autre comme deux bigorneaux, au bord de la tombe. Comme si les briques masculines autour d'elles, M. Galloway et Gally, venaient d'être réduites en poudre et dispersées aux quatre vents. Il ne restait plus qu'elles. Et pourtant, malgré la dévastation totale, elles paraissaient si fortes et vertueuses.

Ils avaient un caveau familial. J'ai aidé à porter le cercueil et à mettre Gally en terre. Billy a participé aussi, mais personne n'a rien demandé à Terry. Gail, comme convenu, n'est pas venue avec Jacqueline. C'était mieux comme ça. Le vieux de Gally était absent, sûrement en taule.

Mon père, ma mère et les Birrell étaient là, Rab Birrell aussi, avec deux amis que Gally avait connus au foot. La mère de Terry était présente, avec Walter. Topsy était venu aussi. La plus grande surprise avait été à l'hôtel, où Billy m'avait appris que Blackie s'était pointé. C'était le directeur de l'école, maintenant, et il avait entendu dire qu'un de ses anciens élèves était mort. Je ne l'avais vu ni à la chapelle, ni près de la tombe, et il ne nous avait pas rejoints à l'hôtel ; pourtant, Billy m'avait assuré que c'était bien lui, solennel sous la pluie près du caveau, les mains jointes devant lui.

Des gravillons de l'allée s'étaient coincés sous ma semelle et je me souviens que ça m'avait fait chier. J'avais envie de frapper quelqu'un, juste parce que j'avais un gravier coincé sous ma chaussure.

C'était un matin horrible, glacial, le vent soufflait depuis la mer du Nord et crachait des gouttes de pluie et quelques flocons de neige sur nos visages. Heureusement, le pasteur avait été bref et on avait longé la rue en frissonnant jusqu'à l'hôtel, son thé, ses gâteaux et son alcool.

Pendant la réception, Billy hochait la tête et marmonnait dans sa barbe, encore sous le choc. J'étais inquiet pour lui. Ce n'était pas Billy Birrell. Il avait la même apparence mais c'était comme si sa concentration et sa puissance discrète avaient disparu. On avait retiré les piles. Il avait toujours été solide comme un roc et je n'aimais pas le voir ainsi. Yvonne Lawson pleurait et lui tenait la main, bouleversée. Billy était complètement niqué et son combat approchait.

Je serrais la main de Susan entre mes deux paumes et je lui récitais la vieille rengaine :

— Si y a quoi que ce soit… quoi que ce soit…

Et ses yeux fatigués et vitreux m'avaient souri, des yeux comme ceux de son fils, et elle m'avait répondu que ça allait, qu'elle et Sheena s'en sortiraient.

Quand j'étais allé pisser aux toilettes, Billy s'était approché de moi et, avec hésitation, avait commencé à me raconter un truc à propos de Doyle que j'avais difficilement capté à travers l'alcool et le chagrin.

Doyle était allé le voir après son entraînement au club. Il l'attendait dehors. Billy m'avait expliqué en caressant sa cicatrice :

— Je me suis dit, fait chier, c'est reparti. Alors je me suis crispé. Mais il avait l'air d'être venu tout seul. Il m'a dit qu'il savait bien que j'étais pote avec Power et qu'il ne voulait pas d'emmerdes, il voulait juste savoir un truc. Et puis là, il m'a dit, T'étais avec Gally chez Polmont, l'autre soir ?

Je n'avais pas franchement envie d'entendre cette histoire, en plein pendant les funérailles. J'avais eu ma dose et j'étais égoïste. Après Munich, toutes ces conneries, c'était comme un trait tiré sur une part de mon existence, sur cette vie dans mon quartier natal. Je voulais simplement enterrer mon pote et passer mon chemin. Le soir de notre sortie, quand Gally a sauté, c'était la dernière que je comptais faire avec eux, en souvenir du bon vieux temps, avant de partir pour Londres.

Billy avait plongé les mains dans ses poches et s'était tendu, le dos raide. Je me souviens que son attitude physique m'avait davantage choqué que ses mots, ce n'était pas le langage corporel que j'associais d'habitude à Billy. Il bougeait avec des mouvements fluides, gracieux, aisés.

— Je réponds à Doyle, Qu'est-ce que ça peut te foutre ? Et là, il me fait : Polmont m'a dit qu'il avait vu personne d'autre, qu'il y avait juste Gally. Je voulais juste m'assurer que c'était vrai.

— Ouais, ben moi, j'y étais pas. Alors, si y avait quelqu'un d'autre, Polmont l'a pas balancé à Doyle.

Billy s'était gratté le cuir chevelu.

— Tu vois, ce que j'ai pas dit à Doyle, c'est que Gally m'a appelé pour me demander de l'accompagner voir Polmont. Bon, je savais ce qu'il voulait dire par *voir*. Je lui ai répondu de laisser tomber, qu'on avait eu assez d'emmerdes à cause de ce branleur.

Je ne pouvais pas détourner les yeux de la cicatrice de Billy, celle que Doyle lui avait faite avec son couteau de boucher. Je voyais où il voulait en venir, il n'avait pas besoin de ces conneries : son combat approchait. Je pense que Billy avait autant envie que moi de continuer son chemin.

— J'aurais dû faire plus qu'essayer de le dissuader, Carl. Si seulement j'étais allé le voir…

À cet instant, j'avais été sur le point de lui révéler ce que Gally m'avait avoué : qu'il était séropositif. Dans ma tête, c'était pour ça que Gally avait sauté. Mais je lui avais promis. J'avais pensé à Sheena et à Susan accoudées au bar dans la pièce à côté. Si on disait un truc comme ça à quelqu'un, on pouvait être sûr qu'il le répéterait… et la nouvelle se répandrait. Je ne voulais pas qu'elles souffrent davantage, qu'elles sachent que Petit Gally avait sauté pour ne pas mourir du sida. Tout ce que j'avais réussi à lui répondre, ç'avait été :

— T'aurais rien pu faire, ni toi ni personne d'autre, Billy. Il avait pris sa décision.

Sur ce, on était partis rejoindre le reste du groupe endeuillé.

Au milieu de la pièce, Terry d'habitude si gros, si grand, si bruyant semblait s'être ratatiné. Il n'était pas lui-même, c'était pire que Billy. Ce n'était pas Juice Terry. L'animosité silencieuse et puissante que Susan Galloway affichait à son encontre était palpable. C'était comme si on était à nouveau mômes et que Terry, le plus âgé, avait permis que ce malheur arrive à son fils. Billy et moi, on était visiblement épargnés par sa rage. Mais du coup, elle témoignait d'une haine primitive envers Terry, comme si ce dernier avait été une des forces obscures et contaminantes dans la vie d'Andrew Galloway. Comme si Terry était soudain devenu l'incarnation de M. Galloway, de Polmont, des Doyle, de Gail, de tout ce qu'elle pouvait détester.

Me voilà donc dans le train. Je regarde par la fenêtre. On s'est arrêtés dans une gare. Je jette un œil au panneau sur le quai :

POLMONT

Je me replonge dans le *Herald*, celui que j'ai déjà lu trois fois de la première à la dernière page.

# Édimbourg, Écosse

*18 h 21*

**Enlève-lui ses chaussures ! Enlève-lui son fute !**

Dans le taxi, Rab entendit Terry murmurer quelque chose à propos d'Andy Galloway, le pote de son frangin. Rab avait bien connu Gally : c'était un mec sympa. Son suicide avait jeté une ombre immense sur tout le monde, notamment sur Terry, Billy et, il imaginait, Carl Ewart. Carl s'en sortait bien, ou du moins il s'en était bien sorti à un moment, et il n'avait certainement jamais repensé à aucun d'entre eux.

L'enterrement de Gally avait été bizarre. Il y avait des gens qui ne le connaissaient même pas. Gareth était venu. Ils avaient bossé ensemble au département des Sports et Loisirs. Rab se souvenait de ses paroles :

— Nous sommes souvent des petits lacs boueux, dont les différentes couches de poussière et de saleté s'accumulent, et nos profondeurs les plus obscures sont remuées par les courants les plus étranges.

C'était, pensait Rab, sa façon d'expliquer qu'on ne se connaîtra jamais les uns les autres.

Dans la chambre d'hôtel, Kathryn s'effondra sur son lit, épuisée, et sombra rapidement dans un sommeil profond.

— OK, Rab, aide-moi à la mettre sous les draps. Enlève-lui ses chaussures.

Rab s'exécuta avec lassitude, lui retira une chaussure tandis que Terry arrachait la seconde avec violence, provoquant une grimace de Kathryn qui gardait les yeux fermés.

— Aide-moi à lui enlever son fute...

Rab sentit une boule s'élever dans sa poitrine sans trop savoir pourquoi.

— Tu lui enlèves pas son pantalon, Terry. Colle-la donc sous les draps.

— Putain, mais je vais pas la violer, Rab, c'est juste pour qu'elle soit plus à l'aise. J'ai pas besoin de ça pour baiser, moi.

Rab s'arrêta net et dévisagea Terry.

— Qu'est-ce que t'insinues?

Terry hocha la tête, lui rendit son regard en souriant.

— Toi et la petite Charlene, là. Tu joues à quoi, Rab? Enfin, c'est quoi ce plan? Dis-moi.

— Putain, mais occupe-toi de ton cul...

— Ouais. Et genre, tu vas m'y obliger?

Rab s'avança et colla un coup dans la poitrine de Terry qui recula contre le lit et s'affala sur une Kathryn abasourdie qui grogna sous son poids. Terry bondit sur ses pieds. Il était livide. Il venait de se prendre une dérouillée par un Birrell, ça suffisait pour la journée, ce con allait payer pour les deux. Rab capta les signes annonciateurs et tourna les talons, Terry à ses trousses. Rab Birrell s'échappa par la porte et s'engagea dans l'escalier de l'hôtel, vers le haut plutôt que vers le bas. Kathryn hurla d'une voix sonnée :

— Qu'est-ce que vous foutez, les mecs? Qu'est-ce qui se passe?

Terry allait écraser ce connard de Birrell comme une mouche. Il aurait dû le faire des années plus tôt. Dans son esprit enfiévré, les frangins Birrell devinrent indivisibles, et il s'engouffra à son tour dans la cage d'escalier. Il prit un virage serré, tendit le bras pour attraper Rab mais son poids le fit basculer, son pied glissa et il passa par-dessus la rambarde. Il plongea tête la première et s'accrocha de toutes ses forces aux barreaux de la balustrade. Heureusement pour lui, la cage d'escalier était étroite et son bide à bière le retint de justesse.

PUTAIN, ÇA Y EST

C'EST COMME ÇA QUE ÇA FINIT

Coincé à l'envers entre les deux rambardes, le cœur battant la chamade, Terry apercevait le parquet ciré de la réception, quinze mètres plus bas.

ÇA Y EST

C'EST COMME ÇA QUE ÇA FINIT

Puis dans un éclair de lucidité, il se représenta les lignes tracées à la craie autour d'un corps plus petit et plus maigre, sur le sol en contrebas, lui désignant l'endroit où il était censé tomber, la position optimale pour mourir. C'était la silhouette de Gally.

JE REJOINS CE CONNARD

Ç'AURAIT DÛ ÊTRE MOI DEPUIS TOUJOURS

Rab Birrell redescendit les escaliers, s'arrêta pour observer la situation critique dans laquelle se trouvait Terry : le visage de son ami se comprimait à l'envers contre les barreaux en bois de la balustrade.

— Rab, siffla-t-il. Aide-moi !

Il jeta un regard froid à Terry, et tout ce qu'il ressentait, c'était sa propre colère vue à travers les lunettes de dix années d'humiliations, des lunettes qui prirent la forme de la tête moite et frisée de Terry. Et Charlene, cette fille qui méritait bien mieux, qui avait besoin d'être comprise : ce serait son lot, dans la vie, des connards qui se moqueraient de ses problèmes, ces connards qui n'évaluaient une femme qu'à la rapidité où elle écartait les jambes. L'aider ? Aider ce putain de Lawson ?

— Tu veux un coup de main ? Je vais t'aider, moi, tu vas voir. Tiens, voilà un coup de main, fit Rab en tendant le bras.

De son point de vue inversé, Terry observa avec incrédulité la main de Rab s'approcher de lui. Mais il avait les bras bloqués. Comment l'attraper ? Comment... Terry était sur le point de lui expliquer sa situation délicate quand il s'aperçut avec horreur que la main se transformait en poing et qu'elle arrivait droit sur son visage avec une force considérable.

— Tiens, voilà un coup de main, connard ! T'en veux un autre ?

— PUTAIN... SALE PUUTTAAIIIN DE...

— Ça veut dire quoi, Birrell ? Ça veut dire Business. Tu t'en souviens, de celle-là ? Hein ? Eh ben, en voilà, un beau business !

Rab écrasa une fois encore son poing contre le visage retourné de Terry.

Terry sentit son nez exploser et une nausée lui emplit la tête. Il vomit, sa gerbe dégringolant dans la cage d'escalier pour s'écraser sur le parquet.

— Rab... arrête... c'est moi... je glisse, Rab... je vais tomber... souffla Terry en une supplique désespérée avant de tousser.

— OH MON DIEU, QU'EST-CE QUI S'EST PASSÉ ? QU'EST-CE QUE TU FAIS À TERRY ? hurla Kathryn depuis l'étage inférieur.

La panique de Kathryn, le ton suppliant et sans défense de Terry ramenèrent Rab à la réalité. Paniqué, il attrapa Terry par la taille et les hanches, puis tira de toutes ses forces. Kathryn s'accrocha à ses jambes, autant pour garder son équilibre que pour l'empêcher de basculer sous le poids de Terry. Ce dernier parvint à dégager ses bras et prit appui sur la rambarde. Il lutta à grand-peine et se tortilla jusqu'à la libération totale. Il se débattit pour repasser par-dessus la balustrade, se redressa et se trouva enfin du bon côté, la respiration haletante.

Terry remercia toutes ces années de picole excessive et de plats à emporter. Sans eux, il aurait vécu une fin tragique.

Un homme de moindre envergure, versé dans l'exercice physique et les régimes sérieux plutôt que dans l'indolence, l'abus de substances et la paresse, serait mort à cette heure-ci. Un homme de moindre envergure.

Rab Birrell recula, soulagé et honteux, pour observer son ami en sueur et en sang, le visage déjà tuméfié.

— Ça va, Terry?

Terry agrippa Rab par les cheveux, ramena sa tête vers l'avant et lui colla un coup de pied dans la tronche.

— Ça va super! On va voir qui mène la danse, maintenant, Birrell!

Il lui asséna un autre coup de godasse. Le bruit d'une lèvre explosée, proche de celui d'un légume qu'on tranche, se fit entendre, suivi par un filet de sang qui vint éclabousser le carrelage de l'escalier.

Kathryn sauta sur le dos de Terry et se cramponna à sa tignasse.

— Arrête! Arrêtez tous les deux, putain! Lâche-le!

Terry tenta de rouler ses yeux de l'autre côté de son crâne, dans l'espoir que Kathryn les aperçoive et se rende compte qu'il contrôlait la situation, mais il ne parvenait pas à croiser son regard. Lorsqu'il aperçut deux hommes en uniforme, dont un qui lui rappelait quelqu'un, gravissant les marches quatre à quatre, il obéit, relâcha Rab dont l'œil gonflait déjà à l'endroit où son pied s'était écrasé et qui tentait d'enrayer le flot de sang s'écoulant de sa bouche. Rab leva la tête pour apercevoir le visage de Terry. Il se rua sur lui mais fut projeté au sol par les deux portiers qui étaient venus identifier la source du vacarme; l'un d'eux était un beau mec qu'il avait déjà croisé à Niddrie.

## Baberton Mains

Il occupait la cabine téléphonique dans la station déserte de Haymarket depuis ce qui lui sembla être plusieurs heures, anéanti par le décalage horaire et le détripage. Il avait le nez bouché et était obligé de respirer par la bouche, chaque inspiration s'infiltrait comme du verre pilé dans sa gorge sèche et irritée.

Aucun taxi dans la file d'attente. Pas un seul véhicule. Le festival.

Les compagnies de taxis prenaient ses appels pour des canulars. Épuisé, Carl Ewart se lança donc dans le déchirant rituel du port des bagages dans l'escalier. Du coin de l'œil, il aperçut un gros bras tanné qui s'emparait d'un de ses sacs. Un putain de voleur : il manquait plus que ça !

— Z'êtes une vraie gonzesse, Monsieur Ewart, fit le voleur.

C'était Billy Birrell.

Tout ce que Carl voulait, c'était quelques heures de repos, histoire de récupérer avant le face-à-face horrible avec sa mère et son père malade. Il n'y avait aucun taxi et, miracle, Billy s'était pointé.

— Je suis décalqué, Billy, c'est le décalage horaire. J'étais à une rave quand j'ai appris...

— N'en dis pas plus, l'interrompit Billy.

Carl se rappela à quel point Billy était à l'aise dans le silence.

— Jolie bagnole, observa-t-il avant de s'enfoncer dans le siège confortable de la BMW.

— Elle est pas mal. Avant, j'avais une Jaguar.

Il y avait un problème dans la rue, au niveau du Clifton Hotel. Carl entendit des cris.

— Des poivrots, fit Billy, concentré sur sa conduite.

Mais Carl les reconnut.

C'était...

*Putain, non, c'est pas possible*

C'était le frangin de Billy Birrell, Rab, et il se faisait interpeller par un flic. Carl et Billy étaient coincés dans la voiture, à moins de dix mètres de la scène.

Le frangin de Billy portait un étrange maillot jaune et vert, taché de sang. Carl s'apprêta à hurler, à hurler « Rab », mais il était bien trop niqué, trop vanné. Et il fallait qu'il rentre chez lui. Il regarda à nouveau la scène et distingua une femme qui lui rappelait quelqu'un... mais il vit également une tignasse frisée surmontant un visage en sueur qui beuglait ses insultes habituelles. C'était Terry. Ce putain de gros lard de Juice Terry ! La femme parlait fort et le défendait, et Rab aussi. Le flic, qui avait visiblement les boules, semblait pourtant lui témoigner une grande déférence.

La BMW passa à l'orange, contourna Haymarket et s'engouffra dans Dalry Road.

Carl, prenant ses aises dans le siège passager, se dit qu'il était un vrai salaud de ne pas avoir prévenu son pote que son frère était dans la merde, mais il ne pouvait pas se permettre de perdre plus de temps. Maison, douche, hôpital. Il repensa au nom EWART, hurlé par Terry de sa voix rauque. Non. Il fallait aller à Baberton, puis au Royal Infirmary.

Baberton.

Ce n'était pas le foyer de son enfance, c'était la maison de sa mère. Il avait toujours détesté cet endroit et n'y avait vécu qu'un an, avant de se trouver un appart.

Terry.

Ça faisait du bien de savoir qu'il était encore suffisamment passionné par la vie pour jouer les trouducs.

Ce putain de débile.

Billy.

Juste à côté de lui, qui l'emmenait à l'hosto. Terry, dans la rue, en pleine engueulade avec les flics. Le bon vieux cliché défila dans l'esprit fatigué de Carl : plus les choses changent, et plus elles restent les mêmes.

Terry. Quand est-ce qu'il l'avait vu pour la dernière fois ? Après l'enterrement. Au combat de Billy. Carl était venu avec Topsy et Kenny Muirhead. Terry était avec Post Alec et d'autres gars.

Le combat de Billy, ou plutôt son non-combat, pensat-il en observant le profil de son ami. La cicatrice de Doyle s'était estompée, les années passant. Mais ce soir-là, à la mairie de Leith, Carl avait deviné que la thyroïde n'était pas seule en jeu. Billy semblait hanté : comme si les doutes de toute une vie venaient instantanément de s'engouffrer dans son esprit et de le paralyser.

Il se souvint de Terry, de son ricanement et de sa dérision tandis qu'il s'éloignait sur Ferry Road. Une baston avait éclaté à l'extérieur, des mecs s'en étaient pris aux supporters de Morgan qui étaient venus en bus. Un Gallois s'était mangé un coup de bouteille.

Et il avait entendu Terry, ce gros porc de Lawson, crier en direction de la mairie à l'attention de Rab, le frangin Birrell, debout sur les marches :

— C'est comme ça qu'on se bat, Birrell.

Et il avait su à cet instant qu'il n'aurait plus jamais envie de revoir cet enculé.

Billy l'attendait au rez-de-chaussée avec Sandra, sa mère, tandis qu'il plongeait sous la douche. Il aurait pu rester des heures sous le jet d'eau, puis s'affaler sur le lit, mais les circonstances de son retour lui revenaient toujours en plein visage et il sortit en hâte pour enfiler des vêtements propres.

— Pas un poil de graisse, mon garçon, fit Sandra en le serrant dans ses bras.

Il lui déposa un baiser sur la joue, puis sur celle de sa tante, Avril. Ça faisait du bien de les revoir.

Billy et Carl retournèrent à la voiture, direction l'hôpital. Carl radotait dans l'oreille de Billy.

— J'ai pas vu les Hearts gagner la coupe, Billy, je l'ai appris plusieurs mois après… ça fait combien de temps que les Hibs l'ont pas remportée, hein, Birrell ?

C'était bizarre d'en avoir rien à foutre. Mais où est-ce qu'il avait été, tout ce temps ?

Billy sourit, dégaina son portable, composa un numéro. Pas de réponse.

— Allez, on va à l'hosto.

Carl vécut un véritable calvaire dans la voiture. Il ne pouvait supporter l'idée de voir son père, pas dans l'état où il craignait de le trouver. Avril et Sandra étaient devenues des caricatures rondouillardes des femmes qu'il avait connues enfant. À quoi ressemblerait son père, et sa mère ? Pourquoi cela avait-il tant d'importance ? C'est parce que j'aime la jeunesse, pensa-t-il. Il passait son temps entouré de filles bien plus jeunes que lui, qui alimentaient son ego, son refus du processus naturel du vieillissement, sa fuite devant les responsabilités d'adultes. Mais était-ce forcément une mauvaise chose ? Non, pas jusqu'à présent : mais il aimait ses parents, il fallait désormais qu'il soit présent à leurs côtés, et oui, c'était forcément une putain de mauvaise chose. Il n'existait aucune formation pour faire face à ce genre d'épreuves.

Le cerveau de Carl était en surchauffe. Si seulement il pouvait se synchroniser avec son corps. C'était la torture des gueules de bois et des détripages. Ça poussait l'esprit et le corps dans deux directions diamétralement opposées. Carl pensait à l'illusion de l'amour, qui s'évapore avec notre jeunesse mourante. Si vous n'y prenez pas garde, la laideur du pragmatisme et des responsabilités finit par vous amocher, comme les vagues océanes érodent les rochers. Quand on les voit sur l'écran de télé, ils nous disent Faites ceci, faites cela, ou bien, Achetez ceci, achetez cela, et nous, on reste à la maison, perdus, fatigués, terrorisés : c'est à ce moment qu'on sait qu'ils ont gagné. L'idéal est mort, ce n'est plus qu'une question de vendre davantage et de contrôler ceux qui ne peuvent pas se permettre de consommer. Plus d'utopies, plus de héros. Ce n'est pas une époque passionnante, comme ils essaient sans cesse de nous le faire croire. C'est une époque chiante, exaspérante, futile.

La santé de son père avait remis tous les compteurs à zéro.

## Un lent déclin

Ils l'avaient déplacé. Il dormait désormais dans une chambre à trois lits, mais elle l'aperçut immédiatement. Maria ne remarqua pas les patients sur les autres lits, elle avança droit vers son mari. Arrivée près de Duncan, elle entendit sa respiration creuse et rauque. Elle regarda les épaisses veines bleues de son poignet qui couraient jusque sur le dos de sa main. Cette main qu'elle avait tenue tant de fois, depuis qu'il avait glissé la bague de fiançailles à son annulaire, dans le Botanic Gardens à Inverleith. Elle était retournée à son bureau dans le cabinet d'avocats, la tête légère, sur le point de défaillir chaque fois qu'elle posait les yeux dessus. Il avait pris le bus jusqu'à l'usine. Il lui avait cité toutes les chansons qui tournaient en boucle dans son esprit.

Et voilà qu'il se retrouvait branché à un électrocardiographe, les battements de son cœur traçant une ligne verte et lumineuse sur l'écran cathodique. Des cartes avaient été déposées sur la table de chevet, elle les ouvrit et les disposa près de lui :

BON RÉTABLISSEMENT

DÉSOLÉ D'APPRENDRE TON COUP DUR

Et une autre représentant une infirmière en minijupe, bas et porte-jarretelles, penchée au-dessus d'un homme en sueur, la bave aux lèvres et dont l'érection visible formait un chapiteau sous le drap. Un petit docteur à lunettes disait :

HMM, VOTRE TEMPÉRATURE EST ENCORE UN PEU TROP ÉLEVÉE, MONSIEUR JONES.

Et Jones avait été rayé, remplacé par un Ewart gribouillé au stylo. À l'intérieur de la carte, on pouvait lire, « De l'équipe atypique, Gerry, Alfie, Craigy et Monty. »

Les collègues de l'usine, fermée depuis longtemps. La banalité de cette carte semblait plus que ridicule. Ils ne devaient pas être conscients de la gravité de la situation, ni de ses conséquences. Les docteurs lui avaient conseillé de s'attendre au pire.

Dans le lot, il y avait une carte plus décente, envoyée par Wullie et Sandra Birrell : NOUS PENSONS BIEN À TOI.

Et Billy avait appelé, lui avait demandé s'il pouvait lui être utile. C'était un garçon si gentil, il s'en sortait bien et n'oubliait pas ses proches.

Il venait d'arriver. Billy. Il était là. Avec Sandra. Et Avril. Et Carl !

Carl était là.

Maria Ewart enlaça son fils et s'inquiéta brièvement de le sentir si mince. Il était plus maigre que jamais.

Carl regarda sa mère. Elle avait vieilli, elle semblait si éreintée, ce qui n'était pas surprenant. Il baissa les yeux sur le paquet d'os et de chair ridée qu'était devenu son père.

— Il est encore endormi, expliqua-t-elle.

— On va rester un peu avec lui, si vous voulez aller discuter, fit Sandra. Allez donc prendre un café.

Maria et Carl sortirent, bras dessus bras dessous. Carl ne savait pas trop qui soutenait qui : il était complètement déphasé. Il avait envie de rester avec son père mais il avait besoin de parler avec sa mère. Ils se dirigèrent vers le distributeur.

— Il est si mal en point que ça ? demanda Carl.

— Il nous quitte, mon fils. J'arrive pas à y croire, mais il nous quitte, fit-elle dans un sanglot.

— Oh, putain. Je suis désolé d'avoir été si égoïste. J'étais à une fête, je suis parti dès qu'Helena m'a prévenu.

Il la serra dans ses bras.

— Elle a l'air gentille. Pourquoi tu ne nous as pas parlé d'elle plus tôt ? Pourquoi est-ce que tu l'as exclue de notre vie ? Pourquoi est-ce que tu t'es exclu de notre vie ?

Carl dévisagea sa mère, tenta de comprendre si ce qu'il voyait dans ses yeux était de la trahison pure, ou seulement de l'incompréhension. Puis il vit *à travers* ses yeux pour la première fois : elle agissait comme si *elle* avait fauté, comme si elle était responsable de ses conneries à lui. Pas question.

Il pouvait se regarder dans une glace et se dire sans sourciller qu'il était un self-made branleur.

— C'est juste… c'est juste que… je sais pas. Je sais pas. Je suis désolé. J'ai été un fils indigne, pour lui… et pour toi, lâcha-t-il, ahuri par l'ampleur de son autoapitoiement et de sa haine de soi.

Sa mère l'observa, les yeux emplis d'une sincérité pure.

— Non. Tu as été le fils de nos rêves. Nous, on menait notre vie, et on t'a encouragé à mener la tienne de ton côté. On aurait juste voulu avoir de tes nouvelles plus souvent.

— … Je sais. Je me disais que… on se dit toujours qu'on a tout le temps du monde pour renouer contact. Pour reprendre où on s'était arrêtés. Et puis, ces conneries arrivent et on se rend compte que ça se passe pas comme ça. J'aurais pu faire plus.

Maria regardait son fils bégayer et s'agiter devant elle. Il faisait peine à voir. Tout ce qu'elle aurait voulu, elle, c'était un coup de fil occasionnel, histoire de dire qu'il allait bien, et voilà qu'il se montait le bourrichon tout seul, qu'il se flagellait pour rien.

— Allez, mon garçon. Allez ! fit-elle en lui attrapant le visage à deux mains. Tu as fait tout ce que tu pouvais. Tu as sauvé notre maison de l'hypothèque, tu as empêché qu'on nous jette à la rue.

— Mais j'avais la thune pour ça… je pouvais me le permettre.

Sa mère lui secoua la tête, puis lâcha prise.

— Non. Ne dénigre pas tes actions. Tu ne sais pas à quel point c'était important pour nous. Tu nous as amenés aux États-Unis. Oh, je sais que pour toi, ce n'était pas grand-chose, mais pour *nous*, ç'a été les plus belles vacances de notre vie. C'était tellement important pour ton père.

Les tempes de Carl battaient de soulagement en entendant les paroles de sa mère. Il avait été dur envers lui-même. Heureusement que je les ai amenés aux États-Unis, que j'ai emmené mon père à Graceland. Je l'ai vu debout, au-dessus de la tombe d'Elvis, les larmes aux yeux.

Le truc bizarre, le truc qui l'avait complètement fait halluciner, ç'avait été de le traîner dans un bar de Leeds, le Mojo. Quand ils avaient passé la version live d'*American Trilogy* à l'heure de la fermeture, et qu'ils avaient mis le feu au bar avec un briquet à essence, tout le monde s'était mis au garde-à-vous. Son père n'arrivait pas à y croire, parce que, jusqu'à cet instant, Duncan n'avait jamais pensé que cette génération, la génération de l'Acid House, pouvait éprouver une passion quelconque pour Elvis. Puis Carl l'avait conduit au Basics et lui avait donné une ecsta. Et il avait pigé. Il savait que tout cela ne lui appartenait pas, et ne lui appartiendrait jamais comme cela appartenait à son fils, mais il avait pigé.

Carl se demanda s'il fallait le raconter à sa mère. Cette fois où elle était partie un week-end à St Andrews avec Avril. Avec Duncan, ils avaient assisté au match Liverpool contre Man United, puis ils étaient allés au Mojo à Leeds, et au Basics. Duncan l'avait raconté à Maria, en laissant de côté l'épisode de l'ecsta. Non, ce n'était peut-être pas le bon moment.

Maria observa son fils en sirotant son café. À quoi jouait-il ? Il avait tout ce qu'elle et Duncan avaient voulu, il était libre des horaires routiniers, mais il ne semblait pas apprécier sa situation. Peut-être qu'il l'appréciait, à sa façon. Maria ne comprenait pas son fils et ne le comprendrait certainement jamais. Mais peut-être que c'était censé se passer ainsi. Tout ce qu'elle comprenait, c'était son amour pour lui, et ça lui suffisait.

— Allez, on y retourne.

Ils remplacèrent Sandra et Billy aux côtés du corps prostré de Duncan. Carl regarda son père et une contraction insupportable lui tordit la poitrine. Il attendit que l'intensité de la douleur se calme mais elle demeura : une pression constante, permanente.

Puis les paupières de Duncan papillonnèrent et Maria distingua la lueur folle de ses yeux, sa force vitale. Elle perçut une mélodie grandiose, une victoire glorieuse à Kilmarnock, même si elle n'avait jamais assisté à un match de foot de sa vie, et surtout, elle le vit lui, comme il avait toujours été, quand il l'admirait. La chair matérielle et abîmée de son visage s'effaça, elle fut aspirée dans son regard.

Carl sentit cet instant entre eux, fut transporté en arrière, dans l'exclusion de son enfance, dans ce sentiment de n'être qu'un rebut, un truc en trop. Il s'enfonça dans sa chaise. C'était leur instant.

Mais Duncan essayait de parler. Maria regarda avec une horreur nauséeuse la ligne verte faire du yo-yo et des bonds erratiques. Signal de détresse. Elle lui attrapa la main et se pencha pour l'écouter murmurer ses mots rauques lâchés dans une faible exhalation d'air.

— Carl... Où est Carl?

— Je suis là, Papa, fit-il en s'avançant sur sa chaise pour agripper la main de son père.

— C'est comment, l'Australie?

— C'est bien, fut tout ce que Carl parvint à répondre.

C'était de la folie pure, putain. C'est comment l'Australie. C'est bien.

— Tu devrais donner de tes nouvelles plus souvent. Ta mère... ça met ta mère dans des états pas possibles, parfois. Enfin... c'est bon de te voir...

Ses yeux brillèrent chaleureusement.

Carl acquiesça.

— Pareil pour moi, répondit-il dans un sourire.

La simplicité de cet échange ne semblait plus banale. Au contraire. C'était la sophistication ampoulée, les enjolivements, la recherche constante de profondeur qui lui paraissaient désormais une comédie futile. Ils étaient contents d'être ensemble.

## Explosés, harcelés

Juice Terry tourna la tête et jeta un œil de l'autre côté de Dalry Road. Rab Birrell le suivait toujours mais maintenait une distance raisonnable. Terry tourna les talons avec mépris et poursuivit son chemin. Un taxi passa en trombe près d'eux et ignora Terry qui avait levé le bras.

Au moins, il avait réussi à se débarrasser de cette poufiasse d'Amerloque, pensa Terry. Elle s'était effondrée sur son lit d'hôtel et elle avait promis de l'appeler le lendemain. Toutes ses conneries de rester un peu à Édimbourg : elle prendrait un avion à la première heure, c'était sûr.

Un poivrot chancelait sur le trottoir. Terry remarqua, avec une joie perverse, deux mecs balèzes qui descendaient la rue sur le trottoir de Birrell, droit sur ce connard d'étudiant. Peut-être qu'il se mangerait un de ces coups gratuits comme on en voyait souvent dans les rues écossaises, entre prolos. Pas pour le profit, ni d'ailleurs pour mettre en avant leur réputation macho, mais plutôt par protocole. S'ils l'emmerdaient, qu'est-ce qu'il était censé faire ? Il faudrait qu'il soutienne ce connard. Mais il les laisserait placer quelques jolis coups avant d'intervenir. Non, Birrell les connaît. Il leur serre même la main. Ils papotent un moment, puis repartent chacun de leur côté, Rab reprenant sa poursuite derrière Terry.

Rab Birrell plongea la main dans la poche de son bombers en cuir marron, à la recherche de son portable qu'il alluma. Il composa le numéro de deux compagnies de taxis qu'il connaissait par cœur. Occupé. Il remit le téléphone dans sa poche. Rab avait du mal à rester vexé et commençait à ressentir le ridicule de la situation, sa colère pour Terry s'effaçait lentement. Il se dirigea vers le milieu de la rue déserte et se positionna sur la ligne blanche du no man's land.

— Terry, allez, mon pote...

Terry s'immobilisa, fit volte-face et pointa son index sur lui.

— Crois pas que tu vas venir chez moi. Tu peux rentrer à ta piaule, Birrell !

Rab s'agita au milieu de la chaussée.

— Mais je te l'ai déjà dit, putain, je veux juste aller chercher Charlene, je resterai pas.

Putain, mais pour qui il se prenait, pensa Terry. Ce connard de Birrell croyait vraiment qu'il pouvait revenir pépère, après avoir essayé de me tuer.

— Hmmmph. Retourne sur ton trottoir, grogna Juice Terry Lawson en fendant l'air de sa main.

— Terry, t'es trop ridicule ! Allez !

Rab fit un pas en avant.

— SUR TON PUTAIN DE TROTTOIR, BIRRELL ! rugit-il avant de se mettre en garde. Retourne là-bas, bordel !

Rab lâcha un soupir d'exaspération, leva les yeux au ciel et retraversa la rue. Deux hommes approchaient, vestes en cuir et pantalons moulants, mais sur le trottoir de Terry, cette fois. Ils avaient les cheveux coupés très courts et l'un d'eux arborait une moustache. Terry ne les aperçut que lorsqu'ils furent à quelques pas de lui.

— Une petite dispute, hein ? susurra le moustachu. J'ai autant de mal avec lui, fit-il en montrant son ami.

— Quoooi ?!

— Oh, pardon, j'ai dû faire erreur.

— Ça ouais, putain, on peut le dire, cracha Terry en passant devant eux.

Il se mit à rire tout seul. De quoi ils avaient l'air, Rab et lui, chacun d'un côté de la chaussée à se crêper le chignon ? Il jouait au con mais il tremblait encore d'avoir été suspendu la tête en bas, les yeux dans les yeux avec la mort. Et Birrell s'attendait à ce qu'il fasse comme si de rien n'était.

Un autre taxi passa en trombe. Le chauffeur hocha sa tête d'andouille d'un air sombre et continua sa route. Puis Terry entendit une voiture s'arrêter de l'autre côté de la rue. C'était un autre taxi et Rab s'y engouffra. Terry traversa la chaussée mais le véhicule redémarra, le laissant en rade. Il aperçut Rab par la lunette arrière, pouces levés, visage tordu par un clin d'œil malicieux.

— PUTAINS DE FRANGINS BIRRELL !! hurla Terry à l'attention du ciel, comme pour faire appel à une force suprême.

Rab gloussa à l'arrière du taxi avant de demander au chauffeur de faire demi-tour. Ils arrivèrent à hauteur de Terry, le regard amer, et Rab ouvrit la portière :

— Tu grimpes ?

Hésitant, Terry monta dans le véhicule et resta silencieux presque toute la durée du chemin jusqu'à la cité. Ils passèrent devant le Cross et Rab se mit à rire. Terry essaya de se retenir, mais ne put s'empêcher de se joindre à lui.

À leur arrivée, Lisa regardait la télé. Charlene s'était endormie sur le canapé.

— Vous avez réussi à mettre Kath au lit sans problème ?

— Ouais, fit Terry.

Lisa remarqua leurs visages tuméfiés. L'œil poché de Terry, le sang sur la veste et le menton de Rab.

— Vous vous êtes battus ?

Terry et Rab échangèrent un regard.

— Euh, des mecs se la jouaient un peu trop, déclara Terry.

Elle s'approcha de lui.

— Tu ressembles à rien, fit-elle en lui passant les bras autour du cou.

— Tu devrais voir le gars que j'ai explosé, lâcha-t-il avec une œillade en direction de Rab.

Rab ne voulait pas réveiller Charlene, il s'allongea à côté d'elle sur le canapé et l'enlaça. Elle ouvrit les yeux quelques secondes, le reconnut et marmonna « Mmmm » puis se rendormit en le serrant dans ses bras. Rab se laissa gagner par l'épuisement et glissa dans un sommeil profond.

Terry et Lisa étaient encore un peu énervés mais se mirent à sommeiller sur le tapis, devant la cheminée. Ils s'endormirent bientôt à leur tour.

Une sonnerie aiguë retentit, les réveillant un à un. C'était le portable de Rab.

Terry était livide. Ce connard ne pouvait pas éteindre son putain de joujou de schemie? Rab tenta de récupérer le téléphone dans sa poche sans déranger Charlene. C'était impossible, l'appareil lui glissa des mains et tomba au sol. Rab se précipita pour le rattraper.

— Allô... Billy... Quoi?... Nan... Tu déconnes.

Terry s'apprêtait à pourrir Rab pour avoir gardé son portable allumé, mais ça l'intriguait que Billy appelle.

— S'il appelle pour s'excuser de son attitude, tu peux lui dire d'aller se faire foutre!

Rab ignora Terry et se concentra sur la voix de son frère.

— Oui... fit Rab plusieurs fois avant de raccrocher.

Il regarda Terry.

— Tu vas pas le croire. Carl Ewart est rentré, son vieux est à l'hosto.

— Duncan? Terry demanda avec inquiétude.

Il avait toujours adoré le père de Carl.

Le sang lui battait les tempes. Carl était de retour. Putain de merde. Carl. Un éclair d'inspiration illumina son esprit. Il sentait un plan se préparer, son pote avait besoin de lui. Carl. Terry se leva, laissant Lisa à moitié endormie sur le sol. C'était nul de quitter une fille comme elle, surtout qu'elle était un des éléments capitaux dans sa «Chuut! La méthode antigueule de bois en six CH» qu'il détaillerait un jour dans un livre. Elle se décomposait, dans l'ordre, par: CHatte, CHiasse, after-SHave, douCHe, CHemise et pana-CHé. Le dernier élément, une pinte de blonde servie dans les pubs avec quelques gouttes de limonade, ne se buvait qu'en première tournée, jamais dans les suivantes. Il alla dans la salle de bains, prit une douche rapide et s'habilla de propre.

Lorsqu'il sortit, le visage rougi par la vapeur d'eau, Lisa lui jeta un regard depuis le tapis. Rab et Charlene comataient à nouveau sur le canapé.

— Tu vas où? demanda Lisa.

— Je vais voir mon pote.

Il tira les rideaux pour laisser pénétrer la lumière du jour. Les rues étaient désertes mais les oiseaux gazouillaient dans les arbres. Il se tourna vers Lisa.

— Je serai pas long. Y a un lit confortable en haut, si tu veux dormir. J'appellerai un peu plus tard. Rab! cria-t-il.

Rab se retourna et gémit :

— Quoi…

— Occupe-toi bien des filles. Je t'appellerai sur ton portable.

**Fin**

Billy Birrell fut surpris de voir Juice Terry Lawson longer le couloir jusqu'à lui, propre comme un sou neuf et vêtu d'habits propres. L'œil de Terry était enflé. C'est pas moi, pensa-t-il, je l'ai frappé à la mâchoire. Il a dû se casser la gueule plus tard. Avec une légère culpabilité, Billy le salua d'un ton de réconciliation :

— Terry.

— Ils sont là, c'est ça? fit celui-ci en jetant un œil dans la chambre.

— Ouais. Mais je les laisserais tranquilles, moi. Duncan n'en a plus pour longtemps. Ma mère vient de partir, je reste ici pour les attendre. Tu peux pas faire grand-chose, mon pote.

C'est ça, ouais, pensa Terry, et *toi*, qu'est-ce que tu comptes faire, ressusciter ce pauvre vieux con? Ce sac à merde de Birrell essayait encore de se la jouer grand homme vertueux.

— Je vais attendre aussi, fit Terry en reniflant. Carl, c'est mon pote.

Billy haussa les épaules comme pour dire, c'est toi qui vois.

Terry se rappela que Billy était bien moins sensible que son frère, c'était impossible de le faire marcher, de le faire culpabiliser comme Rab. Le seul moyen de le faire réagir, c'était de l'insulter et là, on risquait de se prendre un direct comme il avait pu le constater récemment.

Les pensées de Billy rejoignaient les siennes et il lui dit :

— Désolé d'avoir été obligé de te frapper, Terry, mais tu t'es jeté sur moi. Tu m'as pas laissé le choix.

*Tu m'as pas laissé le choix.* Écoutez-moi ce con, pensa Terry, il se croit à Hollywood ou quoi ? Mais on s'en foutait, le père de Carl était en train de mourir. C'était pas le moment de faire les cons. Terry tendit la main.

— Sans rancune, Billy, désolé d'avoir joué les cons, mais c'était sans arrière-pensée.

Billy n'en crut pas un mot mais n'avait pas envie de gérer ce genre de conneries. Il empoigna la main de Terry et la serra fermement. Puis ils lâchèrent prise et un silence gêné s'installa.

— Y a des infirmières jolies ? demanda Terry.

— J'en ai vu une ou deux.

Terry tendit le cou et regarda dans la chambre.

— C'est Ewart, là-dedans ? Il est toujours aussi maigre, ce con.

— Il a pas beaucoup changé, admit Billy.

Par-dessus l'épaule de son fils, Maria Ewart apercevait Billy Birrell et Terry Lawson, les amis d'enfance de Carl, debouts dans l'embrasure de la porte.

Maria et Carl se penchèrent davantage au-dessus de Duncan qui essayait de parler.

— Oublie pas les dix commandements, souffla-t-il à son fils en lui serrant la main.

Carl Ewart observa le corps brisé de son père, une parodie de lui-même allongée sous les draps. Ben ça, on peut dire qu'ils t'ont servi, toi, pensa-t-il. Mais, alors que son esprit esquissait cette pensée, son cœur émit une vague de passion qui remonta dans son corps pour stopper net dans sa bouche. Les mots s'écoulaient de son être comme des boules de feu scintillantes, et ils disaient :

— Bien sûr, Papa, j'oublierai pas.

Lorsque Duncan mourut, ils enlacèrent son corps, pleurant et gémissant doucement, les membres et l'esprit paralysés par une douleur insupportable et par l'ahurissement de la perte, soulagés seulement à l'idée qu'il ne souffrait plus.

Terry et Billy restèrent à l'entrée, dans un silence lugubre, attendant de pouvoir se rendre utiles.

Une infirmière rousse passa et Terry sentit son cerveau enfiévré développer une obsession pour ses poils pubiens. Il imaginait un morceau de matière grise dans son propre crâne, hérissé de soyeuses bouclettes rousses. La femme avait un visage doux parsemé de taches de rousseur ; elle lui adressa un sourire et il sentit son cœur déborder, comme du miel hors d'un pot. Il ne lui fallait rien de plus, une petite nana classieuse comme elle pour s'occuper de lui. Une comme elle, et une autre comme Lisa, plus branchée fête et baise. Une seule fille, c'est jamais assez. Il en fallait deux, qui soient partantes pour niquer, et aussi qui s'apprécient mutuellement. Il serait comme le mec dans la vieille série *Man about the House*. Mais les filles devraient avoir des penchants lesbiens. Pas trop, histoire qu'il ne soit pas mis à l'écart, pensa-t-il en corrigeant légèrement son fantasme.

— Comment va Yvonne ? demanda Billy.

— Elle est toujours mariée au mec de Perth. Un grand fan de St-Johnstone. Il les suit partout. Ses gosses grandissent.

— Tu sors avec quelqu'un ?

— Ben, tu sais comment ça se passe, hein ? fit Terry avec un sourire.

Billy acquiesça en retour, le visage inexpressif.

— Et toi ?

— Je suis avec une Française depuis quelques années mais elle est retournée à Nice à Noël. L'amour à distance, c'est pas bon.

Ils poursuivirent leur conversation jusqu'à ce qu'il leur semble décent d'entrer dans la chambre et de s'approcher de Carl et de Maria. Billy posa la main sur l'épaule de Maria, Terry imita son geste sur celle de Carl.

— Carl, salua-t-il.

— Terry.

Billy chuchota à Maria :

— Dis-moi ce que tu veux faire, d'accord ? On peut s'en aller, ou on peut rester là encore un moment.

— Rentre chez toi, mon garçon, je voudrais rester encore un peu.

Carl en fut un peu jaloux : Billy agissait à sa place, parlait à sa place. Non pas que Billy parle beaucoup, mais le peu qu'il disait tombait toujours pile au bon moment. Savoir quand fermer sa gueule, c'était un talent immense trop souvent sous-estimé. Carl pouvait débiter un tas de conneries avec les plus grands noms, mais parfois, dans des instants comme celui-ci, les conneries avaient leurs limites. C'était les mecs comme Billy, les mecs qui intervenaient à propos, qui avaient tout pigé.

— Nan, on va rester. Quand tu es prête, on y va. On n'est pas pressés, fit-il à la mère de Carl.

Ils s'attardèrent bien après que la ligne de l'oscilloscope se fut aplanie. Ils savaient que Duncan n'était plus. Mais ils restèrent, des fois qu'il revienne.

Billy appela la sœur de Maria, Avril, et sa mère, Sandra. Puis il reconduisit tout le monde chez Sandra. Les femmes s'assirent avec Maria et les garçons sortirent, marchèrent au hasard des rues pour se retrouver au parc.

Carl leva les yeux vers le ciel morne et éclata en sanglots sans larmes qui ébranlèrent son corps frêle. Billy et Terry échangèrent un regard. Ils avaient honte, non pas de Carl, mais pour lui. C'était un mec, après tout.

Mais avec la mort de Duncan, quelque chose flottait dans l'espace entre eux. Il y avait quelque chose, comme une seconde chance, et Carl semblait le sentir à travers son chagrin. Il essayait de retrouver son équilibre, de reprendre sa respiration, de parler.

Ils virent des gamins, âgés d'une dizaine d'années, qui jouaient au foot. Billy se souvint de l'époque où ils en faisaient autant. Il pensa au temps qui arrache le cœur des gens puis le transforme en rocher qu'il érode peu à peu. L'herbe estivale fraîchement coupée dégageait une odeur douce-amère. Les tondeuses fauchaient pas mal de merdes de chiens, éventraient les étrons secs. Les mômes se battaient avec l'herbe, s'en collaient des touffes entières dans le cou comme ils faisaient, eux aussi, sans s'imaginer qu'ils pouvaient se couvrir de déjections canines.

Billy jeta un œil en direction du coin du parc, derrière le mur où les mômes venaient se battre pour résoudre les disputes qui avaient éclaté pendant la récré ou dans la cité. Il avait mis plusieurs branlées à Brian Turvey, à cet endroit. Topsy, le pote de Carl. Un mec sympa mais qui ne savait pas admettre quand il avait été défait. Il revenait sans cesse. Sa tactique fonctionnait souvent : il avait connu plusieurs gars qui avaient explosé Topsy mais s'étaient lassés de sa persistance et avaient capitulé dès la deuxième ou troisième fois, juste pour pouvoir vivre en paix. Denny Frost, par exemple. Il avait manqué tuer Topsy à plusieurs reprises, mais il en avait eu tellement marre d'être attaqué ou harcelé qu'il s'était couché pour se débarrasser de lui.

Ça n'avait jamais emmerdé Billy, il aurait pu lui botter le cul chaque jour de la semaine pendant toute sa vie, si ça faisait plaisir à ce con. Au bout de leur troisième duel, Topsy s'était dit que l'effet à long terme des Doc Martens sur les cellules de son cerveau pouvait être incompatible avec un éventuel futur social ou professionnel. Mais c'était un mec sympa, en convint Billy avec un étrange mélange d'approbation et de mépris.

Terry respira l'air fétide et humide, les vapeurs nauséabondes s'attaquèrent à sa gorge et tapissèrent la paroi de ses poumons. La consommation d'alcool et de coke lui avait donné l'énergie et le système immunitaire d'un sidaïque, et il croyait *sentir* la tuberculose s'installer dans son thorax.

Le gris s'insinue en toi, lui avait un jour dit Gally. Pas après sa première peine, plutôt après sa deuxième, quand il avait tiré dix-huit mois à Saughton. À sa sortie, Gally avait expliqué qu'une partie de sa matière grise se transformait en un ciment imperméable. Terry pensa à sa propre situation : oui, quelques cheveux gris parsemaient ses boucles brunes au niveau des tempes.

Le gris s'insinue en toi.

La cité, les emplois gouvernementaux, le bureau du chômedu, l'usine, la taule. Ensemble, ils créaient une puanteur sordide d'ambitions réduites à zéro qui pouvaient sucer ta force vitale si tu n'y faisais pas gaffe. À une époque, Terry avait pu maintenir cette odeur à distance, quand l'armurerie de son arsenal social était suffisamment puissante pour la bombarder de missiles Technicolor. C'était au bon vieux temps où il était Juice Terry, le king de la chatte, et qu'il pouvait patiner sur cette glace avec autant d'habileté qu'un Torvill ou un Dean. Mais la lutte, la survie, c'était des trucs de jeunes. Il en connaissait certains, des bandes de gamins qui le traitaient avec un mépris affectueux, celui qu'il avait jadis manifesté envers Post Alec.

Et voilà que la glace fondait, qu'il coulait à toute vitesse.

Qu'il ne faisait plus qu'un avec le gris.

Lucy lui avait parlé des problèmes scolaires de leur fils. Tel père... l'expression muette lui était venue aux lèvres. Il pensa à son propre père, aussi étranger à ses yeux qu'il l'était pour Jason. Terry développa une réflexion mature et nauséeuse : il ne pouvait rien faire pour devenir une influence positive dans la vie de son gamin.

Mais bon, il fallait qu'il essaie.

Au moins, Jason l'avait lui, le pauvre petit couillon. Jacqueline n'avait plus Gally.

Carl retrouvait le contrôle de sa respiration. L'air dégageait une douce odeur étrange qui faisait partie de son vécu. Le parc semblait à la fois familier et différent.

Terry le dévisageait, en quête d'approbation. Billy était perdu dans ses pensées mais on aurait dit qu'il cherchait quelque chose. Il regarda Carl qui lui adressa un signe de la tête.

Billy se mit à parler avec une lenteur intentionnelle, les yeux posés sur les débris de verre et les cannettes de bière éparpillés à ses pieds.

— C'est marrant, fit-il avec une voix d'avocat. Quand l'histoire a été dévoilée au grand jour, Doyle est venu me voir à la salle de boxe. Je suis monté en voiture avec lui. Il m'a dit, Mon pote parle comme un Dalek. Ton copain, il a de la chance d'être déjà mort. Pas la peine de continuer à se chercher la merde.

Il jeta un regard dur à Carl, puis à Terry, puis encore à Carl :

— Dis-moi, Carl, t'étais pas chez McMurray ce soir-là, hein ?

— Si j'étais avec Gally, tu veux dire ?

Carl repensa à l'enterrement. Billy lui en avait déjà parlé. Billy acquiesça.

— Nan. Je savais pas que McMurray s'était fait exploser pendant le week-end. Pour moi, c'était une soirée de déconnade, je savais pas que Gally avait fait ça.

Terry frissonna. Il n'avait jamais cru aux vertus de la confession. Il avait grandi dans les salles d'interrogatoires, entouré de condés, et il en avait déduit que la meilleure attitude était de garder les lèvres scellées. Les dés étaient pipés dès qu'il y avait des fonctionnaires en jeu. Il fallait leur dire merde, et encore, seulement sous la torture.

Mais un truc était en train de se dessiner : les pièces du puzzle de la mort de Gally se rassemblaient. La tête de Terry bourdonnait.

Il observa Carl, puis Billy, et lâcha doucement :

— Je suis allé chez Polmont ce soir-là avec Gally.

Billy lança une œillade à Carl, et ils dévisagèrent Terry qui se racla la gorge et poursuivit.

— Je savais pas qu'il t'avait demandé en premier, Billy. Il a dû m'appeler quand tu lui as dit de laisser tomber. On est allés boire un verre, et j'ai essayé de le dissuader. On a bu que deux pintes au Wheatsheaf mais je savais que Gally s'était convaincu d'affronter McMurray. Je voulais y être, parce que...

— Parce que tu voulais soutenir ton pote, ajouta Carl pour terminer la phrase.

— Soutenir mon pote? Ha! ricana Terry avec amertume, les yeux embués de larmes. Putain, mais je lui ai chié dessus, tu veux dire!

— Mais de quoi tu parles, Terry? fit Carl. T'y es allé pour le soutenir.

— Ta gueule, Carl, atterris dans le monde réel! J'y suis allé parce que je voulais entendre ce qu'ils allaient se dire, parce que... parce qu'il y avait des trucs que je voulais pas que McMurray révèle à Gally... si jamais il avouait à Gally... je pouvais pas le supporter.

— Sale putain de... sale putain de... siffla Billy.

Carl posa la main sur son épaule.

— Calme-toi, Billy, écoute Terry.

— Il se passait des trucs entre Gail et moi. McMurray et elle, ils avaient rompu parce que je... mais ça durait depuis des années. Je voulais pas que Gally soit au courant. Gally était mon pote!

— Putain, t'aurais dû y penser avant de niquer sa femme chaque fois qu'il avait le dos tourné, connard, cracha Billy.

Terry leva le visage vers le ciel. Il semblait souffrir affreusement.

**643**

— Écoute-le, supplia Carl. Terry, continue.

Terry ne pouvait plus s'arrêter. C'était comme essayer de réintroduire du dentifrice dans un tube.

— Gally avait emporté son arbalète, enveloppée dans un sac-poubelle noir. Il allait buter McMurray. Et quand je dis buter, il allait vraiment le faire. Comme s'il se foutait complètement du reste. Comme s'il avait plus rien à perdre.

Carl déglutit avec peine. Il avait promis à Gally de ne parler du virus à personne.

— Ouais, toussota Terry. Gally était différent. Un truc s'était cassé en lui. Vous vous souvenez de son attitude à Munich ? C'était encore pire, ce soir-là, il était à l'ouest, putain.

Terry se tapota la tempe avant de continuer d'une voix geignarde :

— Dans sa tête, McMurray lui avait piqué sa liberté, sa femme, sa gosse. Il l'avait poussé à faire du mal à sa môme. J'ai essayé de l'en dissuader, mais vous savez quoi ? Vous savez à quel point je suis un enculé ? Une partie de moi se disait que s'il allait voir McMurray et se le faisait, alors tout irait bien. Que ça serait un bon résultat.

Billy détourna le regard.

Terry serra les dents. Ses ongles plongèrent dans la peinture verte du banc public.

— Vous savez dans quel état il était, à cet instant ? Vous vous rappelez son état d'esprit, à ce petit con ? Nous, une bande de débiles, on buvait, on déconnait, mais le pauvre con était en train de fondre un câble... à cause de moi.

Carl ferma les yeux et leva la main.

— À cause de Polmont, Terry. Elle a pas quitté Gally pour toi, elle l'a quitté pour Polmont. L'oublie pas. Ce que t'as fait, c'était naze, mais elle l'a pas quitté parce que tu baisais avec elle. Elle l'a quitté pour Polmont.

— C'est vrai, Terry. Garde ça en mémoire, fit Billy avant de le tirer par la manche et de détourner le regard. Qu'est-ce qui s'est passé ensuite ?

— Le truc bizarre, dans l'histoire, c'est qu'on s'attendait à devoir défoncer la porte à coup de pompes. Mais nan, Polmont nous a ouvert et nous a fait entrer. Il est arrivé comme s'il nous attendait. «Oh, c'est vous. Entrez», qu'il nous a fait. On s'est regardés, tous les deux. Je m'attendais à voir les Polmont dans l'appart, je m'attendais à un coup fourré. Une sorte de putain de grosse embuscade. Gally était paralysé. Je lui ai pris le sac-poubelle des mains. Donne-moi ça, je lui ai dit. Polmont... euh, McMurray était tout seul dans sa cuisine, il se préparait un café. Super tranquille :

nan, pas tranquille, plutôt résigné. «Je suis content que vous soyez passés» il nous a dit. «Il est temps qu'on règle ça entre nous.» Mais il regardait pas Gally, il me matait moi. Alors Gally m'a regardé, il était largué. Il s'attendait pas à ça. Je m'attendais pas à ça. Je me chiais dessus. C'était de la culpabilité, c'était même plus que ça. C'était l'idée que Gally puisse me haïr, qu'on ne soit plus jamais potes. Il commençait à se douter d'un truc. Et puis McMurray l'a dévisagé. «T'as fait de la taule à cause de moi, et tu m'as jamais balancé. Et puis je t'ai piqué ta nana…» Gally lui a rendu son regard, il est resté là, immobile, sous le choc. Comme si Polmont lui avait retiré les mots de la bouche, à ce pauvre con, comme s'il lui avait piqué son putain de beau discours. Polmont jubilait pas, on aurait dit qu'il essayait de s'expliquer. Mais moi, je voulais pas qu'il s'explique. Je voulais qu'il ferme sa gueule. Mais il continuait, il a parlé de sa mère, de cette soirée devant le Clouds. Il a raconté que sa mère était morte la même année. D'un cancer. Elle avait tout juste trente-huit ans. Enfin quoi, j'aurai le même âge l'an prochain! Mais il a continué. Il a dit qu'il avait pété un plomb. Qu'il avait déconné. Qu'il n'en avait plus rien à foutre, de rien ni de personne… il était jeune… Et puis Gally a fini par ouvrir la bouche : «J'ai fait de la taule à cause de toi. Ma nana, ma fille, elles vivent avec toi!» il a crié. «Ta nana est plus avec moi. Elle est partie. Elle a pris la gamine», a répondu Polmont en me dévisageant. Gally a fait, «Mais de quoi tu parles…?» Moi, j'ai agité le sacpoubelle et je lui ai dit, «Il essaie de te niquer la tête, Gally. Putain, il déconne! Éclate ce connard!» Polmont m'a ignoré et s'est tourné vers Gally. «Je l'aimais. C'était une poufiasse, mais je l'aimais. Je l'aime encore. J'aime la gamine, aussi, c'est une super môme. Je l'aime comme si c'était la mienne…» Gally, ça l'a fait enrager. «C'est pas la tienne!» Il a fait un pas en avant.

Terry fit une pause, déglutit. Carl s'était mis à trembler et porta les mains à sa tête. Billy ne regardait pas Terry, il regardait en lui, il essayait de percer son âme, d'entrevoir la vérité.

Terry inspira longuement. Ses mains tremblaient.

— Polmont allait lui avouer, je savais ce qu'il allait dire à Gally. Ou alors, non, j'en savais rien ! Je sais plus ! Je sais plus si j'ai eu envie de lui faire peur, ou lui faire fermer sa gueule, ou si c'était un accident, mais j'ai pointé l'arbalète dans sa direction et j'ai glissé le doigt sur la détente. Le coup est parti tout seul, ou j'ai tiré délibérément, j'en suis toujours pas très sûr. Je sais pas si je l'ai fait consciemment ou pas, je me souviens juste de cette toute petite pression.

Billy essayait de rassembler les différentes pièces du puzzle. Qu'est-ce que McMurray était censé avouer à Gally ? Sûrement que Gail avait quitté McMurray à cause de Terry. C'était certainement ça. Ou que Terry baisait avec Gail depuis des années. À leur mariage, Carl était le témoin. Billy se souvenait de son discours. Il avait dit que Terry aurait fait un meilleur témoin que lui, parce que c'est lui qui avait été à l'origine de leur rencontre. Terry.

Les mots qu'il avait employés : Terry avait joué les Cupidons.

— Oh, putain de merde, fit Terry en prenant une nouvelle inspiration et en continuant dans un gémissement rauque. Il y a eu un sifflement, et puis la flèche a déchiré le plastique. Elle a volé droit dans son cou. Il a pas crié, il a chancelé en arrière et il a gargouillé. Gally s'est éloigné. Polmont a porté les mains à sa gorge, et puis il est tombé à genoux et le sang a coulé, il dégoulinait sur le carrelage de la cuisine. Gally était sous le choc. Je l'ai chopé par le bras et je l'ai tiré dehors. On a redescendu la rue. J'ai essuyé l'arbalète, je l'ai cassée et je l'ai jetée à Gullane.

Juice Terry Lawson fit une pause, sentit un léger sourire se dessiner sur ses lèvres à l'évocation de Gullane, puis il jeta un regard à Billy qui n'affichait aucune expression. Il poursuivit.

— En chemin, on s'est arrêtés et Gally a appelé une ambulance pour Polmont. Il lui a sauvé la vie, à ce connard.

Gally lui a sauvé la vie! C'est vrai! Tout le monde a cru qu'il avait tiré sur Polmont, mais c'était moi! C'était moi! Lui, il lui a sauvé la vie. Moi, je l'aurais laissé crever dans sa flaque de sang. La flèche l'avait atteint à la pomme d'Adam : elle avait loupé de peu la colonne vertébrale, la carotide et la jugulaire. Mais il aurait fini par s'étouffer dans son propre sang! Si ça n'avait tenu qu'à moi! L'ambulance est arrivée, ils l'ont embarqué et l'ont opéré d'urgence. Ça lui a niqué les cordes vocales, mais maintenant, il a une boîte mécanique dans la gorge. Il a jamais rien dit, ce mec m'a jamais balancé. Après la mort de Gally, pourtant, il aurait pu.

Carl dévisagea Terry.

— Ce connard pouvait même pas parler, comment tu veux qu'il balance qui que ce soit?

Il éclata d'un rire forcé. Mais son intervention n'améliora pas l'humeur de Terry.

— Gally a sauté parce qu'il savait, pour Gail et moi… et en mourant, il a accepté de porter le chapeau, j'ai pas eu les Doyle au cul, grâce à lui… J'ai tiré sur Polmont et j'ai buté Gally!

Carl était le seul à savoir que Gally était séropositif. Il lui avait fait promettre de garder le secret. Mais Gally comprendrait. Il comprendrait, il en était sûr.

— Écoute, Terry. Et toi aussi, Billy. J'ai un truc important à vous dire. Gally était séropo. La came et tout. Il se shootait avec Matty Connell et d'autres connards de Leith, des mecs qu'ont crevé y a des années de ça.

— C'est grave, c'est… fit Billy en essayant d'accepter la nouvelle.

Terry resta muet.

— Il a plongé parce qu'il était dégoûté pour Gail, Polmont et la môme. Terry, déclara Carl d'une voix forte. Terry! Tu m'écoutes, bordel?

— Ouais…

— C'est ce connard de Polmont qui l'a niqué, c'est lui qui lui a volé sa liberté, continua-t-il, les yeux rouges. Enfin quoi, ça me fait de la peine, l'histoire de sa mère, vraiment, vu que je viens de… Mon père. Mais deux faux ne font jamais un vrai, et il avait aucun droit d'infliger ça à Gally.

Billy ébouriffa la tignasse frisée de Terry.

— Désolé de t'avoir fait chier.

À travers sa douleur, Terry fut bouleversé par son geste. Mais, pensa-t-il, il ne le connaissait plus vraiment. Ça faisait tellement longtemps. À quel point changeait-on ?

— T'as fait ce qu'il fallait, Terry, continua Billy. Tu l'as peut-être fait pour les mauvaises raisons, mais t'as quand même fait ce qu'il fallait, tu l'as soutenu, comme j'aurais dû le faire.

— Nan. Si je l'avais empêché, il serait encore là aujourd'hui…

— J'aurais pu l'en empêcher moi aussi, il m'avait appelé en premier.

— C'est n'importe quoi, tout ça, déclara Carl. Ç'aurait fait aucune différence. Gally s'est foutu en l'air à cause de Polmont et de Gail. Il a jamais été au courant de vos galipettes. Et on était suffisamment potes pour lui épargner l'histoire. T'as joué avec le feu, t'aurais pu subir les représailles des Doyle, ou une condamnation pour agression, ou pire. Tout ça pour éviter que Gally soit au courant. Mais le virus, ç'a été la goutte d'eau. Il se serait foutu en l'air, quoi qu'il arrive.

— Et tout ça, ça remonte à la soirée où Polmont avait planté le gars au visage, fit Billy.

— Tu veux remonter jusqu'où, comme ça ? Est-ce que Gally était censé avoir une lame au Clouds ?

— Non, ça vient de moi. J'ai jamais réussi à garder ma bite dans mon froc, lâcha Terry d'un ton triste.

Carl sourit.

— Écoute, Terry, toi et Gail, vous avez niqué. Putain, ça nous fait une belle jambe. Personne pourra jamais empêcher les gens de niquer. On baise depuis toujours, et ça risque pas de s'arrêter. On peut pas l'éviter. Mais se shooter les veines à tort et à travers, ça, ça peut être évité. Il s'est foutu en l'air parce qu'il avait le virus. C'était son choix. Ç'aurait pas été le mien, mais ç'a été le sien.

C'était Polmont, considéra Carl. Il pensa à son père, à l'influence qu'il avait exercée sur lui pendant son adolescence. Les règles : ne balance personne. Non, ça fait chier, cette pensée. C'était bien le problème, avec les codes de conduite : tout le monde devait s'y soumettre si on voulait que ça marche. Si quelques-uns s'en foutaient, le système tout entier s'écroulait.

Billy repensa à l'épisode des Doyle au Wireworks. Doyle avait proposé à Gally d'aller au foot avec eux, quelques samedis plus tard, et Petit Gally avait tellement voulu les impressionner. Ils avaient enchaîné au Clouds, Doyle s'était fritté avec un mec. Qu'est-ce qui en avait résulté ? Tout ça ? Sûrement pas. La vie devait être bien plus qu'une simple série de mystères insolubles. On avait forcément droit à quelques réponses.

Pour Carl Ewart, le monde semblait plus brutal et incertain que jamais. La civilisation n'éradique ni la sauvagerie ni la cruauté, elle les rend moins visibles, moins théâtrales. Les grandes injustices ne meurent pas. La société se contente simplement d'obscurcir les relations de cause à effet qui les entourent, d'installer un écran de fumée, de conneries, de parlote. Son cerveau épuisé bouillonnait d'idées qui trébuchaient dans une obscure clarté.

Billy voulait appeler Fabienne à Nice. Il irait, le week-end suivant, il irait se reposer sur la Côte d'Azur. Il avait travaillé dur, il avait géré trop de choses. Un jour, il serait indépendant, plus de Gillfillan ni de Power, ç'avait toujours été son objectif et il ne désespérait pas d'y parvenir. Mais lorsqu'il voyait des gars comme Duncan Ewart, ou qu'il pensait aux effets réducteurs de la vieillesse sur ses propres parents, eh bien, la vie semblait trop courte.

— Comment va… euh, ta thyroïde, Billy ? demanda Carl.

— Bien, répondit Billy. Mais j'ai besoin de prendre ma thyroxine. J'oublie parfois, ou alors j'en avale trop, et j'ai l'impression d'avoir pris du speed.

Terry voulait continuer à discuter avec eux. Billy avait une copine française. Carl avait une nana en Australie, une Néo-Zélandaise. Il avait envie d'en savoir plus. Ils avaient encore tant de choses à se dire. Il irait voir Lisa plus tard. C'était super de discuter avec Carl à nouveau, malgré les circonstances atroces de son retour.

Et dire qu'il lui en avait tellement voulu, après la mort de Gally. Il avait mal interprété la situation, avait pensé qu'il voulait juste se noyer dans le trip «on prend tous une ecsta et on se dit à quel point Gally nous manque, à quel point on l'aimait». Qu'il salissait son souvenir. Mais ce n'était pas le cas. Ça ne l'avait jamais été.

Carl pensait à tout ça. Le souvenir de Gally semblait glisser, osciller entre réalité et néant, comme lui dans l'avion. Il vit cela d'un œil morbide, comme l'augure d'une mort qui l'encerclait peu à peu. Il l'avait aperçue dans le regard de son père. Il réduirait sa consommation de drogue, se remettrait au sport. Il avait désormais atteint l'âge moyen, la trentaine passée, il n'était plus un gamin.

— Je vous paye un coup à boire? proposa Terry.

Billy lança un regard à Carl, les sourcils légèrement arqués.

— Une bière, ça serait pas de refus, mais rien qu'une pinte ou deux, hein les gars. Je suis niqué et il faut que je retourne auprès de ma mère.

— Ma vieille lui tient compagnie, Carl. Et y a ta tante Avril, aussi. Ça va aller pour l'instant, fit Billy.

— On va au Wheatsheaf? suggéra Terry.

Ils acquiescèrent. Terry dévisagea Billy.

— Tu sais quoi, Billy? Tu dis plus «terrible.» Avant, tu le disais tout le temps.

Billy médita la question une seconde, puis fit non de la tête.

— Je me souviens pas que je disais ça. Je disais souvent «grave». Je le dis encore.

Terry se tourna vers Carl en quête d'un soutien. Carl haussa les épaules.

— Je me rappelle pas qu'il disait «terrible». Billy, il disait parfois «mortel», ça, je m'en souviens.

— Peut-être que je pensais à «mortel», fit Terry.

Ils traversèrent le parc, trois hommes, trois trentenaires. L'un d'eux était bien en chair, l'autre musclé et athlétique, le dernier, maigre et vêtu d'habits qu'on aurait pu juger trop jeunes pour lui. Ils ne se disaient pas grand-chose, mais ils donnaient l'impression d'être soudés.

# Reprise, 2002 :
# L'âge d'or

Carl fit glisser la tablette de sous la console de mixage pour atteindre le clavier. Ses doigts papillonnèrent au-dessus des touches, une fois, deux fois, trois fois, effectuant quelques changements cruciaux à chaque intervention. Il sentit la présence d'Helena qui entrait dans la pièce. S'il n'avait pas été si absorbé par sa tâche, son cœur aurait fait un bond dans sa poitrine à la vue de Juice Terry dans son sillage. Terry s'affala lourdement sur le grand canapé, émit un grognement puissant et sans gêne, s'étira, puis laissa échapper un rugissement qui approcha des sommets orgasmiques lorsque ses membres atteignirent leur limite extensible. Satisfait, il feuilleta un tas de journaux et de magazines musicaux.

— Je vais pas te déranger, chef, annonça-t-il avec un clin d'œil.

Carl capta l'expression d'Helena, un air de « Désolée », lorsqu'elle sortit de la pièce avec une grâce féline. C'était bien le problème, une fois rentré à Édimbourg, surtout quand on installait son studio chez soi : ça pouvait vite ressembler à la gare de Waverley et Terry, en particulier, semblait avoir élu domicile sur ce putain de canapé.

— Enfin, continua Terry. Je t'apporte juste les vibrations créatives et tout. Y doit rien y avoir de pire qu'un mec qui se ramène chez toi et qui te bla-blate à l'oreille toute la journée.

— Ouais, fit Carl en se concentrant sur son clavier.

— Mais je vais te dire, moi, Carl, je me tape Sonia, tu verrais ça. Des deux côtés : trop chelou. Enfin, je garde mes distances. Le genre de baise qui ressemble un peu à une intervention du SWAT : tu entres, tu tires un coup et tu dégages aussi vite que tu peux. Style SAS, expliqua-t-il dans un accent des hautes sphères. Y en a tant, de ces braves gars, qui n'en reviennent pas vivants.

— Hmm, ronronna Carl, perdu dans la musique et vaguement conscient des paroles de Terry.

Le silence peut être d'or pour certains, mais pour Terry, les conduits respiratoires vides étaient un véritable gâchis. Il tournait les pages du *Scotsman* lorsqu'il déclara :

— Je vais te dire, Carl, ce putain de Jubilé d'or, ce truc royal, là, ça me court sur le système, on entend parler que de ça.

— Ouais...

Carl enfonça les talons dans la moquette et fit rouler son fauteuil jusqu'au plateau d'enregistrement où il déposa un vieux single de Northern Soul sur la platine. Puis il pivota jusqu'à son énorme console et son ordinateur, et fit tourner en boucle le sample qu'il venait d'extraire. Il cliqua avec sa souris et pilla la ligne de basse.

Une sonnerie stridente et intermittente retentit. Le portable de Terry faisait des siennes.

— Sonia! Comment tu vas, chérie? C'est marrant, j'allais justement t'appeler. Les grands esprits se rencontrent, fit-il en levant les yeux au plafond. À 20 heures, ça marche. Bien sûr, que j'y serai! Ouais, j'ai pigé. Quarante-deux livres. Vendu, pas de problème. On se voit ce soir. Ciao, poupée!

Terry lut une des critiques dans un journal musical.

N-SIGN : *Gimme Love (Last Furlong)*

On dirait bien que tout sourit à N-SIGN depuis son incroyable résurrection. L'année dernière, nous avons pu écouter son étrange duo avec la star de MOR, Kathryn Joyner, rapidement devenu l'hymne du siècle à Ibiza, *Legs on Sex*, suivi de son album classé n° 1, *Canning It*. Sur son nouveau single, on lui trouve une humeur profonde mais c'est un cadeau irrésistible de la part du jeune prodige du groove, trop longtemps absent et trop vite enterré. Mieux que mortel : suivez votre cœur et vos pas sur le dance-floor. 9/10

C'est le meilleur truc qui soit arrivé à Carl, considéra Terry, et il s'apprêtait à partager son idée quand son portable sonna à nouveau.

— Vilhelm! Ouais, je suis avec Mister Ewart. La vibration créative flotte dans l'air, t'entends pas? demanda-t-il en tendant son téléphone en direction de Carl et en émettant des gémissements orgasmiques. Ooooohhh… aaagghhhh… oooh là là… Ouais, il va bien. Alors, c'est sûr? Super, je vais lui dire tout de suite. Carl, l'enterrement de vie de garçon de Rab, c'est le week-end du 15, à Amsterdam. C'est sûr. Ça te va?

— Je crois, oui.

— Hé! C'est pas si tu le crois! Tu dois y aller, ordonna Terry.

Il pointa le doigt sur l'énorme agenda noir de Carl. Ce dernier ramassa un stylo et ouvrit l'agenda.

— Le 15, tu dis…

— Ouais, ça durera quatre jours.

— Il faut que je termine un morceau… râla Carl en inscrivant SOIRÉE RAB AMSTERDAM sur quatre cases.

— Arrête de couiner. Tu bosses sans jamais t'amuser, et tu sais ce qu'on dit des mecs comme toi. Si Billy peut se permettre quatre jours de congé… Billy? Billy! BIRRELL SALE CON! hurla Terry. Ce pauvre naze m'a encore raccroché au nez!

Carl afficha un léger sourire. La nouvelle passion de Terry pour les portables avait été une véritable malédiction pour ses amis. Billy avait trouvé la meilleure solution. Il se contentait de passer l'information puis raccrochait.

— Mais tu vois, Carl, tu dois bien admettre que c'est moi qui t'ai rencardé avec Kathryn Joyner, c'est parce que je l'ai rencontrée au Balmoral, que je l'ai sortie, que je suis devenu pote avec elle.

— Ouais…

— C'est juste histoire de dire, Carl.

Carl porta un écouteur à son oreille. C'est juste histoire de dire. Mais bien sûr, putain.

Terry frotta sa chevelure coupée en brosse.

— Le truc, c'est que votre duo a reboosté ta carrière… Après votre hit, ton album allait forcément atteindre les premières places…

Carl reposa ses écouteurs, double-cliqua pour sortir du programme. Il pivota sur son fauteuil.

— D'accord, Terry, je sais que je te dois une faveur.

— Eh ben, maintenant que tu le dis, y a bien un petit truc…

Carl prit une profonde inspiration et emplit ses poumons d'air. Un petit truc. Il y avait toujours un petit truc. Et encore heureux, putain.

# Table

# Déjà parus
# au Diable vauvert

Catalogue disponible sur demande
contact@audiable.com

**LITTÉRATURE**

JUAN MIGUEL AGUILERA

*La Folie de Dieu,* roman, Prix Imaginales 2002, Prix Bob
  Morane étranger 2002

*Rihla,* roman

*Mondes et Démons,* roman

*Le Sommeil de la raison,* roman, Prix Masterton 2006

AYERDHAL

*Chroniques d'un rêve enclavé,* roman

*Le Chant du Drille,* roman

*Transparences,* roman, Prix du polar Michel Lebrun 2004,
  Grand Prix de l'Imaginaire 2005

*Demain, une oasis,* roman, Grand prix de l'Imaginaire 1993

JULIEN BLANC-GRAS

*Gringoland,* roman, Lauréat du Festival du premier roman
  de Chambéry 2006

*Comment devenir un dieu vivant,* roman

PIERRE BORDAGE

*L'Évangile du serpent,* roman, Prix Bob Morane 2002

*L'Ange de l'abîme,* roman

*Les Chemins de Damas,* roman

*Porteurs d'âmes,* roman, Prix inter CE 2008

POPPY Z. BRITE

*Self made man,* nouvelles

*Plastic Jesus,* roman

*Coupable,* essai

*Petite cuisine du diable,* nouvelles

*Alcool,* roman

OCTAVIA BUTLER
*La Parabole du semeur*, roman
*La Parabole des talents*, roman, Prix Nebula 1994
*Novice*, roman

SIMON CASAS
*Taches d'encre et de sang*, récit

THOMAS CLÉMENT
*Les Enfants du plastique*, roman

FABRICE COLIN
*La Mémoire du vautour*, roman

DENYS COLOMB DE DAUNANT
*Les Trois Paradis*, roman
*Le Séquoia*, roman
*La Nuit du sagittaire*, récit

DOUGLAS COUPLAND
*Toutes les familles sont psychotiques*, roman
*Girlfriend dans le coma*, roman
*Hey, Nostradamus!* roman
*Eleanor Rigby*, roman

TONI DAVIDSON
*Cicatrices*, roman
*Intoxication*, anthologie

YOUSSOUF AMINE ELALAMY
*Les Clandestins*, roman, Prix Atlas 2001

JAMES FLINT
*Habitus*, roman
*Douce apocalypse*, nouvelles
*Électrons libres*, roman

CHRISTOPHER FOWLER
*Démons intimes*, nouvelles

JOSÉ FRÈCHES
*Le Centre d'appel*, roman

NEIL GAIMAN
*Miroirs et Fumée*, nouvelles
*American Gods*, roman Prix Hugo 2002, Prix Bram Stoker 2002, Prix Locus 2002, Prix Nebula 2003, Prix Bob Morane 2003

ALEX D. JESTAIRE
  *Tourville*, roman
AÏSSA LACHEB-BOUKACHACHE
  *Plaidoyer pour les justes*, roman
  *L'Éclatement*, roman
  *Le Roman du souterrain*, roman
LOUIS LANHER
  *Microclimat*, roman
  *Un pur roman*, roman
  *Ma vie avec Louis Lanher*, nouvelles, Prix Révélation Laurier
    Vert de la Forêt des Livres 2008
PHILIP LE ROY
  *Le Dernier Testament*, roman, Grand Prix
    de Littérature policière 2005
  *La Dernière Arme*, roman
  *Couverture dangereuse*, roman
  *Evana 4*, roman
MARIN LEDUN
  *Modus operandi*, roman
  *Marketing viral*, roman
ANTOINE MARTIN
  *La Cape de Mandrake*, nouvelles
YOUCEF M.D.
  *Je rêve d'une autre vie*, roman
  *Le Ghost Writer*, roman
MIAN MIAN
  *Panda sex*, roman
JAMES MORROW
  *En remorquant Jéhovah*, roman
  *Le Jugement de Jéhovah*, roman
  *La Grande Faucheuse*, roman
  *Le Dernier Chasseur de sorcières*, roman
DAN O'BRIEN
  *Les Bisons du Cœur-Brisé*, roman
PRIX HEMINGWAY
  *Toreo de salon et autres nouvelles*, anthologie 2005